I0592307

H. Burmeister

Histoire de la creation

Expose scientifique des phases de developpement du globe terrestre et de ses

habitants

H. Burmeister

Histoire de la creation
Expose scientifique des phases de developpement du globe terrestre et de ses habitants

ISBN/EAN: 9783741198083

Manufactured in Europe, USA, Canada, Australia, Japa

Cover: Foto ©Andreas Hilbeck / pixelio.de

Manufactured and distributed by brebook publishing software (www.brebook.com)

H. Burmeister

Histoire de la creation

HISTOIRE

DE

LA CRÉATION

ARCHIAC (D'). Introduction à l'étude de la paléontologie stratigraphique. Cours de paléontologie, professé au Muséum d'histoire naturelle. Paris, 1878-1864. 2 vol. in-8 de 1300 p., avec figures dans le texte et cartes coloriées. . . . . 16 fr.

BAYLE, professeur de minéralogie et de géologie à l'École des ponts et chaussées. Cours de minéralogie et de géologie. Paris, 1869. 2 vol. in-4, publiés en 6 fascicules autographiés, avec 2,000 gravures dans le texte. Prix de chaque fascicule. . . . . 7 fr. 50

FORMANT (CH.). Tableau chronologique des divers terrains, ou systèmes de couches composant de l'écorce terrestre, présentant d'une manière synoptique les principaux êtres organisés qui ont vécu aux diverses époques géologiques, et indiquant l'âge relatif aux différents systèmes de montagnes, établis par M. Elie de Beaumont. Une feuille jésus coloriée. . . . . . 8 fr.

— La même collée sur toile, vernisée et montée sur gorge et rouleau (propre à l'enseignement). . . . . 5 fr.

— Coupe figurative de la structure de l'écorce terrestre avec indication et figures des principaux fossiles caractéristiques des divers étages. Une feuille grand-aigle, avec 198 figures de fossiles dessinées par Léget et coloriées. . . . . 8 fr.

— La même collée sur toile, vernisée et montée sur gorge et rouleau (propre à l'enseignement). . . . . 12 fr.

NOUVEAUX ÉLÉMENTS D'HISTOIRE NATURELLE, à l'usage des lycées, des candidats au baccalauréat ès sciences, etc., par M. E. Lambert. 3 vol. in-18 avec 440 gravures dans le texte. . . . . 7 fr. 50

— Géologie. 3e édition. Paris, 1867. 1 v. in-18 de 230 p. avec 112 grav. dans le texte.

— Botanique. 3e édition. Paris, 1870. 1 vol. in-18 avec 202 gravures dans le texte.

— Zoologie. Paris, 1865. 1 vol. in-8 avec 160 gravures dans le texte.
Chaque volume se vend séparément. . . . . 2 fr. 50

WOODWARD (A. L. S.). Manuel des mollusques. Traité des coquilles vivantes et fossiles. 3e édition, mise au courant de la science conchyliologique, par M. Tate, M. F. S. Traduit de l'anglais par Bernard, conservateur du musée de Genève. Paris, 1870. 1 vol. petit in-8 carré, en toile anglaise, avec 600 gravures. . . . . 12 fr.

Il n'existait jusqu'à présent en France, pour guider ceux qui se livrent à l'étude des mollusques, que des compilations sans aucune valeur scientifique. Il manquait un livre offrant les premiers principes pouvant seuls donner des études spéciales.

Le Manuel de Conchyliologie de Woodward était considéré par tous les malacologistes comme un petit chef-d'œuvre en son genre. MM. les Professeurs Deshayes, Gervais, Gratiolet, etc., le recommandaient à tous ceux de leurs élèves qui lisaient l'anglais. Nous avons pensé bien faire en offrant au public une traduction française de cet excellent ouvrage.

PARIS. — IMP. SIMON RAÇON ET COMP., RUE D'ERFURTH, 1.

HISTOIRE

DE

LA CRÉATION

EXPOSÉ SCIENTIFIQUE

DES PHASES DE DÉVELOPPEMENT DU GLOBE TERRESTRE ET DE SES HABITANTS

PAR H. BURMEISTER

Directeur du musée de Buenos-Ayres

ÉDITION FRANÇAISE, TRADUITE DE L'ALLEMAND D'APRÈS LA SIXIÈME ÉDITION

PAR E. MAUPAS

Revue par le professeur GIEBEL.

PARIS

F. SAVY, LIBRAIRE-ÉDITEUR

24, RUE HAUTEFEUILLE, 24

1870

HISTOIRE
DE LA CRÉATION

CHAPITRE PREMIER

Objet de cet ouvrage ; sa méthode. — Théorie de la formation de la Terre.
Neptunisme et Vulcanisme.

Le titre : *Histoire de la création*, que nous avons donné à notre
livre, à cause de son sens intelligible pour tous, pris dans son usage
vulgaire, annonce une description de tous les phénomènes qui ont
accompagné la naissance de l'Univers depuis sa première origine
jusqu'aux temps actuels. Mais les sciences de la nature ne sont point
en état de donner des conclusions sur ce commencement des choses ;
elles n'ont aucune base scientifique sur laquelle elles puissent rai-
sonner pour faire sortir la matière du néant, et doivent donc admettre son existence de toute éternité comme un fait démontré, en bor-
nant l'objet de leurs investigations à constater les modifications
visibles et tangibles que cette matière a éprouvées. Le sujet ainsi
limité présente encore bien des incertitudes ; car les observations
que nous possédons sur la structure de chacun des corps célestes
sont peu importantes, et la connaissance imparfaite que nous en ont

1

donnée nos instruments insuffisants en face de l'immensité des distances, ne nous permet point de faire connaître dans ses généralités la nature physique de ces corps. A plus forte raison ignorons-nous l'histoire de leur création, les phases de leur développement et la nature de leurs habitants. Placés dans de telles conditions, notre tentative de décrire la marche de la création devra se limiter à ce corps céleste qui non-seulement est accessible à nos observations immédiates par sa surface, mais que nos regards peuvent encore pénétrer jusqu'à une certaine profondeur : nous voulons parler de la Terre. Nous essayerons donc, dans les pages suivantes, de tracer un tableau qui, supposant comme à l'avance la nature de la Terre en tant que corps céleste et membre du système solaire, aura pour but de décrire les périodes de sa formation, recherchera les causes de ses révolutions successives, indiquera le caractère de chacune de ses époques principales, et donnera les types de la vie organique dans chacune d'elles. Nous ne pouvons examiner tous les faits accessoires qui ne jouent qu'un rôle subordonné dans les grands phénomènes ; il ne sera pas possible non plus de faire connaître tous les membres de la nature organique qui ont paru dans chaque période. Nous nous efforcerons plutôt de saisir les phénomènes dans leur ensemble et leur grandeur, et de montrer les périodes de création suivant la tendance qui caractérise chacune d'elles et donne la vraie formule de leurs phases de développement.

Avant d'entamer cette exposition, il est nécessaire d'indiquer les moyens que nous possédons pour l'exécuter et la mener à bonne fin. Si restreintes, en effet, que soient les limites de notre histoire, elles n'en embrassent pas moins une très-vaste étendue. Tout d'abord, avouons qu'ici il ne peut être question de faits fournis par le témoignage des yeux et observés au moment même de leur apparition, tels que les événements de l'histoire des peuples, où nous puisons la partie la plus considérable de nos connaissances. L'explication de ces phénomènes sera uniquement empruntée aux faits que la Terre met encore sous nos yeux de nos jours. Elle travaille toujours, en effet, comme nous l'affirment toutes les observations scientifiques, avec les mêmes moyens qu'elle a employés pour former et modeler sa surface depuis qu'elle existe dans l'espace à l'état de corps individuel. Aujourd'hui encore elle modifie sous nos yeux, avec lenteur sans doute, son aspect extérieur comme elle le faisait jadis. Pour écrire son histoire, nous devons donc commencer par posséder une connaissance exacte du présent; appuyé sur cette base, nous pourrons tenter de décrire et d'expliquer les périodes primitives. Lorsque nous rencontrerons des phénomènes, qui sortiront du domaine des connaissances fournies par le présent, nous emprunterons nos explications à des analogies basées sur les faits actuels. Nous pourrons donner à ces analogies un degré de vraisemblance d'autant plus grand, que sera plus complète la comparaison que nous en pourrons faire avec les phénomènes modernes, et que nous serons plus en état de les appuyer sur les lois générales de la nature. Ces explications, auxquelles nous donnons le nom d'*hypothèses*, joueront toujours un grand rôle dans notre histoire de la création. Nous resterons d'autant plus dans ce domaine et dans celui des *probabilités*, que le moment que nous considérerons sera plus éloigné du présent et que les faits qui lui appartiendront seront moins éclairés par les événements de la période actuelle. C'est ainsi que les recherches faites sur l'état primitif de notre Globe ont toujours conduit à des résultats qui répondaient autant aux progrès de l'esprit d'observation qu'à l'état des connaissances physiques générales.

Il serait intéressant de suivre dans son ensemble l'histoire de ces deux instruments de notre science, de voir comment ils se sont perfectionnés peu à peu en s'appuyant l'un sur l'autre, et ensuite d'écrire un court résumé des vues et opinions proposées jusqu'à ce jour sur le développement de la création. Mais l'étendue de notre sujet ne nous permet point une semblable digression. Contentons-nous de savoir que les théories émises de tout temps peuvent être réduites à deux opinions fondamentales que nous distinguons par les noms de *neptunisme* et de *vulcanisme*.

D'après la théorie *neptunienne*, le Globe terrestre était, sous sa forme première, un mélange de matières dissoutes ou suspendues dans l'eau. Ces dernières se déposèrent en couches stratifiées, tandis que l'évaporation de l'eau forçait les matières dissoutes à se précipiter et à passer à l'état solide. Le tout s'unissant alors et se superposant produisit des couches sur lesquelles de nouveaux dépôts parent se continuer jusqu'à ce que la totalité des deux matières fût épuisée et l'eau totalement purifiée. Le neptunisme prétend, en outre, que tous les éléments du Globe terrestre insolubles dans l'eau, se précipitèrent dans un mélange chaotique plus ou moins rapidement, suivant leur pesanteur, les plus lourds formant le premier noyau solide, puis les autres successivement suivant leur degré de légèreté. Ce noyau solide s'effortça par la cristallisation de matières tenues d'abord en dissolution dans l'eau. On expliquait cette séparation et cette cristallisation en faisant perdre peu à peu à l'eau une propriété au moyen de laquelle elle avait pu dissoudre ces matières, ou les maintenir à l'état de dissolution, propriété qu'elle ne possède plus aujourd'hui. Ces matières cristallines formèrent la charpente sur laquelle s'appuyèrent les dépôts terreux au-dessus desquels apparaissent aujourd'hui encore leurs sommets et leurs saillies. C'est ainsi que les neptuniens expliquaient l'origine des montagnes et des dépôts stratifiés de nature terreuse placés à leur pied dans les plaines qui les enveloppent. L'eau s'accumula dans les parties les plus basses et lorsque plus tard il y eut équilibre entre l'évaporation et les pluies tombées de l'atmosphère, le niveau de la mer devint invariable pour toujours.

Telle était l'hypothèse neptunienne fondée sur des considérations dont la réfutation définitive demeura impossible aussi longtemps que l'on n'eut pas entre les mains des observations pour démontrer qu'on lui avait donné une portée beaucoup trop générale. Avant d'entrer dans l'examen de ces observations, nous allons pousser plus loin l'étude des faits sur lesquels la théorie neptunienne s'appuie plus spécialement.

Lorsqu'on étudie avec soin les plaines, on constate presque toujours que les éléments qui les composent sont disposés en strates superposées. Ces couches non-seulement se reproduisent presque partout, mais encore elles se succèdent, là où on les rencontre, dans un ordre toujours le même, et si on a pu observer souvent que quelques-unes d'entre elles manquent dans la série, jamais cependant il n'est arrivé dans les plaines que des couches apparussent quelque part dans une succession normale différente de celle qu'elles suivent ordinairement partout ailleurs. La nature interne elle-même de ces couches parle pour le dépôt successif dans l'eau bien plus hautement encore que ce mode de gisement. Elles sont, en effet, composées de matières pour la plupart insolubles dans l'eau, et possèdent, bien caractérisées, toutes les propriétés que nous observons encore aujourd'hui dans les dépôts aqueux, les *sédiments*. Leur substance est finement divisée et terreuse, ses éléments sont agglomérés par une action mécanique, et, suivant que leur structure est plus serrée ou plus poreuse, elles possèdent divers degrés de dureté et de résistance. La masse consiste toujours en argile, marne ou chaux, qui tantôt sont pures, tantôt intimement mélangées avec des sables quartzeux. Elles prennent divers noms suivant leur nature argileuse, marneuse ou calcaire ou bien suivant que le sable prédomine jusqu'à ce qu'il forme la masse totale de l'assise. Dans son intérieur, chaque couche a souvent une disposition stratifiée, qui est tantôt plus mince, tantôt plus épaisse et peut même atteindre à un degré extrême de finesse. Dans ce cas, elles prennent le nom de *schistes* argileux, marneux, calcaires ou autres. Personne ne doute que cette texture schisteuse ne dénote une formation par couches, et lorsque nous rencontrons dans toutes ces assises les restes indubitables d'organismes, qui peuvent vivre seulement dans l'eau et par conséquent y **ont** vécu, nous pouvons sans difficulté admettre que ces couches sont des dépôts aqueux et qu'à l'époque de leur formation, l'eau, au sein de laquelle ils se déposèrent, était déjà peuplée d'êtres vivants. Ces restes de corps organisés, connus sous le nom de *fossiles*, qu'ils appartiennent à des êtres aquatiques ou à des êtres terrestres, aboutissent à la même démonstration ; aucune substance organique, en effet, pas même la substance calcaire qui compose les coquilles et le squelette des animaux, ne résiste au feu, ou même ne se conserve intacte sous l'influence d'une haute température. Les couches qui renferment des fossiles ne peuvent donc point avoir passé par un état de fusion ignée ; elles ne peuvent être que le résultat de dissolutions ou de mélanges aqueux. Ces fossiles, partout où ils se rencontrent, dénotent un mode de formation par dépôt au sein de l'eau ; s'ils appartiennent à des êtres terrestres, ils donnent la preuve la plus certaine que, au temps où ils vivaient, la terre ferme existait déjà et que le Globe n'était plus couvert d'un unique océan sans rivage. Leur gisement et la formation aqueuse des **couches** dans lesquelles on les rencontre, mettent hors de doute que la mer s'étendait alors sur ces parties de la terre, et qu'elle recueillit après leur mort les organismes qui vivaient sur nos côtes, soit qu'éteints de mort naturelle, ils aient été apportés par des courants, soit que la mer débordée les ait engloutis et entraînés en reculant, puis enfouis **dans** les couches nouvelles qui se déposèrent pendant cette cata-

strophe. Ces faits incontestables établissent parfaitement l'origine
neptunienne des assises du Globe disposées en couches parallèles et
renfermant des fossiles. Cette théorie est très-naturelle et l'impossibilité de toute autre hypothèse aussi évidente que peut l'être une
vérité scientifique.

Mais le Globe terrestre n'est pas composé uniquement d'assises
stratifiées. Une grande partie, de beaucoup la plus considérable,
possède une structure différente, la structure *cristalline* ou *compacte*[1]. Les roches de cette nature ne peuvent pas être considérées
comme le résultat d'un dépôt mécanique ; il est extrêmement rare
qu'elles contiennent des fossiles et nous sommes forcés de conclure que lors de leur formation il n'existait pas encore d'organismes, ou bien qu'elles se sont formées suivant un procédé contraire à la conservation des substances organiques. Ces deux opinions
sont admissibles, mais ne sont pas partout également vraisemblables.
En effet, nous rencontrons en beaucoup de lieux des roches cristallines ou compactes qui reposent sur des assises renfermant des
fossiles. Il n'est donc pas permis de douter que des organismes vivaient au moment de leur apparition et de leur formation, et qu'elles ont dû, par conséquent, être formées par un procédé impropre
à la conservation des matières organiques. Lorsque ensuite nous
constatons que les roches cristallines ou compactes, situées plus profondément que toutes les couches stratifiées, possèdent aussi les
mêmes propriétés, la même structure, les mêmes éléments, constatés dans ces formations privées de fossiles, il est clair que nous
sommes en droit de leur attribuer une formation analogue et de supposer un état primitif de fusion *ignée*. Cette manière de voir pour
ces roches est aussi généralement acceptée, que l'origine aqueuse
des assises stratifiées parsemées de fossiles. En outre, comme elle
nous donne les meilleures réponses sur la possibilité des grandes

---

[1] Les mots *cristallin* et *compacte*, empruntés au langage scientifique, ont besoin d'une
définition exacte. On nomme *cristallines* les roches composées d'une substance homogène simple, même à l'examen le plus précis du microscope, et qui à l'intérieur possèdent des surfaces de division invisibles, disposées régulièrement entre elles, suivant lesquelles elles se fragmentent sous l'action violente des agents extérieurs. J'appelle
compactes toutes les roches non terreuses et qui ne sont pas évidemment cristallines.
Je les distingue de ces dernières par l'absence de surfaces de division naturelles et invisibles, des premières par le manque d'une structure finement divisée et terreuse. Ordinairement on désigne par le terme *compacte* toutes les matières non substances formant de grandes masses.

révolutions de la surface du Globe, on a un motif de plus de l'admettre comme un fait acquis. Telles sont les raisons qui justifient le *vulcanisme*, tout autant que le *neptunisme* peut l'être par ce que nous avons dit plus haut sur les assises terrestres stratifiées.

Mais il ne suffit pas d'admettre la possibilité du vulcanisme, comme on la peut déduire de la rencontre à divers points de la surface du Globe de masses cristallines sans fossiles. Cette théorie réclame encore pour soi la priorité dans la formation de la Terre. Elle affirme que le Globe à l'origine n'était composé que d'une matière fluide de fusion ignée, peut-être même transformée en vapeurs, et que peu à peu, par le refroidissement successif des couches extérieures, il passa de cet état à l'état solide. Elle s'efforce de prouver cette assertion par l'existence des volcans actifs encore aujourd'hui et par la ressemblance de leurs déjections avec les roches cristallines ou compactes sans fossiles. Elle s'appuie surtout sur l'accroissement de la température à mesure qu'on descend dans les profondeurs de la Terre, et sur l'observation de corps célestes appartenant à notre propre système solaire qui sont encore en partie à l'état de vapeurs, ou bien possèdent un degré de densité différent. Le vulcaniste admet donc à l'origine des choses un état de fluidité du Globe, non pas de fluidité *aqueuse*, mais de fluidité de *fusion*. Il reconnaît non-seulement le dépôt régulier de toutes les matières telluriques fluides autour d'un point central ; mais encore il affirme que ce procédé est l'unique possible si son opinion est juste. Il proclame de plus le dépôt en couches des matières refroidies et leur superposition réciproque obéissant aux lois de leur pesanteur spécifique. Il concède que les assises stratifiées avec fossiles peuvent être considérées comme dépôts des mers primitives, qui, en qualité d'élément plus léger, durent s'étendre au-dessus de l'écorce terreuse ou pierreuse. Mais il refuse d'admettre avec les neptuniens que, à l'origine, des roches cristallines s'élevaient au-dessus des couches primitives les plus anciennes de l'écorce terrestre refroidie et que ce fut au pied de ces roches, considérées comme leur noyau solide, que se déposèrent les masses stratifiées. Il affirme tout au contraire que l'écorce devenue solide était déchirée de temps en temps par diverses causes et que des matières en fusion ou ramollies par la chaleur jaillissaient de ces crevasses, se durcissaient dans un milieu plus froid et se solidifiaient. Ces masses, en continuant leur action, soulevèrent sur leurs flancs les couches stratifiées qui les recouvraient et donnèrent naissance aux premières terres fermes. C'est alors qu'eut lieu la séparation de la terre et de l'eau. L'inégalité du sol, l'obliquité de ses assises causée par le soulèvement des montagnes, deviennent ainsi des phénomènes naturels restés au contraire inexplicables pour le neptunien exclusif; phénomènes qui, reproduits par des causes identiques et analogues, se répétèrent jusqu'à ce que peu à peu toute la terre ferme actuelle émergea au-dessus du niveau de la mer.

S'il y eut jamais hypothèse impossible à démontrer empiriquement par le témoignage des yeux, mais appuyée sur des faits qui paraissent lui donner une grande force, ce fut l'hypothèse vulcanienne que nous venons d'exposer. Tous les phénomènes de la surface de la terre militent en sa faveur et la confirment d'une façon admirable; aussi lui accorderons-nous à bon droit le premier rang et nous n'attribuerons qu'une importance accessoire à l'action neptunienne. Non pas que nous voulions ou puissions contester la part importante que l'eau a toujours prise dans les influences qui ont contribué à tracer les contours de la surface du Globe : nous croyons au contraire qu'à ce point de vue l'élément humide a joué un plus grand rôle que l'élément igné pour *donner la forme et modeler*. Mais nous n'admettrons jamais aucune autre influence que des causes vulcaniennes pour expliquer l'origine de ces mouvements puissants de l'eau, et nous attribuerons la source première et le principe de toutes les révolutions ou transformations du Globe au vulcanisme.

CHAPITRE II

Phénomènes produits par l'action mécanique de l'eau dans les temps modernes. — Fleuves, lacs, mers. — Formations sédimentaires.

Les considérations théoriques qui précèdent n'avaient d'autre but que de faire connaître au lecteur la méthode générale qui nous a guidé dans la description des phénomènes de la Création. Il faut d'abord bien saisir les faits modernes, faire sortir les effets de leurs causes, et établir les rapports compliqués qui existent entre eux. Alors l'unité du plan devient claire et intelligible, et la diversité des phénomènes apparaît comme le résultat nécessaire de lois fixes. Mais on ne peut arriver là sans une connaissance générale des principales lois que nous allons d'abord étudier. Nous avons constaté précédemment que deux agents jouent le principal rôle dans la création et que l'un d'eux, à cause de son importance supérieure, prend la première place, bien que la part du second dans les phénomènes n'en reste pas moins très-considérable. Ce résultat, à la vérité, n'est qu'une anticipation, qui ne pourra être prouvée que par ce qui suit. Nous allons donc procéder à cette démonstration en étudiant l'influence que l'élément *humide* et l'élément *igné* ont exercée dans la période présente sur la conformation et les modifications de la surface du Globe. Cette étude nous donnera la base la plus solide pour apprécier les phénomènes des époques primitives.

L'eau a une double action, à savoir : une action *mécanique* et une action *chimique*. Dans le premier cas, elle use le sol, produit des atterrissements, exécute des transports ; dans le second elle dissout les matières, qui alors réagissent de mille manières les unes sur les autres, les sépare et enfin les dépose toutes en s'évaporant, soit à l'air libre, soit par l'action d'une haute température. L'eau nous donne encore aujourd'hui la preuve de ces phénomènes divers sur tous les points de la surface du Globe.

Son action mécanique est la plus apparente et la plus importante. Elle est proprement la cause principale des changements actuels, nous lui accorderons donc tout d'abord notre attention. Les roches les plus dures ne lui échappent point et l'eau unie à l'air atmosphérique exerce sur toutes une puissante action. Considérons en effet cette goutte d'eau qui, tombant pendant de longues années, se creuse à la fin une cavité dans les roches solides. Cette cavité se forme plus ou moins lentement suivant la hauteur de la chute et la dureté de la roche. L'observation des égouts formés au pied d'antiques édifices, où le sol n'a pas été remanié pendant de longues périodes d'années, nous démontre que la pierre la plus dure résiste le plus longtemps à la chute des gouttes d'eau. Le grès cède le plus vite, le calcaire résiste mieux, la brique bien cuite offre encore plus de résistance, le sable mouvant et poreux enfin ne tient point et est entraîné après chaque pluie. Les canaux dans lesquels l'eau coule depuis de longues années nous manifestent encore plus clairement son pouvoir d'érosion. On constate, en effet, que l'eau pure n'use que lentement, mais que son action devient plus énergique lorsqu'elle roule du sable ou des cailloux et que les grains les plus petits rongent incessamment les parois des canaux, s'usent eux-mêmes sur ces parois et se broient réciproquement. Il est donc évident que la faculté érosive de l'eau s'accroît dès qu'elle entraîne des corps durs et qu'en outre de son action érosive sur les masses fixes, elle peut encore devenir une cause de mouvement pour les matières mobiles. Mais cela arrive seulement lorsque l'eau coule sur une surface convenable. Tant que le sol sur lequel elle repose est une plaine parfaitement horizontale, elle reste en place et s'étend jusqu'à ce qu'elle y trouve une pente par où elle puisse s'écouler. Mais lorsque l'eau est devenue calme, les corps charriés par elle perdent aussi leur mouvement et tous ceux qui ne sont pas très-légers tombent au fond, les lourds plus rapidement, les légers plus lentement. Ces phénomènes causés par l'eau se produisent à chaque pluie sur les chemins ; leur réalité n'a donc pas besoin d'être démontrée. Ils épuisent la somme des actions que l'eau peut exercer par voie mécanique et embrassent l'ensemble de faits dont on désigne les résultats sous le nom de *formations sédimentaires*.

Étudions maintenant les formes diverses de la surface du Globe en les interprétant à l'aide des faits que nous venons d'énumérer, et nous verrons que tous jouent encore un rôle puissant, qu'ils ont dû par conséquent jouer en des circonstances semblables déjà dans les temps primitifs. Il nous suffit de jeter un regard sur l'action des eaux courantes pour nous convaincre de la justesse de ces assertions. Tous les ruisseaux, toutes les rivières, et surtout tous les fleuves entraînent avec eux des débris et des fragments arrachés aux roches les plus dures et les transforment ainsi que le sol sur lequel roulent leurs eaux et la portion du rivage où ils se jettent à la mer. Dans la partie supérieure de leur cours, ces fragments sont encore anguleux, comme ils devaient être en se détachant de la roche. Peu à peu ils s'usent et prennent les formes de disques, de sphères et d'œufs qui nous étonnent souvent par leur admirable régularité dans les débris roulés des plaines. Avec une forte pente, tous les blocs sont entraînés, même les plus grands atteignant jusqu'à 2 et 3 pieds de diamètre. Ces derniers cependant paraissent rouler sur la pente, plutôt poussés par leur propre poids que chassés par la puissance de l'eau. Les blocs les plus volumineux ayant jusqu'à 12 pieds de diamètre, comme on en rencontre quelquefois parmi les galets des plaines, restent en place jusqu'à l'automne ou au printemps : à cette époque, les eaux accrues rapidement les entraînent dans leur courant doué d'une plus grande force. Dès que la pente diminue, la rapidité du courant décroît aussi et avec elle sa force d'impulsion. Les masses les plus lourdes se déposent là et forment une digue que les eaux entassées derrière brisent bientôt et entraînent avec elles. La puissance d'impulsion ainsi augmentée fait arriver les blocs jusque dans la plaine. Durant ce trajet ils perdent leurs arêtes vives et leurs angles, soit par leur propre mouvement, soit par le frottement continu des petits fragments. Dans la plaine, la rapidité du courant diminue de nouveau avec la pente et par suite la force impulsive. Le volume des débris que le fleuve peut encore rouler décroît dans la même mesure. Bientôt il ne reste plus que les graviers et le limon fin formant le lit de tous les fleuves qui ne coulent pas sur un sol dur. Sa couleur change avec la nature du sol sur lequel ses eaux roulent. Elles en enlèvent continuellement des particules et

les entraînent broyées aussi finement que le permet leur structure
La couleur particulière des fleuves qui roulent sur du sable, de l'argile ou un sol de limon provient de ces mélanges, de même que la
limpidité et les eaux noirâtres de tous les ruisseaux de forêts ou de
marécages. Ces différences de couleur se conservent encore longtemps même après la jonction de deux fleuves, au milieu desquels
on peut suivre les deux masses d'eau diversement colorées se dis-
tinguant encore très-nettement. Ces fines particules terreuses ne se
déposent jamais dans les fleuves tant qu'ils coulent. Leur marche ne
s'arrête qu'à la mer, ou bien y prend une autre allure. Ces matières
donnent naissance aux bancs de sable et bas fonds situés à l'embouchure des rivières, ou forment des *deltas* qui modifient d'une
façon particulière l'embouchure des fleuves et s'avancent toujours
dans la mer. La quantité des matériaux transportés et entraînés dans
la mer, les courants de celle-ci causés par les vents dominants,
déterminent la nature de chacun de ces phénomènes. Nous allons
étudier plus en détail ces divers genres de dépôts sur quelques
exemples et rechercher pour chacun sa cause effective.

Le Nil, avec ses inondations périodiques, est de tous les fleuves
de la terre celui qui se prête le mieux à ce genre de considérations.
Il présente toutes les modifications que peut produire un fleuve.
Elles sont les plus complètes possible, puisque nous n'en pouvons
suivre aucun autre à travers d'aussi longues périodes d'années.
Tout le monde sait que beaucoup de monuments, qui se reflètent encore dans ses eaux, atteignent au delà de quatre mille ans, et sont
ainsi les témoins véridiques des transformations du sol causées par
les eaux du fleuve dans ses alentours. — Le cours du fleuve lui-
même est des plus remarquables. Il n'existe point en effet un second
fleuve aussi grand qui, possédant aussi peu d'affluents, coule aussi
longtemps dans une étroite vallée, et durant ce cours de plus de
250 milles géographiques ne reçoive les eaux d'aucun bassin hydro-
graphique latéral. Après que les deux bras du Nil, le bleu au sud-
est et le blanc au sud, se sont unis[1] à Chartoum, le fleuve complet
ne reçoit plus qu'un affluent à Damer, le Tacazzé ou Athara, qui
circonscrit avec lui le plateau de l'antique Meroë. Ensuite il pénètre
dans la vallée en forme de S de la Nubie; dans ce parcours, il se

[1] Le problème des sources du Nil, resté si longtemps à l'état d'énigme, vient enfin
d'être résolu. Cons. Petermanns Geograph. *Mittheilungen*, 1867.

précipite dix fois du haut de murailles de rochers et atteint à Syène,
au-dessous de la dixième cataracte, la vallée d'Égypte analogue par
sa conformation, mais moins tourmentée. Jusque-là il est accompagné par les roches granitiques qui quelquefois bordent ses rives.
Mais à partir de Syène, le courant traverse un plateau de grès atteignant de 360 à 500 pieds d'altitude. La chaîne occidentale ou libyque
a une pente douce et passe sur le versant opposé peu à peu aux
sables du Sahara. La chaîne orientale ou arabique, nommée aujour-
d'hui Dgebel Mokattam, est en grande partie formée de hautes
masses de granit. Elle circonscrit plusieurs vallées latérales qui la
coupent obliquement et servirent jadis à relier la vallée du Nil avec
la mer Rouge. Son versant, du côté du fleuve, est presque toujours
abrupt, en sorte que celui-ci se presse la plupart du temps très-près
de la lisière orientale de sa vallée. Deux fois, à Sebeleh et Gebeleyn, les grès arrivent si près du fleuve, qu'il ne lui reste plus que
sa largeur exacte.

Ensuite la vallée reprend une largeur de 2 lieues et vient
aboutir au-dessus du Caire, point où la chaîne libyque se détourne
dans la direction du nord-ouest vers la côte, tandis que la chaîne
arabique se dirige presque à angle droit vers la mer Rouge. Elles
embrassent un angle de 140°, dans lequel le fleuve peut s'é-
tendre et dont il sillonne la surface par de nombreux canaux. Ces
plaines se succèdent sous forme de terrasses et sont traversées sur
leur lisière par d'étroites vallées transversales dans lesquelles les
cailloux roulés et autres débris prouvent péremptoirement la présence de l'eau dans les temps primitifs. La vallée située à l'est s'appelle la *vallée de l'Égarement*, celle de l'ouest se divise en deux
vallées parallèles dont la plus voisine du fleuve porte le nom de *Rivière sans eau* (Bar el bela ma). L'autre renferme la série des lacs
Natrons, d'où les anciens Égyptiens tiraient les matières pour l'em-
baumement des momies. La première et la plus grande des pyramides repose sur une colline à Gizeh, entre ces deux vallées, en face
de l'antique Memphis.

Hérodote déjà déclarait (l. II, c. 5.) que toute la vallée du Nil est
de formation récente, qu'elle est le produit des inondations annuelles
du fleuve. L'observation des phénomènes analogues, quoique moins
réguliers et moins grandioses, qui se produisent dans les fleuves de
l'Allemagne du Nord, nous démontre encore avec une pleine évidence

la propriété que possède le Nil de créer des terres. — L'antiquité
ignora la cause de ses crues, cause qu'il faut attribuer aux pluies
considérables qui inondent tous les étés le plateau élevé de l'Abyssinie. L'eau de ces pluies provient de l'évaporation produite à la
surface de la Méditerranée. Les vapeurs chassées à travers les régions
brûlantes du Sahara sont poussées vers les hautes montagnes au
sommet desquelles, rencontrant des couches d'air plus froides, elles
se condensent en eau et tombent, causant ainsi une crue dans le
parcours entier du fleuve jusqu'à la mer. Cette crue commence en
Égypte avec le mois de juillet; au milieu d'août, le fleuve envahit
ses rives et continue à croître jusqu'à la fin de septembre. Il atteint
alors une hauteur de 18 à 20 pieds et submerge peu à peu toute la
vallée jusqu'au pied des montagnes. Vers la fin d'octobre, il rentre
dans son lit, et, à partir de ce moment, s'abaisse lentement de plus
en plus jusqu'au commencement de juin, époque à laquelle ses eaux
arrivent à leur niveau le plus bas. Les eaux, assez claires et pures
pendant cette dernière période, se colorent en rouge à l'époque du
débordement. Cette coloration leur vient des particules terreuses
qu'elles entraînent des régions supérieures de leur cours et qu'elles
déposent partout où le courant se ralentit en s'étendant sur une large
plaine, et sur les points où il est arrêté par des digues artificielles. En
rentrant dans son lit, il laisse une couche de sable recouverte d'un
limon rouge déposée pendant les hautes eaux. Le sol s'élève ainsi
chaque année, les couches de terre deviennent plus épaisses et la vallée de plus en plus unie. Le rapport du niveau du fleuve avec ses rives
reste le même, car le lit du fleuve lui-même prend part à cette sur-
élévation générale. Le courant arrive à la mer ainsi chargé de limon
et de sable; mais bientôt après y avoir pénétré, il perd son mouvement, laisse tomber ces matières, et le fond de la mer s'élève de la
même manière que le sol de la vallée sur lequel le fleuve déborde.
Tous ces faits étaient connus dans l'antiquité. Hérodote nous apprend que, à une journée de la côte, on retrouve encore au fond de
la mer le limon apporté par le Nil. Il appelle toute la basse Égypte
jusqu'à la mer un *présent du Nil*, et décrit le Delta comme une création marécageuse que l'on ne put utiliser qu'au moyen d'endigue-
ments. Avant cela, rapporte-t-il (l. II, c. 13), il suffisait au fleuve
de s'élever de 8 pieds pour submerger la région au-dessous de Memphis, tandis que de son temps il fallait une crue de 15 à 16 pieds.

Cette opinion fut admise par toute l'antiquité. Aristote en parle avec
détails, et Plutarque s'efforce de démontrer tant bien que mal
qu'Homère a mentionné l'île du Phare, et que primitivement elle
était beaucoup plus éloignée de la côte. Aujourd'hui le Delta est bien
différent de ce qu'il était à l'époque romaine, temps auquel Strabon
nous en a donné une description. Aujourd'hui la bifurcation se
trouve plusieurs plus bas qu'elle n'était alors, et la principale
embouchure à l'ouest, qui alors était à Canope, s'est transportée à
Rosette. Un changement analogue s'est produit à l'est. Des deux
branches formées par la bifurcation, la branche orientale dirigée
vers l'écluse était primitivement la plus importante; et l'autre, qui
aujourd'hui déverse près de Damiette la plus grande masse d'eau,
n'était qu'un simple fossé. En résumé, l'étendue du Delta s'est accrue en projetant sa base plus loin dans la mer. Ce fait est facile à
expliquer par l'action réciproque de la mer et du fleuve l'un sur
l'autre. Ils se heurtent à l'embouchure et détruisent leur mouvement
respectif. Le courant du fleuve est paralysé, sa force d'impulsion
disparait, et les particules terreuses se déposent. Les eaux, qui
toujours affluent, les rejettent hors du lit sur les côtés, où elles s'entassent sous forme de digues. Les flots de la mer se précipitent sur
cet obstacle, le renversent et en entraînent les matériaux plus loin
latéralement et le long des rivages voisins, sur lesquels le limon se
dépose de nouveau et forme des bas-fonds parallèles aux côtes, d'autant plus éloignés de ces dernières que les digues de l'embouchure
s'avancent plus dans la mer.

Lorsque ces bas-fonds atteignent la surface de la mer, les flots
viennent se briser dessus et contribuent à les exhausser en leur ap-
portant de nouveaux matériaux puisés dans les profondeurs jusqu'à
ce que le bas-fond dépasse le niveau normal des eaux. Les vents
qui soufflent de la mer vers la terre concourent aussi à ces formations. Ils entraînent, en effet, avec eux les sables desséchés et les
entassent sous forme de talus. Alors s'ouvre pour le bas-fond une
nouvelle époque, le commencement de son existence supramarine.
Bientôt apparaît l'herbe des dunes (*Elymus arenarius*), qui croît rapidement. Elle recouvre les pentes des collines de sable, d'abord
du côté de la terre ferme; puis, se propageant partout, elle conso-
lide le sol par son rapide développement et lui donne de la résistance; les digues de sable prennent alors le nom de *dunes*. C'est

ainsi que se sont formés, entre les embouchures du fleuve et sur leurs côtés, les trois grands bassins d'eau séparés de la mer par d'étroites bandes de terre. Ils nous rappellent complétement les lagunes qui existent à l'embouchure de tous les grands fleuves de la mer Baltique. A l'embouchure du Nil, de même qu'ici, ils sont limités du côté de la mer par d'étroites bandes de terre que nous nommons nehrung, et dans les deux contrées les bouches se sont également déplacées plusieurs fois. Ces analogies indiquent des causes semblables. Si nous ajoutons que l'Oder, la Vistule et le Niémen coulent au nord comme le Nil, que tous quatre se jettent dans des mers qui n'ont point de flux et de reflux, du moins dans la région où les bouches de ces fleuves se trouvent ; que ces trois fleuves allemands roulent avec eux de grandes quantités de sable et de limon ; si, de plus, nous remarquons que l'Elbe et le Weser se trouvent dans les mêmes conditions, mais se déversent dans une mer avec flux et reflux, alors nous serons autorisés à considérer l'absence des marées comme la cause principale de la formation des deltas et des lagunes que l'on rencontre spécialement devant ces trois fleuves et le Nil. La ressemblance de la Vistule, le plus grand des trois fleuves allemands, avec le Nil est vraiment remarquable. Elle forme entre le Nogat et la Vistule propre un long delta, dont la branche gauche se bifurque de nouveau. Devant les deux embouchures principales, on trouve une vaste lagune dont la plus grande, située à l'est, s'unit avec le golfe de Pregel. Celle de l'ouest, ou lagune de Putziger, s'étend loin au nord et est circonscrite par l'étroite nehrung qui porte à son extrémité le village de Hela. La ressemblance de l'Oder avec le Nil, bien qu'encore assez manifeste, est moins apparente. Ici, en effet, les nehrungs sont devenues de grandes îles, et le vaste delta, situé entre les deux embouchures extrêmes de l'Oder, la Peene et la Diwenow, est trop étendu, par rapport aux quantités de limon charriées par le fleuve, pour avoir pu être formé par leur dépôt.

Toutefois, les lagunes et les nehrungs des trois fleuves allemands n'existent point avec la forme primitive qu'elles avaient à leur origine ; mais elles ont subi des transformations postérieures. Leur distance de l'embouchure actuelle des fleuves est trop grande pour qu'on puisse avec cet éloignement attribuer leur formation aux dépôts apportés par les courants. On les considère plutôt comme les dunes d'anciens rivages qui s'avançaient plus loin latéralement à une embouchure primitive. La mer, croit-on, soulevée par de violentes tempêtes, pénétra dans ces embouchures et en s'accumulant forma un lac derrière les dunes. Les eaux, en se retirant, entraînèrent avec elles les couches supérieures du sol et creusèrent la lagune. Ces invasions de la mer se sont probablement souvent répétées sur ces mêmes points et ont dessiné peu à peu ces grandes criques. Nous aurons, plus loin, occasion de décrire des empiètements semblables de la mer du Nord sur ses côtes depuis les temps historiques, ce qui nous permettra de conclure avec complète certitude sur les faits antéhistoriques de la mer Baltique. Avec cette manière de voir, le fleuve pouvait aussi contribuer à la formation de la nehrung, puisqu'il apportait à la mer une partie des masses terreuses que celle-ci transformait en dune auprès de l'ancienne bouche. Le vent de la mer, alors comme aujourd'hui, était encore un auxiliaire.

Ces considérations, et surtout la comparaison de la Vistule avec l'Elbe, avec lequel elle a tant de ressemblance, nous portent à croire que les deltas et lagunes des fleuves doivent leur formation à l'état de calme et de repos de mers privées de mouvements périodiques ; cependant, en étudiant l'Elbe, nous pourrons nous convaincre qu'une mer soumise aux mouvements périodiques des marées peut encore donner lieu à la formation de bas-fonds et de bancs, si l'embouchure se trouve dans l'enfoncement d'une découpure des côtes et non au milieu d'un rivage rectiligne. Dans ce dernier cas, il se forme des îles à contours réguliers, comme devant et entre les embouchures du Rhin. Il est à peine nécessaire de développer ces assertions, leur exactitude étant évidente d'elle-même. On sait, malheureusement trop, combien les bas-fonds de l'embouchure de l'Elbe se métamorphosent et deviennent dangereux pour la navigation. D'un autre côté, il n'est pas moins avéré à quelle minime importance se réduisent la totalité des changements subis par les îles du Rhin placées entre le Waal, le Leck et le Maas, et auxquelles s'unissent celles de l'Escaut. Nous savons que l'île d'Yssel n'a été formée que tard, au moyen du canal creusé par Drusus, qui donna à une partie des eaux du Rhin une direction autre que celle qu'elles suivaient auparavant. Mais cela eut très-peu d'influence sur la forme générale de son embouchure. Il faut encore dire que le Rhin coule trop peu de

2

temps à travers un pays dont le sol d'une structure sans consistance
puisse être facilement entraîné : qu'une grande partie de ses galets se déposent dans le lac de Constance, et qu'il ne pénètre dans
la plaine qu'au-dessous de Bonn. Il est donc parfaitement naturel
que les petites rivières la Meuse et l'Escaut aient déposé plus de
matières et formé de plus grandes îles à leur embouchure que le
Rhin.

En France et dans la péninsule espagnole, les mouvements puissants de l'océan Atlantique et l'étendue moindre des bassins hydrographiques s'opposent à la formation de deltas et de lagunes[1].
Le Pô et le Danube nous présentent, au contraire, les mêmes phénomènes; toutefois l'un et l'autre ne possèdent ni nehrung ni
lagunes, parce que le mouvement des eaux dans la mer Noire, de
même que dans l'Adriatique, est dirigé des côtes vers la Méditerranée, et que les fleuves en se déversant ne rencontrent point de
résistance. Ces conditions n'existent plus pour le Nil et pour les
trois fleuves allemands. Le courant de la mer y est, au contraire,
directement opposé à l'embouchure et favorise beaucoup la naissance des nehrungs.

Les courants analogues qui existent dans toutes les mers contribuent beaucoup à donner la forme particulière à chacune des embouchures, et ne doivent jamais être négligés dans la recherche
de leurs causes créatrices. Pour la mer Baltique, il est bien établi
que son courant principal se dirige vers les îles danoises et le Sund,
et que ce courant, avant de prendre sa course vers l'ouest, doit
marcher vers le sud, ce qui d'ailleurs ressort de la configuration
de la mer Baltique elle-même. Dans la Méditerranée, il existe sur
les rivages d'Afrique un courant dirigé à l'est qui atteint jusqu'aux
côtes de Syrie et se continue derrière Chypre, vers l'ouest, le long
de la côte méridionale de l'Asie Mineure. La direction de ce courant est donc directement opposée à l'embouchure du Nil. L'afflux
des eaux de la mer Noire maintient le courant au sud à travers la
mer Égée. Il longe Candie, et se réunit là avec le courant de la
mer Adriatique qui suit une même direction. Dans l'océan Atlantique, le courant Équatorial se dirige vers l'ouest. De l'autre côté
de l'Équateur il se prolonge vers le sud ; de ce côté-ci, vers le nord.

[1] L'unique fleuve d'Espagne muni d'un franc delta est l'Èbre. Mais ce fleuve se jette
dans la mer Méditerranée, peu agitée, et déroule son cours à travers une large plaine.

Sur les côtes de l'Amérique du Nord, il passe au nord-est et produit, sous le nom de *Gulf-Stream*, le courant célèbre et redouté qui coupe transversalement l'océan Atlantique dans la direction de l'est, et se fait sentir jusque sur les rivages opposés de l'Europe et de l'Afrique. Dans la mer du Nord, le courant, suite probable du Gulf-Stream, coule du sud, arrivant de l'Océan par la Manche. Sur l'hémisphère austral, où la masse de l'eau est si prépondérante, les courants ne sont sensibles qu'au voisinage des côtes. Sur la côte orientale de l'Afrique, le courant suit la direction du sud-ouest. Il traverse le canal de Mozambique et prend, peut-être par suite de ce mouvement, une direction septentrionale à l'est de Madagascar. Contournant le cap de Bonne-Espérance, il se dirige de l'autre côté vers le nord-ouest et dans le voisinage de l'Équateur directement vers l'ouest. Les courants de l'océan Pacifique sont encore peu connus. Cependant on a déjà observé un courant froid qui, sortant de l'océan Glacial antarctique, remonte le long de la côte du Chili jusque vers le Pérou, et de là se continue, à l'ouest, au travers du Grand océan, ayant auparavant contourné le cap Horn. Sur les côtes opposées de l'Asie, le courant se dirige principalement vers le sud. Il longe les côtes de la Chine, la presqu'île de Malacca, la côte de Malabar, et s'unit avec le courant austral de l'est de l'Afrique auquel les deux grands golfes de la péninsule arabique donnent naissance. Mais ici il n'est plus aussi régulier que dans le Grand océan. Il se modifie avec les *moussons*, qui roulent les flots de la mer des Indes chaque demi-année dans un sens opposé. En résumé, nous voyons que les courants des mers entre les tropiques marchent en sens opposé du mouvement de rotation de la terre, tandis que dans les mers polaires ils se dirigent du Pôle vers l'Équateur, phénomène qui s'explique tout aussi bien par l'évaporation moindre des eaux froides que par leur accroissement périodique à la suite de la fusion des masses de glaces. Le courant Équatorial dirigé à l'ouest tire son origine de la même cause que les vents d'est tout aussi constants des tropiques; c'est-à-dire de la tendance à reprendre leur équilibre, que possèdent les matières fluides diversement échauffées. Enfin, la rotation de la terre autour de son axe peut encore produire des courants dans l'élément si mobile des mers, ou au moins les renforcer.

Les courants, comme nous venons de le voir, exercent **une grande** influence sur la forme de l'embouchure des fleuves et en traçent les contours en s'emparant des matériaux de transport charriés par le cours d'eau. Nous allons encore décrire, à ce point de vue, quelques grandes rivières, et nous commencerons par l'Amérique du Nord, où existent deux fleuves considérables, le Saint-Laurent et le Mississipi. Le cours du premier est formé presque exclusivement par de grands lacs dans lesquels les galets et les matières terreuses se déposent. Son cours inférieur est donc peu chargé de graviers, et par suite ne donne pas lieu à la naissance d'un delta. Le Mississipi se trouve dans des conditions directement inverses. Il coule à travers des plaines, entraîne avec lui de grandes quantités de terre et les accumule devant son embouchure, formant dans le golfe du Mexique un grand promontoire à la pointe duquel se trouve sa bouche. Le grand courant atlantique pénètre dans ce golfe entre les îles sans se laisser arrêter par les obstacles qu'elles lui opposent. Il se précipite avec d'autant plus de force entre les petites Antilles du Sud et produit dans le golfe du Mexique un refoulement des eaux qui ne trouvent d'issue dans l'Océan qu'à l'est, à la pointe de la Floride. Le mouvement des eaux dans la mer intérieure mexicaine fait donc prendre une direction orientale aux bandes de terre créées et traversées par le Mississipi. Il donne naissance à toutes ces lagunes qui se sont formées le long des côtes du Texas devant toutes les rivières.

Les embouchures des fleuves de l'Amérique du Sud jouissent d'un régime particulier. En effet, après un parcours à travers de grandes plaines, il ne se forme point de delta, bien que la direction du courant maritime soit opposée à l'embouchure. La masse énorme d'eau que le fleuve des Amazones, le Tocantins, le Paraguay et le Parana, situés sur les deux rivages du Brésil, versent dans l'Océan, paraît être la cause qui s'oppose à la formation de deltas. Les eaux de ces grandes rivières coupent le courant maritime et ne perdent leur force d'impulsion qu'à une grande distance du rivage. Les régions, si riches en forêts, que traversent ces fleuves, se laissent aussi moins entamer qu'un sol nu. Les graviers de ces deux bassins hydrographiques sont donc relativement peu considérables. Enfin, comme ces fleuves se déversent dans l'Océan sur une côte ouverte et non dans des golfes ou une mer intérieure, cette circonstance exerce encore une influence sur la forme de leurs embouchures. Les limons qu'ils charrient s'étendent en se déposant au loin sur les rivages immenses de l'Amérique du Sud, d'où il peut naître une côte plate se prolongeant loin dans la mer, mais pas de delta. Ces rivages plats, avec leurs bas-fonds, créent de graves obstacles à la navigation pour pénétrer dans les estuaires du Maragnon et du Rio de la Plata.

Si nous comparons ces fleuves, les plus grands du globe, avec ceux de l'Asie, nous voyons que ceux qui se dirigent à l'est, venant de la Chine, possèdent de larges embouchures libres produites par les mêmes causes, tandis que ceux qui coulent au sud et se déversent dans des golfes ont de vastes deltas. Je me contente de citer le Gange, dont le delta est le plus grand et le plus étendu que l'on connaisse ; l'Indus, tout aussi connu que le Nil, à cause de son delta si régulier ; enfin l'Euphrate et le Tigre, dont l'embouchure, comme celle du Danube, est parsemée d'îles. Tous ces fleuves nous permettent donc de conclure pour eux, comme pour le Pô, qu'ils manquent de lagunes et de nehrung, parce qu'ils se déversent dans des golfes dont le courant est opposé à celui de leur embouchure.

Ces faits nous démontrent suffisamment l'action des fleuves sur la conformation des rivages de la mer. Il nous reste à étudier les phénomènes qu'ils produisent dans la partie supérieure de leur cours. A ce point de vue, il nous suffira de donner une description du Nil. Aucun autre fleuve, en effet, n'a produit des résultats aussi réguliers, et aucun ne peut être suivi pendant d'aussi longs espaces de temps.

Aussitôt après que le Nil a traversé le second rétrécissement, à Gebeleyn, la vallée s'élargit en forme de coupe. Au centre gisent les magnifiques ruines qui jadis constituaient les somptueux édifices de l'antique Thèbes. Placées sur les rives du fleuve, sur les rives artificiellement au-dessus du niveau des grandes eaux, des colonnes se dressent encore en files régulières sur le sol qui les porte. Les murs, écroulés depuis longtemps, se sont entassés jusqu'au-dessus des socles, et les statues précipitées sur le sol sont recouvertes de masses considérables de terre. Mais ces entassements composés des ruines des édifices ne constituent point les exhaussements. Ces granits, la plus dure de toutes les roches, unis entre eux presque sans mortier, ne se décomposent pas en poussière lorsqu'ils tombent en ruine. Leurs débris ressemblent beaucoup

plus à des entassements de blocs dans les vides desquels le sable
pénètre et forme un remplissage, mais ne donne jamais naissance
à des surfaces régulières et planes. Un autre mode d'exhaussement du sol dut exister dans les lieux où les édifices encore debout
n'ont été endommagés que sur leur couronnement et se sont conservés presque intégralement, et où les allées de sphinx ne dominent
plus le sol que de la tête. Il faut attribuer leur enfouissement à une
action régulière et longue, aux débordements du Nil, lorsqu'on a
vu comment il submerge ces monuments et dépose à leurs pieds son
limon fertile. Lorsque les savants français[1], durant l'expédition
d'Égypte, au commencement de notre siècle, eurent fait cette observation, ils examinèrent avec soin quelques-unes des ruines plus
élevées que les autres et trouvèrent que celles qui étaient enterrées
le plus profondément, descendaient jusqu'à 6 mètres[2] au-dessous du
sol. A cette profondeur, où le sol pavé permettait de reconnaître le
niveau primitif sur lequel reposait le monument, on trouvait toujours un soubassement de construction artificielle composé de galets et de terres rapportées. Près de la statue colossale de Memnon,
image assise, haute de 60 pieds, du roi égyptien Amenophis III
(environ 1480 avant J.-C.)[3], les Français remarquèrent un exhaussement de près de 2 mètres d'épaisseur. Ils conclurent, en outre,
d'une inscription placée au pied du colosse et appartenant à la
dixième année du règne d'Antonin (148 après J.-C.), que le dépôt
s'élevait de 1 décimètre par siècle. L'ancien nilomètre, trouvé à l'île
d'Éléphantine et examiné par Girard, donna un résultat assez semblable. Il prouva que le lit du fleuve s'était exhaussé en même temps
que la plaine sur laquelle il se répand, et que par conséquent on
pouvait déduire, avec quelque certitude, l'âge des monuments voisins du fleuve de l'épaisseur des couches déposées à leur pied. Le
palais de Louxor, à l'angle sud duquel l'exhaussement atteint 6 mètres, aurait presque cinq mille ans. On peut objecter à ce résultat

---

[1] *Descript. de l'Égypte*, 2e éd., vol. XX.
[2] Le mètre est égal à 3 1 10 pieds de Prusse.
[3] Cette statue est celle qui attirait les touristes de l'antiquité par un son qu'elle émet-
tait. Aussitôt après le lever du soleil, on entendait un son que les Grecs, avec leur riche
imagination, considéraient comme la voix d'Éos, mère de Memnon, arrivée près de son
fils tombé devant les murs de Troie, lui rendant la vie avec les rayons de l'aurore. Les
observateurs modernes y ont reconnu un phénomène physique causé par les courants
d'air qui s'échappent des joints de la pierre échauffée par le soleil.

contradictoire avec les études¹ les plus récentes sur l'époque de
l'histoire égyptienne à laquelle appartiennent ces monuments, que
l'élévation du niveau à Thèbes pourrait être plus considérable que
sur les rives situées au-dessus.

La vallée du Nil, en effet, s'élargit considérablement en ce point,
la rapidité du fleuve décroît et permet à une couche plus épaisse de
se déposer. On croit, en outre², pouvoir estimer le dépôt du fleuve
à 6 pouces par siècle dans cette région, et l'on trouve ainsi pour
l'âge des monuments de Thèbes trois mille sept cents ans, chiffre
parfaitement d'accord avec les données historiques. D'ailleurs, les
transports du Nil ont bien pu, dans le cours de ces diverses périodes, être considérablement modifiés, et le fleuve, dans les temps
primitifs où la vallée était encore basse et étroite, y avoir déposé
son limon en moins grande quantité qu'à son embouchure. Les plus
anciens souvenirs de l'Égypte paraissent remonter jusque là. D'après
Hérodote (I. II, c. 4), ils nous dépeignent le Delta comme un marécage. L'antique tradition d'une embouchure libre au temps du roi
Menès prouve que le pays était déjà peuplé jusqu'à la mer, que la
civilisation en était encore à ses premiers rudiments, et qu'enfin
les Égyptiens n'étaient pas un peuple cultivé descendu de la Nubie
le long du fleuve, mais qu'au contraire la première culture se propagea en remontant le cours du Nil.

Dans quelques autres fleuves, du reste, on peut constater l'exhaussement de leur sol aussi clairement qu'en Égypte ; mais aucun
n'a obéi à un régime aussi régulier dans son action. Nos fleuves débordent bien chaque année au printemps et submergent les plaines
le long de leurs rives, mais la hauteur de ces inondations est très-
variable suivant les années et elles manquent même complétement
après les hivers peu rigoureux. La plupart des grands fleuves de la
terre se comportent d'une façon analogue, bien que leurs débordements se produisent à des époques complétement différentes. On
sait que les deux grands fleuves de l'Amérique sortent de leur lit
pendant la saison des pluies et inondent les plaines. Les mêmes phé-

¹ D'après Bunsen *Place de l'Égypte dans l'histoire du monde*, t. III, p. 122, les
rois des dix-huitième et dix-neuvième dynasties, à qui on attribue les grandes constructions de Thèbes, se placent entre 1658 et 1818 avant Jésus-Christ. Lepsius les recule
de 700 à 800 ans plus loin.
² Porthey, *Voyage dans la vallée du Nil*, t. II, p. 115.

nomènes se reproduisent dans les fleuves de la Chine, dans le Gange[1],
l'Indus, et surtout l'Euphrate et le Tigre dont les débordements ont
pour la Mésopotamie une importance égale à celle des crues du Nil
pour l'Égypte. On observe les mêmes faits à l'ouest et au sud de
l'Afrique[2].

Ces faits nous ont démontré le dépôt de nouvelles couches de
terre sur les plus anciennes, et surtout l'action considérable que
tous les fleuves ont sur la configuration des côtes. Les résultats de
même nature produits par des forces analogues sur les parties hautes
de la surface du Globe dans l'intérieur des terres ne sont pas moins
évidents. Quelques courtes considérations sur les lacs intérieurs
nous convaincront de cette vérité et nous donneront un aperçu des
modifications que leurs eaux produisent plus ou moins loin de leurs
rives. Aujourd'hui encore nous rencontrons entre les chaînes de
hautes montagnes de grandes dépressions remplies d'eau. Dans les
plaines elles-mêmes, nous voyons des lacs qui, placés au point le
plus bas, servent de récipient aux eaux et manquent d'écoulement
vers les mers voisines. Ces conditions semblent avoir souvent existé
dans les temps primitifs, et mainte vallée, traversée aujourd'hui par
un fleuve, dut être d'abord un lac. Les eaux accumulées exercent
une pression sur les parties solides qui leur barrent le passage,
pression qui s'accroît en raison directe de la masse d'eau qui la
produit. Le résultat doit donc différer avec les conditions. Si l'évaporation de l'eau à la surface est moindre que l'apport continuel
des rivières, le niveau du lac s'élèvera jusqu'à ce qu'il rencontre
sur ses rives un point assez bas pour se décharger. La quantité
d'eau qui s'écoulera par cette brèche sera toujours égale à la différence entre les eaux apportées et l'évaporation. Si au contraire l'é-
vaporation et l'afflux se font équilibre, le lac conservera un niveau
fixe. Ce rapport peut être soumis à une périodicité, de sorte que le
niveau s'élèvera et s'abaissera dans des limites déterminées et n'aura
jamais d'écoulement. Ce dernier cas se présente dans la mer Caspienne et la mer d'Aral, dans lesquelles se déversent de grands

---

[1] Un observateur anglais, M. Everest, a estimé la quantité de limon que le Gange apporte à la mer chaque année, à environ 6,400 millions de pieds cubes, ce qui donnerait
une couche de terre de 1 pied d'épaisseur sur une surface de 10 milles carrés. Cet immense résultat dépasse de beaucoup ce que le Nil peut faire.

[2] Dans l'antiquité, l'Achéloüs et le Méandre étaient renommés comme formant de grands
dépôts. Hérodote compare I. II, c. 10. leur action à celle du Nil.

fleuves. Elles s'accroissent et s'abaissent périodiquement, mais ne sortent jamais beaucoup de leurs rives. Les lacs de Constance, de Genève, de Ladoga, de Wener, et les grands lacs de l'Amérique du Nord, dans lesquels le Saint-Laurent prend son origine, obéissent au premier régime. Tous ne sont en réalité que le lit du fleuve fort élargi en ce point. Lorsqu'il les eut remplis de ses eaux jusqu'à une certaine hauteur, il trouva une issue par laquelle il put continuer son cours.

Mais outre ces cas, qui tous se laissent ramener au principe d'équilibre entre l'action et la réaction, il existe encore un second cas principal, lorsque l'action l'emporte sur la réaction. Ce phénomène se manifeste plus fréquemment dans les vallées étroites que dans les plaines. Nous allons l'étudier en détail, parce qu'il contribue à la forme des vallées et des plaines. Lorsque l'enceinte d'un amas d'eau est faible sur un de ses points, elle résiste d'autant moins à la pression des eaux que celles-ci s'accroissent plus. Elle cède à la fin, et les eaux peuvent s'écouler. Le point qui a cédé peut avoir été d'abord de peu d'importance et ne provenir que d'une étroite fissure dans les parois d'une roche. L'eau en se précipitant s'ouvre bientôt une route plus large, et, suivant le rapport de sa puissance à la résistance de l'obstacle, se creuse une issue qui atteint jusqu'au fond du lac en permettant à toutes les eaux accumulées de s'écouler. Cette rupture entraine naturellement des changements dans toute la région placée au-dessous du lac, sur laquelle les eaux s'écoulent. Il en résulte un bouleversement de toutes les assises qui avant la rupture étaient à la surface. La quantité des eaux déversées, la rapidité avec laquelle la rupture s'effectue, les matières entrainées par le torrent et la pente sur laquelle il se précipite, influent beaucoup sur les circonstances des phénomènes produits. Quiconque a eu occasion d'observer des phénomènes analogues, comme il s'en produit quelquefois par l'accumulation des glaces dans nos fleuves, saisira mieux la grandeur de ces faits. Ceux qui ne les ont jamais vus peuvent très-bien se faire une idée de leurs immenses effets par les récits que les journaux nous ont donnés de la catastrophe qui récemment est venue frapper la ville de Pesth. Qui ne connait les dévastations causées presque chaque année par la Vistule? Qui n'a pas conservé le souvenir des terribles malheurs que le Rhône débordé apporta il y a quelques années dans la riche ville de Lyon et à tous les habitants de sa vallée? Ces fleuves cependant n'avaient point détruit leurs rives et ils suivaient encore en partie leur lit. La masse des eaux était seulement augmentée. Mais que le lac de Constance, dont la plus grande profondeur atteint 856 pieds, vienne à s'ouvrir une brèche jusqu'au niveau du Rhin au-dessous de Schaffhouse et se précipite avec ses eaux dans la vallée, quelles dévastations subiraient alors Bâle et les localités attenantes, et surtout les villes du Rheingau, où l'écoulement des eaux, de Bingen à Coblentz, ne pourrait se faire que lentement à cause du rétrécissement de la vallée.

Nous avons, pour mesurer l'étendue de telles dévastations et prévoir la possibilité de réelles déchirures de vallées, plusieurs exemples que nous pouvons encore étudier et auxquels nous consacrerons les lignes suivantes. Un des plus récents est la catastrophe arrivée dans la vallée de Banien, le 16 juin 1818 [1]. Cette vallée s'étend au sud du Rhône vers les Alpes, dont le grand Saint-Bernard est le point le plus élevé entre le mont Blanc et le mont Rosa. Cette vallée est parcourue par la Dranse qui se jette dans le Rhône à Martigny. Dans sa partie supérieure, entre le mont Pleureur et le mont Mauvoisin qui la limitent, le premier au sud, le second au nord, elle est étroite et reçoit ses eaux de trois grands glaciers. Le plus petit, le glacier de Gétroz, se trouve à l'extrémité inférieure de la partie étroite, au pied du mont Pleureur. Les rochers en moraines qu'il porte avec lui tombent immédiatement dans la Dranse et il s'en détache souvent des blocs entiers de glace. Les eaux de la rivière y avaient jusque là trouvé une issue, lorsqu'elle fut obstruée dans le mois d'avril de l'année précitée. Un lac se forma au-dessus des masses de glaces et atteignit un quart de mille en longueur. Les habitants reconnurent bientôt quel danger les menaçait et essayèrent d'ouvrir une issue aux eaux qui s'élevèrent bientôt à 800 millions de pieds cubes. Mais ils n'y purent réussir. L'été s'avançait de plus en plus. L'échauffement du sol, produit par la haute température, ramollit les blocs de glace qui avaient obstrué les canaux par lesquels l'eau s'écoulait d'abord et lui ouvrit un passage dont l'ouverture atteignit rapidement une largeur de 90 pieds. Les dévastations causées par ce torrent furent terribles. Les maisons, les arbres,

[1] Voy. Gilbert, *Annales de physique et de chimie*, tome LX, p. 351, 355, et tome II, p. 100.

les rochers et tout ce qui offrait un obstacle au courant fut entraîné,
une partie de la ville de Martigny détruite et les eaux du Rhône
lui-même en éprouvèrent une hausse. L'eau parcourut, en cinq
heures et demie, la distance de 11 milles entre la digue de glace
et le lac de Genève. Elle avait d'abord une rapidité de 33 pieds à la
seconde, qui alla en diminuant à cause des obstacles et de la pente
moindre de la plaine, et n'était plus que de 6 pieds en arrivant
au lac.

Un autre fait semblable dans les temps historiques, mais avec des
effets moins grands, est la coupure que le Simeto ou Gabello, fleuve
de Sicile, s'est creusée au pied occidental de l'Etna. En 1603, son
cours fut arrêté par une coulée de lave qui traversa son lit et s'y
refroidit. Il s'entassa au-dessus jusqu'à ce qu'il eût trouvé une issue
à la partie supérieure de la digue de lave. La puissance érosive de
l'eau et des graviers qu'elle charrie avec elle a si bien creusé ce
passage, qu'actuellement la plus grande partie de la coulée est en-
taillée. La rivière s'est ouvert une gorge en forme de canal, dont
la beauté sauvage est encore relevée par deux gradins en terrasse et une cascade bouillonnante. Lyell[1], à qui nous devons ce fait,
estime la profondeur de l'entaille à 40 ou 50 pieds, et sa largeur de
50 à 100. Cette brèche a pu se faire en deux cents ans. Ajoutons
que l'eau se précipitant par-dessus les terrasses de la digue l'affai-
blissait incessamment, tandis que son écoulement supérieur l'abais-
sait, en sorte qu'elle était entamée de deux côtés à la fois. Les crevasses des laves permirent aussi aux eaux d'entraîner des blocs
entiers.

Ce dernier fait est intéressant, en ce qu'il nous montre que les
lacs peuvent trouver une issue sans qu'il en résulte de grandes catastrophes et que, par conséquent, la rupture de toutes les parois
de vallées que nous rencontrons si souvent dans les hautes montagnes n'a pas été nécessairement accompagnée de grands bouleversements. Beaucoup de ces passages même n'ont pas été créés par le
fleuve qui y coule. Une grande partie peut très-bien provenir de déchirures et de brèches que le fleuve a rencontrées et qu'il lui a suffi
d'élargir. C'est ainsi que le Rhin ne se fraye une route que difficilement entre le Hundsrück et le Taunus, et de même le Mein entre

---

[1] *Principes de géologie*, trad. en franç. par madame T. Meulien, part. II, p. 12.

l'Odenwald et le Spessart. Il en faut dire autant du cours de l'Elbe
à travers l'Erzgebirge. Dans ces trois cas le fleuve a rencontré une
brèche qu'il élargit en préparant peu à peu un déversoir aux eaux
accumulées au-dessus et en creusant le sol de la vallée au niveau
actuel. Le passage du Weser à travers la *Porta Westphalica* est encore le résultat d'une profonde déchirure dans la roche que l'eau
a agrandie lentement jusqu'à ses dimensions actuelles. Avant cela
les parties basses de l'Alsace et de Bade, le cercle du Mein, la principauté de Lippe avec ses environs et la Bohême formaient un vaste
bassin d'eau, dont l'étendue diminua graduellement avec le progrès de la coupure faite par le fleuve, jusqu'à ce que les eaux purent enfin s'écouler entièrement. On peut considérer la plupart des
vallées étroites comme produites de cette façon par les courants
d'eau. D'abord, elles n'étaient que des dépressions, dans lesquelles
les eaux, en s'écoulant de toutes parts, se rassemblèrent ; elles suivirent leur cours dans le sens de la pente du sol, jusqu'à ce qu'elles
rencontrèrent une issue naturelle ; sur les points où celle-ci leur
manquait, elles s'en ouvrirent une. Il est plus difficile pour un courant d'eau de se frayer un passage à travers une roche, que de
trouver une ouverture en la contournant, et comme il est très-rare
que des hauteurs possèdent une élévation égale sur toute leur étendue, il fallait dans la plupart des cas une accumulation d'eau moins
considérable, pour que la rivière s'élevât jusqu'au point le moins
élevé de la digue. Elle poursuivait son cours par-dessus, comme
le Simeto, et creusait son déversoir peu à peu jusqu'au niveau actuel,
sans cesser de dévastations et de bouleversements sur de grandes
étendues. La plupart des fleuves, sinon tous, qui coulent à travers
des terrains de niveaux divers, nous montrent des passages érodés de
ce genre.

La planche ci-contre met sous les yeux une de ces ouvertures. Elle
représente un paysage irlandais et le petit fleuve le Burntbollet,
au point où il se précipite hors d'une gorge composée de micaschistes et tombe dans le bassin situé au pied de l'obstacle qui a arrêté son cours. L'entaille du rocher avec sa forme est évidemment
son œuvre ; c'est une crevasse primitive qu'il a élargie et que traversent les bandes à gauche de la roche stratifiée irrégulièrement,
en la divisant actuellement en plusieurs terrasses formant des canaux. Cette figure peut encore servir à nous faire comprendre les

faits grandioses d'une nature semblable que le géologue anglais Lyell, à qui nous devons la description donnée ci-dessus de la brèche du Simeto, a le premier fait connaître exactement [1]. Nous voulons parler de la célèbre cataracte du Niagara, entre le lac Érié et le lac Ontario. Ces deux lacs appartiennent au bassin du Saint-Laurent, l'Érié occupant la partie supérieure et l'Ontario l'inférieure. Un plateau de calcaire s'étend en un vaste arc de cercle

Fig. 4. — Cascade du Poulbollet (Irlande).

autour de l'Ontario et le sépare des quatre grands lacs placés beaucoup plus haut. Cette terrasse est la cause de la cascade du Niagara. Les eaux des lacs supérieurs s'y précipitent dans l'Ontario. Actuellement la chute se trouve assez exactement au milieu entre les deux lacs. Elle est éloignée de l'Érié de 5 milles 3/4, de l'Ontario de 5 milles 1/2. Mais primitivement elle devait être sur le bord de la terrasse à 1 mille 1/4 plus bas vers l'Ontario. Cette assertion s'appuie sur ce que, depuis la chute jusqu'au bord de la terrasse, le fleuve est encaissé dans une étroite gorge de 500 à 1,000 pieds de

[1] Voy. son *Voyage dans l'Amérique du Nord.*

large, dont les parois se dressent presque à angle droit ; et, en outre,
sur ce que le mouvement de recul de la cascade continue toujours.
Ce phénomène provient du fleuve et de son action érosive. L'eau,
après avoir coulé rapidement pendant 1/4 de mille à travers une solide
couche calcaire d'une épaisseur de 50 pieds, se précipite¹ du haut
d'une seconde couche calcaire, épaisse de 90 pieds, au-dessous de
laquelle existe une couche de schiste d'une puissance égale. Celle-ci
est continuellement rongée par le choc des eaux et surtout des
troncs d'arbre qu'elles roulent avec elles. Les couches supérieures
perdent leur support à la suite de cette destruction et s'effondrent
de temps en temps, ce qui recule la chute d'une distance égale vers
le sud. On a établi, d'après des observations remontant à 40 ans,
que le progrès moyen est 1 pied par année. Le fleuve a donc employé 35,000 ans pour creuser la gorge longue de 1 mille 1/4 et
il lui faudra encore 70,000 ans pour atteindre le lac Érié. On peut
affirmer avec certitude que le fait se réalisera un jour.

Les modifications produites par la mer sur les rivages de la terre
ferme ne sont pas moins importantes, quoique tout aussi locales.
Son action est dans ses effets généraux analogue avec celle des fleuves, soit parce que, comme nous l'avons vu plus haut, la mer au
voisinage des côtes obéit à des courants constants ; soit parce qu'elle
est tenue dans un mouvement périodique régulier par les marées,
mouvement qui ne se propage pas jusque dans les mers intérieures, telles que la mer Baltique et la mer Noire ; soit, enfin, que
fouettée par les vents, elle se soulève avec violence. Tous ces mouvements agissent sur les côtes et y produisent un rejaillissement
auquel les roches les plus dures cèdent peu à peu. C'est pour cela
qu'on a attribué à la mer, comme aux fleuves, le pouvoir de ronger ses rivages, action qui a d'autant plus d'influence sur la forme
de ceux-ci, que les roches qui les composent sont plus molles et
plus friables. Nous savons comment la mer transforme peu à peu
des bandes de terre en îles, entame celles-ci et à la fin achève de les
détruire. Tel est le destin, que font prévoir pour la petite île d'Héli-
goland, située à l'embouchure de l'Elbe, les recherches faites ré-

¹ En réalité il y a deux cascades. La petite île, en effet, Goat-Island, qui se trouve
au bord de l'abîme, partage la cascade en deux moitiés inégales. La plus importante,
appelée Horse-Shoe, sur le rive anglaise, est large de 1,800 pieds. Elle en a environ 1,800. La cascade la plus petite mesure 1,000 pieds. La hauteur perpendiculaire
est de 160 pieds.

cemment sur son ancienne étendue[1]. Cet événement n'aura peut-
être lieu qu'après de longs siècles, mais enfin se réalisera. Quelquefois la mer pendant les violentes tempêtes se précipite dans les
petites baies du rivage, les creuse et les transforme en golfes. Nous
avons dans notre pays plusieurs faits de cette nature bien constatés
et qui appartiennent aux temps historiques. Un des plus récents
est la formation du Dollart à l'embouchure de l'Ems, que la mer
creusa peu à peu depuis 1277 jusqu'en 1539. Un peu plus tôt (1218)
le Jahde se forma de la même manière à l'embouchure du Weser,
avec des dimensions beaucoup plus grandes, et vers le même temps
(de 1219 à 1282) eut lieu l'union du Zuiderzée, fermé jusque-là,
avec la mer. Les îles nombreuses en forme de dunes qui s'étendent
sur la côte orientale du Schleswig, depuis le Jutland jusqu'au Hol-
stein, sont encore attaquées par les flots. Beaucoup ont déjà été détruites et toutes éprouveront le même sort qu'Heligoland. Les côtes
de la Hollande et de la Frise, placées dans les mêmes conditions,
modifient leurs contours presque chaque année.

Sur tous ces points la mer ne rencontre qu'une plage de sable
unie dont elle emporte aisément des parties, même lorsque les vents
y ont entassé les digues naturelles de sable connues sous le nom
de dunes. Ces dunes de sable sont un des caractères presque généraux de toutes les côtes au nord-ouest de l'Allemagne et de la Hollande. Elles opposent un obstacle aux assauts des flots, mais elles
sont trop faibles pour résister à toutes les attaques de l'Océan. Tantôt les flots, bouleversés par la tempête, les rompent et creusent des
golfes dans les terres placées derrière elles. Tantôt elles sont entièrement rongées ou emportées par les vents de la mer sur les terres
et occasionnent un ensablement du sol qui cause de plus grands
dommages qu'elles ne rendent de services en brisant les flots. Les
rivages abrupts et élevés, surtout lorsqu'ils sont formés de roches
dures, offrent plus de résistance que ces côtes plates. Bien que la
mer ne puisse les submerger ni les entamer par leur surface, elle
exerce cependant une action érosive sur elles. Lorsque les côtes
sont formées de roches cristallines ou compactes, les fissures qui
existent dans leur masse deviennent la principale cause de destruction exercée par la mer. Elle entraîne, en effet, peu à peu les quar-

[1] Voy. N. W. M. Wiebel, l'île d'Heligoland recherches sur son étendue dans l'antiquité et le présent, etc.'. Hambourg, 1848. 8.

tiers séparés et exposé de nouvelles surfaces à la décomposition. Les débris tombent au pied de l'escarpement, s'accumulent avec le temps et forment par la suite une forte digue, qui brise la puissance des flots et arrête la destruction. Les solides murailles de rochers échappent ainsi aux changements continuellement produits par la mer. Mais si le rivage est composé de masses terreuses ou stratifiées, l'action de la mer est encore plus énergique. Dans ce dernier cas, il importe beaucoup de faire attention à la direction des assises par rapport à la mer, si l'on veut bien comprendre son action. On constate, en effet, que les strates qui plongent dans la mer sont détruites bien plus aisément que celles qui s'élèvent de la terre vers la mer. L'eau pénètre facilement entre les assises et en se retirant emporte avec elle une partie de la couche détruite en causant l'éboulement des parties supérieures. Dans l'autre cas, la destruction des couches supérieures devient impossible et ne peut se concevoir que par l'érosion mécanique du bord libre ou une excavation suivie d'éboulement.

Heligoland nous donne sur ses côtes du sud-ouest un exemple bien connu de cette espèce. Nous l'avons figuré dans la planche ci-contre. Le rivage élevé, abrupt et dentelé est composé de bancs d'argiles marneuses, rouges et arénacées, qui plongent vers la terre et alternent avec de minces assises de grès blanc très-fin. L'extrémité dénudée de ces strates est exposée à toutes les attaques de la mer[1]. Le rivage rongé par les flots s'élève perpendiculairement à une grande hauteur jusqu'à son bord extrême et projette dans la mer des dents traversées latéralement par de grandes ouvertures, telles qu'on les voit sur la planche figurant le *Momers-Gat*. Devant et à l'intérieur de ces ouvertures gisent les nombreux débris formés par la destruction des blocs de rochers. — Les rivages terreux et surtout les falaises crayeuses qui forment la côte orientale de l'Angleterre et celles des îles danoises et de Rügen résistent encore moins que le grès et les strates marneuses d'Heligoland. La mer les affouille constamment et les parties qui reposent au-dessus, manquant d'appui, s'abîment dans les flots. La marée les emporte, la base de la falaise est de nouveau mise à nu, et l'œuvre de destruction se continue. Cependant les côtes terreuses de l'époque tertiaire

[1] Voy. l'intéressant travail de O. Volger sur la *Géognosie d'Heligoland, Lünebourg, Segeberg*, etc. Brunswick, 1846.

renferment des blocs de roches plus dures, que l'on rencontre plus particulièrement dans les marnes. Ces blocs naturellement sont précipités avec la falaise, mais sont trop volumineux pour être transportés par la mer et trop durs pour se désagréger. Ils restent donc en place et avec le temps forment devant le rivage une digue qui protège contre l'érosion les parties moins résistantes placées derrière elle. Dès lors les pluies seules et la désagrégation naturelle des roches agissent pour entamer ces falaises et les modifier.

Fig. 2. — Falaises d'Heligoland.

Ces digues de rochers qui défendent le bord extrême des côtes contre l'action érosive de la mer, sont remplacées ailleurs par des *bancs de sable* et de *galets* entassés. Déjà dans la formation des deltas nous avons décrit des phénomènes analogues produits par la rencontre des fleuves et de la mer, et nous avons prouvé que les dunes sont le résultat du conflit de deux mouvements opposés. Ici nous voyons des formations de même nature auxquelles la mer semble donner naissance. On appelle *bancs de galets* des entassements de cailloux roulés gros et petits, de fragments de roches de toutes sortes que la mer rejette hors de son lit, ou bien de coquilles de mollusques qui vivent là ou y ont été apportées par un courant constant ou par un vent fixe. Le plus souvent ces matériaux sont remportés par le flot qui les avait jetés à la côte et ne peuvent pas s'y accumuler. Mais en certains points, où règnent des vents fixes qui à certains moments se déchaînent en tempête, l'impulsion énergique des flots sur les galets l'emporte sur l'action de retrait des eaux. Il se forme peu à peu une digue de cailloux, que le sable et la vase infiltrés dans leurs interstices soudent ensemble et qui constituent ainsi une masse solide. Ces digues sont les bancs de galets. Ils résistent parfaitement au choc quotidien des flots et protègent le rivage aussi bien que les rochers qui s'en détachent, dont nous avons déjà parlé, et qui s'entassent devant lui. Le plus souvent les deux circonstances agissent en même temps. Les gros blocs désagrégés deviennent la cause qui retient les petits galets apportés par les flots. C'est par cette voie que se sont formés les grands bancs de galets placés devant les rivages crétacés que nous avons cités et dont l'île pittoresque de Rügen nous offre de beaux exemples à Arcona et Stubben-Kammer.

Les *bancs de sable* diffèrent des bancs de galets en ce qu'ils sont uniquement composés de sable fin et qu'ils changent facilement de forme et de dimensions. Ils se forment tantôt sur les rivages plats et sablonneux au moyen des sables rejetés par la mer, tantôt sur les points où plusieurs courants se rencontrent, ou bien encore lorsqu'un courant se trouve brusquement arrêté. Sous l'influence de ces deux causes, l'eau dépose ses graviers ou ses sables légers, et comme elles sont aussi constantes que le mouvement des eaux elles-mêmes, il en résulte un continuel exhaussement du bas-fond. C'est par ce procédé que naissent, devant l'embouchure de presque tous les fleuves, ces bancs de sable qui n'arrivent pas à former des deltas ou des îles; ceux-ci eux-mêmes ont toujours commencé par n'être que des bas-fonds de cette nature. Les détroits et les promontoires du rivage sont très-appropriés pour former de ces bancs de sable. En effet, on y voit presque toujours deux courants opposés. La mer Baltique en présente des exemples variés. Le détroit entre l'île de Rügen et la côte de Poméranie s'ensable tellement à son extrémité occidentale, qu'il ne peut être tenu ouvert à la navigation que par des moyens artificiels. Cet ensablement provient à la fois et du ralentissement que le courant du détroit éprouve à sa sortie dans la

mer ouverte, et surtout de la forme de la côte voisine qui, en se
détournant subitement vers l'ouest, lui fait obstacle à sa sortie
du détroit. Ces deux mouvements des eaux se rencontrent à l'extrémité de l'île de Zingst et enveloppent une portion de mer calme
qui reçoit les matières charriées dont se forme le banc appelé le
Bélier. C'est à des circonstances semblables que les grands bas-
fonds près de Terre-Neuve et de la Nouvelle-Ecosse doivent leur
existence. Le Gulf-Stream y porte vers le nord beaucoup de sables
légers, jusqu'à ce qu'il se trouve paralysé en rencontrant le courant
du Saint-Laurent. Les deux fleuves laissent tomber leurs graviers
et forment le banc. Les bas-fonds se développent tout aussi bien à
l'abri des grandes langues de terre, comme, par exemple, sur la côte
occidentale de la Floride, où le courant qui sort du golfe du Mexique vient se heurter et s'affaiblir en perdant sa force d'impulsion,
et par conséquent laisse déposer des graviers. Quelquefois les détroits qui ne sont point traversés par un courant puissant sont
complétement obstrués par des bancs de sable. Ce cas se manifeste
surtout lorsque l'entrée du détroit est plus large que sa sortie. Les
eaux pénétrant avec une grande force sont arrêtées et abandonnent
leurs graviers. Un banc se forme qui obstrue le passage et plus
tard relie les deux rivages opposés, lorsqu'il s'élève jusqu'au niveau
des eaux et que le phénomène de la formation de dunes entre en
jeu, comme nous l'avons décrit ci-dessus. — L'île de Rügen nous
offre un très-bel exemple de cette espèce entre ses deux péninsules
de Wittow et Jasmund. Aujourd'hui elles sont reliées par une étroite
bande de sable, la *Schabe*, et au sud par une seconde bande entre
Jasmund et Rügen, la *Schmale-Heid*. Jadis la mer était ouverte sur
ces points. Ces bandes de terre enferment à l'est une mer intérieure, la *Bodden*, dont l'ouverture placée à l'ouest est si étroite
qu'on peut la traverser en canot en dix minutes. La Schabe a plus
d'une lieue en longueur, mais à peine un quart de lieue en largeur,
et se compose d'un sol nu et inculte, dont la nature fournirait les
meilleures données sur son origine, si on ne possédait pas d'autres
renseignements.

Tous ces faits montrent assez que les eaux, considérées seules ou
unies avec les courants aériens ou vents, exercent encore aujour-
d'hui une action mécanique considérable sur la Terre et ont dû
l'exercer de tout temps. Elles ont produit une grande partie des

changements analogues à ces phénomènes modernes que nous observons à la surface du Globe. N'oublions pas toutefois que toutes
ces modifications sont d'une importance médiocre et presque toujours limitées à un point donné, qu'elles n'apportent rien de réellement nouveau, mais ne font que remanier ce qui existait déjà ;
en un mot, que l'action mécanique des eaux nous permet bien d'expliquer la forme et l'étendue, mais jamais la nature des parties
composantes des dépôts stratifiés, dont nous trouvons les traces sur
le sommet des chaînes de montagnes, aussi bien que dans les vallées. Il est donc évident qu'ils ont jadis formé des fonds de mer,
et il nous faut, ou bien trouver une cause pour expliquer leur soulèvement, ou bien admettre qu'il y eut un temps où les eaux s'élevaient jusqu'aux points où nous rencontrons aujourd'hui quelques-
unes de ces masses stratifiées. Nos recherches ultérieures nous apprendront laquelle des deux circonstances est la plus vraisemblable ;
mais auparavant nous étudierons, dans le chapitre suivant, les actions chimiques des eaux et de l'atmosphère.

— -

CHAPITRE III

Action chimique de l'eau dans les temps modernes. — Action des êtres
organisés. — Influence de l'atmosphère.

L'influence que l'eau, considérée comme agent de dissolution
chimique des roches, peut exercer sur la configuration de la surface
de la Terre, n'est pas moins considérable que les phénomènes mécaniques décrits précédemment. Les effets sont beaucoup plus variés. En effet, si certaines matières, telles que les métaux, résistent
à son action, elle dissout, au contraire, très-facilement la plupart
des sels et produit, quoique avec lenteur, des effets analogues sur
un grand nombre de roches.

Quand nous parlons de ce pouvoir dissolvant, il ne s'agit point
des phénomènes que produit l'eau en s'infiltrant dans les interstices
des dépôts à texture poreuse, tels que les couches de lehm, et en
les transformant en une vase souvent fluide. Il s'agit, au contraire,
de véritables dissolutions, que nous nommons quelquefois *fusions*,
bien que ce terme devrait être appliqué seulement aux corps rendus
fluides sous l'influence de la chaleur. Dans une vraie dissolution,
le corps dissous perd la forme sous laquelle il nous apparaissait et
s'évanouit, pour ainsi dire, dans l'eau. Il ne trahit plus son existence que par telle ou telle propriété qu'il communique à l'eau, soit
une coloration, soit un goût particulier, soit un accroissement de
volume ou une densité plus élevée. L'eau se trouve modifiée aussi;
modification qui se manifeste comme une propriété nouvelle. Le
corps dissous ne se distingue plus de l'eau, comme on peut toujours
le faire dans les mélanges par action mécanique, à quelque degré
de division que la matière ait été portée. Les deux corps dans les

dissolutions se confondent tellement, que l'un anéantit l'individualité de l'autre et modifie la sienne propre. Dans les mélanges, au
contraire, chaque élément conserve son individualité particulière,
et il ne s'y produit que des changements dans les positions réciproques, soit des éléments entiers, soit de quelques-unes de leurs
parties.

L'eau ne dissout facilement et en grande quantité que quelques-
uns des éléments du Globe terrestre. Ce sont avant tout les sels,
tels que le sel de cuisine, le sel de Glauber, le sel amer, le salpêtre,
l'alun et les sulfates. Ils se mélangent avec l'eau partout où ils se
trouvent en contact avec elle. Ils donnent naissance aux diverses
sources appelées minérales, et entre autres à ces sources salines dont
on extrait le sel à l'état solide en évaporant sur le feu. Ces dissolutions de matières solides, en outre des sources minérales, produisent encore les *eaux acidules* chargées de matières volatiles, qui
contiennent de l'acide carbonique, et les *eaux sulfureuses* dans la
composition desquelles entre l'hydrogène sulfuré. L'eau, dans le
long trajet qu'elle exécute de la surface de la terre dans ses profondeurs, pour reparaître ensuite sous forme de source, rencontre
des roches contenant des matières solubles. Elle s'en empare en
filtrant à travers la roche, et s'en charge plus ou moins, suivant la
quantité existante de ces matières et suivant la rapidité avec laquelle
elle traverse le dépôt. Elle reparaît ensuite avec de nouvelles propriétés. Quelques sources seulement sont assez fortement chargées
pour permettre d'apprécier le mélange au goût ; l'eau de la plupart
est en apparence pure et limpide. Nous en concluons que les roches
qui les entourent ne contiennent point de matières solubles, et
qu'en général la plupart des éléments du Globe terrestre sont insolubles dans l'eau, puisque les sources minérales et gazeuses sont
de beaucoup les moins nombreuses.

Mais le témoignage des yeux et de la langue ne suffit point à
nous donner une connaissance scientifique sur le degré de pureté
de l'eau. Il nous faut des indications plus rigoureuses. Qu'on mette,
en effet, à l'épreuve les eaux qui en apparence ne contiennent aucun mélange, pour constater leur pureté absolue ou chimique, et
l'on reconnaît bientôt qu'il n'existe peut-être pas une seule source
entièrement pure, et qu'on y trouve dans presque toutes des substances minérales en dissolution, sans compter les traces d'acides

et de sels. La plus répandue de ces substances dans les sources est le calcaire. Nous la rencontrons à la surface de la terre, formant, surtout avec l'acide carbonique et l'acide sulfurique, des combinaisons que nous appelons *chaux proprement dite* et *gypse*. Ce dernier est soluble dans l'eau pure. Toute source qui, dans son parcours à travers les couches terrestres, traverse des gisements de gypse, peut donc en présenter des traces. Le carbonate de chaux insoluble dans l'eau pure le devient dans les eaux chargées d'acide carbonique. La présence de ce gaz dans la plupart des sources et fontaines, produit les dissolutions de chaux que l'on peut constater dans presque toutes les eaux de sources. Cette chaux n'est pas apparente par elle-même; elle ne dévoile sa présence que par l'évaporation de l'eau, en formant un dépôt, et comme elle n'existe qu'en très-petite quantité, il faut évaporer une grande masse d'eau dans un même vase, ou au moins la faire bouillir. Pendant l'ébullition, l'acide carbonique se dégage avec l'air atmosphérique et la chaux se précipite. Ajoutons que le carbonate de chaux est plus soluble dans l'eau froide que dans l'eau chaude. Toute élévation de température de l'eau favorise donc la séparation de la chaux. Une foule de phénomènes assez généralement connus, mais obscurs pour beaucoup de personnes, ont leur principe dans les lois que nous venons de formuler. Nous remarquons que nos théières se recouvrent à l'intérieur d'une croûte pierreuse ou incrustation, sans penser qu'elle résulte du carbonate de chaux de l'eau, pure en apparence, que l'ébullition a fait déposer sur les parois du vase. Nous admirons les beaux calcaires tufacés de Carlsbad, avec leur bigarrure de couleurs, lorsque nous les voyons polis et travaillés en œuvres d'art, et nous avons là un des exemples les plus frappants des grandes quantités d'éléments solides que peuvent contenir les eaux de source. Avec quelle rapidité, en effet, les bouquets de fleurs, les nids d'oiseaux et tout ce qu'on y jette se recouvrent d'une croûte pierreuse ! L'eau chaude a ici une action plus énergique, non-seulement parce que le carbonate de chaux y est moins soluble à cause du dégagement plus considérable de l'acide carbonique, mais encore parce qu'elle s'évapore plus rapidement que de l'eau froide et dépose ainsi, dans un temps court, plus de matière solide. Beaucoup de sources, tant froides que chaudes, donnent naissance à des dépôts analogues et produisent des masses calcaires considérables, que l'on nomme,

suivant leur forme, calcaire concrétionné, tuf calcaire ou stalactite.
Les *calcaires concrétionnés* sont des dépôts à structure cristalline
apparente ; les *tufs calcaires* ont un aspect terreux et sont ordinairement poreux ; les *stalactites* présentent des couches cristallines
concentriques, et ressemblent par leur forme extérieure à de grandes
chandelles de glace. Elles se forment dans les grottes naturelles ou
artificielles de la voûte desquelles suinte de l'eau qui, en s'évaporant, abandonne la chaux qu'elle avait dissoute dans son trajet à
travers les couches terrestres jusqu'à la voûte de la grotte. Ces trois
genres de dépôts, du reste, ne se composent pas uniquement de *carbonate de chaux* ; ils contiennent en général d'autres éléments, tels
que du carbonate de strontiane, du sulfate de magnésie, du gypse,
du sel de Glauber, du sel de cuisine, de la silice et jusqu'à du fer
qui, sous forme d'oxyde, donne à ces dépôts leur couleur brune et
produit dans les calcaires tufacés des bandes à nuances variées, suivant la quantité plus ou moins grande que l'eau en tenait en dissolution avec le carbonate. Le grand nombre de sources avec dépôts
de tufs et de concrétions sur toutes les régions de la Terre, et surtout en Italie, où les concrétions prennent le nom de *travertin*,
employé dans leurs constructions par les anciens ; enfin la présence
presque universelle de stalactites dans les cavernes de notre pays,
nous démontrent que le pouvoir dissolvant exercé par les eaux sur
les roches calcaires dans les temps modernes est plus considérable
que ne le laisserait croire l'apparente pureté des eaux de source.
Cette propriété a certainement joué un rôle considérable dans les
époques primitives de la Terre. Il nous importe de noter que les
matières qui se sont formées par dépôt dans une dissolution présentent en général une nature cristalline ; ce qui nous autorise, sans
plus ample démonstration, à considérer les dépôts terreux ou compactes comme des matières n'ayant subi d'abord qu'un mélange
mécanique avec les eaux. Les tufs dont nous avons parlé forment
une exception. En effet, ils ne sont pas cristallisés, mais compactes,
c'est-à-dire composés de cristaux extrêmement petits, pulvérulents,
qui n'ont pas pu s'accroître, à cause de la rapidité avec laquelle
leurs éléments se déposaient dans l'eau agitée. Les tufs ont encore
généralement une structure poreuse très-irrégulière. Ils renferment
des corps étrangers, des herbes, des joncs, et ces corps y ont laissé
leur moule. Il semble, de plus, que la présence de végétaux dans

les eaux chargées de calcaire favorise la formation de ces tufs, et
qu'il faut y voir la cause des nombreuses empreintes végétales qu'ils
contiennent. Les plantes enlèvent à l'eau l'acide carbonique libre et
précipitent le carbonate de chaux. — Nous n'admettons donc point
que les matières ou formations terreuses, même lorsqu'elles sont
certainement d'origine aqueuse, aient jamais pu exister à l'état
de dissolution chimique; nous les considérons plutôt comme des
mélanges mécaniques, à moins toutefois que d'autres raisons nous
contraignent, comme pour les tufs, à accepter l'existence d'une
dissolution réelle.

La *silice* se rencontre parmi les éléments solides des eaux de
source aussi généralement que le carbonate de chaux, mais en
moindre quantité. Si on admet les chiffres 1 1/2 ou 2 pour 100
comme valeur moyenne des éléments solides dissous dans les sources communes, la moitié au moins et souvent les deux tiers de cette
quantité appartiennent au carbonate de chaux et deux millièmes seulement à la silice. En résumé, les eaux douces ne contiennent que
de faibles traces de silice, ce qui provient certainement de son peu
de solubilité. La silice est aussi insoluble que le carbonate de
chaux. Mais ses combinaisons premières, surtout ses combinaisons
si abondantes avec les alcalis, se décomposent facilement sous l'action d'acides plus énergiques ; elle reste dissoute dans l'eau où se
fait la décomposition et ne s'en sépare que par l'évaporation de
celle-ci. L'acide carbonique lui-même peut, dans certaines conditions, lorsqu'il est en contact continu avec des eaux chargées de
silicates, causer une décomposition lente des silicates alcalins et
dissoudre dans l'eau la silice devenue libre. Ces circonstances semblent d'autant mieux expliquer la présence de la silice dans la
plupart des sources, que tous les silicates s'assimilent peu à peu
de l'eau à l'état de combinaison chimique et peuvent par cette voie
devenir solubles. Les vapeurs d'eau chaude ont le pouvoir de décomposer très-facilement les composés siliceux. De là l'accroissement des quantités de silice avec la température des sources. Bon
nombre de sources dont les eaux sortent à la température d'ébullition, comme les geisers d'Islande, par exemple, sont extrêmement
riches en silice dissoute (1/2 pour 100) et forment autour d'elles
des concrétions siliceuses qui ne le cèdent pas en étendue aux tufs
calcaires auxquels elles ressemblent quelquefois par leur texture

poreuse : mais elles les surpassent quelquefois beaucoup en dureté, lorsqu'elles se condensent en opale ou en pierre à feu.

Après avoir étudié le pouvoir dissolvant des sources sur les plus importants de leurs éléments solides, nous ne pouvons reculer plus loin la question de savoir si la mer possède une propriété semblable. La simple nature des eaux de la mer donne déjà la réponse. Tout le monde sait, en effet, que la mer doit son goût particulier à des sels qui y sont dissous, et qu'après les en avoir extraits, ses eaux sont aussi pures que celles des sources et des rivières. Les plus importants de ces sels sont le *chlorhydrate de soude*[1] et le *chlorhydrate de magnésie*. Outre ces deux sels, on y trouve encore du *chlorhydrate de chaux*, du *gypse* et du *sel de Glauber* (sulfate de soude), avec quelques autres matières moins répandues, telles que l'*iode* et le *brome*. De tous ces éléments, le sel de cuisine l'emporte de beaucoup. Il forme de 2 1/2 à 4 parties pour 100 du mélange, et il se dépose naturellement en bien des lieux. Ce sont surtout les mers intérieures des régions chaudes qui se distinguent par cet excès de sel. Les mers intérieures et froides, au contraire, telles que la mer Baltique, contiennent une quantité de sel bien moins élevée et ont un goût moins amer[2]. On a été longtemps sans expliquer d'une manière satisfaisante l'origine des sels dans la mer. Aujourd'hui, la seule opinion admissible est celle qui considère toutes les

---

[1] L'expression de *chlorhydrate de soude*, que nous avons employée ici, comme nous le ferons encore par la suite, pour le sel de cuisine, n'est pas exacte, mais est consacrée par l'usage. En réalité le sel de cuisine n'est pas un composé d'acide chlorhydrique et de soude, mais de chlore et de sodium, le métal de la soude. En effet, l'hydrogène de l'acide chlorhydrique s'est combiné avec l'oxygène de la soude, pour former de l'eau, et se trouve ainsi éliminé du sel de cuisine. Son nom exact est *chlorure de sodium*. Il en est de même des autres chlorhydrates et des fluorhydrates. Ce ne sont, en réalité, que des combinés simples de chlore et de fluor.

[2] D'après les analyses les plus récentes de Forchhammer *Erreieg's n. Not.* XL, 263 , la mer entre les tropiques contient les plus fortes proportions de matières solides, 30,5 sur 1,000 parties d'eau. Vers le pôle, cette quantité s'abaisse jusqu'à 32,5. La quantité la plus élevée est celle des eaux de la Méditerranée, 37,1, et la plus faible celle de la mer Baltique. Partout l'eau est plus pauvre en matières salines sur les côtes que dans la haute mer, évidemment à cause des nombreux cours d'eau douce qui s'y déversent. Tous les éléments solides sont ou des combinés de chlore voyez la note précédente ou des sulfates et des carbonates. Le rapport de ces deux derniers, donné d'après leurs acides, est comme 10,0 est à 1,0 ou 1,21. Le voisinage des côtes semble influer sur le plus ou moins grande abondance des sulfates, qui probablement proviennent du sulfate de chaux *gypse* dissous et apporté par les rivières. Les carbonates (magnésie et chaux n'y existent qu'en traces peu appréciables, parce que la plus grande partie de ceux qui sont déversés dans la mer, ou bien se transforment, comme les sels alcalins, en combinés de chlore et en sulfates, ou bien, comme les sels terreux, passent à l'état solide et se déposent.

matières solides en dissolution dans la mer comme ayant été apportées par les cours d'eau des continents. Il faut cependant admettre que certaines modifications locales sont dues à des dissolutions propres à la mer, opinion qui s'appuie sur cette circonstance que dans certaines régions, surtout dans les régions volcaniques, ce sont les matières les moins répandues qui se trouvent dissoutes en excès dans la mer, au sein de laquelle elles se déposent sous forme solide par simple évaporation. Cet excès existe encore, même lorsqu'on a fait abstraction de l'apport des cours d'eau intérieurs richement saturés qui se déversent sur ces points de la mer. Nous voyons ainsi des grès et des roches calcaires se former sous nos yeux. Un gisement de calcaire déposé de cette manière sur les côtes de la Guadeloupe est devenu très-célèbre. On y trouva des squelettes humains parfaitement conservés qui furent considérés comme une preuve certaine de l'existence de races d'hommes préadamiques, jusqu'à ce que des observations mieux faites démontrèrent l'origine récente du calcaire. Les premiers observateurs ne furent pas moins étonnés par les singuliers tubes calcaires des côtes de la Nouvelle-Hollande. D'après les observations de Riche, ils proviennent de l'évaporation des eaux, que la mer soulevée dans les tempêtes fait rejaillir sur les plantes voisines du rivage. Elles se recouvrent ainsi peu à peu d'une croûte calcaire. Ces faits démontrent le pouvoir dissolvant des eaux de la mer, ou du moins la faculté de conserver en dissolution les matières dissoutes qui lui sont apportées, tout aussi bien que les tufs et les concrétions l'ont prouvé pour les eaux de source. Ils éclairent l'origine de maints gisements calcaires des temps primitifs et expliquent le mode de formation des calcaires oolithiques anciens comme étant des dépôts d'une mer richement saturée de carbonate de chaux, tandis que les puissantes assises du grès nous transportent en face d'un mélange mécanique. Il doit en effet son origine au sable de la mer. Il est plus difficile d'admettre, comme on l'a souvent fait, que ce sable provient de la silice dissoute dans la mer. Celle-ci ne contient actuellement que de faibles quantités de silice qui, de plus, ne peuvent en être séparées que par l'action d'organismes vivants. Toutefois, la silice a dû être dissoute dans la mer en plus grande proportion pendant les périodes primitives. En effet, on rencontre les nodules de silice, appelés *pierre à feu*, dans beaucoup de sédiments qui sont certainement des dépôts

marins. De plus, ces silex renferment presque tous des fossiles,
des corps entiers d'animaux sur lesquels ils se sont quelquefois
modelés. L'absence de structure cristalline indique, d'ailleurs,
qu'aucun phénomène chimique n'a présidé à leur séparation. Ce
fait, uni à la présence assez fréquente de corps organiques dans les
silex, nous amène à présumer qu'ils ont été séparés par des êtres
vivants. Quelques savants attribuent cette formation aux grandes
éponges (spongia), et prétendent que ces êtres enlevaient mécaniquement la silice à la mer, sur le fond de laquelle ils croissaient,
ou bien encore l'en séparaient chimiquement. Des animaux tombaient sur les dépôts de silice ainsi formés, s'y attachaient et se
trouvaient enveloppés dans le silex. On explique de cette façon la
formation du silex, mais non l'origine de la silice dans les eaux de
la mer de cette époque. On le peut faire seulement en admettant
que des décompositions beaucoup plus considérables eurent lieu
dans les époques primitives, hypothèse qui seule rend compte de
la présence de silice à l'état libre[1].

Ce que nous venons de dire de la formation du silex nous apprend
que les êtres vivants aussi ont pu prendre part à l'élaboration des
éléments inorganiques de notre Globe. Nous allons donc esquisser
plus complétement cette part d'action de la vie organique. Ces considérations trouveront d'autant mieux leur place ici que cette action
des organismes se fonde uniquement sur le pouvoir dissolvant de
l'eau et que les plantes et les animaux ne peuvent absorber de matières minérales qu'à l'état de dissolution. Le pouvoir dissolvant de
l'eau se trouve donc indirectement prouvé par les dépôts organiques
d'origine végétale ou animale, si même on ne peut considérer cette
preuve comme directe. Au fond, il y a peu de créatures vivantes qui,
dans ses phénomènes vitaux, n'emploie quelques substances minérales. Celles-ci, après la mort, lorsque ces êtres se décomposent en
leurs éléments, retournent sous forme solide au milieu qui les
avait fournies auparavant à l'état de dissolution. La *chaux* et la *silice* constituent la plus grande partie des substances solides ent-

1 Outre les silex, les marnes de grès vert, beaucoup plus abondantes, prouvent encore
la proportion élevée de la silice dans les mers primitives. Ces grès, en effet, ne sont,
d'après les savantes recherches d'Ehrenberg, que les noyaux pétrifiés des cavités de coquilles microscopiques polythalames qui n'ont pu absorber la silice par les pores de leur
enveloppe calcaire qu'à l'état de dissolution. Ehrenberg, *Des grès verts et de leur origine organique*, Berlin, 1855. G.

ployées par les êtres vivants. Ce sont, d'ailleurs, les deux éléments dont nous avons constaté la présence la plus universelle, aussi bien dans l'*écorce terrestre* que dans les *eaux*. Les animaux absorbent surtout de la chaux pour former les parties dures de leur corps. Les animaux inférieurs la fixent à l'état de *carbonate*, les supérieurs et principalement les vertébrés à l'état de *phosphate*, qu'ils empruntent aux eaux, bien que la proportion du phosphate de chaux ou *apatite* dissous soit beaucoup moindre que celle du carbonate. La quantité de chaux qui est ainsi empruntée à l'eau devient très-considérable, si nous considérons les innombrables mollusques et coraux des mers et si nous tenons compte des grands mammifères, moins nombreux à la vérité, mais dont les squelettes calcaires ne le cèdent guère en masse à ces petits êtres. Le *corps humain*, considéré lui seul, démontre l'énorme quantité de matière minérale qu'un organisme peut absorber. Si nous calculons 5 livres de chaux par homme (un homme sain et complètement développé en contient 7 livres), nous avons là une somme de 55 millions de quintaux, empruntés exclusivement à l'eau que l'homme emploie comme boisson ou aux aliments durant sa vie. Une faible partie de cette chaux est reprise par l'eau après la mort des individus. La plus grande portion reste dans le sol comme élément solide et augmente les couches terreuses qui enveloppent la surface de notre Globe proportionnellement au développement des organismes. — La chaux des animaux terrestres et de l'homme, par conséquent, provient en grande partie des eaux du continent et surtout des sources dont ils boivent les eaux. Les animaux, comme nous l'enseigne l'expérience, n'en enlèvent qu'une faible partie ; il s'en sépare beaucoup plus par l'évaporation, et une portion plus considérable encore arrive à la mer à l'état de dissolution. C'est là que commence le grand travail de séparation exécuté par les crustacés, les mollusques, les coraux et les autres innombrables animaux marins qui absorbent de la chaux. Les séparations effectuées par les crustacés et les mollusques sur tous les points de la mer sont bien dignes d'être prises en considération. Les valves d'une grande huître pèsent 12 à 14 onces. Que de milliers de ces coquilles sont rejetées chaque année par les gourmets de toutes les parties de la terre ! Mais tout cela disparaît devant l'action des coraux, à la présence desquels de grands écueils dans les mers et même des îles doivent leur origine.

Ces digues puissantes peuplées de leurs innombrables habitants qui de génération en génération travaillent sans repos sont le témoignage le plus frappant de l'importance prodigieuse des quantités de calcaire fixées par le *règne animal* et démontrent péremptoirement le pouvoir de séparation que les organismes possèdent sur les eaux[1]. Dans les océans limpides, agités et accessibles à la lumière et aux rayons chauds du soleil, ils fixent leur première habitation sur une base solide et se développent aussi longtemps que la mer conserve sa pureté cristalline et sa température élevée et égale. Ces deux conditions leur sont indispensables. Aussi les récifs de coraux sont-ils limités aux régions tropicales de la mer du Sud et des Indes occidentales, où les roches sous-marines leur servent de base et où ils étendent leur domaine à des profondeurs constantes. L'agitation des vagues sur les brisants ne les détruit point ; au contraire, les coraux construisent de préférence sur les points où les flots se brisent violemment. Mais un courant continu, surtout s'il provient du voisinage d'un fleuve et leur apporte toutes sortes de débris, empêche leur développement. Il coupe le récif et ouvre aux marins une entrée dans ces ports naturels pour s'abriter contre les tempêtes. La lagune intérieure, inaccessible aux vagues, est le séjour de nombreux êtres organisés et le dépôt de leurs carcasses en décomposition. Le squelette des poissons, la carapace des crustacés et les coquilles des mollusques forment une épaisse couche de matières calcaires homogènes que l'on ne peut mieux comparer qu'avec la craie, parmi les formations primitives. Mais sur les points où des circonstances défavorables font obstacle au travail des coraux, où des rivages bas et vaseux troublent les eaux, où de grands courants déposent leur limon, on trouve encore les mollusques. Les bancs d'huîtres s'y développent sur les bas-fonds, les fragiles tubipores s'y établissent avec les algues et accroissent, au moyen du carbonate de chaux que fixent leurs générations annuelles, la cou-

[1] Nous savons, d'après G. Bischof *Géologie chimique*, t. I, p. 964, que dans les mers actuelles, considérées dans leur régime complet, l'évaporation ne peut donner naissance à aucune séparation de carbonate de chaux. Les pertes du liquide sont constamment compensées par les condensations atmosphériques. Des conditions semblables, ou du moins assez peu différentes, existaient dans les temps primitifs ; nous pouvons donc présumer que, dès cette époque, le carbonate de chaux n'était enlevé des mers que par les organismes. Nous reviendrons plus tard sur ce sujet, lorsque nous expliquerons la formation générale du Globe et décrirons la période crétacée. Le peu que nous en avons dit suffit pour le moment.

che sédimentaire qui prend peu à peu la forme de marnes, de grès ou d'argile. Les restes pétrifiés des coquilles ou squelettes bien conservés témoignent plus tard de l'existence de ces ouvriers constructeurs.

La *silice* qui n'entre qu'en faible quantité dans les éléments des substances animales, occupe au contraire une grande place dans le règne végétal. Toutes les graminées et surtout les roseaux, les palmiers, les équisétacées contiennent dans leurs tissus une grande proportion de cette matière, et lui doivent leur dureté extraordinaire, le tranchant de leurs arêtes de déchirure et la persistance de leurs tiges. La prèle commune (*Equisetum arvense*) réduite en cendre donne 95 pour 100 de silice; le rotang (*Calamus rotang*) si employé pour former le treillis de nos chaises, 97 pour 100. Mais ce sont encore les végétaux les plus petits, composés de simples cellules, tels que les *diatomées* et les *bacillaires*, qui réalisent la fixation de silice la plus considérable. Des millions de ces êtres, que l'on place aujourd'hui avec raison dans le règne végétal, peuplent toutes les eaux tranquilles depuis les plus petits étangs jusqu'à l'Océan, et solidifient continuellement la silice qui y est dissoute. Le développement immense et la multitude de ces êtres anguleux, si petits, munis d'une enveloppe de silice vitreuse et en partie remplie d'une matière colorée en brun, jaune ou vert, produit des résultats prodigieux. En peu de temps ils forment d'épais dépôts de plusieurs pieds de puissance, et prouvent la part énergique qu'ils prirent à l'accroissement de la terre ferme, par les grands gisements de 20 à 30 pieds d'épaisseur, qu'ils produisirent dans les périodes antéhistoriques, sous la forme de schistes siliceux, de tripoli ou émeri. Il est incontestable que ces plantes, les plus petites et les plus simples du règne végétal, sont les instruments les plus importants et les plus actifs, qui contribuent à séparer de l'eau la silice dissoute, et en sont les réducteurs à l'état solide. Partout où ils s'étendent, aussitôt la séparation de la silice et son dépôt commencent, phénomène que, dans les conditions actuelles, aucun agent chimique ni mécanique ne saurait produire. Mais en outre des êtres vivants, les organismes morts en putréfaction donnent encore lieu à des phénomènes de réduction sur plusieurs matières inorganiques dissoutes dans l'eau. Les parties molles des animaux marins morts, des mollusques, des rayonnés, exercent une attraction sur les gélatines siliceuses qui flottent dans l'eau. Souvent, en effet, nous trouvons leurs coquilles et leurs chambres intérieures remplies de silice et transformées en silex. L'action des grandes éponges des mers crétacées sur la silice fut probablement de cette nature, ce qui nous explique les formes à nodosités irrégulières et parsemées de débris animaux et végétaux de beaucoup de silex. Peut-être même que les éponges vivantes aujourd'hui encore ont exercé une attraction sur la gélatine siliceuse, au moyen de l'enveloppe gélatiniforme qui les entourait, comme cela a lieu pour beaucoup d'algues vivantes. Cette attraction ne serait qu'une simple affinité de structure, l'état gélatineux, d'où résulterait la combinaison en un tout, le silex, des deux matières hétérogènes, la gélatine végétale et la gélatine minérale. Ces phénomènes, dans l'état actuel de nos connaissances, ne sont pas encore suffisamment mis au clair ; cependant personne ne doute plus que les corps organiques n'aient une certaine part à la formation des silex. — On explique mieux et plus aisément l'influence que les organismes en décomposition exercent sur le fer qui est aussi généralement répandu que la silice. Nous savons déjà que le fer à l'état de carbonate est contenu dissous dans beaucoup d'eaux de source dont il se sépare par l'évaporation de celles-ci. Les matières animales en putréfaction favorisent ce phénomène. Elles attirent à elles l'oxygène de l'oxyde de fer, et celui-ci se combine d'une autre manière. La plus fréquente est avec le soufre, origine de la pyrite, et comme la plupart des eaux qui contiennent des carbonates ferreux contiennent aussi des sulfates, les substances organiques qui s'y décomposent amènent la combinaison du fer avec le soufre en s'emparant de l'oxygène du sulfate ferreux formé d'abord, et chasse l'acide carbonique. De là vient que tant de fossiles se sont transformés en pyrite.

Les substances végétales exercent cette action aussi bien que les substances animales. Toutes deux donnent lieu à des phénomènes de réduction en se putréfiant, parce qu'elles empruntent aux matières voisines leur oxygène et les forcent à former de nouveaux combinés entre elles. Ces faits nous expliquent suffisamment l'existence si fréquente de pyrite et de débris organiques voisins l'un de l'autre, ou bien la métamorphose des derniers dans la première : on ne peut douter que l'état primitif de ces matières fixées aujourd'hui, n'ait été l'état de dissolution dans les eaux de ces âges antiques, bien que celles-ci n'aient plus aucun pouvoir dissolvant sur leur forme présente. Cette opinion s'appuie encore sur leur transformation en éléments organiques. Tout organisme vivant ou mort ne peut, en effet, absorber que des fluides dans ses tissus, dont il remplace les éléments par les matières solides empruntées à ces liquides.

Les dissolutions par l'eau ne peuvent se réaliser que lorsque celle-ci vient en contact avec les substances à dissoudre, condition qui, se localisant nécessairement dans des limites déterminées, semble nuire considérablement à ce genre d'action. Mais la présence constante de vapeur d'eau dans l'atmosphère contre-balance cette limitation. Les vapeurs pénètrent partout avec l'air et portent l'humidité sur les parties élevées de l'écorce terrestre solide, tandis que l'eau par son propre poids s'infiltre dans les parties basses et se glisse jusque dans les plus étroites fissures des masses rocheuses. L'eau contenue dans l'atmosphère exerce sur les roches, quoique plus lentement, une action analogue aux eaux souterraines et continentales. Elle dissout peu à peu dès qu'elle existe en quantité suffisante. De là ce phénomène connu sous le nom de *désagrégation*, qui au fond n'est qu'une dissolution de la roche dans l'eau et l'oxygène de l'atmosphère. Aucune roche, si dure qu'elle soit, n'y résiste avec le temps ; le *granit* lui-même, ce composé de trois substances cristallines : *feldspath, quartz et mica*. Le feldspath cède le premier, et comme dans la plupart des granits il forme la portion la plus considérable, il cause la désagrégation et la décomposition de la masse totale. Le *feldspath* lui-même est un composé de diverses matières, dont deux, la silice et l'alumine, s'y trouvent toujours ; une troisième est tantôt de la chaux, tantôt de la potasse, tantôt de la soude. L'action de l'eau atmosphérique suffirait difficilement à détruire la combinaison de ces trois matières, si l'air aussi bien que les sources ne contenait pas encore de l'oxygène libre et surtout de l'*acide carbonique*[1]. Sous l'influence longuement continuée de ce gaz, la potasse, la soude et la chaux

---

[1] L'air atmosphérique renferme en moyenne 0,04 pour 100 d'acide carbonique. Dans les désagrégations on rencontre encore quelques traces d'acide nitrique. Ses éléments sont, comme on sait, l'azote 79 pour 100 et l'oxygène 21 pour 100, avec quelques vapeurs d'eau en quantité très-variable.

4

abandonnant leur combinaison avec la silice, se transforment en
carbonates que l'eau dissout, et détruisent les combinés existants
entre eux et les autres éléments du granit. Cette roche cristallisée
même se décompose en une substance blanchâtre terreuse, constituée essentiellement par la présence de la silice, de l'alumine et de
l'eau ; comme *terre à porcelaine* ou *kaolin*, elle trouve de nombreux emplois. Cette décomposition du feldspath est encore possible lorsqu'il n'est pas cristallisé, mais simplement *amorphe*
(voy. page 6, note), forme sous laquelle il existe habituellement
dans les *porphyres*, roches qui, comme le granit, se décomposent en
terre à porcelaine. De même pour les basaltes, roches amorphes
de couleur noire ou grise, consistant en un mélange de *zéolithe* et
d'*augite* en grains fins, avec une proportion plus ou moins élevée
(de 10 à 20 pour 100) d'oxyde de fer. Leur décomposition ressemble à un lessivage. Elle est produite par les eaux acidulées qui
enlèvent les alcalis de la zéolithe. Le fer se change en rouille (hy-
drate) et l'alumine, colorée en brun par cette rouille, forme avec
la fine poussière d'augite un enduit farineux ou croûte, que les
pluies lavent peu à peu et entraînent. Tel est le sort commun des
produits de désagrégation. Emportés par les eaux, ils rencontrent
sur leur route d'autres matières de toute espèce, les enveloppent
et forment dans les lieux où les eaux s'arrêtent, de nouvelles
couches, des *sédiments* ou *strates*, qui sont souvent mélangés avec
des grains de sable et des fragments d'autres roches, et sous cette
forme prennent le nom de *conglomérats* ou *brèches*. Il est clair que
les matières les plus lourdes se déposent à la partie inférieure de
l'assise, que les grains de sable viennent ensuite au-dessus, et enfin
tout en haut les argiles fines sans mélange. Le même courant d'eau
peut donc donner naissance à trois couches, des conglomérats, du
grès, et des bancs d'argile.

Lorsque les phénomènes de décomposition des roches primitives que nous venons de décrire ont lieu et que les matières désagrégées sont entraînées par des eaux courantes pour aller se déposer en d'autres points, alors se produisent les formations mécaniques
aqueuses ou *sédiments*. Mais la décomposition n'est pas toujours
productive, elle détruit bien plus souvent. Par les eaux atmosphériques elle enlève à beaucoup de grès le ciment, ordinairement
argile ou chaux, et la pluie entraîne les grains de sable désunis.

beaucoup de monuments anciens, construits de grès et de chaux, nous laissent souvent apercevoir très-clairement dans leurs diverses parties les différents degrés de décomposition d'une même roche et jettent un grand jour sur les phénomènes qui agissent en grand sur le Globe depuis des siècles. La délitescence est surtout énergique dans les vallées où un fleuve court à travers des grès. Les vapeurs qui s'élèvent continuellement de la rivière chargent abondamment d'eau l'atmosphère de la contrée. Des vallées très-étroites à l'origine ont pu s'élargir peu à peu par ce moyen et le sable de beaucoup de fleuves tirer son origine de causes semblables. Peut-être des circonstances analogues contribuent-elles à l'élévation du sol de la vallée du Nil. Toutefois, elles n'y peuvent avoir une influence aussi puissante que dans d'autres lieux, parce que l'atmosphère de l'Égypte contient très-peu de vapeurs d'eau et que le vent du nord constant les entraîne toutes au sud. Aussi, il ne pleut presque jamais dans la haute Égypte[1], et l'arrosage du sol n'y est possible que par le débordement du fleuve.

Ces délitescences expliquent beaucoup de phénomènes modernes dans les montagnes, qui étonnent au premier abord. Ainsi, par exemple, il faut attribuer à cette cause les cavités en forme de coupe que l'on remarque dans les granits de beaucoup de localités, comme sur le Rosstrappe. Les légendes leur donnent pour origine l'empreinte du pied d'un cheval gigantesque. On trouve des coupes semblables, mais beaucoup plus grandes, dans l'ouest de l'Angleterre, la Cornouaille et le Devonshire. Le peuple les considère comme des réservoirs artificiels appartenant à ces temps barbares où les druides faisaient leurs sacrifices aux dieux. Pour le géologue, les pierres branlantes de ces pays sont plus intéressantes. Elles consistent en une colonne monolithe de granit portant à son extrémité un bloc sphérique que l'on peut facilement remuer et qui oscille de côté et d'autre sous l'action des violents coups de vent. Ces colonnes doivent leur origine à la propriété particulière que toutes les roches cristallines et amorphes possèdent de se fissurer suivant certaines directions et de se diviser ainsi en quartiers séparés[2].

[1] Déjà, dans l'antiquité, une pluie dans la haute Égypte était considérée comme une merveille des plus rares. Voy. Hérodote. . III, c. 10.

[2] On bien la formation des fissures n'obéit à aucune direction déterminée, et alors elle porte le nom de crevassement; ou bien les fentes suivent une direction déterminée et

L'atmosphère pénètre dans ces fissures, désagrège leurs parois, émousse les arêtes et les angles des blocs et leur donne une forme sphérique. Souvent ces blocs ne portent plus que par une petite surface, et comme le support, de son côté, est arrondi aussi, ils oscillent çà et là dès qu'un effort extérieur les pousse, jusqu'à ce qu'une impulsion plus violente les fasse rouler à terre.

Cette propriété de toutes les roches cristallines et amorphes de se fragmenter contribue encore par une autre voie à la destruction des masses rocheuses et agit comme la structure schistoïde des roches terreuses. L'eau joue encore un rôle ici. Elle pénètre dans les fentes, les crevasses et les plans de stratification et envahit jusqu'aux fissures les plus étroites au moyen de l'attraction capillaire[1]. Elle exerce alors son action dissolvante, mais elle agit encore plus par les modifications mécaniques qu'elle fait subir à la roche dans les grandes variations de température. Tous les corps, en effet, changent de volume avec le degré de chaleur ; ils se contractent lorsqu'elle décroît et se dilatent lorsqu'elle s'élève. L'eau seule possède la remarquable propriété[2] d'avoir son plus grand poids et sa plus grande densité à 3° Réaumur au-dessus du point de congélation et par suite d'occuper un espace plus grand en se solidifiant qu'elle ne faisait à l'état liquide. Ainsi, tandis que les matières solides voisines se contractent de plus en plus avec l'accroissement du froid, l'eau se dilate au contraire plus fortement en se transformant en glace et brise les obstacles qui ne cèdent point. Les nombreux exemples de vases à eau brisés pendant l'hiver par la congélation démontrent ce fait. En observant toutes les circonstances, on reconnaît que l'eau gelée agit comme un ciment sur les parties bri-

forment des plans parallèles ou entrecoupés, suivant qu'une, deux ou plusieurs directions se manifestent. On nomme *structure par retrait* ce phénomène. Il produit des fragments à formes semblables qu'il ne faut pas confondre avec des cristaux, avec lesquels ils ont souvent une grande ressemblance. On trouve aussi des surfaces de séparation courbes.

[1] On nomme *capillarité* la propriété que possèdent les liquides de se suspendre aux parois des tubes et des fentes très-étroits et de pouvoir s'y élever d'autant plus haut contre les lois de la pesanteur, que les conduits sont plus rétrécis. Le pouvoir d'absorption de toutes les matières spongieuses repose sur l'attraction capillaire de petits canaux. Mais, en outre de ces pierres poreuses, la plupart des roches cristallines et amorphes sont traversées par des fissures infiniment petites et invisibles à l'œil nu, dans lesquelles l'eau pénètre et active le phénomène de désagrégation. Les substances vitreuses paraissent être les seules entièrement dépourvues de pores.

[2] Voy., pour des phénomènes analogues dans quelques autres corps, le mémoire de Duvernoy, dans la Revue de Leonhard et Bronn, année 1854, p. 701.

sées tant qu'elle reste à l'état de glace, mais qu'elle perd cette propriété par la fusion et en reprenant son petit volume. Les fragments brisés tombent alors en débris. Appliquons ces observations aux roches fissurées des montagnes dans les cavités desquelles l'eau pénètre. Elle se congèle avec l'abaissement de la température et agrandit la fissure. Elle relie encore les quartiers crevassés tant que le froid reste au-dessous de 0° ; mais, dès que la température dépasse ce point, les fragments détachés ne se trouvant plus soutenus, se renversent en se précipitant, et la roche tombe rapidement en ruines. Ces phénomènes ne peuvent naturellement se produire que dans les régions où la température descend au-dessous de 0°, ce qui paraît limiter beaucoup leur action. Mais qu'on n'oublie pas que sur toutes les hautes montagnes, même dans la zone tropicale, cette basse température se réalise, non-seulement à des époques périodiques, mais encore y est permanente au-dessus d'une certaine hauteur, l'eau ne s'y dégelant que sur des points circonscrits et pour des temps limités, et on ne contestera plus l'influence générale de la température. Au-dessus d'une limite constante, appelée *ligne des neiges*, ces montagnes ne portent plus que de la neige et de la glace. Celle-ci, à certains endroits, descend au-dessous de la limite des neiges et forme ces champs ou fleuves de glace connus sous le nom de *glaciers*. Leur existence a une grande influence sur les modifications qu'éprouvent les montagnes voisines et les vallées. Nous leur accorderons d'autant plus d'attention qu'ils ont joué un très-grand rôle dans la dernière période géologique du Globe. Nous allons donc étudier les glaciers en détail.

Les *glaciers*[1] sont des amas de glace qui, descendant sur la pente des montagnes élevées, envahissent les hautes vallées, au fond desquelles ils se prolongent à de longues distances dans des régions où les fleuves de la vallée sont depuis longtemps débarrassés de glace. Ils tirent leur origine des régions supérieures des montagnes occupées par des neiges éternelles, avec lesquelles ils se relient sans discontinuité. Dans ces régions, ils ont encore une structure poreuse. Pendant l'été, les flocons de neige fondent sous l'influence

[1] Voy. les magnifiques travaux de Louis Agassiz dans ses *Recherches sur les glaciers*. Soleure, 1841, in-8 avec atlas in-folio, et son *Système glaciaire*, etc. en collaboration avec Guyot et Desor. Paris, 1847, in-8, atlas in-folio. — Hollfus-Ausset, *Matériaux pour l'étude des glaciers*. 10 tom. Paris, 1862-1865, in-8.

des rayons perpendiculaires du soleil, ils se lassent, absorbent
l'eau ou bien la laissent filtrer jusqu'au fond, jusqu'à ce qu'enfin
les vides se remplissent et que le tout se congèle. Le phénomène
se réalise rapidement, car les rayons du soleil ne peuvent pas pénétrer profondément la couche de neige de leur chaleur. Le névé granuleux se forme par ce procédé. La fusion de la neige continue

Fig. —. — Partie supérieure du glacier de Zermatt ; à l'extrême plan, le Cervin;
à gauche et sur le premier plan, le Riffelhorn.

ainsi que la congélation de l'eau qui lui succède. Le névé se transforme en glace solide, et le glacier prend peu à peu cette limpidité
de cristal, d'abord pleine de bulles d'air, pour devenir à la fin tout
à fait homogène, avec une coloration de bleu d'azur ou de vert
d'émeraude. Le mode de formation graduelle du glacier est aussi la
cause de son mouvement de progression. Il s'avance dans la vallée
jusqu'à ce qu'il atteigne la région où la température élevée des étés
s'oppose à son existence. Il se fond et produit de l'eau qui s'écoule
par de nombreux canaux au-dessous du glacier, sur le sol de la
vallée, et sort en rivière d'une vaste excavation appelée la porte du
glacier. Le mouvement du glacier est en partie causé par la congélation de l'eau qui, fondant à la surface, pénètre dans les vides du

névé et s'y dilate. Elle pousse ainsi les parties voisines de tous côtés et surtout en avant où se trouve le moins de résistance. La progression est encore favorisée par la pente de la vallée sur laquelle repose le glacier, et par les profondes déchirures transversales ou crevasses qui le coupent plus ou moins, suivant qu'il glisse sur une surface peu ou beaucoup déclive. L'eau pénètre dans ces crevasses, s'infiltre dans les innombrables fissures capillaires qui parcourent le glacier dans tous les sens et se remplissent d'eau dès qu'elles sont en communication avec elle. La dilatation de cette eau, en se congelant, contribue encore en partie à la descente du glacier, mouvement que la pente du sol et l'absence de résistance à l'extrémité inférieure rendent seul possible. Les meilleures observations ont confirmé cette manière de voir. On a constaté de plus que la progression du glacier sur ses bords est plus lente, parce que la fusion de la glace, au voisinage des matières étrangères, se trouve accélérée par leur plus grand pouvoir calorifique. La glace s'y trouve donc en moins grande quantité qu'au milieu où la congélation de l'eau dans les innombrables fissures capillaires produit la plus forte dilatation de la masse totale. Plus un glacier est épais, plus il peut absorber d'eau, et plus il se dilate par sa congélation [1].

L'existence de glaciers dans les hautes montagnes agit de diverses manières pour modifier les sommets et les détruire. La température, abaissée par le voisinage de si grandes masses de glace, déchire les flancs des vallées au moyen de l'eau infiltrée dans les fissures des roches et cause la chute continuelle de débris de la montagne sur le glacier. Celui-ci marche en avant et entraîne avec lui les blocs éboulés qui dessinent, depuis le point de départ jusqu'à l'extrémité du glacier, une ligne placée sur son bord ou en son milieu. Comme les débris ne peuvent tomber que des flancs libres de la vallée, les lignes médianes se rencontrent seulement dans les lieux où deux glaciers d'abord séparés se réunissent en avant d'un rocher. Tous les blocs que le glacier reçoit des deux côtés restent sur ses bords et sont emportés plus loin. Les lignes de débris et de blocs prennent le nom de *moraines*, que l'on distingue, suivant leur

[1] Les vues d'Agassiz et de Forbes sont différentes sur ce point. Après avoir lu le *Système glaciaire*, je crois devoir me ranger à l'opinion du premier.

position, en moraine médiane, moraine latérale et moraine frontale. Les débris qui, en tombant par les crevasses se rassemblent sur le sol du glacier, forment la moraine inférieure. Les glaciers transportent donc des blocs des régions les plus élevées des montagnes jusque dans les profondeurs des vallées, et les entassent à leur extrémité sous la forme d'une digue de pierre que la puissance seule d'eaux accumulées peut entraîner dans la plaine. Nous avons déjà étudié des phénomènes de cette nature en décrivant l'écoulement subit des lacs ; nous pourrions confirmer ces faits par de nouveaux exemples, si nous avions le dessein de nous servir de tous les faits particuliers pour établir nos assertions. Mais nous ne pousserons pas plus loin l'étude des mouvements de transport des glaciers, et nous nous contenterons de dire quelques mots d'un second phénomène qui se rattache à leur mouvement de progression. Nous voulons parler des *stries* et des *roches polies* et *moutonnées* que l'on observe dans beaucoup de vallées sur le passage des glaciers. Elles sont le résultat du frottement que le glacier exerce par ses surfaces intérieures sur les roches du sol de la vallée et de ses flancs en avançant lentement. On rencontre aujourd'hui des roches polies dans les vallées où, de mémoire d'homme, n'ont jamais existé de glaciers, et on en conclut avec raison à leur présence ancienne. Cette conclusion ne peut pas être générale, car les torrents, qui roulent avec eux des galets, polissent aussi leurs parois et leur lit et ont ces phénomènes en commun avec les glaciers. Les simples rivières, qui s'écoulent longtemps avec violence à travers un passage étroit, polissent et même excavent peu à peu les points de contact. Le Bodekessel, au pied du Rosstrappe, nous en offre un bel exemple. L'action de la rivière est encore accrue et accélérée, lorsqu'elle roule des galets qui lui servent pour user les parois du défilé. Léopold de Buch a démontré la réalité de ces assertions en expliquant les excavations remarquables qui, dans la vallée de Salza, à Golling au-dessus de Salzbourg, existent dans les parois de la roche, à 150 pieds au-dessus du niveau actuel des eaux. Elles consistent en plusieurs séries de cavités, courant parallèlement les unes au-dessus des autres, que le fleuve a creusées lorsqu'il s'élevait jadis à cette hauteur.

Les glaces persistantes existent, non-seulement dans les régions supérieures des montagnes qui s'élèvent au-dessus de la limite des

neiges, mais encore aux pôles de notre planète. On les connaît, sous
le nom de *glaces polaires* aussi bien que les glaciers des Alpes.
Elles occupent une bien plus grande surface. Au pôle nord, en effet,
elles commencent du 70° au 80° et au pôle sud du 60° au 70°, pour
devenir de plus en plus épaisses à mesure qu'on s'avance, et recouvrent toute la surface des mers polaires de blocs semblables à des
rochers. Ces glaces proviennent aussi de glaciers qui sortent probablement d'îles ou de continents polaires encore inconnus. Elles
descendent peu à peu dans la mer, où elles se détachent lorsqu'elles
ont atteint une profondeur suffisante et sont entraînées par les
flots[1]. Elles s'avancent vers les régions chaudes, y fondent et disparaissent entièrement, pendant que de nouvelles masses continuent à
descendre des pôles. Beaucoup de ces montagnes de glace portent à
leur surface des débris et des graviers et même des blocs de rochers
énormes, preuve incontestable qu'ils sortent de continents où ils
ont été recouverts de fragments de roches comme les glaciers, ou
bien qu'ils ont enlevé aux rivages ces dépôts de graviers. Ces montagnes de glace fondent lentement lorsqu'elles ont un volume considérable et transportent au loin leur chargement de blocs de rochers ; puis, lorsqu'elles viennent s'échouer sur les plages et s'y
décomposer, elles n'y laissent après elles que leur fardeau. Ce phénomène, on le sait, se reproduit chaque année dans le Nord de
l'Amérique, à l'embouchure du Saint-Laurent. Nous attachons une
grande importance à ces faits, qui nous expliquent le mieux la dispersion de blocs de rochers sur des régions dont le sol a jadis été
sous les eaux de la mer, et qui aujourd'hui ne sont plus en communication avec les montagnes d'où proviennent ces blocs. On
nomme ces fragments de roche *blocs erratiques.*

On les rencontre très-fréquemment dans les plaines du nord de
l'Allemagne, jusqu'en Pologne et en Russie. Ils tirent leur origine
des montagnes de la Scandinavie et de la Finlande. Leur composition, en effet, est identique avec les roches de ces pays. On trouve
encore de ces blocs erratiques sur les hauteurs du Jura. Ils pro-

---

[1] Puisque l'eau gelée, comme nous l'avons dit plus haut, occupe un plus grand espace
qu'à l'état liquide, il est naturel que tout morceau de glace soit plus léger qu'un volume
égal d'eau liquide. Telle est la cause pour laquelle la glace nage sur l'eau lorsque celle-ci
est assez profonde pour la dimension des blocs. Si cette profondeur manque, la glace repose sur le fond et reste fixe jusqu'à ce que l'équilibre de volume entre elle et l'eau
liquide soit rétabli par la fusion.

viennent de la chaîne des Alpes, située en face. En admettant que
le nord de l'Allemagne était encore au-dessous des eaux, ainsi que
les terres basses du nord de la Suède, les masses de glace formées
sur la chaîne des Kjölen se propagèrent de tous côtés sur la
mer Baltique, qui s'étendait jusqu'à l'océan Glacial. Celles qui s'a-
vancèrent vers le sud laissèrent tomber les débris attachés à leurs
flancs et en jonchèrent le sol alors sous la mer. On a voulu aussi
considérer la vallée actuelle de l'Aar et de ses affluents jusqu'au
lac de Genève comme un golfe profond. Les glaciers du mont Blanc
et des Alpes Bernoises s'y déversaient, et leurs moraines s'en allaient
échouer et se déposer sur le Jura en face. Les géologues suisses
veulent, au contraire, que tout le pays situé entre les deux montagnes ait été recouvert par un immense glacier continu, qui plus
tard fondit et laissa après lui ces blocs comme témoignage de son
ancienne extension[1]. Nous n'examinerons pas ici laquelle des
deux opinions est la plus juste. Il suffit que les blocs erratiques
proviennent de masses de glace qui les apportèrent et les dépo-
rent où nous les trouvons aujourd'hui. Ces faits établis et généralement acceptés, il faudrait maintenant rechercher, à l'aide de l'identité de composition de ces blocs, à quelles montagnes ils ont été
enlevés et s'ils ont été apportés du sud ou du nord, de l'est ou de
l'ouest. Après avoir éclairci ce point, on continuerait les recherches,
pour voir si les blocs ont été transportés par d'immenses glaciers
recouvrant tout le pays, ou par des glaces flottantes.

Nous avons épuisé les considérations que nous pouvions emprunter aux phénomènes que l'eau sous ses diverses formes produit à la surface de la terre, en agissant sur les roches. Notre conclusion est inévitable : les phénomènes actuels ne suffisent pas
pour expliquer l'origine de toutes les masses solides par l'eau. Si
nous nous sommes convaincu que les couches terreuses, que même
beaucoup de roches cristallines et amorphes ne peuvent, d'après
leur nature, être considérées que comme des dépôts aqueux,
nous avons vu aussi que d'autres roches cristallines et amorphes
n'ont subi que des modifications partielles sous l'influence de l'eau,
impropre à les dissoudre entièrement. Les dépôts et les phénomè-

---

[1] Voy. la description d'Escher de la Linth, avec une carte qui représente la dispersion
des blocs.

nes chimiques de l'eau ne peuvent donc suffire à expliquer la formation de ces roches. En général, nous avons remarqué que l'eau avait aujourd'hui plutôt une action destructive que créatrice, et si les faits décrits nous forcent à admettre que le Globe a dû éprouver des révolutions beaucoup plus grandes et plus nombreuses dont l'eau a été la cause, il nous faut bien avouer qu'avec les phénomènes aqueux modernes, nous sommes hors d'état d'expliquer toutes les circonstances de sa formation.

CHAPITRE IV

Action du feu, sa nature. — Modes divers de la matière. —
Éruptions volcaniques.

Il nous faut maintenant rechercher un agent plus puissant que
l'eau. Nous avons le *feu*, l'instrument de dissolution des métaux, qui
ne peut manquer d'agir aussi sur les autres matières. Avant d'étudier les effets produits par cet élément, il est nécessaire que nous
nous fassions une idée nette de sa vraie nature.

L'opinion que le feu est un élément ou autrement une substance
matérielle, naquit dans l'antiquité. Elle se développa dans la doctrine de quelques philosophes anciens, qui considéraient le *feu*,
l'*eau*, l'*air* et la *terre* comme les parties constituantes de toute
chose et leur donnèrent le nom d'*éléments*. Des connaissances plus
exactes nous ont appris que l'eau, l'air et la terre ne sont point des
corps simples, mais qu'ils sont formés de deux principes au moins
intimement unis et confondus l'un dans l'autre. La vraie nature du
feu échappa plus longtemps à notre curiosité scientifique, et on ne
reconnut qu'assez tard qu'il n'est point un corps, mais un simple
phénomène, qui se manifeste pendant la combinaison entre elles
de certaines matières, et surtout de l'oxygène avec d'autres corps
simples. Ce phénomène, auquel nous donnons le nom de feu, se
manifeste par deux propriétés, la chaleur et la lumière. En poussant l'analyse plus loin, on reconnaît que la lumière se manifeste à
son tour sous deux formes, ou comme *flamme* ou comme *incandescence*. La chaleur a des degrés divers, mais ne possède qu'une
forme. Les deux modes de lumière dépendent des substances sur
lesquelles se produit le phénomène lumineux. La flamme ne se

montre que dans les combinaisons de corps fluides ou gazeux, tandis que dans l'incandescence les matières sont encore solides ou liquides. Dès qu'un corps, quel que soit son état, devient lumineux par incandescence, ou au moyen de flammes, il développe toujours de la chaleur. Aussi, toutes les combinaisons de l'oxygène avec d'autres corps simples, ou, comme on dit, tous les phénomènes de combustion, ne se produisent jamais sans développement d'une certaine quantité de chaleur.

La chaleur est donc le produit nécessaire de tous les phénomènes dans lesquels il y a manifestation de feu. Appuyé sur ce principe, nous saisirons parfaitement les rapports de la chaleur avec le feu, lorsque nous étudierons son action sur les diverses matières. Ces recherches se résument dans le principe suivant : La chaleur agit uniformément sur toutes les substances, elle les dilate d'autant plus qu'elle s'accroît plus elle-même. Toute élévation de température produit donc dans les corps un accroissement de volume. Ce phénomène n'est pas le même partout ; il se manifeste plus ou moins rapidement suivant les corps. De là naissent les divers états des corps que nous distinguons par les termes *solide, liquide,* et *volatile* (c'est-à-dire gazeux, aérien, vaporeux). Ce sont les *modes* de la matière. Les corps peuvent donc, à un certain degré de chaleur ou à une température déterminée, ce qui signifie la même chose, être solides, devenir liquides à un degré plus élevé, et vaporeux à un degré plus élevé encore. L'eau pendant l'hiver, l'été, et dans l'ébullition, nous en fournit un exemple. En hiver, elle est solide ou glacée, avec une température au-dessous de 0°. En été, elle devient liquide. Enfin, soumise à une chaleur artificielle de + 80° Réaumur, elle bout et se vaporise. Beaucoup d'autres substances possèdent cette faculté, sans que leurs points de congélation et d'ébullition soient aussi rapprochés. Nous pouvons cependant recon-

---

[1] Nous rappelons à nos lecteurs l'anomalie de l'eau, qui ne suit la règle générale qu'à partir de 3° Réaumur au-dessus du point de congélation. Refroidie au-dessous de ce degré de température, elle se dilate de plus en plus jusqu'à ce qu'elle se congèle.

[2] Nous devons faire observer ici que l'eau se volatilise et forme des vapeurs, successivement sous l'action d'une haute chaleur, mais que ce phénomène se produit à toutes les températures. On appelle *brume* la vapeur d'eau produite à une basse température. Elle ne devient visible que lorsqu'elle s'est condensée sous forme de vésicules liquides, nuages. La propriété de se volatiliser lentement à toute température appartient à tous les corps liquides et à beaucoup de matières solides, surtout celles qui sont odorantes, telles que le musc, le camphre, etc.

naître assez facilement les limites dans lesquelles beaucoup de métaux passent par les états solide, liquide et volatil. Le mercure,
par exemple, devient solide à — 50° Réaumur (température assez
fréquente dans le nord de la Sibérie) ; il est liquide à la température ordinaire et bout en se vaporisant à + 280° Réaumur.

Si ce principe est juste dans toute son extension, tous les corps
de notre Globe peuvent se liquéfier sous l'influence d'une température élevée, et même se vaporiser ou volatiliser si cette élévation
de température continue à s'accroître. En outre, comme le degré
de chaleur avec lequel ces phénomènes se produisent subit de
grands écarts suivant les substances, certains corps seront déjà liquéfiés, quand d'autres seront encore solides et d'autres vaporisés.
L'eau, le mercure et l'air atmosphérique nous donnent un exemple
de ce triple cas. Le dernier reste à l'état de vapeur, quand l'eau et
le mercure sont déjà devenus solides. L'eau, à son tour, se solidifie quand le mercure reste encore fluide.

Les courtes considérations qui précèdent sont, en fait, beaucoup
plus fécondes pour expliquer la formation de la Terre, que toutes
les études précédentes sur l'action des eaux. En effet, si nous pouvons prouver que l'intérieur du Globe se trouve à un haut degré de
chaleur, il nous sera permis de le considérer comme un corps
composé de matières qui jadis ont existé à l'état liquide ou même
de vapeur.

Il est à peine besoin de rappeler à mes lecteurs l'existence de
volcans ou montagnes vomissant du feu, qui, aujourd'hui encore,
sont en activité sur de nombreux points de la surface terrestre. Ils
donnent à notre hypothèse un haut degré de vraisemblance, puisqu'ils démontrent la réalité d'une chaleur intérieure extrême, qui
peut s'élever jusqu'à fondre beaucoup de corps. À des moments et
sous l'influence de circonstances indéterminées, leurs profondes
ouvertures ou *cratères* vomissent des matières en fusion, ou laissent couler le long des flancs de la montagne des torrents incandescents qui se refroidissent avec le temps et forment de nouvelles assises terrestres auxquelles on a donné le nom de *coulées
de lave*[1]. La structure des *laves* est tout à fait analogue à celle

---

[1] D'après Élie de Beaumont, les laves en fusion ne peuvent s'arrêter et s'accumuler
que sur un sol de moins de 3° de pente.

des roches cristallines et compactes que nous avons déjà reconnues comme insolubles dans l'eau. De plus, en étudiant bien ces laves, on y découvre presque tous les minéraux que l'on rencontre sur les autres points du Globe comme éléments constituants. Rien ne nous empêche donc d'admettre que ces derniers peuvent passer à l'état de fusion sous l'influence d'une haute température. Ajoutons encore, qu'on trouve dans les laves refroidies une foule de minéraux plus ou moins cristallisés, qui apparaissent absolument de même dans les basaltes, les porphyres, les granits, les syénites et les diorites cités plus haut et vont jusqu'à constituer une grande partie de leur masse. Mais, ce qui est encore beaucoup plus intéressant, c'est qu'elles renferment des minéraux, tels que le grenat, la leucite, la zéolithe, l'épidote, la tourmaline, le corindon et le zircon. Ces minéraux ne se rencontrent que très-isolés sur certains points de puissantes montagnes, ce qui les a fait appeler, par les minéralogistes, minéraux *sporadiques*. Beaucoup d'entre eux sont composés des substances les plus dures. Presque toujours l'eau est absolument impuissante à les dissoudre ou à les désagréger. Elle n'a donc pu les former par voie de dépôt cristallin. La matière elle-même qui les empâte ne peut pas être un sédiment. Dans ce cas, en effet, les corps disséminés se trouveraient par couches ou bien distribués dans la masse suivant leur poids. Les laves, loin d'offrir ces conditions, présentent un mélange si bigarré, que les matières éruptives d'un seul volcan sont souvent l'occasion la plus favorable pour un collectionneur, de recueillir en peu de temps des échantillons de la plupart des minéraux.

Le mode suivant lequel les coulées de lave se refroidissent jette encore une grande lumière sur les divers genres de forme de matière que nous avons distingués plus haut par les épithètes de *cristalline* et de *compacte*, et sur les causes des *crevassements* et des *structures par retrait*, phénomènes qui apparaissent aussi bien dans les roches cristallines que dans les roches compactes. Nous y apprenons qu'une même substance peut prendre telle ou telle forme, suivant son état au moment de son émission hors du volcan, et suivant la rapidité de son refroidissement. Nous allons développer ces faits en commençant par décrire les principales variétés de forme que l'on remarque dans les laves.

Tous mes lecteurs, je le suppose, connaissent cette matière légère,

cellulaire, poreuse, analogue à de l'écume solidifiée, qui porte le
nom de *pierre ponce* et qui est employée dans une foule d'indus-
tries. C'est une des matières éruptives les plus communes de beaucoup de volcans. Sa présence suffit à prouver l'existence de volcans
éteints s'il n'en existe plus d'actifs dans le voisinage. Cette roche,
dans une même coulée de lave, en devenant peu à peu compacte,
se transforme en *obsidienne*. Ces deux substances, en effet, ne sont
que deux modes divers d'une même matière. L'obsidienne est une
roche homogène, noire, d'un gris jaunâtre ou brune. Elle ressemble à de la poix durcie, et sa cassure est conchoïde. Sa structure
n'est donc pas cristalline, mais vitreuse ou *amorphe*[1]. L'analyse
chimique apprend que ces deux roches, l'obsidienne et la pierre
ponce, sont composées de silice, d'alumine et de traces d'alcali,
composition analogue à celle du verre fondu, auquel elles ressemblent par leur aspect extérieur. Personne n'ignore que le verre est
le produit d'un mélange, pendant la fusion, de silice avec un alcali, potasse ou soude et un peu de chaux, auxquels on ajoute quelques traces d'oxyde métallique, pour lui donner une belle couleur.
On peut donc considérer l'obsidienne comme un verre fondu dans
lequel l'alumine liquide a pris la place de l'alcali. Elle est colorée en
noir par de l'oxyde de fer. Cette substance prend la forme homogène
de l'obsidienne ou spongieuse de la pierre ponce, suivant qu'elle a
été traversée ou non par des dégagements de matières gazeuses qui
produisent la porosité de la pierre ponce. On trouve des bulles d'air
dans nos verres artificiels lorsqu'ils ne sont pas manipulés avec de
grandes précautions. Le nombre s'en accroît, lorsque la masse liquide
a été agitée, soit qu'on l'ait remuée ou qu'on y ait précipité quelque
chose d'en haut. Ces bulles d'air restent lorsque le liquide se refroidit. Elles se pressent vers la partie supérieure tant que la fluidité de la masse le permet. La pierre ponce dénote une lave agitée
et pour ainsi dire en ébullition, et témoigne d'un violent dégagement de gaz à travers la matière incandescente. D'après les plus récentes recherches, ces gaz provenaient de potasse réduite en vapeur
ou, suivant une opinion plus ancienne, ils étaient le résultat de
vapeurs d'eau[2]. D'un autre côté, l'obsidienne à éclat vitreux passe,

---

[1] Sur l'*amorphisme*, voy. la sixième note du dix-septième chapitre.
[2] De Kellen expériences ont prouvé que le feldspath naturel se transformait en pierre
ponce, lorsque, soumis à une fusion artificielle, la potasse s'en échappait à l'état de va-

sans rien perdre de son homogénéité, à une substance moins brillante, émaillée, plus flexible et à cassure moins anguleuse et tranchante. Cette substance, sans changer de nature, prend deux formes. Tantôt elle se divise en petits globules, tantôt elle conserve son homogénéité. La première forme prend le nom de *perlite*, la seconde de *rétinite*. Toutes deux accompagnent l'obsidienne et la pierre ponce. Aussi ne peut-on mettre en doute qu'elles ne sont toutes qu'une même substance différenciée par son aspect extérieur.

Ces matières vomies par les volcans, ou laves, ont donc comme caractère général et dominant une structure vitreuse amorphe qui leur a fait donner le nom de *laves vitrifiées*. En outre, elles ressemblent par leur extérieur aux scories de nature terreuse mélangées au minerai et que l'on sépare des métaux par la fusion dans nos hauts fourneaux. Mais, il y a encore une série de laves dans lesquelles le caractère cristallin de leurs éléments domine. Pour les distinguer des précédentes, on les nomme *cristallines* et on les divise en plusieurs espèces. Celles dont toute la substance est à texture cristalline et dont les éléments sont assez volumineux pour être très-distincts, prennent le nom de laves *granitoïdes*. D'autres, dans lesquelles une pâte plus amorphe enveloppe les matières cristallines et les divise en cristaux isolés, s'appellent laves *porphyroïdes*. D'autres, dont la substance compacte est un mélange homogène de cristaux très-fins, sont nommées laves *basaltiques*. D'autres, enfin, dans lesquelles les particules cristallines deviennent extrêmement fines et granulées, prennent le nom de laves *terreuses*.

Outre les roches que nous voyons encore de nos jours apparaître en fleuves incandescents et leurs analogues formées depuis les temps historiques, les *laves*, si l'on veut rester fidèle à la méthode scientifique, doivent encore comprendre toutes les anciennes matières éruptives qui se sont déversées en coulées ou ont été soulevées à l'état liquide. Leur extension est donc grande, et d'après leur composition chimique elles ne se distinguent guère de la totalité des *produits volcaniques*. Suivant les circonstances, chaque roche volcanique peut avoir formé une coulée et s'être ainsi transformée en

pente. Après ce phénomène, la substance se contractait et prenait la forme d'obsidienne. Voy. les travaux importants d'Abich, *Études géologiques sur les phénomènes volcaniques de l'Italie moyenne et basse*. Brunswick, 1851.

5

lave. Avec cette manière de voir, une description plus étendue des
laves nous entraînerait à parler de toutes les roches volcaniques.
Nous renvoyons plus loin cette étude, nous proposant de réunir
ensemble les roches plutoniques et les roches volcaniques. Pour le
moment, nous nous bornerons à décrire quelques particularités de
formation qui caractérisent les laves historiques ou laves modernes.

Un des caractères extérieurs les plus importants des laves modernes est la présence dans leur pâte de cavités rondes, bulliformes,
appelées *chambres à air*. Ces ampoules sont disséminées dans toute
la masse de la lave, mais beaucoup plus nombreuses à la surface.
Elles varient beaucoup de dimensions et ne forment jamais un mélange intime spongieux, comme dans la pierre ponce. En général,
les bulles sont entièrement vides et leurs parois sont depuis aucun.
Leur surface est brillante et vitreuse. Quelquefois elles renferment
une poussière d'une coloration propre, lorsque les matières gazeuses qui y étaient primitivement enfermées se sont condensées sur
les parois. Dans certains cas très-rares, elles contiennent de petits
cristaux qui font saillie dans le vide de l'ampoule. Très-souvent
elles ont une forme en amande et sont placées obliquement dans la
direction du courant. Ces deux circonstances proviennent du refroidissement de la lave plus rapide dans les parties supérieures,
ce qui a empêché l'uniformité du mouvement dans la masse. Les
couches inférieures, plus molles, purent continuer à marcher lorsque celles de dessus étaient déjà immobilisées. La bulle, d'abord
arrondie fut étirée obliquement en pointe par en bas et prit la forme
d'une amande. Lorsque ces bulles sont entièrement remplies d'une
substance étrangère, on donne à la roche le nom de roche amyg-
daloïde, surtout si les noyaux amygdalins sont plus durs que la
roche enveloppante et survivent à sa décomposition. Dans les laves
modernes, on ne rencontre point ce remplissage des amandes, leurs
cavités sont absolument vides.

Après la présence des bulles d'air, il n'est pas dans les laves modernes de caractère extérieur plus certain que la nature finement
granulée, opaque et amorphe de leur substance à l'intérieur et que
l'aspect de leur surface tantôt coriacée, tantôt bouleversée et à
couches contournées dans tous les sens. Aucune règle uniforme n'y
existe d'ailleurs, ni pour tous les temps, ni pour tous les lieux. Il
semble que la rapidité de l'éruption, la pente du sol et la longueur

plus ou moins grande de couler, exercent sur la forme de la surface des laves une influence plus grande que sur la texture interne de la roche refroidie. Cette dernière dépend évidemment du mélange chimique des éléments et résulte du degré de facilité avec lequel les diverses matières peuvent se séparer les unes des autres. Il en est de même pour la coloration. A ces deux derniers points de vue, la prédominance dans la masse, soit de l'*augite*, soit du *feldspath*, paraît être la cause la plus effective.

Les *laves augitiques* récentes sont de beaucoup les plus répandues. Elles ont une couleur foncée, noirâtre, brune et même entièrement noire, et sont composées d'un mélange intime de feldspath et d'augite. Ces deux minéraux jouent un des rôles les plus importants parmi les matières qui constituent l'écorce de notre planète. Le feldspath surtout qui, nous l'avons vu déjà lorsque nous décrivions les phénomènes de désagrégation, est un sel double de silice, forme dans presque toutes les roches cristallines la partie la plus importante et la plus considérable. Il constitue la base, non-seulement des montagnes pyrogènes d'origine ignée, mais encore, après sa décomposition à l'état d'argile, il donne naissance à beaucoup de sédiments neptuniens. Dans les laves augitiques, on rencontre en quantité prépondérante ou seulement disséminée une variété que nous étudierons plus loin (ch. ix) sous le nom de *labrador*. Sa couleur est blanchâtre, plus souvent d'un gris clair ou rougeâtre. Sa densité (2,7) est moindre que celle de l'augite. Cette dernière roche se distingue du feldspath par sa couleur d'un brun foncé ou même entièrement noire, par son poids spécifique (3,5) plus élevé et par sa composition chimique caractérisée par une absence complète, ou du moins une faible quantité d'alumine, et par la haute proportion de chaux et de magnésie. On y rencontre fréquemment, comme troisième élément, du *fer magnétique*, combinaison d'oxyde et de protoxyde de fer qui, par sa coloration noire, rembrunit encore l'aspect de la lave et élève sa densité (5 à 5,5) par son grand poids spécifique (4,9 à 5,2). Ces trois corps forment un alliage uniforme, homogène, de texture *basaltique*, dans lequel chacun d'eux se distingue peu des autres. Du moins leur isolement n'est pas général, bien qu'on puisse quelquefois le rencontrer. Le fer magnétique s'isole, en effet, assez souvent. D'autres matières étrangères telles que la *leucite* ou amphigène, qui, accompagnant la matière lavique s'en sont séparées dans le refroidissement, donnent quelquefois à la lave l'aspect *porphyroïde*. Dans beaucoup de lieux, par exemple, près du lac de Bracciano, au nord de Rome, ou de celui de Laacher à Andernach, les cristaux blancs de leucite sont si abondants dans les laves anciennes qu'elles en prennent une texture bigarrée. Cette leucite résiste à la décomposition qui détruit la lave. Elle tombe et couvre le sol de toutes les régions où se trouvent ces laves. En beaucoup de lieux, c'est le feldspath qui domine. Il donne à la roche une couleur plus claire et une si grande ressemblance dans sa masse et dans ses fragments avec l'*ancien basalte* ou *dolérite*, qu'on ne peut mettre en doute son identité matérielle avec ces produits des volcans antéhistoriques. Cependant, l'analyse chimique a démontré que les basaltes contenaient toujours une proportion *d'eau*, ce qui donne un moyen de les distinguer des laves analogues, tant anciennes que modernes. Ce caractère distinctif ne peut plus servir pour la dolérite. Elle ne contient en combinaison chimique aucune partie d'eau et ressemble entièrement à beaucoup de laves par son aspect général. Réduite en petits fragments, lorsqu'on ne peut plus se servir des bulles d'air des laves, elle se confond sans distinction possible avec ces dernières. Ordinairement, la dolérite et le basalte forment les couches extérieures les plus anciennes des régions volcaniques. Nous voyons encore de nos jours la lave sortir de leurs abîmes béants. D'autres fois, les laves anciennes se sont étendues en coulée sur leurs pentes. Dans certains lieux, on peut voir la dolérite et le basalte formant des montagnes coniques sans coulée de lave, qui tantôt s'élèvent solitaires au-dessus de vastes chaînes, tantôt constituent un petit système isolé dans le voisinage de hauteurs plutoniques primitives. L'absence de quartz est un caractère important commun aux anciennes roches augitiques aussi bien qu'aux laves augitiques modernes. Il donne un moyen sûr et rarement en défaut de les distinguer et établit leur parenté.

Les *laves feldspathiques* ont une nature toute différente. Leur couleur claire, d'un gris jaunâtre, blanchâtre ou même rougeâtre, les distingue si bien des laves augitiques qu'il est impossible de les confondre. Elles sont composées surtout d'un feldspath finement granulé, à cristallisation indéfinie et opaque, d'une faible dureté, avec une pâte souvent poreuse et plus ou moins cellulaire, qui enveloppe de grands cristaux brillants de feldspath vitreux. On y trouve encore en faible quantité des cristaux d'albite, de mica, de hornblende, de quartz, de spath calcaire, d'augite et de fer magnétique. Lorsque cette roche n'est pas en coulée comme la lave, mais qu'elle forme des cônes isolés et des mamelons comme le basalte et la dolérite, elle se nomme suivant Haüy *trachyte*, suivant d'autres *domite*, à cause de la forme sphérique des montagnes, semblable à une cloche. Ses épanchements, en forme de coulée, prennent le nom de *lave trachytique*. Ils sont si rares que plusieurs géologues avaient mis leur existence en doute. Mais des recherches nouvelles ont si bien établi la réalité des coulées de lave trachytique qu'on a pu démontrer que la pierre ponce et l'obsidienne, dont tout le monde admet l'épanchement en coulée, ne sont que des formes particulières de trachyte. Leur composition chimique ne diffère que par la proportion d'eau moindre : 1 à 2 pour 100 dans la pierre ponce et l'obsidienne. De plus, on a reconnu des coulées de lave trachytique à la Solfatare et peut-être aussi sur l'Etna. L'île d'Ischia en donne l'exemple le plus décisif. D'après la description d'Abich, on y voit le trachyte tantôt en fragments massifs avec fissures horizontales se dressant verticalement, tantôt en couches à surface scoriacée, preuve évidente de coulées sous-marines soulevées hors des abîmes volcaniques. Elles sont entremêlées de couches de débris, qui tantôt sont enfermés dans leur masse, tantôt, au contraire, les recouvrent, et parmi lesquels la rétinite abonde plus que l'obsidienne. Ces formes scoriacées, cellulaires, passant à la pierre ponce, dénotent partout le résultat d'épanchements venus de l'intérieur, sous l'action desquels les matières à l'état de fusion ignée purent vaincre la résistance des éléments placés au-dessus d'elles. — Le trachyte massif occupe dans les volcans la partie supérieure et interne du cratère; il forme ordinairement le noyau du cône d'éruption, d'où les laves se sont épanchées plus tard en recouvrant les parois du cône primitif. Dans nos volcans encore en activité, nous trouvons rarement le trachyte à l'extérieur. Cette roche est inaccessible aux regards de l'observateur. Elle repose dans les profondeurs, et ne manifeste son existence que par les blocs lancés hors du cratère. Mais dans les volcans éteints le cône de trachyte est à nu. Sa tête chenue témoigne de l'âge antique du dôme qu'il a formé. Ces masses trachytiques nues ont fait imaginer, avec quelque justesse, que les montagnes auxquelles elles appartiennent avaient primitivement une activité volcanique extrêmement violente, qui selon toute apparence ne dura qu'une courte période. On explique encore de là pourquoi les épanchements en coulée, qui dénotent toujours une activité intermittente et souvent répétée, se montrent moins fréquemment dans les montagnes trachytiques ; en réalité elles manquent absolument dans les grands cônes trachytiques [1], dans les fameux volcans des Cordillères, de Quito, à l'exception seule de l'Antisana. L'Europe, l'Auvergne, les régions du Rhin inférieur, les îles Lipari et particulièrement les environs de Ponza Gruppe sont riches en trachyte. On y trouve une forme particulière de trachyte qui, par le quartz isolé, le feldspath vitreux et le mica à couleur de tombac qu'il contient, ressemble beaucoup au granit ; mais sa structure lui a fait donner le nom de *porphyre trachytique*. Abich a démontré que le porphyre trachytique est sorti de grandes crevasses du sol sous forme de filons, comme la lave aujourd'hui en bien des lieux, à l'Etna par exemple. Ce mode de naissance est la cause de la configuration déclive et semblable à une longue muraille des îles dont il constitue la charpente. La présence du quartz dans le porphyre trachytique est de grande importance pour établir la théorie des phénomènes volcaniques. Elle renverse la croyance que l'absence du *quartz* est un des signes caractéristiques des matières volcaniques, et qui voulait donner à cette roche une autre origine que la fusion ignée [2].

La *klingstein* ou *phonolithe* appartient aux formations trachytiques. Sa couleur d'un gris sombre l'a souvent fait considérer comme un degré intermédiaire entre le basalte et le trachyte. Mais c'était une erreur. La phonolithe est plutôt un trachyte à coloration foncée dont les éléments ont une grande finesse et une grande homogénéité, très-dur et très-cassant. Il est rare qu'elle renferme des cristaux isolés de feldspath vitreux, plus rarement encore du hornblende, de l'augite ou du fer magnétique. Au contraire, elle se distingue du trachyte commun par son eau de combinaison chi-

---

[1] On a distingué la roche des volcans des Andes par quelques particularités dans la composition chimique, et on l'a considérée comme une espèce particulière de trachyte, nommée *andésite*. Voy. Abich.

[2] Afin qu'on ne puisse pas me reprocher d'ignorer les faits nouveaux de cette controverse, j'ajoute que G. Bischof lui-même s'est rangé du côté de ceux qui donnent une origine aqueuse aux roches renfermant du quartz à l'état libre. Il ne m'appartient pas de trancher la question. Je dois seulement attendre le résultat final de ces discussions.

mique ; et, pour préciser, il faut la considérer comme un mélange de *feldspath* et de *zéolithe* [1]. La phonolithe ressemble donc au basalte par la nature de sa composition chimique, mais non par ses éléments. On la trouve, comme le trachyte, isolée, formant des mamelons, ou en petits systèmes de montagnes et surtout dans les chaînes centrales de la Bohême. Elle se débite en feuilles, résonne d'une façon particulière, lorsqu'on frappe dessus, et, comme le trachyte, n'apparaît que rarement en coulée. Abich en a observé deux cas : l'un au Monte-Nuovo, près de Pouzzole, l'autre sur la coulée de lave d'Arso à Ischia. Mais ces coulées sont isolées dans ces deux endroits, et aucun autre épanchement de cette nature n'a eu lieu de nouveau sur ces points éruptifs. Cependant, elles établissent l'existence de laves modernes contenant de l'eau, et renversent l'opinion qui affirmait que l'eau de combinaison chimique y manque toujours. Cette opinion, d'ailleurs, n'a de valeur réelle que pour les laves magmatiques. Elle prouve que la pression sous laquelle se trouve actuellement la vapeur d'eau, dans les foyers volcaniques, n'est pas assez forte pour produire une combinaison chimique de l'eau avec la matière feldspathique. La partie d'eau des laves anté-historiques et des basaltes, à laquelle quelques neptuniens ont attribué une si grande valeur, n'a bien certainement qu'une importance secondaire. Elle prouve seulement que ces laves sont des épanchements d'éruptions sous-marines qui, projetées sous la pression des eaux de la mer, entrèrent en combinaison avec elles ; ou bien qu'elles absorbèrent cette eau arrivée jusqu'à elles par des crevasses lorsqu'elles se trouvaient encore dans les profondeurs du sol. Nous ne pouvons qu'indiquer ici ces faits ; plus loin, dans le chapitre XI, nous leur consacrerons une plus longue description.

L'analogie des matières volcaniques citées jusqu'ici avec les roches résistantes et dures du Globe, prouve suffisamment que ces dernières substances aussi ont pu passer par un état de fusion ignée. Il reste encore à expliquer pourquoi elles n'ont jamais une structure spongieuse ou vitreuse, structure que prennent, non-seulement toutes les scories fondues artificiellement dans nos hauts fourneaux, mais

[1] La zéolithe, comme le feldspath, est un silicate de silice. Elle s'en distingue chimiquement par l'eau qu'elle contient. Elle est donc composée de trois éléments : 1° silicate d'alumine ; 2° un silicate alcalin (potasse, soude, chaux, magnésie), soit en mélange ; 3° eau.

que l'on rencontre encore dans beaucoup de matières éruptives des volcans. Pour répondre à cette question, le meilleur moyen serait de rechercher pourquoi il n'y a que très-peu de coulées de lave des temps modernes qui soient vitreuses, au lieu de l'être toutes. Les verres artificiels peuvent nous mettre sur la voie. Dès le commencement du siècle précédent, on avait observé que lorsque des masses épaisses de verre se refroidissent peu à peu et très-lentement, elles perdent leur diaphanéité, prennent une apparence d'émail (porcelaine de Réaumur) et ressemblent à la rétinite. Cette découverte, après être demeurée longtemps inaperçue, fit enfin admettre que cette structure opaque n'a d'autre cause que la lenteur du refroidissement. Partant de cette opinion, on soumit des verres artificiels de toute espèce à un refroidissement très-lent, et on obtint une substance qui ressemblait complétement à de la lave. Ces expériences ayant ainsi établi que l'aspect vitreux ou opaque du verre artificiel n'est que la conséquence d'un refroidissement rapide ou lent, il fut facile de conclure que les matières éruptives des volcans, qui sont toutes évidemment d'origine ignée, doivent aussi leurs différences de texture à un refroidissement plus ou moins lent, lorsqu'elles s'écoulent au dehors. Le meilleur moyen de prouver ou de renverser cette hypothèse était de fondre des laves naturelles et de les laisser refroidir sous des températures diverses et dans des espaces de temps variés. Ces expériences furent d'abord tentées par l'Anglais James Hall, ensuite avec une grande habileté par Fleuriau de Bellevue, dans les verreries et les hauts fourneaux français [1]. Elles donnèrent des résultats tout à fait semblables et très-satisfaisants. Elles montrèrent que toute lave naturelle fondue de nouveau et refroidie rapidement prend une structure vitreuse, c'est-à-dire reste *amorphe*. Au contraire, elle en prend une *cristalline*, analogue aux granites et aux basaltes, lorsqu'on la fait refroidir très-lentement dans un espace clos. Pour obtenir une plus grande certitude, on expérimentait en même temps sur des scories de hauts fourneaux. Elles donnèrent le même résultat.

Le mode de refroidissement, d'après ces expériences, est donc la cause qui produit la structure vitreuse ou rocheuse, non-seulement de toutes les laves, mais encore de tous les autres éléments de notre

[1] *Journal de physique*, vol. LIX et LX. — *Annales de chimie*, vol. L.

Globe qui ont passé par un état de fusion ignée avant de se solidi-fier. Appuyé sur ce principe, nous pouvons affirmer que toutes les assises de roches existantes sont sorties de l'état de fusion ignée par un refroidissement très-lent, puisque les matières vitreuses ne forment jamais de grandes masses parmi les éléments du Globe.

Ici, comme toujours, il n'est plus difficile de trouver la cause des phénomènes aussitôt qu'on connaît leur vraie nature. La cristalli-sation de plusieurs substances différentes mêlées ensemble ne peut s'effectuer que si les corps ont le temps de se séparer les uns des autres et de se réunir suivant leurs convenances spéciales. Il est donc de toute évidence que le temps nécessaire pour cette sépara-tion ne se trouve point dans le refroidissement rapide de matières en fusion. Les corps restent dans le même mélange que pendant la liquéfaction. La possibilité pour les éléments analogues de se réunir en masses dans ce mélange, n'existe qu'à la condition d'un passage lent de l'état fluide à l'état solide. Cette explication nous fait com-prendre pourquoi les laves qui se refroidissent très-lentement ont une structure plus granitoïde et porphyroïde, tandis qu'elle est ba-saltique et terreuse pour celles qui se refroidissent plus rapidement. Toute la différence de leurs formes repose uniquement sur ce que dans les laves granitoïdes tous les éléments sont cristallisés et en grande partie séparés les uns des autres ; dans les laves porphy-roïdes la pâte est compacte, c'est-à-dire finement granulée et en-globe de grands cristaux isolés ; dans les laves basaltiques la masse entière possède une structure cristalline à grain fin ; enfin dans les laves terreuses, les cristaux isolés sont de dimension presque mi-croscopique. Les laves granitoïdes et toutes les roches de cette espèce naquirent donc en se refroidissant avec une extrême lenteur ; les porphyroïdes avec une lenteur déjà un peu moindre ; les basaltiques avec plus de rapidité encore ; enfin les roches à grain fin et presque terreuses avec une rapidité plus grande que toutes les autres. Dans les matières vitreuses, au contraire, le refroidissement fut instantané et trop rapide pour permettre un phénomène de cristallisation.

Outre ces divers genres de cristallisation, toutes les laves nous offrent encore les phénomènes particuliers de *division* et de *struc-ture par retrait* que nous avons vus, plus haut, dans les roches cris-tallines et compactes. Ils consistent en des surfaces de division, d'après lesquelles la masse homogène se divise pendant que le re-

froidissement et la contraction dans la masse qui en résulte continuent leur évolution ou éprouvent un accroissement subit. Dans

beaucoup de laves et de basaltes, où cette
division suit une direction parfaitement déterminée, elle produit des formes qui ressemblent beaucoup à des cristaux gigantesques. Citons les prismes à *cinq*, *six* et *sept*
pans de la fameuse grotte basaltique de
Staffa, nommée *grotte de Fingal*, ou bien

Fig. 4. — Prismes de basalte.

encore ceux de la *Chaussée-des-Géants*, de formes analogues, sur
le rivage septentrional de l'Irlande. Dans ces deux endroits, les
prismes sont taillés suivant des sections régulières, plates, concaves ou convexes, qui ressemblent à un travail artificiel. On
trouve aussi en Allemagne de ces phénomènes, surtout dans l'Eifel, si riche en montagnes de basalte. La planche ci-contre en

Fig. 5. — Cône de basalte sur la Landskron.

reproduit une, la Landskron dans la vallée de l'Aar. Nous y distinguons parfaitement les prismes réguliers dans la grotte, au pied
du grand cône, tandis que la surface de la montagne ne présente
qu'une division irrégulière. La chapelle, à droite, est construite de
quartiers de prismes de basalte à six pans. D'autres basaltes, comme

ceux d'Ober-Kassel, sur le Rhin, près de Bonn, se sont divisés en
couches sphériques et sont formés, pour ainsi dire, d'une série de
sphères concentriques. Les prismes ont ordinairement une position
verticale ; quelquefois cependant, comme à Saint-Michel, près le
Puy, dans le Languedoc (Haute-Loire), ils sont horizontaux. Cette
différence provient de la direction des grandes surfaces de refroidissement, avec lesquelles les plans de division sont toujours perpendiculaires. Les basaltes entassés dans d'étroites crevasses ont
donc leurs prismes couchés horizontalement, tandis qu'ils sont verticaux dans les cônes soulevés ou dans les mamelons. Cette règle
s'applique à toutes les surfaces de division. — On rencontre aussi
des laves avec divisions analogues, surtout parmi celles qui se sont
épanchées dans la mer: fait très-remarquable, puisque les basaltes
de la grotte de Fingal et de la Chaussée-des-Géants, qui fournissent
des prismes de la plus grande beauté, sortent de la mer. Peut-être
que le refroidissement plus rapide produit par le contact de l'eau
a causé une division plus marquée de la roche éruptive.   .

CHAPITRE V

Le chapitre précédent nous a appris combien l'étude des roches éruptives volcaniques est importante pour comprendre la formation des couches de notre Globe à structure cristalline et compacte et insolubles dans l'eau. Il nous faut donc maintenant jeter un coup d'œil plus complet sur les montagnes ignivomes, sur leurs propriétés et leurs phénomènes. Notre but principal sera de voir si nous ne trouverons point dans le domaine des actions volcaniques quelques faits nouveaux pour éclairer les origines du Globe. Nous allons étudier dans leur généralité les phénomènes spéciaux des actions volcaniques.

Les volcans sont des montagnes coniques, qui s'élèvent sur les points les plus divers de l'écorce terrestre, dans les plaines, sur les chaînes de montagnes, et même au fond de la mer. A leur sommet existe une ouverture, abîme en forme d'entonnoir, appelée cratère, qui dans les volcans en activité, vomit de temps en temps de la fumée, des cendres et des matières éruptives. Les flancs du cône sont souvent crevassés en tous sens, et communiquent soit avec le cratère, soit avec l'intérieur de la montagne. Les déjections et surtout les matières fondues ou laves s'y frayent un passage, et se déversent en courants incandescents. Le massif qui constitue le cône est exclusivement composé de roches volcaniques, basalte ou trachyte. Sa structure est généralement celle de couches concentriques qui s'enveloppent les unes les autres comme un manteau, et démontrent ainsi un entassement successif. Les vues diffèrent sur la manière dont se produisit cet entassement des roches. Aucune ne rend raison de tous les cas ; il est donc possible qu'il faille en admettre deux pour embrasser la totalité des phénomènes.

Léopold de Buch, qui par ses excellentes descriptions du Vésuve et des îles Canaries nous a donné les premières notions scientifiques sur la formation des volcans, admet pour chacun d'eux un double phénomène, qu'il distingue par les termes de *cratère de soulèvement* et de *cratère d'éruption*. Le cratère de soulèvement est constitué par l'ancienne couche horizontale de la croûte terrestre, qui se trouvait au point où le volcan s'est formé, et qui, au moment de son explosion, se releva en forme de cône. Au moyen de cette boursouflure au milieu d'un sol primitivement horizontal, le célèbre géologue explique, non-seulement la forme conique de la montagne, mais encore son ouverture centrale largement évasée vers le sommet, et les fissures rayonnantes ou crevasses qui se prolongent de cet orifice jusqu'à la base du cône. La cavité centrale prend aux îles Canaries le nom de *caldera*, et les échancrures rayonnantes celui de *barancos*. Ces termes ont été conservés dans la science pour tous les phénomènes identiques. Les volcans composés simplement d'un cône muni d'une caldera et de barancos abruptes sont le témoignage d'un violent soulèvement du sol produit par des agents volcaniques, qui cessèrent d'agir après avoir manifesté leur activité par ce puissant phénomène. Mais la plupart des volcans, et surtout presque tous ceux qui sont encore en activité, n'ont pas une forme aussi simple ; le soulèvement s'est répété à plusieurs époques successives. Dans ces éruptions subséquentes, lorsque la calotte formant le sommet du volcan a été enlevée et a laissé un orifice libre, les matières éruptives seules ont été projetées hors du gouffre. Mais comme leur masse était généralement moins grande que les parties constituant le cratère de soulèvement, elles s'arrêtèrent dans la caldera et s'y entassèrent en forme conique en obéissant aux lois de la pesanteur. Elles formièrent ainsi le *cratère d'éruption* dont l'ouverture est le vrai canal de décharge de tous les volcans encore actifs, en un mot le *cratère*. Il est clair que ce dernier peut avoir des dimensions très-différentes, suivant la grandeur du cratère de soulèvement, la quantité des matières éruptives et le nombre des éruptions successives. Celles-ci contribuent extrêmement à établir ces dimensions. Elles peuvent tellement accroître le cratère d'éruption, que,

non-seulement il arrive à s'élever au-dessus des bords de la caldera, mais encore la remplit entièrement de ces déjections et recouvre même au delà des flancs du cratère de soulèvement. Alors
la distinction des deux cratères devient impossible, à moins que
les matières éruptives ne diffèrent de celles du cratère de soulèvement et ne permettent encore de limiter chacun des deux cônes.

D'autres géognostes ont élevé contre cette théorie des objections
tendant à établir l'impossibilité de la formation des cônes volcaniques autrement que par accumulation ou entassement. Ces anta-
gonistes, à la tête desquels on peut placer l'Anglais Ch. Lyell,
affirment qu'entre les roches des *cônes de soulèvement* et des
cônes d'éruption, il n'existe pas de distinction suffisante, mais
qu'elles sont entre elles comme les matières éruptives d'époques
diverses des volcans encore actifs. Par conséquent, si un cône est le
résultat d'un entassement, l'autre a une origine semblable. La
forme des barancos leur fournit un puissant argument. S'ils avaient
pour cause la rupture des couches soulevées, leur plus grande largeur se trouverait naturellement en haut au bord du cratère, et
ils iraient en se rétrécissant vers le pied du cône. Mais ils sont tout
au contraire étroits en haut, larges en bas, et, dans le nombre,
ordinairement un seul atteint jusque dans la caldera, tandis que
les autres finissent sur les bords du cratère. Les adversaires des cratères de soulèvement essayent de démontrer que ces barancos sont
les érosions subséquentes des torrents, et accordent que le baranco
principal, pénétrant jusque dans la caldera, est le résultat d'une
crevasse. Le cratère de soulèvement n'est donc plus que le produit
de l'entassement des matières volcaniques lancées hors du gouffre.
Le volcan dans cette première éruption, pendant laquelle il se
forma, avait une activité immense, en face de laquelle les éruptions subséquentes sont insignifiantes tant qu'elles n'arrivent point
à combler l'ancienne caldera. La formation de celle-ci s'explique
très-bien par la violence avec laquelle furent projetées les premières matières éruptives, et aussi par l'effondrement du sommet
du cône, lorsque la première éruption fut achevée. Les vides laissés
dans le gouffre par les matières éjaculées se remplirent par l'éboulement d'une partie des matériaux entassés au-dessus. Si cette
théorie est juste, les petits volcans, et surtout ceux qui sont éteints,
devront avoir les cratères proportionnellement les plus larges et

les plus grands ; tandis que, dans les volcans encore actifs, ils seront beaucoup moins ouverts, mais plus élevés. Les éruptions continues lancent incessamment de nouvelles déjections et empêchent l'effondrement du sommet dans les profondeurs du gouffre. Les faits sont d'accord avec ces conclusions[1].

Toutefois, la théorie de L. de Buch semble être parfaitement juste dans de nombreux cas, surtout lorsque des assises stratifiées forment une zone au pied du cône. L'île de Santorin, la plus extrême des petites Cyclades, nous en offre un bel exemple. Réunie avec les deux petites îles, Thérasia et Aspronisi, situées en face, elle dessine un ancien cratère échancré et envahi par la mer. Depuis les temps historiques, des cônes d'éruption se sont élevés au milieu, et ont donné naissance aux petites îles Hiera (Palea-Kameni) et Néa Kameni. Le trachyte constitue les parois du cratère opposées à ces îles, tandis que le rivage extérieur, baigné par la mer Égée, est formé de schiste argileux, dont les plans de stratification plongent vers la mer dans le sens opposé au soulèvement. On peut observer des faits semblables sur plusieurs des petites Antilles. Ils prouvent donc que les volcans peuvent relever les couches terrestres voisines, et que tous leurs éléments ne sont pas toujours le produit de l'accumulation des matières éruptives.

Les montagnes ignivomes ainsi formées et actives encore dans les temps actuels, produisent des phénomènes de deux sortes ; des éruptions proprement dites, avec déjections, et des ébranlements du sol dans le pays voisin, ou *tremblements de terre*. En général, ils se manifestent simultanément ou se succèdent à de courtes distances, se reproduisant plusieurs fois avec des circonstances semblables. Le spectacle grandiose d'une éruption est très-difficile à décrire, à cause de la multiplicité des phénomènes successifs et des circonstances simultanées. L'effet d'une telle description est d'autant plus douteux que, pour atteindre à la réalité, elle doit produire l'admiration la plus prodigieuse. Les mots ne pourront jamais donner une impression, même éloignée, des sensations que cause la vue directe du phénomène.

Longtemps **avant** le commencement de l'éruption, des secousses

[1] Sur cette question voy., pour plus de détails, l'excellent petit volume de M. J.-B. Noulet, intitulé : *Étude sur les volcans* (Paris, Savy, 1866). Trad.

du sol annoncent son approche, surtout lorsque le fond du cratère
s'est comblé depuis un certain nombre d'années, et que sa cavité
en entonnoir s'est transformée peu à peu en une plaine légèrement
concave. Des vapeurs s'élèvent d'abord verticalement au-dessus du
cratère en tournoyant et s'enroulant sur elles-mêmes. La riche imagination des Italiens les a comparées depuis des siècles au port
élancé des pins indigènes. Elles servent de prélude aux puissances
souterraines, dont l'activité n'était qu'assoupie, et rappellent aux
habitants qu'avec elles il n'existe point de paix durable et éternelle,
selon l'expression du poète. Ces colonnes de vapeur, appelées *fumarolles* par les Italiens, ne se manifestent dans certains volcans qu'à
l'approche de l'éruption et ressemblent d'abord à de légers brouil-
lards. D'autres volcans, au contraire, en exhalent constamment,
et n'annoncent le commencement d'une éruption que par l'accroissement du volume des fumarolles et de la densité des vapeurs,
jusqu'à ce qu'elles prennent l'aspect d'un lourd nuage d'orage, enveloppant la tête de la montagne. Avant que les phénomènes précurseurs, formés dans le cratère lui-même, ne soient arrivés à ce
degré, d'autres signes annoncent l'éruption dans la région voisine.
On commence souvent par entendre des bruits singuliers semblables au crépitement que produit, en se vaporisant, l'eau jetée sur
un charbon incandescent. Ces bruits s'élèvent peu à peu jusqu'au
mugissement de vapeurs qui se précipitent par une ouverture trop
étroite, et à la fin se transforment en véritables détonations, semblables à de lointaines décharges d'artillerie. De légers frémisse-
ments du sol accompagnent ce fracas et croissent rapidement. Ils
peuvent même devenir très-intenses, lorsque de faibles oscillations
ont précédé tous les autres phénomènes. Une détonation plus forte,
qui suit ordinairement et est le plus souvent accompagnée de l'inflammation subite de la colonne de fumée, annonce le véritable
début de l'éruption. Aussitôt commence l'éjaculation des matières
incandescentes, qui se continue tant que dure le phénomène. Le
gouffre du cratère, ouvert par cette première explosion, se remplit
de lave brûlante s'épanchant en coulée sur divers points. Souvent de
nouvelles explosions se produisent pendant cet écoulement et un
cône de scories se forme au centre du cratère, autour du nouvel
orifice d'éruption. Les vapeurs s'en échappent en nuages plus épais
et plus noirs, avec un fracas plus intense. Au moment de cet accrois-

sement des colonnes de fumée, l'éruption est arrivée à son pa-
roxysme d'activité. La lumière du jour est obscurcie par les vapeurs,
et les rayons du soleil ne les traversent que considérablement affaiblis. Une poussière fine et cendreuse retombe en pluie et montre
que les nuages de vapeurs sont accompagnés dans leur ascension
de matières terreuses entraînées avec eux. Parvenues dans les couches d'air plus froides et moins agitées, elles en retombent mélangées à de fines gouttes d'eau. Elles recouvrent comme un linceul
tout le pays environnant et font périr sûrement et rapidement, soit
par la chaleur, soit par la poussière, les vapeurs sulfureuses ou les
acides mélangés à l'eau, les plantes et les animaux. La partie basse
de la colonne de fumée a constamment un éclat lumineux et flam-
boyant. Il résulte de la réflexion des laves incandescentes soulevées dans le cratère et s'accroît lorsque celles-ci viennent à s'écouler. Il va en s'affaiblissant graduellement par en haut et se perd
dans la masse des vapeurs, formant seulement une bordure brillante
sur les contours de leurs tourbillons. Le fracas devient de plus en
plus intense ; les décharges et les détonations se succèdent de plus
en plus rapidement et projettent les vapeurs à une hauteur vertigi-
neuse. Souvent des corps incandescents lancés par ces explosions
à travers les nuages de fumées décrivent un arc, lorsque leur puissance ascensionnelle est épuisée et retombent sur les flancs du
cratère avec fracas. Des scories ferrugineuses, faciles à purifier sous
le marteau, jonchent le sol. Elles se divisent même en l'air lorsqu'une partie de la masse informe a un poids plus élevé et possède
une force d'impulsion différente. Leurs fragments se dispersent
alors en rayonnant de toutes parts comme un feu d'artifice. Les décharges deviennent toujours de plus en plus rapides, les détonations plus intenses, les blocs enflammés plus nombreux et le fracas produit par la chute de leurs fragments plus violent. Des blocs
de scories se heurtent dans leur trajet au milieu de l'espace : la
violence du choc les réduit en éclats plus petits encore qui sillonnent l'air comme des bombes. De terribles tremblements de terre,
redoutés d'avance et attendus avec angoisse, se renouvellent. Le
sol fléchissant sous la pression des vapeurs comprimées ondule et
se déchire en crevasses qui rayonnent de tous les côtés de la montagne comme centre vers la plaine. Ces bouleversements sont, de
tous les phénomènes, ceux qui accablissent l'homme de plus d'ef-

froi. Ils le chassent loin de la protection de son toit et le forcent à
voir de ses yeux les grandes révolutions qui jadis formèrent les aspérités du sol et soulevèrent hors des mers le sol qu'elles livrent à
l'envahissement des flots par une nouvelle catastrophe. Cependant
arrive le déclin du cataclysme si horriblement beau. Le liquide incandescent se voûte légèrement au-dessus des parties basses du cratère, la lave fondue s'écoule de divers points et cette matière visqueuse en feu serpente lentement le long des pentes du cône. Elle
embrase les petits arbustes qui se trouvent sur sa route, et leurs
flammes s'agitent à sa surface. Bientôt après ces préambules, succède le grand fleuve de feu. La lave qui, pendant tous ces phénomènes, s'est élevée de plus en plus dans le cratère et que des effluves nouveaux ont approchée de plus en plus près du bord, forme
pendant quelque temps une sorte de bourrelet au-dessus des échancrures les plus basses, puis tout à coup s'abîme avec le fracas du
tonnerre accompagné d'une terrible secousse. Aussitôt elle se précipite hors d'une crevasse qui s'est ouverte au pied du cône et jaillit d'abord comme une fontaine sous la pression de la colonne de
matières supérieure à l'ouverture. Celle-ci s'élargit et le torrent de
plus en plus puissant envahit les plaines fécondées par le travail des
hommes. Ce courant destructeur toujours plus violent s'étend en
nappe sur les surfaces planes. Le cratère devenu vide ouvre une issue aux fluides élastiques. Les vapeurs, accompagnées de la cendre
qu'elles entraînent avec elles, s'élèvent dans l'atmosphère et prennent cette forme de pin qui a frappé les observateurs depuis longtemps. Ce colossal et majestueux arbre de cendres est le dernier acte
tragique de tout le phénomène. Il étend sa cime chargée de désastres au-dessus des plaines et, en s'abîmant, il les recouvre pour l'é-
ternité de son noir feuillage. Une couche de cendre de plus de 100
pieds enfouit jadis Herculanum et Pompéi[1]. Les diverses phases que
nous venons de décrire avec toutes les circonstances qui les accompagnent se reproduisent de nouveau en s'atténuant peu à peu et
complètent le terrible cycle d'une éruption. Enfin on ne voit plus

[1] La couche formée au-dessus de ces deux villes n'est pas égale. Au-dessus d'Herculanum, qui est la plus près du Vésuve, elle atteint de 70 à 112 pieds. Elle est le résultat d'au moins six éruptions, comme on l'a reconnu par les fouilles. Le revêtement de Pompéi est de 12 à 20 pieds. La lave ne s'est jamais épanchée dessus. Les matières entassées sont seulement de la cendre et des lapilli.

que les insignifiantes colonnes de vapeurs qui furent les signes précurseurs de l'effrayant cataclysme avant son explosion.

Lorsque la lumière du jour reparaît après ces ténèbres, éclairées seulement par le plus gigantesque des phares, l'image de la destruction se montre dans toute son horreur. Toutes les terres cultivées aux environs sont couvertes d'une couche de cendre. Sur les flancs de la montagne et à ses pieds gisent les milliers de fragments et de scories projetés. Au milieu de nouvelles courbes se déroule le fleuve brûlant et incandescent de laves qui fument et lancent des flammes. Elles se sont fait un lit jusqu'aux points où, la pente n'étant plus suffisante, le courant visqueux s'est arrêté. Tout autour le manteau de verdure manque comme dans un désert dévasté. Les arbres carbonisés étendent dans le ciel morne leurs rameaux couverts de poussière et dépouillés. La vie animale a cessé de battre depuis longtemps et n'a même point laissé de traces de sa présence dans les cendres brûlantes. — Tel dut être le spectacle lorsque, soixante-dix-neuf ans après la naissance du Christ, le Vésuve sortit de nouveau de son repos séculaire et, se déchaînant avec toute sa rage destructive, couvrit de ses déjections 50 milles carrés de pays et enfouit dans le sommeil de la mort trois villes populeuses avec leurs imprudents habitants[1]. Elles ne sont sorties de leurs tombeaux que dix-sept siècles plus tard comme les ombres de leur splendeur primitive.

Au lieu de ce triste paysage, la planche ci-contre nous donne une vue du Vésuve à l'état de repos, au mois d'août 1851, avant les éruptions qui suivirent peu après. Au premier plan, on voit le bord supérieur du cratère formé dans l'éruption de l'année 79 et une muraille taillée presque à angle droit, qui s'étend à partir du côté gauche jusqu'au dernier plan. Elle disparaît derrière le nouveau cratère d'éruption composé de cendres. C'est un cône tronqué de plus de 500 pieds de haut, qui repose au centre du plateau horizontal de l'ancien cratère. Il s'adosse sur la droite à une légère saillie du plancher du cratère, derrière laquelle se dressent plusieurs petits cônes éruptifs sur le parcours d'une large crevasse. Depuis ce point jusqu'au premier plan, le sol du cratère est recouvert de sco-

[1] On trouve très-peu de squelettes humains dans les ruines de Pompéi et d'Herculanum. La plupart des habitants eurent le temps d'abandonner la ville au début de l'éruption.

ries de laves refroidies entassées en désordre. Au milieu, une coulée de lave liquide jaillit du sol et s'épanche sur le bord du cratère accompagnée sur ses deux côtés par un talus de blocs refroidis. De légères fumerolles, semblables à celles qui s'échappent du cratère d'éruption, s'élèvent au-dessus de sa surface et derrière sa source

Fig. 8. — Cratère du Vésuve.

s'ouvre béante, au pied du grand cône de cendre, une seconde crevasse vide, pourvue de bords légèrement relevés. Le reste du sol est couvert de cendre et de lapilli, dont les couches poreuses laissent encore voir les sillons suivis par d'anciennes coulées qui se sont épanchées jusqu'au bord de l'ancien cratère à droite et l'ont excavé en forme de voûte[1].

Nous allons étudier en détail les phénomènes volcaniques dont nous venons de tracer le tableau général. Nous trouvons d'abord quatre espèces de matières éruptives : la fumée, la cendre, les blocs lancés et la lave. Chacune d'elles est elle-même composée d'éléments divers et exige un examen spécial.

[1] Voy. J. Roth, *le Vésuve et les environs de Naples*, monographie avec cartes et planches. Berlin, 1857. — J. Schmidt, *l'Éruption du Vésuve et ses phénomènes en mai 1855*, avec cartes. Vienne, 1856. G.

La *fumée*, tant qu'elle conserve une couleur blanche, est à peu près exclusivement composée de *vapeur d'eau*. Elle est l'avant-coureur de tous les autres phénomènes. Elle exige en effet la chaleur la moins élevée pour sa production, puisqu'il lui suffit de la température d'ébullition de l'eau. De là vient que beaucoup de volcans, surtout les plus grands, en émettent constamment. Ils conservent toujours dans leurs profondeurs un degré de chaleur suffisant pour porter l'eau à l'ébullition et la transformer en vapeur. On a beaucoup discuté sur l'origine de cette eau et encore plus sur la part qu'elle prend à la production des phénomènes volcaniques. Dans tous les volcans non situés immédiatement sur le bord de la mer, elle provient de l'eau des pluies, que le volcan réduit en vapeur - et exhale sous cette forme, aussitôt qu'elle pénètre dans ses régions brûlantes. D'après une ancienne opinion, elle venait uniquement de l'eau de la mer, qui trouvait un passage dans les profondeurs jusqu'au centre du volcan. Arrivée à ce point, elle donnait lieu à un développement de haute température et à tous les phénomènes d'explosion des éruptions par l'oxydation rapide des masses métalliques, principalement des métaux alcalins. Cette hypothèse n'a plus de partisans aujourd'hui et a été abandonnée comme inutile et sans preuve.

D'ailleurs, la découverte de grands volcans actifs au centre de l'Asie détruit la possibilité de l'arrivée de l'eau de mer jusqu'à leur noyau et de la production des phénomènes éruptifs par cette voie. Nous sommes donc forcés d'admettre que l'eau tombée de l'atmosphère à la surface de la terre est pour les vapeurs des volcans, comme pour l'eau des fontaines, la source principale. Tout en considérant la part que l'eau de mer prend aux actions volcaniques dans les cas où elle peut pénétrer jusqu'au foyer, nous croyons avoir suffisamment prouvé notre manière de voir dans l'étude que nous avons faite sur l'origine des eaux de sources provenant de l'atmosphère.

Les vapeurs d'eau pure sont rares; elles n'apparaissent que pendant le repos du volcan et en très-faible quantité. Elles contiennent presque toujours d'autres gaz et même des matières solides que la chaleur du volcan a transformées en vapeur. Les vapeurs *sulfureuses* sont les plus fréquentes; unies avec la vapeur d'eau, elles donnent lieu à de nombreuses combinaisons chimiques.

— Presque partout, dans les fumarolles, nous trouvons de l'*hydrogène sulfuré*, de l'*acide sulfurique* et même des *vapeurs de soufre pur*. Ces corps se reconnaissent vite et facilement à leur odeur particulière (l'hydrogène sulfuré a l'odeur infecte d'œufs pourris). Ils portent en eux une partie des effets nuisibles que le volcan exerce sur les environs au moyen de ses exhalaisons vaporeuses. Le soufre en s'échappant dans l'air s'y condense et y reprend sa forme solide. Il forme un dépôt jaune et pulvérulent au bord des crevasses et des fissures qui lui servent d'issue. Il s'accumule aussi dans les cavités et s'y trouve souvent cristallisé près du gypse, comme nous le rencontrons dans les filons et les dépôts des montagnes primitives. L'acide sulfurique se combine avec des bases et transforme une partie des carbonates de chaux en *gypse* qui, on le sait, est un combiné de chaux et d'acide sulfurique. La présence abondante du soufre dans la plupart des matières volcaniques explique l'abondance du gypse à grain fin ou albâtre. L'acide sulfurique s'unit aussi avec l'alumine et forme une roche terreuse, la pierre d'alun, que l'on trouve dans beaucoup de régions volcaniques (Hongrie, France). — Après les combinaisons du soufre produites par les exhalaisons vaporeuses des volcans, il faut citer les combinaisons du chlore. La plus importante est l'*acide chlorhydrique* formé de chlore et d'hydrogène. On le reconnaît aisément à son odeur irritante et à la blancheur éblouissante de ses vapeurs. Il est moins abondant que l'acide sulfurique et se combine plus facilement que lui avec les bases partout où il se trouve. Il s'unit surtout avec la soude et l'ammonium pour former le *sel de cuisine*[1] et le *sel ammoniac*. Ce dernier sel est très-volatil. Ses vapeurs se trouvent dans les fumarolles comme les vapeurs sulfureuses et forment des dépôts semblables sur les points où l'atmosphère, plus fraîche, les force à repasser à l'état solide. Le sel de cuisine lui-même est volatil à une température voisine du point de fusion du fer. Aussi le rencontre-t-on dans plusieurs volcans sous la forme d'une croûte. Le Vésuve surtout est riche en formations salines de cette nature. Les classes pauvres le recueillent précieusement et en font une petite industrie. L'Hécla, en Islande, produit aussi du sel de cuisine. — Le

---

[1] Dans la formation du sel de cuisine, l'acide chlorhydrique abandonne son hydrogène et le *chlorure de sodium* apparaît.

carbone se manifeste rarement dans les fumarolles de la même manière que le chlore et le soufre. Il n'y apparaît que sous une forme,
combiné avec l'oxygène ou *acide carbonique*. On l'a reconnu principalement dans les fumarolles des volcans de l'Amérique du Sud. Les
nombreuses sources dont les eaux rafraîchissantes, semblables à
l'eau de *Seltz*, contiennent de l'acide carbonique qui se manifeste
par un bouillonnement ou dégagement du gaz aériforme, doivent
très-probablement leur propriété à l'activité de volcans au repos.—
Ces sources, en effet, que l'on appelle *sources acidulées*, se trouvent
presque toujours dans le voisinage de montagnes volcaniques. Beaucoup de ces régions exhalent directement de l'acide carbonique.
Citons la célèbre grotte du Chien, à Naples, dont la partie basse doit
ses propriétés délétères aux émanations d'acide carbonique. Ce gaz
existe en grande quantité dans toutes les caves de Naples, où il peut
s'accumuler de telle sorte que des personnes y pénétrant après
qu'elles étaient restées fermées longtemps, ont été prises d'étour-
dissement et sont tombées sans connaissance. Les Italiens ont depuis longtemps reconnu son action pernicieuse sur la vie des animaux et de l'homme, bien qu'il ne laisse voir rien de particulier
dans l'atmosphère. Ils appellent *mofettes* les points où il s'épanche
particulièrement[1]. — Telles sont les matières les plus importantes
qui, à l'état de vapeur, constituent les fumarolles dans lesquelles on
les rencontre presque toujours, lorsqu'aucun autre phénomène éruptif n'accompagne ces colonnes de fumée. Leur influence sur les environs est très-variée à cause de la multiplicité des substances,
et très-différente suivant les localités. Je me contente donc d'en
citer une très-générale, qui consiste dans la *décoloration* de beaucoup de roches produite par ces vapeurs, et qu'il ne faut pas confondre avec les dépôts dont nous avons parlé. Nous avons dit plus
haut que la matière colorante essentielle des laves noires était le
fer magnétique. Or, les acides formant avec lui un combiné soluble
dans l'eau, l'enlèvent et blanchissent peu à peu la lave, jusqu'à ce
qu'elle ressemble complètement à la craie. La fameuse solfatare,
près de Naples, est une de ces roches volcaniques décolorées par les

[1] L'acide carbonique s'échappe surtout des volcans en repos. Les volcans de Quito, qui
n'ont plus de grandes éruptions, en produisent une grande abondance. Il provient probablement des carbonates de chaux voisins, dont il se sépare par calcination dans les profondeurs, de même que le acide carbonique provient de l'eau de mer chauffée jusqu'au
centre volcanique.

vapeurs sulfuriques. On trouve aux îles Lipari et aux Canaries des phénomènes semblables. Du reste, certaines laves se décolorent plus aisément et plus rapidement que d'autres. Il peut donc arriver que l'on trouve sur certains volcans des zones décolorées, tandis que d'autres ont conservé leur coloration foncée.

Les *cendres* que nous avons citées en second lieu parmi les matières éruptives n'apparaissent en général qu'au milieu ou à la fin de l'éruption. Elles sont formées de roches pulvérisées qui, tantôt ressemblent à une farine grise, tantôt sont plus grossières et semblables à du gravier ; dans ce cas, on leur donne le nom de *sable*. Sous ces deux formes, elles sont le résultat de la trituration et de la pulvérisation des laves. Leurs particules, petites ou grosses, sont formées par de petits cristaux de feldspath, d'augite, de fer titanique, de fer magnétique, d'olivine et des autres parties élémentaires des laves. Emportées par les vapeurs, à cause de leur légèreté, elles ont été lancées au loin sur la plaine [1]. Les cendres sont la cause de l'aspect sombre des fumarolles et de la lumière blafarde du jour pendant les éruptions. Elles se trouvent, en effet, en si grande quantité dans l'air, et à cause de leur ténuité retombent si lentement, qu'elles remplissent pour ainsi dire l'atmosphère et arrêtent la plupart des rayons de la lumière. On n'est point encore complétement fixé sur la cause qui produit cette fine pulvérisation des laves. Il faut cependant qu'elle soit simple et puissante, vu les quantités prodigieuses de cendres rejetées, surtout dans cette fameuse éruption du Vésuve où elles enfouirent les trois villes dont nous avons

[1] Ehrenberg, dans ses savants et nombreux travaux, a démontré que des débris organiques, surtout des enveloppes siliceuses de *bacillariées* et de *phytolithariées*, existent non-seulement dans les cendres volcaniques en poudre, mais encore dans les tufs volcaniques massifs et jusque dans les pierres tant anciennes que modernes. Les savants qui, guidés par l'origine aquatique de ces organismes, voudraient expliquer la formation de ces produits volcaniques par voie aqueuse, n'auraient point de fondements suffisants pour cela. Les faits observés viennent plutôt se ranger avec les éruptions de boue et les poissons morts rejetés par les volcans des Cordillères, en Amérique. Ces trois phénomènes prouvent simplement que les eaux superficielles peuvent pénétrer avec leurs habitants jusqu'au centre volcanique et reparaître ensuite à la surface, rejetées hors du gouffre, mélangées aux produits volcaniques calcinés. Sous ce rapport, les découvertes d'Ehrenberg sont pleines d'intérêt et le deviennent de plus en plus par l'extension qu'elles continuent de prendre entre ses mains infatigables. Le plus intéressant, à mon avis, c'est que ses débris organiques nous donnent la preuve que certains volcans (Islande, Eifel), sont accessibles aux eaux douces, puisqu'ils rejettent des êtres organisés d'eau douce, tandis que d'autres volcans (Patagonie) rejettent des êtres marins, et d'autres enfin uniquement des matières inorganiques (Canaries, îles Lipari). (*Mémoires de l'Académie de Berlin*, juin 1846 et suivants.)

parlé. Leur abondance était si grande que, suivant Pline le Jeune, la lumière du jour en fut obscurcie à Misène, éloignée de plus de 5 milles du Vésuve, et qu'à Stabies, où périt Pline l'Ancien, il régnait une obscurité semblable à celle d'une chambre fermée où l'on vient d'éteindre toutes les lumières. Leur quantité doit assurément avoir été immense, puisque tous les écrivains contemporains assurent qu'on les vit retomber jusque sur les côtes d'Afrique et même de Syrie. Quelques savants ont voulu expliquer la formation des cendres par l'explosion subite des gaz dans la lave liquide. Le liquide incandescent serait dispersé et projeté en poussière, et, une fois refroidi, formerait la cendre. Cette opinion s'appuie encore sur cette circonstance que les grandes masses de cendre sont lancées seulement lorsqu'il existe déjà beaucoup de lave liquide dans le cratère et qu'elles cessent en grande partie peu après l'épanchement de ces dernières. Nous avons déjà dit qu'elles sont souvent mélangées avec des gouttes et des vapeurs d'eau. Lorsque cette eau devient assez abondante pour produire une grande pluie, ce qui a eu lieu souvent sur le Vésuve, il se forme une masse de boue sur le sol, et l'expression usitée de *pluie de cendres* se trouve justifiée à la lettre.

On explique plus facilement l'origine de ces corps incandescents qui, lancés par les explosions au milieu des nuages de vapeurs, se brisent en nombreux fragments lorsqu'ils retombent. On les appelle en italien *lapilli* ou *rapilli*, terme emprunté au langage populaire et qui est devenu d'un usage commun dans la science. Les lapilli, au point de vue de leur nature, sont des fragments arrachés aux parois du cratère ou des quartiers de lave détachés que les vapeurs entraînent avec elles lorsqu'elles se précipitent au dehors. La dimension des lapilli et la distance à laquelle ils sont projetés dépendent de la force d'expansion que possèdent les vapeurs. Leur couleur, tantôt noire, tantôt d'un rouge brillant, et leur composition sont en rapport direct avec leur origine, soit qu'ils aient été arrachés aux parois du cratère, soit qu'ils proviennent des laves. Les lapilli de cette seconde espèce refroidissent très-rapidement, à cause de leur faible volume. De là aussi vient leur structure vitreuse qui les fait ressembler à des scories. Ils sont très-friables et se divisent en nombreux petits quartiers, depuis la grosseur d'un pois jusqu'à celle d'une noix. Lorsqu'ils sont projetés avec accompagnement de détonations,

l'inflammation de *gaz*[1] brûlants avec une flamme claire paraît être
la cause de l'explosion et de la projection des matières qui forment
les lapilli. Au contraire, les tremblements de terre et l'élévation de
la lave sont unis avec une puissante expansion de gaz non inflammables. Ces deux derniers phénomènes ont donc une même cause.
Ils font comprendre pourquoi les ébranlements du sol les plus violents accompagnent toujours le point extrême d'élévation de la lave
alors qu'elle déborde par-dessus les lèvres du cratère.

Nous avons déjà parlé de la dernière matière éruptive, la *lave*, et
nous avons fait connaître sa nature et sa forme dans le chapitre précédent. Il nous suffira donc maintenant de jeter un coup d'œil sur
quelques autres de ses propriétés que nous n'avions pas encore eu
occasion d'examiner. Son mode d'émission dans les circonstances
qui l'accompagnent et dans ses causes doit nous intéresser particulièrement. La lave, arrivée dans le cratère, s'élève peu à peu, comme
nous l'avons dit plus haut. Mais ce phénomène a lieu, non-seulement
pendant la durée de l'éruption, mais encore souvent longtemps auparavant, avant même qu'aucun des signes précurseurs de l'éruption
ait apparu. Si nous observons le cratère peu après l'éruption, nous
voyons qu'aussitôt après l'épanchement de la lave, il commence à
s'écrouler et il a la forme d'un vaste entonnoir au fond duquel existe
une cavité, sorte de soupirail en communication avec l'intérieur. Ce
canal s'obstrue ordinairement et ferme tout passage vers l'intérieur
du volcan. Le volcan peut conserver sa forme en entonnoir pendant
des années nombreuses, et aussi longtemps qu'il reste dans cet état,
on n'a point à craindre d'éruption. Mais dès que le fond de l'entonnoir commence à se combler et qu'il s'aplanit de plus en plus, ce
sont les signes qu'une éruption approche. Des matières peuvent
cependant s'écouler avant qu'elle éclate. Baldage trouva le cratère du Vésuve, aussitôt après l'éruption de 1822, profond de
880 pieds au point le plus élevé du bord, et 450 pieds au point le
plus bas. Cette profondeur se conserva la même jusqu'en 1827. A
partir de ce moment, le fond s'éleva, jusqu'en août 1830, d'environ

[1] On a beaucoup discuté pour savoir si les prétendues fumerolles des éruptions sont
des flammes réelles ou bien si ce sont des corps incandescents. Aujour-
d'hui on résout cette difficulté en admettant que des flammes réelles ne se montrent que
de temps en temps, immédiatement près des crevasses et des déchirures du cratère,
mais que les grandes lueurs ordinairement de la coloure de vapeur sont dues aux cendres
incandescentes.

200 pieds. Ce mouvement ascensionnel se continua avec la même vitesse jusqu'en septembre 1851, époque à laquelle un nouveau cône d'éruption, formé dans l'ancien cratère, s'éleva au-dessus de ses bords. La lave qui s'en écoula effaça complétement toute distinction entre les deux cratères, et, au mois d'octobre de la même année, elle s'épancha par-dessus les bords les moins élevés et forma plusieurs coulées jusqu'au pied du cône. Ce phénomène se continua pendant trois années successives à des intervalles séparés. Enfin, au mois d'août 1851, le nouveau cône s'abîma au milieu de violentes secousses et laissa derrière lui un entonnoir composé de deux gouffres sans fond séparés par une étroite cloison, et qui communiquaient avec l'intérieur. — Ce mode d'élévation de la lave est le plus habituel. Elle commence d'abord par soulever uniformément le fond du cratère. Plus tard, lorsque les couches supérieures sont devenues plus consistantes, il se forme sur ce plancher un nouveau cône d'éruption des flancs duquel, comme de ceux de l'ancien cratère, s'échappent de temps en temps des coulées de lave incandescente dont les couches élèvent le sol. Elles se durcissent pour être recouvertes par un nouveau débordement. Le dernier s'ouvre une route par-dessus les bords du cratère et s'écoule vers le bas de la montagne, mais ne parcourt ordinairement qu'une faible distance. La principale coulée de lave a pour cause une nouvelle crevasse qui se forme à la base du cône. Elle se précipite avec d'autant plus de violence, que cette ouverture est placée plus bas dans la montagne. Ce n'est que dans les éruptions d'une intensité extrême que ces coulées sont assez puissantes pour atteindre sur-le-champ la plaine et s'y étendre.

On admet généralement et avec raison que ce soulèvement est produit par la dilatation des gaz ou vapeurs récemment formés qui cherchent une issue. Leur expansion cause d'abord les oscillations du sol qui précèdent ordinairement les éruptions. De plus, comme leur enveloppe cède plus facilement sur les points où elle offre

* Dans l'éruption de l'Etna, du mois de novembre 1843, la lave parcourut en 8 jours (du 17 au 25) une distance de 5 milles géographiques par lesquels, et par certaines circonstances accidentelles de milieu en largeur. La crevasse qui donne issue à cette puissante coulée se trouvait à l'ouest dans la région élevée de la montagne. Elle avait 450 pieds de long sur 50 de large. Elle se termine par des faisceaux qui rayonnaient en sens divers. — Depuis la fin de l'année 1853, une autre éruption coulée a eu lieu et à cause de grandes interruptions par des épanchements de lave. Les manifestations de cette secousse cessent au contraire qu'en mars de l'année suivante; mais, au printemps de 1854, une nouvelle éruption éclata par le côté nord.

moins de résistance, ils chassent cet obstacle dans la direction du
cratère, s'échappent en partie par cette voie, soulèvent peu à peu
la calotte qui les couvre, lancent en l'air de la cendre et des lapilli
en faisant explosion et, enfin, crevassent les flancs du cône lorsque
la lave entassée dans le cratère exerce une pression trop grande sur
les vapeurs enfermées dans les profondeurs, et les force à trouver
une issue par ce chemin. Le gouffre brûlant se vide par cette crevasse ; les vapeurs comprimées s'échappent par en haut, entraînant
de la cendre et des débris de toute sorte. Aucun appui ne soutient
plus la lave, qui reste dans le fond du cratère ; elle retombe dans les
abîmes ; l'ancien gouffre se rouvre de nouveau, et toute la série des
phénomènes se répète dans le même ordre après un laps de temps
suffisant pour former de nouvelles vapeurs et de nouvelles matières
éruptives. Tel est le résumé de la théorie de toutes les éruptions.
Nous continuerons à en étudier les détails en décrivant les tremblements de terre qui les accompagnent ou les précèdent, mais qui,
en outre, peuvent encore se manifester sur de grandes régions sans
aucun volcan en activité.

CHAPITRE VI

Parmi tous les phénomènes naturels qui portent la terreur et
l'effroi au cœur de l'homme et qui, en manifestant la puissance
grandiose des forces que la nature recèle dans son sein, nous démontrent notre impuissance contre leurs effets, les *tremblements
de terre* sont les plus gigantesques et les plus effrayants. Dans un
instant ils anéantissent de vastes cités avec leurs habitants, précipitent des plaines dans les abîmes, font surgir des montagnes, et
déchaînent les flots bouleversés sur les campagnes sans défense,
détruisant toutes les richesses que les hommes y ont péniblement
accumulées pendant des siècles à la sueur de leur front, et qu'ils se
sont transmises de génération en génération. Aussi sont-ils les plus
redoutés de tous les cataclysmes. Ils sont plus terribles que l'incendie et l'inondation, plus terribles encore que ces deux fléaux accompagnés des tempêtes, lorsque les rafales de vent se précipitent
en dispersant les flammes ou bien poussent les flots écumants sur
les plaines. Les ruines causées par ces éléments sont toujours locales et limitées à une petite région. Les tremblements de terre,
tout au contraire, traversant d'une seule fois des provinces entières,
détruisent d'un seul coup les plus grandes villes et enfouissent au
même moment des milliers d'individus sous leurs ruines. Jamais
un incendie, un débordement ou un ouragan n'ont fait périr en
un instant 40,000 hommes, comme le grand tremblement de terre
du 4 février 1794, qui détruisit Quito, ou comme celui du 1ᵉʳ novembre 1755, qui dévasta Lisbonne et fit périr 24,000 personnes.

Dans la Calabre, on compta 30,000 morts, après les violentes secousses de février 1785 ; celles du 26 mars 1812, à Caracas, ensevelirent sous les ruines de la ville 10,000 habitants, que la faible intensité des premières oscillations avait rassurés. Le nombre des victimes ne fut guère moins élevé, après les désastreuses trépidations du 20 mai 1860, qui en trois secousses détruisirent, vers huit heures du soir, la ville de Mendoza, au pied oriental des Andes dans la république Argentine[1]; et après le grand tremblement de terre du Pérou (15 août 1868), dans lequel toute la côte, depuis Iquique jusqu'à Arequipa, fut ébranlée et la ville d'Arica ruinée. Les morts, y compris ceux qui périrent à la suite des secousses arrivées à Quito trois jours plus tard (16 août), s'élevèrent à 10,000[2].

Des phénomènes accompagnés d'effets aussi violents doivent avoir une grande influence sur la configuration du sol, et comme, entre toutes les causes de bouleversement que nous pouvons observer, les tremblements de terre sont jusqu'ici incontestablement les plus puissantes, nous leur attribuerons un rôle prépondérant dans les révolutions du Globe. Mais nous ne pourrons nous faire une idée claire de l'importance de ce rôle qu'après avoir acquis une connaissance exacte des effets produits dans les temps modernes.

Les mouvements du sol auxquels nous donnons le nom de tremblements de terre se manifestent sous trois formes différentes ; tantôt ce sont des *chocs verticaux*, tantôt des *ondulations*, tantôt des *mouvements giratoires*. Si différentes entre elles que soient ces trois formes, aucune cependant ne constitue à elle seule un tremblement de terre de quelque importance. Elles se font sentir, au contraire, simultanément, mais en des points divers. Cependant, ce n'est que rarement et dans les secousses les plus violentes, que l'on a observé des mouvements giratoires. Les petites oscillations du sol se manifestent ordinairement sous la forme d'ondulations. Les mouvements, isolés et souvent assez violents, proviennent de secousses

[1] Voy. Burmeister, *Notice sur le tremblement de terre de Mendoza dans les Abhandlungen der Naturforschenden Gesellschaft* de Halle, VII, 171 et seq. G.

[2] L'année 1868 a été très-riche en tremblements de terre et en phénomènes volcaniques. Les secousses ressenties en Toscane, le 14 août, et la grande éruption de l'Hécla, commencée le 2 septembre 1868, peuvent compter parmi les plus intenses. L'Allemagne et surtout les pays du Rhin ont été violemment ébranlés le 20 juillet. — Voy. les publications de Nöggerath *das Erdbeben*, v. 29 Juli, Bonn, 1847, in-4°, et de Bogner *das Erdbeben und seine Erscheinungen*, Frankf. a. M. 1847. B.

verticales, qui consistent dans un brusque soulèvement et affaissement du sol, suivis de légères trépidations. Dans tous les tremblements de terre étendus et violents, on remarque que, dans la région des effets les plus intenses, le mouvement ressemble à un déplacement giratoire ayant uniquement le centre d'ébranlement, et qui ensuite se propage de toutes parts en forme d'onde dans les régions attenantes. Tels étaient les terribles cataclysmes qui dévastèrent la Calabre et Lisbonne.

Il est bien établi que les tremblements de terre sont causés par des forces souterraines agissant de bas en haut. Les divers genres de mouvements que nous venons de décrire s'expliquent très bien avec cette origine. Lorsque la force agit verticalement de bas en haut, elle communique l'impulsion de couche en couche, et l'effet présent est un simple choc, d'autant moins sensible dans toute la zone ébranlée, qu'on se trouve plus éloigné du point qui a reçu le choc verticalement. Dans ce cas, on peut tracer un cercle ou une ellipse circonscrivant la région où la secousse a manifesté son action. Cette figure forme le *cercle d'ébranlement*, et sa délimitation, sa grandeur, sa superficie et sa position par rapport aux contrées voisines, surtout par rapport aux montagnes, sont importantes, si l'on veut connaître les tremblements de terre avec toute la rigueur scientifique et saisir leurs connexions avec les autres phénomènes. Mais tous les tremblements de terre n'agissent pas de cette manière; beaucoup ne se propagent que dans une direction et avec une intensité variable. Ces tremblements de terre ont toujours un mouvement **ondulatoire** et produisent des effets très-remarquables. Les secousses perpendiculaires, et surtout les mouvements giratoires, bouleversent complètement le sol et surtout les édifices construits à sa surface par le travail de l'homme. Avec les ondulations à progression rectiligne, on remarque souvent le fait singulier que les objets placés à angle droit avec les ondulations sont détruits, tandis que ceux qui sont parallèles et situés dans le même sens demeurent intacts. Ce fait est important pour les observateurs qui, partant d'effets donnés, recherchent les causes et la direction des mouvements. L'examen des ruines leur donne un moyen de retrouver la direction et souvent aussi la cause. La vue seule du sol peut aussi donner ces indications, lorsqu'il a été bouleversé et crevassé, ce qui se présente fréquemment dans les violentes secousses. Lorsque les crevasses sont parallèles avec une direction unique, elles dénotent un tremblement de terre de faible intensité accompagné de mouvements ondulatoires. Lorsque les crevasses rayonnent d'un point central, elles sont le résultat d'une secousse simple et verticale. Si elles forment des arcs de cercle autour d'un point, nous sommes reportés à des mouvements giratoires. L'étude de ces divers phénomènes est d'une grande importance pour comprendre quelques-unes des circonstances de la formation du Globe, et elle peut surtout, comme nous le verrons bientôt, donner occasion à d'intéressants rapprochements sur la forme des montagnes isolées et des chaînes. A ce point de vue, il est d'un grand intérêt de noter le mode suivant lequel les secousses se succèdent et se disposent les unes par rapport aux autres; si elles se reproduisent au même point, ou bien se suivent dans une direction déterminée, ou enfin si elles sont distribuées sur une certaine étendue. Le tremblement de terre qui dévasta la Calabre, en 1783, appartenait au second de ces trois cas. Les trois secousses principales des 5 et 7 février et du 28 mars étaient échelonnées sur une même ligne, chaque centre éloigné de l'autre de 5 à 6 milles plus au nord. La ligne droite qu'ils traçaient suivait la principale chaîne de montagnes qui traverse la Calabre, et se tenait sur le versant en face de la Sicile. Cette disposition des centres d'ébranlement fait comprendre pourquoi le versant oriental de la Calabre fut beaucoup moins affecté que l'ouest, pourquoi les contrées placées dans la direction de la ligne de secousse furent dévastées cruellement, et pourquoi enfin l'ébranlement fit sentir ses ravages jusqu'en Sicile, tandis que la côte orientale de la Calabre n'eut pas trop à souffrir. Il est évident que le massif des montagnes opposa une digue aux secousses sur ce côté et les affaiblit par sa résistance. Au contraire, les couches légères du versant occidental furent ébranlées plus fortement et offrirent par leur pente vers la mer les conditions les plus favorables pour la propagation des ondulations, qui s'étendirent très-loin dans ce sens.

La nature du sol d'une région a donc une influence très-importante sur la transmission des secousses, et l'exemple de la Calabre prouve, à ce point de vue, que les chaînes de montagnes arrêtent la propagation des ondulations perpendiculaires à leur ligne de faîte, et qu'au contraire elles favorisent celles qui courent parallèlement à cette direction. La généralité de ce principe est établie et démontrée par une foule d'observations semblables. Elle trouve la confirmation la plus complète dans les tremblements de terre de la chaîne des Cordillères, montagnes où les puissances volcaniques se manifestent sur l'échelle la plus vaste. Toute l'Amérique du Sud, depuis la Terre-de-Feu jusqu'au golfe du Mexique, est traversée par une série de volcans, interrompue seulement sur quelques points. Ils accompagnent toujours la chaîne des Cordillères, et la plupart du temps reposent sur ses flancs. Au delà de Quito, cette chaîne se divise en deux branches : l'une se prolonge à l'ouest, à travers l'isthme de Panama, et va se continuer dans le Mexique et l'Amérique du Nord ; l'autre se détourne vers l'est, du côté de la mer, à Caracas, suit la côte jusqu'aux Petites-Antilles, au travers desquelles elle s'étend par-dessous la mer et va rejoindre la presqu'île de Yucatan, après avoir traversé Haïti, la Jamaïque et Cuba. C'est dans l'espace circonscrit par ces lignes de hauteurs que naissent les grands et terribles tremblements de terre qui secouent si souvent l'Amérique et qui ne laissent guère passer d'année sans l'ébranler plus ou moins. Ils suivent exactement la direction de la grande chaîne de montagnes, et s'en écartent si peu qu'elle est, pour ainsi dire, le foyer d'ébranlement d'où partent les plus violentes commotions du sol. Le centre de chaque secousse est toujours situé au pied de la chaîne principale, tantôt à l'est, tantôt à l'ouest, et elle se propage soit par en haut, soit par en bas avec les diverses modifications que lui font subir les circonstances particulières.

Cependant ce mode de propagation n'est pas le seul que présentent les tremblements de terre. On a quelques exemples, bien avérés, où des chaînes de montagnes ont été coupées en travers et où la commotion s'est transmise d'un versant à l'autre. Les plus fréquents de ces tremblements de terre ont été observés dans le Mexique. Ils sont causés par cette suite de volcans situés sur une même ligne dirigée parallèlement aux montagnes des îles Jamaïque, Haïti et Porto-Rico, et qui coupe l'isthme de l'ouest à l'est, à travers les Cordillères. Dans ce cas, la direction d'ébranlement ne suit pas la chaîne principale, mais la ligne de volcans qui la traverse. Au fond, ce n'est qu'une direction modifiée dans laquelle il n'y a rien d'essentiellement différent. Mais on a pu observer des tremblements de terre transmis à travers des chaînes de montagnes en dehors même de ces conditions. Citons le tremblement de terre de Cumana, dé-

crit par A. de Humboldt ; un autre, entre Gênes et Borghera, à travers les Apennins ; un troisième, entre Sciacca et Palerme, durant
qu'une île nouvelle apparaissait dans la Méditerranée, île dont nous
parlerons plus loin. Citons encore le tremblement de terre qui le
25 juillet 1855, détruisit la petite ville de Vispach dans le Valais,
à l'embouchure de la Visp dans le Rhône. Il étendit son action jusque dans la vallée de Saase, et se fit fortement sentir sur le versant
sud du puissant massif du mont Rose [1].

Pour bien comprendre les bouleversements que les tremblements
de terre peuvent effectuer à la surface du Globe, les ruines des
constructions humaines nous apprendront moins que la vue des modifications réelles qu'ils exercent sur le sol. Il faut cependant remarquer que la plupart des grands tremblements de terre de la période actuelle ne produisent aucun changement considérable, mais
se bornent à de simples oscillations du sol d'une courte durée. Les
secousses d'une violence extrême agissent seules avec plus d'énergie et occasionnent des changements de niveau de degrés très-divers,
mais consistant toujours en *soulèvements* ou en *affaissements*. Quant
aux premiers, on a observé de véritables soulèvements de la masse
entière du sol, mais bien plus rarement que l'accumulation de matières nouvelles jetées au dehors par des crevasses et causant un
changement de niveau par leur entassement. Il se produisit un véritable soulèvement [2] du sol dans le gigantesque phénomène qui
précéda la formation du nouveau volcan mexicain le *Jorullo*, le 28
septembre 1759. Le sol se souleva comme un dôme sur une étendue
de plus de 4 milles carrés. La hauteur au centre atteignait 500 pieds.
Plusieurs crevasses sillonnaient cette ampoule et de petits cônes de 6
à 10 pieds de hauteur s'élevèrent sur leur parcours. Au milieu
d'eux s'ouvrit le volcan principal au-dessus d'une vaste crevasse
dirigée de l'O.-N.-O. vers l'E.-S.-E., à peu près dans la direction que suit la ligne de volcans à travers le Mexique. Il s'éleva

---

[1] Voir mes observations sur ce tremblement de terre, dans la *Gazette des sciences
naturelles*, 1855, vi, 1-10.
[2] Les communications les plus récentes d'E. Schleiden sur l'état actuel de la contrée,
qui subit ce bouleversement, mettent en doute le soulèvement du sol. Très-probablement il n'y eut qu'une accumulation rapide de lave réduite en fragments. Il serait cependant très-difficile de décider par l'examen des matières extraïes actuellement, si
l'éruption ne fut pas précédée d'un soulèvement et si une partie des couches soulevées
a conservé sa nouvelle position. Voy. R. Froriep, *Progrès de la géographie et de
l'histoire naturelle*, vol. II, p. 14.

bientôt jusqu'à la hauteur de 4,500 pieds. Il vomissait continuellement des flammes accompagnées de fumée, lançait des masses incandescentes et resta, jusqu'au mois de février 1760, en activité presque ininterrompue. Au commencement de notre siècle, lorsque de Humboldt visita ce pays, il fumait encore et les petits cônes appelés hornitos (orifices) émettaient constamment des vapeurs brûlantes.

Un phénomène analogue s'était déjà produit en un seul jour 221 ans plus tôt à Pouzzoles sur le golfe de Naples. Des secousses répétées ébranlaient cette contrée depuis des années et, le 28 septembre 1538, avaient déchiré le sol par de nombreuses crevasses. Une partie de la côte s'était élevée et le point où naquit plus tard la montagne s'était sensiblement tuméfié. — La nuit suivante vers une heure commença le véritable soulèvement. Un vaste gouffre s'ouvrit et en deux jours une montagne se forma au-dessus de lui. Aujourd'hui encore sa hauteur est de plus de 400 pieds et son contour de 8,000. Son sommet est occupé par un cratère. Sur le bord tourné vers le sud, on voit une couche de phonolithe à surface scoriñée. Les flancs du cratère sont principalement composés de tufs ponceux et de grands blocs de scories poreuses, produits de l'éruption qui dura jusqu'au 6 octobre et créa le *Monte Nuovo* dans sa forme actuelle. Depuis, le volcan est toujours resté en **repos**. — Ces deux phénomènes, que nous avons choisis parmi beaucoup d'autres semblables, parce qu'ils nous ont paru être les plus considérables des temps modernes, non-seulement jettent la lumière la plus vive sur la formation des volcans d'après le mode que nous avons décrit; mais ils font encore voir quels effets gigantesques peuvent amener les tremblements de terre, sans les causer directement et quelles prodigieuses commotions et bouleversements durent éprouver les couches terrestres voisines, lorsque des montagnes volcaniques, comme l'Etna, le Mowna Roa à Owaihi, le Pic de Ténériffe et les puissants volcans du plateau de Quito, apparurent et se formèrent.

L'importance de ces phénomènes est incontestable si nous nous représentons la formation de ces puissants volcans de la même manière que nous avons vu naître le Jorullo ou le Monte Nuovo. Mais d'un autre côté, il ne faut pas oublier que, malgré la violence avec laquelle ces derniers gouffres ignivomes déchirèrent la croûte terrestre, l'élévation du sol n'est que locale et très-bornée, et est évidemment due plutôt à l'entassement de matières nouvelles qu'au soulèvement des couches primitives. On peut objecter que quelques phénomènes volcaniques ont produit des changements de niveau du sol considérables sans aucune accumulation de matières éruptives, et même, ce qui est plus important, sur de vastes étendues.

Un des plus récents, du moins un des mieux observés, est le soulèvement de la côte du Chili, depuis Copiapo jusqu'à Chiloé. Ce mouvement commença le 20 février 1835, avec de violentes secousses du sol. Il s'étendit, non-seulement le long des côtes, mais encore dans la partie correspondante de la chaîne des Cordillères, fut accompagné d'épanchement de lave sur l'Osorno et prolongea son action jusqu'à l'île de Juan-Fernandez. L'effet le plus important fut un soulèvement du rivage de la mer à une hauteur de 4 à 5 pieds. Ensuite il s'affaissa peu à peu et six semaines après retomba à 2 pieds, élévation qu'il a conservé depuis. Entre toutes les régions de la terre, le Chili semble être le pays qui a éprouvé les changements de niveau les plus fréquents jusque dans les temps historiques. D'après les recherches de Darwin, les côtes à Coquimbo présentent au moins cinq terrasses. Le même observateur estime le soulèvement du sol, en certains points, à 1,000 ou 1,300 pieds et en moyenne à 400 ou 500. Ce changement considérable de la terre ferme par rapport à la mer a dû se produire depuis la période diluviale, ou du moins ne date pas d'une époque très-ancienne. En effet, les coquilles des mollusques qui habitent encore les mers voisines se trouvent dans les sables des plages en question. Du reste la fréquente répétition de ces soulèvements sur les côtes du Chili est si peu contestable, que ce phénomène y a déjà été observé plusieurs fois. Il se produisit au milieu de violentes secousses pendant la période de temps qui s'écoula du 19 novembre 1822, jusqu'en septembre de l'année suivante. L'élévation moyenne au-dessus du niveau de la mer atteignit 4 pieds et on remarqua sur certains points un changement de niveau de 11 pieds 1/2. Le soulèvement fut même plus marqué à l'intérieur du pays et, à une distance de 2 milles du rivage, il oscillait entre 5 et 7 pieds. Il est impossible de ne pas admettre que ces soulèvements ne soient le résultat des puissances volcaniques, surtout lorsqu'on se rappelle qu'ils sont

toujours accompagnés de tremblements de terre et des autres phénomènes volcaniques[1].

Pour bien saisir toute l'étendue des modifications que les tremblements de terre peuvent apporter à la configuration du sol, il est
très-important de tenir compte des effets qu'ils produisent sur la
mer. Il n'est pas un tremblement de terre de quelque intensité qui,
se faisant sentir le long des côtes de l'Océan, n'ait violemment bouleversé cet élément et n'y ait causé des changements de niveau.
Pline, le plus ancien narrateur des phénomènes qui accompagnèrent l'éruption du Vésuve de l'an 79 de notre ère, parle d'un recul considérable de la mer, qui ne put être causé que par le soulèvement du rivage ou bien par des oscillations du sol transmises à
l'élément mobile. Dans l'éruption du Monte Nuovo, décrite plus
haut, la mer recule d'environ 200 pieds, recul qui s'explique de soi-
même, puisque avec la formation de la montagne il se produisit un
soulèvement général du sol attenant. Mais la mer ne recule pas
toujours, souvent au contraire elle s'élance par-dessus ses ancien-

---

[1] Le soulèvement continu de la Suède est un phénomène d'une autre nature, que nous
citons ici seulement à cause de ses ressemblances apparentes. Depuis bientôt cent ans que
l'attention a été attirée sur ce fait curieux, d'abord par Celsius, nous pouvons considérer
comme parfaitement établi, surtout par les observations de L. de Buch, que toute la côte
de la Scandinavie, depuis Friederichshall jusqu'à Abo en Finlande, s'élève lentement au-
dessus du niveau de la mer, et que ce soulèvement, pendant la période historique, a été
d'au moins 200 pieds. Il décroît sensiblement à mesure que l'on s'avance vers le sud, et
devient insensible sur la côte de Schonen. Au contraire, il est encore apparent à Stockholm et devient très-prononcé à Tornea et Pitea, point où, dans l'espace de 30 ans, le rivage est sorti de l'eau sur une largeur de 1 mille. La moyenne de l'élévation paraît être
de 40 pouces par siècle. Le mouvement d'ascension n'a pas toujours été continu : il a été
interrompu par des affaissements, comme le prouvent quelques faits et entre autres une
cabane de pêcheur trouvée près de Stockholm, à une profondeur de 60 pieds au-dessous
du sol. Jadis elle était sur le rivage de la mer. Il faut conclure de ce fait que la
Suède s'élève et s'affaisse alternativement, ou du moins qu'un affaissement a eu lieu autrefois. Ce phénomène, si singulier qu'il puisse paraître, se trouve confirmé par ce qui
s'est passé sur les côtes du golfe de Baïes, où se trouve le célèbre temple de Sérapis si
souvent cité. Ses colonnes sont criblées de trous creusés par des coquilles marines litho-
phages à une hauteur de 25 à 28 pieds au-dessus du niveau actuel de la mer. Ce fait,
parfaitement établi d'abord par Fr. Hoffmann (Archiv de Karsten, 10, p. 374) et ensuite
par Lyell, concorde parfaitement avec les phénomènes scandinaves. Il faut cependant
reconnaître que les tremblements de terre et les actions volcaniques, qui ont évidemment produit les oscillations de niveau à Baïes, ne paraissent nullement être la cause du
soulèvement de la Suède, ou que du moins nous manquons absolument d'observations
dans ce sens. Mais ce phénomène est local et se borne uniquement au nord de la Scandinavie. En effet, on n'a pas observé d'accroissement de rivage semblable au sud de
la mer Baltique, sur les côtes d'Allemagne, et à l'ouest sur les rivages du Danemark, accroissement qui se serait nécessairement manifesté si on pouvait considérer le soulèvement de la Suède comme seulement apparent et si on voulait chercher l'origine du
recul des eaux sur le rivage dans un abaissement du niveau de la mer Baltique.

nes limites. Nous citons particulièrement le tremblement de terre
de Lisbonne. Une demi-heure après la première secousse violente
du 1 novembre, le Tage commença à se gonfler, et s'éleva 40 pieds
plus haut que dans les marées les plus fortes. Il retomba, bientôt
après, plus bas qu'on ne l'avait jamais vu et oscilla ainsi plusieurs
fois s'élevant et s'abaissant. En même temps que ce mouvement du
Tage, on remarqua des oscillations dans l'océan Atlantique, sur ses
rivages occidentaux et orientaux. Leur effet se propagea jusque dans
la mer du Nord et fut ressenti à Glückstadt sur l'Elbe, vers onze
heures 50 minutes. La plupart des grands lacs, surtout ceux de la
Suisse, furent agités. On observa des mouvements jusque dans ceux
de la Marche de Brandebourg et de la Suède. Peu de tremblements
de terre se sont fait sentir sur une aussi grande étendue que celui-ci
et aucun autre n'a produit des effets aussi simultanés sur les régions les plus diverses et les plus éloignées. A la même heure, les
sources de Teplitz cessèrent momentanément de couler. Le Vésuve
qui depuis huit heures était en éruption, rentra en repos au moment de la secousse qui détruisit la ville. La marée s'éleva à une
grande hauteur sur toutes les côtes des îles de l'Amérique. Ce fait,
joint au débordement postérieur du Tage, indique non-seulement la
violence de la secousse, mais fait encore connaître sa direction qui
rayonna de tous côtés autour de Lisbonne. Le Tage ne put donc
se grossir que lorsque les eaux de l'Océan, chassées d'abord à l'ouest,
revinrent à leur niveau, et, obéissant aux lois de l'hydrostatique, se
soulevèrent ensuite à l'est pour osciller entre ces deux bornes et reprendre peu à peu leur équilibre normal. — Les îles américaines
ont éprouvé, à la suite de tremblements de terre, des soulèvements
de la mer bien plus violents encore. Aucune de ces îles n'est plus
souvent ébranlée que la Jamaïque et aucune aussi rarement que
Cuba. La première, jetée au milieu de la mer des Caraïbes et la plus
écartée des Antilles, ne possède aucun volcan en activité. Peut-être
ce fait est-il la cause des fortes secousses qui s'y font sentir plus ou
moins fortement presque chaque année. Une des plus violentes eut
lieu le 7 juin 1692. Elle détruisit Kingston presque entièrement. La
mer fut tellement soulevée pendant ce tremblement de terre, qu'elle
pénétra dans les rues de la ville et qu'une frégate, qui était en caré-
nage, fut lancée au milieu des débris des maisons. — Le tremblement
de terre de Lima du 28 octobre 1746, accompagné aussi d'un puissant

soulèvement des flots de la mer, fit de grands ravages. En vingt-quatre heures on compta environ 900 secousses. Après la plus violente de toutes, arrivée le soir à dix heures et demie, la mer s'éleva dans la nuit de 80 pieds environ au-dessus de son niveau habituel et envahit si bien le port de Callao avec ses habitants au nombre de 5,000, que, lorsqu'elle se fut retirée, les fondements des fortifications étaient seuls reconnaissables. Plusieurs navires à l'ancre dans le port furent entraînés au milieu des maisons et quatre d'entre eux lancés jusqu'à une lieue dans les terres au milieu des fermes et des jardins. Leurs équipages furent à peu près les seuls individus qui échappèrent au désastre.

Outre les mouvements de l'Océan produits sur les côtes par les tremblements de terre, on en a encore observé au milieu de la mer libre. Ils doivent d'ailleurs y être assez fréquents, mais il est rare que le hasard ait amené des vaisseaux dans leur voisinage pour les observer. Le voyageur Shaw eut occasion d'assister à un de ces phénomènes, lorsqu'il traversait la mer Méditerranée sur un vaisseau algérien, en 1724 (le jour n'est pas indiqué : voyez son voyage, t. I, p. 305). On ressentit trois fortes secousses successives, et le navire fut ébranlé comme si un grand fardeau d'un poids de 50 tonnes fût tombé sur lui. Cette même année, le Vésuve était en activité et de violentes éruptions eurent lieu sur la Krabla en Islande. L'équipage d'un vaisseau anglais observa des faits tout à fait semblables pendant le tremblement de terre de Lisbonne. Il éprouva une violente secousse à 50 milles marins du rivage, lorsqu'il se disposait à faire voile vers cette capitale[1]. Buffon a recueilli plusieurs exemples anciens (*Théorie de la terre*, ch. xx), cités par Hoffmann (œuvres t. II, p. 352) dans son excellente description des phénomènes volcaniques.

Outre l'agitation des flots, les tremblements de terre d'une certaine intensité produisent encore fréquemment des soulèvements dans l'Océan. Beaucoup de nos lecteurs n'ont pas encore oublié le phénomène intéressant d'une île qui surgit hors de la Méditerranée, en juillet 1831, en face de la petite ville de Sciacca, à

[1] Le block Henrique observa ce phénomène de même .... nord de la Nouvelle Bretagne, dans la Grand-Océan. Il trouva sous cette région un banc au .... de 3 milles marins en longueur et 1/2 mille en largeur, à 10 pieds au-dessous du niveau de la mer. En poussant jet d'eau bouillante d'un .... jusqu'à une hauteur de 100 pieds.

8 milles de la côte de Sicile, dans la direction de Pantellaria, et qui occupa alors toutes les gazettes. Vers la fin de juin on avait ressenti plusieurs secousses peu importantes, qui se propagèrent à travers la Sicile dans la direction de Palerme. Le 12 juillet on aperçut près de Sciacca une grande quantité de scories poreuses nageant sur la mer, et on constata en même temps de puissantes émanations d'hydrogène sulfuré. Des pêcheurs, qui allèrent à la mer, mais n'osèrent s'éloigner des côtes, à cause des nuages menaçants, trouvèrent les flots tellement recouverts de ces fragments

Fig. 7. — Éruption de l'île Ferdinandea.

de scories, qu'ils durent se frayer un passage à l'aide de leurs rames. Ils ne furent pas moins surpris en apercevant une foule de poissons morts surnageant au milieu des débris. Le lendemain les nuages disparurent, et on distingua à l'horizon une colonne de fumée, au milieu de laquelle on voyait de temps en temps des flammes vives s'élancer rapidement. Pendant tout le jour, la colonne de fumée s'éleva uniformément et presque perpendiculaire. On entendait de temps à autre des explosions semblables à des coups de tonnerre, et le soir on put voir des éclairs comme dans les orages. Effrayés par ces phénomènes, les habitants n'osèrent point s'approcher du point d'éruption. Ce fut seulement dix jours plus tard que des voyageurs allemands[1], attirés par ce curieux événement, décidèrent quelques marins à se mettre à la mer pour étudier de près le phénomène. À leur approche du lieu de l'éruption, ils se trouvèrent en face d'un spectacle dont nous avons essayé de donner une idée au moyen de la gravure ci-contre. Ils virent un cratère sombre, parfaitement dessiné, dont les bords atteignaient une élévation de 60 à 200 pieds et taillés à pic au-dessus de la mer, parce que les flots en rongeaient continuellement la base et qu'un fort ressac en arrachait constamment des débris. Des flocons gigantesques de vapeurs d'une blancheur éblouissante s'élevaient sans interruption et avec violence du milieu du cratère. Ils n'étaient pas accompagnés de détonations et s'enroulaient en une masse continue jusqu'à une hauteur de 200 pieds. Des fragments noirs de scories les sillonnaient de toutes parts et déchiraient les nuages de vapeur. Mais le spectacle le plus splendide était les violentes éruptions de cendre qui éclataient de temps en temps. Immédiatement au-dessous et à côté de la colonne de vapeurs blanches, on voyait se gonfler un sombre nuage terrible et menaçant, au milieu duquel de l'eau bouillante et noire jaillissait comme une fontaine. Le nuage s'élevant de plus en plus haut s'épanouissait en forme de gerbe, et laissait retomber le sable, la cendre et les scories qu'il contenait. Les blocs lancés volaient par milliers et couvraient la surface de la mer sur un rayon de 1/8 de mille. L'eau rejaillissait et se transformait en vapeur en bouillonnant et sifflant au contact des corps brûlants. Les quartiers d'un volume assez fort qui, sous une impulsion plus énergique, volaient jusqu'au delà de la masse principale, entraînaient à leur suite une traînée de sable noir. Il se formait ainsi des

[1] Le géologue Sartorius, F. Hoffmann et Von Waltershausen. Nous leur devons une description détaillée du phénomène dont nous donnons un extrait (Annales de Poggendorff, t. XXVI, p. 6).

groupements curieux semblables à des fusées obscures ou à des
rameaux de cyprès, et qui offraient le spectacle le plus extrordi-
naire. En même temps on entendait le choc et le cliquetis produit par les scories en se heurtant en l'air, ce qui causait un
tapage semblable à la chute de masses pesantes. Il était encore
augmenté par le clapotement et le bouillonnement de la mer dans
laquelle retombaient les blocs. Il ne sortait aucune flamme du
cratère, et on n'y voyait point de lueurs. Au contraire, pendant
les plus fortes explosions, des éclairs brillants sillonnaient incessamment et dans tous les sens la masse noire des vapeurs. Chacun
d'eux était suivi d'un coup de tonnerre retentissant et prolongé,
de sorte qu'à une certaine distance les détonations semblaient
continues. Les éruptions les plus fortes ne duraient souvent que
10 minutes, et quelquefois une heure environ. Le calme repa-
raissait ensuite avec une pause plus ou moins longue, durant
laquelle on ne voyait plus que les vapeurs blanches monter en
s'enroulant. — Ces phénomènes se continuèrent avec une intensité décroissante jusqu'au 12 août. — Ils donnèrent naissance à
une île elliptique dont les bords relevés formaient les lèvres
du cratère. Le point le plus élevé, situé au nord, atteignait
200 pieds; le contour pouvait être de 2,000 pas. Sa masse consistait uniquement en une cendre fine et friable, composée en grande
partie de petits cristaux d'augite ou de débris. Elle s'était déposée en couches concentriques, entre lesquelles de minces croûtes
de sel blanc formaient des bandes alternantes presque régulières.
On ne put découvrir aucune roche solide en dehors de blocs
noirs de texture basaltique et de fragments très-petits. La
lave et la pierre ponce manquaient complètement. Un amon-
cellement de cendre aussi peu consistant ne pouvait pas résister
longtemps à l'action des flots. Dès que l'éruption fut en décroissance, le cratère commença à être entamé, et lorsqu'elle eut
cessé tout à fait, la partie visible décrût si rapidement que dès
le mois de décembre, les derniers débris avaient disparu sous les
flots. Pendant les premières années, à la place de l'île, dont les
Anglais avaient pris possession le 2 août, avec toutes les formes du
droit international, on trouvait à une profondeur de deux brasses
une pointe de rocher, qui probablement était la lave soulevée
dans le cratère jusqu'à cette hauteur. Aujourd'hui, ce dernier

débris a disparu, et il ne reste qu'un bas-fond comme trace de
cette île, dont entre tous les noms (Nerika, Julia, île Graham,
île Hotham, Corrao) qui lui furent donnés, celui emprunté au roi
de Naples, Ferdinandea, paraît avoir été le plus généralement accepté [1].

Le capitaine de vaisseau anglais Tillard assista, à partir du
13 juin 1811, à la formation tout à fait analogue d'une île près
des Açores, en face de la côte de San Miguel, et la baptisa du nom
de son navire Sabrina. Elle avait 300 pieds de haut et un mille
anglais de circuit. Sa durée fut courte : en février 1812, elle était
déjà réduite à l'état de banc de sable, et plus tard elle disparut
entièrement. Déjà par deux fois, en 1638 et 1720, des phénomènes semblables avaient été observés aux Açores. La mer Égée
aussi a vu se produire des formations semblables, surtout à Santorin,
dont nous avons déjà eu occasion de citer l'exemple [2]. Tandis que
les nouveaux cônes formés sur cette île se conservaient en partie,

---

[1] D'après les observations les plus récentes, la mer au-dessus de l'île a une profondeur
de 31 brasses (189 pieds). Avant l'éruption, elle était de 100 brasses. L'île avait donc une
hauteur réelle de 600 pieds. — D'après les recherches hydrographiques de Spratt, pendant l'année 1853, l'île était de nouveau en voie de soulèvement et ne se trouvait plus
qu'à 10 pieds au-dessous du niveau de la mer, en sorte qu'on avait dû y placer un signal
pour la sécurité de la navigation.

[2] L'île de Santorin, avec les petites îles de Thérasia et d'Aspronisi placées en face, forme
un cratère dégradé et ruiné depuis les temps historiques, comme le prouvent sa situation,
sa forme et sa structure. Suivant Plutarque, Pausanias et d'autres auteurs, à l'intérieur
de ce cratère s'éleva d'abord, vers 157 avant Jésus-Christ, l'île de Hiera ou Palæa Kameni ; ensuite, en l'année 19 de notre ère, la petite Thia, qui, par de nouveaux soulèvements en 726 et 1457, fut réunie à Hiera. En 1573, une éruption donna naissance à l'île
de Mikra Kameni, et enfin en 1707, à la suite d'un soulèvement du fond de la mer, constitué par des tufs ponceux, apparut l'île de Nea Kameni, accompagnée de la formation
d'un volcan de 330 pieds de haut. La mer qui, entre Santorin et Mikra Kameni, mesurait 15 brasses de profondeur en 1810, n'en avait plus que 4 en 1850 et 2 en 1855. Le
soulèvement du fond de la mer faisait prévoir la catastrophe qui a éclaté dans la nuit du
29 au 30 janvier de l'année 1866. Une partie de l'île de Nea Kameni s'affaissa sous
l'action de violentes secousses. De grandes crevasses la sillonnèrent et il s'y forma des
lacs. Des colonnes de vapeurs blanches s'élevaient continuellement de la mer ; des flammes jaillissaient, et un écueil apparut au-dessus de la mer. Le 13 février, il avait déjà atteint 56 mètres de hauteur. Son contour était de 1,000 mètres, et il s'unit bientôt avec
la côte orientale de l'île. La sortie des vapeurs, du feu, de la cendre et de blocs de rochers,
dont quelques-uns, du poids de 2 quintaux, furent projetés à 2,000 pieds de distance, se
continua les jours suivants avec une intensité changeante. Une autre petite île, nommée
Aphroessa ou comprenait un bateau à vapeur qui amena d'Athènes des savants accourus
pour observer le phénomène, se souleva à la fin de mars et se trouva bientôt reliée avec
Nea Kameni. Entre ce nouveau cap et Palæa Kameni, on vit sortir du sein de la mer, le
19 mai d'abord, deux îles suivies de deux autres qui préparèrent l'union de Nea
et de Palæa Kameni lusqu'ici nous n'avons pas reçu de nouvelles sur cette union très-
probable. Les derniers faits connus, du 12 juin, annoncent la continuation de l'éruption.
— Bulletin de l'Institut royal de géologie à Vienne, 1866, XVI, n° 4 et 5, G.

ceux qui apparurent dans la mer avant la grande éruption de 1785 du Skaptar-Jokul en Islande, disparurent de nouveau. On connaît encore un phénomène semblable dans l'archipel des Aléoutiennes. En 1796, une île nouvelle se souleva près d'Umnak, et continua à s'accroître jusqu'en 1806. Depuis cette époque elle s'est arrêtée. Elle existe encore, et est haute de plusieurs mille pieds.

Si, après ces développements sur la nature et les effets des tremblements de terre, nous venons à rechercher leurs causes, il nous paraît d'abord évident qu'elles ne peuvent différer de celles des éruptions volcaniques. Ils accompagnent toujours ces derniers phénomènes et servent d'avant-coureurs à l'apparition des nouveaux volcans et des crises éruptives. Nous avons expliqué, plus haut, l'émission de la *lave*, des *cendres* et des *lapilli* au moyen d'explosions de matières gazeuses et de leur force d'expansion ; nous pourrons aussi attribuer les ébranlements du sol à la pression qu'exercent sur lui des vapeurs comprimées dans un petit espace et cherchant une issue. Parmi toutes les forces que nous connaissons, celles des gaz confinés sont les plus énergiques ; leurs effets doivent aussi être les plus grands. Aucun autre des phénomènes telluriques ne peut égaler les bouleversements et les ravages que produisent les tremblements de terre et les éruptions volcaniques ; nous trouvons donc là un accord parfait entre la cause et l'effet. Si on ajoute que des vapeurs d'eau et des gaz de diverses sortes s'échappent des cratères des volcans ; qu'il existe dans ces gouffres une température capable de vaporiser la plupart des corps solides, et que dans les lieux où il ne se trouve point de volcans ouverts, ces matières sont vomies par les crevasses formées à la suite des tremblements de terre, nous avons alors plus que des probabilités pour attribuer à l'action des vapeurs comprimées tous les phénomènes qui accompagnent les secousses du sol, les crevassements et l'émission de matières souterraines. Cette hypothèse est en harmonie parfaite avec la théorie actuelle des tremblements de terre ; mais on a longtemps discuté sur la nature des vapeurs elles-mêmes. Dans ces derniers temps, presque tout le monde s'est rangé à l'opinion de Scrope[1], que les vapeurs d'eau devaient uniquement servir à expliquer tous les phénomènes éruptifs. Cette opinion, d'ailleurs, a une valeur d'autant plus grande

[1] Poulett Scrope, *Considerations on volcanos*, etc. London, 1825. In-8. Cap. 2.

que la vapeur d'eau constitue la portion de beaucoup la plus importante des matières gazeuses exhalées par les volcans et que même, pour un certain nombre d'entre eux, elle forme exclusivement la totalité des gaz. Mais rien ne permet de croire, comme on le faisait jadis, que l'eau se décompose en ses éléments et que les explosions les plus violentes sont le résultat de l'inflammation de l'hydrogène. Aujourd'hui on a de bonnes raisons de penser que les détonations, qui éclatent à l'intérieur de la montagne, doivent être attribuées à la détente de vapeurs d'eau surchauffées, et que les flammes qui apparaissent quelquefois sont dues à l'inflammation de vapeurs de soufre provenant de la décomposition de métaux sulfureux, et particulièrement de la pyrite. Il en est de même pour le sel de cuisine que certains volcans ont en dépôt sur leurs pentes. Ce sel est le résidu de l'eau de mer qui, après avoir pénétré dans les profondeurs par les crevasses et les fissures, s'est échappée en vapeur dans les explosions et a déposé ses éléments solides. De petites quantités de chlorure de sodium peuvent peut-être se décomposer et produire des vapeurs de chlore ou des vapeurs hydrochloriques, dont beaucoup d'observateurs ont prétendu avoir constaté la présence dans les éruptions volcaniques. Mais ce qui demeure bien établi, c'est que la plus grande partie de l'eau qui pénètre par infiltration dans le volcan s'en échappe sous forme de vapeurs pures, soulève la lave liquide, entraîne la cendre avec elle, surtout à la fin de l'éruption, lorsque l'épanchement de la lave lui a ouvert un passage libre. — Du reste, les volcans actifs, avec leur cratère rempli de lave en fusion, font à l'expansion des gaz une résistance beaucoup plus faible que l'écorce terrestre solide. Lorsque des vapeurs viennent à s'accumuler dans les gouffres vides du volcan, il leur suffit de soulever cette masse de lave obstruant le passage pour s'échapper, jusqu'à ce que la pression de la masse soulevée dans le canal d'issue devienne trop forte et qu'elles ne puissent plus la vaincre. Alors les vapeurs cherchent partout une issue, elles ébranlent le sol, se frayent enfin un passage près du cratère, où elles forment de nouvelles crevasses et de nouvelles cavités et préparent ainsi un orifice d'écoulement à la lave soulevée. Mais lorsqu'elles ne peuvent trouver ces passages, il faut alors, ou bien qu'elles déchirent l'écorce terrestre et soulèvent l'obstacle, ou qu'elles se condensent sous la compression. Ce dernier cas doit se produire fréquemment lorsqu'elles pénètrent dans des régions plus fraîches, d'où résultent les détonations et **les secousses**. Telles sont, par exemple, les circonstances qui produisent les tremblements de terre sans phénomènes éruptifs. Si les pays qui, comme la Jamaïque, sont souvent éprouvés par des tremblements de terre avaient des volcans actifs, des passages ouverts pour les vapeurs comprimées, ils auraient moins à souffrir que dans l'état actuel, où ces vapeurs ne trouvent point d'issue et n'ébranlent pas le sol assez fortement pour en créer. Aussitôt que ce passage viendrait à être ouvert, les secousses cesseraient jusqu'au moment où, par suite d'obstructions des conduits, les tremblements de terre et les soulèvements reparaîtraient de nouveau. Cette explication fait très-bien comprendre pourquoi les régions ne possédant **aucun** volcan **ouvert** ont beaucoup plus à souffrir des tremblements de terre **que celles** qui ont un volcan dans **leur voisinage** ; et pourquoi des volcans en activité rentrent brusquement en repos lorsqu'un tremblement de terre a lieu à des distances très-éloignées. Les changements qui se produisent alors dans la région centrale des volcans arrêtent cette activité, enlèvent pour un certain temps les vapeurs des conduits souterrains et les retirent dans les profondeurs. Nous pouvons donc admettre qu'il existe une liaison entre des points si éloignés et que, selon toute vraisemblance, leurs centres volcaniques sont en communication.

CHAPITRE VII

Distribution des volcans actifs à la surface de la Terre.
Conséquences qui en découlent.

Cette communication entre les volcans semble être beaucoup plus grande que ne le laisseraient croire les observations de détail que nous possédons sur ce sujet. Elle pourrait bien, à une certaine profondeur, exister pour toutes les parties de la Terre. Cette hypothèse, d'une haute importance pour l'histoire de notre planète, peut être appuyée par deux genres de considérations et elle acquiert un grand degré de vraisemblance si les résultats la confirment des deux parts. En effet, si on peut démontrer l'existence de *phénomènes et de produits volcaniques* sur tous les points du Globe, et si, d'un autre côté, on vient à constater que dans tous les pays on rencontre des *matières en fusion* ou du moins une *haute température* lorsqu'on descend à de grandes profondeurs, nous aurons d'excellentes raisons d'affirmer qu'il existe une connexion générale entre tous les centres volcaniques.

Occupons-nous d'abord du premier point, c'est-à-dire de la répartition des phénomènes volcaniques à la surface du Globe terrestre.

L'Europe, cette partie du monde que nous habitons et qui s'offre à nous la première, nous convient parfaitement pour ouvrir cette étude. Nous y connaissons trois points célèbres comme *centres volcaniques* et nous les avons déjà cités plusieurs fois ; ce sont l'Islande, Naples et ses environs, enfin la Sicile, avec les groupes d'îles qui l'avoisinent. Voyons d'abord l'Islande. Cette île singulière, dont la superficie est de 1,800 milles carrés, possède 29 volcans : 7 d'entre eux seulement entrent en activité de temps en temps. Tous les autres semblent être le résultat d'une éruption unique. Ils sont distribués sur la partie médiane de l'île, dans une large zone qui court du S.-S.-O. au N.-N.-E., et en occupent surtout les deux extrémités près des côtes de la mer ; c'est là, en effet, que se trouvent les volcans en activité. Sur la côte nord le Leihrnukur, le Krabla et le Troelladyngur ; sur la côte sud, le Cyafialla, l'Hekla, le Katlegia et l'Orœfe Jœkul. Toutes les circonstances particulières qui accompagnent les phénomènes volcaniques s'observent en Islande. Des tremblements de terre dans toutes les saisons de l'année, rarement interrompus par un repos de plus de trente ans ; sources d'eaux thermales les plus chaudes de la Terre (*Geisers*) ; coulées de lave dépassant en puissance tout ce qu'on connaît, par exemple celle qui s'épancha du Skaptar Jœkul en 1783, presque à la même époque où la Calabre fut dévastée ; apparition d'une nouvelle île à 5 milles au sud du rivage, en face du cap Reikianäs : elle se forma dans le mois de janvier de la même année, où le Skaptar Jœkul fit sa grande éruption. Celle-ci commença lorsque l'île était déjà complète ; elle disparut bientôt comme une autre qui, en 1563, s'était élevée au même endroit.

L'île volcanique de Jean-Mayen, sur laquelle Scoresby observa une éruption en 1817, se trouve au nord, sur le prolongement de cette bande volcanique de l'Islande qui, en outre, court parallèlement aux côtes du Groenland, situées en face. Au sud, nous rencontrons l'archipel des Açores que nous avons déjà cité plusieurs fois à cause de ses phénomènes éruptifs. Au centre s'élève le principal cratère, l'immense volcan le Pico, à une hauteur de 7,000 pieds. Depuis les temps historiques, il est entré plusieurs fois en éruption ; de son sommet s'échappe constamment de la fumée. Après lui, nous citons les anciens cratères de l'île Sau Miguel, comme les plus importants. Ils n'ont jamais été en activité depuis les temps historiques ; aussi les puissances souterraines ont-elles été contraintes de chercher une autre issue dans le voisinage. Nous avons déjà parlé de l'île qui apparut près de San Miguel en 1811, phénomène qui s'était déjà manifesté deux fois (1058 et 1720) au même endroit. Les gazettes publiques racontent qu'en 1757, dix-huit petites îles se formèrent d'une seule fois, à 600 pieds du rivage de l'île Saint-Georges. Ces soulèvements, si souvent répétés, indiquent un foyer volcanique très-actif au-dessous de ce groupe d'îles.

Négligeant pour le moment les volcans de l'Europe se rattachent à quelques-unes des côtes de la Méditerranée, nous allons descendre plus au sud dans la direction si bien tracée par l'île Jean-Mayen, l'Islande et les Açores, du S.-S.-O. au N.-N.-E., et nous allons aborder aux îles des Canaries, d'où nous pourrons ensuite prendre une ligne dirigée dans un sens presque opposé et qui court au S.-O. La grandeur des manifestations volcaniques que présentent ces îles nous permet, en effet, de les choisir comme base de ce changement de direction. Les cinq plus grandes, Palma, Ténériffe, Canarie, Fuertaventura et Lancerote, décrivent un arc de cercle volcanique sous-tendu par une corde de 60 milles en longueur, dirigée de l'O.-S.-O. à l'E.-N.-E. et parallèle au rivage de l'Afrique, situé en face. Il se rattache au nord au groupe des Açores, semées sur une longueur de plus de 80 milles, et qui embrassent le pic de Madère dans leur prolongement. Au sud, nous rencontrons les îles du cap Vert qui courent dans une direction différente et sont parallèles au rivage de la Guinée supérieure. Elles forment un angle avec les îles Canaries. Madère et les Açores, dont les volcans s'ouvrent sur cette grande fissure qui a déchiré le fond de la mer et est sans doute partie de l'Islande. Cette crevasse ou plutôt, afin d'être moins affirmatif, cette direction suivie par les forces souterraines dans leurs explosions, ne s'arrête point aux îles du cap Vert ; elle se détourne seulement plus au sud, et même au S.-S.-E. Sur cette nouvelle ligne, nous rencontrons au milieu de la mer, à l'ouest de l'Afrique, trois volcans établis, l'île de l'Ascension, Sainte-Hélène et l'île Tristan d'Acunha. La première de ces trois îles trahit son origine volcanique par les trachytes et l'obsidienne ; la seconde est un cône de basalte à moitié dégradé ; la troisième, enfin, a conservé son cratère intact dont le sommet atteint 7,800 pieds, mais est éteint comme les deux autres.

Si nous nous arrêtons ici un moment pour jeter un regard en arrière sur la route que nous venons de parcourir, nous reconnaîtrons deux faits importants : premièrement, la disposition linéaire des volcans dans leur ensemble et, secondement, leur groupement en systèmes particuliers. Ces deux circonstances se reproduisent partout. Ou bien les volcans se suivent sur une même ligne, ou bien ils forment un groupe plus ou moins circulaire, qui souvent paraît être distribué régulièrement autour d'un point central. On distingue donc ces deux modes différents d'activité volcanique par les termes de volcans en *série linéaire* et *volcans en groupe*. L'Islande, les Açores, les Canaries, considérées chacune à part, appartiennent à la seconde catégorie. Au contraire, réunie avec Jean-Mayen et les Açores, l'Islande n'est plus que le point le plus important d'une suite de volcans alignés, qui reparaît au sud, à l'ouest de l'Afrique, et se prolonge en vestiges isolés jusqu'au delà de la pointe sud de ce continent.

A l'est des côtes de l'Afrique, le volcan de l'île Bourbon forme le centre autour duquel se groupent les Mascareignes. Ce volcan est une des montagnes ignivomes les plus actives que nous connaissions ; il s'élève à une hauteur de plus de 7,000 pieds. Nous manquons de renseignements précis sur les volcans actifs situés sur les côtes orientale et australe de l'Afrique et de l'Asie. Cependant, dans ces derniers temps, des voyageurs nous ont rapporté des produits volcaniques provenant du cours supérieur du Nil, et plusieurs fois, depuis les temps historiques, l'embouchure de l'Indus a éprouvé de violentes catastrophes volcaniques. Ce n'est que sur la côte orientale du golfe de Bengale que nous retrouvons de vraies montagnes ignivomes situées sur les îles Ramri et Cheduba, le long de la côte du Pégou. Elles forment l'extrémité d'un système complet de volcans en série linéaire qui passe par Narcondam, l'île Barren, les îles de la Sonde, les Moluques, les Philippines, le Japon et les Kouriles, se continue à travers le Kamtschatka, passe par les îles Aléoutiennes et atteint la côte à l'ouest de l'Amérique pour redescendre ensuite sans interruption jusqu'à l'extrémité sud de ce continent. Une chaîne volcanique si importante exige que nous lui accordions une attention toute particulière.

L'île Barren, le plus célèbre des premiers volcans du système que nous étudions, consiste en une grande enceinte basaltique où la mer a pénétré dans l'ancien cratère par une échancrure. Au centre du cône primitif, il en existe un autre plus récent et plus petit,

---

[1] Les explorations les plus récentes ont démontré l'existence de volcans éteints. Vid. *Bulletin de la Société géographique de Berlin*, nouvelle série I, p. 288. — Dans la mer Rouge, les îles Perim et Teïr, ainsi que le groupe des îles Zebayr, sont volcaniques. Le Djebel-Teïr, qui constitue à proprement parler toute l'île du même nom, exhale continuellement des vapeurs et vomit fréquemment des flammes.

entouré par la mer. Son sommet atteint à une hauteur de 1,700 pieds et vomit assez fréquemment des nuages de vapeurs, de la cendre et des lapilli incandescents.

Les volcans les plus rapprochés venant ensuite, sont ceux de Sumatra. Ceux qui sont situés au delà de l'Équateur, sur le versant austral d'une haute chaîne de montagnes, courent parallèlement au rivage ; ceux, au contraire, qui sont de ce côté-ci du même cercle, se rapprochent des côtes au nord de l'île. La ligne des volcans et la montagne se coupent donc sous un angle très-aigu. Du reste, les volcans de cette grande île ont encore été très-peu étudiés[1] : on ne connaît bien que quelques-uns de ceux qui sont en activité, par exemple le Gunong Allas, sous le 5° 1/2 de latitude nord, à côté de Deli, sur le rivage septentrional de l'île ; le Meragi, situé à peu près sous la ligne, sur le rivage austral, entre les deux plus hautes montagnes de Sumatra, le Gunong Pasaman (Ophir) et le Gunong Kasumbes (pic d'Indrapura) qui exhale aussi des fumées et occupe le centre ; le Gunong Api (nom des volcans dans la langue malaise), sous le 2° 1/2 de latitude sud, placé plus à l'intérieur de l'île, entre Jambi et le pic d'Indrapura ; enfin, le Gunong Dempo, situé sous le 4° et au sud des précédents, près de Benkule.

Le foyer principal de l'activité volcanique des régions du sud de l'Asie, se trouve dans l'île de Java. Cette île ne le cède en rien à l'Islande pour la fréquence des éruptions et de tous les phénomènes qui les accompagnent. 49 volcans se trouvent répartis sur une surface de 2,500 milles carrés, proportion plus élevée qu'en Islande et que sur aucune contrée de la terre. A première vue ils semblent suivre la chaîne de montagnes à l'intérieur de l'île, en se disposant sur les deux côtés ; mais après un examen plus précis on reconnaît qu'ils forment deux lignes parallèles correspondant à la direction des volcans de Sumatra et coupant la chaîne centrale de Java. Ils ont rejeté hors de leur sein de puissantes masses de basalte et de trachyte, constituant les matériaux des cônes.

[1] Cf. Junghuhn, dans sa *Description du pays des Battas*, résume ses observations sur quelques volcans de Sumatra visités par lui ; un seul était connu encore en activité.

Les volcans les plus fréquentés se trouvent dans vos des Reen-Moera, *Reisenfelsen geologische beschrijving, enz.* Leyde, 1840. Vol. ... Junghuhn dans le *Bulletin mensuel de la Société de géographie de Berlin*, III, 551, et son *Voyage à Java*, publié par Sees von Karsteck, Magdebourg, 1845, in-8, avec planches.

Les îles Bali, Lombock et Sumbava font suite à Java. Chacune
d'elles possède un volcan, parmi lesquels le Tomboro, situé à l'extrémité nord de Sumbava, est connu à cause de sa grande éruption
du 11 avril 1815. L'éruption du même volcan, au commencement
de 1855, ne fut pas moins violente et causa de grands désastres sur
une large étendue à l'entour. Nous trouvons ensuite un Gunong Api
sur le détroit entre Sumbava et Flores ; puis les îles Tschyndana
ou Sandelbos, Mandschirey ou Flores. Cette dernière a deux volcans,
l'un à l'O., l'autre à l'E. Plusieurs petites îles, telles que Sabrao,
Lombien, Pantar, qui se rattachent aux grandes que nous venons de
citer, continuent la ligne volcanique jusqu'à l'île Banda, en passant
au nord de Timor. Cette île se trouve en dehors du système. Arrivée à l'île de Banda, la rangée de volcans s'étend en une large
écharpe qui embrasse les Moluques et les Philippines. On y trouve
les petites îles des Dammes, Nila, Seroa et Banda ainsi que le Gunong Api situé au-dessus de Timor au milieu de la mer et qui est
le plus connu. Le prolongement se dirige ensuite par Amboine,
dont le volcan Wawani est le plus important de cette région, et il
traverse Bouron et Ceram pour atteindre Mindanao par le détroit des
Moluques. Sur ce point de la série, nous connaissons deux volcans
principaux, le Kemas ou Klobat sur l'île Célèbes et le Gammama-
nore sur l'île Dschiloto. Les petites îles intercalées entre les deux
précédentes sont moins connues. Ternate, Tidore et Mackian sont
cependant volcaniques. Le volcan de l'île Siao se relie au Kemas de
Célèbes et à Mindanao se rattache le volcan Ahu de l'île Sangir. A
Mindanao, on cite comme montagne ignivome le Sanguili situé au
sud de l'île. Un petit îlot, Siquier ou Fuego entre Mindanao et Ne-
gros, prolonge la ligne au nord jusqu'à l'extrémité australe de Luçon, dont le volcan de Mayon a laissé le souvenir de plusieurs éruptions depuis les temps historiques. Un second volcan de Luçon, le
Taal se trouve au sud de Manille et est mieux connu que le reste de
l'île à cause du voisinage de cette grande ville ; un troisième est situé au centre de la région nord et un quatrième sur la petite île de
Camiguin, le long de la côte septentrionale. Les montagnes ignivomes de Luçon se montrent en grand nombre sur les rivages à l'est
de la péninsule de Camarines. Ce point, depuis Java jusqu'au
Kamtschatka, est celui où elles se déploient sur l'échelle la plus
complète.

La ligne de volcans actifs ne se termine point là ; elle reparaît à Formose, où se trouvent plusieurs cônes ignivomes et sur la petite île du Soufre isolée au milieu de la mer, entre les Lieou Khieou et les îles japonaises. Les trois plus grandes de ces dernières ont plusieurs volcans et semblent toutes être, comme Java pour les îles du Sud, un foyer central de manifestations volcaniques. On connaît sur Kiousiou deux montagnes ignivomes, l'Oso au sud et l'Usan à l'est à côté de Nangasaki, sur une pointe de terre qu'il a formée lui-même. Sur Nipon, la plus importante de ces îles, on a reconnu trois volcans : le Foosi et son compagnon près de Yeddo à l'est, qui est à la fois le plus grand de tous et la plus haute montagne du Japon ; l'Akisna situé en face sur le rivage occidental non loin d'Ojawa ; enfin les volcans qui occupent l'extrémité nord, à l'ouest le pic Tilesius à l'est de Tesan. Yéso, la dernière des trois grandes îles, a proportionnellement le plus grand nombre de volcans : le Matsoumay à l'extrémité sud-ouest, trois autres sur le contour de la baie des Volcans au nord-est de Sangar, et enfin deux dans le nord, observés par des marins Russes. Le prolongement de la série volcanique se détourne ensuite plus à l'est et passe sur les îles Kouriles qui possèdent presque toutes un ou plusieurs volcans. Les mieux connus, à cet égard, sont Kounaschir et Itouroup, ces deux grandes îles rattachées immédiatement à Yéso. Entre Kounaschir et Yéso, un autre volcan s'élève au milieu de la mer, et à l'est de Kounaschir, l'île volcanique de Spanberg (Tschikitan) surgit hors des flots. Depuis Itoury jusqu'au Kamtschatka, on compte 17 cônes ignivomes isolés ; la grande île d'Ounekotan seule en renferme trois ; presque tous les autres ne sont guère que des cratères dont le sommet émerge hors de l'eau, semblables à l'île de Palma et à l'île Canarie, dans le groupe d'îles africaines que nous avons cité plus haut. Le Kamtschatka forme lui-même un haut plateau montagneux. Le versant situé à l'est est bordé d'une suite presque continue de volcans qui presque tous ont été en éruption depuis les temps historiques ; quelques-uns le sont encore de nos jours. Sur les 15 assez bien connus, 9 sont immédiatement placés sur le rivage. Ils s'étendent depuis l'extrémité sud-est de la côte jusqu'à quelques milles au-dessus de la ville de Petropawlowsk. Les quatre autres sont disséminés le long des rives de la rivière Kamtschatka ; trois occupent le plateau situé au-dessus du lac Kronotsk entre la rive orien-

tale de la rivière et la mer, le quatrième, le célèbre volcan à
double piton, appelé Schiwelatoch ou Krasnaja-Sopka, est à l'intérieur des terres au delà de la rivière. C'est le cône volcanique
le plus au nord et le dernier de cette série. Sur la même ligne
que lui, près de l'embouchure de la rivière, se trouve le plus
grand et le plus actif de tous, le Klutschefskaja qui s'élève à plus
de 16,500 pieds.

Nous avons déjà cité plusieurs fois l'archipel des Aléoutiennes
comme formant une série d'îles volcaniques, lorsque nous voulions
donner un exemple de la formation d'une île sur une grande échelle
dans les temps modernes. Elles ressemblent en effet beaucoup aux
Kouriles par leur nature, et forment une série de volcans presque ininterrompue commençant juste en face du point où les volcans du Kamtschatka disparaissent sur le continent. Le premier
volcan encore actif de cette série ne se trouve que sur l'île de Semi
Soposhna au nord de la grande île d'Amtschitka ; la seconde est un
cône dénudé, nommé Gioreloi qui émerge de la mer à l'est à côté
de Tanaga. Cette dernière contient probablement le plus grand volcan de la chaîne et Kanaga, qui la suit immédiatement, en renferme un très-considérable. Les cônes des îles Amutcha et Umnak
sont petits. Ce fut à quelques milles de l'extrémité nord-est de
cette dernière qu'apparut le 18 mai 1796, l'île nouvelle demeurée
jusqu'ici l'unique exemple d'une formation semblable qui ait duré.
Son volcan travaille toujours à accroître son cône d'éruption. Una-
laska, la plus connue des Aléoutiennes, a sur son rivage septentrional un volcan de 5,000 pieds de haut, le pic Makoushkin d'où
s'exhalent sans interruption des vapeurs. Le cône plus petit de l'île
Akoutan, lui fait suite ainsi que le haut Agaiedan sur l'île Unimak,
dont on aperçoit les trois cônes au loin dans la mer. On connaît
sur la presqu'île d'Alaska deux grandes montagnes coniques et une
troisième plus au nord sur le continent près de la baie de Cook. La
côte de l'Amérique du Nord, qui à partir de ce point court vers le
sud, a été mal explorée. Toutefois le mont Saint-Élie sous le 60° degré de latitude et le Cerro de Buen-Tiempo (mont du Beau-Temps)
sous le 58° 45' près du pertuis de la Croix sont des cônes volcaniques.

La ligne volcanique passe donc, comme nous venons de le faire
voir, avec une continuité presque sans lacunes, sur les rivages de

.'Amérique du Nord qui bordent l'océan Pacifique. Elle semble se terminer là, du moins dans la moitié septentrionale de ce continent. Nous ne connaissons, en effet, depuis Sitka près de laquelle on cite l'Edgecombe comme volcan actif, jusqu'au Mexique, aucun cône en activité sur l'existence duquel nous soyons bien renseigné ; cependant cette grande étendue de pays ne manque pas de cônes basaltiques.

Les cônes éruptifs reparaissent au Mexique disposés sur une ligne courant de l'ouest à l'est à peu près exactement sous le 19e de latitude nord. On y compte 8 grands cônes, dont 5 sont en repos depuis les temps historiques, et un quatrième le Jorullo n'est apparu, comme nous l'avons déjà raconté, que depuis 94 ans. A l'ouest le volcan de Colima, près de la ville du même nom, est toujours en grande activité ; le Jorullo le suit immédiatement à l'est. Au sud de Mexico il existe trois cônes, le Nevado de Toluca à l'ouest, et l'Istaccihuell tous deux en repos ; enfin au sud le Popocatepetl la plus haute montagne du Mexique, 16,000 pieds au-dessus du niveau de la mer, en activité. A vingt milles plus à l'est, au delà de la vallée de Puebla, s'élève le fameux pic d'Orizaba ou Citlatepetl, avec son sommet fortement tronqué et de 500 pieds seulement plus bas que le précédent. C'est le plus actif des volcans du Mexique. Au nord se dresse le Naucampatepetl (Coffre de Perote) éteint, et enfin tout à fait à l'est, à 20 milles au sud de la Vera-Cruz, le volcan de Tuxtla le plus petit de tous, connu par sa grande éruption de l'année 1793.

Les volcans du Guatemala, par leur disposition, sont complètement indépendants de la série mexicaine. Ils s'étendent le long de la côte sud-ouest du grand isthme américain et s'élèvent sur une étendue d'un peu plus de 200 milles géographiques au nombre de 27 cratères brûlants. Du reste, aucun d'eux ne mérite une attention particulière. Les plus élevés se trouvent dans le voisinage de la ville de Guatemala et atteignent plus de 13,000 pieds.

Le groupe de volcans de Quito est le plus puissant de tous les systèmes volcaniques. Il est formé par une double série sur les deux côtés de la longue vallée où reposent la capitale et Riobamba. Cette vallée renferme les montagnes ignivomes les plus élevées du monde et forme le plateau volcanique le plus agité que nous connaissions. Sur la ligne située en dehors du côté de la mer, on trouve du nord au sud le Pichinka, le Corazon, l'Iliniza, le Carguairazo, le Chimborazo et le Cunambay ; sur la ligne située à l'intérieur du continent on voit se suivre dans la même direction, le Cuyámbá, l'Antisana, le Sinchulagua, le Cotopaxi, le Tunguragua et le Sanguay. Les seuls actifs parmi ces cônes sont le Sanguay, le Cotopaxi, le Tunguragua, l'Antisana et le Pichinka. Ce sont de hautes et abruptes montagnes trachytiques du sommet desquelles s'échappe presque continuellement une colonne de fumée, sans qu'il s'en épanche jamais des coulées de lave. A. de Humboldt a découvert, seulement sur l'Antisana, une coulée d'obsidienne. Sur les pentes de tous les autres on trouve des ponces et des lapilli, mais jamais aucune trace d'écoulement de matières en fusion. Au nord la double série de volcans se réunit en une seule, qui se continue sur le versant occidental de la grande arête de montagnes granitiques et court le long de la chaîne formant la séparation des eaux entre le Rio Cauca et le fleuve de la Magdalena. A cette partie appartiennent l'Inhambouron près d'Ibarra, le volcan de Chiles à côté de Toulkan, le Cumbal avec son sommet toujours couronné de fumée, l'Azoufral, le volcan de Pasto toujours aussi en activité, le Sotara et le Puracé, ces deux derniers situés au sud de Popayan, sur le versant occidental de la chaîne de montagnes à travers les flancs de granite de laquelle ils se sont ouvert un passage, tandis que les autres grands cônes près de Quito se sont édifiés sur la crête granitique elle-même. — En face du Puracé, sur la chaîne de montagnes à l'est près du fleuve Magdalena et entièrement séparé des précédents, se dresse le volcan de Rio Fragua, montagne trachytique toujours couronnée de fumée. Elle sert pour ainsi dire de point de mire à la partie de la Cordillère qui se dirige vers Caracas et établit la connexion des volcans de Quito avec le système des Antilles, de même que les volcans de la chaîne occidentale établissant la liaison avec la ligne du Guatemala. La chaîne principale des Andes s'étend à partir de ce point entre le Rio Cauca et la rivière Magdalena en droite ligne vers le nord. Elle porte sous le 5° de latitude nord le Tolima haut de 17,000 pieds, le dernier de ses volcans actifs.

Le système du Chili se rattache, au sud, à ce plateau volcanique situé immédiatement sous l'Équateur. Une lacune de 500 milles géographiques l'en sépare. Le petit groupe de la Bolivie, auquel appartient le volcan brûlant le Misti d'Aréquipa, entre la mer et le lac de Titicaca, s'y intercale comme annau intermédiaire. Vingt-quatre cratères, probablement éteints, se dressent dans ce nouveau système courant du nord au sud sur une ligne droite. Ils commencent avec le cône élevé du volcan de Copiapo, dans le voisinage immédiat duquel j'ai traversé les Cordillères, à peu près sous le 27° de lat. sud et finissent avec le San Clemente sous le 46°. Au sud du Copiapo se placent le Cerro de San Francisco, L. Bounto et L. da Petro avec le L. Limarie et le Toupungata[1], tous deux pourvus d'un cône extrêmement régulier et le dernier d'une hauteur presque égale à celle du Chimborazo ; tous sont inactifs aujourd'hui. Le plus connu des volcans brûlants de cette série est le Maypou, situé à peu près au milieu de la ligne, sous le 34° près de Mendoza et Sant' Iago. Le grand tremblement de terre qui détruisit Valparaiso, en 1822, précéda sa dernière éruption. A partir de ce moment, il sema la ruine et la désolation sur un cercle d'ébranlement de 60 milles de diamètre. Ses secousses étaient si violentes que, au fort San Carlo, à 20 milles au sud de Mendoza, sur le versant oriental des Cordillères et sur la lisière des pampas, la hampe d'un pavillon, enfoncée en terre à 6 pieds, fut lancée perpendiculairement, et les fortifications, construites de simple terre battue, s'affaissèrent comme des tas de sable.

Tels sont les volcans actifs qui occupent la terre ferme dans les deux hémisphères. Ils présentent ce trait remarquable et certainement digne d'attention, que sur l'hémisphère oriental[2], le Kamtschatka excepté, ils ne touchent jamais au continent, tout en formant une série assez régulière qui court le long de ses côtes orientale et occidentale, tandis qu'en Amérique la plupart des volcans actifs sont sur le continent, et tous sur le rivage occidental, sans qu'un seul se trouve à l'est. Pour correspondre aux systèmes des Moluques, des Kouriles et des Aléoutiennes, nous avons la suite d'îles volcaniques des Petites-Antilles occupées par dix cratères brûlants. Ils sont répartis sur les îles Saint-Eustache, dont le cône puissant et régulier a été nommé Bol-de-Punch par les marins,

---

[1] Consultez mon *Reise durch die La Plata Staaten*, où tous les cônes cités ici ont été décrits en détail. Sur le Toupungata, on aperçoit à l'est, au milieu de la région des neiges, une grande tache irrégulière bleuâtre, que Darwin regarde comme un glacier.

[2] Les Allemands comptent les degrés de longitude à partir du méridien de l'île Fer, qui par conséquent divise le globe en deux hémisphères, l'un à l'est, l'autre à l'ouest de ce grand cercle. L'Europe, l'Asie et l'Afrique appartiennent au premier, l'Amérique au second. (Tr.)

Saint-Christophe, Nevis, Montserrat, Guadeloupe, Dominique, Martinique, Sainte-Lucie, Saint-Vincent et Grenade. Ils se prolongent sur cette double chaine d'îles et se continuent avec les cônes éteints ou peut-être jamais allumés des Grandes-Antilles, à l'exception de Cuba, pour aller se relier à la bande volcanique du Mexique placée avec ces grandes îles sur le même parallèle.

L'hémisphère oriental possède une chaine secondaire tout à fait semblable, avec une direction pareille de l'ouest à l'est. Elle s'étend à travers le continent marquée par des points isolés, et se trouve plus au nord sous le 40°. Elle occupe en Europe les côtes septentrionales de la Méditerranée, où elle se divise en deux séries parallèles qui, après avoir parcouru l'Italie le long de la côte occidentale dans la direction des Apennins, se prolongent dans la mer Égée par les Cyclades occidentales, et tirent leur origine des rivages d'Argos. On la suit plus loin en Asie Mineure, sur l'Ararat, dont la nature volcanique s'est encore manifestée, il y a peu de temps (20 juin 1840), avec tant de violence[1], en Perse, à Demavend et dans la haute Tartarie, où le volcan Ho Tscheou, près de Turfan, sur le flanc méridional des Montagnes-du-Ciel (109° de long. est) et le volcan de Peschan, sur le versant septentrional de la même chaine (99° 30' de long. est), se trouvent exactement dans la même direction. En Chine aussi, nous savons, par les renseignements venus des habitants, qu'il existe des phénomènes volcaniques (ils les nomment *hoschan*, montagnes lumineuses, ou *hotsin*, fontaines de feu) sous une direction à peu près la même que les volcans de l'Asie centrale ; mais ils paraissent être moins le résultat d'éruptions volcaniques que de combustions souterraines, et par suite n'ont qu'un rapport éloigné avec l'étude des volcans. Au contraire, on trouve, au N.-E. de la Sibérie, sur les rives de la Marekanka, non loin d'Ochsok, un district dont on a déjà fait connaitre d'importants produits volcaniques.

La portion européenne de cette grande ligne volcanique est remarquable, surtout par le système italien. Il commence en Lombardie avec les monts Euganéens, se continue dans l'Italie centrale sur le versant occidental des Apennins par l'antique cratère-lac de Vico et le mont Albain, enfin par le Vésuve en activité et les champs

[1] Voir la *Gazette universelle d'Augsbourg*, n° 212, 1845.

Phlégréens. A partir de ce point, la ligne se détourne vers les îles Lipari, dont les éruptions continues, surtout du Stromboli, sont connues de tout le monde. De là elle passe en Sicile, où elle trouve son foyer principal dans l'Etna. On rencontre plus loin les volcans de boue ou salses de Girgenti, l'île Pantellarie et l'éruption sous-marine près de Sciacca, qui permettent de suivre ce rameau détaché à l'O. Dans la mer Égée, on retrouve sur la grande ligne Santorin et ses îles secondaires citées déjà plusieurs fois, Milo, Paros et la langue de terre de Méthone, sur laquelle s'édifia un cône dans les temps historiques (290 av. J.-C.), dont Ovide nous a laissé en quelques vers une peinture si vivante. (*Métam.*, XV, 296-306.)

Après ces deux principaux systèmes de volcans s'étendant l'un le long des rivages des grandes régions continentales, le second les traversant de l'ouest à l'est, nous arrivons aux volcans insulaires complétement indépendants des précédents et éparpillés dans l'océan Austral, où ils ont donné naissance, sinon à toutes les îles, du moins aux îles hautes. Ils forment le noyau des Sandwich [1], des Gallopagos, des Marquises, des îles de la Société et des Amis [2]. Ils circonscrivent dans l'océan Pacifique une grande ellipse, dont le côté occidental est formé par les volcans de la chaîne occidentale de l'Australie constituée par les Nouvelles-Hébrides, les îles Salomon et la Nouvelle-Guinée; elle se rattache aux volcans des Moluques. Il est plus exact d'admettre une ligne volcanique qui, courant de l'O.-N.-O. vers l'E.-S.-E., commence à la pointe occidentale de la Nouvelle-Guinée, se prolonge à travers les groupes d'îles du S.-O., embrasse dans un arc étendu les côtes de la Nouvelle-Hollande, situées en face, et enfin vient aboutir sur la moitié septentrionale de la Nouvelle-Zélande. Cette dernière île est traversée par une zone volcanique du N.-E. au S.-O., comme l'Islande. Les volcans insulaires des îles Sandwich peuvent se rattacher au système du Mexique, les Gallopagos à celui de Quito, les îles de la Société et des Amis à celui de la Bolivie, et l'île Saint-Félix avec l'île Juan-Fernandez à la chaîne volcanique du Chili. Tous ces

---

[1] La plus grande des îles Sandwich, Hawaï, renferme le volcan le plus élevé, le Mauna Loa... dont le sommet est à 14,000 pieds. Le cratère qui se trouve prend à celui Kaldeira, mur sur le versant nordest... une élévation de 5,000 pieds. Il a presque 34 de mille en diamètre. En juin à novembre 1840, il a vomi depuis jusqu'à la mer un courant de lave de 4 mille de large et 65 milles de longueur. B.

[2] On peut estimer à 2,000 le nombre de cratères sur ces groupes d'îles. B.

groupes et les volcans correspondants d'Amérique sont sous un
même parallèle. Les volcans découverts par J.-C. Ross sur la Terre-
Victoria sont complétement isolés des autres montagnes ignivomes.
L'un d'eux, l'Erebus, situé sous le 181° de long. E., et le 76° de
lat. S., forme une île conique dénudée, haute de 11,700 pieds
et couverte de glace. Il était en pleine activité lorsque Ross le dé-
couvrit; l'autre paraissait éteint. L'île Oster, complétement isolée
dans l'Océan, a un cratère de 1,100 pieds de haut.

Dans cette esquisse géographique de la répartition des phénomènes volcaniques à la surface de la terre, nous n'avons tenu compte
que des volcans en activité. Nous manquons d'observations sur les
volcans éteints, ou simplement sur les cônes de soulèvement, et nous
ne pouvons tirer des conclusions sur leur distribution. Mais si nous
avions voulu, comme la ressemblance des roches nous y autorisait
suffisamment, considérer toutes les montagnes de *basalte* ou de
trachyte isolées ou groupées sur les continents comme des matières
volcaniques de nature éruptive, et par conséquent comme des cônes
de soulèvement, l'extension des phénomènes volcaniques serait devenue beaucoup plus grande qu'elle n'apparaît par la description
donnée plus haut. Jetons seulement un regard sur l'Europe centrale, la région du monde la mieux connue: nous y rencontrons
partout des cônes de basalte ou des montagnes basaltiques qui ont
déchiré les assises stratifiées des formations neptuniennes et se sont
étendues à leur surface, comme il devait arriver par suite de l'état
de fusion ignée où se trouvaient leurs matières au moment de leur
apparition. Les rives du Rhin, de Bingen à Bonn, sont bordées de
masses volcaniques. Le lac de Laacher, près d'Anderach, est un
cratère rempli d'eau : l'Eifel et le Siebengebirge forment un système
de cônes volcaniques du nombre desquels la chaîne de montagnes a
pris son nom. Dans la Hesse, on trouve l'Habichtswald, près de
Cassel, le Meissner, le cône près de Schwarzenborn, les pics les plus
élevés des deux séries de cônes basaltiques courant du nord au sud ;
elles embrassent entre elles la vallée de Fulde et se prolongent jusqu'au Weser, au delà de Minden. Au sud et à l'est, deux lignes se
rattachent au Rhönegebirge, et à l'ouest un groupe de montagnes
volcaniques, composé de cônes de basalte, se relie au Vogelsberg,
montagne de formation semblable. Dans la Suisse saxonne, le grand
Winterberg est un cône basaltique, et en Bohême le Mittelgebirge.

situé entre l'Erzgebirge et l'Elbe, est composé de cônes phonolithiques formant un groupe pittoresque à la limite orientale de la vallée de Toplitz. La Souabe n'est pas moins riche en formations volcaniques, mais elles n'atteignent point les mêmes dimensions. On les rencontre surtout aux environs d'Urach, où elles surgissent sur le versant nord-ouest des Alpes dont elles ont probablement causé le soulèvement. Les volcans éteints, les plus complets et les plus beaux que nous connaissions dans l'Europe centrale, sont ceux d'Auvergne. Une ligne parfaitement marquée de cônes basaltiques et trachytiques y court du nord au sud. Le point le plus élevé, le Mont-Dore, est à 5,800 pieds au-dessus du niveau de la mer. Le plus célèbre de tous est le Puy-de-Dôme, situé à 5 milles au nord du précédent, au milieu de la chaîne. Il forme un grand cône, assez élancé, d'une élévation de 1,500 pieds et composé de beaux trachytes. Son sommet est légèrement concave. Quelques autres, tels que le Puy-de-Pariou et le Puy-de-Came, ont mieux conservé leur cavité cratériforme.

L'espace nous manque pour continuer plus loin ces intéressantes recherches. Notre but n'était nullement de donner une description complète de toutes les formations volcaniques de la Terre[1]. Nous avons voulu seulement faire voir comme elles sont disséminées çà et là, et qu'on les rencontre partout dans certaines positions. A la fin de cette étude, nous pouvons conclure que les volcans éteints et actifs et tous les produits volcaniques forment un des éléments constitutifs du Globe, qu'ils sont répartis sur toute la surface de la Terre, et qu'ils y apparaissent tantôt isolés, tantôt en groupe, dans les plaines ou même la mer; tantôt enfin disposés en séries longeant surtout les côtes, ou bien accompagnant, à l'intérieur des terres, les grandes arêtes tracées par les montagnes.

Cette différence est digne d'attention; elle nous a conduit à distinguer deux systèmes de volcans, les volcans groupés autour d'un centre et les volcans en série linéaire. Cette distinction doit avoir une valeur ayant une autre raison d'être que la forme extérieure. Elle nous apprend que les puissances volcaniques, dans leurs manifestations souterraines, s'ouvrent des passages de deux façons différentes. Ou bien leur effort agit verticalement par en haut en rayonnant autour du centre, ou bien il diverge dans des

[1] On trouvera une description géographique complète de tous les volcans du Globe dans le xxe chap. des Études sur les volcans, de M. J. R. Ramer. (W.)

directions opposées. Dans le premier cas, l'écorce terrestre est déchirée seulement sur un point, et les matières éruptives s'entassent autour de lui en forme de cône comme autour de l'orifice d'un puits, jusqu'à ce que le cratère principal soit achevé. S'il demeure ouvert, les écoulements, en se répétant d'années en années, accroissent constamment les couches inclinées du cône. Mais s'il vient à s'obstruer, les matières éruptives cherchent une autre issue bientôt ouverte dans le voisinage, au pied de l'ancien cratère, et il se forme de nouveaux cônes d'éruption plus ou moins grands. Le premier cratère reste pour les suivants le point central, le foyer du système éruptif, d'où nous lui avons donné le nom de *volcan central*. En jetant un coup d'œil en arrière sur la répartition des volcans actifs, nous trouvons que les volcans centraux sont presque toujours isolés et sans connexion avec d'autres systèmes de montagnes. Ils apparaissent souvent seuls, surgissant au milieu de la mer, et on les voit aussi bien éloignés des côtes, comme dans l'océan Austral, que dans leur voisinage, comme les îles Lipari, les Canaries, les îles du Cap-Vert et l'Archipel des Galapagos dans l'océan Pacifique. Tout autres sont les volcans en *série linéaire*. Leur disposition longitudinale est le témoignage d'une activité multiple, qui ne s'est pas manifestée autour d'un centre, mais s'est exercée en divers points sur le pourtour d'une longue crevasse formée dans la croûte terrestre. Dans les volcans centraux, la calotte solide opposée à la force volcanique était égale de toutes parts, et fut déchirée immédiatement au-dessus de son foyer, où se trouvait l'épaisseur la moins étendue à traverser; au contraire, dans les volcans alignés, la calotte du foyer volcanique était déjà fissurée, lorsque la force éruptive commença son action, et les couches se prêtèrent mieux par un léger écartement à se laisser crevasser dans une direction donnée, qu'à se laisser trouer verticalement. Le léger écartement et l'ancienne déchirure se confondent si on les considère de plus près, puisque l'un est la cause de l'autre. Peut-être ce fut une déchirure de cette sorte, qui partout fut l'unique cause déterminante de la formation des volcans alignés. Cette opinion s'appuie sur le rapport qui existe entre les volcans en rangée et la terre ferme, leur parallélisme avec les rivages, et leur dépendance de grandes chaînes de montagnes. Si on pouvait démontrer que les montagnes elles volcans sont le résultat du soulèvement de matières éruptives à travers des crevasses de l'écorce terrestre auparavant intactes, la connexion des séries volcaniques avec elles s'expliquerait de soi-même. Ces fissures et ces crevasses produites par le passage de ces masses primitives devaient faciliter une issue aux volcans. Plus tard nous établirons cette opinion sur des bases solides; pour le moment, qu'il nous suffise d'avoir constaté que les lignes de volcans sont toujours dans un rapport évident avec des chaînes de montagnes. Dans les Cordillères de l'Amérique du Sud les volcans atteignent à leurs altitudes les plus élevées, bien que les sommets de la chaîne les plus hauts[1], l'Illimani et l'Aconcagua ne soient pas des volcans, mais des sédiments soulevés et inclinés, et appuyés sur la base granitique des Andes; sur d'autres points, ils sont simplement parallèles à l'arête principale, ou s'élèvent sur ses flancs en conservant toujours la même direction. Il en est de même pour Java et le Kamtschatka, où les volcans descendent jusque sur le rivage de la mer. Cette contiguïté des eaux de la mer n'est nullement une condition nécessaire d'existence pour les volcans. Il n'y faut voir, comme le prouvent les volcans mexicains et ceux du centre de l'Asie, qu'un rapport extérieur, dont le principe réside dans des causes différentes, que nous avons déjà indiquées. En effet, avec un peu d'attention, il est facile de reconnaître que les volcans se trouvent si près de la mer, seulement lorsque les arêtes montagneuses qu'ils accompagnent sont elles-mêmes près du rivage. Telle est l'unique cause de la contiguïté des volcans. Toutes les roches plutoniques non stratifiées, que des analogies de structure avec les laves nous ont fait considérer comme ayant d'abord passé par un état de fusion ignée, ont commencé par déchirer l'écorce terrestre pour apparaître au-dessus; plus tard les matières volcaniques suivirent la même direction. La force expansive des volcans rencontra, en effet, une moindre résistance sur les points où des éruptions primitives avaient déjà fracturé la calotte. Mais dans les lieux où, comme dans la mer et

[1] L'auteur ici considérait les cônes volcaniques des environs de Quito comme les sommets les plus élevés des Cordillères. Nous savons aujourd'hui qu'ils sont surpassés par les deux sommets non volcaniques montrés ci-dessus et appartenant aux Andes de la Bolivie et de la république Argentine. Les volcans ne dépassent pas la hauteur du Chimborazo (20,100 pieds), alors l'Illimani à 23,900 et l'Aconcagua plus de 23,000 pieds français.

les plaines, la voie n'était pas préparée pour les vapeurs, et où l'écorce terrestre n'avait pas encore été déchirée par un soulèvement antérieur, ces vapeurs durent s'ouvrir elles-mêmes un canal de décharge. Elles durent se frayer un passage perpendiculaire semblable à une cheminée; peut-être les roches anciennes placées au-dessus du foyer volcanique furent-elles ramollies, transformées et détruites par les vapeurs brûlantes. C'est pourquoi les volcans situés dans les régions planes ou simplement ondulées n'ont aucune connexion avec les chaînes de montagnes les moins éloignées. Cette circonstance, que dans ces régions aussi il existe quelquefois des rangées de volcan, prouve qu'il y a eu une brusque éruption, et qu'il s'est formé une crevasse linéaire momentanée. Partout, en effet, l'écorce terrestre se fend de cette manière, lorsqu'elle se déchire et donne naissance à une série linéaire de points éruptifs.

CHAPITRE VIII

La première partie de notre étude avait pour but de rechercher la liaison qui existe entre les phénomènes volcaniques. Elle nous a prouvé par la répartition à peu près universelle des cônes volcaniques et des matières éruptives que tous les foyers volcaniques sont en connexion entre eux. Dans la seconde partie, nous allons nous occuper de faire connaître la *température du Globe au-dessous du sol.*

La variabilité des degrés de température de l'atmosphère établit péremptoirement, sans plus ample examen, qu'elle est complétement indépendante de la température propre du Globe. En effet, si cette indépendance n'existait pas, la Terre manifesterait des variations semblables à celles qui se produisent à sa surface dans l'atmosphère. Mais personne n'ignore que dans les caves fermées il ne gèle jamais l'hiver, et qu'elles conservent leur fraîcheur en été, tandis que l'air atmosphérique, pendant ces deux saisons, passe par les divers degrés de chaleur compris entre — 20° et + 20° et au delà. De plus, nous voyons que les faits observés à cet égard dans nos régions sont les mêmes sous l'Équateur et au Pôle si près qu'on ait pu s'en approcher. Sur ces deux points, la chaleur ou le froid existent seulement dans l'air, mais plus dans le sol. Il ne gèle pas plus dans les caves du cap Nord que dans les nôtres, et les hautes températures de la zone tropicale sont limitées à l'atmosphère, et dépassent à peine quelques pouces dans le sol

8

où elles pénètrent [1]. De là viennent les écarts considérables entre
la température diurne et la température nocturne, variation aussi
inexplicable que les différences de température entre l'été et l'hiver
des zones tempérées, si l'atmosphère empruntait sa chaleur au sol.

Ces courtes considérations nous permettent déjà de poser en
principe que le Globe a une température propre, indépendante de
celle de l'atmosphère. Poursuivant nos observations sur les conditions auxquelles est soumise cette température, nous trouvons
qu'elle doit être supérieure à 0° à la profondeur où les variations de l'air atmosphérique ne pénètrent plus. S'il en était autrement, toute l'eau resterait gelée à l'intérieur de la terre,
comme cela a lieu dans les lieux placés sous des latitudes ex-
trèmes, et où la température moyenne de l'année est inférieure
à 0° [2]. L'eau prenant très-facilement et très-promptement la température des milieux où elle se trouve, le degré de chaleur des sources
jaillissantes dans les contrées les plus diverses, pourra nous faire
connaître la température de la terre elle-même. Il nous importe
donc d'étudier les sources à ce point de vue.

Les recherches qui, jusqu'à ces derniers temps, avaient été faites
dans ce sens, étaient arrivées à des résultats inconciliables; mais les
derniers travaux de Bischof [3] paraissent avoir enfin donné une solution définitive. Ce naturaliste habile a commencé par montrer qu'il
ne faut pas observer les sources d'un point de vue unique, mais qu'il
faut tenir soigneusement compte de l'origine de l'eau, aussi bien
que de la profondeur de laquelle elles jaillissent, si l'on veut
soumettre leur température à une loi générale. D'après ces observations, toutes les sources, tirant leur origine des couches supérieures de l'écorce terrestre, éprouvent des variations et se comportent comme les eaux qui coulent à la superficie du sol. Les
fleuves, les ruisseaux, les lacs passent par les mêmes phases de
température que l'atmosphère et la croûte extérieure du Globe.

[1] Suivant Boussingault, il existe déjà entre les tropiques une température constante à
une profondeur de 8 à 10 pouces.
[2] A. Erman a prouvé la généralité de cette loi (Bulletin mensuel de la Société de géographie de Berlin, I, 20). Il en résulte que les contrées dont le sol est gelé ne peuvent
point avoir de sources ou de fontaines, comme l'ont démontré les expériences faites à Jakoutsk. On ne connaît pas l'épaisseur de la croûte gelée. À Jakoutsk, la surface du sol se
dégèle en été à une profondeur moyenne de 3 à 4 pieds.
[3] G. Bischof, Théorie de la chaleur à l'intérieur de la terre. Leipzig, 1837. In-8.
— Du même, Géologie chimique et physique, 2° éd. Bonn, 1863. T. I.

Les variations sont seulement senties plus tard, parce que la température de l'atmosphère a besoin d'un certain temps pour traverser les couches terrestres. Bischof fixe la rapidité de cette pénétration à 6 pieds par mois; d'où il s'ensuit que pour une profondeur de 30 à 40 pieds il faut une demi-année. Les sources qui ne viennent point de régions au-dessous de cette profondeur, seront plus froides que l'air en été, plus chaudes en hiver, et la différence de température deviendra plus grande à mesure que la couche d'où provient la source sera plus profonde. Les sources à température variable ne peuvent servir à rien pour connaître si le Globe a une température propre. En effet, leur variabilité ne pourrait qu'établir le contraire. Mais nous savons que celle-ci est en harmonie avec la température atmosphérique, et que, par conséquent, elle se règle d'après la température de l'air. Elle est donc impropre à faire connaître la température propre au Globe.

Mais toutes les sources ne sont pas à température variable ; il en existe même un plus grand nombre à température constante, et qui n'éprouvent aucune variation annuelle. Ce sont celles qui sont intéressantes pour nous. Quelques-unes des sources constantes ont exactement la température moyenne [1] du lieu où elles jaillissent ; d'autres sont plus froides, d'autres enfin plus chaudes. On nomme ces dernières *thermales*. Autrefois on croyait avoir reconnu que les sources à température constante sont plus chaudes que la température moyenne du lieu dans les zones froides et tempérées, et plus froides dans les régions chaudes et brûlantes. On attribuait ces prétendus résultats à l'influence de la température atmosphérique sur le sol. On pensait que dans l'hiver, lorsqu'une épaisse couche de neige recouvre la surface des zones froides, il pénètre dans le sol un froid moins intense que celui de l'air, parce que la neige forme une enveloppe protectrice contre la gelée et ralentit l'invasion des basses températures. Le sol recevrait donc en hiver moins de froid que l'air. En été, au contraire, la chaleur de l'air le pénètre ; et il reçoit ainsi dans ses profondeurs proportionnellement plus de chaleur que de froid. Sa température moyenne doit donc être moins

[1] On entend par température moyenne d'un lieu le nombre de degrés que l'on obtient en divisant par 365 les températures de tous les jours de l'année additionnées ensemble. La température d'un jour s'obtient de même en additionnant les observations diverses et en prenant cette somme par le nombre de ces observations.

élevée que celle de l'air. S'il existe de l'eau à cette profondeur, elle
prendra la température du milieu ambiant, et les sources alimentées
par cette eau posséderont un degré de chaleur semblable. L'inverse
a lieu pour la zone tropicale. La croûte supérieure du sol, durcie
pendant la saison sèche et froide, y ralentit l'envahissement de la
chaleur tropicale ; au contraire, les pluies diluviennes qui viennent
ensuite ramollissent lentement cette croûte, et ne permettent à
la haute température de l'air de pénétrer avec lui que dans les
couches supérieures. Le sol des tropiques reçoit donc, en somme,
moins de chaleur que l'atmosphère ambiante. C'est pourquoi la
moyenne des températures y doit être moindre que dans l'air, et les
sources provenant des profondeurs à température constante sont
nécessairement au-dessous de la chaleur moyenne de l'air. Bischof
conteste ces principes, et il affirme que, dans tous les cas où on a
observé des faits en harmonie avec cette théorie, il faut y voir le
résultat de causes locales. Il prétend, en outre, que les sources à
température constante qui s'écartent de la température moyenne
de leur lieu d'apparition, ne tirent point leur origine des régions
du sol où règne la température moyenne, mais qu'elles vont chercher leurs eaux à un niveau tout différent. Les sources froides, à
température constante, proviennent d'eaux qui ont longtemps sé-
journé sur des points d'une haute altitude et s'y sont refroidies sous
l'action de la température régnante. Aussi trouve-t-on ces sources
dans les contrées montagneuses, surtout dans les vallées encaissées
entre de hautes arêtes. L'eau descend des hauteurs de la montagne,
très souvent de lacs situés dans ces hautes régions, ou bien encore
de glaciers, et reparaît après un cours souterrain. Les sources chaudes se comportent tout autrement. Leur température élevée est
le signe d'une origine profonde ; les réservoirs de toutes les sources
d'eau chaude dont on a pu déterminer la position, sont tous situés
à de grandes profondeurs. La valeur de ce principe trouve sa confirmation surtout dans les sources creusées artificiellement, ou puits
artésiens, dont les eaux arrivent d'une profondeur connue exactement. Leur chaleur est toujours supérieure à la température
moyenne du lieu, et la dépassent d'autant plus que le puits est plus
profond. Le célèbre puits de Grenelle, à Paris, creusé à une profondeur de 1,800 pieds, donne l'eau à 22° Réaumur, tandis que la
température moyenne extérieure n'est que de 8°. Celui de Neuffen,

en Souabe, perforé depuis peu à une profondeur de 1,180 pieds, s'élève jusqu'à 30° Réaumur, bien que la température moyenne ne soit guère au-dessus de celle de Paris. À Artern, en Thuringe, où, il y a quelques années, on fit des sondages jusqu'à une profondeur de 980 pieds pour rencontrer des gisements de sel gemme, l'eau saline possède une température de 15° Réaumur; et à Durrenberg, l'eau saline, qui jaillit d'une profondeur de 600 pieds, marque aussi 15° Réaumur, tandis que la température moyenne de cette contrée ne dépasse guère 6° Réaumur. Appuyé sur de nombreuses observations de ce genre, Bischof formule ceci comme une loi générale et complétement hors de doute : les sources sont d'autant plus chaudes que leur point d'origine est plus profond, et au contraire d'autant plus froides que leurs eaux proviennent de couches plus élevées dans le sol. Il conclut en outre de ce principe, que le Globe, à une certaine profondeur, peut échauffer l'eau qu'il renferme, et que, par conséquent, il doit avoir lui-même une température élevée, à moins qu'on ne puisse expliquer cet échauffement par des circonstances particulières et locales, ce qui évidemment est possible dans bien des cas.

Cette théorie est très-admissible pour les sources très-chaudes ou bouillantes, et a été facilement adoptée. En effet, lorsqu'on étudie le lieu d'origine des sources bouillantes[1], on reconnaît presque toujours qu'elles sont en connexion avec des volcans actifs ou éteints. Connaissant la chaleur élevée de ceux-ci, nous ne sommes plus surpris de voir les eaux jaillissant dans leur voisinage avec une température élevée. Les sources thermales ne nous apprennent donc sur la température du Globe rien de plus que ce que les volcans nous ont déjà fait connaître. L'existence de la plupart de ces sources dans le voisinage des volcans éteints, nous prouve seulement qu'il règne un haut degré de chaleur dans les profondeurs de ces cônes sans fumerolles. Un volcan où l'on ne voit plus d'éruptions ne prouve donc point que son antique foyer et même son enveloppe se soient entièrement refroidis.

[1] Les températures des sources thermales sont très-différentes et varient beaucoup, même dans les lieux peu rapprochés. Quelques-unes des sources de Teplitz ont 24°, d'autres 30°. Les sources du Mont-Dore sont à peu près au même degré. Celles d'Ambrose ont 60°, celles de Bartzalbone atteignent jusqu'à 60°, Carlsbad 59°. Les sources situées à Trinchera, près de Valence, dans l'Amérique du Sud, marquent 90°. Les sources jaillissantes des Geysers, etc.

Les sources ne conduisent donc qu'à un résultat assez peu satisfaisant sur la température du Globe. Elles prouvent que la température des couches supérieures de la croûte terrestre varie avec des conditions changeantes suivant les lieux, et que cette température, comme celle de l'atmosphère, est le résultat de l'action solaire. Elles prouvent encore, lorsqu'elles sont à température constante, qu'elles proviennent de profondeurs pouvant communiquer une chaleur propre, mais où cette chaleur n'a qu'un degré peu élevé. Il nous faut donc rechercher des profondeurs plus considérables, si nous voulons observer la haute température propre au Globe terrestre.

Actuellement on possède sur ce point des observations assez satisfaisantes, et les nombreux sondages exécutés dans ces derniers temps ont établi, en principe général, que la température à l'intérieur de la Terre croît d'autant plus que l'on y descend plus profondément[1]. Du moment où l'on peut donner à ce résultat une valeur générale, il devient pour nous d'une très-haute importance, et exige par conséquent que nous nous arrêtions encore quelque temps pour en bien fixer les bases. Ce fut seulement au milieu du siècle précédent que les physiciens tournèrent leur attention de ce côté. On s'aperçut qu'à partir d'une profondeur de 50 à 60 pieds la température dans la zone tempérée ne reste plus constante, mais qu'elle s'élève peu à peu à mesure qu'on s'enfonce. Un fait si intéressant excita la curiosité des savants et engagea d'Auhuisson, Saussure, de Trebra, Fox, Alex. de Humboldt, Cordier et d'autres encore, à recueillir des observations afin d'en déterminer la loi. Tous arrivèrent au même résultat, bien que l'échelle de l'accroissement se montrât différente suivant les lieux et oscillât entre 75 et 110 pieds pour 1° d'élévation de température. Il semble, si nous nous en rapportons à des observations plus récentes et très-exactes faites sur plusieurs points de la Prusse, que le dernier nombre de pieds est le plus vraisemblable pour notre pays. D'autres observations, faites en grand nombre dans diverses contrées, sous la même latitude, ont donné un accroissement de chaleur, tantôt plus élevé, tantôt plus faible[2]. La conclusion à tirer de ces données

---

[1] Les ouvrages de Bischof déjà cités donnent les explications les plus complètes sur ce sujet.

[2] Des recherches très-rigoureusement exécutées dans le royaume de Saxe ont donné

est que toutes les roches ne possèdent pas une même élévation ou degré de température, et que les unes sont plus chaudes que les autres. Les faits observés par Fox sont encore plus curieux. D'après lui, les minerais métalliques sont plus chauds que les roches ambiantes. Il faut cependant attendre de nouvelles recherches avant de généraliser cette observation, si favorable qu'elle puisse être, surtout avec la conductibilité calorique supérieure des métaux, à l'opinion de ceux qui s'efforcent de démontrer la réalité de la chaleur centrale au moyen de cette élévation de température.

La nécessité de cette hypothèse devient évidente si l'on admet que la loi d'un accroissement de température constant, fondée sur les observations faites dans la croûte terrestre jusqu'à une profondeur de 2,000 pieds, a une valeur générale et se continue de la même manière pour des profondeurs encore plus grandes. Partant de 8° Réaumur comme température moyenne à 40 pieds au-dessous du sol dans nos contrées, nous arrivons avec un accroissement de 1° par 110 pieds, à la chaleur de l'eau bouillante avec une profondeur de 9,000 pieds. Il nous suffit, pour obtenir ce résultat, de supposer que la progression est simplement mathématique, ce qui est peu vraisemblable, si la chaleur intérieure provient d'un noyau incandescent. Dans ce cas, elle devrait s'accroître plus rapidement en descendant, c'est-à-dire en progression géométrique, et le point de la chaleur d'ébullition se rencontrer à une profondeur moindre. 9,000 pieds de profondeur sont très-peu de chose par rapport au volume du Globe, et si les matières brûlantes vomies par les volcans proviennent d'un noyau incandescent, celui-ci doit être situé encore beaucoup plus profondément. La question de savoir à quelle profondeur elles peuvent devenir liquides n'est pas difficile à résoudre, lorsqu'on connaît avec quel degré de chaleur les laves en fusion sont rejetées. Nous n'avons pas de données positives sur ce point. Darcet les place au point de fusion de l'argent (978° Réaum.), Hoffmann à celui du fer (1,540° Réaum.), et Bischof a trouvé le basalte fondu à une température supérieure au point de fusion du cuivre (1,118° Réaum.)[1]. Si nous prenons cette observation directe comme

une moyenne de 120 pieds pour 1° d'élévation de température dans les profondeurs du sol. Dans les mines de charbon, en Prusse, on a reconnu un accroissement presque double de celui que l'on obtenait dans les mines de minerais. (*Annales de Poggendorf*, 1831, XXII, 497.) G.

[1] La valeur de ces chiffres repose sur des mesures effectuées au moyen du pyromètre

mesure et plaçons la température du foyer volcanique à environ
1,200° Réaum., l'accroissement régulier de la chaleur, comme nous
l'avons établi plus haut, exigerait une profondeur de 6 milles géographiques pour atteindre à cette température[1]. Cette profondeur
elle-même, si considérable qu'elle nous paraisse, est en réalité peu
de chose par rapport au rayon du Globe, de 859 milles ½. En accep-
tant qu'elle soit la mesure de l'épaisseur de la croûte solide, le
noyau central possède un diamètre 140 fois plus grand. Cette
croûte forme donc sur le Globe une enveloppe qui, proportion gar-
dée, ressemble à l'écorce que nous ôtons sur une pomme avant de
la manger.

L'hypothèse d'une augmentation constante de température vers
le point central de la Terre, se produisant suivant la progression
que nous avons constatée à de faibles profondeurs au-dessous du
sol, ne rencontre aucune objection sérieuse fondée sur la nature de
notre planète, autant que nous pouvons la connaître. Au contraire,
tous les faits observés lui donnent une grande probabilité et justifient les conséquences que nous en faisons découler.

Ce résultat important, joint à l'extension presque universelle des
volcans actifs sur les bords des grands continents, ainsi qu'à l'existence de matières éruptives ou montagnes coniques dans le voisinage
de beaucoup, sinon de tous les grands systèmes de montagnes, nous
donne un moyen puissant de nous rendre compte de l'état primitif
de notre planète. Il justifie pleinement l'hypothèse d'après laquelle
ces deux phénomènes sont en connexion intime, toutes les matières
constituantes du Globe à l'état de fusion à une grande profondeur,
et ces éléments en fusion émettent des vapeurs et produisent de
hautes pressions donnant lieu à des explosions de bas en haut sur
les points où elles rencontrent moins de résistance.

Cette notion si importante et, selon toute apparence, définitive
sur la nature du Globe à des profondeurs où nous ne pouvons plus
descendre, nous permettra de pénétrer jusque dans son histoire primitive et de jeter un coup d'œil sur son état pendant les premières
périodes de son existence. Mais auparavant il nous faut développer

de Daniel. Celui de Weigmand donne, entre autres pour le fer, une température beaucoup plus élevée.

[1] Ce chiffre est peut-être encore trop élevé. Mitscherlich croit pouvoir admettre que, à
une profondeur de 5 milles, règne la chaleur de fusion du granit, puisqu'elle est placée
à 1,30° centigr. (1,040 R.), comme il l'a reconnu expérimentalement.

quelques considérations sur la nature probable des corps placés au-dessous de ces matières en fusion. Nous nous appuierons sur des fondements analogues à ceux qui nous ont servi à établir l'hypothèse d'un stratum à l'état de fusion ignée au-dessous de l'écorce solide.

Dans un dessein semblable à celui que nous poursuivons, d'éclairer l'histoire primitive du Globe à l'aide des phénomènes actuels, on a proposé diverses hypothèses sur la nature du noyau central de la Terre. Tantôt on a dit qu'il était *creux*, tantôt on l'a considéré comme rempli de *matières gazeuses*. Cette dernière opinion acquit un certain degré de vraisemblance du moment où l'on admit que la chaleur intérieure s'accroissait rapidement suivant une progression géométrique. Mais la pression que les masses périphériques exercent et ont toujours exercé sur les matières centrales ne permettait point de l'accepter pour définitive. — Laissant de côté des conjectures aussi hypothétiques, revenons aux faits accessibles à l'observation immédiate et découverts par cette voie. La densité de la Terre appartient à cette catégorie. Elle nous permet de peser le Globe avec tous ses éléments ; on a trouvé que son poids est cinq fois plus grand que celui d'une sphère d'eau d'un volume égal. Le rapport de pesanteur établi entre le poids d'un corps, et celui d'un volume d'eau égal à celui de ce corps, s'appelle son *poids spécifique* qui, en chiffres précis, est pour la Terre 5,44[1]. Ce résultat est très-surprenant, car en prenant le poids spécifique de tous les corps solides constituant l'écorce du Globe, on obtient une pesanteur moyenne de 2,78. De plus, en tenant compte des eaux de la mer, dont la place immense occupée par elle à la surface de la Terre mérite d'être prise en considération, lorsqu'il s'agit du poids spécifique de la croûte entière, on voit ce chiffre se réduire encore à 1,52. Si la Terre était donc constituée dans sa profondeur d'éléments semblables à ceux de la croûte, son poids spécifique général ne pourrait être différent de celui de cette dernière. Il devrait même s'abaisser encore. En effet, l'eau n'existe pas seulement à la surface, elle pénètre partout à des profondeurs considérables et même, comme nous l'avons fait voir plus haut, descend probablement jus-

[1] Aujourd'hui on admet plutôt le nombre 4,03, résultat de recherches précises exécutées par F. Reich. Voir, de ce savant, *Expériences sur la densité moyenne de la terre au moyen de la balance de torsion*. Freiberg, 1838. In-8.

qu'au foyer des volcans. Mais si le poids spécifique réel de la **Terre**
est de **5,44**, chiffre sur lequel nous ne pouvons guère élever de
doute, vu la parfaite concordance des résultats obtenus par les astronomes et les physiciens, il faut bien admettre que **les couches
de la Terre**, au-dessous de l'écorce connue de nous, ont un poids
beaucoup plus considérable, puisque pesées avec cette écorce elles
donnent pour toute la masse terrestre un poids spécifique si considérable. Cette série de raisonnements est inattaquable et fondée sur
des faits positifs acquis par l'observation[1]. Elle nous conduit immédiatement à ce nouveau et important résultat que ce sont des métaux qui occupent le centre de la Terre et augmentent sa masse. Ces
corps sont, en effet, les seuls dont le poids soit de beaucoup supérieur
à celui des parties élémentaires de l'écorce. Cette opinion est admissible et justifiée sous tous les rapports. Mais il serait risqué de
vouloir dire comment et dans quel état les métaux se trouvent et
lequel d'entre eux prédomine. On ne peut répondre à ces deux
questions que par des probabilités ou des conjectures; il est
donc sans importance que nous tentions de donner une réponse
ou que nous la passions absolument sous silence. Néanmoins,
comme certains lecteurs peuvent encore être curieux de connaître
une simple conjecture, nous mentionnerons l'hypothèse d'après
laquelle une grande quantité de fer existe au centre de la Terre.
Cette théorie s'appuie particulièrement sur ce que le fer est le plus
commun de tous les métaux répandus dans l'écorce terrestre, et
sur ce que toutes les laves volcaniques contiennent de ce métal. La
proportion renfermée dans quelques-unes est suffisante pour agir
sur l'aimant. Les aérolithes ou pierres météoriques qui de temps
en temps tombent sur notre planète et, soumises à l'analyse, se montrent la plupart du temps[2] presque entièrement composées de fer,

---

[1] On ne peut développer ici plus complètement la méthode par laquelle on a obtenu ces
résultats; car son intelligence suppose des notions étendues de physique et de mathématiques. Quant aux lecteurs possédant des connaissances assez complètes pour aborder ce
domaine d'investigation scientifique, je les renvoie au *Manuel de géographie mathématique* de Schmidt, I, 567, § 448, et surtout II, 469-487, § 557-552.

On distingue deux espèces de pierres météoriques d'après leurs éléments chimiques.
La plus fréquente se compose principalement de fer (70 à 90 pour 100) et de nickel; l'autre, la plus rare, est un mélange de silicates cristallins sans fer : l'augite, le labrador,
l'albite et le hornblende en forment la masse principale. Voir les notices dans le *Nouvel
annuaire de Leonhard et Bronn*, 1856, p. 599, et Rammelsberg, *Dictionnaire de chimie minérale*, I, 422, et suppl. I, 68. Aujourd'hui on nomme les premières *fer météori-
que* et les secondes *pierres météoriques*.

viennent encore appuyer cette opinion. Aujourd'hui, en effet, on admet assez généralement que ces météorites sont des corps particuliers disséminés dans l'espace et qui, circulant autour d'un corps central, le Soleil pour la plupart des astronomes, la Terre pour quelques autres, sont tombés dans la sphère d'attraction de notre planète et ont été attirés à sa surface. Le mode suivant lequel le fer est contenu dans les météorites peut encore nous éclairer sur la nature de celui du centre de la Terre. De plus, comme ce métal a une très-grande tendance à se combiner chimiquement avec d'autres corps, sa présence ne doit pas se borner à l'état natif, mais on peut présumer qu'il existe à l'intérieur de la Terre dans diverses combinaisons.

Ces considérations, malgré toutes les probabilités qu'elles renferment, ne prouveront jamais rien de certain. Mais nous possédons d'autres faits qui jetteront une lueur plus positive sur le problème en question. La plupart des métaux, et les plus nobles, se trouvent surtout dans les couches les plus inférieures de l'écorce terrestre, soit dans les dépôts cristallins dont l'origine de fusion ignée ne souffre plus de doute, soit dans les plus anciennes strates neptuniennes. Les métaux ne sont pas renfermés dans ces roches sous forme de mélange régulier, mais ils sont rassemblés sur des points particuliers du dépôt, points que l'on nomme *filons* ou *gisements*, suivant leur forme. Tous deux sont évidemment dus à des crevasses qui, dans les filons, se propagent surtout verticalement ou obliquement et, dans les gisements, dans le sens horizontal. Le métal s'est introduit dans ces fissures lorsqu'elles existaient déjà dans la roche. Ces matières métalliques se composent, ou bien de métal pur, ou d'une substance cristalline terreuse, ou enfin souvent d'un mélange des deux. En examinant ces crevasses, on a encore reconnu que beaucoup d'entre elles se rétrécissent par en haut et se perdent au milieu de la roche, tandis que par en bas elles s'élargissent fréquemment et pénètrent toujours si profondément que leur point d'origine ne peut être découvert ou, comme dit le mineur, va se perdre dans l'insondable profondeur. De plus, dans beaucoup de cas, le remplissage qu'elles contiennent porte les caractères évidents de matières liquides injectées de bas en haut. Dans un grand nombre de filons sans continuité, les matières semblent être arrivées sous forme de vapeurs et s'être lentement déposées en cristaux sur les parois par voie de refroidissement. Il est même souvent très-clair qu'il existait déjà auparavant une matière de remplissage, qui plus tard fut suivie dans le même trajet par une autre. Celle-ci est ordinairement métallique et s'est entassée sur la matière terreuse[1].

Tous ces faits admettent une seule interprétation, à savoir que ces roches sillonnées de filons ont été déchirées de bas en haut par de nouvelles forces longtemps après leur formation, et que des matières liquides ou gazeuses s'introduisirent dans ces fissures et se déposèrent à l'état cristallin ou amorphe, suivant que le phénomène de séparation fut lent ou rapide, avec ou sans troubles venant du dehors. Maintenant, il est évident que des matières injectées de bas en haut dans d'autres corps doivent être situées au-dessous de ceux-ci. Mais il suffit simplement de quelques observations sur les gisements métalliques dans la croûte terrestre, pour se convaincre que ces métaux aussi ont dû se trouver auparavant au-dessous des matières dans les crevasses, fissures ou fentes desquelles ils sont recelés aujourd'hui. Nous sommes donc arrivés au même résultat par une voie tout autre et entièrement différente de la précédente, et nous avons reconnu que les couches situées au-dessous de la croûte terrestre sont des matières métalliques probablement encore actuellement à l'état de fusion ignée.

Le remplissage des filons nous apprend encore que le noyau métallique de la Terre ne peut pas être uniquement composé de fer, car, outre ce métal, on y rencontre tous les autres et dans les combinaisons les plus diverses. Tous nos métaux nobles nous viennent de ces filons. Quant à ceux qui ont une autre origine et qui, comme l'or, sont trouvés dans les sables des rivières, ils proviennent aussi indubitablement de filons; mais ils ont été entraînés mécanique-

[1] Werner, d'accord avec sa théorie neptunienne, expliquait le remplissage des filons au moyen de dépôts laissés par l'eau introduite par en haut dans les fissures. G. Bischof s'efforce aujourd'hui de démontrer la réalité de cette opinion. Il déclare, en effet, que l'origine aqueuse des filons métalliques et de quartz est nécessaire et n'admet de remplissage par fusion ignée que pour les filons composés de matières plutoniques ou volcaniques. *Nouvel annuaire*, etc. de Leonhard et Bronn, 1844, p. 257.) Il ne nie pas cependant que les matières de remplissage d'origine aqueuse n'aient pu être injectées par en bas, soit par des vapeurs chaudes, soit par infiltration de l'eau ou par le clivage de la roche-mère des filons. Les métaux subirent alors de grandes modifications et furent précipités par l'acide carbonique, l'acide sulfurique et autres composés solubles dans l'eau, ou bien isolés et transformés en oxyde ou sulfures par l'épuisement des acides ou de l'oxygène. Voir sa *Géologie chimique*, I et II, 2e éd. Bonn, 1863-1866.

ment par l'eau ou dispersés à la surface du sol par la destruction de la roche servant à les enchâsser.

Arrivé à des résultats aussi considérables, nous allons les résumer avec concision avant de pénétrer sur un nouveau champ d'investigation, et nous les formulerons dans la série suivante de lois générales.

1. Le Globe terrestre est constitué à sa surface par deux sortes d'éléments ; les uns, composés de couches se succédant dans une série invariable et contenant des fossiles, sont des dépôts formés sous les eaux ; les autres, de structure cristalline ou amorphe sans aucun ordre constant et sans fossiles, ont passé primitivement par un état de fusion ignée.

2. Toutes les formations appartenant à cette seconde catégorie ont été soulevées de bas en haut. Elles étaient d'abord en fusion et se refroidirent plus tard au-dessous des dépôts stratifiés.

3. Au-dessous d'elles il existe encore aujourd'hui des matières en fusion de même nature.

4. Le noyau de la terre, et en général l'intérieur à une certaine profondeur, est métallique et probablement contient du fer en quantité prédominante.

5. Ces métaux paraissent aussi se trouver à l'état de fusion et peut-être même sur quelques points à l'état de vapeurs.

De ces cinq propositions, aucune n'est purement hypothétique. La première est plutôt un fait expérimental reposant uniquement sur l'observation. Bien qu'on n'en puisse dire autant des quatre autres, on ne peut cependant point rejeter les faits sur lesquels s'appuient les hypothèses dont elles sont la formule. De plus, comme elles ont été conçues sans précipitation et qu'elles ne contiennent aucun principe hasardé, il est permis de leur accorder la valeur de faits positifs, quoiqu'il soit impossible de les baser sur l'observation immédiate. Nous les emploierons donc comme tels pour en déduire notre théorie de la formation de la Terre.

CHAPITRE IX

Si la théorie, par laquelle nous prétendons expliquer l'origine de la Terre, veut acquérir la force d'une réalité, il faut qu'elle prenne pour point de départ une hypothèse dont la possibilité non-seulement concorde avec les faits positifs de l'évolution du Globe terrestre, mais que, de plus, elle présente les phases de développement reconnues expérimentalement comme les conséquences nécessaires de la cause adoptée. Cette exigence se déduit des notions que nous avons sur l'ordre universel. Partout, en effet, nous voyons une impulsion unique donnée à la matière, et une fois ce mouvement établi, tous les phénomènes postérieurs en découlent dans une série fatale comme conséquence de la cause primordiale. Sous l'influence de cette idée, jetons les yeux dans l'espace peuplé de ses milliers d'étoiles. La *loi de la gravitation* y règle les orbes de tous les astres dont nous connaissons bien les mouvements. C'est elle qui entraîne les plus petits autour des plus gros et qui enchaîne les éléments du système solaire, auquel nous appartenons, dans leurs limites infranchissables. Les effets de la gravitation ne se bornent pas aux espaces célestes, ils se manifestent encore sur la planète que nous habitons. Elle règne partout sur la matière comme force essentielle et prend les noms de *pesanteur* lorsqu'elle attire les corps, d'*adhérence* lorsqu'elle relie des matières hétérogènes et de *cohésion* lorsqu'elles sont homogènes.

Guidés par ces principes, si nous tentons de nous rendre compte de l'état primitif de notre planète à l'aide de sa constitution actuelle, nous devrons suivre dans nos hypothèses uniquement la voie indi-

quée. Nous ne pourrons pas considérer notre Terre comme un corps
céleste qui, après avoir été achevé, fut détruit par un autre et ra-
mené au mélange chaotique de ses éléments. Cette supposition ne
pourra pas nous servir à expliquer les révolutions que l'observation
nous fait reconnaître à sa surface. Dans cette hypothèse, en effet,
l'état actuel ne serait point le résultat d'un développement dérivant
nécessairement d'un plan primordial, mais il proviendrait d'un événement accidentel dont la cause ne découlerait point de ce plan.
Mais il n'existe point d'événements de cette sorte dans la nature. Ce
que nous nommons accident est le résultat certainement nécessaire
de causes inconnues et, par conséquent, régulier comme tous les
phénomènes naturels. Chaque révolution est donc un fait produit par
les lois auxquelles la Terre est soumise. C'est un acte nécessaire de
la création et du l'évolution progressive dont l'origine ne peut se
trouver dans une cause extérieure ou étrangère, telle que la dépra-
vation générale des hommes. Celui qui recherche dans les événements naturels des châtiments jetés sur les mortels par des puissances supérieures, apprécie l'ordre universel à la mesure des
déterminations du cœur humain et lui attribue des causes tout à
fait étrangères. Les **châtiments** imposés par le ciel aux hommes, depuis qu'ils existent, ont toujours été exécutés par eux-mêmes. L'histoire nous l'enseigne en traits sanglants. Pour cette opinion téléolo-
gique, l'ordre du monde reste un mystère que personne ne peut
deviner ; elle introduit des motifs purement humains à la place des
lois positives de la nature. Il serait plus juste de dire que l'homme
a été destiné pour le reste de la création que de croire les autres
êtres créés pour lui. Il forme, en effet, le dernier anneau de la chaîne
des créatures qui habitent la Terre avec lui. Il vit seulement par
son activité personnelle, par *le travail*, et il agit suivant les *lois naturelles de son développement* lorsqu'il s'empare sans merci de ce
qui l'entoure, s'imaginant, comme l'enfant, que les objets placés à
sa portée sont là pour subvenir à ses besoins.

Nous formulerons donc comme il suit cette **première cause**, cette
condition primordiale qui entraîna à sa suite **toutes les phases ultérieures** comme les moments d'une évolution nécessaire :

LE GLOBE TERRESTRE, À L'ORIGINE DE SON EXISTENCE, FORMAIT UNE VASTE
SPHÈRE DE GAZ QUI SE LIQUÉFIA PAR DES CONDENSATIONS SUCCESSIVES ET
ARRIVA À SON DERNIER ÉTAT PAR UN REFROIDISSEMENT LENT.

Avant de poursuivre les conséquences dérivant de cette hypothèse, et de montrer que cette condensation d'une matière primitivement gazeuse devait produire des phénomènes semblables à ceux
que nous observons dans la croûte terrestre, il nous faut exposer
les principes qui peuvent servir à la justifier.

Le premier et le plus important de ces principes se trouve dans
le Globe terrestre lui-même. Sa température, comme nous l'avons
vu, est encore très-élevée à l'intérieur et toutes les parties élémentaires de son écorce sont de nature à pouvoir se transformer en gaz
sous l'action d'une chaleur très-intense. Nous ne nous étendrons
pas plus longuement sur ces propositions, car nous les avons déjà
traitées complétement dans le chapitre précédent.

Nous trouvons la seconde base, sur laquelle s'appuie notre hypothèse, dans les corps célestes faisant partie de notre système solaire. En effet, ils possèdent des degrés de densité très-différents et
ils présentent en série toutes les phases de condensation que nous
imaginons comme les degrés successifs par lesquels notre Globe a
passé dans son développement. Parmi les *planètes*, une seule d'entre elles, *Mercure*, la plus voisine du soleil, surpasse notre Globe à
cet égard. Sa masse comparée à celle de la Terre, d'après le poids
spécifique de chacun des astres, est comme 6 à 5. — Tous les autres
membres de notre système sont formés de matières moins denses,
et la différence entre *Vénus* et notre *Terre*, qui lui ressemble à tant
d'égards, est très-peu considérable. La *Lune*, placée à une distance
encore plus rapprochée de la Terre, est un des corps célestes les
moins denses. Le poids spécifique de ses éléments est à celui de la
Terre comme 5 à 9. Le *Soleil*, enfin, point central de tout le système, dont le volume est 700 fois plus grand que celui de toutes
les autres planètes ensemble et 1,500,000 fois que celui de la
Terre, lui est bien inférieur, ainsi qu'à Vénus et à Mercure, pour la
densité de sa matière. Elle est même encore plus légère que celle de
Mars et se rapproche beaucoup de celle de *Jupiter* dont les éléments, bien qu'appartenant à la plus volumineuse des planètes, sont
quatre fois moins denses que ceux de la Terre et par conséquent
ont une consistance très-peu supérieure à celle de l'eau. L'homme et

¹ Des développements plus détaillés sur les faits en question se trouvent dans les *Lettres astronomiques* (Milan, 1846, in-8° de J.-H. Mädler, auxquelles nous renvoyons nos
lecteurs.

Saturne seuls possèdent une densité beaucoup inférieure à celle du Soleil : la dernière planète surtout qui est la plus légère de tout le système.

En comparant ces divers degrés de densité, on voit que la planète la plus proche du Soleil est la plus dense, qu'elle est suivie de deux autres d'une densité moindre et presque égale entre elles, et qu'à partir de la Terre cette densité décroît rapidement et de plus en plus à mesure que les planètes s'éloignent du Soleil. Il faut excepter Uranus. Sa densité, en effet, est supérieure à celle de Saturne qui le précède et qui malgré cela possède un poids plus considérable. Le Soleil, bien que corps central, n'a point la plus grande densité, elle est même si peu élevée qu'elle a de la ressemblance avec la matière des grandes planètes les plus éloignées, surtout avec Jupiter [1].

Cette décroissance de densité, telle que nous venons de l'exposer, n'est point l'effet du hasard, sans cependant obéir à une loi mathématique. Pour en trouver la cause, il faut nous reporter à la nature du Soleil ; elle nous conduit à admettre que ces degrés divers de condensation sont le résultat de différences de température et nous offrent simplement une application du principe de la dilatation des corps par la chaleur, exposée plus haut. Tout le monde attribue une température extrêmement élevée au Soleil ; on ne la considère point comme appartenant au corps du Soleil lui-même, mais à une enveloppe atmosphérique brûlante dont l'épaisseur observée pendant les éclipses peut s'élever au delà de 30,000 milles. Peut-être même la lumière zodiacale, située au delà de l'orbite terrestre, en est-elle encore une trace. Il est facile de comprendre quelle grande influence une pareille enveloppe de vapeurs incandescentes doit avoir sur la dilatation du corps solaire, même en admettant que le noyau solide du Soleil soit composé de matières[2] plus

[1] On ne connaît pas la densité des nombreuses petites planètes ou astéroïdes placées entre Mars et Jupiter, et dont le nombre atteint actuellement 105 janvier 1860, ni celle de la grande planète Neptune, dont l'existence au delà de l'orbite d'Uranus fut annoncée par Le Verrier d'après des considérations théoriques, et que Galle fut le premier à voir réellement.

[2] La grande découverte de Bunsen et Kirchhoff, que les couleurs du prisme ou spectre pourront nous révéler avec une certitude infaillible l'existence des particules les plus intimes d'un corps quelconque, a déjà permis de constater la présence du baryum, du zinc, du cuivre, du cobalt, du nickel, du fer, du manganèse, de chrome, du magnésium, du calcium, du sodium, de l'oxygène et de l'hydrogène dans le soleil ou dans son atmosphère

réfractaires que les éléments telluriques. Nous adoptons cette manière de voir sans aucune difficulté, car elle nous paraît, en fait, plus
admissible que le contraire. Cette haute température de l'atmosphère
solaire a donc pu dilater le noyau et causer en partie le poids spécifique peu élevé de la matière solaire. Mais, quoi qu'il en puisse être,
il nous suffit pour le moment que le Soleil soit composé de deux
éléments, une enveloppe de vapeurs lumineuses et un noyau obscur;
c'est-à-dire qu'il se trouve à *deux degrés différents de condensation.*
Cet état ne trouve point d'analogie directe avec les qualités correspondantes des éléments telluriques; il faut sans doute y voir la
suite de phénomènes de développement particuliers au Soleil.

Avec des analogies aussi faibles, la nature physique du Soleil nous
sera d'un faible secours. Elle nous apprend la dualité de la substance solaire, après quoi elle ne nous enseigne rien de plus que ce
que nous voyons sur la Terre, à savoir que ses éléments ne se trouvent point à un même degré de dilatation et de condensation. Mais
le problème que nous poursuivons a pour but d'établir à l'origine
un état de dilatation uniforme à l'aide des faits actuels. Pour le
résoudre, en sortant des notions établies plus haut, il nous suffit
de considérer que le Soleil et les planètes, tout en possédant actuellement des degrés très-divers de condensation, ont cependant une
consistance évidemment plus grande que de simples vapeurs. Mais
cette observation, si peu concluante, ne nous serait pas d'un grand
secours, si nous ne possédions point des faits plus instructifs. Nous
les empruntons aux comètes, ces astres errants, faiblement lumineux, de densité inégale, qui apparaissent de temps en temps dans le
domaine de notre système solaire, ou gravitent avec nous autour
du soleil, le long d'une ellipse très-allongée. Leur substance est
vaporeuse, comme on peut le reconnaître au premier coup d'œil.

lumineuse. Tous ces corps jouent un rôle essentiel dans la constitution matérielle de notre
planète. Plusieurs des substances les plus réfractaires de la Terre n'ont pas encore été reconnues dans le Soleil; mais, si elles n'existent pas dans son atmosphère, rien n'empêche
pour cela qu'elles ne se trouvent sur son noyau. La découverte de ces corps dans la lumière solaire prouve, avec une haute certitude, que cet astre est un corps incandescent,
entouré d'une atmosphère dans laquelle une foule de substances sont en combustion ou à
l'état gazeux. Les recherches d'analyse spectrale sur la lumière solaire ne sont pas encore
complètes, et vouloir tirer des faits acquis jusqu'ici des conclusions plus éloignées nous
conduirait seulement dans le domaine des conjectures. (*Conf. Zeitschrift für gesammte
Naturwiss.* 1864, XXIII, 221. G. — Delaunay, *Notice sur la constitution de l'univers*,
§ 1er *Analyse spectrale.. Annuaire du bureau des longitudes, 1860.*' — Trad.)

Elle brille, comme les planètes, d'une lumière réfléchie, et varie, pour chaque comète, suivant la position que celle-ci occupe dans l'espace et les rapports dans lesquels elle se trouve avec les étoiles voisines. Leur forme et leur volume sont également soumis à de grandes variations. La comète d'Encke, la plus rapprochée de nous, dont l'orbite peu allongé se trouve compris en deçà de celui de Jupiter, exécute sa révolution en un peu moins de trois ans et demi et s'approche du Soleil plus près que Mercure. Elle se compose d'une masse de vapeur, de forme elliptique, dans laquelle se trouve, vers l'extrémité antérieure, un noyau moins diaphane et sphérique, à partir duquel la matière devient de moins en moins dense en allant vers la périphérie. Mais la plupart des comètes ont une figure différente. Elles consistent en un noyau à contours tranchés et très-lumineux, derrière lequel s'étend un long nuage de vapeur qui semble l'envelopper de deux couches coniques, l'une interne, mince; la seconde extérieure, épaisse. Cette queue, qui accompagne la tête ou le noyau, s'accroît à mesure que la comète se rapproche du Soleil. Elle s'étend généralement derrière le noyau, non sur la ligne de l'orbite, mais en opposition avec le Soleil, de façon que le prolongement de son axe traverse le centre de cet astre. Elle ne conserve pas toujours la même position; mais elle est soumise à des oscillations et dévie à droite ou à gauche, suivant des périodes déterminées. Bessel attribue ce mouvement à une action polaire semblable à la polarité magnétique de notre Globe. Il est difficile, sinon impossible, de dire quelle espèce de matière compose la queue, et si elle diffère de la substance constituant le noyau. En tous cas, elle est certainement vaporeuse, et beaucoup plus raréfiée que nos nuages les plus légers. Les étoiles, vues au travers, conservent tout leur éclat. Le noyau lui-même doit être assez peu dense. Il n'affaiblit pas beaucoup la lumière des étoiles fixes, dont les rayons nous arrivent après l'avoir traversé. De plus, l'état de ces deux substances dépend du degré de chaleur et de la pression. Le volume de la masse s'accroît à mesure que la comète s'approche du Soleil, et la queue prend son plus grand développement aussitôt après le passage au périhélie. Autrefois on attribuait l'allongement de la queue à la dilatation que la chaleur solaire doit exercer sur la matière de la comète. Aujourd'hui on préfère expliquer cet accroissement de volume par le mouvement plus rapide du noyau qui, en se rapprochant du Soleil, accélère sa vitesse sous l'influence croissante de l'attraction. Les parties élémentaires de la comète de densité inégale, et par suite étant inégalement attirées par le Soleil et inégalement arrêtées par la résistance de l'éther[1], restent en arrière dans l'ordre de leur densité et prolongent la queue. En outre, le noyau constituant la partie la plus dense de la comète se tourne vers le Soleil, parce qu'il en est le plus fortement attiré, tandis que la queue, composée de matière plus raréfiée et par conséquent attirée moins énergiquement, s'écarte dans le sens opposé. Telle est la cause pourquoi nous la voyons en dehors du trajet de l'orbite et en opposition avec le Soleil. Cette disposition n'aurait pu se produire, si les éléments de la comète avaient eu une densité égale ou n'eussent pas été si raréfiés. Il semble même que leur substance, réduite à un poids spécifique si inférieur, n'arrivera jamais à un degré supérieur de consolidation, et qu'elle est destinée à toujours demeurer dans cet état de fluide aérien. Les différences, notées sur les comètes revues plusieurs fois et observées avec soin, sont trop insignifiantes, pour qu'on puisse y reconnaître un progrès lent, un développement quelconque. Les comètes, par leur nature physique, sont encore extrêmement loin au delà de la substance élémentaire des planètes les plus éloignées ; et nous pouvons probablement considérer leur nature fluide comme l'état primitif duquel sortit, il y a des millions d'années, le Globe terrestre doué aujourd'hui d'une si grande diversité de substances. — Ce qui, dans cette hypothèse, vaut pour la Terre, s'applique aussi aux autres planètes. Toutes ont dû passer primitivement par un état de vapeurs élastiques et fluides.

Cette hypothèse n'est point une conception nouvelle et jetée à l'aventure ; mais elle est, au contraire, déjà ancienne. Proposée pour la première fois par Kant, elle a été reprise plus tard par Laplace, sans qu'il eût connaissance de son devancier, et exposée comme vraisemblable. Ce grand astronome-mathématicien fut conduit, par le spectacle de l'identité de direction de tous les mouve-

[1] Depuis longtemps les physiciens enseignent l'existence, dans l'espace, d'un fluide extrêmement subtil, appelé éther. Dans ces derniers temps, Encke a démontré sa réalité en faisant voir qu'on ne pouvait expliquer le raccourcissement de plus en plus grand de l'orbite de la comète portant son nom, que par l'action d'une substance produisant une résistance.

ments[1] qu'exécutent les divers membres de notre système solaire,
à la conviction qu'un phénomène aussi uniforme doit être le résultat
d'une cause unique. Il émit donc l'hypothèse que l'on peut concevoir tout notre système solaire comme ayant formé, dans sa période
primitive, une seule et immense sphère gazeuse. A l'intérieur de
cette sphère, il se forma un point central par condensation de
la matière, lequel devint plus tard un noyau solide. Ce noyau,
venant à prendre un mouvement de rotation autour de son axe,
par l'action de quelque force extérieure, peut-être par l'attraction
d'un noyau semblable et éloigné ; peu à peu toute la masse
gazeuse ambiante dut suivre ce mouvement, et la sphère gazeuse
tourna sur elle-même. Ce mouvement de rotation, d'abord lent,
s'accéléra de plus en plus à mesure que le volume de la masse
diminua par suite de la condensation. La forme du Globe gazeux
devint de plus en plus sphéroïdale, et passa même à une forme lenticulaire, lorsque la *force centrifuge* s'accrut avec la rapidité du
mouvement. La condensation de la masse se continuant et la force
centrifuge des parties périphériques se développant dans la même
mesure, il arriva un moment où cette force l'emporta sur l'attraction exercée par le noyau central sur les couches périphériques
(*force centripète*). De plus, comme ce phénomène se produisit
simultanément sur tous les points de l'équateur du Globe gazeux
lenticulaire, une partie de la masse se détacha à la périphérie en
forme d'anneau. Des lacunes, causées par quelques troubles, se formèrent plus tard dans cette ceinture ou anneau ; des déchirures
eurent lieu sur un ou plusieurs points, et il se forma plusieurs
globes qui obéirent dans leur existence aux mêmes forces sous
l'action desquelles ils étaient nés. Il apparut donc, ou un *seul* et
nouveau *grand sphéroïde* doué d'un double mouvement — un mouvement de rotation sur son axe, causé par la force d'impulsion
inégale que l'anneau gazeux devait posséder à sa partie externe et
à sa partie interne ; et le mouvement de translation circulaire de
la périphérie que le nouveau globe dut conserver — ou bien un
certain nombre de petits sphéroïdes qui, situés à une distance peu

[1] Les satellites d'Uranus seuls se meuvent dans un sens opposé, c'est-à-dire de l'est à
l'ouest. Tous les autres corps de notre système ont un mouvement semblable de l'ouest
vers l'est.

différente du centre, roulèrent sur leur orbite en obéissant au même double mouvement[1].

Pendant que ces faits se passaient à la périphérie de la grande sphère gazeuse, elle continuait son mouvement circulaire, et la vitesse de sa rotation s'accroissait toujours à mesure qu'elle se concentrait ou subissait des pertes. Alors le premier phénomène se reproduisit : la force centrifuge l'emporta sur la force d'attraction du noyau et une nouvelle ceinture se détacha. Celle-ci suivit la même évolution que la précédente, et pendant qu'elle parcourait les phases par lesquelles l'autre était déjà passée, il se prépara une troisième ceinture prête à se détacher. Ce phénomène se répéta autant de fois que la force centrifuge périphérique de la masse, tournant avec une vitesse toujours croissante, put vaincre l'attraction du centre. Ces circonstances, ne pouvant plus se produire lorsque le volume du noyau central se fut amoindri par toutes ces pertes, la formation de nouveaux corps célestes périphériques devint impossible. C'est alors que le rapport entre le *Soleil* central et les *planètes* périphériques fut définitivement établi et que le système solaire fut complet dans cette partie de sa constitution. Mais les planètes avaient passé par de nouvelles étapes de leur développement. La tendance à la production d'anneaux reparut sur ces globes gazeux périphériques, lorsque leur volume se trouva assez grand pour que la force centrifuge de leurs régions équatoriales pût vaincre l'attraction de leur noyau. Il se détacha des ceintures qui se transformèrent en globes, en obéissant aux mêmes lois que plus haut, et donnèrent lieu à la séparation entre les *planètes* et les *satellites*. Ces ceintures ne purent apparaître sur les petites planètes, tandis que les grandes en produisirent plusieurs placées les unes au-dessus des autres. Quelques-unes de ces ceintures ne sont peut-être même point encore parvenues à prendre la forme sphéroïdale : car l'anneau multiple de Saturne nous donne un exemple de ce cas.

Cette théorie de Laplace et de Kant s'accorde parfaitement avec les différences de densité des planètes mentionnées plus haut, et s'appuie autant sur ce fait que sur l'uniformité de direction dans les

----

[1] Les 105 petites planètes démontrent la réalité de ce second cas. Les grandes planètes, au contraire, se formèrent par la concentration de l'anneau en une seule masse.

mouvements. En effet, comme la condensation progressive se produisait dans toute la sphère gazeuse par l'attraction, les parties internes durent naturellement se composer de couches plus denses que les parties externes. Les planètes inférieures, formées des anneaux constitués par ces matières plus épaisses, possédèrent une densité plus grande que les planètes supérieures, formées à l'aide des matières plus légères des anneaux extérieurs les premiers détachés.

Si nous avons pu faire comprendre l'évolution par laquelle passa la sphère gazeuse d'où sortit notre système solaire, il importe maintenant d'expliquer comment cette sphère gazeuse elle-même se produisit, et quelles causes contribuèrent à lui donner une forme propre pendant son existence primordiale. Laplace a passé ce problème sous silence, bien qu'il fût tout aussi important d'en donner une solution. Elle découle cependant de sa théorie sans aucune difficulté. En effet, l'origine admise pour notre système solaire s'applique aussi aux autres corps célestes et à leurs systèmes. Cette analogie acquiert même une grande autorité, si nous tenons compte de l'unité de plan dans l'ordre du monde. Avec cette hypothèse, nous supprimons toute lacune dans la série de nos déductions. A l'origine, tout l'espace était rempli par une substance homogène réduite à l'état de vapeurs très-subtiles, formant la base des matières condensées actuellement dans les astres. Cette division extrême de la matière empêchait toute réaction des éléments entre eux. Tout resta dans un mélange chaotique, sans mouvement, jusqu'au moment où une première condensation s'effectua ; l'équilibre fut détruit, et les divers éléments purent réagir les uns sur les autres[1]. Des concentrations semblables eurent lieu simultanément sur une infinité de points de l'espace. Elles donnèrent naissance à ces noyaux solides, dont l'attraction réciproque a fourni à Laplace le moyen d'expliquer le mouvement de chaque région gazeuse isolée, et sa condensation en systèmes solaires. Chaque concentration de matière produisit nécessairement des changements de température ; car toute condensation de substance maté-

[1] On a calculé que la 10,000 millionième partie d'un grain de matière tellurique solide devrait occuper un mille cubique, lorsque les éléments de notre système solaire remplissent uniformément l'espace sphérique dont le contour est tracé par l'orbite d'Uranus. A ce degré de raréfaction, aucune réaction chimique des corps entre eux n'était possible.

rielle est accompagnée d'un développement de chaleur. Cette chaleur ne permit point aux masses condensées de se solidifier. Elles
demeurèrent pâteuses et molles, et peut-être même à l'état de fusion
incandescente. Les matières incandescentes constituèrent, sans aucun
doute, les premiers noyaux formés dans l'univers au sein des vapeurs.
Le chaos, avec son uniformité de composition primordiale, fut
composé de matières indifférentes jusqu'au moment où les changements de densité, ainsi que les différences de température qui en
découlèrent, mirent fin à cette indifférence, et ouvrirent aux substances, enchaînées jusque-là, la carrière des actions réciproques
d'après leurs propriétés inhérentes physiques et chimiques. Partout
où il se forma un noyau solide doué d'un haut degré de chaleur, la
matière concentrée rayonna de la chaleur et de la lumière, les compagnons inséparables de toute haute température. Les substances
plus légères furent attirées sur ces points; les affinités chimiques
se développèrent sous l'influence de ces deux agents, et il se forma
un noyau lumineux [1] qui servit de centre d'attraction pour les vapeurs plus légères et non lumineuses, et lança, dans les espaces
obscurs jusque-là, les premiers et faibles rayons de lumière. La
puissance de leur action chimique s'étendit aussi loin que la force
d'attraction du noyau. Sous l'influence de ces deux agents, chaque
système de région gazeuse se sépara des systèmes appartenant à
d'autres noyaux; et les limites, dans lesquelles les astres se meuvent
aujourd'hui à des distances immenses les unes des autres, furent
tracées.

Nous laissons au jugement de chaque lecteur le soin d'apprécier
le degré de vraisemblance que peuvent renfermer ces hypothèses,
et après cette digression théorique et accessoire, nous revenons à
l'étude de l'état primitif de notre Globe terrestre.

Dans la première période de son existence, lorsqu'il n'était encore qu'une sphère gazeuse isolée dans l'espace, il possédait nécessairement une température [2] suffisante pour transformer en vapeur
toutes les matières qu'on y rencontre actuellement à l'état solide.
La force centripète des matières lourdes et la pression des couches

[1] Moïse, Genèse, chap. I, vers. 3, Dieu dit : Que la lumière soit !
[2] Il ne fallait point une chaleur très-élevée : toutes les matières liquides et même
beaucoup de corps solides émettent des vapeurs à toute température et peuvent par conséquent demeurer à l'état de vapeur avec de basses températures.

périphériques sur celles du centre contribuèrent à la formation
d'un noyau plus solide au sein de cette masse de vapeurs. Ce phénomène fut la conséquence inévitable des lois qui présidèrent à la
naissance de chaque sphère gazeuse, telles que la théorie de Laplace
les a formulées ; lois dont l'évolution consista dans la concentration
d'une zone au milieu de la vaste sphère gazeuse de tout notre système solaire. Il nous faut maintenant nous demander quelle matière
constitua ce noyau et s'il arriva du premier coup à sa composition
définitive. Nous avons quelques raisons de répondre négativement à
la seconde partie de cette question. En effet, le noyau de la comète
d'Encke est d'une densité très-peu supérieure à celle de l'enveloppe
vaporeuse ambiante. D'un autre côté, nous pouvons considérer les
pierres météoriques comme des fragments de matière planétaire,
formés dans l'espace et attirés par la Terre lorsqu'ils viennent à
traverser son orbite. Nous trouvons dans cette considération les
meilleurs motifs pour regarder le noyau de notre planète comme
constitué de matières solides et peut-être même de métaux. Toutefois, il ne faut pas oublier que les régions glacées dans lesquelles
les météores circulent ont dû considérablement abaisser leur température primitive et, par suite, modifier leur qualité matérielle[1].
Celle-ci ne peut donc nous servir à reconnaître par analogie la nature du noyau terrestre. Néanmoins, leur substance pourrait bien
être la même ou au moins analogue, puisque nos recherches précédentes nous ont conduit à admettre la prépondérance des métaux
au centre de la Terre. Nous passerons sur ces considérations, et sans
vouloir déterminer si les premières substances condensées d'où
naquit le noyau de la Terre consistaient simplement en vapeurs métalliques ou si les métaux étaient déjà solidifiés, nous nous contenterons d'avoir établi qu'à une certaine période ils ont incontestablement passé par l'état de fusion ignée[2]. Ce noyau employa de
longs espaces de temps avant d'atteindre le volume nécessaire pour
attirer toute la masse tellurique dans sa sphère gazeuse. Cependant,
lorsqu'on réfléchit que les métaux sont les substances les plus

[1] Cette opinion n'est nullement infirmée par le fait que les pierres météoriques sont
obscures et même brillantes au contact de leur écorce, toujours accompagnées d'une production de chaleur lumineuse. Cette chaleur se manifeste seulement au contact avec notre
atmosphère, par l'inflammation des vapeurs qui accompagnent le météore ou par le frottement qu'il éprouve sur l'air.

[2] Voir la note de la page suivante.

lourdes de la Terre et que le degré de puissance attractive se fonde sur le poids spécifique, on comprend facilement que le premier noyau métallique formé dut attirer à lui de plus en plus énergiquement de nouvelles couches de métal, et que tous les éléments métalliques des diverses zones sphériques de la Terre, non retenus par des affinités chimiques ou des forces physiques, durent venir s'y concentrer. En effet, en dehors de la plus ou moins grande pesanteur des corps dans ces zones sphériques, les affinités chimiques des matières étaient les seules forces existantes. Mais elles durent apparaître dans beaucoup de substances seulement au moment où le degré de concentration, produit par une attraction plus intense, fut suffisante pour la manifestation de leurs propriétés chimiques. Les nombreuses substances élémentaires qui, d'après l'analyse chimique, constituent notre Terre, étaient mélangées à l'état de vapeur dans les proportions où nous les rencontrons comme parties constituantes du Globe. Cette opinion est très-admissible, si l'on tient compte de la facilité de pénétration dont jouissent les gaz, les uns à l'égard des autres. L'affinité chimique n'est pas tout d'abord la même action qu'aujourd'hui et ne produisit point des combinaisons dans les mêmes conditions où nous la voyons agir. De plus, les corps les plus lourds, les métaux nobles, sont les moins aptes à ces combinaisons, et quoiqu'ils se mélangent entre eux à l'état liquide, leurs différences de degré de fusion et de volatilisation dut les préserver de ces mélanges, lorsqu'ils commencèrent à se solidifier et à quitter leur forme gazeuse. En effet, le *mercure* est encore en vapeur, tandis que le *fer* est déjà liquéfié, et le *platine* est depuis longtemps passé à l'état solide, lorsque l'*or* et l'*argent* sont encore liquides. Obéissant à ces lois, les métaux les plus lourds se séparèrent d'autant plus vite du mélange qu'ils ont moins de tendance à se combiner avec d'autres corps. Ils constituèrent incontestablement le premier noyau solide ou liquide, dont l'accroissement s'effectua graduellement en attirant les éléments analogues et qui, enfin, atteignit un volume suffisant pour attirer à soi les matières les plus légères des zones sphériques et en former un globe particulier. A partir de ce moment, la sphère terrestre exista dans l'espace, semblable à une comète et formée de métaux liquides et incandescents[1]

[1] Le diamètre terrestre, entre les pôles, est de 5,5 milles géographiques plus court que le diamètre de l'équateur (1,718 5/6 milles). Ce fait démontre que la terre fut liquide.

dont les faibles contours étaient enveloppés d'une **immense zone** gazeuse étendue jusqu'audelà de la lune. La division extrême où se trouvaient les corps dans cette enveloppe gazeuse empêchait que les affinités chimiques n'y arrivassent à un état d'équilibre en rapport exact avec les quantités relatives des matières existantes, bien qu'elles fussent favorisées par la pression des parties périphériques sur le centre, luttant contre le rayonnement brûlant émis **par le** noyau incandescent. Ainsi ces matières étaient-elles soumises à **un** mouvement continu qui leur faisait quitter la forme gazeuse pour la reprendre bientôt après.

Nous ne nous arrêterons pas à décrire les phénomènes produits pendant que la couche périphérique, d'où naquit la lune, se sépara de l'amas vaporeux des éléments du Globe terrestre central. Dans l'état de nos connaissances, tout ce que nous pouvons en dire se trouve déjà dans la description générale de la formation des anneaux gazeux. Rappelons seulement que la pesanteur spécifique de la lune concorde parfaitement avec cette théorie. Son volume peu considérable nous explique pourquoi elle est arrivée à une période de plus grand refroidissement que la Terre, et pourquoi elle ne possède aucune atmosphère, ou du moins en a une extrêmement ténue, comme le prouvent les observations astronomiques. Nous reporterons donc nos regards sur le Globe terrestre lui-même et nous essayerons de faire voir par quelles phases de développement il est passé, depuis que les actions chimiques ont commencé à se produire dans sa couche gazeuse périphérique.

L'observation des phénomènes actuels nous apprend que l'oxygène devait exister en quantité prépondérante parmi toutes les autres matières. Ce corps forme encore aujourd'hui **25** parties pour 100 de l'*air atmosphérique*, 89 pour 100 de l'*eau*, plus de la moitié de la *silice*, presque un tiers de toute l'écorce solide, autant **que nous** pouvons connaître ses éléments[1]. Ce corps a la plus grande tendance à former des *combinaisons binaires*[2] avec certains **métaux**

avant d'être solide, puisqu'une telle différence de chaleur a pu se produire uniquement dans ce fait de l'oxydation.

[1] Voici la proportion, en centièmes, des quantités d'oxygène contenues dans les principaux corps simples et les acides les plus répandues : silice, 52 pour 100 ; chromé, 46 ; magnésie, 38 ; chaux, 28 ; soude, 25 ; potasse, 16 ; acide sulfurique, 74 ; acide nitrique, 71 ; acide carbonique, 60.

[2] Les combinaisons binaires appartiennent sous les produits chimiques composés de deux corps unis en quantités définies, qui ne se réduisent à deux états moléculaires.

et à produire de nouveaux corps dans lesquels les caractères métalliques (poids lourd, éclat spécial, opacité, homogénéité et coloration particulière) sont perdus, tandis que d'autres propriétés caractéristiques (grande dureté, faible pesanteur, souvent diaphanéité
jusqu'à un certain degré et coloration nulle) distinguent les combinaisons effectuées. Ces combinaisons prennent le nom de *terres* ou
alcalis, et les substances métalliques qui leur servent de bases, celui
de *demi-métaux*. La tendance de l'oxygène à s'unir avec eux est si
prononcée et si importante, que les deux substances n'apparaissent
nulle part isolées et que leur combinaison se rétablit d'elle-même
et rapidement, lorsque après la séparation artificielle opérée par
les chimistes, ils se retrouvent en contact[1]. Ces combinaisons ont
donné naissance à la *silice*, l'*alumine*, la *magnésie*, la *chaux*, la
soude, la *potasse* et quelques autres corps terreux contribuant en
moins grande quantité que les précédents à constituer l'écorce terrestre. Leur mode de formation, par la combinaison du métal avec
l'oxygène, est une véritable combustion et ne peut avoir lieu sans
une violente production de chaleur. Cette chaleur nous explique
l'état persistant de fusion des métaux dans le centre de la Terre,
ainsi que la liquéfaction où celle-ci se trouvait elle-même, malgré
ses qualités réfractaires. Sous cette forme, les corps oxygénés se précipitèrent peu à peu du sein des vapeurs vers le centre de la Terre,
formèrent une couche liquide nageant sur le noyau métallique maintenu liquéfié par leur haute température ; en même temps, par le
rayonnement de leurs couches externes, ils empêchaient les vapeurs
ambiantes de se condenser. Le refroidissement qu'ils subirent ainsi
produisit des effets très-opposés. Tandis qu'il se propageait lentement dans l'écorce de dehors à l'intérieur et produisait nécessairement des inégalités de température dans les diverses couches de
cette écorce, l'atmosphère gazeuse, au contraire, se trouvait soumise à une température assez uniforme. En effet, ses couches exté-

[1] On s'est demandé si, en présence de la grande affinité de certains éléments les uns
pour les autres, il était possible d'admettre qu'ils aient pu exister isolés les uns à côté des
autres, ou bien si le corps composé ne fut pas formé comme [...] tout d'abord. Cette question reste peut-être sans importance. Le résultat est toujours le même, que le simple ait
précédé le composé ou inversement. Dans la spéculation théorique, dont dépend le simple
avant le composé, parce que nous ne pouvons pas concevoir autrement l'ensemble des phénomènes des précurseurs. Il serait important peu si un rapport de temps qui
s'établit entre l'apparition des corps simples et celle du corps composé. Mais le fait constant
est que le dernier se compose des premiers.

rieures se condensaient à mesure qu'elles se refroidissaient et devenaient plus lourdes. Cet accroissement de poids les faisait descendre, et d'autres plus chaudes et plus légères venaient prendre leur place. Durant que ces dernières se refroidissaient, les autres puisaient une nouvelle chaleur au contact de l'écorce, se relevaient, faisaient descendre les plus froides et, par ce mouvement continuel de descente et d'élévation, d'échauffement et de refroidissement, répandaient dans toute la région gazeuse une température assez uniforme entretenue par le refroidissement graduel de la périphérie de l'écorce terrestre encore à l'état de liquéfaction.

Afin de bien nous rendre compte des divers phénomènes produits simultanément dans ces deux zones du Globe terrestre, la zone *liquide* et la zone des *fluides élastiques*, il est nécessaire d'en séparer la description et d'exposer successivement les faits arrivés parallèlement et en même temps. Par ce moyen, nous nous faciliterons l'intelligence de l'évolution des phénomènes et la connaissance de leurs résultats ; mais il nous faudra donner à nos lecteurs une histoire des événements réels modifiés dans leur série chronologique.

Considérons d'abord l'enveloppe liquide de la Terre qui s'étendit peu à peu au-dessus du noyau métallique en fusion. Ce manteau extérieur obéit aussi aux lois de la rotation tant qu'il demeura liquéfié, et il prit part à l'aplatissement du Globe aux pôles de son axe de révolution. Le courant du pôle vers l'équateur produit dans la masse liquide sous l'influence de cette cause, bien que doué d'un mouvement lent, eut un effet très-notable sur l'accélération du refroidissement. En effet, les couches superficielles plus refroidies furent portées par ce courant vers l'équateur. De nouvelles couches se trouvèrent donc toujours exposées au refroidissement des pôles, tandis qu'à l'équateur il se forma une zone de matières solides composée de masses compactes isolées, nageant sur les liquides incandescents comme les montagnes de glace sur la mer ; elles donnèrent naissance à des aspérités. — Telle dut être la forme extérieure primitive de la première enveloppe terrestre refroidie ; mais dans quel état se trouvaient les matières situées au-dessous d'elle ?

La nature actuelle des produits plutoniques et volcaniques nous donne la meilleure réponse à cette question. Elle nous apprend que la *silice* prédominait dans le manteau terrestre et qu'elle formait 70 pour 100 du mélange, si nous nous en rapportons à sa répartition actuelle. Après elle, l'élément le plus important était l'*alumine*. Elle formait 16 pour 100 de la masse. Outre ces deux corps, la *potasse* se trouvait dans une proportion de 5 à 6 pour 100, la *soude* en quantité moitié moindre. Les autres éléments étaient la *magnésie*, la *chaux*, l'*oxyde de fer*, le *manganèse* et quelques autres minéraux ou oxydes métalliques moins répandus. Un amas si complexe ne pouvait pas subsister sans qu'il s'y manifestât des réactions chimiques entre ses éléments. Leurs affinités réciproques apparurent aussitôt et engendrèrent de nouveaux produits chimiques. Les *alcalis* et la *silice*, en raison de leur nature électro-chimique fortement opposée, jouèrent le principal rôle dans ces phénomènes et s'unirent tout d'abord à cause de leur affinité réciproque plus grande que pour tous les autres corps existants dans le mélange. Les substances alcalines se trouvant en quantité moindre que les autres corps, dont l'affinité pour la silice était plus faible, formèrent le principe régulateur d'après lequel les combinaisons se réglèrent. La chimie moderne a donné le nom de *sels* aux combinaisons formées de deux corps déjà unis eux-mêmes avec l'oxygène ou une substance analogue, telles que le chlore, le soufre, etc. Un de ces corps, qui est électro-négatif et renferme la plus grande proportion d'oxygène, est un *acide*; l'autre, électro-positif et avec une moindre quantité d'oxygène, est une *base*. Les combinaisons nouvelles formées sur la Terre étaient des *sels* dans lesquels la silice jouait le rôle d'acide, l'alcali ou une autre terre celui de base. C'est pour cette raison que tous les composés où entre la silice ont été appelés sels siliceux ou, dans la forme latine, *silicates*. Le verre artificiel lui-même, dont les propriétés ressemblent à celles des silicates, n'est en réalité qu'un sel siliceux, non pas un sel terreux, mais un sel alcalin, parce que sa base consiste surtout en potasse et soude auxquelles s'ajoutent quelques parties de chaux et d'oxydes métalliques. Les bases dominantes des silicates naturels tels qu'ils se déposèrent sur la Terre en liquéfaction, sont l'alumine, et après elle une seconde terre, telle que la chaux, la magnésie ou un alcali. Ce sont donc en grande partie des *sels doubles*, c'est-à-dire des combinaisons de deux sels formées d'après les mêmes lois que la combinaison d'un acide et d'une base dans les sels simples. Ils constituent des substances analogues à la fluorine par leur composition, mais dans lesquelles, à l'inverse du verre artificiel, les parties terreuses l'emportent sur les alcalis et dont la forme extérieure obéit à une cristallisation apparente. L'addition d'un oxyde métallique, agissant comme une nouvelle base, donne une coloration au mélange, de même que dans le verre artificiel. Celui-ci, comme tout le monde le sait, est sans couleur lorsqu'il ne renferme aucune partie métallique. Mais en y ajoutant quelque métal il peut se colorer en *vert* (protoxyde de fer), *rouge* (protoxyde de cuivre), *bleu* (protoxyde de cobalt), *jaune* (oxyde d'argent), *brun* (oxyde de fer), *noir* (plus grande quantité d'oxyde fer), etc.

Ces combinaisons entre les terres et les silicates ne se réalisèrent point subitement et simultanément, mais peu à peu et avec lenteur, en sorte que chacun des éléments eût encore le temps, pendant que la combinaison s'effectuait, de se séparer partiellement suivant les lois de sa pesanteur spécifique. Les silicates riches en parties métalliques l'emportaient beaucoup par leur poids, ils tombèrent donc seuls dans les couches inférieures, tandis que les silicates terreux et alcalins restèrent dans un mélange indistinct à cause de leur peu de différence de pesanteur, insuffisante pour avoir un effet quelconque dans la masse visqueuse des matières liquéfiées. Cette dernière circonstance empêcha la complète séparation des silicates métalliques. Une grande partie demeura suspendue dans toute la masse. Les couches inférieures composées des matières les plus lourdes renfermèrent donc plus d'oxydes métalliques, les couches supérieures au contraire, les plus légères du mélange, continrent plus d'alcalis. Les masses extérieures consistent principalement en silicates alcalins avec une faible addition d'oxydes métalliques. Sous les cambisons sous deux formes principales, le *granit* et le *gneiss*. Tous deux sont des mélanges de deux silicates, le *feldspath* et le mica; au milieu s'est isolée de la silice pure ou *quartz* comme troisième élément. Chacune de ces trois substances forme dans le granit des amas assez considérables isolés et délimités. Dans le gneiss, chacun des éléments ne forme que de très-petites masses; le mica y prédomine et donne à la roche une structure schisteuse par la disposition lamellaire et sa propriété de se diviser en lames. Le quartz est presque toujours incolore. Le feldspath est ordinairement blanc, jaune ou rouge couleur de chair; c'est lui qui prédomine le plus souvent dans la masse granitique. Le mica possède une coloration brune jaunâtre, ou noire verdâtre et a un éclat très-vif sur ses faces de division. Ces deux derniers minéraux sont composés de silicate d'alumine et de silicate de potasse; mais le mica contient quatre fois autant d'alumine et un tiers en plus de silice que le feldspath[1]. Du reste, le granit et le gneiss, si semblables par leurs parties constituantes, passent souvent de l'un à l'autre sans limites tranchées. Une autre roche qui accompagne le granit ou le remplace ordinairement, est la syénite composée de feldspath et de hornblende, tantôt seuls, tantôt unis avec du quartz et du mica en faible quantité. La hornblende (amphibole), facile à reconnaître par sa couleur noire, est un silicate double composé d'un trisilicate de chaux[2] avec un bisilicate de magnésie, qui doit sa couleur noire à un excès de protoxyde de fer. Elle se trouve encore dans la greenstein ou diorite; jamais dans le feldspath ordinaire; mais elle apparaît dans l'albite douée d'une coloration blanche et renfermant de la soude. Ce minéral accompagne encore le granit et la syénite; sa structure est ordinairement à grains fins. Il ne forme jamais d'aussi grandes masses montagneuses que les précédents. Le gneiss a encore pour compagnons d'autres roches schisteuses, telles que le micaschiste, mélange intime de quartz en poudre et de lamelles de mica; ou le chloritschiste composé de silicate d'alumine avec du silicate de magnésie et qui doit sa couleur brune, rouge ou souvent verte au mélange de parties de protoxyde de fer; son contact onctueux à la magnésie. Les parties d'eau qu'il contient sont très-remarquables pour une roche de cette période. Elles ont donné lieu à des hypothèses très-opposées sur son origine. On trouve enchâssé dans cette roche plusieurs corps

---

[1] Outre le feldspath proprement dit, les minéralogistes distinguent encore un nombre considérable de parties analogues qui sont tous des sels doubles d'acide silicique, c'est-à-dire constitués d'une part par du silicate d'alumine, et d'autre part par un silicate alcalin ou alcalino-terreux. Au point de vue géologique, les plus importants à examiner sont le feldspath proprement dit (appelé aussi orthose ou orthoclase, et distingué par leurs ... ...), l'albite, dont le silicate d'alumine est du silicate de soude, l'oligoclase, ...

[2] Les expériences ...

étrangers, tels que du *fer magnétique*, des *grenats*, de la *tourmaline*, et des *émeraudes* qui existaient avec elle pendant cette période dans l'enveloppe siliceuse. Dans les masses granitoïdes on trouve ordinairement du *granit*, de l'*épidote*, de la *tourmaline*, des *topazes*, du *corindon*, du *zircon*, etc. Tous ces minéraux sont mieux cristallisés que la pâte enveloppante, et souvent ils sont isolés en cristaux complets. C'est aussi dans les silicates que les minéraux rares, tels que le *zircon*, le *béryl* et le *glycin* ont déposé leurs petites masses.

On n'a pas encore pu reconnaître directement ce qui existe au-dessous du granit ; nous ne pouvons donc proposer que des conjectures. Nous pensons que là se trouvent les silicates plus riches en oxydes métalliques et par conséquent plus pesants que nous rencontrons actuellement quelquefois à la surface de la terre dans des conditions nous permettant de croire qu'ils proviennent de grandes profondeurs. Tels sont le *basalte* noir contenant de l'*augite* ou *pyroxène* et de l'*olivine*, la *dolérite*, le *mélaphyre* et les *laves*. L'augite est composée des mêmes éléments que la hornblende ; mais, au lieu d'un trisilicate de chaux, elle n'a qu'un bisilicate et elle cristallise dans un genre différent. L'olivine est un monosilicate de magnésie avec un silicate de protoxyde de fer sans chaux. La première présente une coloration noire ou vert noirâtre, la seconde un vert plus pur. Toutes deux apparaissent dans les roches dont nous avons parlé, unies à des silicates hydratés (*zéolithes*)[1], circonstance qui dénote un mode de formation particulier. Les roches augitiques, ayant leurs éléments moins séparés et dans un mélange intime, prennent une coloration homogène, grisâtre ou noirâtre. Ces circonstances donnent à ces roches un aspect particulier et les distinguent d'une façon très-nette des granits à gros grains, de la syénite et de la diorite, bien que les différences chimiques ne soient pas aussi profondes que l'aspect extérieur le ferait croire. Toutes sont formées de la même manière, à savoir : d'un silicate double dans lequel un élément, le silicate d'alumine, ne manque jamais, tandis que l'autre varie entre divers silicates alcalino-terreux et métalliques, et souvent même, peut être constitué par plusieurs à la fois[2].

[1] Voir page 71, note.
Dans une publication récente, Mitscherlich résume d'une façon très-concise son opinion sur l'origine de ces variétés. « Si une masse liquéfiée, dit-il, renferme outre de l'a-

Les combinaisons chimiques de toutes ces matières entre elles s'effectuèrent lentement dans l'enveloppe terrestre, pendant qu'elle était encore liquéfiée ou au moins molle. Aussitôt qu'elle se solidifia, l'affinité chimique perdit toute son action, car ici la vieille doctrine des alchimistes, que les corps agissent chimiquement les uns sur les autres seulement à l'état liquéfiés, a conservé toute sa valeur[1]. La solidification continua à s'accroître avec le refroidissement, mais avec une si grande lenteur que les silicates purent facilement se cristalliser, ce qui nous explique pourquoi nous ne les trouvons jamais avec une structure vitreuse[2]. Il n'est pas facile de dire quel espace de temps fut nécessaire pour cette lente solidification. On peut cependant s'en faire une idée, si on réfléchit que, pendant cette période, la température dut descendre de + 2000 centigr. à + 200°[3]. Les faits connus ne nous donnent aucune mesure même approximative, et toute donnée positive[4] nous manque pour déterminer quelle

cide silicique en excès, de l'alumine et de la potasse dans des proportions telles, que l'oxygène de l'alumine soit à la potasse comme 3 est à 1, cette masse, en se refroidissant, formera du granit et du feldspath. La proportion d'alumine devient-elle plus grande, le produit sera du gneiss, du feldspath et du mica. L'alumine se trouve-t-elle en quantité quatre fois plus grande qu'il n'est nécessaire pour la production du feldspath, le résultat du refroidissement sera composé seulement de gneiss et de mica. S'y trouve-t-il encore de la chaux et du protoxyde de fer, [illegible] » L'article publié par G. Bischof dans le Nouveau bulletin annuel, année 1843, p. 1, de Leonhard et Bronn, est très-important pour ceux qui voudront faire une étude plus complète sur le mode de formation de ces roches. Nous le signalons donc à nos lecteurs.

[1] Corpora non agunt nisi fluida.

[2] Voir ce que nous avons dit des laves au chapitre 4.

[3] Tous les silicates se liquéfient à + 2000° centigr.; le zinc fond à 227°.

[4] Le professeur G. Bischof, de Bonn (Théorie de la chaleur, p. 478 et suiv.), après avoir fait des expériences sur le temps qu'une masse sphérique de basalte fondue artificiellement et de 2 pieds de diamètre met à se refroidir, est arrivé à des conclusions trop importantes pour que nous les négligions. Il a trouvé, par le calcul, que le refroidissement du Globe terrestre a dû employer 353 millions d'années pour arriver, de l'état incandescent de fusion de l'écorce originellement solidifiée, jusqu'au moment où la température parvint à son état de stabilité. D'autres calculs lui ont permis de déterminer le moment où notre planète jouit d'un climat tropical qui dut caractériser l'époque antérieure à la formation de la houille. Il fixe cette époque à peu près à 1,300,000 ans avant la période actuelle. Un calcul semblable, fait par [illegible], Dictionnaire de physique, IV, 1, p. 1104 et suiv., s'accorde assez avec celui-ci. Il réduit ce nombre d'années à 315,000. Ce désaccord nous montre combien les résultats [illegible] pour établir la durée des périodes primitives à l'aide des computations qui [illegible], sont peu certaines. Un calcul basé sur des données autres que celles de Bischof, conduit à un résultat [illegible] pour la période du temps écoulée depuis l'époque houillère jusqu'aux temps actuels, permet de la fixer à 1,700,000 ans. Ce chiffre semble donc approcher de la réalité. Il est vrai que, dans un travail postérieur, Bischof a attribué 9,000,000 années au même espace de temps, résultat obtenu par la même voie que les 353,000,000 années de la période entière de refroidissement. Mais il faudrait faire subir une réduction considérable à ce dernier résultat, si le chiffre de 1,300,000 ans est le plus exact.

énorme série de siècles fut nécessaire pour réaliser un abaissement de température si considérable. Mais il est indubitable que le refroidissement ne s'effectua pas partout avec uniformité sur la surface de la Terre et qu'il se produisit çà et là de la manière déjà décrite. Il se forma une zone irrégulière sous l'équateur qui s'avança peu à peu vers les pôles. Lorsque la croûte fut complète, elle fit obstacle au refroidissement rapide des autres matières ; les silicates sont, en effet, plus mauvais conducteurs de la chaleur que les métaux. Ils empêchèrent donc une déperdition rapide de la chaleur rayonnée par les métaux liquéfiés et placés au centre. Le manteau de matières cristallines formé sur les couches extérieures, recevant des régions inférieures des quantités de chaleur de plus en plus faibles, se refroidit beaucoup plus rapidement que toute l'enveloppe des silicates. Ce refroidissement plus rapide à la surface, joint au courant produit par la rotation du Globe dans la zone des silicates tant qu'ils demeurèrent parfaitement liquides, a été considéré par quelques géologues comme la cause d'où provint la structure lamellaire et à grains fins des couches supérieures des silicates cristallins. D'autres, au contraire, voient dans ces roches des sédiments métamorphosés, formés au sein des eaux et dont la structure stratifiée démontre l'origine aqueuse. Nous reviendrons bientôt sur eux et les étudierons sous le nom de *schistes cristallins*. Le *gneiss*, le *micaschiste*, le *chloritoschiste*, le *talcschiste* appartiennent à cette catégorie.

Le refroidissement continu et en même temps croissant du manteau de silicates y produisit naturellement une condensation et une contraction[1] progressive de dehors en dedans et qui plus tard, lorsque les matières minérales solidifiées n'eurent plus qu'une faible élasticité, donna lieu à des déchirures ou crevasses à la surface. Quelques-unes de ces crevasses, pénétrant plus profondément peu à peu à mesure que le refroidissement augmentait, arrivèrent jusqu'au contact des couches encore liquides. Elles donnèrent issue aux masses liquéfiées intérieures, comprimées par la contraction toujours croissante de l'écorce extérieure pressant de tous les points de la périphérie vers le centre. Le fleuve de feu se précipita avec violence accompagné d'un fracas semblable au tonnerre et de terribles secousses. Il déchira la crevasse, s'élança hors de l'abîme béant et en

releva les bords. Perdant rapidement sa haute température dans le
milieu froid, il ne tarda pas à se solidifier et obstrua ainsi l'orifice
ouvert par lui. Mais la contraction ne s'arrêta point, elle devint au
contraire de plus en plus intense et plus le manteau de silicate s'é-
paissit, plus il se refroidit à la surface. La pression de l'extérieur à
l'intérieur s'accrut dans la même mesure. Des parties de l'écorce,
isolées par des fractures et poussées par les matières centrales incandescentes comprimées, s'élevèrent de plus en plus au-dessus du
niveau général. Leur soulèvement se continua tant que la contraction dura et produisit des inégalités de plus en plus marquées sur
l'écorce solide. Ces compartiments soulevèrent en même temps les
schistes cristallins qui reposaient sur eux, même lorsque ceux-ci
avaient leurs racines jusque dans les abîmes profonds du granit et
du gneiss. Ces schistes élevés à ces hauteurs isolées se refroidirent
plus rapidement. Alors de nouvelles fractures se produisirent, et les
phénomènes déjà décrits se renouvelèrent.

Telles furent les phases d'existence, par lesquelles le manteau
de silicates de notre Globe passa depuis son origine à l'état liquide,
jusqu'au moment où il fut complètement solidifié. Nous étudierons
maintenant ce qui se passa simultanément avec ces phénomènes
dans le reste de l'enveloppe gazeuse de la planète en voie de formation.

La première question que nous rencontrons est celle-ci : de quoi
était composée cette atmosphère gazeuse après la séparation des silicates liquéfiés? — La réponse doit être cherchée dans l'étude des
phénomènes modernes et dans la connaissance des matières placées
entre les silicates alcalins et l'atmosphère actuelle.

Nous pourrons considérer comme éléments de l'atmosphère de
vapeurs enveloppant les silicates, d'abord les corps qui aujourd'hui
encore ont la plus grande tendance à prendre la forme gazeuse et
auxquels, pour cette raison, on a donné le nom de gaz *permanents*[1].
Ces gaz sont l'oxygène, l'hydrogène et l'azote. Notre atmosphère est
composée d'oxygène et d'azote mélangés dans le rapport de volumes
de 21 à 79. L'hydrogène combiné avec un volume double, ou huit
fois son poids d'oxygène, donne naissance à l'eau, liquide sous la

---

[1] On appelle gaz les corps qui, sous la pression atmosphérique ordinaire et avec les variations de température naturelles, restent fluides. On donne le nom de *permanents* à
ceux que l'on ne peut liquéfier ni par compression ni par refroidissement.

pression atmosphérique ordinaire et à une température inférieure à 80° Réaumur. Lorsque la chaleur dépasse ce degré, l'eau se transforme en vapeur, si une augmentation de pression correspondante ne vient pas empêcher sa transformation [1]. A l'époque de la liquéfaction des silicates, l'atmosphère terrestre était donc fortement saturée de vapeur d'eau. Par suite elle était très-opaque et les rayons solaires ne pouvaient encore la traverser. Mais elle possédait aussi une pesanteur beaucoup plus grande et pressait plus fortement sur ce qui était au-dessous d'elle, ou plutôt les couches supérieures comprimaient les inférieures. Une pression semblable a une influence décisive sur l'existence des corps gazeux. Son action ne se borne pas à les comprimer, mais elle force encore un grand nombre d'entre eux à passer de l'état gazeux à l'état liquide, sans qu'il soit besoin d'un abaissement de température. Mais si la température vient aussi à décroître au sein des gaz comprimés, l'effet de la compression s'accroît dans la même mesure. Aussi les gaz soumis simultanément à ces deux actions se liquéfient souvent avec beaucoup de rapidité [2]. Des conditions semblables existaient lorsque le manteau de silicates commença à se refroidir. Nous pouvons donc admettre qu'aussitôt après la solidification de celui-ci, l'eau se liquéfia dans les couches basses de l'enveloppe gazeuse. Il se forma une mer primitive chaude, brûlante, en ébullition et bouillonnante ; d'abord elle se rassembla et là dans les dépressions de la surface inégale et s'accrut ensuite en étendue à mesure que les silicates se refroidissaient. Mais plus l'eau se liquéfia, plus la pression de l'enveloppe gazeuse s'amoindrit. Aussi fallut-il un très-long espace de temps, avant que toute l'eau de l'atmosphère fût devenue liquide. Nous pouvons affirmer avec certitude que ce phénomène ne put avoir lieu avant que la température fût descendue au-dessous de 80° Réaumur, et que la composition définitive de l'atmosphère date seulement de ce moment.

Une fois la Terre arrivée à cette période de son développement, le

[1] Avec une pression double de la pression atmosphérique normale, l'eau exige 99° Réaumur pour passer à l'état de vapeur.

[2] On a admis comme limite de matière des pressions celle que l'atmosphère actuelle exerce, et que, comme tout le monde le sait, est égale au poids d'une colonne de mercure de 28 pouces ou l'atmosphère d'eau de 32 pieds de haut. On dit, dans des cas qu'il se liquéfient à 2, 3, 4, etc., atmosphères. Il suffit de réfléchir pour comprendre que ces expériences faciles sont réalisées au moyen de forces compressibles correspondant à des hauteurs de mercure de 2 fois 28 pouces, etc., de hauteur.

rôle des actions plutoniques était achevé dans ce qu'il a d'essentiel,
celui de l'eau va commencer. Mais avant que la mer et l'air soient
parvenus à leur état actuel, de nombreuses révolutions ou conflits
chimiques devront encore se produire dans la région gazeuse. Il faut
que les substances, qui y existaient primitivement avec l'hydrogène,
l'oxygène et l'azote, s'en séparent. Pour connaître ces substances,
l'atmosphère actuelle nous sera d'un moindre secours que la connaissance de la composition des dépôts formés sur les silicates cristallins et qui contiennent, on le comprend, les éléments modifiés
ou non modifiés de l'enveloppe gazeuse après la formation des silicates.

A la partie inférieure des couches *sédimentaires*, le *carbonate de
chaux* occupe une place considérable et nous allons tout d'abord
étudier sa formation. Actuellement il nous apparaît comme formant
de puissants gisements d'une roche calcaire compacte, tantôt cristalline, tantôt amorphe, à grains fins et dure. Elle se trouve au milieu
des schistes argileux et de la grauwacke dans le voisinage immédiat
des silicates cristallins et renferme ordinairement des débris d'animaux fossiles. Ce dernier fait, nous apprend que la température de
l'atmosphère gazeuse et de la mer était tombée beaucoup au-dessous
de 80° Réaumur, lorsque ce calcaire se forma. Aucun organisme
animal ne peut vivre avec une température de 80° Réaumur. A 60°
l'albumine se coagule et comme une grande partie du corps animal est
constituée par cette matière, sa coagulation entraîne avec elle une
mort instantanée. Lorsque les strates du carbonate de chaux se déposèrent, les eaux de la mer étaient donc toutes passées à l'état liquide.
Mais comme cet état ne fut pas le premier par lequel elles passèrent,
nous ne pouvons pas considérer le carbonate de chaux dans sa forme
actuelle comme nous représentant sa situation primitive. En effet
le calcaire n'a pas été formé par la mer, mais simplement déposé
au sein des eaux. Dans quel état se trouvait-il donc antérieurement
à son dépôt ?

Cette question est d'une importance capitale et sa solution un des
problèmes les plus ardus de la géologie théorique. Était-il contenu
sous forme gazeuse dans l'atmosphère du Globe ? Nous ne pouvons
guère l'admettre ; car ses combinaisons se détruisent sous l'action
d'une chaleur assez peu élevée, l'acide carbonique s'échappe et la
chaux reste. Une pression énorme aurait pu empêcher la fuite de

l'acide carbonique, liquéfier le carbonate de chaux comme les silicates et lui faire prendre une structure cristalline granulée. Mais la plus grande partie des calcaires et surtout les plus récents ne sont point cristallisés. Leur structure, au contraire, est terreuse, quoique friable et résistante. Ils n'ont donc pu se former ni par cristallisation au sein des eaux ni par l'expulsion ignée. Ils sont le résultat d'un autre mode de formation intermédiaire et proviennent des décompositions intenses que subirent les roches cristallines primitives. En effet, le manteau de vapeurs brûlantes et la mer primitive formée au-dessous de lui, enveloppaient les silicates cristallins. Ils exerçaient une action destructive sur ceux-ci, soit que leur haute température favorisât les phénomènes de décomposition, soit que la grande quantité d'acide carbonique contenue dans ces deux éléments augmentât la propriété dissolvante de l'eau. Elle n'entama pas seulement la surface des roches, mais elle pénétra dans toutes les fissures, fentes ou crevasses jusqu'à une grande profondeur avec le même pouvoir dissolvant. Les silicates furent attaqués de toutes parts. Leurs parties solubles restèrent dans l'eau en dissolution chimique, les parties insolubles furent entraînées mécaniquement à l'état de limon et de vase. Ces éléments, classés d'après leur importance, sont : la silice, l'alumine, les alcalis et la chaux. La silice est soluble lorsqu'elle a été chassée de ses combinaisons chimiques, insoluble lorsqu'elle existe à l'état de quartz pur. L'alumine est insoluble ; elle demeura à l'état de suspension dans l'eau et forma avec les grains de quartz désagrégé un sédiment vaseux. Enfin la chaux et les alcalis, qui proviennent, l'une du labrador, de l'augite et de la hornblende, les autres de l'orthoclase et de l'albite (voy. page 100, note), formèrent de nouvelles combinaisons avec l'acide carbonique en excès et furent dissous sous forme de carbonates. Les sels alcalins sont, en effet, faciles à dissoudre ; le carbonate de chaux était seule soluble par le grand excès d'acide carbonique. Voici donc le carbonate de chaux formé, mais il n'était pas encore déposé. Il était là seulement en réserve sous forme de dissolution et devait rester dans cet état tant que le liquide dissolvant existerait. Il ne faut plus penser à une précipitation par évaporation de l'eau. Celle-ci, en effet, loin de diminuer, ne fera qu'accroître en quantité à mesure que l'abaissement de la température permettra aux vapeurs contenues dans l'atmosphère de se condenser et de tomber

sur le sol. Mais, d'un autre côté, la diminution de l'acide carbonique libre, tant dans l'eau que dans l'air, pouvait causer en partie
la précipitation du carbonate de chaux. Or cette diminution est parfaitement admissible, elle devint même nécessaire à l'époque où se
développèrent les plus anciens organismes, principalement les
plantes marines, telles que les *fucoïdes*, les *varechs*, dont l'existence est antérieure à tous les autres êtres. Personne ne doute que
les créatures organisées les plus anciennes n'aient emprunté leurs
éléments matériels au milieu ambiant et que l'acide carbonique
n'ait été alors, comme aujourd'hui, l'aliment le plus important de
la vie végétale. Les plantes primitives empruntèrent donc leur acide
carbonique à l'eau et à l'air et favorisèrent ainsi la précipitation du
carbonate de chaux dont ces mers antiques étaient richement satu-
rées. Mais du moment où les plantes existèrent, les animaux purent
naître. Lorsqu'ils apparurent et que des mollusques et surtout des
polypes peuplèrent les mers, ces êtres y fixèrent de grandes quantités de carbonate de chaux. Le règne organique devint donc un
puissant auxiliaire pour la formation des sédiments calcaires, son
influence ne fit que s'accroître avec le cours du temps, et nous y
trouvons la meilleure cause qui puisse nous rendre compte du développement toujours croissant des calcaires à la surface de la Terre.
La localisation des bancs calcaires s'explique par les circonstances
plus favorables à la multiplication des animaux marins fixateurs de
la chaux, circonstances provenant des conditions particulières du sol
et de l'eau. Tant que la vase argileuse resta suspendue dans l'eau,
tant que des courants tinrent en mouvement cette vase, les polypes
ne purent se développer ni donner naissance à des bancs calcaires.
Mais lorsque le calme fut venu, la vase se déposa au fond, la mer
s'éclaircit et devint le séjour prédestiné où se multiplièrent les polypes qui commencèrent aussitôt leur œuvre de séparation calcaire.

Au point où nous sommes arrivés dans nos recherches, nous
voyons les processus organiques prêter la main aux processus inorganiques tant chimiques que physiques. La diminution de l'acide
carbonique dans l'air et dans l'eau favorise le développement du
règne animal et du règne végétal; mais ceux-ci, à leur tour, **ont**
une influence décisive sur la formation des sédiments calcaires et
nous font comprendre comment ces dépôts vont toujours en s'accroissant peu à peu. Nous saisissons, en effet, comment l'ab-

sorption constante de l'acide carbonique en excès enlève à l'eau son pouvoir dissolvant et amène la précipitation de masses de carbonate de chaux de plus en plus grandes. Cette absorption de l'acide carbonique nous apparaît tout à fait naturelle dans les plantes. Elles sont composées en grande partie de carbone qu'elles s'assimilent sous forme d'acide carbonique. Dès que le fond des mers et les terres déjà formées se recouvrirent de plantes, l'acide carbonique diminua, et il en résulta une augmentation du carbonate de chaux précipité. Mais comme le calcaire atteint son maximum de puissance après les terrains carbonifères dont la houille n'est que le produit du végétaux détruits, notre hypothèse se trouve n'être pas une simple conjecture. Il en est absolument de même avec le règne animal. À mesure qu'il se développe, l'acide carbonique diminue, et en se développant, il devient le second facteur des formations calcaires sédimentaires. Nous nous arrêtons donc à cette hypothèse comme la plus exacte et croyons avoir suffisamment démontré que, outre les vapeurs d'eau et l'air atmosphérique, l'enveloppe gazeuse contenait encore une quantité très considérable d'acide carbonique.

Ce que nous venons de dire du carbonate de chaux s'applique aussi, en ce qui concerne leur formation au sein des mers primitives, au sulfate de chaux ou *gypse*, au phosphate ou *apatite*, à la chaux fluatée ou *spath fluor*, au *carbonate de magnésie*, à la magnésite ou au *calcaire magnésien*. Toutes ces roches purent se former au moyen d'acides contenus dans les mers primitives. Ces acides entrèrent en composition chimique avec la chaux ou la magnésie devenues libres que les eaux chaudes fortement acides renfermaient et qu'elles gardèrent jusqu'au moment où, par les changements de conditions survenus, elles furent forcées de déposer ces matières sur certains points particuliers.

Tous ces faits nous apprennent que l'enveloppe gazeuse était principalement formée d'un mélange d'oxygène, d'hydrogène, d'azote et de carbone. Ces gaz donnèrent bientôt naissance à l'air, à l'eau, à l'acide carbonique, peut-être aussi à de l'acide nitrique et à quelques autres fluides analogues. La production de ces corps dans les âges les plus anciens se comprend très bien avec la faculté de pénétration que les gaz possèdent entre eux[1]. Mais comme leur

[1] Bien que chaque gaz ait un poids spécifique particulier, ils ne se superposent pas dans les mélanges suivant l'ordre de ces poids, comme les fluides liquides, mais remplissent

existence à l'état liquide exigeait de basses températures, ils purent entrer en combinaison chimique seulement lorsque l'affinité eut disparu dans les substances combinées chimiquement à des températures plus élevées et passées à l'état liquide ou solide. Ainsi ne rencontrons-nous qu'accidentellement, en très-petites quantités, le *carbone*, l'hydrogène et l'azote comme éléments de combinaison chimique dans les *couches* cristallines du globe. Tous ces corps furent chassés par la condensation des lourdes matières métalliques et terreuses et furent relégués, en qualité de substances plus légères, dans les régions supérieures de la zone gazeuse. Parmi ces substances, le *carbone*, la plus réfractaire d'entre elles, était le seul dont il fut permis d'attendre que, malgré sa grande affinité pour l'oxygène, elle eût pu se solidifier de bonne heure et avec une haute température. L'expérience semblait confirmer cette opinion par l'existence du *diamant* et du *graphite*. Mais des études nouvelles, faites sur ces deux formes de carbone par gisantes dans les montagnes les plus anciennes, n'ont point confirmé cette manière de voir. On pense, au contraire, que ce sont des *corps* de formation secondaire produits par une métamorphose. Ils nous prouvent, du reste, ainsi que les *métaux* disséminés partout, que, dans le désordre où se trouvaient les matières mélangées entre elles au moment où les silicates se formèrent, toutes ne purent point se ranger d'après leur pesanteur, mais que beaucoup furent fixées dans les conditions les plus diverses. Ainsi des métaux restèrent dans la zone des silicates; les uns furent retenus dans la masse; d'autres furent rejetés des profondeurs intérieures. Cette dissémination générale fut d'autant plus étendue que chaque corps existait en plus grande quantité. Le carbone était une substance très-abondante et par suite très-répandue. En effet, outre ses traces placées dans le manteau de silicate, il joua un rôle aussi important dans les dépôts neptuniens que dans le règne organique à l'état de composé avec l'oxygène. Cette combinaison s'effectua de bonne heure, comme nous l'enseigne la limite température nécessaire pour brûler le carbone[1]. Mais cette combinaison aussi formée

---

également et entièrement tout l'espace. Certaines d'eau se composent comme si les autres n'y étaient pas. On donne à cette propriété le nom de *pouvoir de pénétration.*

[1] Les diamants composés de carbone pur ne brûlent qu'au foyer des miroirs concaves les plus puissants, ou avec le chalumeau à gaz oxygène et hydrogène enflammés qui résultent de leur combinaison, appareil qui nous donne la chaleur artificielle la plus intense dont nous puissions disposer.

était très-peu stable, puisque l'acide carbonique sous la pression atmosphérique normale reste encore gazeux[1]. Sa tendance à prendre cette forme pouvant être vaincue seulement par une forte pression ou par une affinité chimique très-prononcée[2]. Mais cette affinité pouvait d'autant moins se réaliser dans les âges primitifs que l'acide carbonique est un des acides les plus faibles et qu'il suffit de la chaleur d'incandescence pour le chasser de ses combinaisons avec la silice. Les composés carbonifères ne se formèrent donc point alors ; ils appartiennent à des époques plus récentes.

L'oxydation de l'hydrogène, ou *formation de l'eau*, se produisit simultanément avec l'acide carbonique, sinon avant. Il suffit d'enflammer le mélange des deux éléments de l'eau pour les combiner chimiquement. Tant que le Globe terrestre fut simplement une masse de vapeurs, l'hydrogène et l'oxygène ne purent pas se combiner. Mais lorsqu'un noyau solide incandescent se fut formé au sein de la sphère de vapeurs, le mélange d'hydrogène et d'oxygène s'enflamma et se combina. Ceci nous explique pourquoi l'hydrogène libre manque complètement sur la Terre. Il est partout fixé chimiquement, soit avec de l'oxygène, soit avec de l'azote, du chlore et du fluor, éléments avec lesquels, après l'oxygène, il forme les combinaisons les plus répandues. L'eau fut donc un des éléments les plus anciens de notre Terre. Elle existait sous forme de vapeur avant les silicates, et forma avec les éléments de l'atmosphère le médium dans lequel toutes les autres masses gazeuses étaient contenues. Plus tard, lorsqu'elle se condensa en eau, elle conserva encore son premier rôle. Elle devint le liquide, matrice générale qui recueillit dans ses eaux les matières et les fluides solubles et surtout les acides primitifs ou secondaires formés plus tard, non encore fixés avec des bases et leur fournit un milieu approprié où ils purent déployer leurs propriétés chimiques.

Les raisons empiriques sur lesquelles se fonde cette hypothèse consistent en ce que les composés formés d'acides et de bases constituent les éléments si abondants des couches terrestres, comprenant la totalité des sédiments stratifiés de l'écorce du Globe déposés au sein des eaux sur les silicates. Ces couches doivent donc être consti-

[1] Voir page 162.
[2] L'acide carbonique se liquéfie sous une pression de 30 atmosphères à 0° Celsius.

dérées, ou comme le résultat de la précipitation des sels en dissolution dans les mers primitives, ou comme le produit des décompositions effectuées par les eaux chaudes sur les silicates cristallins solidifiés. Le premier cas est peu probable, le second, au contraire, est
très-admissible. Nous faisons donc venir non-seulement le carbonate
de chaux, comme nous l'avons expliqué plus haut, mais encore tous
les autres sédiments, des décompositions que les mers primitives
brûlantes et que l'atmosphère exercèrent sur les masses ambiantes.
L'*acide sulfurique*, l'*acide muriatique*, l'*acide fluorique*, etc., que
nous rencontrons sur la Terre comme éléments des sédiments sous
forme de composés alcalins ou terreux, prirent aussi part à ces
décompositions. La matière constituante des *sédiments* confirme
beaucoup notre manière de voir et prouve sa justesse. Les couches
les plus extérieures des silicates sont composées de *quartz, feldspath,
hornblende* et *mica*. Le feldspath se décomposa sous l'influence de
l'acide carbonique de la mer primitive ou plutôt sous l'action des
vapeurs d'eau brûlantes qui l'imprégnaient. Après sa décomposition,
la potasse et la soude restèrent dans l'eau et formèrent des chlorhydrates solubles (par exemple, le sel de cuisine), des sulfates (sel de
Glauber) ou d'autres combinés. L'alumine, étant insoluble, se dépose,
la silice du feldspath fut dissoute dans l'eau, tandis que le quartz et
le mica, insolubles, désagrégés en petites particules, produisirent du
sable. Nous avons donc des mélanges d'alumine et de lamelles de
mica qui donnèrent naissance aux *schistes argileux*, lorsque le dépôt
ne comprit que de l'alumine et du mica, mais formèrent de la
granwacke lorsque des grains de sable se mêlèrent à l'alumine. La
silice dissoute en s'unissant avec l'alumine, produisit les *schistes
siliceux* et le *jaspe*. La magnésie et l'argile formèrent les *schistes
talqueux*. Lorsqu'une partie de magnésie devenue libre s'unit chimiquement avec de l'acide carbonique et que ce composé vint s'a-
jouter aux sédiments de carbonate de chaux déjà formés, cette
nouvelle combinaison produisit la *dolomie*; mais, lorsque le dépôt
de carbonate de chaux n'était que le produit d'activités organiques,
le résultat fut la formation de *calcaire commun*. Cette décomposition
des silicates peut nous servir à expliquer l'origine des matériaux de
tous les dépôts neptuniens. Nous pouvons même nous rendre compte
ainsi des gisements de minerais contenus dans ces sédiments, en
admettant, comme nous le pouvons très-bien faire, que les silicates

décomposés contenaient des minerais et plus particulièrement des oxydes de fer et de cuivre. Ces oxydes, exposés par la destruction des silicates à l'action de l'acide sulfurique provenant du soufre sublimé, donnèrent naissance aux sulfates (vitriols) solubles dans l'eau. Les sulfates se séparèrent de l'eau, sous l'influence des matières organiques en décomposition, puis, par le dégagement de l'oxygène[1], ils se transformèrent en soufre, corps que l'on rencontre dans presque toutes les couches neptuniennes. Lorsque l'acide sulfurique fut épuisé, il resta dans l'eau de l'oxyde de fer sous forme de carbonate. Celui-ci repassa plus tard à l'état d'oxyde pur, lorsque les strates, dans lesquelles il avait été recueilli, perdirent par évaporation leur eau et leur acide carbonique. C'est ainsi que prirent naissance les *argiles ferrugineuses* et les *rognons de fer* que l'on rencontre souvent dans les terrains secondaires. A l'époque tertiaire, l'*ocre rouge* et l'*argile ou lehm*, presque toujours ferrugineux, se formèrent de la même manière.

Les couches neptuniennes les plus anciennes du Globe proviennent donc de la *décomposition des roches plutoniques les plus extérieures, les silicates*. Leur formation tout à fait primitive nous montre que cette décomposition était déjà commencée par les vapeurs chaudes contenues dans l'enveloppe gazeuse et par l'acide carbonique, longtemps avant la liquéfaction de l'eau. Plus tard, lorsque ce dernier phénomène se réalisa, l'eau trouva tous ces matériaux désagrégés et mélangés. Ceux-ci en se déposant au fond de son lit formèrent les *micaschistes* et les *schistes argileux*, les deux plus anciennes assises neptuniennes, dont la naissance se place probablement avant l'abaissement de la température au-dessous de 80° Réaumur. Mais, après cet abaissement considérable de température et l'apparition des formes végétales et animales les plus anciennes, l'eau perdit avec sa chaleur et l'acide carbonique l'énergique pouvoir dissolvant qu'elle possédait sur les silicates. Son action chimique diminua, mais sa force mécanique s'accrut, et elle donna naissance aux grauwackes quartzifères, qui succèdent ordinairement aux schistes argileux et renferment déjà des fossiles. Le carbonate de chaux se sépara par les mêmes causes et forma le *calcaire de transition* qui,

[1] La décomposition des corps organiques, en produisant ce phénomène, nous explique pourquoi ils sont si souvent transformés en pyrite sulfurée. Voir page 68 et note 16 du chap. IX.

alternant avec les schistes argileux et la grauwacke, constitue le
terrain de transition des anciens géognostes. Ces dépôts et ces décompositions auxquels ces couches doivent leur existence, cessèrent
lorsque les parties des roches cristallines accessibles à l'atmosphère
et à l'eau eurent été détruites, ou qu'elles furent recouvertes de
nouveaux dépôts. Le développement du Globe terrestre à ce moment
était arrivé à la fin de cette période. Il s'établit alors une longue
durée de repos et d'équilibre. La mer et l'atmosphère se purifièrent
en se débarrassant de toutes les matières étrangères qu'elles contenaient. Pendant ce repos l'Océan enfanta dans ses eaux les organismes les plus anciens, et ses abîmes immenses se peuplèrent aussitôt
de types relativement peu nombreux, mais riches en espèces et en
individus.

Cependant, cette pause dans la marche incessante du développement ne devait pas toujours durer. Des révolutions fatales à la vie
des organismes se produisirent et causèrent leur destruction. Les
parties dures de leur corps enfouies dans les couches encore molles
du lit de la mer, sont les uniques témoins qui nous parlent de leurs
formes et d'un passé lointain[1]. — Il n'existe plus de doutes sur les
causes de ces révolutions. Elles furent le résultat de l'apparition de
masses soulevées du fond des abîmes. Ces masses rejetèrent de côté
d x portions de l'écorce solide et, en s'ouvrant une issue par de
vastes crevasses, dérangèrent les couches horizontales, pour leur
donner une position oblique. Le sol ébranlé par des éruptions ayant
pour cause ou le retrait de l'écorce qui se contractait en se solidifiant, ou des vapeurs d'eau comprimées, infiltrées à l'état liquide
par les fissures jusque dans le voisinage des silicates encore en fusion ; les mouvements violents de la mer durant ces tremblements
de terre et surtout durant le soulèvement des masses poussées par
ces forces ; les changements de niveau après l'éruption : tels étaient
les phénomènes accompagnant ordinairement le commencement

[1] Nous n'avons point voulu dire que tous les fossiles proviennent d'êtres vivants tués et
anéantis brusquement. Beaucoup, et même la plupart d'entre eux, sont les débris d'individus étouffés de mort naturelle et qui, ensevelis aussitôt après leur mort, furent préser-
vés contre la destruction par les dépôts dont la formation marchait rapidement. La distribution de nombreux individus d'une même espèce animale dans toutes les couches
d'une formation démontre trop clairement la longue durée de ces espèces et la mort successive de leurs générations, pour qu'on puisse se faire une autre idée de leur anéantissement. Néanmoins, il est tout aussi bien établi qu'il y eut, à certains moments, des
destructions violentes et subites.

d'une nouvelle période de création. Ils sont en effet les conséquences nécessaires des événements produits pendant que ces vapeurs brûlantes ou gaz s'échappaient. Ceux-ci étaient souvent composés de substances délétères et mortelles pour les organismes. Les eaux de la mer les dissolvaient et devenaient ainsi plus funestes pour leurs habitants que par leur agitation. De grands dépôts de poissons morts, considérés autrefois comme le résultat d'éruptions volcaniques sous-marines, nous prouvent plutôt la réalité de ces cataclysmes des âges primitifs. L'eau, portée sur certains points jusqu'à son degré d'ébullition par l'éruption des vapeurs et des liquides incandescents, eut aussi une influence mortelle sur les organismes. Aucun d'eux ne peut supporter cette température seulement quelques minutes.

Tout ce que nous venons de dire si brièvement sur les causes et les produits des premières révolutions du Globe, est juste non-seulement pour celles-ci, mais encore s'applique à toutes celles qui suivirent. Nous considérerons donc toutes les assises terreuses stratifiées comme les débris de la décomposition des roches cristallines, amenée principalement par l'action chimique des acides, dont la mer était saturée. Les nouvelles substances insolubles dans l'eau, produites par ces phénomènes, furent recueillies dans la mer à l'état de matière extrêmement divisée et s'y déposèrent par lits, jusqu'à ce que toutes les roches cristallines avec lesquelles l'eau et l'atmosphère pouvaient entrer en contact eussent été soumises à cette action dissolvante. Les fractures, causées dans les couches par les vapeurs d'eau comprimées et accompagnées du soulèvement de substances cristallines, donnèrent naissance à de nouvelles inégalités sur la surface du sol. Les montagnes émergèrent peu à peu au-dessus des eaux et soulevèrent les assises stratifiées contiguës, formant d'abord des îles au milieu des mers. Leur apparition fut funeste aux organismes. Ils périrent victimes, soit de la chaleur seulement, soit des substances délétères exhalées et cédèrent la place à d'autres espèces plus jeunes et plus élevées. Les roches cristallines nouvellement apparues apportèrent un aliment nouveau au pouvoir dissolvant de l'air et de l'eau, à qui les récentes additions de vapeurs brûlantes et d'acide carbonique venues des profondeurs avaient rendu son intensité première. Ces deux agents rongèrent de la même manière, déjà décrite, les chaînes de montagnes, les rivages et jusqu'au fond des mers et créèrent des matériaux pour de nouvelles couches. Mais lorsqu'ils eurent en partie épuisé leurs forces et qu'une autre partie eut été absorbée sous forme d'acide carbonique par les végétaux, les terres récemment émergées se peuplèrent de nouveaux organismes, la mer redonna la vie à ses anciens habitants, mais avec des formes modifiées[1], et la paix avec le calme régnèrent jusqu'au moment où une nouvelle éruption vint donner lieu à de nouvelles révolutions. Celles-ci détruisirent et enfouirent les êtres vivants aussi loin que leur action put s'étendre et préparèrent un séjour meilleur et plus vaste pour d'autres créatures plus parfaites. Telle fut la marche simple que suivit la Terre jusqu'à nos jours, à travers les phases nombreuses constituant l'histoire de son développement.

[1] Nous traiterons plus tard (ch. XVII) de l'origine des organismes dans ses principes généraux. Pour le moment, il nous suffit de remarquer qu'il existe deux théories opposées pour expliquer leurs différences spécifiques à chacune des époques de la Terre. Suivant la première doctrine, les êtres vivants des premières périodes, disparus dans celles qui suivirent, périrent avec la fin de ces périodes, et de nouvelles espèces, appropriées au nouveau milieu dont elles étaient la conséquence, remplacèrent aussitôt les précédentes. Le second système fait périr ou disparaître seulement les formes absentes dans les périodes suivantes, c'est-à-dire qui n'y sont pas représentées par des espèces analogues. Au contraire, les espèces analogues, avec des modifications partielles et vivantes dans les périodes plus récentes, sont les descendantes des antérieures, dont les caractères ont été modifiés par l'action d'un milieu changé lui-même. Ces deux opinions sont, à mes yeux, aussi acceptables l'une que l'autre ; car ni l'une ni l'autre ne peut apporter à son appui aucun fait positif emprunté aux temps historiques. Elles n'ont donc qu'une valeur dogmatique ou hypothétique. Tout récemment la dernière hypothèse a été reprise avec de grands développements par Darwin, et sa tentative a été accueillie sur bien des points par de nombreux applaudissements. Cependant nous devons avouer que nous ne pouvons accorder une force démonstrative aux arguments apportés par Darwin et ses partisans, et qu'il vaudrait peut-être mieux laisser de côté cette question comme inaccessible à l'expérience. L'hypothèse de la transformation n'est point nécessaire pour expliquer l'origine première de tous les organismes, puisque ce qui a pu naître une fois de soi-même le pourrait encore, des conditions semblables étant données de nouveau. Comment ce phénomène a-t-il eu lieu ? Nous ne le savons pas et ne le saurons jamais. Il me paraît donc inutile, pour la science empirique, d'imaginer des conceptions hypothétiques sur ce problème et de se perdre dans des controverses sans issue possible sur leur probabilité. Du reste, les deux doctrines peuvent très-bien subsister l'une à côté de l'autre. Il est, en effet, parfaitement avéré que des transformations graduelles ont eu lieu chez les êtres organisés ; mais ce qui est peut-être tout aussi certain, c'est que toutes les différences constatées actuellement parmi eux ne peuvent pas s'expliquer par de simples transformations.

CHAPITRE X

Conséquences de cette théorie. — Position des couches.
Age relatif des montagnes.

Une hypothèse acquiert de la probabilité, surtout lorsqu'elle se trouve en harmonie avec les phénomènes qui en découlent et qu'elle conduit à des conclusions et à des conséquences nouvelles répondant aux faits acquis par l'expérience. Nous ne tarderons donc pas plus longtemps pour soumettre notre hypothèse à cette épreuve, et nous allons examiner le mode de gisement des couches sédimentaires en elles-mêmes et dans leurs rapports avec les roches cristallines. Les faits nous feront voir combien notre théorie concorde avec la réalité sur ces deux points.

Dans toute assise terrestre sédimentaire, on reconnaît, en examinant attentivement sa structure, ou une *position horizontale* des plans de stratification, ou une *position inclinée* pouvant atteindre jusqu'à la *verticale*. La première position s'explique de soi-même comme nécessaire, puisque tous les dépôts formés au sein des eaux, obéissant à l'action de la pesanteur, suivent uniformément la direction du rayon terrestre. Mais la cause de la seconde position ne nous apparaît pas aussi rapidement. Si le sol sur lequel les couches se déposèrent était inégal, le niveau des plans de stratification pouvait aussi présenter ces inégalités et sur certains points se trouver en pente. Mais jamais un fond ainsi constitué ne pouvait faire prendre une position verticale aux sédiments. Nous n'avons qu'un seul moyen d'expliquer ce dernier cas; c'est de le considérer comme le résultat d'un redressement opéré sur des couches horizontales ou inclinées. De plus, comme cette manière de voir nous explique dans

12

la plupart des cas les circonstances, qui accompagnent les couches
inclinées, mieux que le dépôt au-dessus d'un fond inégal, nous
donnerons l'avantage à la théorie du redressement. En effet, qu'une
masse stratifiée couchée horizontalement viennent à être déchirée
dans une certaine direction par une force agissant de bas en haut
et qu'elle ne conserve plus exactement son ancien nivellement, les
deux bords de la crevasse devront se déplacer l'un par rapport à
l'autre. Ces déplacements peuvent être très-différents, surtout si on
ne les considère pas d'après une échelle graduée. Mais pour la direction qu'ils suivent on ne peut trouver que les trois cas suivants.

1° Les deux bords de la crevasse sont soulevés.
2° Les deux bords de la crevasse s'affaissent.
3° Un des bords reste en place, l'autre est soulevé ou abaissé.

Dans le premier de ces trois cas, il suffit de réfléchir un instant
pour comprendre que la partie soulevée constitue une ligne de hauteurs courant dans le sens de la crevasse et dont le sommet est parallèle avec cette ligne, tant qu'il est formé par la nouvelle surface
de déchirement. Les flancs, au contraire, s'inclinent vers la plaine et
font un angle donné avec l'horizon. On donne à cet angle le nom
d'*angle d'inclinaison*, ou simplement comme les mineurs *inclinaison* d'une couche. La direction, dans laquelle les couches s'étendent parallèlement aux hauteurs qu'elles forment, s'appelle leur
ligne de direction, ou simplement leur *direction*. Ces deux circonstances sont d'une grande importance pour prendre une connaissance exacte de toutes les couches. En effet, avec l'angle d'inclinaison on peut déduire sur le champ la puissance du soulèvement, et
avec la ligne de direction le sens dans lequel il s'est étendu. Cette
dernière circonstance est d'ailleurs facile à déterminer à l'aide de
l'angle d'inclinaison, puisqu'ils sont tous deux dans un rapport réciproque qui nous la met sous les yeux. Le plan de l'angle d'inclinaison perpendiculaire sur le plan de stratification suit le sens dans
lequel il est relevé, d'où il résulte que la ligne de direction est perpendiculaire aussi sur le plan d'inclinaison. Lorsqu'on a reconnu
l'angle d'inclinaison d'une couche, il suffit de prolonger un plan
qui lui soit perpendiculaire pour obtenir sa ligne de direction. On
reconnaîtra bientôt si celle-ci est droite, à courbure simple ou

plusieurs fois repliée, cas qui peuvent tous se rencontrer. Cette
diversité dans les directions s'explique par la forme des masses
qui ont causé le soulèvement des couches. Lorsque les matières
éruptives étaient disposées régulièrement sur une chaîne en forme
de faîte, la ligne de direction fut assez droite; lorsqu'elles avaient
la forme d'un cône isolé, elle décrivit un cercle autour d'elles;
mais lorsqu'elles formaient une série de dents, tantôt plus épaisses,
tantôt plus minces, occupant la crête, la ligne de direction suivant
l'épaisseur de ces dents se courba tantôt en dedans, tantôt en dehors et présenta une forme ondulée.

Après ces considérations sur le premier cas, examinons le second
cas d'inclinaison des couches dans lequel les deux bords s'affaissent
vers la crevasse. Il diffère du précédent seulement par cette circonstance que les pentes d'inclinaison sont tournées l'une vers l'autre,
tandis que dans le cas des bords relevés elles sont opposées. Du
reste, tous les rapports d'inclinaison et de direction se reproduisent
ici et conservent les mêmes dénominations. Le troisième cas aussi
n'apporte aucun changement dans cette terminologie. En effet, une
couche soulevée ou abaissée fait toujours apparaître un angle d'inclinaison et une ligne de direction qui tous deux manquent aux
couches horizontales.

Ces trois cas reposent sur la supposition que les couches ont été
réellement déchirées, supposition qui n'est pas exacte pour tous les
cas; il existe, au contraire, beaucoup de masses stratifiées soulevées sans avoir été déchirées pour cela. Il a très-bien pu se produire un soulèvement ou un affaissement du sol sur lequel la couche
repose sans que ce phénomène l'ait fracturé. Ce cas se présenta
surtout lorsque les couches n'étaient pas encore complètement
solidifiées et qu'elles possédaient une certaine élasticité, que, en
qualité de dépôts au sein de l'élément aqueux, elles pouvaient très-
bien avoir dans la première période de leur formation. Nous pouvons donc rencontrer des couches soulevées ou déprimées restées
intactes dans leur ensemble et auxquelles nous appliquerons cependant les mêmes expressions pour désigner leur inclinaison et leur
direction. De plus, nous ne pourrons pas toujours supposer un soulèvement ou une dépression dans ce cas. En effet, un dépôt stratifié
formé sur un fond déjà soulevé ou déprimé produirait des résultats
assez semblables. Les couches affectant cette disposition exigent

que nous leur consacrions un examen attentif avant de faire l'histoire de leur formation.

Dans les descriptions précédentes, nous avons admis tacitement que toutes les couches de chaque roche se succèdent régulièrement les unes aux autres et se superposent par des surfaces planes ou légèrement courbées, comme cela doit avoir lieu pour des dépôts formés lentement au milieu d'eaux tranquilles. Si la plupart des couches remplissent ces conditions, elles ne le font cependant pas toutes. Beaucoup sont repliées sur elles-mêmes de mille façons, ou décrivent des lignes en zigzag, s'entrecoupent sous les angles les plus aigus et bouleversent complétement sur certains points le plan de stratification. Une disposition semblable n'a pu être produite par un dépôt lent et prolongé ; elle démontre l'existence de bouleversements et de remaniements postérieurs. Les plissements en zigzag et les courbures irrégulières s'expliquent parfaitement par l'action simultanée de deux forces différentes, dont l'une agissait perpendiculairement de haut en bas, et la seconde, avec une énergie plus

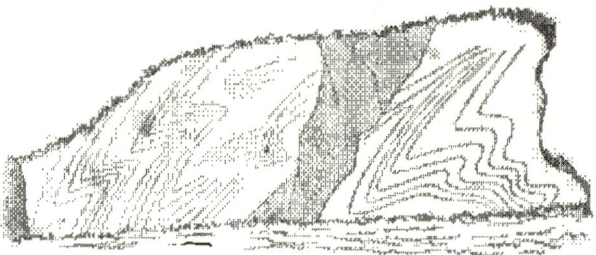

Fig. 8. — Couches de gypse plissées à Neuchemberg.

grande, exerçait une pression de deux côtés opposés. Les couches peu élastiques comprimées de la sorte se replièrent sur elles-mêmes et soulevèrent de haut en bas les masses placées sur elles. Il n'était point nécessaire que celles-ci fussent solides. Le poids des eaux au fond desquelles les couches se déposaient dut souvent suffire pour causer de ces plissements, lorsqu'il se produisit des soulèvements dans des directions parallèles au sein des couches et que les matières éruptives, tout en soulevant ces dernières, les pressèrent les unes sur les autres au moyen des bords de la crevasse. Le dessin des couches plissées de gypse keuprique (fig. 8), situées sur le bord de la route, près de la troisième carrière de gypse de Sevekenberg à Quedlinbourg, nous montre parfaitement quelle variété de courbures peuvent affecter les couches repliées et comprimées de cette façon.

Cette explication, tout à fait incontestable, suffit parfaitement pour rendre compte des stratifications obliques et repliées sur elles-même comme d'effets produits par des forces soulevantes. L'inclinaison simple se comprend dès lors de soi-même, puisqu'il suffit de montrer l'existence de crevasses avec bords relevés. On peut le faire dans beaucoup de cas, et partout où cela a lieu, les bords sont dirigés vers les masses soulevantes, comme on devait s'y attendre, si l'inclinaison était le résultat du relèvement de toute la couche. Ajoutons que quelquefois on rencontre de grands fragments de strates renversés sur les autres et dans lesquels la suite des couches présente une série inverse de celle des stratifications générales du lieu. Il est incontestable que ce phénomène est dû à un soulèvement. Un fragment détaché le long de la crevasse fut relevé jusqu'à ce qu'il en vint à pencher de l'autre côté, alors, obéissant nécessairement à l'action de la pesanteur, il se coucha sur les autres strates en renversant l'ordre de ses parties.

L'étude des divers modes de stratification nous démontre par tous ces faits la réalité des soulèvements de bas en haut dans les périodes primitives géogéniques avec tout autant de certitude que les phénomènes volcaniques actuels établissent le même fait pour les temps modernes. Ces deux circonstances justifient l'hypothèse admettant l'identité des phénomènes à tous les moments du temps. Cette théorie trouve encore une confirmation plus complète dans la manière suivant laquelle les masses cristallines se juxtaposent avec les strates bouleversées. Lorsque le géologue a découvert, à côté des sédiments stratifiés, les roches cristallines soulevantes sorties des profondeurs, il constate qu'elles se prolongent au-dessous des couches suivant l'angle d'inclinaison des strates et entre leur écartement. Il reconnaît, de plus, que, lorsque les matières éruptives se sont déversées par-dessus le sol relevé, celui-ci pend avec une forte déclivité vers les précédentes et présente une surface de déchirure sur laquelle les lignes parallèles concentriques ou ondulées des plans de stratification courent les unes à côté des autres. Il appelle cette déclivité, plus ou moins marquée suivant la puissance.

des couches soulevées, *inclinaison opposée*, pour la distinguer de
l'inclinaison *identique* dirigée dans le sens de la pente. La première
se rencontre toujours à l'intérieur des montagnes et tournée vers
leurs cimes, la seconde se rencontre dans les plaines et les lieux
environnants. Comment expliquer ces rapports autrement que par
des soulèvements, et qui pourrait encore contester ces faits? Personne de ceux qui avant tout recherchent la vérité sans se préoccuper d'idées anciennes et d'opinions préconçues.

Nous venons d'établir que toutes les couches dérangées de leur
position horizontale dans une position inclinée ont été soulevées et
remaniées. Poursuivons notre étude en considérant maintenant l'inclinaison des couches les unes par rapport aux autres; ce nouvel
ordre de considérations nous conduira à des résultats encore plus
importants. Mais, auparavant, il est nécessaire de donner quelques
explications sur les rapports des couches entre elles. Il s'agit de
certaines dénominations qui, introduites pour la facilité de l'usage,
sont souvent employées, mais ne font pas comprendre par elles-
mêmes les modes de stratification.

En géognosie, les assises placées au-dessus d'une couche donnée
se disent *sus-jacentes*, celles qui sont au-dessous *sous-jacentes*. La manière suivant laquelle les couches s'arrangent et s'étendent s'appelle
leur *stratification*, dont on distingue six genres principaux représentés dans les figures suivantes : — 1. On dit que les couches sont

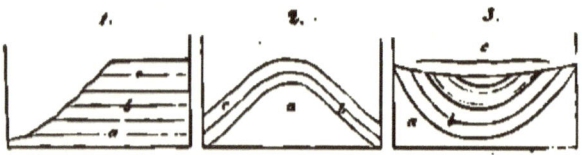

Fig. 9. — 1. Stratification horizontale; 2. en selle; 3. en fond de bateau.

en stratification *horizontale*, lorsqu'elles conservent un même niveau
vers tous les points de l'horizon. — 2. La stratification en *forme de
selle* est celle dont les couches se redressent des deux côtés comme
les pans d'un toit pour former une arête rectiligne; cette arête,
qui représente le faîte du toit, prend le nom de crête de la selle ou
ligne *anticlinale*. — 3. En *fond de bateau*, lorsque les couches re-

courbées et concentriques forment une dépression concave. — 4. En *forme de manteau*, lorsque les couches enveloppent le pied d'une montagne conique qui les a soulevées. — 5. En *forme de bouclier*, lorsque les couches reposent seulement sur un côté d'une montagne conique par laquelle elles ont été soulevées, ou le long de laquelle elles ont glissé. — 6. En *forme de gibbosité* se dit des masses coniques ou semblables à des collines qui s'étendent également de toutes

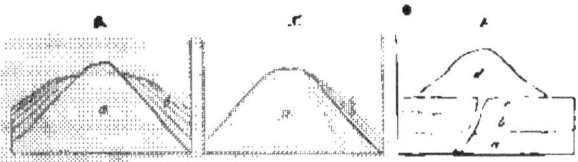

Fig. 10. — Stratification en forme de manteau; B. en bouclier; D. en gibbosité.

parts au-dessus de leur base. Cette forme est particulière aux déjections volcaniques et appartient presque exclusivement au basalte et au trachyte.

Lorsque les couches de formations différentes, par exemple, de calcaire et de grès, sont parallèles entre elles, on dit qu'elles sont en *stratification concordante*; il y a, au contraire, *stratification discordante*, lorsque les couches se coupent entre elles et forment un angle. L'extrémité d'une couche apparaissant soit sur la coupe

Fig. 11. — Couches sédimentaires.

d'une fracture, soit dans toute position autre que par sa surface, prend le nom d'*affleurement* ou, dans le premier cas, de *tranche* de la couche. Lorsque deux ou plusieurs couches sont en stratification discordante, celle qui est en dessus et qui repose sur l'affleurement ou la tranche de celle qui est en dessous est en *stratification trans-gressive*. La figure 11 peut servir à mettre sous les yeux ces di-verses circonstances.

Ce dernier cas, ainsi que toutes les stratifications discordantes, a une grande importance pour déterminer le moment où les couches ont été formées. On en peut déduire les conclusions sui-vantes. Les couches en stratification discordante ne peuvent pas s'être formées en même temps et de la même manière. En effet, si elles appartenaient à la même période de temps, leurs plans de stratification, produits par les dépôts effectués au sein des mêmes eaux et sur le même sol, seraient parallèles entre eux. Toute strati-fication discordante indique donc qu'il s'est écoulé entre la forma-tion de ses couches un espace de temps pendant lequel il ne se déposait plus de matières sédimentaires et que la position de la couche inférieure fut changée pendant cet espace de temps avant que la couche supérieure ne se dépose. Probablement que la cause occasionnelle du redressement de la couche inférieure fut aussi le point de départ d'une nouvelle époque dans le développement du Globe terrestre, époque dont le résultat final fut la formation de la couche supérieure. Lorsque celle-ci est demeurée horizontale, nous sommes assurés qu'elle n'a éprouvé aucun dérangement ; mais si elle est inclinée aussi, c'est qu'elle a subi un soulèvement postérieur à sa formation. Enfin, si une troisième couche s'étend au-dessus de la tête redressée des deux premières, elle devra être plus jeune que les précédentes. Entre sa formation et le moment où se dépo-sèrent les précédentes, il y eut une période de bouleversement pen-dant laquelle le dépôt des sédiments fut interrompu, lorsque les éléments des couches antérieures étaient déjà séparés des eaux. Plus tard seulement commença le dépôt de la dernière couche discor-dante avec les autres, lorsque de nouveaux matériaux de transport eurent été produits par les conditions différentes auxquelles la sur-face de la Terre se trouva soumise à partir de ce moment. Lorsque ces couches, tant anciennes que récentes, en totalité ou en partie seulement, renferment dans leur épaisseur des débris d'organismes morts, elles prouvent que la Terre était peuplée d'êtres vivants pen-dant ces périodes. Si ces débris d'organismes changent de carac-tères spécifiques avec chaque couche, nous en concluons que la vie organisée fut anéantie après chaque nouveau cataclysme, du moins dans la sphère d'action de la catastrophe, et qu'une organisation nouvelle et plus jeune la remplaça[1]. En outre, nous comprenons très-facilement pourquoi les mêmes organismes se retrouvent dans plusieurs couches différentes ; il suffit pour cela que quelques individus aient pu échapper aux bouleversements d'une révolution et propagé ensuite leur espèce dans les temps qui suivirent.

Cette diversité dans les modes de stratification nous démontre qu'il y a eu des époques de formation distinctes les unes des autres et que les soulèvements se sont renouvelés plusieurs fois. Les fossiles contenus dans chaque couche, de leur côté, prouvent la réalité de nouvelles époques de création, lorsqu'ils appartiennent en totalité ou en grande partie à des animaux et à des plantes différents par leurs caractères génériques et spécifiques. Mais les faits ne se passent point toujours de cette façon ; on voit plus souvent les débris organiques passer d'une couche à la suivante et même atteindre jusqu'à une troisième et même au delà. Nous en pouvons conclure que ces révolutions eurent une action peu considérable, ou qu'elles se limitèrent à une étendue bornée sans atteindre assez loin pour anéantir tous les organismes. Cette manière de voir est parfaitement admissible, si l'on tient compte des autres cas dans lesquels aucune espèce organique ne passe d'une couche à la suivante. Elle justifie la théorie d'après laquelle les causes de toutes les révolutions ont été les mêmes, à savoir des soulèvements, mais avec des effets très-différents suivant la puissance et l'étendue des masses soulevées.

La prise en considération simultanée de la stratification et des fossiles contenus dans les couches sert de base pour former des ensembles de strates. Leur détermination, ainsi que les termes établis ci-dessus pour exprimer les divers rapports des couches entre elles, sont dus au véritable fondateur et premier maître de la géognosie, Abraham-Gottlob Werner. Sous cette idée, il comprenait une série de couches se succédant immédiatement, formées dans des conditions semblables et contenant les mêmes fossiles. Cette idée

<hr/>

[1] Tout lecteur déjà fait connaître, dans la dernière note du chapitre précédent, la théorie d'après laquelle les organismes ne périrent pas, mais furent seulement modifiés dans leurs caractères par les changements successifs qui affectèrent les conditions d'existence, à la surface du globe. Le climat serait ici celle qui paraît en désaccord avec les lois positives de la vie, et se refuse bien plus à des difficultés non moins grandes que la théorie des créations nouvelles.

a été conservée, et on se sert dans son emploi des mots *formation* ou *groupe*[1]. Cependant il devient tous les jours de plus en plus évident qu'il n'y a pas eu de périodes de création absolument limitées et que, par conséquent, il n'existe pas de formations séparées les unes des autres d'une manière tranchée. On reconnaît, au contraire, que l'évolution continue des causes a produit des phénomènes analogues et sans lacunes, que causes et effets ont changé seulement dans leur degré d'intensité, et enfin que leurs différences procèdent uniquement de cette dernière circonstance et des périodes de temps longues ou courtes dans lesquelles ils se succédèrent. En thèse générale, il est naturel qu'après une longue période de calme, il vienne une révolution plus grande et plus profonde. Par conséquent, des différences très-marquées entre des couches superposées les unes sur les autres indiquent un long état de repos et de violents soulèvements.

Avec ces faits, nous avons pu établir que l'apparition des chaînes de montagnes à la surface du sol fut causée par le soulèvement répété et interrompu par de longs espaces de temps, de masses éruptives souterraines en état de fusion, et que ces soulèvements amenèrent, sinon en totalité, du moins pour la plus grande partie, la séparation des terres fermes d'avec la mer. Nous nous trouvons maintenant en face d'un des plus importants et des plus intéressants problèmes de la géognosie, problème consistant à déterminer le rapport chronologique des soulèvements entre eux. Nous sommes, en effet, parfaitement certains qu'ils ne se sont pas tous effectués à une seule et même époque, puisque, d'une part, nous avons reconnu une succession dans les différentes couches et dans les débris si variés d'êtres vivants qu'elles renferment, et que, d'autre part, nous avons montré des soulèvements de volcans et d'îles arrivés depuis les temps historiques, à des années et des siècles très-distants les uns des autres. Classer les soulèvements dans une série successive fut donc pour les savants un problème qui les préoccupa de bonne heure. Le plus grand géologue de l'Allemagne, Leopold de Buch, qui jeta les bases de la théorie générale des soulèvements, et la fit pénétrer dans la science, n'arriva pas jusqu'à la conception de l'autre pro-

[1] Les termes *formation*, *système*, *terrain*, *groupe*, *étage*, sont employés par les géologues actuels avec des significations très-diverses. En général on indique avec le mot *terrain*, de vastes systèmes de couches formant un ensemble; avec les deux dernières expressions les parties isolées d'un grand ensemble. — D.

blème tout aussi important. Il s'arrêta, après avoir démontré l'exactitude de sa théorie des soulèvements, démonstration qu'il appuya
sur la direction concordante des chaînes de montagnes. Il poursuivit la mise en évidence de ce fait dans les montagnes de l'Allemagne et de l'Europe centrale, et montra qu'on peut les ramener à
quatre directions différentes. La direction de l'ouest à l'est est particulièrement indiquée par les Alpes, auxquelles se rattachent les
montagnes du Jura, qui leur sont parallèles. Plus haut, vers le
nord de l'Allemagne, le Harz court du N.-O. au S.-E. Le Riesengebirge, les Sudètes et les Carpathes se rattachent à la même direction, ainsi que le Teutoburgerwald, le Thuringerwald et le Bohmerwald, qui s'étendent dans une zone à peu près parallèle. Dans une
troisième catégorie, il plaça les montagnes dirigées du nord au sud.
Elles se divisent en deux lignes parallèles, qui, tantôt bordent le
Rhin, tantôt sont coupées par lui. D'un côté s'étendent les Vosges,
le Hundsrück, le Taunus et le Vogelsberg ; de l'autre la Forêt-Noire,
l'Odenwald, le Spessart et le Rhön. Les deux lignes, comme nous
l'avons déjà indiqué (page 124), se terminent à leur extrémité supérieure par des cônes volcaniques à partir desquels elles prennent
la direction du N.-O. au S.-E., entre le Teutoburgerwald et le Thuringerwald. Enfin la quatrième direction n'est pas indiquée avec
autant de netteté. Elle est constituée par les Ardennes, l'Eifel, le
Siebengebirge et les montagnes schisteuses du Rhin. Parallèlement
à celles-ci s'étendent en Allemagne l'Erzgebirge et le Fichtelgebirge,
et au delà de la Bohème les montagnes de la Moravie et les Carpathes.

Comparée avec ces lignes, la direction des autres montagnes de
l'Europe présente une concordance frappante. Les Pyrénées, les
Apennins, les montagnes de la Bosnie, les chaînes de la Grèce et le
Caucase sont dirigés dans le même sens que le Harz, le Riesengebirge et les Carpathes. Les chaînes de l'Angleterre, de la Scandinavie, de la Finlande, du sud de la France, de la Corse, de la
Sardaigne ont la même direction que les Vosges et la Forêt-Noire.
Les Balkans sont parallèles aux Alpes et à l'Atlas. Mais si intéressantes que fussent ces observations, et si puissant était l'appui qu'elles
apportaient à l'opinion considérant toutes les montagnes comme
le résultat de crevasses, cela n'en restait pas moins une hypothèse
purement conjecturale de regarder les chaînes de direction sen-

blable comme étant de même âge. Les quatre directions principales
reconnues, en négligeant les déviations plus ou moins considérables
vers les quatre points cardinaux, appartenaient trop au nombre des
directions possibles, pour qu'on pût s'étonner de la concordance des
principales chaînes avec l'une ou l'autre d'elles ; car, en fait, il n'y
a de possibles que des lignes rectangulaires ou obliques avec les
points de l'horizon. Ces considérations firent bientôt pénétrer dans
l'esprit des savants, admettant un âge différent pour les chaînes de
montagnes, la conviction que le sens de leur direction ne peut pas
à lui seul expliquer ce fait, mais qu'il fallait trouver d'autres circonstances, si l'on voulait établir l'âge relatif de chaque
système. Ce fut au génie heureux du géologue français Élie de
Beaumont, qu'il fut réservé de formuler le premier le principe
devenu si important pour déterminer l'ordre dans lequel les chaînes
de montagnes se sont soulevées les unes après les autres, et qui,
comme toutes les grandes vérités, comme la théorie des soulèvements elle-même, apparaît aussitôt à l'esprit, lorsqu'on s'est bien
rendu compte des conditions du phénomène. Partant de ce fait,
que les dépôts stratifiés formés sous l'eau se succèdent dans un
ordre invariable, mais ont été déchirés et soulevés lentement
par des éruptions plutoniques, on comprend de soi-même, que les
couches seulement existantes à ce moment ont pu être soulevées,
lorsqu'une de ces éruptions s'est produite, et que celles qui se
déposèrent de nouveau, après le phénomène, doivent être
couchées horizontalement. Ce principe si simple et si naturel
fut appliqué avec grand succès par Élie de Beaumont, pour déterminer les rapports des montagnes entre elles, et on en reconnut
bientôt l'exactitude générale. On constata qu'il n'existe pas de
couches réellement horizontales dans les montagnes, ou au moins
qu'elles s'y rencontrent très-rarement et sur de petites étendues
comme des lambeaux détachés, placés là ultérieurement et conservant les caractères des plaines larges et étendues. On n'y remarque
aucun bouleversement dans leur disposition régulière autre que les
dérangements produits lorsqu'un cône volcanique isolé détruit la
plaine sur un point donné. À mesure qu'on s'approche de la montagne, les couches d'horizontales deviennent peu à peu inclinées et
se relèvent de plus en plus en avançant toujours vers le plateau
supérieur ou la crête de la chaîne. Dans cette dernière région ou

elles sont en contact immédiat avec les roches *plutoniques* et *volcaniques* non stratifiées, elles sont souvent à pic et verticales, ou pendent en dehors dans une position où on peut craindre à chaque instant de les voir tomber. Bouleversées de mille façons dans leur inclinaison et dérangées dans leur direction, elles offrent dans toute la montagne les traces de violentes dislocations et sont même souvent dans un tel désordre, qu'il devient extrêmement difficile, sinon impossible, de reconnaître l'ensemble des éléments constituant la montagne. Les sommets élevés, les crêtes longuement prolongées, et même beaucoup de plateaux sont formés pas des masses plutoniques ou volcaniques, auxquelles se rattachent comme chaînes latérales subordonnées et parallèles les couches neptuniennes soulevées, et redressées qui, sur certains points, atteignent encore à de plus grandes altitudes [1]. Ces strates présentent leur tranche libre déchirée au noyau cristallin, et leur surface inclinée descend doucement vers la plaine environnante. Les chaînes latérales, à leur tour, sont fracturées par des crevasses transversales et profondes permettant à l'œil du géologue de pénétrer jusque dans leurs assises les plus inférieures. Ces fractures, plus largement ouvertes en haut qu'en bas, forment des conduits tout tracés par lesquels les eaux, tombées sur la crête ou les pics, s'écoulent entraînant avec soi les masses désagrégées des hautes régions, et comblent les crevasses dans le bas, jusqu'à ce que celles-ci à peu près nivelées et remplies par les produits de la désagrégation de leurs flancs deviennent des *vallées*

[1] De a, dans ces derniers temps, donné le nom de plutoniques aux roches cristallines formées par voie ignée que l'on n'a pu reconnaître comme dérivant dans les roches neptuniennes, telles que le granit, la syénite, la diorite, le gabbro, la péridotite et les porphyres, tout comme seulement dans l'intérieur des hautes chaînes. On appelle volcaniques, au contraire, le basalte, le trachyte, la dolérite, le phonolithe, l'obsidienne, la pierre ponce et toutes les laves constituant les volcans ou vomies par eux.

[2] Les exemples de peu leur par sont si absolus qu'on ne peut pas considérer l'un comme la règle, l'autre comme l'exception. Dans le Harz, les points les plus élevés, le Brocken et ses environs, le Ramberg, sont des masses granitiques (roches plutoniques); ainsi le Rieisengebirge le noyau est plutonique, mais le sommet le plus élevé, la Schneekoppe, est formée de schistes cristallins (roches métamorphiques). Les Alpes ont une caractère différent; le mont Rosa et le Saint-Gothard seuls sont plutoniques, le sommet de l'Ortler-Spitze lui-même est métamorphique. Dans la chaîne des Andes, ce sont des volcans couronnés de fumée qui forment les plus élevés des Cordillères de Quito, tandis que d'autres sommets presque aussi élevés de la même chaîne (page 127, note), la Nevada de Sorata et l'Illimani, sont composés de grauwacke dont les débris contiens doivent avoir enveloppé et ils ont été soulevés par de la syénite et des porphyres plutoniques. Il y a donc là dans chaque cas des circonstances particulières et il est arrivé que les sommets des montagnes ont été formés tantôt par des soulèvements neptuniens éruptives, tantôt par des roches plutoniennes volcaniques.

transversales. Des torrents étroits et rapides s'écoulent sur leur fond et vont se **rendre dans** la grande *vallée longitudinale* parallèle à la direction de la montagne et dans laquelle se rassemblent tous les ruisseaux semblables pour former une large rivière descendant dans la plaine. Les vallées longitudinales elles-mêmes sont des crevasses comblées de la même manière avec des galets et des matières de transport de toutes sortes, et nivelées jusqu'à une certaine hauteur. Mais elles ne coupent pas les couches dans un sens opposé à leur direction ; elles leur sont au contraire parallèles. Elles suivent le tracé des lacunes ou dépressions entre les masses soulevées, et prennent la même direction que toute la montagne, parce qu'elles doivent leur origine aux crevasses par lesquelles les masses plutoniques se sont ouvertes un passage du fond des abîmes. C'est ordinairement dans ces vallées et souvent aussi dans les vallées transversales que les eaux se rassemblent sur certains points pour former un lac, lorsqu'elles rencontrent sur leur cours une large échancrure que ni les galets, ni les matières de transport ne peuvent combler. La profondeur considérable de ces lacs alpestres s'explique facilement par leur origine. Ce sont des abîmes larges et béants au milieu des substances soulevées. Peut-être tout d'abord atteignaient-ils à des profondeurs sans fond, **jusqu'au** moment où leurs conduits inférieurs furent obstrués par l'entassement des sédiments.

Nous avons essayé de **tracer dans** ces quelques traits généraux une esquisse des montagnes ; nous ne pouvons pas pénétrer plus loin et décrire toutes les variétés et différences locales. Sur les chaînes grandes ou petites indifféremment, sur les Alpes et les Cordillères on constate, avec une observation attentive, une anomalie qui reparaît presque partout. Cette anomalie, à cause de sa généralité, ne doit pas être considérée comme un accident, mais comme une règle. Presque toutes les grandes montagnes ont une pente inégale sur leurs deux côtés. L'un est extrêmement abrupte et peut même devenir perpendiculaire, l'autre est incliné doucement et descend vers la plaine par gradins. Sur le premier, les couches sont verticales ou en surplomb, et s'élargissent en éventail au sommet ; sur le second, elles forment un angle aigu et obéissent à une pente assez uniforme en restant parallèles entre elles. L'explication de ces circonstances si remarquables ne se fit pas attendre longtemps après qu'on eut reconnu que l'élévation des montagnes était due à des crevasses. Du côté de la pente abrupte, les couches moins soulevées que comprimées s'affaissèrent avec leur base ; alors, prises comme dans un étau, elles se redressèrent en dehors par leur bord libre sous la pression des matières plutoniques éruptives. Au contraire, sur le côté du versant incliné, il se forma, outre une crevasse principale, plusieurs autres de directions parallèles, par lesquelles les masses éruptives sortirent avec des dislocations moins violentes. Lorsqu'elles n'arrivèrent pas jusqu'à l'extérieur, cas souvent réalisé, il ne s'ouvrit point de crevasse réelle de ce côté : il se fit seulement des soulèvements qui déchirèrent les couches sédimentaires supérieures et relevèrent inégalement un côté de leur tranche de fracture, tandis que l'autre resta en place ou même s'affaissa un peu. Dans les Alpes, la pente abrupte est tournée vers le sud, la pente douce vers le nord ; les Cordillères ont la première à l'est, la seconde à l'ouest. Des circonstances de ce genre, jointes au nombre inégal et à l'inclinaison des terrasses, contribuent à déterminer la position de la chaîne principale formant ordinairement la séparation des eaux entre les bassins des fleuves. Ceux-ci s'approchent plus près du pied du versant abrupt que de l'autre. Lorsque les sommets les plus élevés font partie de la chaîne principale, comme cela a ordinairement lieu, ou bien lorsqu'ils lui sont seulement contigus, ils se placent toujours sur le bord du versant abrupt et tendent à s'éloigner de plus en plus de la pente inclinée. C'est pour cela que nous trouvons dans les Alpes, le mont Blanc, le grand Saint-Bernard, le mont Rose, le Simplon, le Saint-Gothard, le Splügen, l'Ortles, etc., sur le bord méridional de la montagne et descendant même au delà des frontières de l'Italie. Sur le côté septentrional, au contraire, les chaînes latérales de l'Oberland Bernois et des Alpes de Glarner ne sont plus que des terrasses élevées au-dessus d'une crevasse parallèle à la chaîne principale, et au delà desquelles la pente descend peu à peu, par une succession de degrés semblables, jusqu'à la vallée de l'Aar. Le Rhône et le Rhin coulent au fond de la grande vallée longitudinale située entre la chaîne principale et la chaîne secondaire, le premier vers le S.-O., le second vers le N.-E., suivant, dans deux directions opposées, une dépression semblable. Tous deux, avant d'atteindre la plaine, remplissent de leurs eaux un vaste bassin, et coupent, en sortant de leurs lacs, la chaîne du Jura à travers laquelle ils se frayent une route creusée violemment dans ses flancs.

Ces observations, dont la coupe que nous avons figurée, prise dans les Alpes, de l'Aiguille du Midi au nord du Mont-Blanc jusqu'à la chaine du Jura, à travers la vallée du Rhône, au-dessous de Genève, facilitera l'intelligence, ont pour but de donner à mes lecteurs une

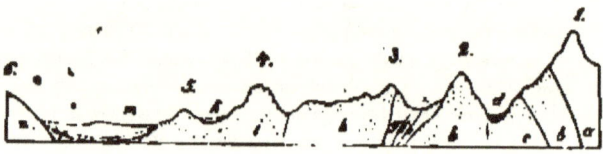

Fig. 18. — Coupe des Alpes prise depuis le mont Blanc jusqu'au Rhône au-dessous de Genève.

a. Granit, *b.* gneiss, *c.* talk schiste, *e.* schiste amphibolique, *f.* kiesel-schiefer, *g.* grauwacke et schiste argileux, *h.* vieux calcaire des Alpes, *i.* calcaire nouveau des Alpes, *k.* sable vert, *l.* couches du tertiaire inférieur, *m.* molasse, *n.* calcaire jurassique.

1. Aiguille du Midi, 12,000 pieds ; 2. Brevon, 8000 pieds ; 3. Sallé, 6400 pieds ; Brélé, 6800 pieds ; 5. Salève, 4800 pieds ; 6. Jura, 5400 pieds. *. Vallée du Rhône au-dessous de Genève ; d. graviers de la vallée de Chamonix.

idée générale des conséquences qui découlent de la théorie du soulèvement des montagnes au moyen de grandes crevasses. Maintenant, il s'agit de savoir comment il est possible, à l'aide de ces soulèvements, de déterminer l'ordre chronologique dans lequel ils se sont suivis. Pour résoudre ce problème, l'élément le plus important est la connaissance parfaite des couches neptuniennes. Admettons que nous nous avançons vers le versant incliné d'une montagne. Si, dans la plaine située à ses pieds, nous rencontrons une couche absente sur la pente, nous pourrons considérer cette couche horizontale de la plaine comme déposée au fond de l'eau, lorsque déjà la chaine de montagnes contiguë se dressait avec ses crêtes et ses versants, et qu'elle dominait au-dessus de l'eau. Elle ne put donc être recouverte et enveloppée par les dépôts nouvellement formés. Si, au-dessous de la couche supérieure de la plaine, il s'en trouve une seconde différente de la première et absente aussi sur le penchant de la montagne, celle-ci est plus ancienne que les deux couches et sa naissance a précédé leur dépôt. Mais, si la troisième couche horizontale de la plaine est identique avec celle qui revêt extérieurement les pentes de la montagne, nous en concluons que le soulèvement de la montagne au milieu de la plaine se fit à une époque, ou cette troisième couche recouvrait déjà cette plaine et s'était déposée au fond de l'eau. L'âge de la chaîne de montagnes remonte donc jusqu'au laps de temps compris entre le dépôt de la seconde et celui de la troisième couche de la plaine. Toute la montagne, partout où elle porte sur son dos cette troisième couche, est plus jeune que celle-ci, mais plus ancienne que la seconde et la première et par suite plus ancienne que toute autre montagne qui aura soulevé la seconde ou la première couche, ou les aura dérangées de leur position horizontale. Il suffit donc pour déterminer l'âge relatif des montagnes, d'une part, d'avoir une connaissance complète de toutes les assises stratifiées des plaines dans leur ordre successif, d'autre part, d'observer avec attention lesquelles de ces couches ont été soulevées par chacune des montagnes. Nous pouvons déjà à priori déclarer comme les montagnes les plus anciennes, celles sur lesquelles aucune couche neptunienne n'a été redressée, et inversement comme les plus jeunes, celles qui portent redressées ou dérangées de leur position toutes les assises stratifiées des plaines. L'âge d'une montagne s'apprécie donc d'après le nombre des éléments de stratification qu'elle a déplacés. Les montagnes sur lesquelles on ne constate aucun de ces redressements sont plus anciennes que les phénomènes neptuniens, plus anciennes même que la condensation des eaux, et le moment de l'apparition d'une montagne est d'autant plus rapproché de l'époque actuelle que le nombre de ses couches relevées est plus grand.

La justesse de ces principes est trop évidente par elle-même, pour qu'il soit nécessaire de nous arrêter plus longtemps à les développer. Nous consacrerons donc nos études suivantes à fixer l'âge des principales montagnes, après avoir préalablement appris à distinguer dans leur ordre successif les éléments éruptifs et soulevés les plus importants du Globe.

CHAPITRE XI

Roches anormales et roches normales. — Actions produites par les premières sur les secondes. — Métamorphisme.

Les roches formées par voie ignée permettent à l'observateur d'y reconnaître un ordre chronologique, lorsqu'on compare entre eux chacun des éléments d'une montagne ; mais il n'est pas possible de les disposer toutes dans une succession ordonnée et précise, comme on le fait avec les couches neptuniennes. Celles-ci, en effet, se succèdent toujours les unes aux autres de bas en haut dans un ordre invariable et présentent seulement quelques exceptions locales à cette règle, exceptions produites par des renversements et des bouleversements postérieurs à leur formation. Au contraire, les roches d'origine ignée ne se rattachent à aucun ordre chronologique déterminé et par conséquent ne se trouvent point dans un rapport toujours le même et universel avec les assises stratifiées. Des différences si importantes attirèrent de bonne heure l'attention des observateurs et elles donnèrent lieu à l'emploi de certaines dénominations encore usitées aujourd'hui, parce qu'elles déterminent avec précision certaines propriétés générales. Nous allons d'abord les définir. Les sédiments neptuniens, à cause de leur succession en couches toujours dans le même ordre, ont pris le nom de *roches normales*; comme si leur série obéissait à un plan voulu, à une règle qui en réalité n'existe pas, puisqu'elle est le résultat de circonstances accidentelles, à savoir de la présence des roches plutoniques désagrégées. Par opposition à celles-ci, on donna le nom de *roches anormales*[1] aux masses

---

[1] Lorsque l'on considère que les roches anormales étaient primitivement dans les profondeurs situées au-dessous des roches normales et qu'elles apparurent de bas en haut, on les appelle *endogènes*; les roches normales, formées à la surface par voie de dépôt, prennent le nom d'*exogènes*.

pyrogènes ayant passé par un état de liquéfaction ignée. Considérées au point de vue de leur contexture, sans se préoccuper de leur succession, les roches anormales prennent le nom de *massives*, les normales de *roches en couches* ou *stratifiées*, termes qui s'expliquent d'eux-mêmes par la description détaillée déjà donnée de leurs caractères. Ajoutons seulement que les roches anormales sont les plus abondantes et qu'elles apparaissent sous les formes les plus variées et les plus gigantesques, mais concentrées en masses circonscrites ; tandis que les roches stratifiées forment des gisements ou strates moins puissants et s'étendent plus en surface qu'en profondeur[1]. Les roches stratifiées, ou roches normales, n'ont pu produire des montagnes coniques isolées ou des systèmes de cônes réunis en groupes ; elles ont au contraire donné naissance à des arêtes montagneuses ou à des chaînes étendues dans le sens longitudinal dont un des flancs est ordinairement en pente abrupte, tandis que l'autre s'incline graduellement vers la plaine. Sur le versant abrupt on distingue très-aisément la tête des couches superposées les unes aux autres et la coupe des plans de stratification, et l'on peut les compter et déterminer l'ordre dans lequel elles se succèdent. Sur la pente doucement inclinée la même couche occupe partout la surface, tant qu'une vallée profonde ne vient pas la couper et, en descendant dans la plaine, on rencontre une autre couche, si le soulèvement est plus ancien ; on marche au contraire sur une même assise, lorsque celle-ci existait déjà avant le soulèvement de la chaîne. Les hauteurs peu élevées des contrées plates sont en général formées de cette manière ; elles sont constituées par les bords d'une crevasse, qui elle-même est le résultat d'un soulèvement unilatéral, dont la cause, c'est-à-dire la roche anormale, ne put arriver jusqu'à la lumière du jour, mais s'arrêta après avoir déplacé les strates situées au-dessus d'elle. On peut citer dans notre pays, comme excellent exemple de soulèvement unilatéral, sans apparition de roches anormales, le Teutobargerwald déjà célèbre dans l'histoire. Il se compose d'une triple arête montagneuse dirigée du S.-S.-E. au N.-N.-O. et s'élève à plus de 1000 pieds au-dessus du niveau de la mer. La chaîne la plus basse placée au nord est formée de muschelkalk relevé en forme de selle, auquel se rattachent vers le sud d'étroites bandes de keuper et de jurassique. Elle est dominée par la seconde chaine composée de grès fortement redressé et enfin par la troisième la plus méridionale et qui appartient à la formation crétacée.

Dans la coupe que nous reproduisons, le rapport de la hauteur à la longueur à été exagéré comme 5 est à 1. Nous voyons le grès (c) de Velmer-Stoots (2) au sud du Horn, la plus haute montagne de tout le Teutoburgerwald, reposer sur les couches jurassique (d), keuprique (e) et du muschelkalk. Plus loin, vers le N.-E., à Œrlinghausen et à Bielefeld, l'ordre est renversé, et le muschelkalk se

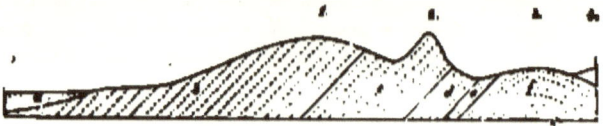

Fig. 13. Coupe prise dans le Teutoburgerwald.

a. Alluvions, b. craie, c. quadersandstein, d. lias et jurassique, e. keuper. f. muschelkalk.

1. Bermasberg, 1396 pieds ; 2. Velmer-Stoot, 1441 pieds ; 3. selle de muschelkalk ; 4. Bellenberg près Bermberg.

trouve sur le keuper et celui-ci sur le grès. Ce renversement provient, comme le pense Fr. Hoffmann, de ce que toute la montagne a été soulevée à la suite de la formation d'une crevasse et qu'en se renversant vers le S.-O. elle a pris sa position actuelle contre nature.

Nous n'avons pas l'intention d'entamer dès maintenant l'étude de la série des dépôts neptuniens; nous décrirons auparavant les circonstances qui ont valu aux roches massives le nom de roches anormales. Nous avons déjà (p. 189) parlé en passant d'une de leurs particularités, d'après laquelle on les divise en roches plutoniques et roches volcaniques. Cette division repose sur ce que certaines roches anormales se rencontrent dans les volcans encore actifs, d'où le nom de volcaniques, tandis que d'autres appartenant à la même catégorie ne se trouvent ni dans les volcans actifs ni dans les volcans éteints, bien qu'elles soient incontestablement d'origine ignée, de là le nom de plutoniques. On peut se demander si cette distinction n'indique pas en même temps une différence d'âge et si elle ne pourrait point nous donner un principe pour établir un ordre de succession, sinon

entre les roches anormales et les roches normales ou stratifiées, au
moins entre les diverses roches du premier groupe. Il existe, en effet,
quelque chose de semblable entre les roches anormales, puisque
tous les volcans actifs sont plus jeunes que les soulévements des
montagnes et que ces derniers phénomènes ont été uniquement, ou
au moins en grande partie, produits par des roches plutoniques;
tandis que les massifs volcaniques sont rares et apparaissent seulement sous l'aspect de petites montagnes. Nous considérerons donc,
pour ce motif et pour d'autres encore, les roches volcaniques comme
plus jeunes que les roches plutoniques et nous allons commencer la
description détaillée des caractères qui les différencient.

Dans le neuvième chapitre (p. 150), en étudiant les combinaisons
chimiques formées dans le manteau des silicates, nous avons fait
connaître la composition des roches volcaniques et plutoniques. Nous
savons qu'elles sont formées par le mélange en proportions diverses
des minéraux suivants : *quartz*, *feldspath*, celui-ci sous trois formes
différentes à savoir : *orthose*, *albite* et *labrador*, et, enfin, *mica*, *hornblende*, *augite* et *olivine*. Nous n'avons donc pas besoin de nous arrêter plus longtemps sur ces divers corps et pouvons porter notre
attention sur d'autres propriétés. Nous chercherons avant tout à
bien élucider les différences existantes entre les *roches plutoniques*
et les roches volcaniques.

Les premières ont pour principal caractère extérieur que leurs
éléments se présentent en grandes masses isolées, faciles à distin

---

* Afin de faciliter l'intelligence des faits, voici un tableau résumant les caractères distinctifs de ces minéraux :

A. *silice pure ou quartz*.

B. *silicates doubles, composés* :

  (*a*) principalement de silicate d'alumine qui, combiné

    1° avec du silicate de potasse, donne naissance à l'*orthose* et au *mica*, celui-ci
renfermant 4 fois plus d'alumine et 1 5 plus de silice que le premier ;

    2° avec du silicate de soude, produit l'*albite* ;

    3° avec du silicate de chaux et un peu de soude, forme le *labrador* ;

  (*b*) principalement de silicate de magnésie qui, combiné

    1° avec du silicate de chaux et du protoxyde de fer, donne naissance à la *horn-
blende* si la silice est en excès, à l'*augite* et à l'*olivine* lorsque cet excès
n'existe pas. Dans la première *augite*, la base contient moitié autant d'oxygène
que la silice ; dans la seconde (*olivine*), les proportions sont égales ;

    2° avec du silicate d'alumine et du protoxyde de fer, produit la *chlorite* renfer-
mant en outre de l'eau ;

    3° avec du silicate de protoxyde de fer, forme le *talc* qui, comme les précédents,
apparaît le plus souvent sous la forme de roche schisteuse.

guer. Nos études antérieures (p. 72) nous permettent d'expliquer cette propriété et nous en concluons que ces roches se sont refroidies très-lentement, pour que chacune des substances ait eu le temps de se rassembler en grandes concentrations et prendre la forme cristalline. Mais, avec une étude plus approfondie, on distingue dans la disposition et l'isolement des éléments des différences essentielles. Tantôt ils sont tous entièrement cristallisés; tantôt la pâte servant de base est à grain très-fin, dense, dure et amorphe, et elle enveloppe des cristaux isolés plus gros. Ces caractères nous permettent de diviser les roches plutoniques en deux groupes auxquels on a donné les noms de *granitoïde* et de *porphyroïde*. Ces dénominations nous sont déjà connues; nous les avons déjà employées (p. 65) à propos des laves avec la même signification, lorsque nous distinguions d'après la grosseur des éléments cristallisés, des laves granitoïdes, porphyroïdes, basaltiques et terreuses. Pour établir ces divisions nous ne nous sommes servi que des différences de forme sans avoir égard à la substance : nous suivrons la même méthode pour distinguer les diverses espèces de roches plutoniques et nous ne tiendrons compte que du mode d'isolement des éléments.

Les *roches granitoïdes* se divisent en deux classes principales suivant qu'elles sont composées d'un alliage de feldspath alcalin (orthose ou albite) uni avec du quartz, du mica et de la hornblenda ; ou de feldspath calcaire (labrador) uni avec de l'augite, du diallage et de l'hypersthène. Au premier groupe nous donnons le nom de roches quartzifères, au second celui de roches augitifères.

L'espèce la plus ordinaire des *roches quartzeuses granitoïdes* est le *granit* proprement dit. C'est un mélange grenu d'orthose d'un rouge clair ou blanchâtre, de mica brun et de quartz diaphane ou grisâtre. Le feldspath est le minéral prédominant, et, par conséquent, il communique à la masse sa couleur rose ou blanchâtre qui distingue au premier coup d'œil le granit des roches augitiques plaquées de noir. Le granit forme la charpente de la plupart des grandes montagnes et en est l'élément principal, sur lequel les autres roches reposent. Il constitue de puissantes montagnes à contours arrondis, mais accidentés. Ces montagnes en se désagrégeant se recouvrent de blocs à arêtes vives. Souvent les blocs s'appareillent entre eux par leurs angles et leurs arêtes, et gisent sur le sol dans une disposition qui les fait ressembler moins à un amas de débris ou dé-

. sondre qu'aux fragments d'une couche extérieure qui, en se fendillant, se serait divisée en morceaux nombreux. Dans cet état, ils forment les *mers de rochers* ou *teufelsmühle* (moulins du diable) de nos montagnes allemandes. On peut les considérer comme les fragments de la superficie des couches concentriques que fit naitre le retrait produit par le refroidissement progressif, et dans lesquelles les masses granitiques seules vinrent en forme de dôme se divisèrent peu à peu. Des parties unies et même des stries, que l'on aperçoit à la surface des fragments contigus, prouvent qu'ils ont glissé les uns contre les autres longtemps après leur segmentation, et ont ainsi poli leurs surfaces de contact. Les fentes de séparation pénètrent profondément à l'intérieur du granit, et on y distingue facilement les surfaces de frottement. Les grands végétaux ne croissent point sur le sommet de ces dômes granitiques, tant que la décomposition n'est pas venue les entamer. Ils se recouvrent, au contraire, de lichens arides et de maigres mousses, et développant une végétation plus élevée seulement dans les enfoncements et sur le bord des sources. Leur intérieur, outre les nombreux plans de séparation parallèles ou à courbures concentriques, présente aussi des fissures verticales qui produisent des parois abruptes, des colonnes aiguës ou aiguilles, et donnent aux montagnes granitiques leur physionomie pittoresque.

Le Rosstrappe du Hartz, dont la gravure (fig. 14) nous représente la dépression, offre une de ces gorges sauvages : sa beauté est très-célèbre. Les rocs se dressent avec leurs arêtes tranchantes et anguleuses enclavés les uns dans les autres, et, surplombant au-dessus de sombres abimes, ils se divisent en nombreuses aiguilles isolées. Les fragments, formés par les fissures transversales, rongés et désagrégés sur tous les points posent seulement par un côté, et, semblables aux *pierres branlantes* (p. 51), menacent de se précipiter à chaque instant. Plus loin, vers le sommet, là où la crête s'élargit, s'étend un tapis serré de verdure au-dessus duquel s'élèvent quelques rangées hêtres. La Bode roule ses eaux en écumant dans les gorges humides, et le fracas de ses cascades n'arrive plus que comme un doux murmure.

Les crevasses que remplit le granit pénètrent profondément dans le massif des montagnes ; mais cette roche n'apparaît que très-rarement étendue et couchée au-dessus de formations plus an-

ciennes[1]. On observe, au contraire, de nombreuses infiltrations en
forme de filons dans les roches contiguës. Elles ont été constatées
principalement dans les couches neptuniennes les plus anciennes,
et on ne les retrouve plus dans les étages sédimentaires plus récents.
On en peut conclure avec certitude que les plus anciens dépôts
stratifiés étaient déjà formés lorsque le granit était, au moins

Fig. 14. — Roches granitiques du Rosstrappe.

encore en partie, à l'état liquide au-dessous d'eux, et que ses masses
en fusion, chassées des profondeurs, s'échappèrent à travers les
crevasses formées dans les couches supérieures et se déversèrent sur
leur surface. Jamais il ne forme de montagne conique isolée avec
une cavité au sommet comme les volcans. A l'époque des éruptions
volcaniques tout le granit était déjà solidifié.

[1] Comme exemples de ce cas, on peut citer le pic de la Chèvre, situé sur le côté
droit de la vallée de l'Ocker dans le Hartz, où le granit s'étend par-dessus les schistes ;
la petite île de Milieu dans le département des Côtes-du-Nord, où le phénomène est encore mieux caractérisé, et enfin les cours de l'Irtysch en Sibérie étudiés par A. de
Humboldt. Lorsque le granit se présente sur de grandes étendues en surface, on doit
le considérer plutôt formé par un épanchement qui s'est fait ; tel est, par exemple,
le massif granitique de 4,000 milles carrés de surface placé au sud de la Russie entre
le Bug et le Dnieper. Dans les cas semblables à celui-ci, on ne peut concevoir qu'il
y ait eu simplement remplissage d'une crevasse. G.

Tout ce que nous venons de dire du granit s'applique aussi à la
syénite[1], qui n'en distingue en ce que le mica et le quartz y sont
remplacés par de la hornblende. Ce minéral, d'une couleur noire,
lui donne un aspect sombre, et la plupart du temps d'un brun rougeâtre. Elle n'est jamais homogène, et ses éléments cristallisés sont
aussi séparés que ceux du granit. Assez souvent le quartz s'y allie
aux deux autres éléments, et, lorsque la hornblende diminue dans
la même proportion, tandis que le mica de son côté augmente, cas
assez fréquent, il n'existe plus de différence entre le granit et la
syénite. Ces deux roches se fondent dans une même substance que
l'on attribue à l'une ou l'autre d'elles, suivant ses rapports géologiques et pronostiques.

La troisième espèce de roches quartzeuses granitoïdes est le
granulite ou diorite, alliage d'albite blanche ou verdâtre, et de
hornblende noirâtre ou verte foncée en proportion plus grande que
la première. Ces deux minéraux lui donnent son aspect gris clair
ou vert foncé, et sont toujours séparés dans la masse. On y trouve
aussi quelquefois des grains de quartz blanchâtre et des lamelles
brunes ou noires de mica, comme dans la syénite, mais moins fréquemment. Ses éléments peuvent prendre une granulation très-fine,
et devenir ainsi assez difficiles à distinguer les uns des autres. Cette
diorite, à couleur foncée, est celle qui prend plus spécialement le
nom de grünstein. Par son mode d'apparition, la diorite se rattache
surtout à la syénite. Ces deux roches ne sont pas aussi répandues
que le granit ; mais elles constituent des gisements aussi puissants
que lui.

La diorite, par ses caractères extérieurs, sert de passage entre les
roches quartzeuses granitoïdes et les roches augitiques granitoïdes,
ou pyroxènes. Toutes deux ont une structure semblable, et se distinguent, après une étude approfondie, seulement par cette particularité, que le feldspath du pyroxène est toujours du labrador. Quant
à son mode d'apparition, le pyroxène constitue des gisements d'une
puissance moins grande et isolés ; il forme des filons et des typhons,
et se distingue ainsi par sa localisation très-circonscrite des masses

[1] Les dénominations de granit et de syénite ne disent absolument rien du mode de
formation de ces roches. Granit vient du mot latin granum, grain, et indique sa nature
cristalline grenue. Syénite est une dénomination empruntée à la ville de Syène, dans la
haute Égypte, où les anciens exploitaient beaucoup cette roche.

colossales de granit et même de la diorite que l'on rencontre aussi
en massifs puissants. Il ne peut donner naissance ni à des chaînes
de montagnes entières, ni à de vastes crêtes. Il apparaît seulemen
sous forme de dômes, de petites crêtes, de murailles droites ou de
séries de pitons placés sur des montagnes et peut-être reliés entre
eux dans les profondeurs, mais isolés extérieurement. Son alliage a
ceci de particulier, qu'on y rencontre toujours avec le *labrador* des
silicates magnésiens très-riches en métal et d'une couleur foncée,
noire ou verte. Ces silicates sont tantôt de l'*augite*, tantôt de la
diallage ou de l'*hypersthène*. Ces deux derniers silicates magnésiens
diffèrent de l'augite par l'absence à peu près absolue de chaux;
l'eau entre dans la composition du premier et un peu d'alumine dans
celle du second. Le mélange de la diallage, dont la couleur se
nuance depuis le vert grisâtre jusqu'au vert olive, avec le labrador
blanc ou gris produit le *gabbro* ou *euphotide*, à gros grain. L'hypersthène noirâtre et le labrador gris forment l'*hypersthénite*. La
diabase est un alliage de labrador pyroxène et de chlorite. Cette
roche, prenant une texture finement granulée, devient la serpentine
pour certains géognostes, tandis que d'autres comprennent sous
cette dénomination un alliage semblable d'euphotide [1]. La serpentine
se présente toujours en masse homogène compacte dans laquelle on
ne peut plus distinguer le mélange des minéraux divers. La texture
douce et moelleuse, le toucher onctueux et la couleur verte de la
serpentine lui ont valu d'être employée à de nombreux usages, et
en font une roche généralement connue.

Après avoir étudié les roches granitoïdes les plus importantes,
nous allons décrire maintenant la famille des roches porphyroïdes.
On donne le nom de *porphyre* à toute roche massive composée
d'une pâte épaisse presque homogène, mais et amorphe, dans laquelle
sont enveloppés des cristaux complets formés de la même substance
que ce ciment. La masse servant de base est toujours feldspathique
et mélangée, soit de quartz, soit d'augite, ce qui a permis de diviser
ces roches comme les granitoïdes en *porphyroïdes quartzeuses* et
porphyroïdes augitiques. Dans les porphyroïdes quartzeuses la pâte

[1] Il ne faut pas confondre ces serpentines comprimées, constituant des massifs montagneux, avec les cristaux de serpentine, que l'on trouve sortant en Suède et à laquelle
on donne le nom de *serpentine précieuse*. Ces cristaux sont un minéral particulier composé de silicate de magnésie et de magnésie hydratée.

est constituée par un alliage intime, ordinairement brun rougeâtre de silice avec quelques parties d'oxyde de fer et de feldspath compacte et finement granulé[1]. Ce mélange prend le nom de *petrosilex*. Les cristaux empâtés dans cette masse sont tantôt de beau feldspath pur (orthose et oligoclase) et du quartz, lorsque le ciment est de nature feldspathique (*porphyre pétrosiliceux*) ; tantôt de l'albite et de la hornblende, lorsque la pâte contient de l'albite au lieu d'orthose et d'oligoclase (*grünstein* ou *porphyre dioritique*). Dans d'autres cas, les parties feldspathiques et quartzeuses ne sont pas séparées, mais constituent une seule roche homogène grisâtre à cassure esquilleuse dans laquelle apparaissent quelques cristaux de feldspath. Cet alliage de quartz en excès et de feldspath prend le nom de *hornstein*, à cause de sa couleur grisâtre semblable à celle de la corne coupée ; le porphyre est donc un *porphyre kératique*. Il ne faut pas confondre avec cette roche le *hornfels*, mélange de couleur sombre, d'un gris foncé, composé de feldspath, de quartz et de schorl ou tourmaline. On attribue son origine au métamorphisme, phénomène dont nous parlerons plus tard. La base des porphyres augitiques est un alliage intime de cristaux microscopiques de labrador et d'augite de couleur sombre et grise comme le basalte, mais en général à texture plus fine et plus noire que cette roche. Cette pâte englobe des cristaux isolés, qui la plupart sont du labrador. L'aspect sombre de ce porphyre lui a valu le nom de *mélaphyre*, en harmonie avec sa couleur. Ces deux espèces, les porphyres brun rougeâtres et les porphyres augitiques noirs, sont entre eux comme le granit, la syénite et la diorite aux pyroxènes, et ce parallélisme frappant des parties élémentaires correspond à des connexions géologiques tout aussi certaines. En effet, parmi les porphyres ce sont aussi les porphyres pétrosiliceux roses et quartzifères qui forment les gisements les plus puissants, et les porphyres augitiques noirs constituent les masses les moins considérables. Les premiers, comme les granits, donnent naissance à des montagnes ou chaînes arrondies en dômes sur lesquelles ne croit qu'une maigre végétation; mais leurs assises intérieures, quoique nombreuses, ne sont jamais aussi régulières et aussi apparentes, ce qui nous explique pourquoi

[1] Ces descriptions sont empruntées aux analyses chimiques des porphyres de Halle, publiées par C. Wolf dans le *Journal de chimie pratique* d'Erdmann et Marchand, tome XXXIV, p. 405 et 412.

les porphyres n'ont jamais d'aspects aussi pittoresques. Cette roche
apparaît tantôt isolée, comme les porphyres du pays de Halle, dont
la planche 15 nous représente l'aspect boisé[1] ; tantôt elle est en
connexion intime avec le granit, comme cela a lieu dans le Thuringerwald, le Voigtland saxon, le Tyrol et l'Auvergne. Les mélaphyres

Fig. 15. — Masses porphyriques près de Halle.

ne forment que des gisements de peu d'étendue, et accompagnent la
plupart du temps les porphyres rouges qu'ils coupent et pénètrent en
travers. Aussi les considère-t-on avec raison comme de formation plus
récente. Ils vinrent après les porphyres quartzeux qu'ils boulversè-
rent en partie, et peut-être étaient-ce eux qui les avaient déjà poussés
au dehors. Les porphyres rouges, de même que les granits, ne sont
pas tous de la même époque. Beaucoup se trouvent déjà dans la formation houillère, d'autres sont incontestablement plus jeunes[2]. Cette

[1] Elle figure la brèche que la Saale s'est frayée au travers des roches porphyriques au
nord de Halle. Au premier plan, on voit les rochers des Giebichensteiner, au sommet desquels se trouvent les fondations d'anciennes fortifications. En face est une partie du
village de Seullwitz, derrière lequel s'élèvent les dômes porphyriques. Au milieu s'avancent les rochers de Trotlmer, au pied desquels coule la Saale. Ces trois groupes appartiennent aux porphyres, que l'on a nommés les porphyres récents, placés au-dessus des
terrains houillers. La gorge qui se trouve devant le rocher des Giebichensteiner, les sépare du porphyre ancien, situé plus au sud. Le terrain carbonifère s'étend au-dessous
d'eux et, en remontant la vallée, affleure le sol à quelques pieds près.

[2] D'après les travaux de M. Credner Essai sur la géologie de la Thuringe et du
Hartz, Gotha, 1845, 8°, les puissants porphyres quartzeux du Thuringerwald appartiennent

période a dû être l'époque de leur soulèvement. On les rencontre presque toujours dans le voisinage des couches de houille qui, tantôt reposent sur eux, tantôt au contraire sont recouvertes par eux, comme on l'a constaté près de Halle. Les mélaphyres aussi, appartiennent à des époques différentes, et il n'existe pas un espace de temps constant entre leur soulèvement et celui des porphyres roses.

Nous passons maintenant aux roches *volcaniques*. Il ne nous suffit pas pour les déterminer de dire qu'elles existent seulement dans les volcans actifs ou éteints; mais nous allons décrire leur structure dont le caractère essentiel est une *fine granulation uniforme*, sans adjonction de gros cristaux isolés. On peut donc assimiler les roches volcaniques avec le ciment des porphyres, tandis que les roches granitoïdes répondent par leur texture aux cristaux isolés contenus dans les porphyres. Le porphyre sert ainsi d'intermédiaire entre les roches granitoïdes plutoniennes et les roches volcaniques : position que lui donne, non-seulement sa contexture, mais encore son âge relatif. La granulation fine des produits volcaniques s'explique tout aussi aisément que la division en gros grains des masses plutoniques. Elle provient d'un refroidissement plus rapide amené, d'un côté, par le grand abaissement de la température atmosphérique à l'époque où ces roches sont apparues, et, de l'autre, par le volume moins grand de leurs masses. Le porphyre, considéré à ce point de vue, se place entre les deux autres groupes, et ses éléments affectent deux structures différentes. Sur quelques points la lenteur du refroidissement leur a permis d'arriver jusqu'à une cristallisation complète ; mais la plus grande partie de la masse était restée à l'état de cristallisation indiscernable, lorsqu'elle devint solide et empêcha les substances de se séparer suivant leur nature. La texture des roches, en général, s'explique donc, non pas par leur composition, qui est la même et obéit aux mêmes lois dans tous les autres groupes, mais par certaines conditions extérieures propres aux périodes de l'histoire générale du développement avec lesquelles

à six types différents, dont l'époque de soulèvement s'étend dans une période comprise entre la formation carbonifère et le dépôt du grès bigarré. Les mélaphyres de la même région se placent en grande partie dans l'époque du rothliegend et sont certainement plus anciennes que le zechstein. Elles pénètrent au travers des porphyres anciens en plusieurs endroits, mais d'un autre côté elles sont traversées par des filons de porphyre jeune, probablement contemporain du grès bigarré.

leur apparition coïncide. En effet, la base matérielle des roches
volcaniques ne diffère pas de celle des roches plutoniques. On y
retrouve, comme dans ces dernières, les divers feldspaths qui, combinés avec de la hornblende, de l'augite, de l'olivine, moins souvent
du mica et du quartz[1], mais surtout avec du fer magnétique
(p. 67), produisent toutes les variétés. Pour les distinguer, nous
nous servirons de la différence matérielle du feldspath et des autres
substances qui l'accompagnent. Cependant un nouvel élément apparaît dans les produits volcaniques, à savoir, l'eau de combinaison
chimique qui manque dans les granits et les porphyres. Cette eau
entre en combinaison avec divers feldspaths et donne naissance à
une série particulière de silicates doubles hydratés, les zéolithes
(p. 71). Leur présence dans les produits volcaniques constitue le
caractère propre au *basalte* et à la *phonolithe*; leur absence distingue
le *trachyte* et la *dolérite* des deux précédents. Le trachyte est formé
de feldspath potassique ou sodique à grain fin et d'une couleur
gris jaunâtre foncé, dans lequel sont disséminés, en forme de nœuds
et en plus ou moins grand nombre, de petits cristaux de feldspath
vitreux[2] qui atteignent jusqu'à un pouce, des lames et des feuilles
de mica et de hornblende. Le quartz ne s'y rencontre que très rarement. La *dolérite* est un alliage à gros grains et noir de labrador
et d'augite auxquels s'ajoute souvent du fer magnétique en masses
et en cristaux. Le *basalte* est un mélange à grains fins et presque
homogène dans lequel le labrador non hydraté est remplacé par une
zéolithe calcaire hydratée (mésotype ou mésolithe) et se combine avec
de l'olivine, de l'augite et du fer magnétique. La phonolithe est composée de feldspath vitreux coloré par de l'oxyde de fer et une zéolithe
alcaline sans augite ni olivine; elle répond donc au trachyte comme
le basalte à la dolérite[3]. Sa couleur gris clair correspond aussi à
celle du trachyte, et de grands cristaux isolés de sanidine dissémi-

[1] La présence du quartz dans les roches volcaniques est sans doute une rareté; mais il
ne faudrait cependant pas considérer son absence comme un caractère nécessaire et distinctif des produits volcaniques. Voir p. 76.

[2] Le feldspath vitreux ou sanidine est une orthose à éclat vitreux très vif et douée d'une
grande transparence. Sa couleur varie depuis le blanc grisâtre jusqu'au blanc limpide; sa
texture est feuilletée et il renferme un peu de soude et de potasse.

[3] Les masses volcaniques à substance finement divisée, terreuse et compacte, qui ont
été formées au moyen de la cendre des volcans antéhistoriques, prennent le nom de
wackes. On a aussi des *tufs* volcaniques ou *trass*, lorsque ces cendres ont été pétries
dans l'eau ou par une action mécanique.

nés sur certains points dans la masse lui donnent un aspect porphyroïde. Son nom lui vient de la sonorité que possèdent les plaques
dans lesquelles elle se divise. Le basalte, au contraire, se divise en
prismes ou en enveloppes coniques concentriques, et ses divisions,
presque régulières, sont faciles à apercevoir. Nous avons déjà décrit
son mode d'apparition (p. 67-75), lorsque nous avons démontré la concordance de ses formes avec celles de la lave, et nous renvoyons le
lecteur à ces pages. Qu'il nous suffise donc de répéter que, entre
les roches volcaniques antéhistoriques et les laves des temps historiques, il n'existe aucune différence dans la substance composante,
si ce n'est que les dernières manquent ordinairement[1] d'eau de
composition chimique, soit que les roches volcaniques primitives
hydratées aient été produites par des éruptions sous-marines, c'est-
à-dire remontant à une époque où la mer recouvrait encore le lieu
sur lequel elles apparurent à la lumière ; soit encore que la vapeur
d'eau qui actuellement soulève les substances éruptives dans les cratères ouverts ne se trouve pas soumise à une pression assez considérable pour entrer en combinaison chimique avec les silicates.
Cette manière de voir est encore confirmée par les bulles vides provenant de la vapeur d'eau et que l'on considère comme un caractère
extérieur distinctif des laves ; elles manquent, en effet, presque
toujours dans les basaltes anciens. Les basaltes qui en renferment
prennent le nom d'*amygdaloïdes*, lorsque les bulles (p. 66) en
forme d'amande (*amygdala*) ne sont pas vides, mais remplies de
minéraux particuliers séparés de la masse générale. Soumis à un
examen approfondi, ces minéraux se laissent reconnaître pour des
zéolithes.

Quant à l'époque où les produits volcaniques apparurent à la surface du sol, nous avons déjà dit qu'ils sont plus jeunes que les roches
granitoïdes plutoniennes et même que les porphyres. Mais le moment exact de leur apparition n'est pas encore déterminé. Nous
savons déjà (p. 70) qu'ils ne sont pas nés en même temps, et que le
basalte et la phonolithe sont plus jeunes que la dolérite et le trachyte.
Nous pouvons ajouter ici que leur apparition dut être postérieure

---

[1] Les roches de lave du Montamiata renferment, d'après les analyses d'Abich, de l'eau en
composition chimique. Peut-être cette circonstance provient-elle de ce que l'ouverture
éruptive ne se forma que tard et que les matières volcaniques et la vapeur d'eau furent
soumises à une pression plus grande que dans les volcans établis avec antériorité.

au dépôt de la craie et que, par conséquent, leurs éruptions ont dû
être en connexion intime avec la formation des couches tertiaires.
Nous essayerons plus tard de fixer avec plus de précision ces connexions, lorsque nous étudierons les couches neptuniennes en question et l'apparition successive des chaînes de montagnes. Pour le
moment, nous n'irons pas plus loin, parce que d'autres objets réclament notre attention dès maintenant.

Mais jetons d'abord un coup d'œil général sur les résultats où
nous sommes arrivés à l'égard de la composition matérielle des
roches massives. Notons surtout cette circonstance que, dans les
quatre espèces principales, *granit*, *porphyre*, *trachyte* et *basalte*,
deux alliages différents reparaissent, dont l'un est caractérisé par
du quartz, du mica et de la hornblende se combinant avec une base
de feldspath alcalin, l'autre par de l'augite, du diallage et de l'olivine
mélangés avec une base de feldspath calcaire. Notons encore que la
plupart des produits volcaniques se distinguent par leur hydratation, tandis que l'eau de combinaison chimique manque absolument
dans les matières plutoniques. Ces deux particularités ne sont certainement pas accidentelles, mais sont indubitablement le résultat
de lois aussi positives que celles qui ont donné naissance aux textures
granitoïdes, porphyroïdes et basaltiques. Cette loi se dévoile aussitôt
que, sans se contenter des différences qualitatives des alliages, on
prend encore en attention leurs différences de pesanteur. On reconnaît, en effet, que le labrador calcaire a une pesanteur spécifique
(2,71) plus grande que l'orthose (2,58) ou l'albite (2,61) et que
l'augite noire métallifère (3,2 — 3,8), ainsi que la hornblende
(2,9 — 3,4) sont dans la même condition par rapport au quartz
(2,5 — 2,8) et au mica (2,8 — 3,0). Ces sept substances étant contenues dans un mélange où elles pouvaient se distribuer d'après leur
pesanteur, le labrador et l'augite durent descendre les premiers
vers le fond, l'albite et la hornblende occuper la région moyenne,
et enfin l'orthose, le mica et le quartz se rassembler dans la partie
supérieure. C'est pour cela que le labrador accompagne l'augite,
l'orthose le mica et le quartz. Toutefois, avec des différences de
pesanteur si faibles, la séparation ne put pas être complète, du
moins dans la région moyenne où les substances se mêlèrent plus
facilement.

Nous aurions gagné un résultat considérable si ces déductions théoriques soumises à l'épreuve des faits se trouvaient démontrées par la position relative des roches massives. Pour les porphyres, on peut affirmer avec pleine certitude que les mélaphyres noires sont apparues postérieurement aux porphyres rouges et, par conséquent, sont placées au-dessus d'eux. Le trachyte et la dolérite se trouvent dans le même cas ; le premier, étant le plus ancien, est toujours traversé et recouvert par celle-ci ; mais la phonolithe et le basalte sont plus jeunes que les précédents, sans présenter entre eux de rapport de succession bien déterminé. Leur hydratation provient de ce que les vapeurs d'eau, qui se trouvaient dans les profondeurs, soumises à l'énorme pression des couches externes, furent contraintes d'entrer en combinaison chimique en se condensant avec les silicates déshydratés. C'est ainsi que le trachyte se transforma en phonolithe, la dolérite en basalte, et les masses liquéfiées furent chassées et s'ouvrirent une issue. On comprend dès lors pourquoi la phonolithe traverse la dolérite et même le basalte. Elle est, en effet, formée de trachyte. Celui-ci, placé dans les régions hautes, put être touché par les vapeurs d'eau dans leur expansion seulement après le basalte qui prit naissance par la transformation de la dolérite située plus bas. Ces circonstances nous expliquent aussi pourquoi il n'existe pas de succession déterminée dans l'ordre de formation et d'éruption de la phonolithe et du basalte. L'un et l'autre, en effet, n'appartiennent plus aux produits primordiaux du manteau de silicates, mais sont le résultat de transformations postérieures causées par les vapeurs brûlantes dans quelques-unes de ses couches. A l'époque où les granits et les roches porphyriques furent soulevés, les vapeurs d'eau n'étaient pas encore l'agent de ces soulèvements. Ils furent produits par le retrait progressif de toute l'écorce, d'une part, et, d'autre part, par la pression que les couches supérieures exerçaient sur les couches inférieures non solidifiées. Les matières durent donc se disposer dans un ordre naturel correspondant à leur pesanteur spécifique. Tant que le granit resta liquide, ce fut lui qui fut soulevé, et la diorite et l'augite apparurent seulement lorsqu'il vint à manquer. Plus tard, lorsque tout le granit fut solidifié, les pyroxènes seuls furent soulevés ; mais comme ils venaient de profondeurs plus grandes, leurs éruptions ne s'effectuèrent pas sur une échelle aussi vaste que le granit, sans doute parce que la route qu'ils eurent à parcourir était plus longue,

14

on bien parce que l'intensité de la pression s'affaiblit à mesure que
le refroidissement augmentait. Quelques masses granitiques restées
liquides çà et là donnèrent naissance aux porphyres rouges, refroidis
plus rapidement et d'origine plus récente : des masses pyroxéniques
semblables produisirent les mélaphyres. C'est ainsi que nous concevons la marche suivie par les soulèvements des montagnes et la série
chronologique de leurs éléments. Nous pensons que les différences
primitives de position furent l'origine de l'ordre successif des masses
éruptives : mais nous ne méconnaissons pas que ces différences dans
la position des substances ne purent pas être partout exactement
les mêmes. Il dut donc apparaître dans un lieu plus de roche
quartzifère, dans un autre plus de substance augitique ; celle-ci
même, suivant les localités, put être plus ancienne que celle-là. La
loi, en effet, qui régla ces phénomènes était, comme toutes les lois
naturelles, sujette à être annulée par d'autres lois, et bien qu'elle
ne puisse jamais avoir été complétement détruite par celle-ci, il
existe cependant des limites dans lesquelles elle et toutes les autres
lois de la nature peuvent osciller.

Fig. 16. — Granits serpes différentes, à Heidelberg.

Prenons ici quelques exemples particuliers de gisements de roches
quartzeuses et augitiques, afin de rendre plus clair ce que nous
venons de dire. Citons d'abord les granits si bien étudiés près de

Heidelberg [1] et de Karlsbad [2]. Ils prouvent que les granits ne se sont pas solidifiés tous en même temps, puisqu'on y trouve des crevasses et des fissures remplies avec d'autres matières granitiques formant des filons. La coupe que nous reproduisons, tirée du jardin du château à Heidelberg, est un riche échantillon de ce phénomène.

Cette disposition prouve incontestablement que la matière injectée postérieurement était à l'état liquide; elle prouve, avec autant de certitude, que la masse la plus ancienne était déjà solidifiée et sillonnée par des crevasses avant que l'autre, encore liquide et située plus profondément, n'eût pénétré dans ses interstices. Aussi est-ce pour cela que la substance solidifiée le plus tard est appelée jeune, et ancienne, celle qui l'était déjà auparavant. On n'entend pas dire par là que l'une ait été formée plus tard que l'autre, mais eu égard seulement au moment plus récent ou plus ancien de leur complet refroidissement jusqu'à la solidification. Les filons granitiques injectés dans le granit ne nous apprennent donc rien de plus, si ce n'est que les couches inférieures de cette roche étaient encore liquides, lorsque les couches supérieures étaient déjà complètement solidifiées et peut-être même se trouvaient arrivées à leur degré de refroidissement actuel. Ces masses primitives, fissurées de toutes parts, étaient comprimées de haut en bas par les forces extérieures, et les couches plus profondes encore liquides s'injectèrent dans leurs fentes. Nous pouvons d'après cela attribuer une grande épaisseur ou puissance aux masses granitiques.

On peut expliquer de la même manière les infiltrations de granit observées dans les schistes cristallins et même dans les strates neptuniennes. Il en découle deux conséquences, à savoir : ces couches étaient complètement formées à l'époque où eut lieu la catastrophe qui poussa en haut le granit qu'elles renferment et qui fut injecté

[1] On peut consulter l'excellent travail de G. Leonhard, Matériaux pour la géologie des environs de Heidelberg, 1844, in-4.

[2] Gustav Rose, par publications, à une si haute que ces granits avait été formés... [illegible footnote text] ... Leonhard, in Neuern Jahrbuch de mineralogie, etc., 1843, p. 191, et le répique de Göttge, 355. — Depuis lors, M. de Warnsdorf a étudié de nouveau ces granits de Carlsbad et a démontré qu'ils sont deux granits d'âges différents. Les plus jeunes à gros grains, l'autre plus jaune à grain fin. Les célèbres sources de Carlsbad jaillissent au point de rencontre de ces deux granits et nous trouvons plus chaudes que la juxtaposition des deux roches exige placées plus verticalement. Ibid., 1846, p. 380. — Naumann exprime la même idée, Ibid., 1847, p. 185-189.

dans ces roches déjà solidifiées ; en second lieu, nous en acquérons la certitude que ce granit n'était pas encore entièrement refroidi et, par suite, qu'il ne s'est pas solidifié partout en même temps et à toutes les profondeurs, mais que ce phénomène se réalisa successivement et lentement. Ces roches plutoniques plus récentes ne sont pas du granit dans le plus grand nombre des cas, mais de la syénite, de la diorite ou du pyroxène, dont l'éruption tardive concorde parfaitement avec ce que nous avons dit plus haut de la position relative du granit.

Avec cette manière de voir, il est plus difficile de comprendre un **autre fait**, l'infiltration du granit en filons dans le pyroxène. Il s'en suivrait, en effet, que les pyroxènes sont plus anciens que le granit ; qu'ils étaient déjà solidifiés, lorsqu'il était encore à l'état de fusion ignée, et qu'on ne doit plus les considérer comme ayant été placés au-dessous de lui, mais au-dessus. J'ignore si les exemples de cette disposition sont nombreux ; mais, en tous cas, on ne la trouve pas universellement répandue[1]. Elle a donc peut-être seulement une valeur locale et ne saurait prétendre à élever ou détruire des lois générales. Il est bien possible, par exemple, que le granit injecté **dans** les pyroxènes du Hartz, soit seulement un faible reste poussé **en haut** tardivement et d'une autre époque que le massif granitique de **cette** montagne. Le granit peut en certains points traverser les pyroxènes, de même que sur d'autres points, par exemple à Heidelberg, il traverse la syénite ; et cependant, d'après notre théorie, la syénite était au-dessous du granit et devait s'y étendre en filons. Ce dernier cas est d'ailleurs le plus fréquent, par exemple dans la Forêt-Noire, mais n'est pas le seul possible, parce que le refroidissement des couches ne s'effectua pas partout avec une rapidité égale, ou bien encore, parce que les diverses couches n'avaient **pas** une même épaisseur sur tous leurs points ; enfin parce que tous **ces** phénomènes, au milieu de toutes les conditions changeantes, n'obéissaient pas uniformément à la loi qui les gouvernait. Quelques exceptions ne suffisent donc pas pour détruire cette loi ; elles nous avertissent seulement de ne pas l'appliquer inconsidérément à tous les cas.

Les rapports dans lesquels les roches volcaniques et plutoniques

[1] Voir Naumann, *de la formation des roches en filons*, Bonn, 1843, p. 68.

sont entre elles exigent que nous ajoutions encore quelques remarques sur les particularités produites par leur contact réciproque,
ou avec les couches neptuniennes. Ces phénomènes ont pris dans
ces derniers temps une grande place dans les recherches géognostiques et ne doivent pas être négligés. Nous les étudierons à deux
points de vue différents, comme effets *mécaniques* et comme résultats d'actions *physiques* et *chimiques.*

Les effets mécaniques sont peu variés et, en général, faciles à
comprendre. Leur action se limite aux surfaces de contact qui se
sont broyées et usées l'une contre l'autre. Ces dégradations et ces
frottements durent varier suivant le degré de dureté auquel étaient
parvenues les couches en contact. Ils durent être plus forts avec l'accroissement de la solidification et sur les surfaces de contact planes
ne produisirent qu'un polissage uni ou **strié,** comme lorsqu'une
couche vient à glisser sur une autre. On nomme donc ces plans de
contact polis ou rayés et gercés *surfaces de frottement ou de glissement.* On les distingue ainsi du second mode d'effets mécaniques
appelé *conglomérat de frottement,* qui se manifeste par l'accumulation de nombreux fragments arrachés aux surfaces en contact.
Lorsque les deux parois étaient également dures, les fragments détachés entre elles se trouvèrent broyés et furent empâtés dans une
masse à grain fin presque terreuse, provenant de la poussière du
polissage. Lorsqu'une des masses était au contraire liquide, ou au
moins molle, et l'autre dure, les fragments détachés conservèrent
leurs formes anguleuses et s'empâtèrent ainsi dans la masse molle
qui se durcit plus tard. On rencontre ces deux types de conglomérats de frottement, et leur nature permet aussitôt d'en déduire les
phénomènes qui ont précédé à leur formation. Ainsi on trouve ordinairement des surfaces de glissement entre les couches schisteuses
ou sur les parois des filons fortement redressés. On y trouve aussi
très-fréquemment des conglomérats de frottement avec des fragments anguleux formant le remplissage du filon. Les conglomérats
de frottement avec fragments arrondis se présentent en général sur
de grandes étendues et tracent les limites entre des masses plutoniques soulevées à des époques différentes. On les trouve entre autres très-développés sur les plans de séparation des diverses variétés de porphyres de la région de Halle.

Les actions physiques et chimiques exercées par les roches plu-

toniques ou volcaniques sur d'autres roches de même espèce ou sur
des roches neptuniennes sont en général plus intéressantes. Dans
le premier cas elles ont produit des modifications dans la contexture, résultat de simple contact ; dans le second les modifications
plus profondes ont atteint la composition matérielle des couches.
Ces deux modes d'effets s'accompagnent souvent l'un l'autre ; mais
le premier se présente encore plus souvent seul. On ne rencontre
jamais le second sans le premier. Tous deux, soit isolés, soit unis,
produisent le *métamorphisme*, c'est-à-dire la transformation d'une
roche dans une autre.

La connaissance exacte des phénomènes métamorphiques est encore un problème géognostique. Aussi nous ne pouvons pas leur attribuer avec une égale certitude tous les effets que nous allons décrire ; nous énumérerons toutes les opinions, souvent contradictoires,
les unes après les autres, nous contentant de les soumettre à l'é-
preuve des faits sans idée préconçue et indépendamment de toute
théorie. Nous procéderons donc en partant des roches métamorphiques les plus anciennes pour arriver aux plus jeunes.

Beaucoup de géologues considèrent tous les *schistes cristallins*,
dont nous avons déjà parlé (p. 165) au point de vue de leur texture,
comme les plus anciennes roches métamorphisées. Nous avons fait
connaître quelques-unes de leurs espèces les plus fréquentes ; nous
allons essayer de déterminer avec plus de précision leurs caractères
distinctifs. La matière composante doit surtout être prise en considération, la forme étant à peu près la même partout. On peut les
diviser d'après leur composition en trois groupes suivant qu'y prédominent surtout 1° le *feldspath*, 2° le *mica*, 3° le *talc*.

Le *schiste feldspathique* le plus commun et le plus abondant est le
gneiss, roche dont nous avons déjà parlé (p. 159) avec le granit. Elle
se distingue de ce dernier par sa structure schisteuse et appartient
aux espèces les plus répandues de notre Globe. Elle a ordinairement une texture finement feuilletée et rarement grenue. En perdant
son mica, elle passe par diverses métamorphoses dont la plus fréquente est la *protogyne* qui renferme du talc ou de la chlorite à la
place du mica. Lorsque ces deux minéraux manquent et que la roche
schisteuse ne contient que du feldspath et du quartz, elle forme de
l'*eurite*. Lorsque avec le mica s'ajoute de la hornblende très-serrée
on a le *gneiss amphibolique*. Les feldspaths schistoïdes blancs alliés

avec du quartz et de petits grains de grenat, mais ordinairement sans mica, prennent le nom de *weisstein* (granulite) ; lorsqu'ils sont grisâtres on les appelle *hornschiefer*.

Le *micaschiste* est un alliage schisteux de mica et de quartz qui accompagne souvent le gneiss et est, après celui-ci, la forme la plus commune des schistes cristallins. Lorsqu'il perd une partie de son mica ou que le quartz y devient presque pur on a l'*aventurine*; avec le quartz parfaitement pur et schisto-granulé on obtient le *quartzite* ou le *quartz schisteux*, suivant que la texture schisteuse est plus ou moins apparente. Le mélange d'une faible proportion de mica avec beaucoup de hornblende schistoïde prend le nom d'*amphibolite schisteuse*. L'*itacolumite* est un micaschiste riche en quartz et à texture finement grenue; quelquefois ses parties élémentaires étant un peu désagrégées, cette roche acquiert une certaine flexibilité (*quartz élastique*), et, dans ces derniers temps, on a reconnu, surtout au Brésil, où elle est très-répandue, qu'elle a été la matrice primitive des diamants[1]. Elle peut contenir un peu de chlorite et passer aux *schistes chloriteux*.

Les *talcschistes* sont composés surtout de silicate de magnésie

[1] Le gisement des diamants dans des roches métamorphiques renfermant des fossiles prouve que cette pierre précieuse n'est pas un produit primitif, mais métamorphosé. Beaucoup d'observateurs pensent que le diamant est le résultat de la décomposition de matières organiques, notamment de substances végétales putrides dont l'oxygène et l'hydrogène ont été enlevés peu à peu par un processus chimique. Le carbone resté à l'état pur se cristallisa dans sa forme naturelle, phénomène qui put s'effectuer lentement et sans trouble dans les interstices de la roche solide. Ce fut peut-être dans ces interstices que les organismes enterminés se décomposèrent. Toute décomposition d'un corps organique commence par une absorption d'oxygène emprunté à l'atmosphère, et s'achève par la transformation de la substance organique composée en matières minérales binaires ou simples, notamment en acide carbonique, hydrogène sulfuré, hydrogène carboné, hydrogène phosphoré, eau, ammoniaque et acide. Placé dans un vide atmosphérique, le corps en putréfaction se transforme dans les combinaisons oxygénées qui l'entourent, surtout en oxydes métalliques ou sels et les réduit ou en protoxyles ou même en métaux et en soufre. C'est par cette voie que se sont formés, au moyen de sulfates, les fossiles métamorphosés en pyrite sulfureuse. (Vid. p. 175, note.) La formation du diamant ne paraît pas cependant être le résultat de la décomposition de sulfates; mais elle a plutôt été produite par la réduction d'oxyde de fer ou protoxyde. En effet, non-seulement l'itacolumite contient ce métal, mais encore toutes les alluvions des autres pays où l'on trouve le diamant renferment avec lui du minerai de fer et même des fragments de fer natif. Cette théorie de la formation du diamant par voie humide est corroborée encore par la présence fréquente de cristaux dans leur intérieur, par les empreintes de grains de sable et de cristaux étrangers sur leur surface, par la pyrite de fer qu'ils renferment et par les cellules végétales observées dans les cendres de diamant brûlé. Bischof n'hésite pas à décrire l'itacolumite comme une roche sédimentaire métamorphosée par voie humide. — Consulter Bischof, *Géologie chimique*, 2ᵉ éd., t. II, et Göppert dans l'*Annuaire de la Société silésienne de culture nationale*, XLI, 55.

(p. 165) auquel s'ajoute du quartz, du carbonate de chaux de la chlorite, du diallage et plusieurs autres minéraux. Le talcschiste pur, feuilleté et de couleur blanchâtre ainsi que le schiste chloriteux vert sont les plus fréquents; le schiste serpentineux est très-voisin de ceux-ci. Le *flysch* schisteux ou *flyschschiefer* que l'on rencontre souvent en Suisse est un alliage de talc gris, de carbonate de chaux et de quartz.

Les *schistes argileux primitifs* et le *calcaire primitif* sont en rapport intime avec ces schistes cristallins, bien que les seconds ne présentent point une structure schisteuse, mais constituent une substance finement cristallisée que l'on rencontre en contact immédiat avec les schistes cristallins et forment même des assises alternantes avec eux. L'uniformité de structure et de gisement de ces deux roches les fit considérer comme le produit d'une même cause et, lorsqu'on eut reconnu que les schistes cristallins étaient placés surtout dans le voisinage des massifs plutoniques, on en vint à admettre qu'ils doivent leur forme à ces derniers. Ordinairement le gneiss se trouve couché sur le granit, tandis que d'autres schistes cristallins superposés au gneiss, perdent leur structure cristalline à mesure qu'ils s'élèvent, alternent avec de vraies couches de sédiments et enfin passent aux schistes argileux et au calcaire. Le contact immédiat du gneiss et du granit, la ressemblance de leurs parties élémentaires, le prolongement des filons du granit dans le gneiss, leur alternance et le passage insensiblement gradué de l'une de ces roches à l'autre ont depuis longtemps fait naître l'opinion que la dernière n'est qu'un granit devenu schistoïde par la prédominance du mica. Il se serait formé de la même manière que lui, et on devrait le considérer plutôt comme le résultat d'une modification locale que comme une forme particulière. La puissante extension du gneiss dans quelques montagnes, dans les Alpes par par exemple, dont la plupart des sommets sont des massifs de gneiss, à l'exception du mont Blanc et du Saint-Gothard formés de granit, vint encore corroborer et justifier cette hypothèse pleinement d'accord avec l'absence de gneiss dans d'autres montagnes, comme le Hartz où le granit est abondant. En effet, si le gneiss n'est qu'une modification locale du granit, rien ne nécessitait sa présence partout où celui-ci se trouvait. Le *micaschiste*, qui repose souvent directement sur le gneiss, fut considéré à son tour comme une modification locale de cette roche, modification causée par l'absence de feldspath et que l'on proposait sans pouvoir l'expliquer. Dans beaucoup de lieux, le micaschiste se superpose au gneiss et assez souvent le schiste argileux primitif au micaschiste. Le passage entre ces deux roches est si doux et si insensible qu'on ne peut établir de limite tranchée entre elles. Il s'en suit qu'elles sont évidemment de structure identique et qu'elles ont été formées de la même manière. La surprise des savants fut grande lorsqu'ils arrivèrent à ce résultat ; les schistes argileux primitifs à cristaux microscopiques passent à leur tour aux schistes argileux communs, et ces derniers sont des dépôts d'origine neptunienne renfermant des fossiles. On aurait donc prouvé de cette manière le passage des prétendues roches plutoniennes cristallines aux roches formées par un dépôt mécanique. Mais ce passage est impossible avec la formation primitive de ces deux espèces de roches. Il doit exister une limite entre elles la théorie l'exige ainsi que l'expérience. Si le micaschiste passe au schiste argileux primitif et celui-ci, sans différence dans la direction de ses couches, aux schistes argileux neptuniens, il faut, ou bien que les limites naturelles entre ces deux roches aient été effacées par quelque action postérieure et que l'une des deux ait été modifiée par l'autre, ou bien que les deux roches aient une origine semblable et ne diffèrent pas si profondément qu'on le croit. Nous savons que les hautes températures ramollissent les matières terreuses et peuvent même les fondre, et que le refroidissement lent fait cristalliser les masses fondues. Le micaschiste peut donc n'être qu'un schiste argileux ramolli par la chaleur et refroidi lentement. Ses éléments se seraient changés en quartz et mica sous l'action de cette métamorphose d'origine ignée.

Dans ces derniers temps on a tenté d'expliquer la formation de tous les schistes cristallins à l'aide de cette hypothèse et on les a appelés *roches métamorphiques* ou *métamorphosées*.

Cette théorie excita tout d'abord une admiration universelle par sa hardiesse et ne trouva tout à l'origine que des applaudissements. Mais l'enthousiasme se calma, lorsqu'on se fut habitué à cette idée hardie ; l'ivresse se dissipa et fut remplacée par un contrôle calme qui mit bientôt la plus grande partie des savants en défiance contre la nouvelle hypothèse et les fit même passer à une opposition complète. Au milieu de pareilles circonstances, il est difficile à un écri-

vain contemporain de tenir le juste milieu entre les parties dissi-
dentes. Il ne pourra pas se défendre de l'influence des personnalités
considérables qui se sont déclarées pour ou contre la théorie du
jour, et son jugement obéira d'autant plus à cette influence, qu'on
pourra moins le combattre par des expériences contradictoires bien
qu'il puisse être violemment attaqué et méprisé.

Pour appliquer la théorie du métamorphisme à la nature des
schistes cristallins, il faut d'abord faire connaître leur état primitif,
et ensuite prouver que les modifications subies par eux peuvent
avoir été causées par les roches primitives. Quant à la première
partie de ce problème, les schistes cristallins, avant leur métamorphose, n'ont pu être que des sédiments neptuniens qui, d'après
l'observation des faits actuels, étaient formés d'argile, de silice, de
carbonate de chaux et de sels alcalins avec quelques sels métalliques.
Tous les savants qui admettent le métamorphisme sont d'accord
sur ce point. Étant bien établi que nous avons là les matériaux élémentaires des schistes cristallins, dans lesquels, du reste, les alcalis
des silicates ne se trouvaient point, c'est aux plutoniens à montrer
que ces corps, chauffés jusqu'au ramollissement, ont pu faire naître
de nouvelles combinaisons chimiques et prendre la forme cristalline
en se refroidissant de nouveau. La chaleur nécessaire n'a pu venir
que des roches plutoniques placées dans les profondeurs. Pour que
cette chaleur suffit à liquéfier les strates neptuniennes, il fallut au
moins qu'elle s'élevât jusqu'au point de fusion du granit. Cette
roche elle-même ne devait donc pas encore être solidifiée lorsque
le métamorphisme commença. Comment, en effet, une masse assez
refroidie, pour s'être déjà solidifiée, aurait-elle pu fondre une substance solide placée au-dessus d'elle, si le point de fusion de cette
substance est aussi élevé que le sien? Mais, tant que le granit
demeura liquide, il ne subit pas de désagrégations, et, par conséquent, il ne fournit pas encore de matériaux pour les sédiments,
et il n'existait aucune roche stratifiée à métamorphoser. Si ces
roches sont postérieures à la solidification du granit, celui-ci devait, à l'époque de leur formation, avoir déjà une température trop
faible dans ses couches supérieures, pour faire passer de nouveau
ces masses terreuses à l'état de fusion ignée. Il pourrait les échauffer, mais pas assez pour les ramollir, autrement il se serait liquéfié
lui-même. — Telles sont les objections qu'une partie des géologues

opposent contre le métamorphisme des schistes cristallins. D'autres ne prennent pas les choses de si loin; ils affirment simplement que le granit lui-même étant liquéfié, il n'aurait jamais pu causer une transformation d'une étendue aussi puissante. Les schistes cristallins, en effet, constituent des assises qui sont loin d'être minces. Ils ont une épaisseur considérable; dans les Alpes, par exemple, ils atteignent à une puissance de plusieurs mille pieds, et s'étendent horizontalement sur la plus grande partie de la Scandinavie et de la Finlande. Quelle immense quantité de chaleur eût été nécessaire pour ramollir des masses si considérables! Comment le granit qui n'est pas beaucoup plus puissant, aurait-il pu la produire? Comment aurait-il pu la conserver tout en rayonnant constamment pendant la série de siècles nécessaire pour la production des matériaux de ces roches énormes? Pour mon compte, j'avoue que je ne saurais répondre à ces objections, et que, tant qu'elles seront là, il sera toujours difficile d'admettre le métamorphisme plutonique des schistes cristallins. De plus, lorsqu'on fait attention à la grande différence qui existe entre des couches de schistes cristallins immédiatement en contact les unes avec les autres, cette difficulté s'accroît encore. En effet, ces couches sont toutes composées des mêmes matériaux provenant des roches plutoniques et ont toutes été formées par le même procédé de décomposition.

Entraînés par des raisons si nombreuses et si puissantes, des géologues contemporains nièrent aussitôt que le métamorphisme fût produit par une action plutonique de chaleur, et ils attribuèrent ses effets à d'autres causes, et entre autres au contact prolongé des roches internes et profondes sur les strates de schistes primitivement sédimentaires. Ces savants, dont le géologue norwégien Keilhau[1], peut être considéré comme le chef, sont entièrement persuadés de l'origine primitive neptunienne des schistes cristallins. Ils pensent avoir suffisamment démontré, par la présence de quelques fossiles contenus dans les schistes métamorphiques, et placés, soit près des grenats et de la grammatite, soit à l'intérieur des noyaux de trémolite, que ces schistes n'ont jamais été fondus et qu'ils n'ont même pas été exposés à un degré élevé de chaleur, mais qu'ils se sont formés par voie humide comme tous les schistes. Ils admettent

[1] Gaeasblat in *Gaea norwegica*, 2e cahier, Christiania, 1840, in-4.

aussi, comme un fait incontestable, que l'action qui a transformé
ces sédiments en substances cristallines provient des roches massives
ou anormales voisines. Ils s'appuient sur la nature cristalline des
schistes dans le voisinage de ces autres masses pour la plupart plutoniques, tandis que les mêmes formations schisteuses éloignées de
celles-ci ont conservé leur structure sédimentaire. Ils citent comme
preuve décisive ce fait, que les extrémités d'une strate sédimentaire
en contact avec des roches anormales sont devenues cristallines,
tandis que sa partie moyenne n'a éprouvé aucun changement.
Ils considèrent encore comme opposé à l'origine plutonique des
schistes cristallins le fait souvent observé de couches cristallines et
de couches purement sédimentaires alternant entre elles, en sorte
que les premières sont souvent au-dessus des secondes; cette disposition ne pourrait exister, si l'état cristallin avait été produit par
échauffement rayonnant de bas en haut.

Ces faits, sans doute, sont d'une grande importance et ne laissent
guère survivre le métamorphisme plutonique. Mais enfin, comment
un simple contact est-il à produire les effets de métamorphisme
sur des étendues aussi considérables, et quels phénomènes concourent à la métamorphose pendant le contact? Tout cela est aussi
énigmatique que la théorie plutonique. L'alternance des couches
cristallines et sédimentaires, en particulier, ne contribue guère à
faire comprendre les actions de contact. Il est vrai qu'elle n'est pas
beaucoup plus favorable à la théorie citée plus haut (p. 163) et
opposée qui considère les schistes cristallins comme d'origine purement plutonique. On conçoit difficilement, en effet, que de véritables sédiments fossilifères aient pu coexister avec des parties encore
liquéfiées de l'écorce incandescente. En présence de ces difficultés
il n'est plus permis de regarder les schistes cristallins comme de
formation plutonique primitive. Leur passage aux schistes neptuniens nous force plutôt à admettre un phénomène de métamorphisme. Mais quelle force ou quelle action a causé ce métamorphisme? On ne peut plus guère le mettre en question après les
observations précises, répétées presque chaque jour sur les métamorphoses ou transformations de certaines substances dans une
matière entièrement différente, tout en conservant leur forme. En
tous cas, l'eau, avec son pouvoir dissolvant et ses mélanges bizarres,
est le seul agent admissible, et, puisque nous voyons encore ces

transformations s'effectuer de mille façons sous nos yeux, elles doivent, non-seulement s'être réalisées dans les temps primitifs de la Terre, mais encore il est très-probable que, certaines circonstances y aidant, elles se sont déployées avec une intensité beaucoup plus grande et ont pu produire des effets beaucoup plus considérables. C'est à elle qu'on attribue aujourd'hui les phénomènes métamorphiques les plus importants et les plus étendus, et on n'admet plus qu'un *métamorphisme par voie humide*. Nous pouvons donc considérer tous les schistes cristallins comme des sédiments d'origine neptunienne, dans lesquels l'eau a introduit toutes sortes de matières étrangères qui ne s'y trouvaient pas d'abord et, avec leur aide, ainsi qu'avec le concours d'actions prolongées pendant des millions d'années, a produit une transformation qui leur a donné une structure cristalline. Dans cette hypothèse, la possibilité ou l'impossibilité, que l'eau, chargée d'agents chimiques, rencontrât pour s'infiltrer dans les formations sédimentaires, suffisent parfaitement pour expliquer pourquoi certaines couches ont été métamorphosées, tandis que d'autres sont restées intactes. Ou bien l'eau ne put atteindre jusqu'à elles, ou bien celle qui s'y infiltra n'était pas propre à y développer les phénomènes chimiques de métamorphisme. Elles restèrent ce qu'elles étaient primitivement, parce qu'elles se trouvaient hors de la sphère d'action des métamorphoses. D'un autre côté, il ne faut pas oublier non plus que beaucoup de micaschistes ont pu être directement produits par formation neptunienne. Le mica, en effet, résiste mieux que le feldspath à la décomposition et peut donc se trouver à l'état cristallin dans des sédiments terreux. Que le sédiment délayé dans l'eau fût, par exemple, composé de silice avec beaucoup de mica, il formait du *micaschiste*; si la silice était presque pure, elle donnait naissance à la *quartzite*; était-elle mélangée d'alumine, elle produisait la *phtanite* et le *jaspe*; beaucoup d'argile, mélangée d'un peu de mica, donnait les *schistes argileux primitifs* et le mica venant à manquer on avait les *schistes argileux* communs. Pour expliquer ces schistes, en partie cristallins, il n'est donc pas nécessaire d'avoir recours à un phénomène de métamorphisme, les actions neptuniennes primitives suffisent parfaitement pour cela. Mais si les agents neptuniens sont réellement les seuls qui aient contribué à leur formation, il devient tout aussi admissible de considérer également tous les autres schistes cristallins contemporains de la même

époque géologique comme des produits neptuniens. C'est à cette
solution que nous conduirait probablement une étude approfondie
des phénomènes de métamorphisme[1].

Du reste, de bonnes observations faites sur l'action que les roches
volcaniques, ces masses dont on ne peut contester l'apparition à
l'état de fusion ignée, ont exercée sur les strates neptuniennes avec
lesquelles elles se sont trouvées en contact, nous instruisent avec
bien plus de certitude sur la possibilité d'un métamorphisme plutonique et sur son extension irrégulière. Ces recherches ont, en effet,
démontré que le basalte et les laves produisent des transformations
dans les roches calcaires et argileuses et dans les grès voisins; que
le calcaire passe à un état nouveau en partie finement cristallin;
que l'argile se durcit plus ou moins, devient poreuse comme des
scories, perd sa couleur et rougit comme la brique artificielle; et
enfin que les grains de sable, ramollis sur leur périphérie, s'ag-
glutinent plus intimement et prennent une forme que l'on appelle
frittée. Mais cette transformation se limite toujours à de faibles
épaisseurs en rapport avec la puissance de la roche incandescente;
c'est-à-dire qu'avec toutes les roches elles atteignent de 100 à
150 pieds, et avec les basaltes soulevés en filons seulement de 25 à
50 pouces[2]. On a reconnu que les matières incandescentes avaient
plutôt pour effet de chasser les parties volatiles que d'introduire de
nouvelles substances dans les roches contiguës. Elles produisent
donc une transformation de forme plutôt que de composition. Ainsi
un des phénomènes les plus habituels consiste dans l'expulsion de
l'eau, entraînant à sa suite la contraction des masses et accroissant
leur dureté et leur solidité. A ceci vient se joindre une coloration
moins foncée produite par l'élimination des matières colorantes

[1] Déjà dans notre précédente édition nous avions dit que les déductions si pleines de
sagacité et si habilement enchaînées que G. Bischof développe dans son excellent Manuel de géologie chimique (Bonn, 1847-1855; 2e éd. 1863-1866, in-8, ne laissent plus
guère douter de l'origine par voie humide du métamorphisme; depuis lors, de nouvelles
recherches sont encore venues renforcer cette opinion. Mais l'auteur va plus loin encore;
il essaye de démontrer que toutes les roches cristallines contenant du quartz isolé ont
été formées par voie humide, et il n'accorde plus que les roches volcaniques au plu-
tonisme.

[2] L'action des roches volcaniques incandescentes est limitée à une si faible épaisseur,
du moins de haut en bas, que, sur les flancs de l'Etna, de grandes masses de glace sont
restées intactes au-dessous d'une coulée de lave, bien qu'elles en fussent séparées seulement par une mince couche de débris de roches sans consistance. Braun, Histoire de la
matière, I, p. 529.

organiques volatiles, ou bien encore une sorte de grillage des roches. On a, en effet, constaté une coloration plus claire dans les schistes argileux noirs, contigus à des coulées volcaniques ou plutoniques. Une partie de leur matière colorante bitumineuse a été chassée par la chaleur. Mais nulle part on n'a observé des effets d'une grande étendue pouvant rappeler la transformation de strates entières en matières cristallines.

Après ces observations, si on voulait encore conserver la théorie des métamorphoses plutoniques produites par le granit, on ne pourrait les étendre qu'à de faibles épaisseurs, mais jamais à la transformation de puissantes roches, comme on en trouve recouvrant des régions entières sur une vaste surface. On peut donc se demander si la texture schistoïde des *ardoises tabulaires et régulaires*, que quelques géognostes désignent sous le nom de *fausse stratification*[1] et veulent attribuer à l'action de phénomènes plutoniques, peut réellement être mise à leur compte. On peut encore moins attribuer à un métamorphisme plutonique l'origine de ces beaux calcaires cristallins, blancs, saccharoïdes qui, sous le nom de *marbre*, sont connus de tout le monde à cause des emplois multiples auxquels nous les appliquons dans nos œuvres d'art et nos constructions. Les marbres salins, finement grenus, de Paros et de Carrare, auxquels l'Europe civilisée emprunte depuis des siècles cette belle matière avec laquelle elle a produit les œuvres les plus parfaites de l'art, sont bien certainement, quant à leur forme, d'origine métamorphique[2]. Mais tout le monde admet que la transformation a été causée par l'eau et non par le feu.

La transformation des terrains primitivement sédimentaires est encore beaucoup plus profonde, lorsqu'elle ne s'arrête pas à une simple modification extérieure de structure, mais introduit ou chasse des matières. Ce phénomène s'effectue toujours par voie humide sous la forme d'un échange successif et très-lent. L'eau y joue le

[1] On appelle *fausse stratification* une disposition de la substance de certaines roches consistant en ce que le fil suivant lequel elles se débitent n'est pas parallèle avec la surface réelle de stratification, mais la coupe sous un angle donné, circonstance qui se réalise toujours dans les ardoises.

[2] D'après des recherches de Fr. Hoffmann, confirmées depuis, le marbre de Carrare est un calcaire jurassique qui appartient à la partie supérieure de ce terrain et doit être placé immédiatement au-dessous des schistes lithographiques. Voir ses *Observations géognostiques pendant un voyage en Italie et en Sicile*, publiées par de Dechen. Berlin, 1839. In-8.

rôle d'agent intermédiaire ; elle apporte les substances alcalines, les acides et les carbonates solubles, ou entraîne avec elle ces éléments. Il faut donc avant tout que les matières soient pénétrables. Les fentes, les crevasses, les fissures, les joints sont les chemins par lesquels l'eau s'introduit et s'infiltre de tous côtés le long des surfaces de stratification. Il arrive souvent que les nouvelles substances ne se fondent pas dans un mélange homogène, mais qu'elles se séparent, isolées sur des points particuliers. Lorsque l'eau pénètre par des filons ou des fentes verticales, les parois seules de la roche matrice se transforment en une nouvelle matière, soit que le filon resté ouvert jusque-là se remplisse du produit métamorphique, ou que la matière de remplissage, qui s'y trouvait, entre avec la roche matrice dans un rapport plus direct, en sorte qu'il s'y fasse un échange des deux substances qui efface la différence de composition existant entre elles. Ce phénomène s'est produit d'une manière très-générale sur les points de contact des formations plutoniennes et neptuniennes. Au contraire, lorsque la substance infiltrée est gazeuse et chemine librement par toutes les fissures et dans tous les sens, elle peut pénétrer dans toute la masse sédimentaire et opérer une transformation minérale complète. Mais, circonstance encore plus singulière, il peut arriver que des éléments métamorphosés et des éléments intacts nettement séparés se disposent en assises et en couches alternant régulièrement et correspondant à des centres d'action distincts. Ces deux cas se présentent dans la formation du *gypse* cristallin. Le premier a produit les puissantes masses gypseuses relevées verticalement comme un mur que l'on rencontre dans les schistes cuivreux ; le second, les minces assises de gypse fibreux situées entre les marnes irisées du keuper. On pense que de puissantes émanations d'hydrogène sulfuré pénétrèrent les sédiments stratifiés, se changèrent en acide sulfurique, en se combinant avec l'oxygène de l'air, et transformèrent une partie du carbonate de chaux en *anhydrite* privée d'eau ou en *gypse* hydraté. On explique aussi de la même manière la métamorphose neptunienne de la *dolomie* : on fait infiltrer dans les carbonates de chaux stratifiés des eaux chargées de carbonate de magnésie, entre lesquels s'effectue un échange ; une partie du calcaire est emportée et une quantité correspondante de magnésie déposée. L. de Buch est le premier qui ait proposé cette explication. Considérant avec le regard de

l'homme de génie les connexions qui existent entre les gisements
de malaphyre augitique et de dolomie dans le Tyrol, il émit l'assertion que des masses de magnésie avaient probablement envahi
à l'état de vapeur le calcaire stratifié et s'étaient combinées avec lui
par un échange de substance. Cette hypothèse souleva des objections de la part des géologues, qui prouvèrent l'existence de fossiles dans la dolomie, et de la part des chimistes, qui contestaient
que la magnésie pût exister à l'état de vapeur. Des deux côtés ils
déclaraient que la dolomie est un produit neptunien, tandis que
d'autres savants la considéraient comme d'origine plutonique et
soulevée des profondeurs à l'état de fusion ignée, comme le calcaire grenu. Cette controverse, sur la genèse métamorphique neptunienne ou plutonique de la dolomie, se continua longtemps et avec
une grande vivacité ; mais elle est actuellement terminée en faveur
de la première hypothèse. Bischof, cet observateur sagace, a prouvé
que le carbonate de magnésie, qui, avec le carbonate de chaux, compose la dolomie, a été apporté par l'eau de haut en bas et que la
transformation du calcaire en dolomie a marché dans la même direction, suivant peu à peu l'envahissement de l'eau. D'accord avec
l'opinion de de Buch, il fait venir la magnésie des porphyres augitiques, la considère comme un produit de décomposition partielle
par voie humide et justifie ainsi entièrement l'hypothèse que L. de
Buch avait devinée par intuition, bien qu'il fasse agir en sens inverse le procédé. La dolomie n'est donc pas un produit direct de la
mélaphyre et reste cependant une roche métamorphique. Sa genèse
expliquée si ingénieusement a donné le coup de grâce à la théorie
des grandes révolutions dans le monde inorganique et restera pour
la postérité le plus grand titre de gloire du premier de nos géologues nationaux et inscrira son nom en lettres immortelles dans
l'histoire de la science[1].

Il est inutile d'entrer dans de plus longs détails pour dire que les
nombreux phénomènes de métamorphisme existant sur les limites

[1] Consulter Bischof, *Géologie chimique*, II, p. 879 et 1000, 2e éd., III, p. 50. La nature cristalline de la dolomie est le résultat du métamorphisme, comme celle du marbre.
Sa structure cellulaire et souvent rude (d'où son nom de rauhwacke s'explique par une
perte de substance causée par les eaux dans le calcaire, lorsqu'elles échangeaient la magnésie contre la chaux. Cependant Durocher, s'appuyant sur ses expériences, croit devoir
soutenir la métamorphose plutonique de la dolomie et donner raison à l'ancienne théorie des vapeurs de magnésie. *Comptes rendus*, etc., tom. XXXIII, 1852, et *Archives
de pharmacie*, mars 1852.

de contact des roches plutoniques et neptuniennes s'expliquent par
le même procédé que la formation de la dolomie et que l'échange
de substance, qui a eu lieu incontestablement sur ces points, s'est
effectué par voie humide. Dès que l'on veut bien considérer le plan
de fracture comme la route par laquelle les eaux ont pénétré, on
comprend aussitôt qu'il a dû s'y produire des phénomènes semblables à ceux qui ont amené la dolomisation du calcaire et, par conséquent, toute hypothèse, faisant arriver des matières terreuses et
des silicates en fusion et à l'état de vapeurs, est tout aussi inutile
que la théorie plutonique pour expliquer la formation des calcaires
grenus ou la métamorphose analogue de la dolomie. Ce sont les
eaux de pluies qui ont causé ces métamorphoses. Elles ont dissous
et entraîné avec elles des carbonates de toutes sortes pour les transformer en silicates et faire des échanges auxquels prirent part la silice et les oxydes métalliques des formations issues de ces métamorphoses. Les matières de remplissage des filons aussi, bien qu'elles
ne soient pas d'origine contemporaine mais ont été injectées postérieurement, n'ont pu être apportées là que par voie humide, ainsi
qu'il est indubitable aujourd'hui pour les filons quartzifères (p. 110,
note). Que des vapeurs d'eau chargées d'acide et de sels volatils
aient pénétré de bas en haut dans ces fentes, ou bien que des eaux
de pluie froides et riches en acide carbonique s'y soient seulement
infiltrées, il dut toujours se produire une décomposition de la
roche matrice de la fente; l'acide silicique demeura en partie dans
la solution et en partie se précipita, ainsi que les éléments métalliques des bases, pour former les nouveaux composés qui constituèrent la matière de remplissage du filon. Beaucoup, sinon la plupart des filons, peuvent donc être considérés comme des produits,
dont la formation est due à une action de métamorphisme.

CHAPITRE XII

Énumération et succession des couches neptuniennes. — Leur classement en grands groupes ou formations. — Terrains stratifiés primaires.

Les couches *neptuniennes* ou normales considérées dans leurs traits généraux, et en tenant compte des propriétés que nous avons déjà mentionnées (p. 4), se présentent à nous avec un caractère de profonde ressemblance dans leur forme et leurs parties élémentaires, qui fait un contraste très-marqué avec la diversité infinie des roches *anormales*. Dans les chapitres qui précèdent (ch. xi et xii), nous avons décrit les différences principales de forme, les connexions des couches avec les plaines, les montagnes et entre elles-mêmes, en un mot, tous les rapports généraux compris sous les noms de *direction* et d'*inclinaison*, ainsi que sous les divers modes de stratification. Nous avons en outre démontré que les couches formées le plus récemment doivent toujours être placées au-dessus des plus anciennes et que, dans les strates renversées, les *susjacentes* sont plus jeunes que les *sous-jacentes*. Mais jusqu'ici les parties élémentaires elles-mêmes des couches sont restées en dehors de nos considérations. Ce sont elles cependant qui servent à établir les différences les plus essentielles entre les strates qui se succèdent et, à ce titre, elles appellent notre attention et exigent que nous consacrions un examen approfondi à leurs caractères distinctifs.

Trois espèces de matières contribuent plus spécialement à la composition des couches ; l'*argile*, le *carbonate de chaux* et les *grains de quartz* ou *sable*. Ces éléments se présentent rarement purs et isolés ; le plus souvent ils sont intimement mélangés entre

eux ou avec quelques autres corps plus rares qui font naître des
variétés tant matérielles que formelles. À ces corps accessoires appartiennent les principes colorants, qui presque toujours sont des
oxydes métalliques et avant tout du fer, bien que le carbone et le
bitume puissent aussi servir de matières colorantes. On rencontre
même le charbon pur formant des assises dans diverses contrées et
intercalé comme strate subordonnée tant dans les couches les plus
anciennes que les plus jeunes. On trouve souvent des gîtes de minerai composés de diverses combinaisons métalliques qui s'étendent
plus ou moins entre les couches neptuniennes. Ces assises subordonnées ne jouent qu'un rôle insignifiant dans la composition des
roches normales; les combinaisons que forment entre eux les trois
corps principaux sont beaucoup plus importantes, en ce qui regarde
les différences de composition. Le plus souvent le sable quartzeux
s'allie avec les deux autres corps, soit avec le calcaire, soit avec l'argile. Ceux-ci sont en général le ciment qui unit les grains de quartz
et en fait une masse solide et dure. Ce sont eux aussi qui contiennent
la substance colorante du grès et qui quelquefois le divisent en
bancs réguliers, rouges, blancs, bleus, verts et jaunes, très-nettement
limités et se superposant comme des bandes de ruban, en alternant
de la façon la plus variée. L'alliage des grains de sable avec l'argile
est le plus fréquent et se rencontre à la fois dans les plus anciennes
et les plus récentes formations. Dans les strates intermédiaires le
calcaire sert quelquefois de ciment. Aux plus anciens grès appartient la *grauwacke*, mélange noirâtre, verdâtre, gris ou brun d'argile, de silice et de sable quartzeux, auxquels s'ajoutent de petits
fragments de jaspe siliceux, de schiste argileux et d'une autre roche
qui, d'un côté se rapproche des schistes argileux, de l'autre du grès
pur ou d'un conglomérat grossier et se caractérise toujours par sa
grande dureté et sa solidité. Dans les formations récentes, l'argile
mélangée avec du sable constitue le *lehm*, avec du calcaire le *læss*.
Tous deux existent fréquemment dans les régions planes et sont
évidemment d'anciennes couches sous-aquatiques. Leur emploi
comme matériaux de construction est très-connu et les a rendu
très-précieux pour l'humanité. Dans toutes les régions et dans tous
les temps le *lehm* a été, en effet, la matière employée la première et
la plus usitée pour nos habitations. Le carbonate de chaux est encore la substance la plus abondante et la plus généralement répan-

duc et on ne le retrouve que dans les couches neptuniennes. Considéré dans ses éléments chimiques, il présente toujours la même composition, mais il vient s'y ajouter des matières étrangères dans des proportions si variées, il revêt des colorations si différentes, possède des degrés de dureté si divers et apparaît si différent par sa stratification, tantôt très-marquée, tantôt à peine distincte, qu'on a souvent peine à constater son identité réelle. Une de ses modifications les plus fréquentes est le mélange déjà cité sous le nom de *dolomie*, dans lequel il s'associe avec du *carbonate de magnésie* ou simplement de la *magnésie* ; cette roche se rencontre surtout dans les assises stratifiées du sol primitif. Plus tard le carbonate de chaux s'unit avec l'argile et produisit la *marne*, corps très-répandu, de couleur bigarrée et qui varie beaucoup dans son aspect extérieur. La marne s'est formée surtout dans les périodes moyennes et récentes des roches sédimentaires; sa puissance est moindre que celle du grès et du calcaire et égale à peu près celle des couches d'argile.

Telles sont les quelques roches essentielles qui ont contribué à former la série des dépôts aqueux. Alternant continuellement les unes avec les autres, elles montrent par l'identité de leur composition qu'elles doivent leur origine à un seul et même mode de formation. Elles prouvent le retour fréquent des causes qui présidèrent à l'évolution de notre Globe pendant son âge moyen, et démontrent de la façon la plus convaincante que les dépôts tout à fait semblables, appartenant aux temps les plus récents, ont été formés dans des conditions analogues. Dans les chapitres précédents (p. 49 et 173), nous avons déjà fait l'histoire de leur formation et fait connaître les lois d'après lesquelles elle s'effectua. *La décomposition des schistes cristallins et des roches massives* fournit les matériaux des sédiments terreux neptuniens, matériaux qui, sans être à proprement dire formés par les eaux, furent du moins transportés par elles. Leur dépôt se fit rapidement, lorsque l'écorce cristalline était encore chaude et un peu refroidie seulement à sa périphérie. Il produisit les puissantes couches de micaschiste et de schistes argileux primitifs sur le dos desquels se précipitèrent plus tard les carbonates calcaires du calcaire de montagnes, qui étaient restés dissous ou suspendus jusque-là dans les eaux, et avec lesquels alternèrent plusieurs fois les schistes argileux contemporains et les

grauwackes. Des millions d'années[1] n'ont pu suffire à la formation de ces puissantes couches. La décomposition ne s'est faite
que lentement; elle suppose une marche insensible et n'a pu
produire des effets apparents qu'après de longs espaces de temps.
Les formes de ces sédiments primitifs corroborent cette manière
de voir. Leur structure schistoïde parfaite, la texture finement
grenue de leurs éléments et l'absence complète de graviers témoignent d'un dépôt paisible et non interrompu par des bouleversements. Leur forme nous permet de les considérer comme
les formations limoneuses les plus anciennement déposées au sein
des eaux.

Mais de violentes éruptions, rejetant du fond des abîmes de nouvelles masses liquides de matières cristallines, vinrent agiter l'Océan
resté paisible jusque-là. Les flots déchaînés rongèrent la surface
des couches encore tendres, et entraînèrent leurs éléments dans
des lieux éloignés, les triturant et en formant un nouveau composé.
Ces bouleversements s'apaisèrent peu à peu, et l'eau, confinée dans
les dépressions, abandonna les matériaux qu'elle avait entraînés.
Les fragments les plus lourds des matières éruptives couvrirent
d'abord le sol, formant des *conglomérats* ou *brèches* (p. 50). Les
grains de sable plus légers les suivirent et s'entassèrent sous forme
de *grès*, et enfin les éléments terreux, plus légers encore, se précipitèrent les derniers, et donnèrent naissance à des assises *argileuses*
ou *calcaires*. Le repos, qui suivit une semblable catastrophe, dura
longtemps, ainsi que le prouvent les couches postérieures formées
à l'aide des produits de la décomposition des nouvelles matières.
Une nouvelle éruption vint encore interrompre ces phénomènes,
et, par l'apparition de masses soulevées plus jeunes, offrit de nouveaux matériaux aux phénomènes de décomposition, qui donnèrent

[1] Un calcul très-simple peut servir à démontrer que ces chiffres si grands ne sont pas
exagérés. Prenons par exemple le Nil, qui élève son sol de 4 pouces par siècle, comme
maximum. Pour 40 pouces, ou 3 pieds 1/2, il faudra donc mille ans. Avec des nombres tri-
ples, nous aurons 10 pieds en 3,000 ans, par conséquent 100 pieds en 30,000 ans,
1,000 pieds en 300,000 ans, 10,000 pieds en 3,000,000 ans. Mais nous n'avons là,
comme il a été dit plus haut (p. 195, note), que la puissance moyenne des formations de
transition, et nullement l'épaisseur totale des dépôts sédimentaires. D'ailleurs, ces chiffres
ne donnent aucun autre résultat positif, si ce n'est de démontrer l'impossibilité de mesurer l'âge de la Terre avec des milliers d'années. Les siècles peuvent servir de mesure pour
les traditions historiques et légendaires; mais, appliqués aux périodes de création, ils ne
signifient plus rien. De même que des millions de milles sont nécessaires pour mesurer
l'espace, les âges du monde se comptent par millions d'années. Comp. p. 169, note 4.

naissance à des couches neptuniennes toujours plus diversifiées à
cause de leur plus grande localisation limitée. Par suite de ces deux
circonstances, le nombre des couches s'accroît avec l'âge de la Terre,
tandis que leur puissance et leur dureté diminuent, parce que les
périodes de calme entre les cataclysmes ne sont plus aussi longues,
les décompositions moins intenses, et que les masses déposées sur
les anciennes couches devenues moins considérables, ne les com-
priment plus avec une force suffisante pour leur donner une cohésion intime. La multiplication des organismes avec chaque période,
et l'ensevelissement de leurs débris dans les nouvelles couches, contribua aussi beaucoup aux modifications et au peu de consistance
des nouveaux dépôts.

Ce sont donc des éruptions de matières plutoniques et volcaniques qui causèrent les grandes révolutions et amenèrent des destructions des paisibles habitants de la Terre d'autant plus grandes,
qu'elles mêmes, ainsi que les ébranlements qui les faisaient naître,
étaient plus puissantes. Nous devons considérer comme une phase
de calme dans l'histoire de la Création, la période de temps écoulée
entre deux de ces éruptions ; nous appellerons formation les strates
neptuniennes en stratification concordante (p. 185) déposées pendant cette période et considérées comme un tout complet. Cette
notion nous donne le principe de détermination le plus juste et le
plus rationnel, à l'aide duquel nous pourrons embrasser la série
chronologique des grandes éruptions, et nous rendre compte de la
grandeur des phénomènes consécutifs. L'effet dut être d'autant
plus limité, que la cause de la révolution était moins intense. Nous
ne devons donc pas attendre des résultats semblables sur toute la
surface du Globe, et nous pourrons rencontrer dans certains lieux
des couches qui nous feront défaut dans d'autres. Ainsi, nous trouverons des différences de composition matérielle à de faibles distances, et cette disparité ne devra pas nous surprendre, puisque la
nature des parties élémentaires dépend des substances très-diverses
constituant les anciennes roches dispersées çà et là et en proie aux
agents de décomposition. Certaines couches se présenteront donc
à nous puissantes ici et minces plus loin, et nous pourrons découvrir dans maintes de leurs parties des organismes qui manqueront
dans d'autres, ou se retrouveront dans une couche différente par sa
composition.

Cette complexité variée, fondée sur la nature même des choses, a rendu de plus en plus fausse et insoutenable l'ancienne théorie des grandes périodes de développement nettement déterminées et les distinctions de formations qui reposaient sur elle. Elle a démontré aux géologues qu'ils avaient bien affaire à des alternatives continues de calme et de bouleversement, de formation et de destruction, de vie et d'anéantissement des êtres animés; mais que les différentes périodes ne se distinguent nettement dans leurs effets que localement, tandis que, sur d'autres points, elles passent insensiblement de l'une à l'autre. En réalité, il n'existe pas de grandes divisions, dans l'évolution et le développement de notre planète, que l'on puisse considérer comme les points de repos, les haltes de sa marche progressive. Au contraire, nous apercevons une évolution identique à elle-même partout, avec des causes semblables jusqu'aux temps actuels, mais douées d'une puissance d'action toujours décroissante, et allant pour ainsi dire en s'épuisant. Des moments d'arrêt, plus grands dans certains lieux que dans d'autres, ont pu se produire. Dans les temps primitifs, ils étaient probablement simultanés et universels, plus tard, ils prirent de plus en plus un caractère local.

Les restes organiques, que l'on trouve dans les formations, sont très-importants pour déterminer l'âge auquel elles appartiennent; aussi l'étude des fossiles est-elle devenue la partie la plus considérable de la géognosie. Personne ne doute plus que ces débris peuvent décider de la contemporanéité ou de la non-contemporanéité des couches, et que, par conséquent, leur connaissance est une des conditions les plus essentielles pour arriver à la connaissance des couches elles-mêmes. En effet, tandis que les couches diffèrent souvent beaucoup par leur composition matérielle, les organismes qui appartiennent à la même période restent les mêmes, qu'ils soient enfouis dans du calcaire pur, de la marne, ou du grès et prouvent que ces couches, renfermant des fossiles semblables, ont été formées à la même époque et après une même catastrophe. L'action de ces catastrophes a été évidemment plus ou moins intense, suivant les lieux, et elles ont produit des résultats très-différents. Sur les points où elles se déployèrent avec toute leur violence, elles durent anéantir tous les organismes sans exception; mais dans les régions, au contraire, où leur action fut moins sensible, beaucoup des orga-

nismes purent échapper à leurs funestes effets. Dans ce dernier cas,
nous concevons très-bien que la vie organique a pu se conserver
totalement malgré les révolutions, et on explique ainsi son passage
d'une période dans une autre, passage qui rend difficile ces distinctions de périodes séparées. Depuis que dans ces derniers temps,
on a donné une grande attention aux renseignements que l'on peut
tirer des débris organiques et qu'on les a étudiés avec un grand zèle,
la justesse et l'universalité de ces faits est devenue de plus en plus
apparente, et la théorie ancienne d'époques fermées et tranchées a
perdu de plus en plus sa valeur. Ceci s'applique aussi au présent
séparé des temps qui l'ont précédé par une grande révolution. Les
plus grands mammifères terrestres ont été anéantis, et l'homme
seul sauvé. Mais nous trouvons parmi les animaux inférieurs, et
surtout parmi les animaux aquatiques une foule d'espèces communes au temps présent et aux temps antérieurs. Il n'est donc plus
permis d'admettre de grandes périodes de création entendues dans
un sens exact, et d'en parler comme d'interruptions pendant lesquelles la Terre se reposait dans son évolution et préparait un nouveau type d'organisation, après avoir anéanti et rejeté l'ancien
comme devenu impropre. Le développement de notre planète s'est
plutôt déroulé en suivant une marche toujours semblable, sans user
de moyens autres que ceux qu'il emploie aujourd'hui. Les éruptions
d'abord plus violentes, ensuite s'affaiblissant avec le cours des
temps, furent, avec les bouleversements qui les accompagnèrent et
modifièrent la nature de notre Globe, les causes principales, dont
l'action contribua à transformer les formes des organismes. Leur
type fondamental était fixé dès longtemps, et il resta le même
dans ses traits les plus généraux à travers toutes les époques. Nous
nous étendrons plus longuement sur ce point, quand nous en serons
arrivé à l'étude particulière de l'organisation. Mais, auparavant, il
faut encore que nous fassions connaître la succession des couches,
autant qu'on peut le faire sans user d'un examen approfondi des
particularités organiques qu'elles présentent ; il faut que nous
fixions leur âge relatif.

A. G. Werner, déjà cité, comme un des premiers fondateurs de la
géologie moderne, divisait l'écorce terrestre en trois parties principales, les terrains primitifs, les terrains sédimentaires et les terrains
inondés. Les terrains primitifs embrassaient toutes les roches mas-

sives ou anormales [1]; les terrains sédimentaires, toutes les roches stratifiées ou normales, et le terrain inondé, les couches les plus récentes
avant l'époque actuelle. Le groupe intermédiaire, embrassant les formations sédimentaires, se décomposait en plusieurs sous-divisions.
Les couches les plus inférieures, depuis les schistes cristallins jusqu'aux grauwackes inclusivement, étaient appelés *terrains de transition* et les étages qui constituent le reste de la formation sédimentaire se groupaient en *anciens, moyens et récents*. Les savants
étrangers combattirent cette nomenclature allemande. On voulut
avoir des dénominations d'une intelligence plus facile. Les étages du
terrain de transition, y compris tout ce qui est au-dessous du terrain houiller, prirent le nom de couches *primaires*, tous les étages
de la formation sédimentaire celui de couches *secondaires*, et les
sédiments les plus récents avant l'époque actuelle celui de couches
tertiaires. Ces divisions elles-mêmes furent bientôt insuffisantes en
face du progrès de la science. En effet, dans chaque étage des trois
groupes principaux, on trouve des strates très-différentes qui se
distinguent profondément, aussi bien par la substance composante
que par les débris organiques qu'elles contiennent. On les avait
déterminées d'abord plus par leurs différences matérielles que par
leurs fossiles. Mais, dans ces derniers temps, ces deux principes de
détermination ont échangé leur importance réciproque, surtout

[1] *Le terrain primitif de Werner embrasse aujourd'hui, sous le nom de formation primitive, des roches toutes différentes. Ses roches principales sont fournies par les schistes cristallins, gneiss, micaschiste et schiste argileux [...] cristallins ; les roches cristallines, granit, syénite, etc., leur sont subordonnées. Cependant, de même que
tous les granits n'appartiennent à cette époque de formation primitive,
il y a aussi des gneiss et des micaschistes plus jeunes, désignés de Rothliegende par les
[...] par les terrains de gneiss et micaschistes primitifs. Le gneiss primitif constitue la
formation la plus ancienne et la plus inférieure. Tantôt elle alterne avec du mica,
tantôt elle alterne avec du granit, du micaschiste, du schiste amphibolique,
du quartzite. Au-dessus partout, profondément, en stratification concordante [...]
[...] au milieu de ce [...] le micaschiste et les schistes argileux
primitifs. Ces deux derniers étages seulement, comme parties subordonnées, les schistes
talqueux et chloriteux, la quartzite, le [...], le schiste amphibolique, la serpentine,
ainsi que des schistes cristallins ou le dolomie. Souvent les schistes argileux primitifs
passent, sans transition brusque, aux schistes argileux à houille, de la formation de
grauwacke, et aux schistes intermédiaires ou de transition sont subordonnés, à ce
[...] [...] schistes, bien développés comme formation argileuse, appartenant
les syénites des grauwackes. Les recherches sur le mode de formation des schistes cristallins ne sont pas encore arrivées à des résultats satisfaisants, comme nous l'avons vu
dans le chapitre précédent. Sans s'occuper ici du mode une description plus détaillée des formations primitives, et nous présentons les lecteurs curieux d'acquérir des
notions plus spéciales sur ce point au Manuel de géognosie de C. F. Naumann, 2e éd.
Leipzig, 1862, t. II, p. [...] — G.*

depuis qu'on s'est convaincu de plus en plus que les éléments matériels ont une importance et une valeur moindre pour reconnaître une formation que la comparaison de ses fossiles, et qu'ils doivent, à juste titre, céder la première place. La valeur qu'un fossile peut acquérir dans ces circonstances se résume dans l'idée que nous attachons à la dénomination de *fossile caractéristique*, sous laquelle nous comprenons une enveloppe animale pétrifiée, où tout débris organique quelconque qui, partout où on le rencontre, détermine avec précision la formation à laquelle appartient la roche qui le contient. Reconnaître les fossiles caractéristiques, et tracer exactement leurs limites locales et chronologiques, est un des problèmes les plus importants des études géologiques actuelles. Nous n'appuierons donc pas beaucoup sur la composition des terrains : dans presque tous, nous trouverons du calcaire, du grès, de la marne, de l'argile et des alliages d'espèces diverses, alternant tous de mille façons. La connaissance seule de leurs organismes nous permettra de bien préciser dans quel temps tombe le moment de leur formation. Cependant, nous donnerons un court aperçu des couches sédimentaires sans avoir égard à leur contenu, afin de faire connaître à nos lecteurs leur ordre de succession, tel qu'il résulte des travaux les plus exacts. Nous pourrons entrer dans une description plus détaillée et plus complète de leurs propriétés et des périodes auxquelles elles appartiennent, seulement lorsque nous connaîtrons, dans leurs traits les plus importants, les organismes qui habitent la Terre, et y ont habité jadis.

1. GROUPE PALÉOZOÏQUE.

L'étage le plus ancien et le plus inférieur des dépôts neptuniens, partout où on les rencontre, est composé d'une série de roches argileuses finement granulées et très-dures, qui alternent avec des calcaires analogues et des grès argileux. La finesse de leur grain et la régularité de leurs couches prouvent l'existence d'océans vastes, d'une profondeur uniforme et peu agités, dans lesquels elles se déposèrent. En Allemagne, on les comprend habituellement sous la dénomination de *formation des grauwackes* ou bien encore de *formation de transition*, en conservant l'ancienne nomenclature de

Werner. Les Anglais et les Français ont préféré le terme de *couches primaires*, qu'ils ont bientôt après échangé contre celui de *terrains paléozoïques* proposé par Murchison. On place dans ce groupe toutes les couches neptuniennes, situées au-dessous de la formation carbonifère dont l'étage le plus bas est le *calcaire de montagnes*, tandis que le *vieux grès rouge* (old red des Anglais) forme l'étage le plus élevé du système des grauwackes. Les travaux si exacts de Sedgwick et Murchison en Angleterre ont établi que les couches paléozoïques, dont la grande puissance dépasse de beaucoup 50,000 pieds, doivent être réparties en plusieurs subdivisions. L'étage le plus inférieur (*système cambrien*) ne contient que de rares fossiles très-imparfaits, tandis que l'étage moyen (*système silurien*), qui en renferme déjà beaucoup, et l'étage supérieur (*système devonien*), non moins riche, se distinguent par leurs organismes et par leur couleur ordinairement claire et souvent rouge brun des roches brunâtres et grisâtres placées au-dessous d'eux. Nous étudierons de plus près ces groupes, après avoir décrit les caractères matériels des étages les plus répandus des grauwackes.

L'étage le plus puissant et plus généralement répandu de toute cette formation est constitué par les *schistes argileux*, masse très-solide, très-dure et homogène, d'une couleur ou prédomine le gris et le noir, quoique le vert rougeâtre et le violet y apparaissent aussi. Cette roche est unanimement considérée comme le produit de désagrégations, comme la *première boue des mers primitives encore chaudes, quoique se refroidissant déjà peu à peu*. Dans ses assises les plus inférieures, elle ressemble beaucoup aux schistes de la formation primitive. Soumise à une analyse scrupuleuse, elle s'en distingue cependant par sa texture non cristalline, par sa cassure mate et sans éclat, et par la double direction dans laquelle elle se fend et qui la fait se diviser en prismes rhomboïdaux ou tiges (*stengel*). Des couches de couleur noire et de structure schistoïde très-marquée, quoique fausse (p. 223, note 1), nous donnent les *schistes tabulaires* ou *tégulaires*. Les *schistes coticulaires* forment des strates de nature terreuse, fine et solide, que l'on emploie comme pierres à aiguiser, de même que les précédentes servent de tablettes à écrire et d'ardoises tuilières. Ils doivent leur couleur noire à du charbon finement divisé et mélangé avec l'argile dénotant la présence de substances organiques. La couleur brune, la plus fréquente de toutes, provient du fer. Ces schistes sont enfin quelquefois verdâtres, couleur produite par la présence de la chlorite. Ils contiennent sur certains points beaucoup de pyrite sulfureuse et servent à la préparation artificielle de l'*alun*, composé chimique de sulfate d'alumine et de sulfate de potasse. On exploite avec succès ces schistes noirs nommés à cause de cette industrie *schistes alunifères*. Des filons et des gisements de minerai se trouvent aussi dans les schistes argileux, et quelques-uns ont une assez grande puissance, par exemple le grand gisement du Rammelsberg, près de Goslar.

Après les schistes argileux, la roche la plus générale de ce groupe est la *grauwacke*, mélange intime de sable fin et d'argile mêlés avec des fragments anguleux de schiste argileux et de jaspe schisteux (kieselschiefer) et possédant une grande dureté. Cette roche a une coloration plus claire, grise, quelquefois brune et même rougeâtre, elle est plus grossière et plus tendre que le schiste argileux, ses couches sont moins apparentes ou plus puissantes et enfin elle est plus riche en fossiles. Suivant la proportion de sable et d'argile qui entre dans sa composition, elle prend tantôt l'aspect de schistes argileux quartzifères, tantôt celui de grès argileux et quelquefois même passe presque au grès par la texture grossière et en brèches et conglomérats. Avec une structure schistoïde plus marquée et une grande abondance de lamelles fines de mica, elle prend le nom de *grauwackenschiefer*, et de *kieselschiefer* lorsque les grains de quartz se fondent et se mélangent à l'état de masse siliceuse avec de l'argile. Sur quelques points elle constitue des conglomérats, en enveloppant dans sa pâte des fragments de roches cristallines plutoniques. La présence de ces fragments prouve que des éruptions s'étaient déjà produites à l'époque de la formation des grauwackes et que des chaînes de roches massives se dressaient au-dessus du niveau de sédimentation.

La troisième roche principale du groupe des grauwackes est un calcaire amorphe très-solide et très-dur que l'on nomme *grauwackenkalkstein* (calcaire des grauwackes) ou *calcaire de transition* pour le distinguer des formations analogues postérieures. Il a une puissance moindre que les schistes argileux et la grauwacke, tout en atteignant sur certains points à une épaisseur assez considérable. Sa couleur varie beaucoup, tantôt elle est noire foncée, produite par la présence de charbon, comme dans le schiste tabulaire,

tantôt gris jaunâtre, tantôt gris bleuâtre ou même bariolée. C'est
dans cette roche que se trouvent les fossiles les plus nombreux du
système des grauwackes. Cette circonstance pourrait la faire considérer comme formée de débris organiques, mode de formation que
quelques géognostes admettent pour toutes les strates calcaires partout où on les rencontre en puissantes assises. A la vérité elle ne
serait pas sous sa forme actuelle le produit immédiat des organismes; mais les matériaux qui la composent auraient été séparés par
eux dans la mer et se seraient transformés postérieurement en
masses sédimentaires par la décomposition des matières organiques.
Le calcaire, comparé avec les autres éléments des couches, augmente
en quantité d'autant plus que les formations deviennent plus jeunes.
Ce fait, universellement admis, est très-favorable à leur origine
organique. Toutefois, la présence fréquente de la magnésie prouve
que tout le calcaire de transition n'est pas de production organique,
puisque les animaux fixent seulement du carbonate de chaux et
jamais du carbonate de magnésie. Le calcaire des grauwackes est
souvent beaucoup plus puissant sur certains points que sur d'autres,
et tandis qu'on le voit alterner ici avec des couches de grauwacke,
il se montre ailleurs en assises presque pures. On ne s'est pas encore bien rendu compte des causes qui ont produit ces effets. Elles
indiquent seulement des différences locales et prouvent que la grauwacke ne se forma pas antérieurement au calcaire, mais que ces
deux étages sont contemporains. On pourrait peut-être attribuer
ces alternances de couches à des courants de direction opposée agissant alternativement. Les lieux, au contraire, où ces alternances
n'existent pas et où le calcaire et la grauwacke sont purs, seraient
alors les centres de ces formations et les points où se trouvait concentrée l'action des animaux marins qui fixaient le calcaire. Ces
transports et formations de dépôts de nature différente doivent
être placés les uns à la suite des autres dans une succession ininterrompue, puisque leurs fossiles ne s'y trouvent pas répartis partout
indistinctement, mais que chaque série de couches possède des organismes qui lui sont propres. C'est sur cette circonstance et sur la
stratification discordante des couches inférieures par rapport aux
couches suspreentes que se sont appuyés les géologues anglais pour
établir leurs divisions dans le groupe des grauwackes.

Dans ces dernières années les géologues autrichiens ont fait connuitre comme système antésilurien ou éozoïque leurs formations laurentienne et huronienne. La première, développée en plusieurs zones puissantes à l'est de l'Amérique du Nord, se compose principalement de diverses roches gneissiques, de quartzite et de calcaire. Elle atteint une puissance de plus de 30,000 pieds et s'étend dans le Canada seulement sur une aire de presque 10,000 milles carrés géographiques. Malgré le caractère franchement cristallin de ces roches, on trouve au milieu d'elles de véritables conglomérats, qui ne laissent subsister aucun doute sur l'origine sédimentaire du groupe entier et permettent d'y établir des divisions. L'Eozoon canadense, le plus ancien représentant de la vie animale à la surface de la Terre, a été découvert dans une zone calcaire du laurentien inférieur. Cet animal appartient aux foraminifères, dont les tests calcaires microscopiques et cloisonnés prennent dans les périodes postérieures une part si considérable à la formation des couches de la craie blanche et du terrain à nummulites. L'Eozoon est d'une taille gigantesque par rapport à ceux-ci et les chambres irrégulières de sa coquille sont toujours remplies par de la serpentine. Les cloisons des chambres disposées concentriquement sont parfaitement conservées avec leurs canalicules et petits tubes, et la serpentine n'a fait que remplir les vides. — Le système huronien repose immédiatement sur le laurentien. Il s'en sépare en formant une zone boréale et une zone australe et se compose de divers schistes cristallins, de quartzites et de calcaires[1].

La seconde division, ou système cambrien, comprend les étages les plus anciens de la grauwacke, renfermant seulement quelques rares fossiles et même n'en possédant encore aucuns dans les couches les plus basses (terrains azoïques). Ce système commence avec des schistes argileux et du calcaire et se termine avec des grès de couleur claire. En Angleterre, où les couches cambriennes sont très apparentes au nord-ouest du pays de Galles dans la région habitée par les anciens Cambriens, qui ont donné leur nom au groupe, et où elles constituent le sommet élevé de Snowdon, elles sont en stratification discordante avec les assises susjacentes, disposition que l'on constate encore entre les strates cambriennes et siluriennes de la Bretagne. Dans l'Europe centrale et occidentale, elles

sont représentées par des étages de grauwackes incontestablement
sédimentaires et inférieurs aux couches siluriennes, mais absolument dénués de fossiles et reparaissent dans les mêmes conditions
en Bohême, dans l'Erzgebirge saxon et dans le Voigtland.

Les couches riches en fossiles qui viennent ensuite forment le
système *silurien* des Anglais. Elles occupent dans les Îles Britanniques le Westmoreland avec la plus grande partie du pays de
Galles jusqu'à son extrémité méridionale, et ont emprunté leur nom
aux Silures, les anciens habitants de ces contrées. Couchées en partie
avec une pente douce sur la tranche des roches cambriennes, elles
s'abaissent vers le S.-E. et se dirigent du S.-S.-O. vers le N.-N.-E.,
inclinant toujours plus vers l'ouest. Le puissant développement de
cette formation et surtout sa grande variété de caractères provenant
tant des fossiles que de sa composition minéralogique, ont rendu
nécessaire sa subdivision en groupes subordonnés, et les Anglais
l'ont divisée en *silurien inférieur* et *silurien supérieur*. Le premier
commence dans le Shropshire avec le curieux *stiper stone* en forme de
ruines, qui forme des crêtes composées de grès siliceux et de quartzite et dans le nord du pays de Galles de schistes quartzeux gris et
noirs. Après ce groupe primordial viennent des grauwackes plus
puissantes et riches en mica, des schistes noirs avec des grès lamelli-
formes (*Llandeilo-flags*) et des calcaires bruns. Au-dessus repose
une assise de grès (*caradoc sandstone*) avec enclaves de schistes et
de calcaires. A partir de ceux-ci on arrive au silurien supérieur, en
passant par des conglomérats qui se transforment en grès et schiste
(groupe de Llandovery). L'étage supérieur, qui commence avec les
schistes et le calcaire des environs de Wenlock et se continue avec
les strates schisteuses de Ludlow et les calcaires puissants d'Ay-
mestry, voit se terminer la formation silurienne avec les grès micacés et quartzeux (*tilestone*). Ces derniers s'étendent depuis le
Shropshire à travers le Herefordshire jusqu'à Carmarthen. La puissance totale du terrain silurien dans les Îles Britanniques est estimée
à 50,000 pieds.

Sur le continent, nous retrouvons les mêmes circonstances; mais
l'identification définitive des diverses couches n'est pas encore possible dans l'état actuel de nos connaissances. Dans les Ardennes,
dans les grandes montagnes schisteuses rhénanes de Bingen à
Bonn, dans le Hartz, dans les montagnes de la Franconie et dans

le Riesengebirge, régions hautes dont les roches appartiennent à la formation des grauwackes et ont une direction et une inclinaison semblables, le silurien inférieur manque et on ne trouve de l'étage supérieur que les assises postérieures au calcaire de Wenlock[1]. Mais, ce qui est encore plus singulier, c'est que les strates du nord, sur lesquelles reposent celles du sud, ne sont pas aussi anciennes que celles-ci, comme cela a lieu en Angleterre. Ici l'ordre est renversé et ce sont celles du sud qui sont les moins jeunes. On trouve, en effet, des faits très-décisifs dans le Hartz et dans les montagnes schisteuses du Rhin. Les circonstances sont tout autres dans les terrains de grauwacke situés plus à l'est et au nord et surtout dans celui de la Bohême, si bien connu par les travaux fondamentaux de Barrande et qui s'étend sur tout le bassin de la Beraune et le long de la Moldau dans les environs de Prague. Il forme un bassin allongé dirigé du S.-S.-O. au N.-N.-E. dont les couches ont été entamées de mille façons par les profondes entailles creusées par les fleures. On y trouve les couches correspondantes au système laurentien dont on a découvert le fossile caractéristique l'*Éozoon canadense* à Raspenau et dans les montagnes limitrophes entre la Bavière et la Bohême. On y voit, en outre, les équivalents du premier groupe sous la forme de schistes argileux verts micacés avec quelques fossiles particuliers. Le *Llandeilo-flags* est représenté par des schistes compactes et gris noir avec quartzite, et le grès de Caradoc par des grauwackes brunes jaunâtres quartzifères. Leurs fossiles, que l'on ne retrouve plus dans tous les terrains de transition du reste de l'Allemagne, prouvent leur identité sans laisser place au doute. Les terrains de Wenlock et de Ludlow y apparaissent aussi. Ils sont représentés par de puissants calcaires gris noir, clairs et bariolés que l'on divise en trois étages d'après leurs fossiles et dans la composition minéralogique desquels les éléments siliceux occupent une plus grande place à mesure qu'on s'élève et qu'ils deviennent plus jeunes. Le parallélisme avec les couches anglaises est encore plus franchement accusé en Russie, ou la formation des grauwackes s'étend le long du golfe de Finlande au-dessus de Saint-Pétersbourg

1 Geinitz (*Fossiles de la formation des grauwackes*, Leipzig, 1852-1853), en Saxe et dans la principauté de Reuss; Richter (*Revue géologique allemande*,), dans le fond du Thüringer; A. Römer (*Paléontographica*, iv) et Giebel (*Faune silurienne des Monts supérieurs*, Berlin, 1858), dans le Hartz. Dessil (*Rés. géol. all.*, v, 674), en Silésie, ont prouvé la présence des couches siluriennes. — G.

jusqu'au lac Onega, et s'y trouve immédiatement au-dessous du diluvium avec ses couches dans une position à peu près horizontale. On la retrouve identiquement semblable dans les îles d'Œsel et Gottland, dans la partie méridionale de la Suède, sur les montagnes isolées de Kinnekulle, de Billingen, de Mösseberg, etc., et en Norwège le long du golfe de Christiania. Sur tous ces points, après l'argile bleue et plastique, qui d'abord classée dans le système cambrien a été reconnue définitivement comme faisant partie du groupe primordial, succèdent un grès poreux de couleur claire, contenant d'innombrables Brachiopodes (*Lingulites*) et un schiste noir alunifère dont les fossiles correspondent à ceux du *Llandeilo-flags*. De puissants calcaires gris verdâtres et noirs reposent à Christiania sur le schiste alunifère et tiennent la place du grès de Caradoc, bien que leur composition minéralogique diffère beaucoup de la sienne. Au-dessus, vient un schiste argileux ou marneux de couleur gris jaunâtre avec les fossiles des couches de Wenlock. Jusqu'ici on ne l'a observé qu'en Suède et pas en Russie. Il termine la série des grauwackes en Scandinavie et l'île de Gottland seule offre toutes les couches du silurien supérieur. — Tandis que le N.-E. de l'Europe, bien que peu distant de l'Angleterre, nous offre des circonstances toutes différentes, nous retrouvons au delà de l'Océan Atlantique, à l'ouest des Alleghanys, dans le bassin de l'Ohio et du Mississipi, une série de terrains de transition très-analogues et en grande partie correspondant aux étages de l'Europe septentrionale. Les géologues américains les ont répartis en treize groupes. La substance minéralogique n'est pas absolument la même, mais l'identité et l'analogie des fossiles, ainsi que l'horizontalité des strates, établissent parfaitement la concordance. Dans l'Amérique du Sud, surtout dans les Cordillères, depuis la Bolivie jusqu'à la partie située entre le Chili et la république Argentine, ainsi qu'au Cap et à la Nouvelle-Hollande, l'existence des couches paléozoïques de transition de la période silurienne a été constatée à l'aide de ses fossiles caractéristiques et surtout des *Trilobites*[1]. Elles prouvent par leur grande uniformité que toute la surface de la Terre était soumise aux mêmes conditions pendant leur formation.

Les couches supérieures et les plus jeunes de la formation des

[1] Les êtres organisés sont décrits en détail dans les ch. XXIV, XXV et XXVI ; nous contentons donc de les nommer ici.

grauwackes forment le troisième système ou *devonien*, comprenant une série de couches calcaires, marneuses, et de grès. En Angleterre, leur couleur brun rougeâtre leur a fait donner le nom de *old red*. Elles s'y étendent sur la lisière méridionale du pays de Galles, dans le Devonshire, à qui elles ont emprunté leur nom : atteignent jusqu'à la vallée de la Severn, embrassent le bassin de la Weye et s'enfoncent sous le terrain houiller sur presque tout le parcours de leur limite orientale et méridionale. En Allemagne ces grès rouges n'existent pas : ils y sont remplacés par une vraie grauwacke, des calcaires de couleur claire et divers schistes argileux. Ils succèdent immédiatement aux couches siluriennes et n'en sont point séparés avec netteté. En Angleterre, les grès rouges renferment des calcaires de couleur semblable, avec lesquels alternent en descendant des marnes bigarrées ou des schistes verdâtres. Les couches devoniennes sont en stratification discordante avec le silurien dans quelques lieux (dans le Cumberland), et présentent dans l'assise supérieure des conglomérats grossiers. Leur direction et leur inclinaison se rapprochent beaucoup de celles du terrain houiller. On voit très-clairement par là combien les bouleversements des éruptions étaient déjà localisés et combien leurs effets se faisaient sentir peu loin. Tandis que le système devonien atteint une puissance de 10,000 pieds en Angleterre, son existence sur le continent était restée inconnue jusqu'à il y a peu de temps, à cause de la forme entièrement modifiée qu'il y prend. En effet, là, les calcaires ne jouent qu'un rôle subordonné, et sont séparés du calcaire de montagnes par une grande épaisseur de grès rouge. En Belgique, au contraire, et en Westphalie, ces calcaires atteignent un développement considérable et se rattachent si intimement au calcaire carbonifère qu'il est très-difficile de fixer leurs limites respectives et qu'on les avait longtemps confondus. Ce fut seulement après le voyage de Sedgwick et de Murchison en Allemagne[1] que notre attention fut

[1] Consulter l'ouvrage de Sedgwick et Murchison, *Sur les terrains anciens ou primordiaux du nord de l'Allemagne et de la Belgique*, etc., traduit de l'anglais par Frédéric Hoffmann, 1848, in-8. Nous avons emprunté à ce travail presque tout ce que nous disons, ainsi que le moyen d'analyse. F. Roemer a publié d'excellentes études sur le système devonien des Provinces rhénanes et de la Westphalie, sous le titre : *Les terrains de transition du Rhin*, Bonn, 1844. De Buch, dans les *Mémoires de la Société des sciences naturelles de la France rhénane*, et les frères Sandberger à Nassau, dans l'ouvrage intitulé : *Les fossiles des couches calcaires à Landau*, Wiesbaden, 1850-1855, ont fait tous ces recherches. Le terrain devonien de ce bassin est principalement remarquable par les systèmes d'érosion, à cause de ses modifications particulières.

éveillée sur la différence de ces deux calcaires. Depuis lors, nos
géologues ont reconnu que, non-seulement les calcaires westphaliens
qui s'étendent du Rhin à travers l'Elberfelde, le Limbourg, l'Iser-
lohn, la Balve jusqu'à Drilon, appartiennent au système devonien,
mais qu'il faut encore ranger dans ce système les calcaires de l'Eifel
reposant sur les couches siluriennes (la coupe que nous intercalons

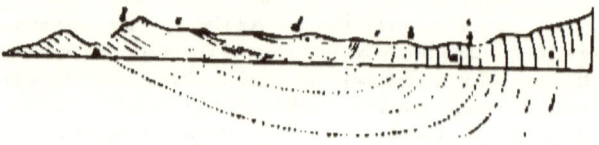

Fig. 17. — Coupe de la cuvette calcaire située près de Munstereifel, d'après Sedgwick et
Murchison.

a, a. Terrain silurien; *b, c, d.* couches devoniennes; *f* grauwacke; *d.* dolomie; ⁕ position
de Munstereifel.

en représente une bande située sur la partie extrême septentrion-
nale partant de Sœtenich sur la Roer, et allant vers le N.-E. jusqu'à Erft dans le pays de Munster) et les calcaires de Nassau à Dillen-
bourg, Weillbourg et Limbourg sur la Lahn, qui alternent à plusieurs reprises avec des grauwackes schisteuses. Tous ces calcaires,
ainsi que les schistes argileux, les quartzites et grauwackes qui les
accompagnent, doivent être considérés comme des équivalents du
terrain devonien. On a prouvé que les divisions du système rhénan
dans le Hartz sont parfaitement concordantes avec celles du pays
de Nassau. Les calcaires d'Iberg, de Grund et de Rübeland donnent
au fond les mêmes fossiles que les calcaires de Nassau. Dans les
terrains schisteux de la Franconie, les calcaires d'Elbersreuth,
devenus célèbres à cause du comte de Münster, appartiennent à la
même période, et on y range aussi les calcaires supérieurs de la
série des grauwackes en Bohême. Le terrain devonien occupe en
Russie une vaste surface de 7000 milles géographiques carrés. Les
collines du Waldaï, les hauteurs d'où sortent la Düna et le Volga,
et probablement toute la Livonie, sont formées par ses couches horizontales. Il n'existe pas en Scandinavie. Dans l'Amérique du Nord,
au contraire, il s'y montre avec de nombreux étages et sur de vastes
étendues, enveloppant les grands bassins houillers, qui s'étendent

avec une puissance extraordinaire près de l'Ohio, du Susquehannah, du Tennessée, dans l'Illinois et le Michigan. Les débris de poissons extrêmement bizarres qui, tantôt avaient un squelette puissant composé d'os creux, tantôt étaient munis de grandes cuirasses en forme d'écailles et avaient le corps plat, sont tout à fait caractéristiques pour le système devonien. On leur a donné les noms génériques de *Cœlacanthines* et de *Cephalaspides*, et leurs restes fossiles indiquent sur-le-champ l'existence du terrain devonien. Ils peuvent être considérés comme la manifestation la plus élevée et la plus originale des animaux vertébrés pour cette époque.

2. TERRAIN CARBONIFÈRE.

Fig. 18. — Coupe du bassin houiller de Wettin.

La vie organique, du moins dans le règne végétal, s'épanouit avec une richesse qu'elle n'avait pas eue encore jusque-là, pendant la période qui succéda à la formation des grauwackes et pendant laquelle les étages les plus anciens des *terrains horizontaux* (flötzgebirge) de Werner se déposèrent. Les nombreux gisements de substance végétale carbonisée qu'on y rencontre souvent avec une épaisseur de plusieurs pieds, ont fait donner à l'ensemble des couches le nom employé dans l'usage vulgaire, et le charbon a été appelé *charbon de pierre*, à cause de sa dureté. Cette formation, dans sa totalité, est composée comme les précédentes de calcaires, d'argiles et de grès entre lesquels s'enclavent les dépôts de charbon alternant de mille façons avec eux, et enfermés en haut ou en bas par l'un ou l'autre des sédiments. Mais il n'existe là aucune règle générale. Tantôt ce sont de puissants calcaires blanchâtres qui forment la base, tandis que des grès à coloration claire et des schistes foncés, alternent avec les couches de houille, ainsi que cela a toujours lieu dans le sud de l'Angleterre. Tantôt ces calcaires eux-mêmes sont déjà en alternance directe avec les dépôts houillers, comme dans le nord de l'Angleterre, au Spitzberg, à l'île des Ours et à la Nouvelle-Zemble. Les travaux les plus récents ont prouvé que tous ces lieux faisaient simultanément partie d'un vaste bassin houiller d'un âge plus ancien que la région carbonifère du Sud. Ordinairement il existe, entre les calcaires et les couches de charbon, une bande de calcaire grossier que les Anglais appellent *millstonegrit* : elle est quelquefois remplacée par des schistes silurifères noirs, comme en Belgique et en Westphalie, où le grès, formant la base du système, ne contient aucune trace de charbon. Le gisement des couches de houille présente un caractère particulier dans l'Allemagne centrale, dans la Thuringe et à Halle, bien que l'anomalie la plus singulière, à savoir leur prétendue présence dans le rothliegende, ait été reconnue comme une erreur, à la suite de nouvelles recherches. Sur ces points, la formation a une épaisseur de 300 à 500 pieds et est composée, comme en d'autres localités, de grès blanchâtre, d'argiles schisteuses noires et de couches de houille, dont 3 à 4 seulement sont exploitées et oscillent entre 8 pouces et 6 pieds d'épaisseur. Au-dessous, on ne trouve point de calcaire, mais une granwacke micacée rougeâtre foncée, qui fait partie du système dévonien, et a été prise pour du rothliegende. En haut, la formation se termine par un calcaire peu épais et semblable à un conglomérat. Il le sépare du rothliegende qui lui succède[2]. Le puissant étage du calcaire de montagnes, qui, par ses nombreuses coquilles, est évidemment d'origine marine, manque donc ici entièrement. Les grès fins, au contraire, intercalés entre la houille sont des dépôts d'eau douce, ainsi que l'indiquent encore leurs fossiles. — Avec une si grande variété de composition, une description générale du groupe devient difficile, sinon impossible, circonstance qui se comprend aisément, lorsqu'on réfléchit qu'aucune autre formation n'a été soumise autant à des variations locales. La formation du charbon était liée à une riche végétation, et celle-ci, à son tour, dépendait des conditions favorables que présentait la Terre alors, et notam-

---

[1] La figure que nous avons donnée fig. 18 représente une coupe de ce terrain houiller dans le district de Wettin, près de Halle : *a*, grès bigarré ; *b*, schistes cuivreux ; *c*, conglomérats porphyriques et rothliegende ; *d*, porphyre (plus jeune) supérieur au charbon et portant le *schwerzerding* [?] ; *e*, porphyre (plus ancien) au-dessous du charbon ; *g*, terrain houiller avec trois couches de charbon plissées et dérangées et de 100 pieds d'épaisseur ; *f*, couches inférieures au charbon (terrain dévonien ?).

ment de l'humidité du sol et de l'air. Nous ne pouvons donc ajouter
que quelques données générales sur la succession ordinaire des
couches.

L'étage le plus inférieur est ordinairement composé des assises
d'un calcaire de couleur claire atteignant jusqu'à 2,000 pieds. On
l'a étudié surtout dans le nord de l'Angleterre, et on lui a donné
le nom de *calcaire de montagnes* (mountain limestone), à cause de
ses contours extérieurs en forme de collines. Dans la nomenclature
de Werner, il s'appelait *calcaire récent de transition*. Lorsqu'il est
formé de calcaire, il est extrêmement riche en fossiles marins,
surtout en coraux, crinoïdes et mollusques (Brachiopodes), qui, sur
certains points, forment exclusivement le calcaire. Ces caractères
rappellent beaucoup ceux du calcaire de transition ; aussi arrive-t-il
qu'il est très-difficile de les distinguer l'un de l'autre, lorsque les
grès rouges devoniens viennent à manquer entre eux. Dans quelques contrées, telles que sur les bords du Rhin, on trouve les calcaires carbonifères avec des schistes argileux, des schistes siliceux
et des plattenkalksteine gris, qui alternent un grand nombre de
fois, et ressemblent tellement à certains étages devoniens que leur
âge plus récent a été reconnu seulement à l'aide des observations
stratigraphiques les plus scrupuleuses, et par une sévère comparaison des fossiles. Cet équivalent du calcaire houiller a reçu le nom
de *culm*. On le retrouve parfaitement caractérisé dans le Nassau, le
Hartz et la Silésie. L'absence de vertébrés à respiration pulmonaire, et l'existence des *Trilobites* (crustacés qui ne pouvaient se mouvoir qu'en nageant à la manière de quelque animaux d'eau douce
vivants actuellement), qui après cette période disparaissent complétement, constituent les principaux caractères zoologiques du calcaire de transition et de montagnes.

Les couches de charbon proprement dites se trouvent au-dessus
du calcaire de montagnes et du culm ; elles alternent avec des
strates qui diffèrent essentiellement de ceux-ci. Elles forment des
assises d'une épaisseur médiocre, en général de quelques pieds (ordinairement 1 à 6, très-rarement 10 à 20). Ces assises reparaissent
un grand nombre de fois les unes au-dessus des autres (50, 60 et
même jusqu'à 120 fois)[1] avec des épaisseurs variées et sont alors sé-

[1] Le district houiller de Saarbrück, le plus puissant et le plus étendu du continent européen, présente ce grand nombre de couches, dans lequel on n'a pas compris celles qui

parées par des couches d'argiles et plus rarement de grès. Les couches d'argiles portent le nom de *schistes houillers* ou *argiles schisteuses*; elles sont de couleur grise passant au noir et sont caractérisées par les innombrables empreintes végétales qu'on y trouve; on les reconnaît aisément à ce signe. Les grès houillers sont gris argileux, à grain fin et renferment çà et là, comme les grès plus anciens, des fragments de roches antérieures constituant des poudingues ou conglomérats. Leur richesse en empreintes végétales, cependant moindre que celle des schistes houillers, les rend très-faciles à reconnaître. Ces trois couches alternent entre elles dans un ordre indéterminé et forment des bancs puissants, qui reposent dans des dépressions en forme de cuvette situées entre des hauteurs parallèles ou dans des angles. Elles présentent de nombreuses discontinuités de leurs assises, qui prouvent de grands dérangements de leur position primitive. Les dépôts de charbon ont incontestablement été formés par les végétaux du monde primitif; ils croissaient le long des rivages de la mer, près des embouchures des fleuves, et flottaient sur des eaux stagnantes comme on le voit encore aujourd'hui près des embouchures de beaucoup de petites rivières de la zone tropicale. Ces couches végétales s'enfonçaient par leur propre poids, ou bien étaient enterrées par l'action violente des marées et recouvertes de sable ou d'argile que la mer y déposait en se retirant. Alors il se formait une nouvelle couche végétale qui passait par les mêmes phases que la première. L'eau l'ensevelissait de nouveau sous les matériaux qu'elle charriait, et le phénomène recommençait en suivant le même cours[1]. Les courants qui descendaient de la terre ferme et qui entraînaient avec eux des végétaux déracinés contribuèrent aussi à la formation des dépôts de charbon. Cette explication est la plus naturelle dans les cas où nous trouvons

ont moins de 1 pied d'épaisseur. Ses limites inférieures ne sont pas connues, de sorte qu'on ignore s'il repose sur le calcaire de montagnes. En haut, les couches carbonifères sont recouvertes par le grès rouge. La puissance totale de cette formation houillère a été estimée à 16,500 pieds par de Dechen.

[1] On a transporté aux couches houillères la théorie des soulèvements et des affaissements émise par Darwin pour expliquer la formation des îles à coraux de l'Océan austral, et on a admis que les dépôts de charbon ont été formés non pas simplement par l'ensevelissement de la végétation, mais par l'affaissement de tout le sol avec les plantes qui croissaient sur lui. La répétition fréquente et dépassant même cent fois de ces affaissements, et la succession des couches de charbon souvent régulièrement reparties entre elles, me semblent témoigner de causes moins violentes, et la destruction de forêts par des inondations me paraît expliquer le phénomène plus naturellement.

intercalées dans les grès et les argiles schisteuses des coquilles de mollusques d'eau douce qui, après avoir été attribuées à des Unio, ont été reconnues plus tard pour appartenir à des crustacés. Telles sont les deux causes dont le concours a produit l'alternance répétée du charbon et des matières terreuses qu'on aperçoit dans les couches. La formation des couches de houille a dû s'effectuer paisiblement et sans de grandes destructions dans la végétation. Selon toute apparence les plantes croissaient là même où nous les retrouvons aujourd'hui sous forme de charbon. On a, en effet, trouvé des troncs dressés verticalement dans plusieurs couches superposées. C'est encore pour cette raison que les schistes intercalés et surtout les grès forment des assises plus puissantes que la houille. Celle-ci a des épaisseurs très-différentes dans ses divers niveaux et elle se présente réduite à sa plus mince épaisseur, tantôt dans les parties inférieures, tantôt dans les parties supérieures de l'ensemble des couches. Dans les formations où les assises alternent plus souvent, celles-ci sont moins épaisses que sur les points où les couches sont peu nombreuses, mais d'autant plus fortes. Toutes ces circonstances indiquent une origine ayant pour cause des inondations répétées et prouvent, dans le premiers cas, que beaucoup de petites catastrophes successives anéantirent les plantes, tandis que dans le second cas, le phénomène fut causé par quelques bouleversements plus violents, mais peu nombreux. Bien que la structure végétale ait complètement disparu dans les charbons de terre, ou du moins n'ait été conservée que très-imparfaitement, ces quelques traces suffisent cependant pour démontrer avec toute l'évidence possible leur origine végétale[1]. Les nombreuses empreintes de feuilles et de tiges que l'on retrouve dans les argiles et les couches arénacées et qui reparaissent encore dans les grès supérieurs au charbon, sont encore aussi concluantes. Le type de ces végétaux est incontestablement tropical et nous l'étudierons plus tard dans ses rapports avec les caractères généraux du règne végétal. Qu'il nous suffise ici de remarquer, que la quantité énorme de dépôts houillers, retrouvés jusqu'ici dans l'hémisphère boréal du Globe, est le témoignage d'une

---

[1] Liebig, dans un ouvrage intitulé : *La chimie organique dans son application à l'agriculture*, etc., p. 215 (1841, in-8), et G. Bischof, dans son *Manuel de géologie physique et chimique*, 2e édition, Bonn, 1863, tome I, se sont étendus sur l'étude chimique des houilles; nous y renvoyons donc nos lecteurs.

richesse végétale extraordinaire dans ces temps et prouve l'existence de forêts qui, pour l'épaisseur, peuvent être comparées seulement aux forêts vierges qui croissent actuellement sous la zone tropicale. Les empreintes de feuilles et de tiges, conservées dans les
schistes argileux, proviennent en grande partie de plantes, dont les
espèces les plus proches sont actuellement indigènes des climats
chauds. Des *Palmiers*, des *Fougères arborescentes*, des arbres gigantesques de type analogue aux *Prêles* actuelles (*Equisetum*) et quelques *Conifères*, étaient les formes principales de cette puissante
flore. Les végétaux supérieurs, de même que les animaux d'organisation élevée, manquent totalement dans cet âge antique de la jeunesse de notre Globe.

3. SYSTÈME PERMIEN.

Dans ces derniers temps on a marqué, comme limite supérieure
du terrain carbonifère, le point où cessent les couches de houille et
leurs compagnons immédiats. Les assises suivantes, qui renferment
des fossiles un peu différents à la vérité, mais ayant cependant de
grandes ressemblances, ont été séparées dans une division particulière de cette époque. On a peut-être été moins heureux lorsqu'on
a voulu les unir avec les étages suivants encore plus récents, pour
en former un système. Ces divers étages sont le *nouveau grès rouge*
ou *rothliegende*, le *schiste cuivreux* et le *zechstein*. Ces trois terrains
ont été rassemblés par les géologues anglais, sous le nom de système
permien, à cause de la vaste étendue de roches analogues qui se
déploie au pied occidental de l'Oural jusqu'au Volga. Nous n'examinerons pas si cette analogie est bien fondée, et nous décrirons les
étages du zechstein tels qu'on les observe en Allemagne. Nous y
ajouterons sous une seule rubrique le rothliegende, ces deux terrains se trouvant également distants, l'un de la formation houillère,
l'autre du trias. Le *rothliegende* ou *todtliegende* (rouge-morte-
couche), terme par lequel on désigne le nouveau grès rouge situé
au-dessus du charbon et au-dessous du schiste cuivreux, a été ainsi
nommé par les mineurs de Mansfeld à cause de sa pauvreté en minerai et par antithèse avec le schiste cuivreux qui le recouvre. On
le trouve sur plusieurs points de l'Allemagne, par exemple, sur la

lisière méridionale du Hartz, où il se développe avec une puissance de 2,600 pieds. Il est formé de grès très-grossier, dont le ciment est une argile rougeâtre qui lui donne sa couleur et sa dureté. Dans les parties les plus basses, des fragments grossiers et arrondis de quartz, que quelques savants ont considéré comme d'origine chimique, d'autres, comme des conglomérats de décomposition, remplacent le calcaire pur. Ensuite vient le grès d'abord à arêtes vives et plus tard arrondi, et au niveau supérieur se trouve un conglomérat porphyrique de 5, 6 et même 50 pieds d'épaisseur. Celui-ci prouve que les porphyres qui, dans maintes localités, telles que Wettin, le Hartz et le Thuringerwald, accompagnent les dépôts de houille et se trouvent aussi bien au-dessus d'eux (nouveau porphyre) qu'au-dessous (vieux porphyre), se sont étendus jusque dans la période du rothliegende et continuaient encore à se soulever lorsque celui-ci était déjà en grande partie déposé[1]. Après cette époque, les éruptions de porphyre ne se produisirent plus que rarement. La plupart des massifs porphyriques du nord de l'Allemagne sont plus anciens que le nouveau grès rouge qui n'a donc plus été soulevé par eux. Le rothliegende est en connexion très-intime avec les porphyres, et il paraît, comme L. de Buch l'avait constaté, avoir été formé au moyen d'une rapide décomposition de leurs éléments pendant et après leur soulèvement. Dans certaines localités, où les porphyres manquent dans le voisinage, le rothliegende contient des fragments d'autres roches contiguës et notamment de gros quartiers provenant du calcaire houiller ou de galets de quartzite. Cependant on y remarque de nombreuses différences de structure, et l'argile rouge qui lui sert de ciment peut quelquefois prendre une forme schistoïde et occuper la place du schiste quartzeux cristallin. A sa partie supérieure, le grès rouge est faiblement coloré et devient blanchâtre, ce qui lui a fait donner le nom de weissliegende (couche blanche). On y trouve pétrifiés de grands fragments de troncs d'arbres appartenant à des palmiers, à des fougères, en un mot à des plantes semblables à celles qui sont enfouies dans les couches de houille. Cependant il n'y a pas identité d'espèces entre les deux périodes de végétation, et cette circonstance a été une des raisons principales qui ont fait séparer le rothliegende du terrain houiller,

[1] Voir la figure précédente, p. 246.

comme étage particulier, bien que le caractère général des organismes du rothliegende soit plus rapproché du type de la période
houillère que de celui du zechstein.

Immédiatement au-dessus du rothliegende et en stratification
concordante avec lui, apparaît un calcaire dont l'aspect varie dans
ses différentes strates et justifie ainsi la diversité de ses dénominations. La couche la plus inférieure, qui dépasse rarement 1 pied à
1 pied 1/2 d'épaisseur, est un alliage d'argile et de chaux et constitue une marne à structure schistoïde à laquelle on a donné le
nom de *schiste cuivreux* à cause de sa richesse en minerai de cuivre.
Une circonstance très-remarquable, est le grand nombre d'empreintes de poissons qu'on y trouve; elles proviennent d'espèces
appartenant à une famille (Ganoïdes) dont presque tous les représentants ont péri. Leurs écailles très-dures avaient la forme d'un lo-
sange. Cette couche contient aussi les débris de vertébrés à respiration pulmonaire, reptiles très-différents de ceux qui vivent
actuellement. — Au-dessus du schiste cuivreux, qui prend le nom
de *schiste marno-bitumineux* dans tous les points où le minerai
manque, le calcaire commence à prédominer et forme un puissant
étage de 250 pieds désigné sous le nom de *zechstein*, qui est loin
d'avoir une grande homogénéité de composition. Ce calcaire de couleur ordinairement claire et rarement aussi noire que les schistes
cuivreux et marneux se distingue aisément de ceux-ci par sa structure non schistoïde, mais massive, et par la faible proportion de bitume qu'il contient. Il alterne en minces assises plusieurs fois avec
eux dans sa partie inférieure. Une variété de ce groupe, qui développe par le frottement une odeur désagréable, est appelée *roche
fétide*. — A côté de ces éléments principaux et toujours présents de
la formation, on trouve deux étages moins répandus, mais importants là où ils apparaissent, ce sont la dolomie et le gypse. La *dolomie*, dont nous avons déjà plusieurs fois parlé, est une roche particulière et remarquable par sa forme; elle apparaît pour la première
fois dans le nouveau calcaire de transition et accompagne presque
toujours le zechstein. Elle se trouve dans toutes les strates depuis le
schiste cuivreux jusqu'au *stinkstein* (roche fétide) et a pris le nom
de *rauhwacke* dans le pays de Mansfeld, à cause de sa structure granulée et de son aspect poreux. A ces caractères on la distingue facilement dans cette formation. Le *gypse*, qui n'est pas aussi généra-

lement répandu que la dolomie, n'apparaît jamais sans être recouvert par celle-ci et possède une puissance qu'on ne lui retrouve nulle part ailleurs chez nous. Il prend des formes escarpées comme une muraille et renferme dans sa masse, alors transformée en anhydrite (sulfate de chaux anhydre), de grandes cavités nommées *tuyaux de cheminées* (schlotten), qui probablement s'expliquent par l'origine métamorphique du gypse, produite par l'action d'eaux sulfureuses sur le calcaire du zechstein. Peut-être ont-elles été formées par la disparition de sel gemme, opinion qui autrefois était la plus généralement acceptée et qui s'appuie sur l'existence de nombreuses sources salées, surtout en Thuringe et en Saxe, prenant selon toute apparence leur origine dans la région gypseuse du zechstein. On a même pu y démontrer la présence du sel gemme par des sondages comme ceux qui ont été exécutés à Artern et à Gera. Le zechstein, de même que le schiste cuivreux, n'est pas très-répandu. C'est dans le nord de l'Allemagne, sur les deux versants du Harz et dans le Thüringerwald, qu'il atteint sa plus grande puissance sans dépasser jamais 500 pieds. Il manque complètement dans l'Allemagne du Sud et en France. Il traverse du sud au nord la plus grande partie de l'Angleterre sous forme de dolomie et y porte le nom de *magnesian limestone*. On le retrouve à l'extrémité méridionale des Vosges; il suit le cours de l'Eder dans sa partie orientale et reparaît sur la lisière nord du Risengebirge. Ce point est sa limite orientale. Partout il forme des bandes étroites de faible puissance, qui séparent les couches houillères des terrains secondaires, et qui ont été considérées, avec beaucoup de raison, comme les rivages des terres primitives dont les hauteurs formaient des îles au-dessus de la mer.

La formation permienne, en Russie, se présente avec un aspect tout différent. Elle ne forme plus les rivages du terrain houiller; mais s'étend sur une surface de plus de 18,000 milles carrés dans les gouvernements de Perm, Kasan, Orenbourg, Nijni-Novgorod, Jaroslaw, Kostroma, Viatka et Vologda. Elle ne se subdivise pas en rothliegende et en zechstein, mais les représente pour ainsi dire fondus l'un dans l'autre. Les matières minéralogiques qui la composent sont des conglomérats quartzeux à grain fin, des grès calcarifères, riches en minerai de cuivre et en débris de végétaux, et des amas subordonnés de marne, d'argile et de calcaire, de gypse et de sel gemme. Jusqu'ici, on n'a pu établir une classification définitive dans ce vaste système de strates. À la partie inférieure **dominent** principalement les grès, avec des conglomérats et de grandes richesses en minerai de cuivre; dans les couches moyennes les marnes et le calcaire, avec des minerais moins abondants, sont les roches qui occupent la plus grande place, enfin les assises calcaires et le minerai de cuivre manquent en partie ou entièrement à la partie supérieure. Les restes organiques sont presque tous semblables à ceux de notre röthliegende et de notre zechstein et prouvent l'identité de ces formations. Ces fossiles caractéristiques ont été retrouvés dans ces derniers temps dans le Nouveau-Mexique et le Kansas, dans un calcaire qui a plus de 1000 pieds de puissance. Des coquilles recueillies au Spitzberg aussi, prouvent qu'il y existe une série de couches équivalentes au zechstein allemand.

Werner fermait la période des formations sédimentaires primitives avec le zechstein, auquel il donnait le nom de *calcaire sédimentaire ancien*. Nous l'imiterons, sans faire une grande période particulière de l'espace compris entre la formation du zechstein et du grès bigarré. Quelques savants pensent, en effet, qu'il est plus raisonnable de rattacher les couches inférieures du grès bigarré (grès rouge des Vosges sans fossiles) au système permien, et de commencer la division suivante seulement avec le grès bigarré proprement dit. Il est bien vrai que, à partir du zechstein, les organismes, aussi bien que les couches, comparés avec tous qui les précèdent, présentent des différences importantes; mais, d'un autre côté, il existe des ressemblances qui ne sont pas moins considérables.

Un des faits les plus intéressants à noter, et qui appartient au règne animal, est l'apparition, dans la formation houillère, des *animaux terrestres les plus anciens*. Ils font partie de la famille des reptiles (*Archegosaurus*) et appartiennent à des types qui n'atteindront à leur maximum de développement que plus tard à l'époque du trias. Les couches du zechstein ont conservé quelques espèces à respiration pulmonaire (*Proterosaurus*), mais leur type est tout différent. Quant aux strates, la prédominance du calcaire qui tend à remplacer l'argile restée jusque-là en quantité supérieure ou au moins égale, est encore un caractère digne d'attention. Nous ne voulons pas décider si ce fait est le résultat du développement de plus en plus grand de la vie animale, ainsi que beaucoup de géologues l'admettent. Cependant nous rappellerons que le calcaire fixé par les animaux dans leurs organes est emprunté par eux au milieu extérieur. Les animaux ne produisent donc pas de calcaire, mais peuvent seulement lui donner une forme solide. Il faudrait donc toujours admettre qu'il était dissous dans la mer, et attribuer à la grande multiplication de la vie animale les quantités plus grandes de calcaire déposé à partir de ces périodes.

CHAPITRE XIII

Les couches que Werner réunissait dans ses sédiments moyens et nouveaux ont été réparties en trois groupes. Le premier se décompose en trois systèmes subordonnés, le *grès bigarré*, le *calcaire conchylien* et le *keuper*, le second porte le nom de *formation jurassique* ou *oolitique*, et le troisième de *terrain crétacé*, caractérisé par la craie. Tous trois sont constitués par des assises de grès et de calcaire alternant un grand nombre de fois, par de puissants étages de marne, mais limités à certaines localités seulement. Les couches argileuses atteignent rarement un développement un peu considérable, les strates calcaires, au contraire, ont souvent une puissance énorme, et les débris d'animaux morts y jouent un très-grand rôle. Eux seuls peuvent servir à distinguer les couches les unes des autres, et dans les lieux où les fossiles manquent, on ne peut fixer avec certitude l'âge des étages que par leurs rapports de superposition.

1. TERRAIN DE TRIAS.

Le système qui embrasse à la fois le *grès bigarré*, le *calcaire conchylien* et le *keuper* constitue un groupe pour ainsi dire complet et caractérisé par la présence des nombreux gisements de sel gemme dont nous avons déjà parlé. Quelques géologues lui ont donné le nom de groupe *saliférien*, d'autres le nomment *trias*. L'étage répandu sur les plus vastes étendues et le mieux caractérisé est le plus inférieur ou *grès bigarré*, qui a de 600 à 1000 pieds de puissance. Il est composé de quartz fin et cristallin formant des géodes de grands cristaux dans les cavités et empâté dans une argile ferrugineuse partout où la coloration rouge domine; la silice ou la dolomie lui servent aussi quelquefois, mais rarement, de ciment. Sa nuance habituelle est un rouge clair, souvent maculé de brun, de gris et de blanc. La masse offre souvent un aspect brun rougeâtre, plus rarement jaunâtre et très-fréquemment blanc pur dans

Fig. 19. — Coupe de la Thuringe prise du sud-ouest au nord-est [1].

les strates supérieures. Dans ce cas le ciment est une argile blanche, ou bien il n'en existe point du tout, le quartz étant toujours pur, limpide et incolore. — Tandis que ces couches bigarrées prédominent à la partie supérieure, les assises placées au-dessous présentent une uniformité et une puissance plus grandes avec une coloration très-foncée. A côté de strates d'argile schisteuse d'un rouge ferrugineux et de grossiers conglomérats quartzeux, qui prouvent péremptoirement l'origine sédimentaire de la roche, on y voit d'énormes masses de quartz cristallin, dont l'aspect scoriacé pourrait facilement faire penser à une action ignée. Sous ce rapport, on peut mentionner comme très-intéressants des noyaux noirs de la grosseur d'un pois et à texture tendre, qui se détruisent facilement lorsqu'on veut les extraire. Ils contiennent de l'oxyde de manganèse et sont

[1] Cette coupe commence dans le Thuringerwald, à Friedrichsrode, et finit au Kyffhäuser, près de Frankenhausen. L'élévation, prise du niveau de la mer Baltique, est sur une échelle 10 fois plus grande que la longueur; l'étendue totale de la coupe a 8 milles. Elle ne peut donc donner une idée que des grands phénomènes. A la partie inférieure se trouve le rothliegend (a), auquel se relient le grès bigarré (b), le muschelkalk (c) et le keuper (d) en stratification concordante. Au bord de la coupe on voit encore le petit gisement de lignite (e), qui enveloppe le pied du Kyffhäuser au sud-est. Il faut surtout remarquer les deux figures de relèvement. Celle du sud, située au nord de Gotha, s'étend entre la vallée du Leina et de la Nesse, dans le sens de la direction principale du Thuringerwald; celle du nord suit le pied du Fahnerberg, prolongé dans la même direction vers Erfurt. Ces relèvements, joints aux soulèvements qui les accompagnent parallèlement et dont l'un, constituant le Krahenberg, à l'ouest de Gotha, est indiqué sur la coupe, ont causé les inégalités du bassin de la Thuringe, primitivement régulier, et l'ont transformé en une plaine ondulée, coupée par de larges vallées et enfermée entre des plateaux. Consulter l'ouvrage de Credner déjà cité page 201, note 2.

17

formés de plusieurs couches concentriques lorsqu'ils atteignent à une plus grande grosseur. Ils constituent la *tigrite*, roche qui se présente surtout en couches minces. L'absence complète de fossiles dans ces étages inférieurs est très-remarquable, mais ce qui est encore plus singulier est la stratification discordante avec laquelle on les rencontre dans quelques lieux, comme dans les Vosges par exemple, ce qui les a fait distinguer par le nom de *grès des Vosges*. Murchison et de Verneuil les placent dans le système permien. — A la partie supérieure si complexe, mais moins puissante, la matière argileuse augmente, les marnes apparaissent et le mica peut quelquefois se trouver en quantité suffisante pour donner au grès une structure schistoïde. On distingue d'autres couches argileuses encore plus répandues et d'une couleur rouge pur ou verdâtre. Tantôt elles forment des assises franchement stratifiées et prennent le nom d'*argiles schisteuses* (schieferletten), tantôt elles se présentent sous l'aspect de galets aplatis ou de rognons irréguliers disséminés dans le grès sous forme de *lehmmerge* (thongalle) et se mêlent souvent avec des géodes de gypse. Enfin l'étage le plus élevé est occupé par des marnes brun rougeâtre, verdâtres ou grises qui ont une puissance de 100 à 200 pieds. Elles sont presque toujours accompagnées de gypse qui, tantôt forme de minces cordons fibreux, tantôt alterne un grand nombre de fois avec ces marnes en couches toujours grenues ou massives et prend une couleur rouge clair, jaune et gris blanchâtre semblable à son compagnon. Lorsqu'il n'existe pas, il est remplacé par des grès dolomitiques et marneux. Nous citerons encore les pierres à bâtir rouges et grises, dont la présence abondante dans la région septentrionale du Harz peut être considérée comme caractéristique dans ce terrain ; elles manquent complètement dans le voisinage du Thuringerwald. Dans la première contrée, elles constituent l'étage terminal de la formation. C'est encore à un phénomène local, qu'il faut attribuer la coloration blanche de la roche dans la contrée qui s'étend le long de la Saale de Weissenfels, qui lui doit son nom, à Bernbourg, point où se trouve sa limite d'extension vers le nord. Les grès de la partie supérieure sont particulièrement riches en fossiles et autres traces d'êtres organisés, entre autres les curieuses empreintes de pieds de Hildburghausen, des os de reptiles et des débris végétaux. Mais il arrive souvent aussi qu'on n'y trouve absolument rien.

Les dépôts de *sel gemme* du trias se rencontrent à des profondeurs différentes, mais plus fréquemment au-dessus du grès bigarré dans les régions inférieures du muschelkalk, où ils forment quelquefois plusieurs étages et sont souvent en connexion anormale avec des strata intercalés irrégulièrement. Une argile grise et même marâtre qui, outre une grande quantité de sel, contient encore du charbon et du bitume, les accompagne ordinairement, et en a pris le nom d'argile salifère. Le gypse et l'anhydrite sont encore les compagnons les plus habituels du sel gemme. Ils constituent de puissantes masses au-dessus et au-dessous des couches salines, alternent avec des assises argileuses, des schistes bitumineux et de la dolomie et présentent sur une épaisseur minima de plus de 200 pieds une grande variété d'éléments. Dans d'autres localités, le système se réduit à des couches de marne et de dolomie. On n'y trouve aucun fossile. Ces dépôts de sel gemme se rencontrent avec des conditions tout à fait analogues, non-seulement dans le muschelkalk et le keuper, mais encore dans d'autres formations plus anciennes et plus récentes, dans le zechstein et dans le terrain tertiaire, auquel appartiennent les célèbres salines de Wieliczka. L'opinion la plus générale les fait provenir de bassins d'eaux salées mis à sec par évaporation.

Le *muschelkalk* (calcaire conchylien) a une puissance (600 à 800 pieds) moindre que celle du grès bigarré et il manque complétement en Angleterre et dans toute l'Europe septentrionale. Une composition et une coloration d'un gris clair, uniforme, une cassure esquilleuse et une stratification toujours franchement accusée, tels sont les caractères de cette masse homogène. Elle commence par des calcaires disposés en couches minces et ondulées qui leur ont valu le nom de *calcaires ondulés*. Ils sont quelquefois remplacés par de la dolomie de forme analogue. Cet étage occupe en Thuringe presque la moitié de tout le système. Au-dessus du calcaire ondulé, apparaissent des dépôts de sel accompagnés de gypse ou d'anhydrite et la série se termine par des calcaires à couches épaisses, connus sous le nom de *calcaires de Friedrichshall*, du lieu où on les trouve surtout dans le Wurtemberg. Ce n'est que dans quelques rares localités, que l'on rencontre dans ces assises des lits d'un calcaire oolitique et glauconieux. La richesse en fossiles de cette formation qui lui a valu son nom et sa pauvreté frappante en enclaves subordonnées forment un contraste tranché. En dehors de couches minces de gypse fibreux existant seulement dans les assises inférieures de calcaire ondulé et de quelques strates de rognons siliceux gris, elle est presque complètement dépourvue de minéraux étrangers. Seules, les assises de sel gemme donnent un peu plus de complexité à la roche sur les points où on les rencontre. Les fossiles du muschelkalk appartiennent à des animaux marins, particulièrement à des mollusques. Parmi ces derniers, certaines Ammonites (les *Cératites*) sont tout à fait caractéristiques. Les polypes et les éponges manquent totalement. Les débris de *Poissons* sont très abondants; la plupart appartiennent au type *Squale*. On rencontre leurs dents en grand nombre à côté des premiers *Crustacés* d'organisation supérieure (Décapodes). Parmi les vertébrés les Reptiles deviennent relativement nombreux et se présentent avec des formes bizarres, absolument différentes de celles du monde actuel. Les traces de pas dont nous avons déjà parlé, découvertes dans les couches du grès bigarré et qu'on a voulu faire passer pour les empreintes de pattes de Mammifères, doivent être attribuées à des Reptiles.

Le *keuper*, le troisième étage de cette formation si puissante en Allemagne, a une épaisseur plus grande (de 900 à 1000 pieds) que le muschelkalk et ne manque nulle part d'une façon aussi complète que ce dernier en Angleterre. Il est formé d'assises de marne et de grès, dont chacune n'atteint jamais une très-grande puissance; elles alternent en lits minces en si grand nombre de fois, qu'aucun autre système ne se présente avec un aspect aussi bariolé. Le keuper se subdivise en trois parties distinguées d'après l'ordre de succession des couches et surtout d'après la prédominance du grès. L'étage *inférieur* commence en Thuringe par des marnes schisteuses d'un gris clair, qui bientôt deviennent quartzeuses et passent à un grès fortement argileux, dans lequel s'isolent de la lithomarge et même des couches de fines lamelles de mica. Leur couleur grise provient du charbon qu'elles contiennent et qui y apparaît non-seulement à l'état de mélange colorant, mais encore sous forme de strate particulière, mais insuffisante pour l'exploitation. On y trouve de nombreux fossiles végétaux. Elle repose sur la marne schisteuse et prend le nom de *lettenkohle* à cause de la grande quantité de cette roche qui se mêle à ses éléments. Au-dessus se trouvent des grès et des couches de marnes grès verdâtres ou gris brunâtres aux quelles succèdent, en allant par en haut, des marnes irisées plus claires. Elles ferment l'étage des lettenkohle dont le maximum de puissance est de 150 pieds. Le keuper moyen, d'une épaisseur environ de 550 pieds, commence alors. Il contient beaucoup de gypse et probablement du sel gemme. Son apparition est marquée par une marne dolomitique dure qui forme sa limite en Thuringe, en Souabe et en Lorraine, et se reconnaît aisément à ses bandes de couleur jaunâtre tranchant sur le fond gris brunâtre. Elle se transforme bientôt en bancs de calcaire gris et est remplacée par des lits de gypse et de marne. Ceux-ci alternent en couches minces, le premier formant des veines fibreuses verticales, la seconde des fragments irréguliers. Ils se succèdent alternativement un si grand nombre de fois, qu'il est impossible de les décrire avec exactitude. Nous devons cependant encore mentionner la disposition du gypse en forme de réseau entre les joints de la marne, comme un phénomène qui tendrait à prouver une infiltration postérieure en connexion avec des actions de métamorphisme. Dans beaucoup de contrées, dans le Wurtemberg par exemple, on observe à la partie supérieure une couche arénacée de plus de 60 pieds qui a pris le nom de grès à *Calamites* (schilfsandstein), à cause de sa grande richesse en plantes de la famille des Équisétacées (*Calamites*). Elle contient encore quelques traces de houille. On y trouve aussi de curieux débris de Reptiles et on peut la considérer comme la limite supérieure du keuper moyen. — Des grès siliceux particuliers nommés grès cristallisés et qui ont presque l'aspect scoriacé, constituent les assises du keuper supérieur ou keuper bigarré. Il se compose principalement de marnes tendres et friables, de couleur claire rougeâtre, jaunâtre, verdâtre et bleuâtre, qui alternent jusqu'à 100 fois avec d'autres bancs plus durs et compactes, appelés *marne endurcie* (steinmergel). Au-dessus, le grès devient grossier et se transforme même quelquefois en un vrai conglomérat avec rognons de silex et d'agate; mais il reste blanc, parce que le ciment formé de feldspath désagrégé est incolore. On retrouve cependant encore des couches argileuses à couleur tranchée rouge ou violette bleuâtre. Elles séparent le grès blanc du grès jaune supérieur à grain fin qui contient seulement quelques rares couches de marne brune et présente quelques végétaux fossiles isolés. On y trouve aussi des coquilles et des os de Vertébrés, des dents de Poissons et des squelettes de Sauriens, qui jouent un si grand rôle dans le système entier du trias et reproduisent des formes analogues aux types plus anciens du grès bigarré et du muschelkalk.

Cette grande formation, caractérisée par la régularité et la concordance de ses assises, s'étend sur la partie centrale de l'Allemagne et constitue une grande partie de la superficie totale de notre pays. On retrouve le grès bigarré partout dans les contrées entre le Hartz et le Thuringerwald, dans la Hesse et le duché de Bade. Il s'étend encore à l'est en Pologne et en Russie, à l'ouest en France et sur une grande partie de l'Angleterre. En Allemagne et dans les contrées avoisinantes, le muschelkalk s'y rattache très-intimement, mais il manque en Angleterre. Le keuper se montre avec puissance surtout dans l'ouest des districts qu'il occupe. En Thuringe, il forme la partie centrale du grand plateau sillonné par les vallées des fleuves et se prolonge à travers la Franconie et la Souabe jusque dans le nord de la Suisse et dans la partie orientale de la France, où il repose sur les deux flancs opposés des Vosges et de la Forêt-Noire. En Angleterre, le sol des comtés du centre entre Glocester et Liverpool et de là jusqu'à l'embouchure de la Tees est formé de grès bigarré et des assises du keuper, qui ensemble ont plus de 1500 pieds de puissance. Le trias, dans les Alpes, prend un aspect particulier au point de vue de sa composition minéralogique comme de ses fossiles. Aussi n'est-ce qu'après les observations les plus minutieuses et les plus complètes sur le parallélisme de ses couches avec celles de l'Allemagne, qu'on a pu constater son identité. Au grès rouge correspondent des grès puissants schistoïdes, de couleur rouge ou verte, avec des enclaves considérables de gypse, d'argile salifère et de sel gemme. Ils forment une bande presque ininterrompue qui, partant de la haute Autriche, s'étend à travers le Salzbourg jusqu'à Halle dans le Tyrol. Les géologues autrichiens leur ont donné le nom de terrain *werfenien*, à cause du grand développement qu'ils prennent à Werfen dans le Salzbourg. Ils se continuent encore dans le sud du Tyrol et dans les montagnes de la Lombardie. Au-dessus d'eux vient un calcaire avec dolomie, noir et stratifié en couches minces, qui s'unit intimement avec eux. On lui a donné le nom de calcaire de *Gutten* emprunté à la localité où il se présente avec sa forme typique. Dans les Alpes du nord, celles de la Bavière, du Tyrol et de la Lombardie, il représente le mu-

schelkalk. Le trias supérieur alpin est formé par des couches marneuses et calcaires qui sont connues depuis longtemps des géologues
à cause de leur richesse en débris d'animaux marins inférieurs.
Elles constituent les puissantes assises réunies sous la dénomination de formation de *Saint-Cassien*, les beaux calcaires marmoréens
qui atteignent jusqu'à 3000 pieds d'épaisseur et la dolomie de
Hallstatt qui jouent un rôle considérable en Autriche, dans le Salzbourg, les Alpes bavaroises et le Tyrol, et sont connus à Bleiberg en
Carinthie sous le nom de *marbres coquillers moirés*. L'étage le
plus récent est celui qui porte le nom de *terrain raiblien*, emprunté
d'une localité appelée Raible en Carinthie. Il est composé de marnes foncées bitumineuses et brunâtres, qui s'étendent à partir de
Raible vers l'ouest avec un aspect un peu modifié dans les Alpes
vénitiennes, lombardes et tyroliennes, et se prolongent aussi vers
l'est. — Ce n'est que dans ces derniers temps qu'on a constaté l'existence du trias hors de l'Europe. Dans l'Amérique du Nord, il forme
un puissant étage de grès occupant une vaste étendue à l'est des
Alleghanys et atteint jusqu'à 12,000 pieds d'épaisseur dans la vallée
du Connecticut; on y retrouve des amas de gypse et de sel gemme.
Dans les Indes orientales, le grès bigarré existe de Delhi à Cutch,
le muschelkalk dans l'Himalaya.

De même que nous avons trouvé le zechstein séparé d'une façon
peu tranchée du grès bigarré, de même nous voyons le keuper se
rattacher intimement avec le terrain jurassique qui lui succède par
un haut. Cette jonction a fourni dans toutes les contrées de l'Europe
centrale une couche limitrophe présentant partout un caractère
très-tranché et identique. En Angleterre, elle a pris le nom de
bone-bed (couche à ossements), en Souabe d'*infra-lias* et actuellement en Allemagne de *zone de l'Avicula contorta*, d'après une coquille très-caractéristique. Elle est formée de grès clairs et finement
grenus, d'argiles passant du gris au noir et de schistes marneux, tous
de faible puissance, mais riches en fossiles. Dans les Alpes cependant, elle prend un développement très-considérable et se démembre
en trois étages. Le plus inférieur est composé de calcaires argileux sombres et de marnes argileuses noires qui, connus sous le nom de terrain
Kössenien, de Kössen non loin de Kufstein, s'étendent dans les Alpes
septentrionales de Wienerisch-Neustadt jusqu'au lac de Genève sur
une longueur de 100 milles et reparaissent dans les Alpes méridio-

nales. Le second étage est un calcaire massif clair avec noyaux de dolomie et de gypse et atteignant au delà de plusieurs mille pieds d'épaisseur. On le rencontre surtout dans les hautes montagnes arduisières sur les limites de l'Autriche, du Salzbourg et du Stayermark et on l'a nommé à cause de cela calcaire tégulaire. Au nord et au sud de la chaine centrale, il constitue des massifs montagneux caractérisés par leur aspect abrupt. A l'étage terminal se rapportent des grès moins puissants et des argiles schisteuses contenant des assises carbonifères et surmontées par des calcaires noirs. Ces diverses couches sont comprises sur le versant nord des Alpes orientales sous le nom de *terrain grestenien*. Toutes ces assises limitrophes, situées entre le keuper et le lias, outre les fossiles qui leur sont propres, contiennent ceux du keuper et du lias et peuvent être classées comme système particulier tantôt dans l'une, tantôt dans l'autre de ces deux formations, suivant la prédominance de certains fossiles.

5. TERRAIN JURASSIQUE.

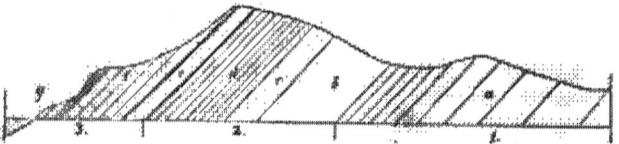

Fig. 90. — Profil de la *Porta westphalica*, sur la rive occidentale du Weser, à Neuberg.
1. lias; 2. jurassique moyen; 3. jurassique supérieur; y. graviers du Weser.

Les Anglais ont nommé *groupe oolitique* la formation du *calcaire jurassique*, parce que chez eux quelques-uns des étages de ce système sont formés d'une roche à texture globuliforme. Elle renferme des couches tout à fait analogues aux groupes précédents, mais les grès y sont bien moins abondants. D'après l'excellente description du terrain jurassique en Allemagne[1] par L. de Buch, ce système chez nous, comme en Angleterre et en France, se subdivise en trois

[1] *Mémoires de l'Académie de Berlin, de l'année* 1837. Berlin, 1839, pages 49 et suiv.

étages parfaitement distincts, les étages *inférieur*, *moyen* et *supérieur*. Le premier porte aujourd'hui le nom anglais généralement accepté de *lias*. En Allemagne, on le désigne souvent par la dénomination de *jurassique noir*, à cause de la couleur sombre de sa substance. Il est composé surtout d'un calcaire argileux gris noir ou de marne, dont les couches supérieures prennent une structure schistoïde et ont pris le nom de *lias schisteux*. La nature bitumineuse du lias inférieur, parfaitement en harmonie avec sa couleur noire, est très-caractéristique pour cet étage. Ces deux circonstances, réunies avec l'apparition de formes organiques entièrement nouvelles et particulières, telles que les *Bélemnites*, les *Ammonites* à cloisons multilobées sur leurs bords et les *Ichthyosaures*, prouvent que la surface de la Terre au commencement de la formation jurassique subit des modifications complètes dans ses caractères, et c'est à peine si nous retrouverons quelque autre part une différence de phénomènes aussi tranchée qu'à ce moment. La nature minéralogique si spéciale du lias ne dura cependant pas longtemps, puisque son maximum de développement ne dépasse pas 1000 pieds. A sa partie la plus inférieure, on trouve un banc de calcaire très-sombre au-dessus duquel succèdent les *grès liasiens* devenus de couleur claire par la décomposition du ciment et renfermant les premières Bélemnites. Ces couches sont caractérisées surtout par la présence d'empreintes de tiges ramifiées qui rappellent les lacis formés par les *Conserves* (d'où le nom de *grès à Fucoïdes*) et par des dépôts de houille (à Helmstædt par exemple) que l'on peut exploiter. Elles sont recouvertes par le calcaire liasien à *Gryphées*, désigné aussi par le nom de ses fossiles. A cet étage succèdent de puissantes argiles schisteuses pauvres en fossiles, au-dessus desquelles apparaît la marne calcaire gris moucheté qui constitue l'étage le plus important du lias et renferme de nombreux débris organiques. On trouve ensuite des argiles grasses de couleur foncée, contenant de nombreux globules de pyrite sulfureuse et d'une substance argilo-ferrugineuse. On les a désignées par le nom d'*argiles amalthéennes* emprunté à une ammonite qui y est très-abondante. Enfin la marne schisteuse très-bitumineuse (schiste du lias) contenant les squelettes de Reptiles très-curieux. Des calcaires marneux, d'un gris cendré clair et d'une très-faible épaisseur fermeut ce système, présentant partout les mêmes caractères essentiels et la même division. Dans tous les lieux où il existe, on le trouve nettement dessiné et facile à reconnaître par ses nombreux fossiles caractéristiques. Aussi, beaucoup de géologues ont-ils fait du lias une formation indépendante. Il forme pour ainsi dire « un tapis au pied des montagnes du Jura » qui s'étend des deux côtés des couches jurassiques placées au-dessus de lui. Il y forme des terrasses servant pour ainsi dire de degrés avant d'arriver aux hauteurs sur les quelles le jurassique moyen et supérieur ne présentent aucune différence d'inclinaison et de forme ; ses fossiles lui appartiennent exclusivement. On y trouve dans les assises inférieures aréneuses une grande Ammonite, *Ammonites Bucklandi*, qui porte le nom du célèbre géologue anglais et dont quelques-uns des exemplaires ont un contour égal à celui d'une roue de voiture. Presque toutes les couches, et plus particulièrement une assise marneuse de la région moyenne, contiennent les pierres de foudre (Bélemnites) en si grand nombre, qu'on leur a donné le nom de couches à Belemnites. Dans les schistes argileux supérieurs, on rencontre des Reptiles aux formes bizarres et entièrement disparues. Par leur aspect, ils rappellent à la fois les poissons et les mammifères et par leurs membres massifs en forme de nageoires trahissent leur genre d'existence purement aquatique. Aussi les a-t-on nommés *Reptiles marins* (Enaliosaurii) et désigné deux de leurs genres par les dénominations d'*Ichthyosaurus* (Reptiles poissons) et *Plesiosaurus* (Reptiles voisins, à cause de leur présence ensemble). Nous étudierons plus tard[1] leurs formes particulières et celles d'un troisième genre voisin, *Pterodactylus*, qui ici ne se trouve que rarement, mais est connu dans le jurassique supérieur. Nous nous contenterons d'ajouter qu'on a retrouvé aussi les tas d'excréments (coprolithes) fossilisés de ces animaux. Ils sont en si grande quantité, qu'ils forment sur plusieurs points de l'Angleterre une couche complète de quelques pouces d'épaisseur. Sa composition bizarre de fragments de coquilles, d'os de Poissons et de Sauriens plus petits, la fait exploiter pour en tailler des tables et des objets d'ornement de toutes sortes. D'autres couches sont tellement imprégnées de graisse animale, qu'elles peuvent s'enflammer et qu'on en extrait une huile minérale. Ces circonstances ne dénotent-elles pas un épanouissement de la vie animale extrêmement riche et tout à fait particulier ? Quel

---

[1] Les *Enaliosauriens* sont décrits en détail dans le chapitre XIV.

sentiment de curiosité ne s'éveille pas, en face de ces **nécropoles**, de plonger nos regards dans ces âges lointains qui échappent à tous nos calculs, où des monstres aux formes les plus bizarres et les plus fantastiques, telles que pouvait les produire seulement une puissance créatrice primitive, prenaient leurs ébats dans les flots d'un Océan sans bornes et qui n'épargnaient pas même leurs propres compagnons, bien qu'ils fussent entourés de milliers de créatures avec lesquelles ils pouvaient apaiser leurs appétits **voraces!** Toutes ces formes effrayantes, intéressantes seulement **pour les yeux du savant**, sont disparues dans une catastrophe, **d'où sortit un sol approprié** aux espèces actuelles. A ces types incohérents en apparence du monde primitif, **succédèrent** d'autres formes toujours plus perfectionnées et dans lesquelles se réalisa enfin cette harmonie intérieure qui se manifeste aujourd'hui dans l'Homme. Cependant, on ne doit pas les considérer comme des ébauches mal réussies de leur époque. Leur nature était en rapport avec le caractère de leur temps et de leur habitat ; primitive et grossière comme celui-là, incomplète comme celui-ci. Les organismes complets et achevés purent apparaître seulement **lorsque la terre ferme et la mer** furent arrivés à leur état d'équilibre.

Deux couches puissantes d'argile bleue, dit L. de Buch dans le mémoire déjà cité, l'une *sous-jacente* plus forte et pure, l'autre *superposée* contenant quelques lits **minces de calcaire**, enferment entre elles le *jurassique moyen* ou brun en Allemagne. Tout ce qui existe entre ces deux assises se distingue sans peine des autres parties du terrain jurassique par sa composition et ses débris organiques. La marne schisteuse, l'argile et quelques bancs de calcaire sont les éléments principaux ; mais le jurassique moyen est surtout caractérisé par ces grès bruns ferrugineux que les anciens géologues plaçaient encore dans le lias et désignaient par le nom de *grès supérieur du lias*. C'est dans cet étage que l'on trouve toutes les couches d'argile ferrugineuse graine (oolite ferrugineuse). Les assises de calcaire pur y apparaissent rarement et ne se rencontrent que sur les points où les fossiles existent en plus grand nombre ; les marnes gris bleuâtre et les argiles prédominent et sont tout aussi riches en organismes. Ces caractères n'ont de valeur que pour le sol de l'Allemagne et le jurassique moyen prend déjà en Suisse un faciès tout différent. Ici dominent les *calcaires oolitiques* jaunes,

ainsi nommés[1] à cause de leur texture grenue en forme de petits
globules ovoïdes, et, dans l'Angleterre centrale, les grès allemands
sont remplacés par des assises argileuses qui divisent le calcaire
oolitique en plusieurs étages, tandis que, dans le nord du même
pays, les grès y prennent la prépondérance, et l'oolite n'y apparaît
plus qu'en assises subordonnées. Le jurassique du nord de l'Allemagne, dans le bassin du Weser et dans le Hartz, répond à ce type.
On y trouve (voy. la coupe. p. 264), des marnes argileuses (b) grisâtres d'une structure schistoïde mal accentuée au-dessous d'un
grès (c) grossière et ferrugineux. L'argile schisteuse apparaît avec
quelques débris végétaux très-apparents et carbonisés dans ce grès,
sur lequel repose une nouvelle assise de marnes gris noirâtre (d).
En Allemagne, les roches présentent donc des variétés locales et
une succession très-différente, complexité qui se reproduit de
même en Suisse, en France et en Angleterre, et comme, en outre,
les fossiles ne sont pas distribués dans de petits étages aussi tranchés que dans le lias, la correspondance des assises dans les diverses régions est très-difficile à établir[2]. Le jurassique moyen est plus
pauvre en fossiles que le lias, parce que le grès et l'argile y forment
de plus nombreuses assises. Il manque absolument de formes que
l'on puisse comparer avec les Sauriens marins. En Angleterre les
schistes de Stonesfield, banc de calcaire de 6 pieds d'épaisseur situé

[1] Dans les cas où ils présentent des couches concentriques, ils se sont formés probablement au moyen de petites particules qui tombaient dans les eaux chargées de calcaire, se
couvraient de plusieurs couches minces de ce dernier, et peu à peu s'agrégeaient en
masse. Souvent les noyaux primitifs sont du sable fin ; quelques autres, tels que les calcaires oolitiques proprement dits, ne présentent aucune stratification dans leurs grains
élémentaires. Ils se composent de petits fragments de calcaire homogènes, arrondis par
une action mécanique, et même de coquilles et de ligne de coraux qui, d'abord usées par
le roulis des flots, se sont ensuite emplitées dans une substance calcaire cristalline.

[2] Les grandes différences locales, qui existent entre les couches isolées et entre les
groupes de couches, ont fait introduire des dénominations particulières aux diverses localités. Elles ne pourraient trouver place dans une histoire du développement de la Terre, où
les grandes phases seules sont décrites. Dans ces derniers temps on a publié d'excellents
travaux sur la correspondance des divers étages jurassiques de l'Europe centrale, et nous
renvoyons les lecteurs qui seraient curieux de les connaître aux publications de Quenstedt, Oppel, Fraas, d'Orbigny, Marcou et Wright. Qu'il nous suffise de dire que les couches inférieures du jurassique moyen prennent les noms : en Angleterre, d'oolite inférieure ou dogger ; en France, de système bajocien ou oolite ferrugineuse ; le jurassique
supérieur : en Angleterre, de grande oolite, d'argile de Bradford et de cornbrash ; en
France, d'étage bathonien ; et qu'en Allemagne les couches se distinguent d'après les coquilles caractéristiques les plus fréquentes et qu'on a ainsi les couches murchisoniennes,
parkinsoniennes, coronatiennes, d'après les Ammonites Murchisoni, A. Parkinsoni,
A. coronatus. — G.

au-dessous de l'oolite inférieure et très-riche en débris organiques tels que des Bélemnites, Trigonies et autres animaux marins, sont venus exciter notre étonnement par l'apparition d'os de Mammifères qui y ont déjà été découverts plusieurs fois (jusqu'ici on possède 6 maxillaires inférieurs). Presque tous les savants s'accordent pour attribuer ces os à des individus de l'ordre des *Marsupiaux*. Agassiz avait cru reconnaître des Phoques, aujourd'hui on les considère comme des Insectivores. Les Mollusques sont donc réellement les seuls fossiles caractéristiques du jurassique moyen. Leur description nous entraînerait ici dans des détails zoologiques trop longs et nous nous réservons d'en faire une étude complète plus tard.

Immédiatement au-dessous de la couche d'argile supérieure, très-connue en Angleterre sous le nom d'*argile d'Oxford* (Oxford-clay), suit l'étage le plus puissant du jurassique supérieur ou jurassique blanc. Cette couche consiste en un calcaire jaunâtre ou même blanc qui, dans ses assises les plus inférieures, alterne plusieurs fois avec de minces bandes de marne et se sépare ainsi peu à peu de cette argile. Une petite coquille, la *Terebratula impressa*, fréquente dans ces marnes, les distingue comme couches indépendantes. Au-dessus des lits de marne, le calcaire devient pur et contient une si grande quantité de Polypes, qu'on lui a donné en Angleterre le nom de *conglomérat corallien* (coral-rag) [1]. L'intérêt général qui s'est porté dans ces derniers temps sur le calcaire du jurassique supérieur, se justifie, non-seulement par la grande quantité de ces débris organiques, mais encore par l'apparition de formes nouvelles et bizarres. Ses assises supérieures sont franchement schistoïdes et fournissent les pierres lithographiques dont les produits firent une si grande sensation, lorsqu'ils parurent pour la première fois, et qui conservent encore une grande valeur par le fini d'exécution qu'on peut leur donner. Les districts de Pappenheim et Solenhofen à Eichstadt sur l'Altmühl et les rivages de la Wernitz à Nordlingen et Donauwerth, sont les principaux points d'exploitation de cette roche précieuse limitée à l'Allemagne.

[1] La série des couches du jurassique supérieur se modifie plus ou moins suivant les pays. En Angleterre et en France, les étages, en allant de bas en haut, sont le terrain de Kelloway et les étages oxfordien, corallien, kimméridgien et portlandien. En Souabe, on les désigne par leurs coquilles caractéristiques les plus importantes, comme pour le jurassique moyen. — G.

En outre des produits destinés à un usage technique, ils nous fournissent de grandes richesses en fossiles caractéristiques, comme on ne peut en trouver nulle part. Aussi le calcaire lithographique est-il un des étages les plus intéressants par ses débris organiques. C'est là que reposent les restes d'un reptile volant, le *Pterodactylus*, dont les ailes ressemblaient à celles des chauves-souris, mais ne s'étendaient qu'à partir du cinquième doigt des membres antérieurs. Ce doigt qui, chez tous les autres animaux, est le plus petit, atteint chez le Ptérodactyle une longueur double du corps et s'allonge encore en passant par-dessus les quatre autres. A côté de cet être bizarre, dont la forme fantastique a tant donné à faire aux savants, on a trouvé récemment un genre d'oiseau (*Archæopteryx*), d'une forme extraordinaire, rappelant le type reptile par la conformation de sa queue, et que Owen a décrit aussitôt avec la plus grande sagacité. On y rencontre aussi de nombreux *Crustacés* moins bizarres, bien qu'ils diffèrent encore sur quelques points de ceux qui vivent actuellement et des *Insectes*, surtout des *Libellules* très-ressemblantes à celles d'aujourd'hui. Des *Poissons* et des *Tortues* viennent encore s'ajouter à ces animaux et dénotent, ainsi que les précédents, un progrès continu de l'organisation avec le sol qui les portait et leur servait de séjour.

En Angleterre, le jurassique supérieur ne se termine pas avec les schistes. Au-dessus du coral-rag se développe un puissant étage de marne et d'argile, d'une épaisseur de 600 pieds, et appelée *argile kimméridgienne*, du lieu où on la trouve surtout. On la retrouve en France et dans les chaînes du Weser, mais elle n'existe pas en Bavière et en Souabe. Au-dessus se montre, comme dernier étage, une couche calcaire plus homogène de coloration blanc clair qui porte le nom de *calcaire portlandien* (portland-stone) et fournit les meilleurs matériaux pour les constructions de luxe de la capitale gigantesque des îles Britanniques. La belle cathédrale de Saint-Paul, le monument le plus somptueux de la richesse et de la grandeur britanniques, en est construite, ainsi que les colonnes monumentales commémoratives des batailles de Trafalgar et de Waterloo et du grand et terrible incendie du 2 au 7 septembre 1666. L'aspect de ces monuments est très-beau et je me plais à exprimer l'admiration que m'inspirent leurs architectes. Une intéressante *Pinna* (*Pinna granulata*), que l'on nomme aussi *jambonneau* à cause de sa forme ; **caractérise** cette couche dans le nord de l'Allemagne et s'y trouve en compagnie de *Pholadomyes*, de *Trigonies*, d'*Ezogyres*, de *Nérinées* et de *Ducerax* (mollusques que nous décrirons plus loin), qui en Angleterre caractérisent le portlandien.

Si nous jetons maintenant un regard sur les lieux où cette grande formation existe, nous la voyons recouvrir dans la partie centrale de l'Europe une étendue beaucoup plus grande que les précédentes. Sur le continent européen, son centre le plus complet se trouve dans la chaîne de montagnes située sur la frontière occidentale de la Suisse et qui lui a donné son nom. Elle s'étend dans une direction parfaitement identique de l'O.-S.-O. à l'E.-N.-E., à travers le Wurtemberg et la Bavière jusqu'à Regensbourg, où sa ligne de direction dévie à angle droit et court parallèlement au Bohmerwald jusqu'au Mein et atteint presque la Thuringe. Entre Kaisersthul et Eglisau les couches jurassiques sont coupées par le Rhin, qui s'en approche à Schaffhouse et suit leur pied jusqu'à la dernière localité nommée, où il se trouve dans la partie la plus resserrée de son cours. Le terrain jurassique forme ensuite la masse principale des Alpes de la Souabe sur la rive septentrionale du Danube, qui **suit** exactement sa direction. Sa pente abrupte est au N.-O. et la pente à inclinaison douce au S.-E. Sur ce dernier côté il se **relève** très-lentement, et la couche terminale reposant sur le calcaire corallien est un calcaire régulier, sombre et souvent argileux, qui reparaît dans le sud de la Franconie, comme calcaire lithographique. A partir de Regensbourg, en allant vers le nord, il est caractérisé par la présence de puissants massifs dolomitiques, qui, en Souabe, se montrent tout à fait subordonnés au calcaire par, dans le Jura subissent de grandes modifications et qui, constituant la partie moyenne principale des couches jurassiques jusqu'au Mein, donnent à la zone du Jura allemand un caractère tout particulier. Sa direction parallèle au Bohmerwald et au Fichtelgebirge corrobore l'opinion de L. de Buch, qui considère la *dolomie* comme une roche postérieure d'origine métamorphique. Les strates neptuniennes, en effet, n'ont été transformées sur certains points en *dolomie massive*, que dans la partie où elles sont parallèles avec les roches plutoniennes sorties par une crevasse. Au terrain jurassique allemand correspond un terrain jurassique français tout à fait analogue. Il se rattache au centre avec le jurassique suisse et s'étend depuis les côtes de l'O-

céan à la Rochelle en décrivant une légère courbe vers Poitiers,
Châteauroux, Bourges, Chaumont, Verdun, jusqu'aux sources de
l'Oise, et vient finir au pied des Ardennes. Ce jurassique a sa pente
abrupte au S.-E., et s'incline doucement vers le N.-O., l'inverse
du jurassique allemand. Tous deux divergent d'un centre dans des
directions opposées et circonscrivent, avec le jurassique suisse, un
bassin formant un grand demi-cercle, fermé au nord par le
Hundsrück, le Taunus, le Vogelsberg, le Rhön et le Thuringerwald.
Le terrain jurassique français envoie dans le sud une autre bande
qui s'étend de la Rochelle vers Montpellier et enveloppe le massif
granitique sur lequel se dressent les volcans de l'Auvergne et du
Vivarais. Elle est en pente abrupte de ce côté et s'incline doucement
par dehors. Un troisième bassin jurassique français s'étend au pied
de terrains plus anciens à travers la Bretagne, la Normandie et le
Maine, partant de la Rochelle et Poitiers et allant par Saumur, Angers, le Mans, vers Caen. Réuni avec les deux autres bandes, il forme
en France deux bassins juxtaposés en forme de huit, d'où il résulte
que ce pays est divisé en quatre grands systèmes montagneux, deux
plus anciens situés entre les jambages au N.-O. et au S.-E., et deux
plus jeunes au S.-O. et au N.-E., sur les deux côtés de la chaîne
jurassique. Aux derniers, ils présentent leur pente douce, aux premiers, leur pente abrupte. L'Angleterre n'a qu'une bande de terrain
jurassique, mais elle est très-large et forme un arc qui suit presque
le sens longitudinal de l'île et a sa pente douce au S.-E. et sa pente
abrupte au N.-O. Elle commence au sud sur les côtes du Dorsetshire
et se dirige, en passant par Oxford, Northampton et Lincoln, vers
l'embouchure de l'Humber, où elle se termine. Partout les couches
inférieures ou couches liasiques se trouvent sur la lisière N.-O. de
cette zone et se relient avec les bandes étroites du keuper dirigées
dans le même sens. Au N.-O. se trouvent les vastes districts houillers, auxquels l'Angleterre doit une grande partie de sa richesse et
de sa prospérité industrielle. Les dépôts houillers n'atteignent nulle
part ailleurs en Europe, un développement aussi puissant qu'ici,
sur une étendue relativement faible.

L'Europe centrale nous offre encore des couches jurassiques sur
deux points. Le premier, de beaucoup le moins étendu, se trouve
au nord du Hartz, dans le Brunswick, le Hanovre et dans la chaîne
du Wesergebirge, où le jurassique moyen se présente avec des gros

bruns. Le second bassin jurassique, beaucoup plus vaste, suit la chaîne des Alpes sur le versant nord, de Nice à Vienne, et du lac Majeur, sur le versant sud, jusqu'à Laibach en Croatie. Mais au milieu des saillies gigantesques des Alpes, tout le terrain jurassique, dans sa nature minéralogique et dans ses fossiles se présente avec des caractères aussi étrangers et aussi particuliers que nous y avons déjà trouvé le trias, de sorte qu'on ne peut établir de concordance absolue entre ces étages et ceux de l'Allemagne, de la France et de l'Angleterre. Le lias, représenté dans le nord des Alpes suisses par des calcaires gris sombres jusqu'au noir, se transforme déjà dans le Vorarlberg et les Alpes bavaroises en calcaires rouges marmoréens, sur lesquels reposent des schistes calcaires gris. Ceux-ci perdent vers l'est leur puissance considérable, tandis que les calcaires riches en Ammonites de Hallein et Hallstadt se prolongent encore au delà dans les Alpes autrichiennes et reparaissent, comme roche caractéristique, dans les Alpes lombardes et les Apennins. Le jurassique moyen et supérieur ne se montre, dans les Alpes suisses, qu'en faibles couches d'argile et de calcaire ; mais dans le Tyrol et en Bavière, il constitue une puissante zone de schistes bigarrés avec quelques grandes assises calcaires, qui s'étendent jusque dans le voisinage de Vienne, en subissant quelques modifications. Dans le sud des Alpes, ils n'ont qu'un faible développement. En Moravie, dans les Carpathes et en Hongrie, des calcaires et des assises de marne contiennent les fossiles caractéristiques du jurassique moyen et supérieur. En Russie des couches analogues, formées surtout d'argile et sable, occupent de vastes étendues planes et montagneuses. On peut les suivre dans le nord de la Sibérie jusqu'à la Lena. Elles jouent aussi un grand rôle dans l'Asie méridionale, dans les Indes, dans l'Himalaya et dans le Tibet. En Afrique, on a reconnu leur existence sur les bords de la rivière d'Orange, à Port-Natal et au Sénégal. L'Amérique, au contraire, a été considérée longtemps comme émergée durant la période jurassique. Ce n'est que dans ces derniers temps qu'on a attribué à la formation jurassique, sans cependant en donner une démonstration complète, plusieurs assises de grès et de houille situées dans les États-Unis ; depuis lors, Marcou prétend les avoir reconnues, sur une grande étendue, le long des deux versants des Montagnes-Rocheuses. Mais le lias et les couches jurassiques moyennes ont été constatés avec une évidence complète dans l'Amé-

16

rique du Sud, sur le littoral Chilien, à Coquimbo et, plus haut,
dans la vallée de Copiapo [1].

L. de Buch a proposé une hypothèse très-ingénieuse sur l'origine des bandes jurassiques disposées en forme d'arc autour de
chaînes de montagnes ou de régions plus élevées. Il les compare
aux récifs de coraux qui entourent dans l'Océan austral toutes les
grandes étendues terrestres et notamment la Nouvelle-Hollande. En
fait, les masses énormes de coraux qui constituent les couches supérieures jurassiques, semblent bien prouver ce mode de formation
et expliquer pourquoi le calcaire corallien, si abondant dans les
montagnes européennes, manque entièrement en d'autres contrées.
Les longues vallées ramifiées qui séparent les terrasses du Jura
suisse sont encore un témoignage d'une grande valeur pour démontrer l'origine de ce terrain par la formation de récifs de coraux
sous-marins. Les petites vallées transversales répondraient aux intervalles libres, qui existent toujours dans ces enceintes sur les
points où se trouvent des courants, ou devant l'embouchure des
fleuves. Maintenant qu'il est assez bien démontré que les polypes
actuels bâtissent leurs récifs seulement sur le sommet des rochers
sous-marins, la grande quantité de coraux fossiles que nous trouvons
dans le jurassique supérieur prouverait qu'il existait alors des masses rocheuses sur lesquelles ces animaux purent fonder leurs constructions.

6. TERRAIN CRÉTACÉ.

L'étage de la craie, la dernière subdivision des terrains sédimentaires de Werner, se rattache très-intimement à la formation jurassique et est formé comme elle surtout de calcaire et de grès, dont
les deux couches les plus connues en Allemagne sont celles de la
craie et du quadersandstein. Au-dessus du jurassique, on trouve
des grès et des marnes, et la partie supérieure se compose d'assises
calcaires et marneuses. Tel est, en effet, l'aspect du système crétacé
en France et en Allemagne, où il est développé sur une vaste échelle.

[1] Consulter notre *Mémoire* : *Les fossiles de Justus dans la vallée du lion de Co-
pampo*, avec deux planches, Halle, 1851, in-4° ; et Coquand, *Bulletin de la société géologique*, 2° série, vii, 231. — G.

En Angleterre, on trouve des calcaires plus massifs alternant avec des strates d'argile ferrugineuse ou de sable et, çà et là, se transformant en marne qui constitue un étage intermédiaire entre le jurassique et le crétacé. On le considère comme le dernier anneau de la série jurassique et il n'apparaît que dans ce pays et dans les coteaux du Weser, de Helmstadt à Osnabrück. On réunit ces couches sous le nom de *terrain wealdien* divisé en trois étages qui sont de

Fig. 21. — Coupe prise dans le sud de l'Angleterre, depuis les environs de Londres, vers Brighton, jusqu'à la mer [1].

bas en haut le *calcaire de Purbeck* (250 pieds d'épaisseur, a), le *sable de Hasting* (b, 400 à 500 pieds) avec des assises de charbon très-faibles et l'*argile wealdienne* (weald-clay, c, 150 à 200 pieds). Ces assises sont remarquables par leur richesse en animaux d'eau douce et terrestres. Ce fait prouve qu'elles sont d'origine lacustre et qu'elles ont été formées au moyen de matériaux de transport apportés par de grands courants qui descendaient des massifs continentaux plus élevés. Il explique aussi pourquoi elles n'existent que sur quelques points limités. L'Angleterre seule, en effet, possède une étendue de terrain considérable qui en soit formée ; elles embrassent presque tout le Sussex et une partie du Surrey et du Kent. En Allemagne on a retrouvé ces couches dans une série analogue de grès ferrugineux, succédant immédiatement aux derniers étages jurassiques ; mais ils ne présentent plus de caractères minéralogiques identiquement semblables. On y exploite dans plusieurs localités des couches de houille, qui, dans l'Osterwald, forment jusqu'à dix-huit assises superposées. Les fossiles des deux bassins offrent plus de ressemblances.

[1] Cette coupe commence au sud de Londres, près du Radley Hill [?], haut de 800 pieds, et s'étend, sur une longueur d'environ 8 milles, jusqu'au canal de Newhaven. La hauteur et la longueur sont dans le rapport de 10 à 1. Les trois couches du groupe wealdien a, b, c, forment une selle sur laquelle s'appuient, au nord et au sud, les strates crétacées ; d, marne (néocomien) bleue inférieure ; e, sable vert ; f, marne argileuse bleue supérieure ; ensuite vient la marne crayeuse avec le sable vert supérieur g, et au-dessous la craie elle-même h ; i, couche inférieure du tertiaire (argile plastique) ; m, niveau de la mer.

Les véritables étages du terrain crétacé sont très-distincts. Nous y admettons deux roches principales. L'une, le *quadersandstein* (grès à carreaux) a une couleur grisâtre et se compose de grains de quartz qui, tantôt sont agglutinés entre eux sans ciment (*quadersandstein* proprement dit), tantôt par un peu d'argile ou de calcaire (*plänersandstein*) ou par de la marne (grès vert en Allemagne, *glauconie* en France, et encore *craie chloritée*). Dans la plupart des localités ce ciment est cellulaire, ce qui fait que ce grès est de tous le plus facile à désagréger ; cependant cette propriété est moins marquée dans la glauconie qui est très-calcaire et dans son congénère le macigno à grain fin. De nombreuses fentes, qui parcourent la roche dans le sens vertical au plan de stratification, contribuent beaucoup à faciliter sa décomposition et produisent des formes curieuses en pyramides, en colonnes et en obélisques qui donnent au quadersandstein une physionomie si particulière. De tout temps on les a considérées comme des constructions dont l'origine était plutôt artificielle que naturelle et on leur a donné le nom de *murailles du diable*, sous lequel les quadersandsteins situés au pied septentrional du Hartz, entre Ballenstadt et Blankenbourg, sont probablement bien connus de beaucoup de nos lecteurs. Tout aussi intéressants sont, dans la Suisse saxonne, les montagnes coniques écrasées, dont le pied est enterré dans de puissants talus d'éboulement provenant de leurs flancs ; citons plus particulièrement le Lilienstein une des plus régulières. Qui ne connaît les tours et les pics de cette montagne située près de Bastei en face de Königstein et n'admire la hardiesse avec laquelle les pointes et les aiguilles de rochers se combinent pour former des arcades, des ponts et des galeries. Mais l'admiration du spectateur est encore plus grande en face des colonnes minces et hautes des gorges de Bieler, sur la pointe desquelles croissent de beaux arbres et qui présentent les diamètres et les hauteurs les plus variés. Elles sont le résultat des décompositions successives qui se sont exercées sur des montagnes coniques formant autrefois une masse continue et ressemblant par la grandeur et la forme au Lilienstein. Les quadersandstein bohémiens, près d'Adersbach, sont tout aussi connus et peut-être encore plus célèbres à cause de l'établissement de bains contigu. La désagrégation ne s'y est pas effectuée de haut en bas comme en Saxe, mais elle a attaqué la roche par-dessus et produit des formes qui se dessinent les pics les plus fantastiques. De grandes masses, de plus de 100 pieds de haut et allant en se renflant, reposent sur de minces piédestaux, planant pour ainsi dire dans l'air et menaçant à chaque instant d'écraser l'audacieux qui ébranlerait le moins du monde leur équilibre. On les connaît cependant sous cette forme depuis des siècles.

L'ouest de l'Allemagne aussi bien que l'est a ses quadersandsteins aux formes curieuses et bizarres. Les Westphaliens parlent beaucoup de leurs célèbres rochers d'Exter, qui s'étendent près de Horn sur une longue bande comme les ruines de gigantesques constructions primitives. On voit sur leurs parois verticales les scènes de la passion représentées en figures colossales qui, d'après des documents dignes de foi, existaient dès le XVI° siècle.

Quelque intéressant que puisse être pour nous le quadersandstein par ses formes étonnantes, il mérite encore plus notre attention par sa grande utilité comme pierre de construction. Moins dur que le grès bigarré ou que le grès rouge, il se laisse travailler beaucoup plus facilement. Les fissures particulières, qui le sillonnent dans un sens opposé à son plan de stratification, le divisent naturellement en parallélipipèdes rectangles, propriété à laquelle il doit son nom. Il a attiré l'attention des populations depuis des siècles, et de même que le grès portlandien a servi à construire Londres, de même le quadersandstein a fourni les matériaux des édifices de Dresde. Pirna est le lieu dans le voisinage duquel on en extrait le plus et d'où on le transporte au loin sur l'Elbe et ses affluents. Le quadersandstein se désagrégeant facilement, se prête mieux à la décoration architectonique intérieure des édifices qu'à l'ornementation extérieure. Dans ce dernier cas, il faut le recouvrir d'un enduit, ou, ce qui vaut encore mieux, l'imbiber d'huile de temps en temps, si on veut qu'il dure. Pour la même raison, il ne convient guère pour les escaliers et les rampes à la construction desquels on l'emploie cependant beaucoup; il s'use très-rapidement et est mis hors de service beaucoup plus vite que le bon.

Le quadersandstein n'est pas l'étage le plus ancien du terrain crétacé. Sa formation a été précédée par le dépôt des assises appelées hilsthon, composées de calcaires durs et brunâtres, d'argiles compactes et schisteuses atteignant jusqu'à 1000 pieds d'épaisseur et celui d'un grès jaune à grain fin et pouvant avoir 400 pieds d'épaisseur. Ce système de couches, largement représenté au nord du

Hartz dans le Brunswick et le Hanovre est remplacé dans le Teutoburgerwald par un grès jaune et brun constituant une bande puissante partant de Stadtberg et passant par Horn, Bielefeld, Iburg
jusque près de Bevergern et qui reparaît plus loin près de Rheine
sur l'Ems et près de Bentheim. En France, les couches de la même
période se composent de grès calcifères glauconieux ou ferrugineux,
auxquels se rattachent des calcaires et des argiles en assises plus ou
moins puissantes. On les distingue sous le nom de *formation néo-
comienne* des argiles feuilletées et des sables glauconieux du *gault des
anglais*, qui reposent au-dessus d'eux. Ce dernier atteint en Angleterre 500 pieds, mais son extension horizontale est de beaucoup
inférieure à celle qu'y présente le néocomien composé aussi d'argile et de grès vert allié à un ciment calcaire ou siliceux (grès vert
inférieur et argile de Speeton), mais ayant ses fossiles propres. Dans
les Alpes, le néocomien est composé de marnes et de calcaires durs
et foncés (*calcaire à Rudistes*), ainsi que de grès vert, allant jusqu'au
noir, avec des bancs calcaires subordonnés, le gault. Ce dernier ne
manque pas entièrement dans le nord de l'Allemagne. Les couches,
qui, d'après leur aspect rayé et tacheté, ont pris le nom de *marnes
flamboyantes* dans le Teutoburgerwald et les argiles puissantes et
grès du Brunswick, contiennent des fossiles tout à fait caractéristiques pour le gault. Partout en Europe on reconnaît que le néocomien ou formation du bils constitue l'étage le plus ancien du terrain
crétacé, le gault le second étage, et nos quadersandsteins le troisième. Ceux-ci sont en général pauvres en fossiles et ne sont un peu
riches que dans les zones marneuses ; au contraire, les couches
néocomiennes et le gault recèlent dans chaque assise une grande
variété de Mollusques, parmi lesquels les Ammonites entièrement
disparues aujourd'hui et des Brachiopodes bivalves, devenus rares
actuellement, sont caractéristiques.

   Quelle que soit la puissance du quadersandstein dans le Hartz, en
Saxe et en Bohême, il ne forme cependant pas à lui seul le crétacé
moyen. Dans les régions que nous venons de citer, des bancs considérables de sable vert, de marne et de calcaire viennent s'intercaler
au milieu de ses couches, ce qui a permis de le diviser très-nettement en quader inférieur et en quader supérieur. Dans le Hartz, de
Quedlinbourg à Goslar, des sables et marnes verts et glauconifères reposent immédiatement sur le quader inférieur, puis ensuite

viennent des calcaires gris et une marne blanchâtre. Au-dessus, se développent des calcaires d'abord de couleur rouge clair, résistants et marneux ; dans les assises placées plus haut, blancs grisâtres et poreux, et enfin dans les dernières, marneux de nouveau et même arénacés. Ces calcaires qui, dans beaucoup d'endroits, fournissent un excellent ciment après avoir subi une cuisson, sont appelés, à cause de leur divisibilité en tables, *plänerkalk* et les marnes attenantes *plänermergel*. Les choses sont différentes en Saxe et en Bohême. A la place des sables verts glauconifères apparaissent des *plänersandsteins* atteignant jusqu'à 600 pieds d'épaisseur, au-dessus desquels reparaissent les mêmes calcaires et les mêmes marnes. Toutes ces couches, bien qu'inégalement riches en fossiles, possèdent des Coraux, des Oursins et des coquillages. Enfin le quader-sandstein supérieur se développe et forme ce système de couches particulier à l'Allemagne centrale. En France et en Angleterre, où les quadersandsteins manquent complétement, le crétacé moyen ne se compose que de grès glauconieux, de diverses marnes et de calcaires, que l'on distingue d'après leur stratification et leurs fossiles en grès vert supérieur et marne crétacée, ou en *cénomanien* et *turonien* (noms d'anciennes tribus gauloises). Ces dernières dénominations sont actuellement presque généralement employées par les géologues allemands pour nos formations de *quader* et de *pläner*.

L'étage le plus jeune du terrain crétacé est la *craie blanche*. Tout le monde connaît cette substance poreuse et amorphe que nous utilisons pour écrire et pour maints autres usages. Jusqu'ici nous ne savons que peu de chose sur sa nature. Par sa composition chimique, elle ne diffère des calcaires plus anciens que par l'absence complète de la proportion plus ou moins grande de carbonate de magnésie que ceux-ci contiennent. Elle est cependant très-facile à distinguer par sa structure poreuse et par la multitude innombrable de carapaces animales microscopiques et calcaires que l'on y aperçoit. Ces animalcules sont très-abondants dans la craie de tous les pays et souvent les deux tiers de toute la matière crétacée sont composés uniquement de leurs coquilles. Ils appartiennent à une famille, dont le type existe encore chez des espèces vivantes qui habitent la mer et que l'on a appelées *Foraminifères* ou Polythalames d'après la forme de leur coquille. Dans la partie molle de leur corps ils ne possèdent aucun organe isolé et sont donc tout aussi inférieurs que les Infusoires. Leur présence en quantités immenses dans la craie[1], démontre son origine organique, et cette roche n'est pour ainsi dire qu'une puissante couche de débris de Coraux, de fragments de coquilles et de carapaces de Foraminifères entassés au fond de la mer et liés entre eux par quelques particules de calcaire. Ces assises se sont probablement formées dans de vastes golfes, au moyen de la destruction poursuivie pendant des siècles des récifs coralliferes et de toutes les carapaces d'animaux marins possibles et ont à cause de cela une origine organique plus marquée que toutes les autres formations marines. La craie-tuffeau de Maestricht et la craie corallifère de Lümsteen en Danemark, dont le dépôt appartient à la même époque, ne sont en grande partie qu'un amas de carapaces d'animaux marins. Des sédiments tout à fait analogues se forment encore aujourd'hui dans les lagunes basses, qui existent à l'intérieur des groupes d'îles coralliennes de l'Océan Austral. Il s'y dépose constamment une roche blanchâtre analogue à la craie et qui provient des fragments de récifs détachés par la mer et lancés par les flots, qui viennent se briser sur la ceinture du corail, dans l'enceinte calme, où ils s'accumulent et se mélangent avec les myriades de Foraminifères qui habitent ces régions. L'immense espace de temps nécessaire à la réalisation de ce phénomène se déduit de la puissance de la craie blanche, qui, sur les côtes orientales des îles de Rügen, Men et Seeland ou de la Suède en face, atteint une épaisseur de 500 pieds avec cette même composition. Sur la première de ces îles, elle forme, au cap Jasmund si remarquable par ses beautés naturelles, les célèbres stubbenkammer (chambres), dont nous donnons le dessin ci-contre. Sa puissance est très-grande et au point le plus élevé, le Kœnigstuhl, elle atteint presque 550 pieds au-dessus du niveau de la mer Baltique, sortant comme un mur vertical des bancs de galets qui l'enveloppent à ses pieds. Comme le quadersandstein, elle est sillonnée de fissures, qui se sont élargies sous l'action séculaire de l'humidité et de la pluie, et ont transformé une partie de la masse en colonnes aiguës et en pilastres formant des groupes pittoresques et entourant le massif principal du Kœnigstuhl. Là, près du lieu où je suis né, souvent,

[1] La craie peut aussi, par formes différentes de craie présenter et les pour répandus sur la formation lieu ... doit les galandes pour les deux désignent à ces ...... Voyez page 44, note.

lorsque j'étais enfant, j'aimais à m'abandonner aux puissantes sensations que font naître le spectacle de ces grands phénomènes naturels. Du sommet de ces hauteurs, plongeant avec le saisissement du
vertige dans les gouffres profonds, j'embrassais d'un seul coup d'œil
la mer immense située devant moi et sur mes côtés les découpures

Fig. 72. — Vue des Stubbenkammer.

bizarres et variées que dessinent les dents et les pointes de rochers
dont la beauté récompense le visiteur qui s'élève jusqu'au point le
plus élevé, la crête du Kœnigstuhl. Mais quelque beau et saisissant
que soit ce spectacle vu d'en haut, en dominant la mer avec ses nombreuses voiles blanches à l'horizon, l'émotion du spectateur est encore plus imposante, en face des blocs gigantesques de craie, lorsque,
placé au pied de la falaise, il contemple son développement et entend derrière lui le mugissement des flots qui, se brisant sur des
milliers d'autres blocs de toutes dimensions, l'entourent du réseau
de leurs eaux bondissantes. Des masses énormes de galets, débris des
montagnes de la Scandinavie, que la mer apporta jadis ici sur des
glaces flottantes, forment une ceinture solide autour du rivage et

protègent, comme de puissants bancs de graviers (p. 54), les roches
terreuses contre une destruction envahissante qui ne peut être arrêtée que par un rempart semblable. Cependant la décomposition
et les pluies les rongent avec autant de facilité que les montagnes de
quadersandstein et entassent à leur pied un talus élevé de craie dé-
litée et d'éboulis sur lequel s'est développé une riche végétation de
hêtres et de bouleaux vigoureux. Le blanc éblouissant alterne avec
la nuance douce du vert des végétaux groupés de mille façons les uns
au-dessus des autres dans les profondeurs et sur les élévations. A
cette vue nous nous demandons qu'elle ne doit pas être la richesse
inépuisable d'existences et d'êtres de la vie organique, pour qu'elle
vienne s'épanouir avec exubérance jusque sur les ruines. Combien
ne devait-elle pas se développer encore plus rapidement dans les
temps primitifs, alors que la Terre encore dans sa jeunesse déployait
de nouveau toute sa plénitude de forces et de fécondité après
quelque violente catastrophe.

Le simple touriste se contente de ces beautés, le savant attentif à
tout découvre bientôt des lignes transversales d'une substance noire,
qui, séparées par des espaces inégaux de 2 à 4 pieds, courent dans
une direction parallèle et occupent du haut en bas la muraille de
craie. Il constate sans difficulté qu'elles sont dues à des strates de
silex en rognons de plusieurs pouces d'épaisseur. Détachés par la
pluie et entraînés par leur poids supérieur plus loin que la craie, ils
arrivent jusque dans la mer qui les ballotte çà et là, jusqu'à ce
qu'elle les arrondisse et les façonne en globules, en œufs et autres
formes. Beaucoup d'entre eux sont creux. D'autres renferment dans
leur cavité un noyau solide, très-souvent de nature organique, qui
sonne comme un grelot à chaque mouvement. D'autres encore sont
tapissés intérieurement par des cristaux de quartz extrêmement
beaux, mais très-petits; enfin des corps organiques remplissent le
plus grand nombre. Cette circonstance, ainsi que la présence très-fré-
quente de la silice constituant la substance de beaucoup de fossiles
(p. 47), renverse toute espèce de doute sur l'action attractive que
les corps organisés ont exercé sur la silice des pierres à feu, en dé-

---

¹ L. de Buch a parfaitement décrit ce phénomène dans un *Mémoire de l'Académie des
sciences de Berlin*, année 1831 (classe des sciences physiques, p. 43). Dans ces derniers
temps Petzold, Halle 1855, in-4°, et Bischof dans son *Manuel de géologie chimique et
physique*, 2ᵉ éd., tome II, p. 580, ont encore éclairci les phénomènes de la *silification*.

venant le point central autour duquel elle s'est déposée. Si nous admettions, par exemple, que la silice a été dissoute dans la mer et peut-être séparée de ses anciennes combinaisons chimiques à l'état de gélatine siliceuse, elle dut se précipiter avec les dépôts de craie qui se formaient dans la mer. Lorsque ceux-ci devinrent plus fermes, en perdant peu à peu l'eau qui y était engagée mécaniquement, la silice à l'état libre se rassembla en nodules autour des corps organiques les plus gros contenus dans la craie. Mais l'attraction exercée par ceux-ci s'étendit seulement jusqu'à une certaine distance et amena ainsi la concentration des nodules siliceuses par bandes semblables à des strates. Il n'y a dans cette disposition qu'une similitude extérieure, puisque c'est uniquement à la suite d'une séparation ultérieure que les éléments sont venus se ranger à des distances à peu près égales. Leur passage de l'état mou à l'état de nodule solide s'est certainement effectué au milieu de la craie. Leur aspect nous le prouve, surtout l'existence d'une écorce crayeuse qui va pénétrant dans la substance siliceuse, en perdant peu à peu sa proportion de craie, exactement comme cela devait avoir lieu si la gélatine siliceuse se trouvait encore molle dans la craie avant de s'en isoler. La coloration variable grise, noire, jaune ou brune du silex dans sa partie interne provient de la substance organique tant animale que végétale, dont nous retrouvons encore dans la masse les restes souvent intacts. Mais il est difficile d'admettre que les silex sont entièrement d'origine organique, comme on a voulu le faire depuis qu'Ehrenberg y a découvert des enveloppes siliceuses de *Bacillaries* et des spicules de *Spongilles*. Ce même observateur illustre considère les silex comme le résultat de la transformation de couches de ces êtres vivants, qui fixent de la silice dans leur corps. Il soutient la théorie d'après laquelle leurs débris siliceux se seraient ramollis par une cause encore inconnue, pour se coaguler ensuite à l'état de gélatine. Elle s'appuie surtout sur ce que les terrains crétacés de la Méditerranée, dans lesquels manquent les nodules de silex, présentent en alternance avec les couches calcaires de minces assises de marne qui, soumises à un examen attentif, laissent apercevoir des enveloppes de Bacillaires en quantité aussi prédominante que les carapaces de Polythalames dans les couches crétacées. Ehrenberg regarde ces lits de marne comme correspondant aux nodules de silex de la craie du nord de l'Europe et pense que la différence principale entre les deux formations crétacées consiste dans la **transformation** des Bacillaires libres en une masse siliceuse homogène, transformation qui ne s'est pas réalisée dans la craie du sud, sans doute parce que les conditions nécessaires ne s'y trouvaient pas. La matière organique, contenue dans la masse siliceuse et qui lui donne sa couleur, vient encore appuyer cette ingénieuse hypothèse; mais, d'autre part, nous ignorons encore par quel procédé l'enveloppe des Bacillaires a pu se transformer en silice compacte. En outre, on trouve dans beaucoup de silex des Bacillaires parfaitement conservées, ainsi que les spicules siliceux des *Spongilles*, créatures tout aussi énigmatiques que celles-ci et qui les accompagnent si souvent. Leur parfait état de conservation nous conduit plutôt à conclure qu'ils ont dû l'un et l'autre pénétrer dans la masse siliceuse encore molle et gélatineuse, et que celle-ci n'a pas été formée par ces organismes. En effet, dans cette hypothèse on ne comprend pas pourquoi quelques-uns des individus seraient demeurés intacts, bien qu'ayant été soumis au même processus de transformation que les autres. Enfin, ces organismes ne pouvaient pas former eux-mêmes leur silice; leur seul rôle se bornait à la séparer de l'eau. Elle devait donc être dissoute dans l'eau, et par conséquent, elle pouvait s'en séparer sans l'intermédiaire d'êtres vivants, pourvu qu'il se présentât des conditions nouvelles.

Nous allons, en terminant, étudier la distribution géographique du terrain crétacé. Nous trouvons les traces de son existence dans la plupart des pays de l'Europe, mais tantôt en couches isolées, tantôt en masses très-variées. La craie blanche avec rognons de silex se **rencontre** dans le nord de l'Angleterre, sur certains points des îles de Man, de Seeland et de Rügen, sur les côtes de Schonen, çà et là sur le continent, en Poméranie, en Prusse, en Pologne et plus loin dans le centre de la Russie, entre le Volga et le Pruth jusqu'au Caucase. Tous ces gisements séparés semblent appartenir à un bassin crétacé continu qui s'étendait du N.-O. au S.-E. dans le nord de l'Europe et dans lequel se déposèrent surtout les étages supérieurs les plus jeunes de la formation crétacée. Parallèlement à ce bassin, il en existe un second dans le sud de l'Angleterre, le nord de la France et de la Belgique se prolongeant depuis Bruxelles, par Maestricht, jusqu'à Aachen et qui se continue de ce côté-ci du Rhin, au pied de l'Haar, par la Westphalie, forme le versant occidional du Teutoburgerwald, passe par le versant septentrional du Weserkette et du Hartz, puis, à partir de là, prenant un plus grand développement pénètre en Saxe et en Bohême, suit le cours de l'Elbe, jusqu'au pied du Riesengebirge et des Sudètes, et se montre encore plus à l'est des Carpathes. Dans presque toutes les régions de ce second bassin crétacé, l'étage supérieur n'est plus formé par la craie blanche, mais par des couches calcaires dures arénacées et marneuses avec ou sans silex, et ordinairement très-riches en débris organiques, comme à Maestricht, Aachen et Haldem, au Salzberg, près de Quedlimbourg et au Sudmerberg, près de Goslar, à Kieslingwald, etc.; en Saxe, au contraire, et dans la Bohême, les équivalents du néocomien et du gault, si puissamment développés au nord du Hartz, manquent entièrement. Dans le sud de la France, au pied des Pyrénées, dans la Provence et le Dauphiné, en Savoie et dans les parties limitrophes de la Suisse, ces mêmes couches prennent un grand développement, tandis que les étages moyens et supérieurs ne s'y trouvent qu'isolés. Mais dans les Alpes bavaroises, dans le Salzbourg et en Autriche, avec les couches irrégulièrement alternantes de marnes, de grès, de conglomérats et de calcaires (*calcaire à Hippurites*), se montrent aussi au-dessus les étages les plus jeunes de la formation, sans que cependant la craie blanche du nord y soit représentée. Toute cette région crétacée constitue un troisième bassin nettement dessiné, qui embrasse tous les bas plateaux des contrées énumérées, ainsi que les montagnes du sud de l'Espagne, le pied méridional des Pyrénées, une grande partie de la chaîne des Apennins, des montagnes de la Sicile et des massifs montagneux du littoral septentrional de l'Afrique. — En dehors de l'Europe, la formation crétacée a été constatée dans le bas Mississipi et le haut Missouri; on l'a encore observée à l'est, dans l'Alabama, la Géorgie, la Caroline du Sud, la Virginie et le New-Jersey. Elle reparaît avec un développement remarquable au centre des États-Unis, dans le Far-West des pionniers, et le Missouri trace son lit sur des couches de craie, dans toute la partie de son cours qui appartient au pays plat des prairies. On l'a encore reconnue dans l'Amérique du Sud sur de grandes étendues, dans la Colombie, la Nouvelle-Grenade, le Pérou, le Chili; enfin à l'extrémité méridionale de l'Afrique et sur le continent des Indes. Le système crétacé est donc un des plus répandus.

La vie organique contemporaine de la formation du terrain crétacé était sans doute très-riche et très-vigoureuse, mais de beaucoup moins originale que celle de la période jurassique. Outre les
Foraminifères, nous trouvons des nombres immenses d'autres animaux marins appartenant aux classes inférieures de l'échelle animale,
tels que *Zoophytes* ou *Coraux* et *Rayonnés* dans les couches supérieures, et des *Acéphales*, des *Gastéropodes* et des *Céphalopodes*
dans les couches moyennes et inférieures. Parmi ces derniers, les
plus remarquables sont les *Rudistes*. Les *Ammonites* et les *Bélemnites*, genres dont il n'existe plus aucune espèce, ont leur véritable centre de développement dans la craie, bien qu'elles apparaissent déjà dans les sédiments antérieurs et même jusque dans les
plus anciens. Les *Articulés* et les *Vertébrés* sont rares et les espèces
à respiration pulmonaire manquent totalement. Quelques *Reptiles*,
voisins des *Crocodiles* et des *Lacertiens*, ainsi que les derniers *Ptérodactyles* sont les seuls animaux terrestres que l'on connaisse dans
le terrain crétacé. Parmi les poissons, les *Squales* étaient les plus
nombreux. Les débris de végétaux sont très-rares dans les couches
crétacées ; on en retrouve cependant encore assez fréquemment dans
les grès du *terrain wealdien* au-dessous de la craie et quelquefois
dans le quadersandstein.

CHAPITRE XIV

7. TERRAIN TERTIAIRE

Les couches que l'on rassemble actuellement sous le nom de groupe tertiaire ne sont pas caractérisées par leur composition particulière, mais plutôt par la quantité des fossiles qui y existent et par leur grande ressemblance avec les formations modernes. Les roches de cette période n'ont aucune propriété minéralogique particulière, et bien qu'on puisse, en thèse générale, leur attribuer avec raison comme caractère propre une densité plus faible et une texture plus poreuse, il se trouve cependant dans ce système des calcaires, des grès et des conglomérats qui ne le cèdent en rien aux plus anciens par leur dureté et qui par leur structure matérielle se prêtent à tous les usages qui rendent les roches plus anciennes si précieuses. Ils alternent, comme dans les groupes antérieurs, avec des sables poreux, des assises de marne et des bancs d'argile. De vastes couches de charbon, comme on n'en rencontre plus ni dans le terrain jurassique ni dans le crétacé, reparaissent intercalées entre les sédiments tertiaires, mais avec une autre forme qui porte le nom de *lignite*. La composition minéralogique ne différant pas de celle des roches antérieures et même des plus anciennes, la formation des terrains tertiaires a donc dû s'opérer d'après les mêmes procédés que celle de ces étages antérieurs. Si on y remarque une solidité un peu moindre, cela s'explique de soi-même par le manque de la pression énorme que toutes les couches postérieures ont exercé sur les plus

anciennes, les comprimant pendant des suites de siècles en une masse
compacte. Il faut encore tenir compte pour celles-ci de la plus grande
pureté de leur substance plus homogène, qui a contribué aussi a accroître leur dureté.

A côté de cet important caractère général, nous en trouvons encore un second appartenant à notre période, sans lui être plus spécialement exclusif. La présence fréquente de dépôts lacustres au
milieu des autres couches marines prouve la part considérable que
les eaux fluviales ont prise à la formation des sédiments tertiaires.
La détermination de cette part n'est peut-être pas aussi difficile que
beaucoup le croient; elle se déduit sans difficulté de la connaissance
des organismes fossiles de chaque assise. Lorsque ces fossiles appartiennent à des animaux dont les analogues vivants n'habitent que
des étangs, des fleuves et des lacs d'eau douce, nous en concluons à
bon droit que leurs prédécesseurs ont eu un genre de vie semblable.
Lorsque parmi ces animaux d'eau douce, il s'en trouve aussi de marins, nous admettons que des bassins d'eau séparés ont été mélangés par des bouleversements et que leurs habitants se sont trouvés
enfouis dans la même couche; si, enfin, nous ne rencontrons dans
d'autres strates que des animaux marins, nous les considérons
comme des dépôts de l'Océan. Les animaux terrestres peuvent exister
dans les trois groupes de couches, suivant qu'ils vivaient sur les rives
des eaux intérieures, où sur les côtes de la mer, ou sur les deux
points à la fois. Leur présence n'indique donc rien de certain pour
l'origine des assises. Néanmoins, la découverte fréquente de *squelettes de Mammifères* est très-caractéristique pour le terrain tertiaire et constitue une particularité qui, bien plus encore que la
présence d'animaux d'eau douce, met en jour la grande ressemblance
avec les temps actuels de cette période la plus jeune avant l'époque
ou nous vivons.

Afin d'avoir quelques points de repaire certains, pour établir
l'âge relatif et la correspondance des couches tertiaires, qui sont
extrêmement variées et n'occupent que rarement de grandes étendues, on a pris pour guide leurs fossiles, d'après lesquels on les a
divisées en trois groupes subordonnés, à savoir : les couches tertiaires *inférieures*, *moyennes* et *supérieures*. Mais comme dans
les couches inférieures les fossiles analogues à ceux d'aujourd'hui
sont beaucoup moins nombreux que dans les couches moyennes,

et que, de plus, dans les couches supérieures le nombre des espèces semblables s'accroît encore, ainsi que Deshayes l'a constaté, le géologue anglais Lyell a proposé de donner à ces trois étages les noms d'*éocène*, *miocène* et *pliocène*. Les travaux de Deshayes, fondés surtout sur des *Acéphales* et des *Gastéropodes*, fixent pour le terrain éocène le rapport des espèces ressemblantes aux espèces différentes de 1 à 50, pour le terrain miocène de 1 à 5 et pour le pliocène de 1 à 5 ou de 1 à 2, et quelquefois même de 8 à 10. Quelque intéressants que ces résultats puissent être, et avec quelque précision qu'ils s'appliquent à certaines localités, ils ne peuvent pas devenir d'un emploi général. Mais un fait beaucoup plus fréquent dans les terrains tertiaires que dans les formations antérieures, c'est l'extension bornée des couches et la contemporanéité d'assises en apparence différentes. Non-seulement les couches éocènes manquent assez souvent dans des lieux où existent les couches miocènes, mais encore ces dernières se trouvent sur certains points dans les mêmes circonstances où nous rencontrons ailleurs des assises pliocènes. Il est donc souvent très-difficile de décider si on doit les considérer comme postérieures l'une à l'autre, ou comme des dépôts contemporains offrant simplement des différences locales. C'est pour ces raisons que, dans ces derniers temps, on est revenu de plus en plus de l'idée de vouloir diviser les couches tertiaires en étages généraux d'après le nombre pour cent d'espèces de coquilles vivantes et mortes, et on a abandonné les dénominations, peu justes en elles-mêmes, fondées sur ce principe.

L'étage le plus ancien et le plus étendu du terrain tertiaire est la puissante *formation nummulitique* qui s'étend en bande presque ininterrompue depuis l'Espagne et le Maroc, par le sud de l'Europe et le nord de l'Afrique jusque dans la Crimée, l'Asie Mineure et l'Égypte, se continue à travers la Perse et les Indes orientales jusqu'aux frontières de la Chine, et forme sur certains points de hautes montagnes. Ses propriétés invariables, dans toute son étendue à travers ces trois parties du monde, prouvent incontestablement que le dépôt s'est effectué dans une seule mer allongée de l'ouest à l'est. Parmi les roches constituant la formation nummulitique, le calcaire est à grain fin presque compacte, très-dur et de diverses couleurs. Souvent il se compose presque exclusivement de millions de *Nummulites* dont la grandeur varie depuis celle d'une lentille jusqu'au diamètre d'une pièce de 2 francs. Ce sont des coquilles plates, cloisonnées, appartenant à des espèces disparues du genre Foraminifère que nous avons déjà cité à propos de la formation de la craie blanche (p. 279) et du terrain laurentien. Leurs amas prodigieux ont fait prendre leur nom à toute la formation et à ses roches. La dureté du calcaire nummulitique dans certains bancs le rend propre à la construction et on l'a employé à cet usage depuis la plus haute antiquité. Les monuments gigantesques de la vieille Égypte, les pyramides âgées de tant de siècles, en sont bâties en grande partie. Sur certains points il devient marneux et schistoïde et renferme alors, à la place des coquilles calcaires, une richesse aussi surprenante de débris de poissons, comme, par exemple, au Monte Bolca, près Vérone et au Liban. Les grès nummulitiques sont en connexion intime avec le calcaire; tantôt ils se présentent comme des grès quartzeux très-durs, tantôt comme des grès argileux très-poreux et ont une coloration foncée variable. Dans quelques-uns de leurs bancs, ils offrent la même quantité et la même variété de débris organiques. Ces deux roches constituent l'étage inférieur de la formation nummulitique ou les couches nummulitiques proprement dites, qui, sur certains points, se continuent par leur stratification sans discontinuité avec la craie, mais sont le plus souvent en discordance avec elle. Mais leur distinction se marque surtout dans les êtres animés de la mer des Nummulites, où manquaient tous ces animaux particuliers et très-caractéristiques de la mer crétacée, tels que les Ammonites, les Bélemnites et les Rudistes et étaient remplacés par des genres nombreux, qui reparaissent dans les mers tertiaires postérieures et dans celles de l'époque actuelle. Toutefois, la ressemblance de la faune nummulitique avec les autres faunes tertiaires ne s'étend pas au delà de l'identité des genres. Aucune de ses espèces n'est encore vivante, et très-peu d'entre elles lui appartiennent en commun avec d'autres assises tertiaires plus récentes.

La partie supérieure du terrain à Nummulites est formée par l'étage du *flysh*. On nomme ainsi dans le Simmenthal (canton de Berne) des schistes marneux, arénifères, faciles à désagréger, avec beaucoup d'empreintes de Fucoïdes; et comme ces schistes ont une grande puissance et une vaste extension dans les Alpes, on a employé leur nom pour désigner tout le système de couches dont ils font partie. Les schistes marneux passent au grès micacé à grain fin, et celui-ci se transforme en conglomérats ou en poudingues, tandis que, sur d'autres points, ils alternent avec du calcaire argileux et du calcschiste. Ces roches, ainsi que les couches nummulitiques, atteignent une puissance de plusieurs mille pieds et sont élevées jusque sur des crêtes de 10,000 pieds d'altitude. Le plus souvent elles revêtent des formes qui, moins âpres que le calcaire de montagnes, sont sans crêtes et sans pics abrupts et déchirés, et elles se recouvrent d'un riche manteau de verdure sur leurs pentes et sur leurs terrasses. Leur connexion intime avec les couches nummulitiques se déduit exclusivement des rapports de stratification et nullement des fossiles. Le flysch se caractérise, d'un côté par l'absence complète de débris organiques dans la plupart de ces couches, et d'un autre côté par les masses de *Fucoïdes* qui existent dans certains bancs de schiste et de grès d'où leur est venu le nom de *schiste à Fucoïdes*, *grès à Fucoïdes*. Ainsi, dans les couches nummulitiques, ce sont des animaux de l'organisation la plus inférieure, des Foraminifères qui s'y montrent en masses énormes ; dans le flysch, au contraire, ce sont les plantes les plus imparfaites ; car les Fucoïdes, appartenant à la famille des Algues, sont des végétaux nous et cellulaires. Actuellement ils forment, sous le nom de *Varech*, dans l'Océan, la mer de *sargasse*, et sont employés à plusieurs usages industriels. Le schiste à poissons du Monte-Bolca et du Lilian reparaît avec une forme particulière dans le flysch. Les schistes régulaires et tabulaires, exploités au Plattenberg, près de Glarus en Suisse, et exportés au loin depuis des siècles, font aussi partie du flysch et contiennent les seuls poissons que l'on trouve dans tout ce groupe. Ils se sont déposés à l'état de limon vaseux, à de très-grandes profondeurs, où aucune autre espèce d'animaux et de plantes ne pouvait vivre. Les débris nombreux de poissons consistent exclusivement en squelettes ; on n'y retrouve ni écailles ni cuirasses. Ils proviennent de Poissons osseux tout à fait différents des rares espèces qui existent dans le terrain crétacé, et semblables à ceux qui vivent dans les mers actuelles. En fait d'autres animaux, jusqu'ici on n'a retrouvé que deux petites Tortues de mer et deux squelettes d'oiseaux du genre Passereau. Ils proviennent des schistes de Glarner.

Le calcaire grossier, du bassin de Paris, forme un autre étage puissant des couches tertiaires inférieures ; il dut commencer à se déposer avant que le terrain nummulitique fût achevé. La masse

principale constituant cet étage est le *calcaire grossier*, carbonate
de chaux de couleur grise, brunâtre ou jaunâtre. Sa texture varie
beaucoup ; tantôt tendre, tantôt dure, tantôt poreuse, tantôt presque terreuse. Les grandes quantités de grains de sable qu'il renferme sur certains points, lui donnent un aspect rude d'où lui est
venu son nom. Il contient aussi quelquefois des grains verts de
chlorite qui lui donnent un aspect tacheté sombre.

Le calcaire grossier est encore plus important pour Paris que la
pierre de Portland pour Londres ; il y constitue, à peu près à lui
seul, le matériel des constructions. Depuis des siècles on l'emploie
pour tous les édifices qui font l'orgueil de la capitale de la France.
De bonne heure, avec l'accroissement de la population, l'exploitation par la surface dans les carrières à ciel ouvert n'a plus suffi, et
on a été forcé de creuser des galeries souterraines dont l'immense
étendue embrasse plus d'un huitième d'un mille carré. Les hauteurs
des environs de Paris, sur lesquelles les nouveaux forts reposent,
sont criblées de ces carrières, et beaucoup d'entre elles sont à peine
capables de supporter avec sûreté les commotions et les ébranlements d'une forte canonnade qui éclaterait à leur sommet. Plusieurs
fois déjà, on a vu s'effondrer les toitures des voûtes, qui d'abord
n'avaient pas été faites avec assez de soin et de prudence, et il en
est résulté de grands dangers pour une partie de la ville située au
sud de la Seine au-dessous de laquelle s'étendent les excavations.
On a été forcé de consolider des espaces entiers par des voûtes en
construction ou en les comblant. D'autres ont servi de dépôt pour
les nombreux ossements provenant d'un nettoyage général des ci-
metières où ils s'y étaient accumulés, depuis plus de six siècles,
en tas qui dépassaient la hauteur d'un homme. Mais de nouveaux
accidents obligèrent bientôt l'administration de la ville de changer
cette destination et de remplacer les ossements mous et friables par
de solides piliers pour empêcher l'effondrement de toute une partie
de la ville. De temps en temps encore on aperçoit dans beaucoup
d'endroits des signes menaçants ; personne n'ose plus descendre
dans ces lieux effrayants remplis par les ossements de vingt-cinq
générations disposés avec ordre, et errer au milieu de ces haies de
crânes, en redoutant à chaque instant de se voir écrasé sous la chute
de quelque masse détachée de la voûte. Celui que n'arrêterait
pas ces craintes, rencontre la défense de la police qui interdit l'en-

trée des souterrains. Toutes les ouvertures publiques ont été mu-
rées, afin d'éviter toute occasion d'accident ; on ne trouve plus que
quelques portes cachées dans les caves des maisons voisines. Pendant mon séjour dans la grande ville, je ne pus me donner une
idée de ces horreurs souterraines qu'à l'aide de représentations figurées.

Au-dessus du calcaire grossier du bassin de Paris, qui, d'après
ses fossiles, a dû se déposer dans un golfe où venaient se déverser
des eaux douces, se trouvent diverses assises marneuses et arénacées, dans lesquelles on rencontre de nouveau des animaux marins.
Elles se sont probablement formées après un envahissement de la
mer qui avait repoussé les eaux douces hors du bassin. Cette période
ne dura pas longtemps ; la mer se retira une seconde fois et les
eaux douces affluèrent de nouveau. Elles donnèrent naissance au
dépôt le plus récent du bassin. D'après tout ce que nous venons
de dire, l'ensemble des couches tertiaires de Paris forme une série
très-variée. Elle se compose d'au moins six étages distincts, dont
trois sont d'eau douce et deux d'origine marine. L'étage le plus
bas commence par des sables glauconifères à grain fin, atteignant
jusqu'à 35 pieds d'épaisseur ; puis vient l'argile plastique, épaisse
de 20 pieds et renfermant de petits amas de lignite : on n'y trouve
que des coquilles d'eau douce et les débris de mammifères éteints.
Au-dessus se montrent des sables, des grès et des conglomérats
avec coquilles marines et une épaisseur de 160 pieds, puis enfin des
sables glauconieux et des argiles. Le second étage comprend le calcaire grossier marin, glauconifère et arénacé dans ses couches inférieures, puis pur sur une épaisseur de 60 pieds. Plus haut il devient feuilleté, souvent poreux et présente une grande abondance
de coquilles appartenant au genre de Gastéropodes *Cerithium*, ce qui
lui a fait donner le nom de *calcaire à Cérites* ; enfin tout à fait à sa
partie supérieure apparaissent des marnes semblables à de la craie
et contenant des rognons de hornstein. Le troisième étage se compose de sables blancs avec bancs et blocs de grès. Il atteint jusqu'à
120 pieds d'épaisseur et renferme des coquilles marines et des coraux. Comme quatrième étage on rencontre, au-dessus des calcaires
marneux bigarrés avec silex, le gypse de Montmartre, devenu célèbre par les beaux travaux de Cuvier. Il renferme de nombreux ossements de mammifères et est recouvert par des marnes d'eau douce.

des calcaires et des pierres meulières. Ces quatre étages appartiennent au terrain tertiaire *inférieur* et à la formation *éocène*. Comme cinquième étage, correspondant au tertiaire *moyen* ou *miocène*, on rencontre une nouvelle formation marine commençant par des marnes et des bancs d'huîtres. Un sable micacé, qui en haut se transforme en un grès solide et contient des coquilles marines, constitue la couche principale de cette dernière formation marine. Le quartz d'eau douce, l'assise la plus basse du sixième étage, la recouvre. Celui-ci se présente sous la forme d'un grès siliceux dur et résistant avec mollusques d'eau douce dans ses couches supérieures ; au-dessus se montrent les calcaires d'eau douce constituant de grandes étendues le long de la Loire jusqu'à Angers, et formant le terrain tertiaire *supérieur* ou *pliocène* du bassin de Paris. Ils sont recouverts seulement par les dépôts diluviens et les alluvions.

L'étude de cette formation, étendue sur des surfaces si restreintes, a été particulièrement favorisée par cette circonstance que la capitale de l'Angleterre repose aussi sur des couches qui, par l'époque de leur dépôt, correspondent avec celles du bassin de Paris, mais s'en écartent ordinairement par leur composition minéralogique. Ces deux districts, étudiés minutieusement dans la structure de leurs couches, ont été considérés longtemps comme les principaux représentants de la formation tertiaire. En Angleterre aussi les couches les plus inférieures sont composées de sable et d'argile. Elles correspondent au sable marin inférieur et à l'argile plastique du bassin de Paris et sont recouvertes par une puissante assise de plus de 100 pieds d'argile tenace, brune qui a emprunté son nom à la capitale (*London-clay*). Cette argile de Londres fut d'abord assimilée au calcaire grossier de Paris, mais en comparant soigneusement leurs fossiles, on reconnut qu'elle n'avait qu'une très-faible similitude avec lui, et très-grande au contraire avec le sable marin ancien. Au calcaire grossier correspondent plutôt des sables très-puissants et des argiles (*barton beds* et *bagshot-sand*), dont les coquilles sont presque toutes identiques. Ils manquent près de Londres et se trouvent, ainsi que les étages supérieurs analogues, dans le bassin de Hampshire et dans l'île de Wight. On y reconnaît les deux dernières couches éocènes de Paris, composées de bancs de sable, de marnes, d'argiles et de calcaires renfermant les fossiles caractéristiques, ainsi que les mammifères du gypse de Montmartre.

Ces animaux détruits sont du reste jusque dans les couches supérieures différents des organismes actuels des mêmes contrées, et par leur forme ils rappellent beaucoup plus les types des tropiques que les habitants actuels de la mer du Nord et de son littoral. Quelques rayonnés seulement et quelques mollusques sont communs à cette période et à l'époque présente.

Entre ces deux grands bassins tertiaires, l'un au nord de la France, l'autre en Angleterre, se place, comme anneau intermédiaire, le bassin belge non moins étendu et dont les assises se rattachent plus étroitement au dernier par leur composition minéralogique, mais sont en contact immédiat avec le premier dans le sud-ouest, ce qui ne laisse place à aucun doute sur la formation simultanée des trois bassins dans une seule mer tertiaire. Les différences dans les matières déposées et la présence répétée de formations d'eau douce ont eu pour cause des oscillations du fond de la mer pendant la longue période que dura le dépôt. De même qu'en Angleterre le calcaire grossier parisien est représenté par des bancs puissants de sable, de même en Belgique sa place est occupée par des sables et des calcaires aréneux, et au-dessus par des sables verts qui correspondent au sable blanc marin avec coquilles du bassin de Paris.

La ressemblance beaucoup plus grande des êtres organisés existants dans les deux systèmes de couches, qui contiennent les assises distinguées par les écrivains français en couches *miocènes* et couches *pliocènes*, est plus que suffisante, puisqu'on n'y peut découvrir aucune division tranchée, pour qu'on les rassemble en un seul groupe formant le second étage du terrain tertiaire[1]. Ils se présentent dans l'Europe centrale et méridionale sur plusieurs points et y constituent des gisements considérables. Leurs couches alternent de mille façons et leurs fossiles animaux et végétaux très-riches en espèces n'ont été étudiés soigneusement que dans ces dernières années, bien qu'ils fussent connus depuis longtemps à cause du haut intérêt technique et économique qu'ils offrent. Nous ne pourrons donner ici une description spéciale que des plus importants d'entre eux.

Dans le nord de l'Allemagne les couches miocènes à *lignite* sont immédiatement situées au-dessous d'un terrain de transport peu

---

[1] Cette réunion des terrains miocène et pliocène dans un groupe unique égal au terrain éocène, est généralement adoptée maintenant en Allemagne, et ce groupe a pris le nom de néogène. — B.

serré et occupent une vaste étendue. Elles sont composées de bancs
d'argile, de sable et de cailloux, entre lesquels s'intercalent des
amas de lignite. Elles se rattachent étroitement aux assises éocènes
les plus récentes dont nous allons parler tout d'abord. Le sable, qui
forme ordinairement la couche la plus supérieure, est souvent très-
peu agrégé en masse et ne constitue pas un vrai grès, mais un simple
banc arénacé qui, exposé à l'air, se décompose en un sable extrêmement fin micacé ou glauconifère. Il ne possède un certain degré de cohésion que dans quelques régions. Cependant dans plusieurs lieux, à
Halle par exemple, on le trouve sur une certaine étendue couvert
par un grès très-solide et très-dur qui paraît s'être formé par infiltration de silice dans le sable. Ce grès porte le nom roche *tubercu-
leuse* (knollenstein) à cause de sa forme en fragments isolés et irréguliers ; dans le Rhin il forme les *blocs polis* entraînés par l'érosion du
sable poreux. Les bancs argileux sont ordinairement plus résistants,
mais ne constituent pas encore une roche solide ; leur texture est
beaucoup plus meuble que les argiles des formations plus anciennes.
Ils ont une couleur blanche ou gris-clair, quelquefois jaune, rouge
ou brune, renferment çà et là des nodules de pyrite ferrugineuse,
sont fortement mélangés de sable ou d'autres alliages (glaises), ou
bien sont purs et s'approprient tout particulièrement à des manipulations industrielles, emploi auquel on les a appliqués depuis de
longs siècles. Toute la poterie et la vaisselle de terre est faite de
cette argile, d'où on lui a donné les noms d'*argile plastique*, *argile
à potier*, par lesquels on la désigne, pour la distinguer d'autres
bancs argileux fortement mélangés de chaux et de sable, plus récents, le *lehm*, qui ne peut être employé que pour les tuiles et la
poterie grossière. La véritable argile plastique est onctueuse au toucher, d'une texture fine, se prend en masse compacte et ne laisse
pas pénétrer l'eau ; dans le lehm, au contraire, l'eau s'infiltre facilement et l'entraîne rapidement. Des assises épaisses d'argile, comme
on en rencontre de 60 pieds et au delà, protégent contre l'humidité les couches situées au-dessous d'elles et forment un toit sur
lequel les eaux se rassemblent pour aller reparaître dans la direction de leur pente. Leur existence explique la grande richesse en
sources jaillissantes de certaines parties déclives du sol formant
des enfoncements et l'élévation de l'eau dans les trous de sondage
qui rencontrent une de ces couches déclives imperméables et vien-

nent à ouvrir une issue à la masse liquide comprimée par toute
l'eau qui presse des points plus élevés. C'est sur ce principe que
reposent les eaux jaillissantes naturelles et les puits *artésiens* creusés artificiellement. — Les cailloux, qui quelquefois constituent des
amas étendus et très-puissants, sont surtout des galets de quartz
avec quelques schistes siliceux et diverses autres roches ; mais jamais
les silex, si abondants dans les graviers du diluvium, n'y sont mélangés. Ils se caractérisent aussi par leur surface très-pure, lisse et
brillante.

Entre les bancs d'argile et de sable on rencontre aussi des *lignites*,
qui souvent alternent plusieurs fois avec eux comme les lits de
houille. Ils sont composés de couches de matière végétale, non entièrement carbonisée, et transformée plus ou moins complétement
en charbon. Elle a donné naissance à certains produits de décomposition, entre autres à du *bitume* et à de l'*huile minérale*. Déjà plusieurs fois j'ai parlé de cette substance comme d'un des éléments
des matériaux des couches, mais sans m'occuper de sa nature particulière ; je profite donc de cette circonstance favorable pour entrer
dans quelques détails à son sujet.

L'*huile minérale* ou *huile de pierre* (petroleum) est un liquide
ordinairement brunâtre, visqueux, caractérisé par une odeur particulière, plus léger que l'eau, onctueux au toucher, très-inflammable
et à son état de grande pureté jaune clair et même ayant la limpidité et la diaphanéité de l'eau. Sous cette forme, on le nomme
naphte. Avec le temps, il prend une coloration foncée, devient brun
et plus tard noir, épais, consistant et glutineux et alors porte les
noms de *goudron* ou *poix* (asphalte) suivant sa cohérence. Il jaillit
de la terre à l'état liquide dans divers pays, particulièrement dans
les régions arénacées et couvre le sol, ou se mêle aux eaux courantes
à la surface desquelles il est entraîné. Dans d'autres lieux, il forme
des couches de poix et même des dépôts qui prennent la forme de
rochers. On le rencontre sous cet aspect sur les rives de certains
lacs, de la mer Morte par exemple, sur laquelle surnagent des masses
d'asphalte qui recouvrent ses côtes à la place de galets. Dans ces
dernières années le lac asphaltique de la Trinité, dont les rives sont
bordées de véritables rochers de poix, est devenu très-célèbre. L'industrie moderne s'est emparée de cette matière et l'a utilisée en la
mélangeant avec du sable pour en faire des pavés d'asphalte et pour

d'autres usages analogues. Les huiles minérales inflammables ont
attiré l'attention des populations d'une manière toute particulière.
Non-seulement elles ont causé de l'étonnement dans les esprits,
mais de plus on leur a voué un culte, tel que celui du feu sacré de
Bakou, dont la vénération s'étend au loin en Orient et dont le nom
aujourd'hui encore n'est prononcé qu'avec respect par les adorateurs
du feu en Perse et dans l'Inde.

On rencontre encore du bitume dans le calcaire et le grès au voisinage des dépôts de charbon, et beaucoup de couches en sont imprégnées sur une grande étendue. Cette contiguïté et la ressemblance de l'huile minérale avec plusieurs résines végétales, a fait
admettre que les végétaux du monde primitif et peut être aussi des
organismes animaux ont pris part à sa formation, et qu'on doit considérer toutes les substances bitumineuses comme des produits de
décomposition, ou mieux comme des matières extraites de corps
organisés. Beaucoup de gisements particuliers d'huile minérale
donnent sujet à objection contre cette théorie et semblent tout au
moins en repousser l'adoption exclusive : mais il est certain que
l'origine du bitume doit principalement être attribuée aux matières
organiques. Toutes les substances, que nous nommons bitumineuses,
peuvent bien n'être pas de nature identique. Beaucoup de couches
bitumineuses paraissent s'être formées plus aux dépens de matières
animales que de matières végétales et cette dernière origine n'a un
degré de haute vraisemblance que dans les couches à charbon. Pour
le lignite, cela ne fait plus question, et tout le monde admet la naissance du bitume au moyen d'une transformation des substances
végétales non organisées qui, ayant pénétré dans les membranes végétales organisées, les changèrent en bois bitumineux. Suivant le
degré de cette transformation et la diversité des éléments végétaux
le phénomène produisit des résultats différents. Tantôt la texture
du bois disparut complétement dans le *lignite terreux*, tantôt elle
demeura apparente dans le *bois bitumineux*. L'un et l'autre proviennent de troncs et de rameaux d'arbres, tandis que la *houille papyracée*
a certainement été formée par de grands amas de feuilles[1]. Suivant
que les couches en se formant se sont imprégnées d'une quantité plus

---

[1] La houille papyracée contient très-peu de véritable charbon, beaucoup plus de bitume,
d'argile et de silice. Cette dernière, d'après les recherches d'Ehrenberg, provient surtout
de carapaces de Bacillaires et Phytolithaires. (b.)

ou moins grande de cette matière, elles ont pris **un degré de solidité**
très-différent. Beaucoup sont restées **friables et terreuses**, d'autres
ont pris plus de cohésion et constituent une masse argileuse à
laquelle on donne le nom de *gaillette* (knorpelkohle). L'apparence
du tissu végétal conservée non-seulement sur des fragments **isolés**,
mais sur des troncs **entiers**, l'empreinte du réseau des feuilles, la
présence de fruits et de graines dans quelques lieux, prouvent sans
réplique l'origine végétale du lignite et permettent d'établir clairement les parentés de familles de ces plantes du monde primitif.
Elles correspondent aux arbres forestiers des régions chaudes in-
tertropicales, de même que les **animaux de la même époque** sont
analogues aux habitants actuels de cette même **région des tropiques**.

Les lignites ne sont pas exclusivement limités aux couches tertiaires moyennes ; on en a trouvé dans le terrain éocène du bassin
de Paris et on en rencontre jusque dans les assises tertiaires les plus
jeunes ; mais nulle part ils ne se montrent aussi **abondants et aussi**
fréquents que dans l'étage miocène. Ils se sont accumulés surtout
dans les enfoncements en forme de cuvette sur la lisière des terrains
déprimés du nord de l'Allemagne. On y a ouvert des carrières dans
beaucoup de localités et ils existent encore inexploités dans beaucoup d'autres. Ce fait est prouvé par la présence d'une résine fossile
bien connue sous le nom d'*ambre jaune* (l'électron des anciens) et
qui provient des mêmes arbres dont les troncs sont enfouis dans les
couches à lignite. Les anciens avaient déjà soupçonné que l'ambre
jaune est d'origine végétale ; sa nature résineuse et la présence d'insectes ou d'autres corps étrangers démontre très-clairement qu'il a
été jadis à l'état liquide. Au moment de son écoulement, cette résine
était limpide, liquide et gluante comme toutes **les résines actuelles à**
l'état frais, et les objets qui tombaient sur ses globules s'y **attachaient**
fortement. Les êtres vivants, tels que de petits insectes, étaient incapables de s'arracher de sa surface visqueuse et s'enfonçaient de plus en
plus dans la masse en se débattant, jusqu'à ce qu'un nouvel écoulement
les enveloppât complétement et les ensevelit pour toujours. La résine
se durcissait, se fendillait plus tard et enfin tombant sur le sol, d'où
elle fut entraînée par les flots lorsque de grands cataclysmes vinrent
submerger les forêts et les recouvrirent de couches d'argile et de
sable. Les masses légères d'ambre furent emportées loin de leur premier gisement et enfouies dans des couches où elles ne peuvent exister

que comme matières de transport. Leur forme en nodules ronds et leur surface polie prouvent incontestablement la série de phénomènes que nous indiquons. Elles existent d'ailleurs autrement que comme épaves rejetées par la mer Baltique, le long des côtes du Mecklembourg, de la Poméranie et de la Prusse; on les trouve encore dans les terrains de transport de ces régions et même dans le bois de quelques gisements de lignite[1]. Mais on rencontre encore plus fréquemment dans le lignite une autre résine fossile, la *rétinite*. Elle ressemble à l'ambre jaune, mais n'est jamais aussi limpide, possède toujours une couleur jaune de cire, est facilement friable, cellulaire et spongieuse, ne renferme aucun insecte et ne brûle pas avec une flamme claire, mais se consume lentement au milieu d'une fumée épaisse. Sa production par les arbres des lignites est clairement indiquée par les lieux où on la trouve, de même que celle de l'ambre jaune l'est par la ressemblance qu'il a avec le *copal* et par la présence d'insectes qui existent aussi dans beaucoup d'autres résines. L'origine végétale de ces deux substances est si évidente, qu'elle n'est plus mise en doute par personne.

Dans les lignes précédentes nous avons esquissé les traits généraux du terrain à lignites et fait connaître les assises les plus importantes qui lui appartiennent, nous allons maintenant jeter un coup d'œil sur sa distribution géographique et compléter sa description générale en étudiant avec plus de détails un bassin particulier. Cette méthode d'exposition est d'autant plus nécessaire, qu'aucune autre formation ne présente d'aussi grandes variations locales. Dans quelques lieux de l'Allemagne on y a ouvert de nombreuses mines, comme en Saxe et dans les environs de Halle. Une partie de la ville repose sur le lignite et tout le territoire urbain est riche en dépôts charbonneux. Au loin dans les environs s'étendent des amas isolés qui, du côté de l'ouest, atteignent jusqu'au pied du Hartz, et au sud remontent dans la vallée de la Saale vers Weissenfels jusqu'audessus de la vallée de l'Elster, du côté de Zeitz. Un autre petit district de lignite se trouve à l'ouest d'Altenbourg et un troisième au nordest à Borna[2]. La planche ci-contre nous fait pénétrer dans les mines

[1] L'étude microscopique de la structure de ce bois à ambre a fait reconnaître un genre *Pence* très-rapproché de nos *Pinus*, et on l'a décrit sous le nom de *Pence Pinites*; *auceinifer*. — G.

[2] La grande formation tertiaire du nord de l'Allemagne a ses limites au nord sur les rivages de la mer du Nord et de la mer Baltique, et dans le Schleswig-Holstein placé au mi-

de Nietleben. À l'extrémité occidentale nous voyons les assises aller en s'amincissant. À gauche sur le premier plan est rejeté en déblai le sable blanc qui a dû être reporté dès le commencement de l'exploitation sur le bord méridional de la mine, avant que le charbon lui-même pût être extrait; la paroi du nord située en face laisse voir toute la série des couches du bassin. On y aperçoit, à la partie supérieure, une mince couche (*a*) de terre végétale ayant à peine deux

Fig. 23. — Vue des mines de lignite à Nietleben.

pieds d'épaisseur et au-dessous un lit de lehm (*b*) de même force et parallèle avec elle. Au-dessous de celui-ci se montre le sable à lignite (*c*), couche meuble et à grain fin qui s'incline des bords de

lieu ; au sud, la limite court très-irrégulièrement et circonscrit trois bassins. À l'ouest, elle embrasse le bassin inférieur du Rhin, se prolongeant jusque vers Bonn dans les montagnes rhénanes et s'étendant, d'un côté, de Wesel à Düsseldorf, et, de l'autre, d'Aachen à Maestricht. Le bassin saxo-thuringien, enveloppé comme dans une cuvette par des terrains plus anciens, se développe entre Halle et Wurzen. Le bassin de la basse Silésie, enfin, embrasse les lignites de la région de l'Oder, depuis Lignitz et Breslau en remontant jusqu'à Neisse et Oppeln. Les dépôts marins existant dans les autres, lui manquent. Beyrich a tenté de déterminer exactement les limites de ces bassins dans son *Mémoire sur la composition des formations tertiaires du nord de l'Allemagne, pour servir d'explication à une carte géologique générale*. Berlin, 1856. In-4°. — G.

la cuvette vers le centre, où elle atteint sa plus grande épaisseur.
Au point que nous figurons, la puissance du sable est d'environ
12 pieds. Sa couleur est en général d'un blanc pur, il devient jaunâtre vers la partie supérieure. Des bandes jaunes brunâtres et ferrugineuses, et la plupart du temps à texture un peu plus solide, parcourent en lignes parallèles ou plutôt concentriques toute la masse
du sable. Au-dessous du sable blanc se développe une couche de sable
gris (d) plus foncé, d'une épaisseur de 11 pieds et assez régulière.
On y trouve quelques traces éparses de charbon. Après elle vient
une couche de marne d'un gris noir (e), forte de 9 pieds seulement.
Elle offre une consistance plus grande, et ne laisse pas traverser
l'eau qui découle constamment sur le bord de l'ouverture d'exploitation, après s'être accumulée à la partie inférieure du sable. C'est
au-dessous de cette troisième couche qu'apparaît le lignite (f) divisé
par de nombreuses fissures en blocs irréguliers et en fragments. Il
n'a pas encore été traversé de part en part, et forme ainsi le sol de
la mine. Cette couche à environ 14 pieds d'épaisseur, elle est régulièrement stratifiée avec une inclinaison marquée vers le centre du
bassin. Les plans des sables sont bouleversés de mille façons et on
y rencontre quelquefois des troncs de bois bitumineux bien conservés
d'une épaisseur de 1 pied sur 6 à 7 de long. Ces troncs sont toujours inclinés dans le sens des couches et la direction de leur longueur est ordinairement tournée au sud, vers le centre du bassin;
il est plus rare de la rencontrer dans le sens opposé de l'ouest à
l'est. Plusieurs de ces troncs se dressent en saillie au-dessus des
couches charbonneuses sur notre figure. On ne connaît pas les assises inférieures au charbon dans cette mine; mais l'exploitation à
l'aide de nouveaux puits ouverts sur divers points a fait reconnaître
au-dessous des couches de charbon, d'abord des bancs de sable et
d'argile arénacée d'une épaisseur variable, puis, au-dessous de ces
étages, un second lit de charbon qui, au plus profond du bassin,
atteint 82 pieds de puissance. Après lui reparaissent des grès et de
l'argile bleue et enfin, comme dernier substratum, on rencontre
partout le muschelkalk. Dans les nombreuses mines voisines et dans
celles qui sont plus éloignées, les dépôts de charbon et les sables et
argiles qui les accompagnent présentent des épaisseurs très-différentes et une grande diversité dans leur nature, mais que dans la
série alternante des mêmes. Cependant, malgré ces diversités locales,

le grand bassin à lignites du nord de l'Allemagne peut se ramener à une suite de couches qui reparaissent généralement. Tout en bas le sable carbonifère, au-dessus les assises de charbon pouvant exister jusqu'au nombre de quatre et alternant avec du sable, de nouveau le sable carbonifère avec des marnes argileuses, au-dessus de ceux-ci les dépôts supérieurs de charbon formant jusqu'à trois assises et recouverts par les sables à lignite proprement dits et par des bancs de marne; une argile particulière avec coquilles marines et du sable encore constituent les assises les plus jeunes du système. Les propriétés distinctives qui reparaissent partout ne nous étonneront plus, si nous réfléchissons à l'origine locale des lignites, et si nous fixons notre attention sur les grandes différences particulières à chaque région qui durent nécessairement affecter les lignites avant leur dépôt. En effet, il est incontestable qu'ils proviennent tous, sans exception, de végétaux entraînés par des courants et accumulés dans les dépressions naturelles du sol. Celles-ci, submergées sous les eaux, se remplirent lentement de ces épaves et offrirent un emplacement parfaitement approprié et tranquille pour le phénomène de la carbonisation des matières végétales. En règle générale sinon absolue, les arbres déracinés étaient entraînés par les puissants courants d'eau douce de grands fleuves et déposés d'année en année à la même place dans les bassins de charbon actuels. Les effets étaient très différents, suivant la rapidité avec laquelle la carbonisation s'opérait, et il est clair que c'est de là que découle la diversité d'aspect du charbon dans chacun des bassins. Quelques arbres seulement se transformaient assez rapidement pour conserver le tissu du bois et subsister en troncs complets avec tous leurs contours. Le dépôt au sein d'eaux douces se déduit de cette circonstance que les bois encore déterminables appartiennent à de grands arbres forestiers, surtout à des *Conifères*, en excluant cependant les Pins, et que les débris d'animaux, tels que les coquilles de mollusques, existant dans les couches alternantes de sable et de marne, proviennent d'animaux d'eau douce. En résumé, les restes d'animaux sont une rareté dans les couches à lignite. On y a rencontré très rarement çà et là des ossements de grands mammifères. Les assises supérieures d'argile et de sable développées avec une puissance remarquable dans la région de Magdebourg et d'Anhalt, sont les seules qui offrent une grande richesse de coquilles et de coraux très-bien conservés. Cette circonstance en fait évidemment un dépôt marin et indique une époque nouvelle dans les phénomènes qui ont contribué à tracer la configuration du nord de l'Allemagne. On le considère donc comme un horizon géognosique bien limité dans les assises tertiaires et on détermine exactement sa place en comparant ses fossiles avec ceux des couches correspondantes, qui existent dans d'autres bassins tertiaires.

Le *bassin de Mayence*, situé dans la vallée du Rhin, est entièrement séparé du terrain à lignite du nord de l'Allemagne. Il n'est pas moins remarquable par sa richesse en débris d'animaux, surtout dans les couches supérieures. Le Taunus, l'Odenwald, la Forêt-Noire, les Vosges, le Haardt et le Hundsrück, qui lui appartiennent, forment ses limites. Il faut encore y rattacher tous les dépôts tertiaires de la vallée supérieure du Rhin jusqu'à Bâle. Les vastes gisements de lignite de Wetterau, du Vogelsberg et du Habichtswald se trouvent dans son étendue. Les couches les plus profondes et placées en même temps sur les bords du bassin sont constituées par un grès argileux ou calcaire avec conglomérats composés de fragments de roches plus anciennes et contiguës. Les coquilles marines qui s'y trouvent ressemblent en nombre assez grand à celles des assises les plus jeunes du bassin de Paris. Vers le milieu du bassin, dans la partie la plus profonde, existe un amas puissant d'argiles plus ou moins plastiques appelées *septarienthon*, d'après les nodules de calcaires qu'elles empâtent. On les trouve aussi avec de nombreux fossiles dans la formation à lignite de l'Allemagne du Nord. Au-dessus d'elles se développe un dépôt d'eau saumâtre très-variable dans sa composition minéralogique et appelé *marne à Cyrènes* à cause de son fossile caractéristique le plus remarquable. Il se compose de marne, d'argile, de sable, de sable conchylien, de calcaire dur et des premiers lits de lignite. Un grès feuilleté, divers calcaires avec limaces terrestres et de puissantes assises de lignite accompagnées de lits d'argiles, reposent au-dessus. Le dernier étage de tout le système est un sable à ossements et des graviers avec cailloux grossiers qui, à *Eppelsheim*, non loin de Worms, renferment en grande quantité les débris des mammifères curieux de cette époque, tels que le *Dinotherium*, le *Mastodon angustideus*, l'*Aceratherium*, le *Cervus*, l'*Hippotherium*, le *Machærodus*, etc. Il correspond aux couches pliocènes des autres contrées et il est recouvert par la

lehm du diluvium. Le bassin de Mayence formait un golfe long et
étroit qui s'ouvrait dans la mer par le sud, et sur le littoral duquel
s'est déposé du sable et des galets, de l'argile et de la marne dans le
fond. Les fleuves y apportaient du sable, de l'argile et de la chaux
avec des coquilles d'eau douce et des plantes terrestres, il se forma
des accumulations d'eaux saumâtres et marécageuses qui donnèrent
naissance aux dépôts de lignite.

Le troisième bassin tertiaire miocène s'étend entre les montagnes
de la Bohème et de la Moravie, les Carpathes et les Alpes du N.-E.
Il est partagé en deux moitiés inégales par le Danube. Étudié pour
la première fois avec soin dans les environs de la capitale de l'Autriche on lui donne le nom de *bassin de Vienne*. Au nord de Brünn,
il se continue immédiatement avec les trois petits bassins miocènes
bohémiens de Teplitz, de Falkenau et d'Eger. Lui-même n'est qu'un
golfe du bassin hongrois beaucoup plus vaste, auquel il se rattache
comme la mer de Marmara à la mer Noire. Il communiquait avec
lui près d'Œdenbourg, et entre le Leithagebirge et Haimbourg. Ses
couches les plus anciennes sont exclusivement marines, elles commencent par des galets et des conglomérats qui probablement se
sont amassés sur le littoral. Ensuite vient le *calcaire de Leitha* formé
près des côtes à la manière des bancs de coraux actuels, et qui se
compose en grande partie d'amas de coraux et de coquilles. Au-
dessus se développe un sable quartzeux micacé et enfin l'argile
plastique appelée *tegel*, déposée en amas puissants dans le fond du
bassin et dont les coquilles ressemblent complètement à des espèces
vivant aujourd'hui à des profondeurs déterminées. Après le dépôt
de ces couches marines, une grande partie de l'Europe se souleva et
le phénomène atteignit plus de 100 pieds à Vienne. La mer recula
donc loin de ses côtes, les rivières se multiplièrent et les eaux
douces se déversèrent en si grande quantité, que l'eau de mer se
transforma en eau saumâtre avec une faible salure. Des sables légèrement colorés et des grès feuilletés se formèrent sur le littoral de
ce bassin amoindri, et au milieu de nouveau de l'argile plastique.
Ces deux formations contiennent les restes d'animaux d'eau saumâtre et l'argile a de plus des Dauphins, des Phoques, des Tortues
et des Poissons. Un nouveau soulèvement diminua encore le bassin,
dont les eaux devinrent douces. Au fond se déposa encore une argile bleuâtre et au-dessus du sable et des graviers. Ces couches les

plus récentes forment le sol actuel de la ville de Vienne. Leurs fossiles appartiennent à des plantes et à des animaux terrestres, et
parmi ces derniers, on retrouve la plupart des mammifères d'Eppelsheim dans le bassin de Mayence ; on y rencontre encore des coquilles d'eau douce et d'eau saumâtre.

Simultanément avec le remplissage du bassin de Vienne s'effectuait la grande formation de sel gemme des Carpathes, qui s'étend
sur les deux côtés de ces montagnes, est ouverte et exploitée en Tran-
sylvanie, et se prolonge jusque dans la Moldavie et la Valachie. Sur
le versant nord des Carpathes sont situées les célèbres et inépui-
sables mines de sel gemme de Wieliczka et de Bochnia. Cette formation saline colossale, par la nature de ses roches et par l'irrégularité de son système de couches, offre une ressemblance remarquable
avec les formations salines beaucoup plus anciennes du trias (p. 250).
Ici encore nous retrouvons de l'argile, du gypse, de la marne et du
sel gemme accompagnés et enveloppés par des grès, des argiles
schisteuses et d'autres roches. Dans le sel gemme lui-même, on rencontre des Foraminifères et des coquilles, des cônes de Conifères et
des noix, des feuilles et des dents de Squale ; dans les couches qui
lui sont immédiatement contiguës, des Coraux et des Crustacés.
Presque toutes ces plantes et tous ces animaux sont identiques avec
ceux du bassin de Vienne. Les débris d'êtres organisés, recueillis
dans une formation très-étendue et puissante, composée de calcaire,
de grès rouge, de marne gypseuse et de sel gemme située en Asie
Mineure, en Arménie et en Perse, appartiennent à la même époque.

Tandis que le terrain à lignite du nord de l'Allemagne et la formation de l'argile plastique sur d'autres points du même pays ne
dépassaient pas, ni l'un ni l'autre, une épaisseur de quelque centaines de pieds, le bassin maritime situé entre les Alpes et le Jura,
d'une profondeur beaucoup plus grande, se remplissait des assises
de la *molasse*, dont la puissance atteint plusieurs mille pieds et que
nous voyons aujourd'hui former le sommet du Rigi à 5510 pieds et
la pyramide du Speer à 6020 pieds au-dessus du niveau de la mer.
Alors, les Alpes se dressaient aussi abruptes que des rochers taillés
à pic, sur lesquels les flots de la mer miocène venaient se briser avec
violence. Les matériaux qu'ils ont arrachés aux rivages, pour en
former les couches de la molasse, se composent en partie de débris
informes et de galets, et quelquefois de quartz finement broyé et

de limon argileux et calcaire tendre. **Tout le système a pris le nom de *formation de la molasse*, emprunté** au grès finement grenu, qui est employé sous ce nom à la construction des édifices dans toutes les grandes villes de la Suisse. Cette molasse renferme une pâte marneuse avide d'eau qui cimente les grains fins et les fragments de quartz. À l'état frais on la fend à volonté en blocs de toutes les dimensions et elle se **prête** facilement **au** travail. Mais une fois qu'elle a été exposée à **l'air** extérieur, **elle** se solidifie et acquiert une grande dureté. Dans d'autres gisements, comme aux environs de Zurich, elle possède, même à l'état primitif, une telle dureté qu'on ne peut s'en servir **pour** les constructions. Aux grains **de quartz** se joignent des lamelles blanches de mica, des grains de glauconie noirs verdâtres, des noyaux de schiste siliceux, du feldspath et d'autres minéraux qui diminuent la valeur industrielle de la roche. Quelquefois le ciment se divise **en véritables couches de marne bigarrée**; dans les vallées du Jura, il disparaît et dans le **sable** meuble qui reste ou trouve rarement des **concrétions solides de grès** et de chaux siliceuse. Une autre modification intéressante de la molasse est le grès coquillier, grès solide conglomératique, rempli de coquilles de Mollusques marins brisées, de dents de Squales et de fragments d'os. On l'exploite pour en faire des poteaux, des pavés et des augets. La molasse conglomératique renferme des quartiers de roches anciennes, de granit, de gneiss, de porphyre, de quartzite ayant des dimensions variables, depuis la grosseur d'un œuf jusqu'à celle du poing et entièrement arrondis. Ces pierres roulées forment saillie sur les parois verticales des rochers et s'y **détachent en petites sphères et** en nodosités semblables à des têtes de clous qui seraient enfoncés les unes à côté des autres. Cet aspect lui a fait donner le nom **de *nagelfluh*,** emprunté à un terme de patois suisse (*fluh* ou *flüh* pour *fels* rocher), qui est entré dans la composition de quelques autres mots scientifiques[1]. Les galets ne viennent pas des Alpes, ils rappellent plutôt les roches de la Forêt-Noire. On distingue du nagelfluh ordinaire un nagelfluh calcaire, composé surtout de galets de calcaire et de grès. Ces galets ont été enlevés aux montagnes de la Suisse et appartiennent aux calcaires de couleur sombre des Alpes et à **ceux de couleur claire du Jura.** Outre les grès et les conglomérats, la

[1] Par exemple dans *Flühregel* (*accentor*), genre de Grive particulier aux régions de montagnes.

série des couches du terrain de la molasse comprend encore divers
calcaires, dont l'un, à texture compacte et solide avec addition de
grains de quartz, est parfaitement caractérisé comme formation marine par ses nombreuses coquilles. On le rencontre dans les vallées
au nord du Jura. Citons encore le calcaire bitumineux et résistant
de Genève, le calcaire marneux plus friable avec nodules de hornstein près de Locle, et enfin la marne calcaire schistoïde d'Œningen,
devenue célèbre depuis le siècle dernier à cause du prétendu squelette humain de Scheuchzer, reconnu plus tard pour appartenir à une
grande Salamandre. Ce dépôt est devenu dans ces derniers temps,
par les travaux savants et infatigables de Heer, un des plus riches
gisements de végétaux primitifs et d'animaux. Les lignites, qui
existent dans tous les bassins miocènes, se retrouvent aussi dans la
molasse. On y a ouvert des mines dans beaucoup d'endroits, mais
comme ils n'ont qu'une faible épaisseur à peine d'un pied, l'exploitation ne s'y fait avec avantage que dans quelques endroits, comme
à Kæpfnach, sur le lac de Zurich, où le travail est facilité par un
gisement situé dans des conditions favorables.

La stratification particulière des couches de molasse, sur le versant septentrional des Alpes depuis la Savoie jusque dans les Alpes
bavaroises en traversant la Suisse, est là comme un témoignage qui
nous révèle un de ces phénomènes prodigieux (p. 189), produits par
l'expansion violente des forces qui causèrent le dernier soulèvement des Alpes. Loin des Alpes, la molasse est à peu près horizontale, mais dès qu'on approche à un demi-mille ou même jusqu'à la
distance d'un mille entier, ses couches sont très-bouleversées et se
dispersent en forme de selle, et au pied du calcaire elles s'enfoncent
sous sa masse. Il en faut conclure que dans le dernier soulèvement
des Alpes, la pression latérale ne se borna pas simplement à produire un plissement, un refoulement et un renversement, mais encore qu'elle causa un glissement du calcaire alpin. Les mêmes phénomènes se reproduisirent dans le Jura sur une échelle plus petite
et ils prouvent que cette chaîne aussi n'a opéré son dernier soulèvement qu'après la formation de la molasse. De plus, comme la molasse n'existe pas dans les vallées intérieures des Alpes, elles se
trouvaient nécessairement déjà élevées au-dessus de la mer dans la
période qui a précédé son dépôt.

La disposition des couches et les fossiles qu'elles renferment di-

visent le système puissant de la molasse en plusieurs étages. Le plus
inférieur se rattache immédiatement avec la formation du flysh, décrite plus haut (p. 290). Il s'est déposé le long du Jura dans une mer
qui communiquait par l'Alsace avec les mers miocènes plus anciennes
du nord de la France, de la Belgique et du nord de l'Allemagne. Les
coquilles identiques de tous ces districts démontrent la réalité de
cette union. Au-dessus, se développe **tout** le long des Alpes suisses
un terrain d'eau saumâtre composé de marnes et de lignites très-
riches en débris de végétaux, en coquilles terrestres et d'eau douce
et en ossements de Mammifères. Cet étage **est recouvert** par une
molasse d'eau douce, épaisse de plus de 100 pieds, et qui s'étend
depuis le Jura jusqu'à Saint-Gall. Après sa formation, **toute** la région de la molasse se trouva de nouveau plongée au-dessous de la
mer qui déposa le grès coquiller et le grès de **molasse** typique. Les
innombrables coquilles de ces couches ressemblent en partie à celles
qui vivent aujourd'hui dans la Méditerranée, et pour une autre part
à des espèces tropicales. Le dernier étage de la formation est la
marne calcaire d'Œningen composée dans le nord et l'ouest de la
Suisse de couches d'eau douce et quelquefois d'assises de charbon
comme à Kapfnach. — La flore du système de la molasse, décrite
par Heer, compte près de mille espèces, dont les trois quarts sont des
plantes ligneuses et la onzième partie reparait dans tous les étages.
Le même savant a fait connaître toute une faune d'insectes aussi
riche ; mais ils proviennent seulement des marnes d'Œningen, dans
lesquelles on a retrouvé aussi des Poissons, des Reptiles, des Oiseaux
et des Mammifères[1].

Les couches pliocènes ont été réunies, comme groupe indépendant,
sous le nom de *terrain subapennin*, parce qu'elles accompagnent
cette chaîne de montagnes sur ses deux versants. Dans la partie
inférieure, elles sont composées d'une marne bleue friable, qui
quelquefois devient dure ou schistoïde et peut atteindre jusqu'à
2,000 pieds d'épaisseur ; dans la partie supérieure, de sable quartzeux jaune, souvent mélangé de chaux. Ces deux étages se caractérisent par une grande richesse d'animaux marins. Intercalées
entre eux, apparaissent des couches d'eau douce et notamment un
calcaire lacustre dans lequel on trouve réuni des débris de Mammi-

[1] Consulter sur le système de la molasse : B. Studer, *Géologie de la Suisse*, tome II,
Berne, 1853, et Oswald Heer, *Le monde primitif de la Suisse*, Zurich, 1865. — G.

fères et des dents de Squale, et avec des circonstances qui ne permettent pas de douter que les premiers ne soient dans leur gisement primitif. Nous avons donc encore là un nouvel exemple de
couches lacustres et de couches marines alternantes; phénomène
causé par des courants d'eau douce qui descendaient de la chaîne
des Apennins, soulevée avant cette période. Des matières de transport que charriaient ces eaux et de l'atterrissement des flots de la
mer qui enveloppaient la chaîne de hauteurs, naquit cette série de
coteaux situés au pied de la montagne et qui constituent le terrain
subapennin. A l'époque de sa formation, la mer avait déjà une
grande partie de ses habitants actuels, mais le continent ne montrait encore que des formes analogues. On n'y a rencontré, à l'état
fossile, aucun des Mammifères vivants aujourd'hui, tandis que
40 à 60 pour 100 des Mollusques existent encore. Au contraire,
il ne s'en trouve que 4 sur 100 qui appartiennent aussi aux périodes
antérieures. A cette époque, l'Italie présentait donc des caractères
beaucoup plus rapprochés et plus analogues de ceux des temps actuels que dans les périodes les plus récentes qui l'avaient précédée.
Le terrain subapennin n'est pas limité seulement à l'Italie; il existe
aussi en Sicile, où il renferme 75 pour 100 d'espèces de coquilles
encore vivantes, dans le nord de l'Afrique, en Espagne et dans le
sud de la France, au pied des Pyrénées jusqu'à l'embouchure de
la Garonne. Ces divers lieux sont les points de sa plus grande extension; mais on le retrouve encore en districts plus restreints et
composé en grande partie d'assises de marne plus ou moins arénacée, sur le littoral oriental de l'Angleterre, à l'état de crag dans le
Norfolk; formé de sable, d'argile et de cailloux, avec coquilles marines et d'eau douce, dans le Suffolk; sous forme de marne et de
sables ferrugineux avec 70 pour 100 de fossiles vivant encore, sur
le bord du Rhône, à Lyon; dans quelques vallées du Wurtemberg
(Steinheim), au sud de la Bavière (Nœrdlingen), dans la vallée de
Teplitz, entre l'Erzgebirge et le Mittelgebirge, à Bilin et à Eger, et
isolé dans plusieurs localités du nord de l'Allemagne, sous forme de
geest. Partout les couches pliocènes offrent les caractères de produits lacustres et semblent devoir leur origine, soit à de grands lacs,
soit à des rivières. De grands amas de *carapaces siliceuses de Bacillaires*, empâtées dans une masse plus ou moins considérable de
chaux, caractérisent particulièrement les dépôts des lacs d'eau

douce. Ces couches ont un emploi technique, comme *tripoli*. Les restes de Mammifères que l'on y rencontre sont très-caractéristiques pour cette période. Plus tard, nous décrirons leurs caractères particuliers, et ferons connaître leurs rapports avec les espèces vivantes. Il nous suffit donc de dire ici que les squelettes de Mastodontes, de Rhinocéros, d'Hippopotames, de Cerfs, de Chevaux, de Rongeurs, d'Ours, de Chiens, d'Hyènes, de Chats et de Singes se trouvent surtout dans les terrains de transport des vallées, où ils ont été entraînés par les grands fleuves, et qu'il existe encore une différence spécifique entre eux et les espèces de la période suivante, c'est-à-dire celle qui *a précédé immédiatement l'époque où nous vivons.*

8. DILUVIUM.

Immédiatement au-dessus des couches tertiaires les plus jeunes, on trouve des dépôts d'une consistance encore plus meuble et composés presque exclusivement de lehm, de sable, de graviers et de galets. Ils s'étendent sur toute la Terre ou tout au moins sur la plus grande partie de l'Europe, en conservant toujours le même aspect, et on les rencontre habituellement dans des circonstances telles, qu'on a cru devoir en conclure l'existence de submersions violentes et prolongées de régions qui, auparavant, devaient être asséchées et même avaient une grande altitude. Si cette hypothèse est vraie, elle justifie la légende d'un *déluge* commune à tant de peuples (Indiens, Juifs, Grecs). C'est pour cela qu'on a donné le nom de *terrains diluviens* ou *diluvium* aux sédiments appartenant à cette époque immédiatement antérieure aux temps actuels. Les strates plus anciennes et plus jeunes ont pris des dénominations empruntées aux mêmes idées; et on désigne les premières par le terme d'*antédiluviennes* et les secondes par celui de *postdiluviennes*.

Plusieurs circonstances ont fait conjecturer de bonne heure que la catastrophe a dû se produire à la surface de la Terre très-brusquement, et avec une grande violence. D'une part, en effet, le phénomène s'étend sur d'immenses surfaces, et a laissé ses traces, non-seulement dans tout l'hémisphère nord, mais encore sur beaucoup de points de l'hémisphère sud, comme en Amérique et dans la Nouvelle-Hollande; d'autre part, nous retrouvons, parmi ses pro-

duits, des squelettes d'animaux entiers avec toutes leurs parties ;
et même on a découvert jusqu'aux parties charnues bien conservées
dans les glaces du nord de la Sibérie. Ces particularités, jointes à
l'existence des nombreux et gros blocs erratiques que l'on rencontre avec des ossements d'Éléphants sur les plaines du nord de l'Europe, ainsi qu'en Asie (p. 58), ont conduit beaucoup de savants à
admettre un abaissement subit de température jusqu'au-dessous du
point de congélation. Alors, disent-ils, une immense calotte de glace,
descendant des montagnes au nord et au sud, recouvrait toute la
partie septentrionale du Globe et agissait sur les hauteurs qui la
dominaient et sur le sol placé au-dessous d'elle, comme le ferait un
glacier. De nombreux quartiers de rochers, tombés sur ces champs
de glace, y formaient des moraines, comme sur les glaciers actuels.
Après une longue période, ce refroidissement de nos régions cessa ;
une température plus douce lui succéda, fondit la glace, et celle-ci
laissa derrière elle, sur le sol au-dessus duquel ils se trouvaient, les
blocs de rochers et les ossements d'animaux qu'elle portait. Mais,
pendant la fusion, la glace descendit des hauteurs dans les vallées à
la manière des glaciers ; elle ne recula que lentement, comme le
prouvent très-clairement les traces des moraines frontales situées
dans les vallées et jusque sur les hauteurs voisines du Jura. Dans
les moraines, les blocs de rochers et les graviers sont mélangés sans
aucune règle, dans l'ordre où ils se sont trouvés rassemblés sur la
glace, et les grands blocs, ainsi que les petits cailloux, ne se déposent pas d'après leurs poids ; au contraire, les galets et les masses
de transports du diluvium, comme tous les dépôts formés au sein
des eaux, obéissent à la loi de la pesanteur et se distribuent en
couches nettement marquées d'après leur volume et leur poids. Ces
caractères particuliers permettent donc de distinguer ces deux natures de formations et de déterminer leur rapport chronologique.
Dans la vallée du Rhône, près du lac de Genève, le diluvium stratifié repose sur d'anciennes moraines de glaciers, et se trouve lui-
même recouvert par des amas glaciaires non stratifiés. Il faut donc
en conclure que la Suisse a éprouvé une double période glaciaire :
une antérieure au grand diluvium, et une postérieure à ce phénomène. Dans le nord de l'Europe aussi, en Scandinavie et en Angleterre, on a observé de nombreux témoignages de deux époques
glaciaires séparées. Après la première, pendant la période interglu-

ciaire, tout le pays plat et peu élevé de ce côté des Alpes était submergé sous les eaux; de vastes inondations déposèrent les amas diluviennes de limon, de graviers et de cailloux, et creusèrent peu à peu les vallées des grands fleuves avec leurs rives élevées. Dans ces dépôts, on trouve surtout les restes de Mammouth, de Rhinocéros, d'Elias et de Cheval, d'Hyène des cavernes et d'Ours des cavernes. Cette période se termina avec le soulèvement de la Scandinavie, et de nouveaux glaciers se formèrent dans les Alpes et les montagnes du Nord, et s'avancèrent lentement à la rencontre les uns des autres. Des siècles s'écoulèrent avant que les glaciers de la Suède fussent descendus jusque dans le milieu de l'Allemagne. Les glaciers actuels de la Suisse, placés dans des conditions favorables, ne progressent que d'une lieue en cinquante ans, dans les cas où la température des vallées profondes contribue aussi à favoriser leur marche en avant. La limite méridionale du grand glacier du nord de l'Europe est tracée par les blocs erratiques (p. 58) transportés par lui et abandonnés, après sa fusion, sur les points où nous les rencontrons. Nous pouvons admettre, comme cause de la fusion et de la disparition complète de la calotte glaciaire, l'élévation de la température à son degré actuel dans l'Europe centrale et septentrionale.

Agassiz[1], le défenseur le plus récent de cette théorie si ingénieuse, a su tirer parti, avec une grande habileté, de toutes les particularités sur lesquelles elle repose pour la rendre de plus en plus admissible. Mais il n'a pu expliquer la cause d'une catastrophe si considérable; lacune qui a laissé beau jeu aux attaques des opinions adverses. De nouveaux savants, reprenant la théorie en partant de points de vue différents, ont tenté, avec plus de succès, de combler cette lacune. Ils se sont efforcés de prouver la nécessité du phénomène avec une rigueur mathématique, et ensuite ont mis en pleine lumière sa réalité. Nous reviendrons sur ce point, avec plus de détails, dans le chapitre XVI, qui traitera des périodes de Création, et nous nous contenterons, pour le moment, du fait acquis. Ajoutons seulement que l'existence d'une période glaciaire, à la fin des dernières révolutions qui ont précédé les temps actuels, n'entraîne pas avec elle un abaissement général de la température à un degré au-dessous du point de congélation de l'eau sur toute la surface de

_____
[1] Voir l'ouvrage de cet auteur que nous avons déjà cité (page 55).

la Terre, mais que les causes du phénomène proviennent plutôt de
circonstances complétement différentes. Nous n'avons donc pas besoin de faire descendre le refroidissement général de notre planète
à un degré aussi bas, et d'imaginer un nouveau réchauffement dans
la température pour la période subséquente. Il nous faut, au contraire, toujours avoir devant l'esprit que la Terre, pendant toute la
suite de temps écoulés depuis la première apparition des organismes
jusqu'à la formation de la glace, possédait dans l'hémisphère nord
une température incontestablement plus élevée que celle qui règne
aujourd'hui dans nos latitudes, et avait alors une chaleur spécifique
plus grande. Les restes fossiles des êtres organisés de cette époque
ne laissent place à aucun doute sur ce point. C'est encore une erreur d'admettre, comme on l'a fait jusqu'ici, que les corps congelés
des grands animaux terrestres, tels qu'Éléphants et Rhinocéros, sont
réellement enveloppés dans les blocs de glace sur le littoral septentrional de la Sibérie. En fait, ils se trouvent empâtés dans le sol
gelé lui-même (p. 150, note 2). Ils y sont encore debout et si bien
conservés, qu'on a pu les considérer comme des individus isolés qui
s'étaient enfoncés accidentellement et encore vivants. Sans doute
égarés dans ces régions, alors que le sol, non encore congelé,
était trop peu consistant pour porter le poids énorme d'un Éléphant, ils purent s'y enfoncer assez profondément pour y être complétement ensevelis. Ce fut seulement plus tard, lorsque la couche
de terre gelée profondément se souleva uniformément en même
temps que le sol augmentait par de nouveaux dépôts, que le cadavre arriva dans la glace, où il fut comme embaumé pour nous.
Nous n'admettons donc pas que jamais des phénomènes autres que
les éruptions de matières plutoniques ou volcaniques aient agi dans
les cataclysmes de cette période de temps. Nous attribuons aux
grandes effluves de chaleur, dont l'exhalation dut accompagner ces
phénomènes, la température élevée du Globe terrestre pendant cette
époque, et le refroidissement postérieur à la période de repos qui
vint après. Sur quelque point limité, la présence d'un foyer volcanique puissant peut avoir ralenti cette décroissance uniforme de la
chaleur, fait curieux réalisé jusque dans les temps historiques en
Islande : mais tôt ou tard, ce foyer dut s'épuiser et entraîner un
rapide abaissement relatif de température qui, en somme, ne fait
que donner à ces régions un climat en rapport avec leur position

et avec les conditions générales de la surface du Globe. Aujourd'hui l'Islande n'est pas plus chaude que les parties les plus boréales de la Laponie, situées sous le même degré de latitude; mais, il y a quelques siècles, elle possédait un climat correspondant à la zone plus tempérée de la Scandinavie. Tourmentée alors par de nombreuses éruptions volcaniques qui se succédaient presque incessamment, elle a perdu, par la suite, ce caractère d'agitation et en même temps son climat plus hospitalier. L'agriculture, jadis florissante, a disparu de l'île; et la population énergique de cette époque, qui ne le cédait en rigueur à aucun peuple européen, a diminué de nombre, et a perdu, avec sa vitalité puissante et son énergie, son ancien état florissant[1].

9. ALLUVIONS.

En terminant cette étude, jetons un regard sur les *terrains post-diluviens* ou *modernes*, appelés aussi par d'autres géologues *terrains d'alluvion*; nous n'y trouvons que des amas de sable friable, de graviers, avec lesquels alternent des couches plus ou moins puissantes de lehm et de marne. On y rencontre aussi des ossements fossiles, mais ils appartiennent aux espèces vivantes et quelquefois proviennent de couches plus anciennes remaniées. On y a trouvé mélangés avec eux des ossements humains accompagnés de nombreux objets travaillés. Quelques-unes de ces formations, notamment les tufs et les calcaires ou grès marins, dont il a déjà été question (p. 40, 13), prennent une consistance assez grande et sont même employés comme pierre à bâtir. Mais, en général, les roches modernes ont pour caractère principal une structure poreuse, une agrégation sans consistance et une composition terreuse. En tant

[1] D'après le témoignage oral d'un observateur habile qui a vécu longtemps en Islande, cette théorie, soutenue par beaucoup d'écrivains (par Bronn, par exemple, *Histoire de la nature*, I, p. 451), se fonde sur une connaissance imparfaite du passé de l'Islande. Le professeur Steenstrup de Copenhague, sur lequel je m'appuie, m'a affirmé que la température moyenne de l'Islande n'a pas diminué depuis les temps historiques, et que le grand développement de population sur cette île au moyen âge doit être attribué uniquement à l'énergie plus grande des individus de cette époque. L'agriculture n'a jamais été exercée avec un succès durable en Islande. Il attribuait, au contraire, aux éruptions volcaniques une action funeste sur la population de l'île, et mettait sa décroissance principale sur le compte des grands cataclysmes volcaniques du quatorzième siècle, depuis lequel surtout date la décadence de l'Islande.

que produits de l'érosion et de l'action mécanique des eaux, elles
sont des agglomérats dans le sens le plus large du mot et elles ne
se distinguent que quantitativement des strates plus anciennes. Deux
éléments, cependant, des terrains modernes paraissent leur appartenir exclusivement. Ils manquent, du moins sous leur forme actuelle, dans les formations plus anciennes, bien qu'on s'explique
difficilement leur absence à l'époque où celles-ci formaient la superficie des terres émergées. Ces couches sont l'*humus* et la *tourbe*.
Nous allons entrer dans quelques détails à leur sujet.

Parmi les formations modernes l'*humus*, la plus répandue et la
plus jeune, doit sa grande extension à l'envahissement des êtres organisés dans la période présente. D'un côté, il constitue le véritable
foyer de leur existence et, de l'autre, il se forme aux dépens de leurs
débris après leur mort. Il est composé de marne, d'argile, de
chaux, de grains de sable, de carapaces de Bacillaires et de tous
les produits de décomposition avec lesquels sont mélangés les ré-
sidus des organismes animaux et végétaux, qui, après s'être sous-
traits aux combinaisons organiques, se sont dissous en leurs substances inorganiques élémentaires ou composées. Ce mélange de
matières organiques et inorganiques constitue le sol approprié pour
les plantes, qui lui empruntent avec l'eau les éléments de leur nutrition. L'humus, considéré comme le produit des décompositions et
dissolutions de combinaisons antécédentes, constitue une substance
particulière dont l'influence sur la végétation et sur son développement est très-grande. Quelquefois, surtout dans les bas-fonds humides où s'accumulent les débris décomposés et y développent une
riche végétation, l'humus prend une grande extension et passe
comme élément important dans un autre produit des formations
modernes, la *tourbe*[1]. Tout le monde connaît cette substance employée comme combustible dans les pays marécageux du nord de
l'Allemagne, de la Hollande ainsi que surtout le littoral de la mer
Baltique et de la mer du Nord. Elle a l'aspect d'une terre brune,
grumeleuse à l'état de siccité et mélangée d'une grande quantité de
débris de végétaux. Elle est formée en grande partie de matière végétale décomposée et renferme des espèces différentes suivant les
lieux de son origine. On distingue donc la *tourbe de forêt*, qui doit

[1] A. Grisebach a donné, dans les *Göttinger Studien* de 1845, une description très-juste-
rement de la tourbe.

sa formation à des racines et à des troncs d'arbres entiers pourris, et qui, suivant ses gisements, contient des Trembles, des Sapins, des Chênes et des Hêtres ; la *tourbe des prairies*, composée surtout de Roseaux et de Joncs ; la *tourbe de bruyère*, que l'on trouve dans les marais de la Frise et de la Hollande et qui s'y forme aux dépens des immenses surfaces couvertes de Bruyères (*Erica tetralix* et *Calluna vulgaris*) ; enfin l'espèce la plus commune, la *tourbe de mousse*, composée presque exclusivement de la Sphaigne des marais (Sphagnum). Partout ces plantes ou leurs débris, devenus terreux et amorphes par décomposition, constituent la masse principale à laquelle s'ajoute beaucoup de parties plus ou moins conservées de Joncs, de tiges, de racines, de feuilles et même de graines de plantes marécageuses, mêlées avec des carapaces d'animaux qui ont trouvé leur tombeau dans ces eaux. La formation de la tourbe se continue incessamment et comble les vides, que l'homme y fait pour ses besoins, par de nouvelles couches. On a vu des dépôts de tourbe épuisés s'accroître de nouveau en 30 ans jusqu'à une épaisseur de 6 pieds et reprendre leur ancienne puissance, mais avec des modifications dans la nature de leurs éléments[1].

Produits par des êtres vivants, l'humus et la tourbe témoignent de l'existence de la vie organique partout où on les rencontre. De même que, dans les périodes primitives, nous avons étudié les dépôts de charbon, qui sous beaucoup de rapports ressemblent à la tourbe, ainsi pourrons-nous, en suivant la même méthode, déduire à l'aide de ces derniers produits l'état de la vie organique à la surface de la Terre pendant la période de leur formation[2]. De plus, la puissance de ces dépôts peut encore servir à déterminer l'espace de temps écoulé pendant qu'ils se formaient.

[1] Les observations de Gobelsach tendent à démontrer que le remplissage des fosses tourbe épuisées ne se fait que par des Sphaignes, et que les autres plantes marécageuses s'y développent seulement lorsque le dépôt a atteint son niveau inférieur.

[2] La belle découverte faite par Strauthorg, de carapaces siliceuses de Bacillaires dans le charbon de terre, jette une grande lumière sur l'époque de leur formation et prouve, entre autres choses, l'existence d'humus sur le sol qui portait les plantes houillères, puisque aujourd'hui encore on retrouve ces Bacillaires partout dans l'humus, ainsi que dans le sol des prairies et des marais.

CHAPITRE XV

Conformément à notre plan, nous avons d'abord étudié les couches neptuniennes de l'écorce du Globe depuis les roches métamorphiques jusqu'aux formations les plus jeunes de l'époque moderne. Nous allons revenir maintenant sur l'âge relatif des soulèvements de montagnes, problème que nous avons déjà envisagé (ch. x) par son côté théorique, et nous essayerons de donner une idée nette du moment précis dans lequel chacun de ces phénomènes à eu lieu. Nous savons déjà que l'âge d'une chaîne de montagnes ne peut se déterminer qu'à l'aide des couches neptuniennes qu'elle a soulevées et rejetées de côté, et nous nous sommes convaincus, par de simples considérations théoriques, qu'une montagne est d'autant plus ancienne qu'elle relève moins de couches neptuniennes et que plus de couches horizontales l'entourent.

En partant de ces faits, tout le chapitre que nous commençons pourrait se réduire à une simple énumération des chaînes de montagnes les plus importantes, en les disposant dans l'ordre de leur succession, et leur âge relatif se trouverait contenu dans quelques lignes; mais une liste aussi sèche intéresserait peu mes lecteurs et leur serait d'une faible instruction. Je préfère donc donner d'abord une description détaillée d'une montagne particulière et après avoir, par l'étude exacte de sa configuration, porté l'attention sur les circonstances qui doivent être remarquées dans un soulèvement, terminer le chapitre par une esquisse succincte des autres systèmes de montagnes. Entre toutes les montagnes de l'Allemagne, aucune ne se prête mieux à ce genre de considérations que le Harz. Cette montagne, en effet, s'élève au-dessus de la plaine d'une façon abrupte et nettement tranchée et, de plus, son étendue peu considérable permet de l'embrasser aisément ; en outre, située dans le nord de l'Allemagne, elle est facilement accessible et visitée par une foule de voyageurs, en sorte qu'elle est peut-être déjà connue d'une grande partie de mes lecteurs pour l'avoir parcourue[1]. Ajoutons encore que nous possédons sur le Hartz tant d'excellents travaux et de descriptions si complètes, qu'il est plus facile de donner une peinture parfaitement juste, vraie et débarrassée de toute vue subjective de cette montagne que d'aucune autre située en Allemagne[2].

Le Hartz forme une chaîne de montagnes isolée, élevée au-dessus des plaines de l'Allemagne du Nord, de forme elliptique allongée, longue d'environ 15 milles et large de 4. Elle s'étend de l'O.-N.-O. vers l'E.-S.-E. et atteint à son point le plus élevé, le Brocken, 3508 pieds d'altitude. Ce point culminant se trouve situé au pied de la montagne plus au nord qu'au sud, et est éloigné de l'extrémité N.-O. environ d'un tiers de la longueur totale. Il est composé de granit (a), qui s'étend jusqu'à la lisière nord de la montagne, mais reste éloigné de celle du sud de plus d'un quart du diamètre transversal. Le Hartz renferme encore une seconde grande masse granitique, placée aussi près du bord septentrional et distante de la première d'un tiers de la longueur totale de la montagne, mais n'ayant en largeur qu'un quart du diamètre transversal. Ces deux amas granitiques courent vers l'O.-N.-O., parallèlement à la direction générale de la montagne, sur une saillie étroite qui se dresse abruptement sur le bord septentrional de la montagne, et est coupée près de son extrémité par une crevasse profonde servant d'écoulement aux eaux. L'Ocker coule[3] dans cette crevasse au pied du

[1] Le présent ouvrage est sorti de leçons faites devant les élèves de l'université de Halle, c'est-à-dire d'auditeurs qui presque tous avaient pour coutume d'aller visiter le Hartz en partie de plaisir ; cette circonstance, mieux que tout ce qui précède, explique le plan que j'ai fait.

[2] Il y a dans des articles publiés par F. de Borch dans le Taschenbuch de Léonhard, 2e année, 1827, p. 175. Voir Fr. Hoffmann, Esquisse générale de l'orographie et hydrographie du Sud-Ouest de l'Allemagne, Leipzig, 1838. — Chr. Zimmermann, l'Orn... Paradoxdall, 1826. — J. F. Naumann, De la formation du Hartz, Göttingue, 1824. Je t'interesse surtout par son ordre Fr. Credner, Esquisse générale de la géologie du Thüringe et du Hartz, etc., Gotha, 1843. Là-là, avec une carte géognostique qui donne une vue générale du terrain.

[3] Il est vrai, sur le terrain, que le point culminant principalement coupé par l'Ocker lui-même n'est pas immédiatement avec le sommet du Brocken, mais qu'il en est séparé par un lobe de pays...

Brocken. La vallée de la Bode traverse de la même manière le massif granitique oriental du Ramberg et forme le célèbre paysage du Rosstrappe, que nous avons figuré plus haut (p. 200). La plus grande partie de la montagne est composée de grauwacke (d), qui tantôt se présente sous forme de schiste argileux pur vers l'extrémité occidentale, tantôt comme schiste prend de plus en plus l'aspect du grès par l'augmentation du quartz et passe même peu à

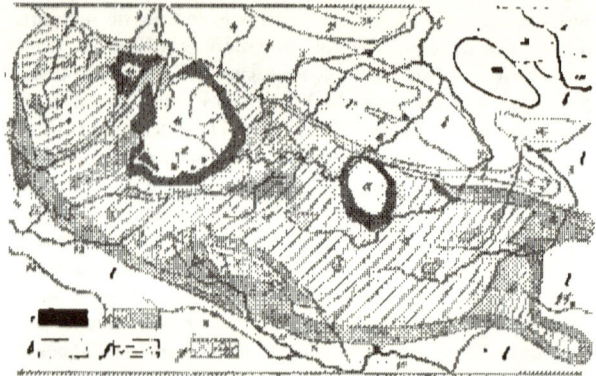

Fig. 11. — *Carte géologique du Harts* avec les rivières et les localités les plus importantes. Ces dernières indiquées seulement par un point noir, pourront facilement être déterminées à l'aide d'une carte géographique; nous ne les désignons donc pas autrement ici. Les rivières sont marquées par des chiffres et les terrains par des lettres.

a. Granit, *b.* pyroxène, *c.* roches métamorphiques, *d.* grauwacke, *e.* kieselschiefer, *f.* calcaire de transition, *g.* mélaphyre, *h.* rothliegende, *i.* schistes cuivreux, *l.* grès bigarré, *m.* muschelkalk, *o.* gypse, *p.* keuper, *q.* terrain jurassique, *r.* quader-sandstein, *z.* dômes de porphyre rouge, *l.* craie, *t.* bassin de lignite.

1. L'Ilse verte et la Grane, 2. l'Ocker, 3. le Radau, et à côté l'Ecker sans chiffre, 4. l'Iole, 5. la Holtemme, 6. la Bode entre Laporke et la Holtemme court le Goldbach non dessiné, 7. la Selke, 8. l'Eine, 9. la Wipper ou Wippra, 10. la Helme, 11. la Zorge, 12. l'Oder, 13. le Sieber, 14. le Bahme, 15. le ruisseau d'Eisleben, 16. la Soese.

peu au kieselschiefer (e) et à la quartzite; mais elle n'embrasse qu'une seule masse un peu importante de calcaire de transition (f), situé près de la région septentrionale entre les deux massifs granitiques. Le petit gisement de calcaire, situé à l'extrémité occidentale près de Grund, est très-peu important[1]. La direction des couches de

1. Les sédiments primitifs, réunis ici sous la dénomination générale de grauwacke, ont été reconnus par l'étude de leurs fossiles comme appartenant aux formations siluriennes.

grauwacke ne correspond pas au sens longitudinal de la montagne, mais le coupe presque à angle droit. Elle court du N.-E. au S.-O. et incline, tantôt plus au nord, tantôt plus à l'est. Son sens général est marqué sur la carte par les hachures. Leur inclinaison oscille entre 50° à 70°, et sur plusieurs points, elles se dressent presque verticalement, et il y en a très-peu où elles soient moins inclinées. A côté de ces deux roches, nous trouvons ensuite, parmi les éléments les plus importants du Hartz, ces matières plutoniques caractérisées par la présence de l'augite, étudiées plus haut (p. 201 et suiv.) sous le nom de *pyroxène*, désignées par d'autres auteurs sous le nom de *trapp*[1] et qui se confondent avec la diorite (p. 201). Elles ne forment nulle part de ces grands amas comme le granit ou la grauwacke, mais

11

se montrent seulement en bandes étroites ou en groupes isolés marqués sur la carte par un pointillé (b) et qui se développent parallèlement avec le plan des couches de la grauwacke ou apparaissent en typhons au milieu d'elles. A leur partie supérieure libre, tantôt elles rejettent de côté ces couches, tantôt s'étendent au-dessus, tantôt enfin s'infiltrent au milieu d'elles.

Dans la montagne proprement dite, en dehors des roches que nous venons de citer, on n'en trouve aucune autre avec un développement un peu considérable. Toutes les couches qui entourent le Hartz à ses pieds, ne peuvent pas être considérées comme en faisant partie. La plus répandue parmi elles est le *zechstein* (schistes cuivreux, schistes marneux et bitumineux avec gypse et dolomie ou rauhwacke, p. 252). Il s'étend en une bande étroite (k), depuis l'angle N.-O. sur toute la lisière occidentale, méridionale et orientale, contourne l'angle N.-E. pour se prolonger encore un peu sur la lisière septentrionale, presque jusqu'à la hauteur du second massif granitique. A l'extrémité orientale de la montagne, le *rothliegende* (h) accompagne le schiste cuivreux. Il constitue une puissante couche de grès susjacente au terrain houiller et intercalée entre ce dernier et la grauwacke dans l'ordre de leur âge relatif. Le rothliegende reparaît encore sur un autre point au milieu de la lisière méridionale, entre le zechstein et la grauwacke. Ici (à Ilfeld), comme à son extrémité orientale, sur le versant du nord (à Opperode et Meisdorf), il est accompagné de gisements de houille situés au-dessous et au milieu de ses couches. Des *porphyres* apparaissent aussi dans la partie méridionale du rothliegende, tantôt sous la forme de porphyres rouges quartzifères (s, s), tantôt comme porphyres bruns sans quartz (g); ils sont caractérisés par la présence de grenats. Les porphyres quartzeux ne sont point contigus avec le rothliegende; ils se montrent seulement vers son extrémité occidentale et forment des amas isolés dans la grauwacke et répartis suivant la direction générale de la montagne. Le porphyre à grenats constitue de puissants massifs qui sortent immédiatement du rothliegende sur sa limite méridionale près du zechstein; mais il suit la même direction que les porphyres quartzeux et les grands massifs granitiques sur le côté opposé septentrional de la montagne. Les couches de ces roches primitives, contiguës avec les assises du terrain de transition (schistes argileux, grauwacke et calcaire de transition, p. 257), n'ont pas la même inclinaison que ces dernières, mais sont si près de la position horizontale (leur angle d'inclinaison varie de 10° à 15°) qu'il est de toute évidence que leur pente provient seulement du mode de leur formation par dépôt mécanique, au sein des eaux qui recouvraient les couches relevées de la grauwacke. Nous les voyons donc encore dans leur position primitive. Ces circonstances deviennent très-claires, lorsqu'on considère la coupe ci-contre, prise entre Nordhausen et Halberstadt, et dont les signes indicateurs correspondent à ceux de la carte précédente. En l'étudiant, il faut bien faire attention que la hauteur est à une échelle dix fois plus grande que la longueur, et que, par conséquent,

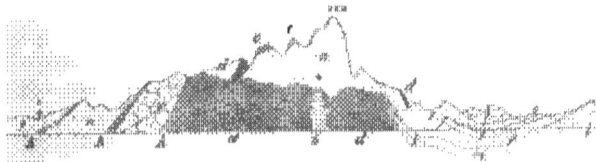

Fig. 25. — Coupe du Hartz

les couches donnent inclinées y deviennent beaucoup trop relevées. Au contraire, les couches de la grauwacke (d) sont presque horizontales, parce que la coupe coïncide avec leur direction ; les assises du zechstein (k) sont interrompues (n) par des amas de gypse[1]. L'inclinaison douce de ces derniers n'est plus la même pour les sédiments plus récents qui entourent le pied du Hartz par son côté septentrional. Le *grès bigarré* (l), placé immédiatement au-dessus du zechstein, s'étend dans les plaines au pied du Hartz seulement dans les parties comprises par cette dernière formation. Il se développe sur toute la lisière du nord jusque dans le voisinage

---

[1] Cette coupe transversale commence au nord du Huy, près d'Halberstadt, dont la position est indiquée par le signe ᵐ. Entre le Huy et la lisière septentrionale du Hartz, le muschelkalk (n° forme une cuvette dans laquelle se sont déposées les formations plus récentes. Derrière le plateau du Hartz, indiqué par les lettres d, d., se dresse le sommet du Brocken (***) avec la bordure de roches métamorphiques (e et une bande étroite de grauwacke (d. Au sud (et adossé au plateau du Hartz, dans lequel est enclavé le filon de porphyre (b) de Kahlberg *, se développe le rothliegende. Al avec le massif de mélaphyre de Herzberg (***), puis vient le schiste cuivreux k), dont le massif de gypse s constitue la plus grande partie. Au delà commence le grès bigarré ,f avec les riches vallons où se trouve situé Nordhausen ;°).

de la grauwacke et des roches plutoniques de la montagne, en formant avec le muschelkalk (m), le keuper (p) et la marne du lias (q) qui apparaissent accidentellement, une bande étroite en forme de ruban, au delà de laquelle le quadersandstein (r) et les couches crétacées (t), s'étendent sur la plaine. Toutes ces couches sont verticales ou même plongent vers la montagne et le quadersandstein revêt en plusieurs endroits les formes bizarres, dont nous avons déjà parlé sous le nom de *murs du diable* (p. 276). Sur d'autres points, les assises les plus anciennes sont renversées ou repliées sur les plus jeunes : dispositions qui, avec le plongement des couches vers la montagne, doivent être considérées comme le résultat d'un soulèvement qui a renversé l'ordre naturel des étages.

Maintenant que nous connaissons la structure géologique des environs du Hartz, il ne nous sera pas difficile de déterminer l'âge de son soulèvement. Puisque sur tout le versant occidental, méridional et oriental, les couches neptuniennes jusqu'au terrain houiller sont horizontales, nous en concluons que l'époque du soulèvement a précédé le dépôt du rothliegende, et est plus ancienne que la formation houillère qui, comme nous l'avons dit plus haut, vient se placer entre les vieux grès rouges du système devonien et le rothliegende. Mais la disposition verticale et renversée des couches beaucoup plus jeunes du côté septentrional du Hartz, indique un soulèvement postérieur. Il est probable qu'après le dépôt du terrain crétacé, en même temps que d'autres grands changements de niveau s'effectuaient, il se produisit un second soulèvement dans le Hartz, sur son versant septentrional. On doit donc admettre au moins deux périodes différentes de soulèvement. Cette hypothèse est encore confirmée par le mode suivant lequel les masses plutoniques se trouvent par rapport aux couches neptuniennes. En effet, si on recherche lesquels des trois produits plutoniques ont été les agents de soulèvement, on reconnaît aussitôt qu'il faut mettre de côté les porphyres, puisqu'ils se trouvent sur la lisière méridionale de la montagne, où les couches sont plongeantes. Il ne reste plus qu'à opter entre le granit et le pyroxène, choix très-facile à faire, comme nous allons le voir. Le granit ne suit point, sur le versant septentrional de la montagne, une direction parallèle à celle des schistes, ce qui devrait avoir lieu, s'il était la cause du redressement de ces roches. Il répond plutôt à la direction de la ligne des porphyres du versant

méridional qui, nous l'avons vu, n'ont pris aucune part au soulèvement. Cette circonstance, d'une part, et l'infiltration des filons de
granit dans le pyroxène, sur les points où ces deux roches se trouvent en contact (avec l'euphotide, p. 202), d'autre part, démontre
l'apparition postérieure de la première. Les roches pyroxéniques
sont donc les seules qui ont pu causer le redressement des massifs
schisteux du Hartz. Hausmann, par des observations rigoureuses,
a prouvé la réalité du fait, et il a fait voir, en s'appuyant sur la
multiplicité des points éruptifs du pyroxène, que les couches neptuniennes du Hartz ont subi un nombre égal de soulèvements localisés,
phénomène à l'aide duquel il a expliqué les ondulations qui existent
dans la direction des plans de stratification. Il distingue sept de ces
soulèvements partiels, et, après que les couches du Hartz eurent
ainsi pris la direction du S.-O. au N.-E., il fait apparaître les granits
et les porphyres dans une direction opposée de l'O.-N.-O. à l'E.-S.-E.,
par une série de soulèvements postérieurs. Un dernier soulèvement,
le plus jeune de tous, releva les couches des sédiments plus récents,
situés sur le versant méridional du Hartz. Ce redressement s'effectua
dans la période qui suivit le dépôt de la craie et avant la formation
des couches tertiaires. Hausmann place aussi dans la même période le
redressement vertical des bancs de gypse, situés sur la lisière méridionale du Hartz, et il croit pouvoir attribuer ces deux phénomènes
à des causes analogues. Sa théorie n'a encore qu'une valeur conjecturale, et on ne peut, pour le moment, lui donner une rigueur réellement scientifique.

L. de Buch, le premier, puis F. Hoffmann et enfin Hausmann
ont donné d'ingénieuses explications pour rendre compte des métamorphoses que les sédiments neptuniens ont éprouvé au contact du
pyroxène et du granit. Les roches pyroxéniques, ne se développant
qu'en bandes ou en lignes étroites parallèles aux couches des roches
stratifiées, ont produit des métamorphoses beaucoup plus faibles
que le granit et causé dans les masses neptuniennes de simples
modifications, tantôt formelles, tantôt matérielles. Dans ce dernier
cas, le pyroxène était accompagné d'une infiltration d'oxyde de fer
et d'acide silicique dans les strates de la grauwake. Nous n'essayerons pas de dire sous quelle forme l'acide silicique se trouvait,
lorsque s'effectua le métamorphisme, bien que l'hypothèse la plus
probable soit qu'il pénétra par voie aqueuse. En tous cas, il est par-

faitement certain que les *schistes siliceux*, les *quartz ferrifères*, l'*hornstein* et les *schistes noraculaires*, ont été formés par ce procédé. Ils enveloppent les roches pyroxéniques avec un développement plus ou moins grand, et, en s'écartant d'elles, vont se perdre dans la grauwacke. L'influence du granit, comme agent de métamorphisme, a été plus énergique ; et, bien que les métamorphoses produites par lui soient en partie les mêmes que celles du pyroxène, il n'en est pas moins constant que les effets de sa contiguïté sont beaucoup plus grands et beaucoup plus développés. Le schiste siliceux, voisin du granit, est beaucoup plus puissant ; et Hausmann l'a distingué, à cause de cela, en le désignant par le nom de *schiste siliceux en roche* (Kieselschieferfels). Le *hornfels* a pu se former par l'infiltration de silicates alcalins dans la grauwacke ou dans la quartzite ; à cette substance est venu s'ajouter du silicate de magnésie pour la production du *mica*, de la *chlorite* et de la *hornblende*, et pour causer de nombreuses modifications du hornfels. Le gneiss et le micaschiste, tout en étant peu communs dans le Hartz, n'y manquent cependant point absolument. On a constaté la présence du gneiss sur le haut du Brocken formé de granit, et celle du hornfels dans toute la région environnante. Cette dernière roche apparaît encore très-fréquemment au milieu des granits du Rosstrappe, et le recouvre même comme une écorce à sa surface. (Voy. la carte précédente, page 320.)

Après cette description typique du Hartz, nous allons passer en revue les autres chaînes de l'Allemagne. Mais, avant de commencer, nous devons avouer que les conclusions déduites de la disposition de leurs couches sont, sous beaucoup de rapports, encore plus hypothétiques que celles où nous sommes arrivés sur l'âge du Hartz, et qu'en étudiant avec soin chaque groupe de montagnes, nous constaterons, comme très-vraisemblable, l'existence d'un seul et même soulèvement qui s'est réalisé en plusieurs fois et à des époques différentes. Le sujet dont nous nous occupons ici est encore trop nouveau, et les observations sur lesquelles s'appuient les théories sont encore trop incomplètes pour que nous puissions espérer posséder, dès maintenant, une caractéristique définitive de l'âge relatif des montagnes. Nous nous contenterons donc de quelques données générales, et nous laisserons à l'avenir le soin d'en faire l'examen critique. Actuellement on admet douze époques différentes de soulèvement, et on les classe avec leurs produits dans l'ordre suivant :

1. Comme exemple des soulèvements les plus anciens, nous trouvons, dans notre pays, le redressement des couches du *Hundsrück* et du *Taunus*, avec lequel coïncide, en Angleterre, le soulèvement du *Westmoreland* et du *sud de l'Écosse*. Les couches redressées de ces chaînes de montagnes sont composées de schistes argileux et de Grauwacke. En Allemagne, elles ont la même direction du S.-O. au N.-E. que nous avons reconnue pour les assises de grauwacke du Hartz ; mais elles s'inclinent presque toutes vers le nord, dans le sens opposé à celui du Hartz. Le terrain houiller qui existe au sud du Hundsrück est souligné avec la grauwacke et incline faiblement vers le sud ; il est donc plus jeune que le soulèvement. Dans le Westmoreland, les assises les plus anciennes du terrain houiller, et même les couches du terrain dévonien (p. 243), n'ont pas été relevées et par conséquent sont plus jeunes que le redressement des couches. Il semble même que quelques-uns des étages du calcaire de transition, non redressés, se sont déposés postérieurement au soulèvement de la grauwacke. Leur direction du S.-O. au N.-E., se reproduit dans beaucoup de terrains de grauwacke et on l'a observée notamment dans le Westerwald, l'Eifel, dans la formation de grauwacke situés entre le Thuringerwald, le Fichtelgebirge et l'Erzgebirge et dans les grauwackes de la Bohême. Peut-être qu'avec de nouvelles observations on pourra démontrer que ce redressement général des couches de la grauwacke est le résultat d'un phénomène unique et simultané.

2. Il existe une autre série de montagnes de grauwacke avec une direction différente. Les couches y courent à peu près de l'ouest à l'est, ou inclinent un peu du nord au sud, et par conséquent se trouvent opposées presque à angle droit avec une des directions précédentes. Les terrains de grauwacke du *sud de l'Irlande*, du *Bocage en Normandie* et du *Belchen* au sud des Vosges, affectent cette direction. Les formations houillères qui les accompagnent, avec leurs grès rouges, ne sont point soulevées, et prouvent que ce soulèvement suivit de très-près les précédents, tout en obéissant à une direction différente.

3. Le système du *nord de l'Angleterre* se compose de calcaires houillers et de grès soulevés dans la direction du nord au sud. Il se

caractérise par une disposition en dos d'âne avec redressements multiples, et les couches ne s'y trouvent sur aucun point dans une position verticale. La chaîne s'étend depuis le Derby jusqu'aux frontières de l'Écosse, relève les puissantes assises carbonifères qui l'accompagnent, et n'a donc pu se soulever qu'après leur dépôt et la formation du terrain permien. Les roches plutoniques qui ont causé son soulèvement sont restées invisibles.

4. Le *système des Ardennes* ou *des Pays-Bas et du sud du pays de Galles* a une direction semblable à celle du premier système, du S.-O. au N.-E.; mais à l'ouest, il incline de plus en plus au nord et arrive à prendre la direction du second système. Il se compose de couches de grauwacke fortement relevées, au pied desquelles les couches houillères se trouvent redressées et même renversées; en Angleterre, les assises du zechstein et du grès bigarré, demeurées horizontales, viennent s'adosser sur ces dernières. On voit donc que le soulèvement de ces grauwackes s'est produit après le dépôt des couches houillères, mais avant la formation du zechstein, et par conséquent est beaucoup plus jeune que le soulèvement du premier et du second système entre lesquels il semble, par sa direction, constituer un anneau intermédiaire. Peut-être la grauwacke du Taunus, du Hundsrück, des Ardennes, de l'Eifel et du Westerwald subit-elle une série de soulèvements successifs et partiels, comme dans le Hartz, et les parties les plus anciennes (Hundsrück et Taunus) précédèrent-elles le dépôt du charbon simultanément avec le redressement de la grauwacke du Hartz, tandis que les plus récentes furent relevées postérieurement à la formation du terrain houiller.

5. Le *système du Rhin* se compose des Vosges et de la Forêt-Noire, deux chaînes de montagnes de formation très-analogues. Elles enferment entre elles le Rhin depuis Bâle jusqu'à Mayence, et s'étendent par conséquent du S.-S.-O. au N.-N.-E., avec leurs pentes abruptes opposées l'une à l'autre. A l'intérieur et sur les versants opposés, elles sont formées de roches plutoniques et métamorphiques, et surtout de gneiss, au pied desquelles se développent, sur une vaste étendue, les couches neptuniennes du trias, dont les étages les plus jeunes, le muschelkalk et le keuper, ne sont plus soulevés et relevés. L'époque de son soulèvement tombe donc entre la formation du grès bigarré (grès des Vosges, p. 258) et des argiles schisteuses plus jeunes, qui le recouvrent. L'Odenwald et le

Spessart doivent être considérés comme une prolongation de la Forêt-Noire, et ils s'y rattachent comme des émissaires du même soulèvement, en traçant la direction dans laquelle se développe la crête du grès bigarré à travers la Hesse jusqu'à la chaîne du Weser, où elle aboutit sur la rive orientale du fleuve avec le Sollingerwald. Longtemps après ce soulèvement et simultanément avec le dixième système apparurent, avec la même direction, les basaltes du Vogels-. berg, du Rhœn et de la Hesse.

6. Le *système du Thuringerwald* et du *Bœhmerwald* s'étend du N.-O. au S.-E. et paraît avoir été soulevé à la même époque que les coteaux de la *Bretagne* et de la *Vendée*, qui ont la même direction. Les couches du keuper sont relevées dans ce système et les assises inférieures jurassiques, ainsi que le lias, sont horizontales. Son soulèvement tombe donc entre le dépôt de ces deux formations.

7. Le *système de l'Erzgebirge* est contemporain du *Jura suisse*, de la *Côte-d'Or* et des *Cévennes*. Sa direction est la même que celle du premier système du S.-O. au N.-E. Les couches jurassiques y sont relevées, tandis que les assises crétacées sont demeurées horizontales : l'époque de sa formation coïncide donc avec la période intermédiaire entre le dépôt de ces deux terrains sédimentaires.

8. Le *système des Alpes maritimes* avec son point culminant, le Monte Viso, au-dessus de la source du Pô à Saluzzo, s'étend à travers le sud de la France jusque près du Rhône, dans une direction du N.-N.-O. au S.-S.-E. et se compose principalement de couches jurassiques qui sont toutes relevées. Leur redressement se produisit pendant la période crétacée, dont les étages les plus anciens ont été entraînés par le soulèvement des couches jurassiques, tandis que les plus jeunes reposent au pied de la montagne dans une position horizontale.

9. Le *système des Pyrénées* et des *Apennins* s'étend dans une direction très-voisine de l'O.-N.-O. à l'E.-S.-E., et se développe surtout dans l'Europe méridionale. Les chaînes situées sur l'autre rivage de l'Adriatique et les montagnes de la *Grèce*, à direction semblable, appartiennent à la même époque de soulèvement. Tous les étages de la craie ont été soulevés par les montagnes de ce système et les couches tertiaires forment une ceinture à leur pied en conservant leur position horizontale. Le nord du Hartz, les coteaux du Weser et le Teutoburgerwald, qui nous offrent les mêmes disposi-

tions, doivent appartenir à un soulèvement contemporain ; mais il
ne faut pas oublier que le véritable soulèvement des schistes du
Hartz est beaucoup plus ancien et se place dans la période du premier système. Le Teutoburgerwald, qui suit exactement la même
direction que le Thuringerwald, ainsi que les coteaux du Weser,
qui se rattachent à la ligne granitique et porphyrique du Hartz jusqu'à Halle, ont été certainement soulevés en même temps que les
Pyrénées et les Apennins. Il existait probablement déjà auparavant
des soulèvements plus anciens dans la même direction que ce
système ; mais cette coïncidence n'eut lieu que sur quelques points
particuliers. Nous pourrions donc considérer ces chaînes de montagnes comme un nouvel exhaussement du sixième système, de
même que nous avons déjà regardé le quatrième comme un soulèvement complémentaire du premier.

10. Le *système de la Corse* et de la *Sardaigne* suit la même direction que le cinquième système ou système du Rhin, et que les
chaînes de montagnes situées entre le Rhône, le cours supérieur de
la Loire et l'Allier. Ces montagnes ont relevé, non-seulement les assises de la craie, mais encore les couches tertiaires les plus anciennes correspondant au terrain éocène des bassins de Paris et de
Londres. Leur soulèvement tombe donc dans la première époque de
la formation tertiaire. C'est à cette époque aussi que se soulevèrent
les nombreux volcans de l'*Auvergne* à l'ouest de l'Allier, et ceux du
Vivarais au sud de la Loire. Ces deux systèmes répondent par leur
direction aux basaltes cités plusieurs fois déjà de la Hesse, de
Meissner, d'Habichtwald, du Rhen et du Vogelberg, et on ne peut
mettre en doute qu'il n'existe une liaison entre eux et ceux de la
France, et qu'ils n'appartiennent à une formation contemporaine. On
pourrait encore considérer le cinquième et le dixième soulèvement
comme formant un tout connexe, dans lequel des soulèvements postérieurs et locaux se seraient produits pendant le dépôt des couches
tertiaires et auraient donné à quelques points particuliers un aspect
très-différent et plus jeune.

11. Cette hypothèse se justifie encore par le soulèvement des
Alpes dont le caractère successif est bien évident, ainsi que par ce
que nous avons dit plus haut de la formation du Hartz. Nous considérons comme onzième système la *région des Alpes* dont le Mont-
Blanc forme la partie centrale et culminante, et nous la séparons

de la portion méridionale, citée déjà, et de la région orientale soulevée à une époque postérieure. *Le système du Mont-Blanc* a relevé
les couches les plus anciennes du terrain tertiaire et d'une époque
plus récente que le Monte Viso, auquel il se relie en suivant une
direction différente. Il s'étend du N.-E. au S.-O.

12° A ce système se rattache comme dernier soulèvement en
Europe le *système des Alpes*, depuis le Valais jusqu'en Autriche et
dont l'exhaussement eut lieu après le dépôt de la molasse et du nagelfluh. Les bouleversements dont il fut accompagné donnèrent
lieu à la formation des puissants dépôts de glaciers, qui ont précédé immédiatement l'époque actuelle. Ces graviers sont encore, dans
les vallées des Alpes, dans leur gisement primitif, tandis que les
couches de la molasse ont été soulevées. La direction principale des
Alpes court de l'O.-S.-O. à l'E.-N.-E. et forme un angle aigu avec
le système du Mont-Blanc.

On n'a plus que des conjectures basées sur quelques rares observations, et principalement sur la coïncidence de direction, pour
classer les autres montagnes européennes et extra-européennes avec
les systèmes de cette série, et pour déterminer le synchronisme de
leurs soulèvements. L'avenir fera voir jusqu'où les hypothèses proposées concordent avec les faits. Pour le moment nous ne pouvons
leur accorder notre attention qu'à titre de propositions conjectu-
rales sous lequel nous leur donnons une place dans ce chapitre.

Élie de Beaumont considère le Liban et les montagnes de la
Syrie jusqu'au Sinaï comme contemporains du système de la Corse
et de la Sardaigne. Il rattache au système des Pyrénées et des Apennins les Ghates de l'Inde antérieure et les Alleghanis de l'Amérique du Nord, auxquels du reste l'identité de direction permet encore d'y ajouter les montagnes des deux rivages de la mer Rouge,
les chaînes parallèles de l'Inde postérieure et la péninsule de Malacca. Au système du Mont-Blanc se relient les montagnes de la
partie orientale de l'Espagne, qui se prolongent en Afrique par-
dessus le détroit de Gibraltar ; la chaîne principale de l'Atlas suit
aussi la même direction, et son prolongement à travers l'Océan Atlantique va toucher à l'angle de l'Amérique du Sud au cap Saint-
Roque, à partir duquel une haute chaîne de montagnes s'étend sans
discontinuité, et avec la même direction, jusque dans l'intérieur du
continent. Elle sépare le bassin du Tocantins des petites rivières si-

tuées à l'est. Les montagnes de la Scandinavie, du nord de l'Écosse
et les volcans de l'Islande, y compris l'île voisine de Jean-Mayen,
offrent encore un parallélisme marqué avec le système du Mont-
Blanc. En Asie, le Caucase, le Paropamisus et l'Himalaya ont une
direction qui se rattache à celles des Carpathes orientaux et comme
la partie occidentale de cette chaîne peut très-bien être considérée
comme un prolongement de l'arête principale des Alpes, ces montagnes asiatiques viennent aussi se relier à ce système. Ces quatre
groupes de montagnes décrivent donc au contour du continent oriental
un arc immense dont le soulèvement est le plus récent qui se soit
produit dans ce massif de terres fermes. La chaîne des Andes est
encore plus jeune que toutes ces montagnes. Dirigée du nord au sud,
elle décrit un grand arc tendu vers l'E., ou même suit une ligne du
N.-N.-O. au S.-S.E. Cet arc a pour pendant sur l'hémisphère oriental
un autre arc avec une courbure tout à fait analogue. Sa moitié septentrionale est constituée par les montagnes du Kamtschatka, du Japon,
des Philippines et des Moluques, tandis que sa moitié méridionale
est décrite par les montagnes de la côte orientale de l'Afrique. —
L'âge récent de ces soulèvements se déduit de la présence des volcans dans les Cordillères et dans les montagnes du littoral septentrional de l'Asie. Les deux systèmes concordent entre eux à ce point
de vue, aussi bien que pour leur direction, circonstance qui, avec
les observations que nous possédons, nous permet de les regarder
comme contemporains. Les volcans sont, comme nous l'avons reconnu précédemment, les produits les plus récents des matières en
fusion et gazeuses comprimées, cherchant une issue à la surface de
l'écorce terrestre. Les chaînes de montagnes qui portent des volcans
sur leurs plateaux et leurs cimes ou le long de leurs flancs ont dû
être, par cela même, soulevées plus tard que toutes les chaînes sans
volcans. Aucune montagne ne nous présente autant de volcans, ou
n'est en connexion aussi intime avec eux, que la chaîne des Andes de
l'Amérique et que les hauteurs correspondantes du littoral oriental
de l'Asie. Il n'existe donc aucun doute, que ces deux systèmes ne
soient le résultat d'un dernier grand déchirement, qui se produisit
assez tard dans les périodes récentes, peut-être même après le dernier soulèvement des Alpes et causa d'immenses changements de
niveau.

Maintes autres circonstances viennent encore confirmer l'âge ré-

cent des Cordillères dans leur forme actuelle. En comparant entre
elles les chaînes de montagnes des douze systèmes de soulèvement,
on constate aussitôt qu'il existe entre leur étendue et leur âge relatif un rapport déterminé qui ne peut point être accidental. Nous
remarquons, de plus, que les chaînes les plus anciennes sont peu
élevées et ne possèdent qu'un faible développement, tandis que les
plus jeunes deviennent de plus en plus élevées et plus étendues à
mesure que l'époque de leur soulèvement se rapproche des temps
modernes. La Hundsrück et le Taunus, qui probablement constituent les premiers soulèvements de notre pays et paraissent n'avoir
jamais subi de nouvelles modifications, dépassent seulement sur
quelques points l'altitude de 2600 pieds, et se tiennent dans une
élévation moyenne de 1500 à 2000 pieds. La hauteur moyenne du
Hartz oscille entre les mêmes limites, mais il porte sur son dos le
massif granitique du Brocken à 3508 pieds. Le Thuringerwald, soulèvement beaucoup plus récent que le redressement des couches de
la grauwacke du Hartz, est contemporain des porphyres de la partie
méridionale de cette dernière montagne. Néanmoins, son point le
plus élevé, le Beerberg (3000 pieds), reste au-dessous du Brocken;
sa crête oscille entre 1250 et 2500 pieds. Entre le soulèvement de
la grauwacke du Hartz et celui du Thuringerwald tombe le système
des Vosges et de la Forêt-Noire, contemporains l'un de l'autre.
Leurs points les plus élevés atteignent 4000 pieds (ballon de Soulz
dans les Vosges) et 4500 pieds (Feldberg dans la Forêt-Noire),
tandis que leur élévation moyenne varie entre 2000 et 3000 pieds.
L'Odenwald et le Spessart, prolongements de la Forêt-Noire, ne s'é-
lèvent qu'à 2180 et 1900 pieds avec une altitude moyenne de 1200
à 1600 pieds. L'Erzgebirge, plus jeune que ces deux derniers et
que le Thuringerwald, forme avec son contemporain, le Fichtelgebirge, une longue et basse chaîne de hauteurs, dont le point le plus
élevé, le Schneeberg dans le Fichtelgebirge, n'atteint que 3220 pieds
et le Keilberg dans l'Erzgebirge, 3800; la hauteur moyenne de cette
dernière chaîne se tient entre 3000 et 3400 pieds; celle de l'autre
entre 1700 et 1800 pieds. Si le Jura appartient à la même période
de soulèvement, ce qui est vraisemblable, il constitue la chaîne la
plus élevée de ce système; car sa crête, en Suisse, se maintient entre
3000 et 4000 pieds, et ses points les plus élevés le Mont-Tendre et
le Reculet dépassent 5100 pieds. Le Riesengebirge, dont le soulève-

ment est contemporain de l'éruption du granit dans le Hartz, atteint 5000 pieds à son point le plus élevé, le Schneekoppe, et son
arête principale oscille en 5000 et 5600 pieds ; c'est la montagne
la plus élevée de l'Allemagne après les Alpes. Les Pyrénées et les
Apennins, qui par leur direction se rattachent au Riesengebirge, et
appartiennent à la même époque, ont une étendue et une élévation
plus grandes. La chaîne italienne s'élève au Monte-Corno à une hauteur presque de 9500 pieds et se maintient en général entre 3000
et 4000 pieds. Les Pyrénées dépassent de beaucoup leur voisin du
sud ; le sommet de la Maladetta s'élève à l'altitude de 10,700 pieds,
le Mont-Perdu à 10,500 ; beaucoup de sommets atteignent 9000 pieds
et la chaîne dépasse rarement 8000 pieds. Les trois systèmes des Alpes
ont leurs points les plus élevés dans le Monte-Viso (12,900 pieds), le
Mont-Blanc (14,764 pieds) et le pic de Ortle (12,022 pieds). Les altitudes ne croissent pas régulièrement en suivant l'âge des soulèvements, ce qui a lieu pour la masse et l'étendue. Les Carpathes, qui
se relient à l'extrémité orientale des Alpes, s'élèvent à 9500 pieds
(Iluska Poyana). Le pic le plus élevé du Caucase, l'Elbrus, est placé
à 16,700 pieds et le point culminant de l'Himalaya, le Gaurisankar,
dépasse 27,000 pieds.

D'après ces données, les montagnes sont d'autant plus vastes et
plus élevées, qu'elles sont plus jeunes, et l'époque de leur soulèvement paraît être en connexion intime avec leur dimension. Si nous
rappelons maintenant que dans beaucoup de montagnes on constate
les traces évidentes de soulèvements répétés à des périodes successives, nous pourrons attribuer aux montagnes jeunes plusieurs époques de soulèvement et expliquer leur masse, leur hauteur et leur
dimension énormes par la répétition de ces phénomènes. Ceci établi,
les Cordillères sont évidemment les montagnes les plus jeunes de la
Terre et, bien que leurs sommets les plus élevés n'atteignent pas
l'altitude du Gaurisankar (les points les plus hauts des Andes s'élèvent seulement à 19,900 et à 20,100 pieds, p. 127), il n'existe cependant aucune autre chaîne qui s'étende sur une longueur de
1800 milles géographiques, en possédant en même temps une hauteur relative aussi grande que les Cordillères.

Si jamais il y eut dans le cours de l'existence du Globe un moment où tous les continents actuels se trouvaient submergés au-
dessous du niveau des mers ; si la température élevée, qui régnait

encore à cette époque maintint longtemps cet océan à un haut degré **de chaleur** et empêcha la naissance des êtres organisés ; si enfin des éruptions vinrent plus tard mêler leurs déjections avec les eaux et nuisant par leur propriétés détériorés les créatures vivantes déjà formées ces soulèvements du fond des mers décrirent en même temps le point d'origine de la première **terre ferme** qui s'éleva au-dessus du niveau des eaux. La **distribution générale de toute la masse aqueuse** sur la surface entière de **la Terre, dans ces temps anciens**, entraîne comme conséquence nécessaire une grande **uniformité dans** l'Océan primitif et une profondeur moindre que dans les mers actuelles. De faibles soulèvements, comme ceux que nous avons cités plus haut, suffisaient donc pour élever quelques points du fond au-dessus de la surface de l'eau. Peut-être même les soulèvements ne se dressèrent-ils point tout d'abord **hors de l'eau** et l'émersion des montagnes peu élevées au-dessus **du niveau des flots** n'eut-elle lieu que peu à peu à mesure que les abîmes intérieurs vomissaient des masses de plus en plus puissantes et qu'en même temps le sol s'affaissait sur d'autres points, pour remplir les vides laissés par la sortie des matières éruptives à l'état liquide ou gazeux. Les couches neptuniennes demeurées en place, qui entourent leur pied, **nous** indiquent combien de temps dura ce phénomène.

Cette alternative de soulèvements et d'affaissements se poursuivit ainsi simultanément avec un rapport intime entre les deux faits. Les premières îles, d'abord éparses à de grandes distances, se réunirent peu à peu en bandes de terre profondément découpées ; puis enfin, lorsque les eaux qui occupaient les bas-fonds situés entre ces lignes de terre eurent trouvé à s'écouler vers de nouvelles dépressions, les continents parcourus en tous sens par les chaînes de montagnes apparurent. Les nouveaux soulèvements, qui se succédèrent de temps en temps dans les montagnes de ces grandes îles, amenèrent graduellement leur agrandissement et, à chaque étape, une portion plus grande du fond de la mer se trouva émergée. Dans cette conception, rien ne nous empêche d'admettre que des profondeurs plus grandes, enfermées entre des lignes de hauteurs, restèrent sous les eaux, lorsque toute la région environnante était déjà émergée. Elles formèrent à l'intérieur du continent des bassins qui, peuplés de leurs anciens habitants, se conservèrent tant que les eaux ne trouvèrent point d'écoulement. Les eaux douces des montagnes se déversèrent dans ces bassins, entraînèrent avec elles des graviers, comblèrent les dépressions en même temps qu'elles accrurent la masse d'eau par leur accumulation ; enfin, soit qu'il se formât une coupure, soit qu'elles se fussent élevées jusqu'à une crevasse qu'elles n'avaient pu atteindre d'abord, elles s'ouvrirent une issue par laquelle les bassins se vidèrent lentement, et le sol ne se trouva plus arrosé que par les eaux vives sans cesse alimentées. C'est ainsi que se formèrent des couches locales et des dépôts limités qui, renfermés dans des limites déterminées, ne pouvaient point nécessairement s'étendre au delà du bassin, mais se déposaient simultanément avec d'autres couches, dans d'autres bassins analogues, sans que leurs matériaux et leurs organismes eussent quelque ressemblance. Le mécanisme, qui a présidé à la naissance de la terre ferme, entraîne, comme conséquence, la possibilité de modifications continuelles à sa surface, soit par de nouveaux soulèvements, soit par l'invasion des flots de la mer soulevés, soit enfin par l'érosion produite par les eaux chassées hors de leur bassin, ou par les transports et la dégradation causés par les fleuves et les lacs dont l'importance s'accroît avec l'élévation de la terre ferme. Ainsi, par exemple, c'est à de petits lacs d'eau douce, formés dans la partie moyenne de tant de fleuves, lorsque leur cours traverse un pays accidenté, que la Terre doit une grande partie de son aspect et de sa configuration actuels. Beaucoup de ces bassins d'eau douce n'étaient point réunis d'abord, mais se composaient de lacs isolés dont les eaux, en s'accumulant peu à peu, s'ouvrirent une issue en entamant leurs digues et s'écoulèrent dans d'autres lacs inférieurs plus profonds. Elles firent déborder ceux-ci à leur tour, et creusèrent une vallée aux replis tortueux, dans laquelle le fleuve actuel déroule son cours sans obstacle sur un lit rétréci. Le réseau de rivières d'un pays peut donc avoir subi des modifications considérables pendant le cours de ces périodes successives de soulèvement ; et même un fleuve puissant peut avoir changé de direction après la dernière période tertiaire, comme le fait a eu lieu bien certainement pour le Weser (p. 28). Ce fleuve suivait d'abord la vallée entre les collines du Weser et le Teutoburgerwald, dans laquelle coulent aujourd'hui la Werre et la Haase, cette dernière se dirigeant à l'est vers le Weser, l'autre à l'ouest vers l'Ems. Il suffirait d'élever le niveau de ses eaux de 00 pieds, pour effacer la séparation des deux fleuves et faire couler les eaux du Weser avec la Haase vers l'Ems. Ces conditions semblent s'être effectivement réalisées autrefois. Alors la gorge, creusée dans la chaîne du Weser et profonde de plusieurs centaines de pieds, que forme la *Porta Westphalica*, n'existait pas; et ce fut seulement après sa formation que le Weser y prit son cours. Il est sans doute difficile de dire comment ce phénomène se produisit; mais, en tous cas, on ne peut guère admettre qu'il soit le résultat d'une simple érosion des eaux du fleuve accumulées au-dessus, puisque la coupure aurait dû commencer à une élévation supérieure de beaucoup à celle que les eaux ont jamais pu atteindre dans la vallée. Il faut donc qu'une crevasse transversale, formée dans la montagne par quelque nouveau cataclysme, ait été la cause première de cette brèche. Cet exemple seul, sans en citer beaucoup d'autres semblables, suffit pour démontrer la justesse des théories exposées et pour confirmer les paroles suivantes de Ritter[1] : des modifications nombreuses dans le réseau de rivières du continent, d'abord inégalement soulevé par les forces volcaniques, ont contribué essentiellement à lui donner sa configuration actuelle.

[1] Consulter sa *Géographie du globe*, t. I, p. 68 et suiv. — Girard a démontré l'existence d'un changement semblable dans le cours de l'Oder et prouvé que ce fleuve s'écoulait d'abord par la vallée de la Sprée dans le Havel, traversait le Havelland, arrivait dans le cours inférieur du Havel et venait se jeter dans la mer du Nord avec l'Elbe. Peut-être le cours supérieur de l'Elbe se joignit-il alors par l'Aller dans le Weser, et en même temps le Weser, par la Werre et la Bega, avec l'Ems. (Voir le *Bulletin mensuel de la Société de géographie de Berlin*, année 1844, p. 122.)

CHAPITRE XVI

Périodes de création.

Les considérations développées dans les chapitres précédents avaient pour but de présenter à nos lecteurs un tableau de la constitution physique du Globe et des révolutions par lesquelles il est passé dans la série de ses phases de développement. Ce tableau est sans doute bien incomplet, et nos conclusions satisferont peu ceux qui, dominés par l'habitude des traditions régnantes, s'attendaient à trouver une notice succincte sur chacune des périodes successives nettement séparées les unes des autres; mais il ressortira, pour tout le monde, de notre exposition, que l'évolution des phénomènes ne peut point se mesurer avec des siècles, et que l'époque présente avec sa chronologie historique, lors même que nous admettrions les comptes judaïques, ne saurait être considérée que comme une parcelle infime des périodes de temps, dont les transformations évidentes de la surface du Globe nous démontrent la succession. Longtemps avant le commencement de l'état actuel, la Terre a vécu soumise à des conditions analogues à celles d'aujourd'hui, ainsi que nous le prouvent les créatures qui ont disparu; mais cet immense espace de temps lui-même, écoulé depuis l'apparition des êtres vivants, ne forme que la partie la plus courte de l'existence totale de la Terre. En tous cas, la naissance des créatures organisées constitue un moment important dans notre histoire, à partir duquel commence une période qui, par rapport au temps actuel et aux temps qui l'ont précédée, peut être considérée comme la puberté de la jeunesse de notre planète, après laquelle est venu, par une succession de nouvelles évolutions, le véritable âge viril. Nous devons donc renoncer à préciser les périodes de création eu leur appliquant une chronologie de siècles comme pour les divisions de l'histoire humaine; mais peut-être pourrons-nous, à l'aide d'une autre méthode, y établir des subdivisions, et par exemple l'apparition de la vie organisée à la surface de notre planète deviendra une borne importante et d'une grande signification, située entre l'époque *mythique* et l'époque *historique* des temps primitifs de notre Globe. Tout ce qui est au delà de cette date repose sur des hypothèses, des conjectures et des théories dont la démonstration par des faits réels est à peu près impossible. On peut donc le comparer avec ces périodes de l'histoire dans lesquelles le savant cherche péniblement, et à force de divination, à rendre aux traditions légendaires leur physionomie positive, en enlevant aux mythes leur belle parure de poésie et en les ramenant à la réalité nue et sèche. C'est ainsi qu'il va nous falloir traiter les créations mythiques que l'homme, toujours inquiet sur son origine et sur son avenir, a imaginées de tout temps en leur imprimant un cachet particulier, suivant les diversités mentales de chaque peuple. La première période de l'histoire de la Terre embrasse tout le temps depuis sa naissance au sein du mélange chaotique de l'univers jusqu'à l'apparition de la vie organique à sa surface. Elle s'étend, par conséquent, sur un espace de temps qui, à lui seul, doit être incomparablement plus grand que la dernière et plus jeune période, depuis la naissance de l'homme jusqu'à nos jours, à laquelle les légendes mythologiques ont coutume de restreindre l'existence **de la Terre.**

Quelque intéressant qu'il serait pour nous de pouvoir partager cette première grande période en subdivisions secondaires, d'après les phases de son développement, nous devons cependant y renoncer pour toujours, puisque nous manquons absolument de point de repère. Nous pouvons bien admettre, comme étant le plus vraisemblable, que l'évolution en question s'est effectuée par un refroidissement lent; mais tout nous manque pour dire dans quel ordre précis les couches se formèrent les unes au-dessus des autres, à quel moment il faut placer la naissance des matières cristallines que nous reconnaissons comme ayant formé la plus ancienne écorce solide et quels longs espaces de temps durent nécessairement s'écouler depuis ce moment jusqu'à la condensation de l'eau sous forme liquide. Nous avons vu plus haut (p. 105) qu'il n'était point néces-

saire pour cela d'un refroidissement jusqu'à + 80° Réaumur, et que
la pression de toutes les vapeurs contenues dans l'enveloppe gazeuse
périphérique pouvait très-bien liquéfier les couches inférieures,
pendant que l'écorce terrestre se trouvait encore à une température
de plus de 80°. L'eau qui se formait ainsi prenait un très-haut degré de
chaleur et se retransformait brusquement en vapeur, dès que la pression des gaz venait à diminuer un peu ; cas qui dut se présenter
avec la condensation croissante des couches inférieures. Ces deux
forces étaient donc en lutte perpétuelle et produisaient dans l'atmosphère une telle accumulation de vapeur d'eau, qu'elle dépassait
en densité nos nuages les plus compactes et ne laissait point encore
passer les rayons lumineux du Soleil. Les flots incandescents des
abîmes intérieurs ne pouvant plus donner de lumière, de profondes
ténèbres enveloppaient alors la surface de notre planète et, avec la
chaleur qui flottait encore sur les limites des points de liquéfaction
de la matière, empêchaient la naissance des êtres organisés. Cette
voie nous ramène donc toujours à la même conclusion, que la
vie organique apparut seulement lorsque la Terre se fut approchée de son état actuel et qu'elle posséda toutes les propriétés
essentielles qui la caractérisent aujourd'hui en tant que corps
céleste.

C'est à ce moment que nous plaçons le point de départ de la seconde *grande période de création*. La constitution physique de la
Terre est achevée dans ses traits les plus importants. Son atmosphère éclaircie laisse traverser les rayons vivifiants et créateurs du
Soleil. L'Océan est peuplé d'organismes, dont les propriétés n'ont
rien qui les distingue essentiellement dans leurs caractères fondamentaux de ceux qui vivent aujourd'hui. Des îles se dressent au-
dessus des flots avec des chaînes de montagnes et des vallées, dans lesquelles se développe une végétation semblable à la flore actuelle des
tropiques. Mais aucun Vertébré à respiration pulmonaire n'existe
encore, aucun Oiseau, aucun Mammifère et à plus forte raison aucun Homme. Cette organisation, non-seulement persiste après toutes
les grandes révolutions qui se succèdent, mais encore des formes
de plus en plus nobles apparaissent en même temps que se développe peu à peu cette différence de zones, qui distingue si profondément l'époque actuelle des temps tout à fait primitifs qui l'ont
précédée. Ces faits, appuyés sur la comparaison des organismes au-

ciens avec ceux qui vivent aujourd'hui, ne laissent prise à aucun
doute. — La différence des zones, dans les temps modernes, est dé-
pendante de la position de la Terre par rapport au Soleil, de l'obliquité de l'axe autour duquel la Terre exécute sa rotation quotidienne
par rapport au plan de l'orbite sur lequel elle se meut autour du
Soleil, et enfin en partie aussi de l'ellipticité de l'orbite elle-même.
Pour expliquer cette différence des zones dans les périodes récentes,
on a proposé d'admettre un changement dans la position respective
de la Terre au Soleil; mais les faits invoqués étaient trop incomplets,
puisque même avec cette théorie il restait encore des lacunes insolubles dans l'explication. Depuis lors, on est donc revenu de ces hypothèses qui changent les rapports de la Terre au Soleil, dans le cours
de la création, ou qui cherchent à rendre intelligibles les causes et
les effets d'un pareil changement. On s'est arrêté à ce fait inébran-
lable, que la Terre roule encore aujourd'hui en obéissant aux mêmes
lois éternelles qui règlent son mouvement depuis le premier moment
de son existence individuelle comme corps cosmologique.

Le décroissement de la température à la surface de la Terre, du
moins dans les zones froides et tempérées où il s'est évidemment
produit parallèlement avec les révolutions successives, a besoin
pour être expliqué d'une autre cause. Elle s'offre d'ailleurs tout naturellement dans la progression du refroidissement continuée après
la naissance des organismes. Ce refroidissement progressif, qui
peut-être offre la théorie la plus vraisemblable pour expliquer la
différence en question, peut se concevoir de plusieurs manières et
demande à cause de cela que nous lui consacrions quelques développements. Et d'abord, sa nécessité aussitôt après la naissance des
organismes sera prouvée, si nous pouvons démontrer que la Terre
s'est refroidie lentement depuis les temps historiques. Cette démonstration ne peut point se déduire d'observations de température qui
nous manquent; mais nous l'emprunterons à l'étude des mouvements de la Terre. Si on admet qu'elle se refroidit constamment de
plus en plus, sa matière doit se condenser et son volume, ou l'espace
qu'elle occupe, devenir plus petit. Son mouvement de rotation doit
s'en accélérer, le temps dans lequel elle exécute une révolution autour de son axe être raccourci et le jour actuel être moins long
qu'autrefois. Nous possédons des observations très exactes sur la
durée du jour, faites en l'année 140 avant Jésus-Christ, par l'astro-

nome Hipparque, d'Alexandrie. Elles prouvent que, pendant une durée de près de 2000 ans, le jour ne s'est pas changé d'un centième de seconde, et que la période de rotation n'a pas varié; la Terre ne s'est donc pas refroidie pendant ces 2000 ans. Si aujourd'hui il se produit encore une perte réelle de chaleur par le rayonnement, cette perte se trouve compensée par l'échauffement que la Terre reçoit des rayons solaires. Les deux phénomènes se font si bien équilibre depuis au moins 2000 ans, qu'aucune perte de chaleur à la surface ne peut plus se produire par rayonnement dans les espaces. Mais si la Terre ne perd plus de chaleur, probablement depuis la dernière époque de bouleversement, comment cette perte a-t-elle pu avoir lieu à une époque antérieure avant qu'elle ne se trouvât dans un rapport invariable avec le Soleil? Cette question a une trop grande importance dans l'histoire du développement de la Terre pour que nous puissions la négliger.

Peut-être croira-t-on avoir trouvé la solution en disant que les couches neptuniennes n'étaient pas encore aussi nombreuses qu'aujourd'hui et par conséquent n'opposaient pas un obstacle aussi difficile à vaincre à la transmission de la chaleur de bas en haut. Mais les dépôts stratifiés ne sont nullement des produits nouveaux ajoutés de dehors à ceux qui existaient auparavant. Ce sont les matières désagrégées des roches plus anciennes, normales et anormales, qui existaient déjà sur d'autres points et avec des formes différentes, comme parties constituantes de l'écorce du Globe terrestre. Celui-ci ne s'est donc pas accru de couches nouvelles et son écorce n'est pas devenue plus épaisse, puisque la naissance des strates les moins anciennes n'était en réalité qu'un transport de matière d'un point à un autre. Ce phénomène n'a affecté en rien l'épaisseur et le volume de l'écorce; il se résume simplement par ce fait, que l'eau se précipitait sur les points où elle trouvait de nouvelles dépressions et en comblait les inégalités. Mais nous avons toutes les plus grandes probabilités pour admettre que l'abaissement progressif de la température a eu pour cause les éruptions de matières plutoniques. Ces éruptions se produisirent dès les temps les plus reculés; d'abord, à ce qu'il semble, elles ne furent que le résultat de la pression des couches extérieures déjà solidifiées sur les matières centrales encore à l'état liquide, pression dont l'accroissement marchait parallèlement avec la progression du refroidissement; plus tard, et surtout à partir de la formation des dépôts aqueux, elles eurent pour causes les soulèvements opérés par l'expansion des gaz confinés et dilatés par la température élevée. Elles se répétèrent comme nous l'avons vu dans toutes les périodes, croissant peu à peu en intensité locale, mais se restreignant à de plus faibles étendues, jusqu'à ce qu'enfin s'établît l'équilibre, qui distingue l'époque actuelle des périodes antérieures. Il est évident qu'avant les éruptions, la quantité de chaleur employée à maintenir les masses plutoniques à l'état de fusion, s'ajoutait à la somme totale du Globe terrestre, qui, par conséquent, possédait une température plus élevée. Les roches plutoniques une fois soulevées enlevèrent à la Terre une partie de sa chaleur par leur rayonnement prolongé peut-être pendant plusieurs milliers d'années, comme nous pouvons le croire d'après certaines observations; mais en même temps elles échauffèrent l'atmosphère dans leur voisinage et la maintinrent à un degré semblable à celui des tropiques. La série des zones, telle que nous la voyons aujourd'hui, était donc, tant que ces grandes éruptions se continuèrent, d'autant moins possible, que les parties de la Terre alors peuplées d'organismes présentaient une étendue relativement petite. Composées d'abord simplement d'îlots situés aux pieds de ces masses éruptives, elles s'agrandirent peu à peu à mesure que les soulèvements continuèrent à s'élever. Toute terre émergée et peuplée d'êtres organisés pouvait donc jouir d'une température élevée et uniforme, et avoir un caractère tropical; de plus, elle put le conserver pendant toute la durée des périodes que durèrent les grands soulèvements de montagnes, ainsi que nous le montrent les débris retrouvés des créatures vivantes. Ce que nous avons dit plus haut de l'Islande, en recourant à des sources historiques, s'applique sans restriction à tout le Globe terrestre pendant la seconde grande période de création. Il se refroidit lentement pendant sa durée, parce qu'une partie sans importante de sa chaleur lui fut enlevée par de violentes et nombreuses éruptions; mais cette chaleur, tant que dura son irradiation dans l'atmosphère, lui conserva un caractère tropical et une température uniforme sur toute la surface habitée. Cet état de choses cessa aussitôt que les dernières grandes éruptions se furent produites et que la chaleur émise par elles eut été perdue dans le refroidissement général. Alors s'établit peu à peu cette moyenne de chaleur émise par le foyer central et par le Soleil, qui distingue les temps modernes de cette seconde période. Nous avons donc les meilleures raisons pour séparer les temps actuels, si profondément modifiés, de cette seconde période pour en faire une troisième ; ils s'en distinguent, en effet, et au point de vue physique, par la différence des zones, et au point de vue biologique, par l'apparition de l'espèce humaine.

La *troisième grande période de création* commence donc avec la division de la sphère en zones et avec l'apparition de l'espèce humaine sur la Terre ; elle s'étend jusqu'à nos jours. C'est la période du repos et de l'équilibre, de la stabilité et de l'achèvement et qui, par ces caractères, semble porter le sceau de l'éternité. Qu'il en soit ainsi et que la Terre ne doive plus éprouver aucune révolution violente, cela pourra peut-être paraître douteux, si les considérations que nous allons ajouter ont quelque valeur. Plusieurs faits, cités plus haut (p. 311), semblent indiquer que le commencement de la dernière époque s'est produit avec un abaissement de température considérable et subit sur l'hémisphère septentrional. La théorie du refroidissement ne peut servir à expliquer les causes d'un changement aussi brusque ; aussi cette hypothèse rencontre-t-elle de nombreuses objections parmi les adversaires de cette théorie et est-elle vivement combattue par eux. Pour mon compte, j'avoue qu'elle ne me satisfait nullement, d'autant moins qu'il semble complétement impossible de trouver une explication passable pour un phénomène aussi singulier. Cependant un livre, publié récemment par un savant français [1], a essayé de déchirer le bandeau qui jusqu'ici voilait la vue des géologues et des naturalistes, et a dirigé leurs regards sur des faits qu'ils ne se trouvaient guère en mesure de remarquer, ayant l'esprit occupé ailleurs.

Le fait bien établi de la stabilité de la chaleur terrestre ne permet d'expliquer un abaissement subit de la température jusqu'au point de congélation par aucun phénomène purement géologique. Dès lors, on se trouve nécessairement en face de la supposition, si le fait a réellement eu lieu, que la cause doit être recherchée seulement dans les rapports de position de la Terre aux autres corps célestes, et avant tout au Soleil. Nous trouvons une circonstance de cette nature dans le déplacement lent de l'ouest à l'est du grand

[1] J. Adhémar. *Les révolutions de la mer.* Leipzig, 1843. In-8.

axe de notre orbite terrestre. La longueur respective des saisons repose sur la direction de cette ligne, et sa disposition actuelle fait que, pour le moment, le printemps et l'été des zones boréales et modérées réunis ensemble dépassent de sept jours en longueur l'automne et l'hiver ; par conséquent, l'inverse a lieu pour le pôle sud. Mais l'état actuel ne subsistera pas éternellement ; car la cause qui le produit, la position du grand axe de notre orbite terrestre, varie, et par conséquent aussi les effets qui en résultent. L'excédant va toujours en diminuant, jusqu'à ce que les deux sommes deviennent égales. Alors celle qui avait été la plus petite jusque-là devient peu à peu la plus grande, pour décroître de nouveau aussitôt qu'elle a atteint le maximum. Le cycle de ce mouvement embrasse environ 21,000 ans. Cette période ayant lieu, l'opposition la plus complète entre deux situations doit se produire après 10,500 ans, et par conséquent, pendant cet espace de temps, les deux saisons longues s'abrégent constamment, tandis que les deux saisons courtes s'accroissent. Mais, pendant le cours des autres 10,500 années, les deux premières s'accroissent de nouveau et les deux dernières diminuent à leur tour. Les observations des astronomes ont prouvé que le moment, où le printemps et l'été de l'hémisphère boréal réunis possédaient leur plus grande longueur, est tombé en l'année 1248, lorsque Frédéric II, de la maison de Hohenstaufen, portait la couronne impériale. Alors notre printemps et notre été réunis étaient de huit jours plus long que l'automne et l'hiver. Depuis cette époque, ces deux saisons ont décru, tandis que l'automne et l'hiver s'augmentaient. Cette évolution se continuera jusqu'en l'année 11784 de notre ère, époque à laquelle les deux dernières saisons auront leur plus grande longueur, comme elles l'avaient 21,000 ans auparavant, c'est-à-dire 9252 avant Jésus-Christ. Mais entre ces deux limites il y aura un point du temps où les deux saisons froides seront exactement égales aux deux saisons chaudes, et ce point sera éloigné de 5250 ans des deux extrêmes. Puisque la plus grande opposition a eu lieu en l'année 1248, le moment de l'égalité complète est tombé assez exactement 4000 avant la naissance du Christ ; et alors le printemps et l'été réunis étaient d'une longueur identique à celle de l'automne et de l'hiver. « Il est curieux, remarque Littrow en exposant cette théorie, que la plupart des chronologistes ont placé à cette date l'époque de la naissance de la Terre, où, pour

parler plus exactement, l'époque des traces les plus anciennes de la
présence de l'Homme sur notre Terre[1]. »

Appliquons maintenant ces faits à la géologie et aux périodes de
révolutions terrestres. Il n'est pas concevable qu'un fait aussi connu
des astronomes ait pu rester inaperçu pour les géologues, ce qui
d'ailleurs n'a pas eu lieu ; plusieurs d'entre eux s'en étaient déjà
occupés[2]. Mais l'application qui en avait été faite n'avait donné
aucun résultat satisfaisant ; on croyait que le rapprochement plus
grand de la Terre par rapport au Soleil, durant le printemps et l'été de
l'hémisphère austral, devait compenser l'influence des printemps et
des étés plus prolongés de l'hémisphère boréal, parce qu'au moment
de ces deux saisons la Terre se trouve à sa plus grande distance du
Soleil. Mais Adhémar fit voir[3] qu'il ne fallait pas s'occuper de la
quantité de chaleur que la Terre reçoit, mais de celle qu'elle retient. Au pôle Sud, les nuits, durant l'hiver, sont beaucoup plus
longues qu'au pôle Nord, et en même temps le premier a un hiver
plus long que le dernier ; il en résulte qu'au pôle Sud le nombre
des heures de nuit est plus grand que le nombre des heures de jour,
tandis que l'inverse a lieu au pôle Nord. Le pôle austral, tout en
recevant pendant le jour une quantité de chaleur égale à celle que
reçoit le pôle boréal, rayonne beaucoup plus durant ses nuits plus
longues ; et sa température moyenne se trouvera évidemment inférieure à celle du pôle Nord, tant qu'il restera dans la position présente. Mais cela ne durera que jusqu'en l'an 6500 de notre ère,
époque à laquelle le printemps et l'été seront d'une longueur égale
à celle de l'automne et de l'hiver. Après cette date, le printemps et
l'été de l'hémisphère austral s'accroîtront et deviendront plus longs
que l'automne et l'hiver du même hémisphère, tandis que le rapport inverse se produira sur l'hémisphère boréal. Ce qui a lieu actuellement au pôle Sud se produira au pôle Nord, dont la calotte de
glace, qui, selon toute vraisemblance, s'accroît déjà lentement,
puisque nous avons déjà dépassé le temps des plus grandes chaleurs
pour notre hémisphère, s'accroîtra de plus en plus après l'année
6500 et atteindra sa plus grande extension vers 11750 de notre ère.

[1] Les merveilles du ciel, p. 195.
[2] R. Philipps, Des causes les plus prochaines des phénomènes matériels de l'univers, traduit de l'anglais, Stuttgart, 1826 in-8.
[3] Ouvrage cité, p. 49.

Les mêmes circonstances ont eu lieu en l'an 9250 avant notre ère, et cette époque est celle où, d'après quelques géologues, un immense manteau de glace recouvrait tout l'hémisphère boréal jusqu'au delà du 60° de latitude.

Ces considérations, développées par Adhémar, lui servent à expliquer de la manière la plus naturelle un des problèmes géologiques les plus intéressants, l'origine des grands amas de glace avant le commencement de l'époque actuelle et donnent une solution définitive. Mais, en poursuivant ses déductions, il est encore arrivé à des résultats plus éloignés qui méritent que nous leur accordions une place ici. Des masses de glaces aussi étendues que nous venons de le voir ont naturellement une épaisseur correspondante et doivent atteindre le fond de la mer, lors même qu'elles auraient d'abord nagé sur les eaux [1]. Pour peu que ce phénomène ait eu lieu et que l'accumulation se soit continuée, l'inégalité considérable des amas de glace aux deux pôles a dû détruire leur équilibre réciproque et le centre de la Terre s'est rapproché vers la masse la plus grande. Mais toutes les parties mobiles de la surface, et surtout les eaux des mers ont pris part à ce déplacement excentrique du centre de gravité, afin de rétablir l'équilibre. Ces eaux se sont portées du côté où se trouvait la masse de glace la plus faible, vers le côté des grands amas ; elles ont laissé à sec les terres voisines du premier et submergé celles du second. Actuellement que les plus grands amas de glace se trouvent au pôle austral, le pôle boréal est entouré presque de toutes parts de terres émergées et les contours des grandes masses continentales vont en se terminant en pointe vers le pôle Sud, parce que la profondeur augmente toujours dans ce sens et que, par conséquent, les étendues de terre émergées doivent naturellement devenir de moins en moins grandes. Mais cet état de choses ne durera qu'un temps, après lequel les masses de glace s'accumuleront au pôle boréal, tandis que celles du pôle austral commenceront à se ramollir et à se fondre. Lorsque cette fusion aura atteint son dernier degré, la masse se rompra, les glaces flottantes seront entraînées et le centre de gravité passera brusquement du côté de l'autre pôle, précipitant les eaux du pôle austral sur le

---

[1] Une montagne de glace flottante a au moins un huitième de son élévation au-dessus du niveau des eaux, et les sept autres huitièmes au-dessous. Il faut donc des profondeurs considérables aux grandes montagnes de glace pour qu'elles puissent flotter.

pôle Nord dont les régions voisines se trouveront submergées. Une
inondation générale envahira brusquement les plaines de l'hémisphère boréal, entraînera vers le pôle les êtres vivants, fixés jusqu'à
ce moment au sol où ils passent leur existence et les enveloppera
dans les grands amas de glace qui recouvriront ces contrées.

Jusqu'ici nous avons communiqué à nos lecteurs la théorie
d'Adhémar, sans en interrompre l'exposition par des objections ;
nous allons les reprendre maintenant. Si cette théorie était juste,
notre époque actuelle marcherait vers une destruction inévitable
qui se produirait vers l'an 6500, et cette date verrait, sinon la fin
monde, du moins la fin de l'humanité présente. Déjà, dans les premières éditions, j'avais avoué combien cet avenir désespérant blés-
sait tous mes sentiments ; j'exprimais l'espérance que les physiciens
découvriraient bientôt quelque erreur dans l'enchaînement des déductions, et je réservais mon opinion. Cette révision a eu lieu en
effet [1]. On s'est convaincu que l'inégalité des amas de glace est trop
faible pour produire un phénomène aussi important ; on a démontré
en outre, que le point des froids les plus rigoureux ne tombe pas
exactement au pôle même, mais seulement dans son voisinage, et
que les plus grandes masses de glace ne se trouvant point par conséquent au pôle, mais vers la région des plus grands froids, le centre
de gravité ne devrait se déplacer que dans la direction de ce point
des froids extrêmes ; mais, dans ce cas, il faudrait que le phénomène
fût accompagné d'un déplacement de l'axe de rotation du Globe terrestre, ce qui ne s'accorde plus avec toutes nos autres connaissances
positives. J'ajouterai encore que, lors même que ces deux objections n'auraient pas déjà démontré l'inadmissibilité de l'hypothèse
d'Adhémar, celle-ci ne pourrait expliquer le phénomène contestable
d'un transport violent des eaux d'un pôle à l'autre, qu'en admettant une destruction brusque des amas de glace ramollis. Cette action subite seule pourrait produire un transport brusque des eaux.
La fusion lente et la diminution graduelle de la glace, qui me paraissent être les seuls procédés possibles, ne peuvent causer aucun
cataclysme violent et, par conséquent, aucun transport de glace
comme s'exprime Adhémar. Enfin on a encore objecté à ce savant

---

[1] Cette théorie a été développée et examinée dans un mémoire lu par M. de Boschhau-
sen dans la 25e réunion des naturalistes allemands à Brême. Vof. *Rapport officiel*, etc.,
p. 35.

que, si le dernier déplacement des eaux avant notre époque a été **produit** par la cause proposée par lui, les courants devaient se diriger du nord au sud, tandis que de nombreux faits géologiques tendent à démontrer que l'écoulement eut lieu vers le pôle boréal pendant l'époque diluvienne. Pour bien apprécier cette objection, il ne faut pas perdre de vue que la distribution des blocs erratiques démontre un grand transport de l'eau du nord vers le sud, mais que son mouvement de recul après l'expiration de la période diluvienne ne se dirigea pas au sud, mais au nord. La physique, l'astronomie et la géologie combattent donc l'admissibilité de la théorie d'Adhémar dans les termes où il l'a proposée, et démontrent la stabilité de l'état géologique **actuel**. Si un transport périodique des eaux du nord au sud, ou même en sens inverse, pouvait jamais avoir lieu, il ne s'effectuerait que lentement, comme toutes les oscillations périodiques et, par conséquent, ne produirait pas de bouleversement violent. Une élévation et un abaissement lents des eaux aux pôles peut se réaliser sans pour cela devenir menaçants pour l'existence de la race humaine; ils n'entraîneront, au contraire, que de **faibles changements** de niveau sur le littoral des continents.

L'état de choses, maintenant suffisamment étudié, qui repose sur les différences actuelles **des zones**, **ne peut avoir** de valeur que pour la troisième grande période de création, **dans les périodes** antérieures les différences de zones nécessaires à son apparition n'étaient pas encore arrivées au degré voulu. Nous ne pourrions donc pas attribuer aux transports périodiques des eaux d'un pôle à l'autre oscillants entre des limites de 10,500 ans, la formation des anciens dépôts neptuniens; mais il faut toujours nous en tenir à l'hypothèse émise déjà plusieurs fois, que ce sont les éruptions toujours renouvelées des masses plutoniques ou volcaniques qui ont produit les déplacements des eaux pendant la seconde période de création et présidé à la naissance des dépôts neptuniens.

Quant à la distinction de cette seconde période en divisions secondaires, nous avons vu plus haut, en décrivant la série des couches successives qui la composent, qu'il était impossible de tirer des strates elles-mêmes les caractères d'une subdivision de cette nature. Nous nous sommes donc attachés surtout aux fossiles plutôt qu'aux éléments minéralogiques des couches pour les distinguer et nous n'avons plus rien à apprendre sur ce point. Mais si nous en-

brassons dans une vue d'ensemble l'organisation durant toute la
seconde grande période et principalement les animaux qui constituent les formes les plus nobles et les plus élevées de la série, nous
y trouvons des données qui nous permettent d'établir d'autres divisions dans l'évolution de la création pendant ce laps de temps.
Comme première et très-importante distinction, on peut prendre
l'absence ou la présence des *animaux vertébrés à respiration pulmonaire*, et comme ils ne se montrent qu'à partir des couches supérieures du terrain houiller, leur première apparition en ce point
permet d'y supposer un moment fondamental dans l'évolution de la
vie organique. Tous les organismes qui se trouvent au-dessous de
ce niveau, s'ils ne sont pas complétement étrangers à ceux d'aujourd'hui, en diffèrent au moins beaucoup et portent, principalement dans le monde des plantes, un caractère tropical si marqué,
que nous sommes parfaitement justifiés à clore avec le terrain houiller
une première subdivision de la seconde grande période de création.
Nous la distinguerons comme la *période des Poissons*, à cause de la
prédominance de ces vertébrés.

Les premiers vertébrés à respiration pulmonaire, les *Reptiles* n'apparaissent que rarement dans les couches dévoniennes, deviennent
plus fréquents dans le grès bigarré et atteignent leur maximum
dans le terrain jurassique. Dans ce dernier étage nous trouvons déjà
quelques traces de *Mammifères*, mais encore très-rares; leur apparition tardive et leur absence complète dans le terrain crétacé produit une certaine monotonie dans les organismes supérieurs, compensée seulement par un groupe de Reptiles extrêmement bizarres et
portant tout à la fois des traits empruntés aux Mammifères et aux
Oiseaux. La prédominance des plantes dicotylédones augmente encore cette physionomie particulière. Je fais donc du trias, du terrain jurassique et du terrain crétacé une seconde subdivision de la
seconde période, subdivision qui se distingue par l'existence simultanée de formes profondément semblables et profondément dissemblables avec les types actuels. On peut la nommer l'*époque des
Reptiles* à cause de la prédominance de ces animaux.

La formation tertiaire constitue une troisième subdivision caractérisée par la concordance partielle des espèces vivantes et des espèces
détruites, et se distingue par là des deux précédentes. Durant cette
nouvelle époque, la Terre a déjà perdu ses formes singulières et

fantastiques des temps primitifs ; elle abandonne de plus en plus, surtout chez les plantes, son caractère tropical et se rapproche tellement de la période actuelle qu'on y retrouve tous les types principaux du règne animal, sans plus jamais rencontrer de ces combinaisons de caractères appartenant à deux groupes différents, qui nous étonnent tant et restent si énigmatiques dans le terrain jurassique et les formations plus anciennes. Les couches tertiaires forment donc la véritable transition des temps primitifs aux temps actuels et embrassent une époque que l'on peut dénommer l'*époque des Mammifères*, à cause de la prédominance de ces animaux.

La période diluvienne, prolongée jusqu'à nos jours et caractérisée par l'existence de l'Homme, prendra, d'après le même principe, le nom d'époque de *l'Homme*.

CHAPITRE XVII

L'organisation, sa nature et ses conditions.

Se demander pourquoi il y a des êtres organisés sur la Terre, serait tout aussi absurde que de rechercher la raison d'être de la matière dans la forme qui lui est propre. Ces questions sont étrangères au domaine des investigations scientifiques, dont le véritable rôle est d'expliquer le *comment* des phénomènes, mais non de dire *pourquoi* ils obéissent à telle loi et non pas à telle autre. Dans toutes nos recherches, nous ne devons donc nous préoccuper que de comprendre les faits placés devant nous et de tâcher de saisir les lois qui président à leur existence et à leur évolution, mais non de poursuivre les causes, à jamais incompréhensibles pour nous, qui les font naître d'une façon donnée et non pas d'une autre. Nous nous contenterons donc de constater que la Terre se peupla d'organismes aussitôt qu'elle eut atteint un certain degré de développement, et nous conclurons, en voyant la concordance typique[1] absolue de ces organismes avec ceux d'aujourd'hui, que des conditions analogues ont régné sur le Globe à ces époques différentes, et que tous les êtres organisés, sans aucune exception et dans tous les temps, ont été soumis à une même idée primitive.

Si nous examinons dans sa généralité cette idée ou concept typique, nous reconnaissons que, dans la nature organique, comme

---

[1] Dans les sciences naturelles, on entend par *type* la forme idéale qui se trouve au fond de tout être déterminé *concret* : elle n'existe pas par elle-même et n'est qu'un concept pur. Le *type* oiseau est l'idée d'après laquelle tout oiseau est constitué ; mais un *Passereau* est une réalité concrète, douée de propriétés particulières qui le distinguent des autres oiseaux.

dans la nature inorganique, il existe une certaine forme concrète, particulière à chaque objet, qui sert à définir extérieurement son individualité ou personnalité. Ces formes ne sont point des fantômes conçus arbitrairement, mais elles sont dérivées d'une ou plusieurs formes primitives; elles se figurent par des schemas mathématiques exacts et obéissent à des rapports numériques. Ce caractère est le même pour toutes les individualités indépendantes et isolées que nous nommons *corps naturels*, mais il est en même temps la seule propriété morphologique qui soit commune à tous ces corps. En poursuivant plus loin sa détermination, nous rencontrons la distinction qui existe entre les formes des corps naturels *inorganiques* et des corps naturels *organiques*. Les premiers ou inorganiques sont des formes mathématiques, non-seulement dans leur type ou schema, mais encore dans toute leur constitution; ils ne sont donc limités que par des quantités mathématiques, par des surfaces, des lignes et des points. Les corps naturels organiques, au contraire, tout en possédant un schema mathématique, ont des contours qui constituent des surfaces indéterminées mathématiquement, vraiment particulières, et par conséquent, *organiques*. Les lignes et les points mathématiques ne s'y trouvent point comme éléments de configuration. Il existe donc, à cet égard, une opposition marquée entre la figure des corps naturels inorganiques et celle des corps naturels organiques. Mais elle n'est pas la seule différence placée entre eux, on constate encore deux autres particularités tout aussi décisives, dont la première est *matérielle* et l'autre *fonctionnelle* ou *idéale*.

Les corps naturels inorganiques se distinguent *matériellement*

---

1 La forme est, pour tout corps, non-seulement la condition essentielle de son existence en tant qu'il devient une réalité concrète seulement en prenant une forme déterminée, mais elle est encore la seule chose passagère et périssable qui soit en lui. Lorsqu'un corps naturel cesse d'être, qu'une plante ou un animal meurt, ils disparaissent seulement en tant qu'individus. Leur matière, la substance qui avait servi à les constituer, retourne à sa forme primitive amorphe, se dissout dans l'eau ou dans l'air, ou vient se perdre dans le sol comme élément solide. La matière ne meurt donc pas, elle ne disparait point; elle est indestructible et éternelle; elle a toujours existé et ne connaît point de limites dans le temps. Elle ne s'individualise qu'en prenant une forme déterminée, mais elle existe avant cette forme, bien que souvent d'une autre manière et dans d'autres combinaisons. Ainsi, pour résumer, toute destruction apparente n'est qu'un changement de forme dans lequel s'opère simplement un déplacement de matière, mais jamais une production nouvelle ou un anéantissement de substance, ce qui est absolument impossible. La Terre ne perd jamais rien de son fond de matière; celle-ci change seulement la forme sous laquelle elle existait d'abord et devient un nouvel objet, seulement à cet unique point de vue.

en ce que leurs éléments se réunissent directement sous la forme complète qui convient au corps particulier qu'ils constituent. Ce phénomène porte le nom de cristallisation et les figures des corps inorganiques, abstraction faite de leur composition matérielle, celui de cristaux. Les corps naturels organiques, au contraire, n'incorporent jamais dans leur masse les substances dont ils se composent que sous la forme de petites vésicules indépendantes nommées *cellules*, et transforment toute matière organique en cellules avant qu'elle ne fasse partie intégrante des tissus qui entrent dans leur structure. Les corps organiques, en ce qui touche les différences matérielles, sont donc entièrement composés d'*atomes* ou particules isolées et, par conséquent, ont une structure *atomique*; les corps inorganiques n'ont jamais cette structure et sont toujours *homogènes*.

La distinction idéale des deux groupes de corps naturels repose sur la manière dont ils se conservent dans la forme qui leur est propre. Tous les corps inorganiques ne peuvent se conserver que par une immobilité complète dans leur forme et leur composition, et doivent nécessairement, pour assurer leur existence, demeurer, avec la fixité la plus complète, dans leur premier état. La condition de leur existence comme corps naturel, leur durée dans le temps, n'est possible que par l'immobilité; elle est détruite par les modifications dans la forme et la composition qui entraînent avec elles la mort de l'individu. Nous pouvons donc les distinguer comme *corps naturels fixes*. — Les êtres organiques se comportent tout à fait inversement : leur conservation repose sur une dépense continuelle de leurs parties élémentaires et sur une absorption de nouvelle matière pour compenser ce qui a été consommé. Par suite de ce phénomène, ils modifient continuellement leur forme et leur substance dans l'étendue de certaines limites, décroissent et s'accroissent en volume, en poids, en dimensions et en composition, et se meuvent, comme corps libres et indépendants, dans leur sphère d'existence. On peut donc, à cause de ce changement continuel qui, en fait, est un mouvement réel, les définir des *corps naturels variables*, ou encore les appeler d'une manière plus caractéristique des corps *périodiques* (d'après Fischer et Link[1]) ou *cycliques*[2], parce que leurs changements sont soumis à des phases reparaissant successivement, au pé-

[1] *Propriétés des sciences de la nature*, t. I, p. 142. Berlin, 1850, in-8.
[2] Voy. mon *Manuel d'histoire naturelle*, 1re partie, p. 12. Berlin, 1859, in-8.

riotes. La périodicité constante domine l'existence de tous les corps organiques, et comprend dans sa manifestation tout ce que nous entendons chez eux par les termes *vie* et *vitalité*. La mort en est le dernier acte ; elle en est la conséquence nécessaire.

Les différences entre les corps naturels organiques et inorganiques, que nous venons de résumer sous trois chefs fondamentaux et essentiels, peuvent cependant être poursuivies encore plus loin et caractérisées avec plus de précision et de détails. Nous nous arrêterons donc d'abord aux différences matérielles, comme aux premières, et nous examinerons soigneusement leurs caractères. Nous savons d'avance, et nous avons déjà vu à satiété, dans le cours de nos considérations sur les roches massives ou anormales, que les corps nombreux que nous avons appris à connaître sous les noms de quartz, feldspath, mica, talc, calcaire, gypse, anhydrite, hornblende et autres ne se distinguent pas les uns des autres seulement par la forme, mais encore bien plus par la nature de leurs éléments. Nous avons trouvé pour chacun de ces corps une propriété particulière dans sa constitution matérielle, et jusqu'ici nous l'avons considérée comme le plus important de ses caractères. Aussitôt que cette constitution matérielle du corps inorganique se modifie, sa forme aussi change et celle-ci semble dépendre tout autant de la composition même que des circonstances extérieures sous l'action desquelles le corps composé s'est produit[1]. Nous en avons donné de nombreuses preuves avec les laves, et nous avons vu que, lorsqu'elles se refroidissent rapidement, elles prennent une forme vitreuse, que les parties élémentaires ne peuvent passer à l'état cristallin que par un refroidissement lent, et que la structure cristalline est d'autant plus complète et plus franche que

[1] Afin de ne rien laisser de côté, nous ne pouvons point passer sous silence l'exception à cette règle qui existe en apparence dans les phénomènes chimiques du *dimorphisme* et de l'*isomorphisme*. Il y a certains corps, le carbone à l'état de graphite et de diamant, le soufre avec ses deux systèmes de cristallisation, le carbonate de chaux à l'état de spath calcaire et d'aragonite, qui, sans éprouver de changements matériels, prennent des formes cristallines différentes, comme s'ils cristallisaient à une température plus ou moins élevée. Ce sont là les corps *dimorphes*. D'autre part, au contraire, d'autres corps qui possèdent des formes cristallines semblables, tout en ayant une composition différente, reçoivent le nom de corps *isomorphes*. Ils contiennent toujours des quantités proportionnelles de leurs divers éléments et se remplacent mutuellement par là même, sous rapport quantitatif. Ordinairement il existe toute une série de corps isomorphes, parmi lesquels nous ne citerons que les arséniates et les phosphates comme première série, et les sulfates, chromates et séléniates comme seconde série. Voy. Th. Graham, *Chimie*, t. I, p. 203, Bruxelles, 1849, in-8.

le refroidissement s'est effectué plus lentement [1]. Le résultat a été
le même pour les précipités aqueux.

Si nous comparons maintenant les rapports dans lesquels la forme
et la matière des corps organiques sont entre elles, nous y trouvons
une différence essentielle et profonde. Jamais la matière n'y influe
sur la forme ; mais, tout au contraire, la forme de l'organisme est
le principe essentiel auquel l'élément matériel se subordonne. Aussi,
tous les êtres organisés, en ce qui concerne leurs principales substances, se composent des mêmes éléments, d'oxygène, d'hydrogène, de carbone et d'azote. Bien qu'en général l'absence d'azote
dans les plantes et sa prédominance dans le corps des animaux ait
pu être considérée comme une différence matérielle des deux organismes, on a cependant constaté l'inexactitude de cette opinion,
et on a reconnu que les plantes absorbent aussi de l'azote dans
beaucoup de leurs produits, et, inversement, que les animaux ont
beaucoup de leurs substances dans lesquelles ce gaz n'entre point.
Ces corps, après avoir traversé l'état cellulaire dont nous avons parlé,
forment partout la base de la matière organisée. Celle-ci se transforme
en membranes homogènes, qui possèdent la propriété de laisser
passer au travers d'elles les liquides et les substances qui y sont dissoutes sans être munies, sur aucune de leurs parties, de véritables
ouvertures ou pores. C'est sur cette propriété de toutes les membranes organiques que repose le processus nutritif des corps organiques, processus sans lequel la transformation perpétuelle des sub-

---

[1] Nous avons vu plus haut p. 73 que l'absence d'une forme définie amorphisme dans
les laves et les silicates (p. 105) est le résultat d'un refroidissement rapide. L'amorphisme
semble, dans ces cas comme dans tous les autres, être produit par une quantité de chaleur
que le corps, en se solidifiant, fixe chimiquement sans qu'elle agisse sur le thermomètre,
ce qui l'a fait nommer chaleur latente. Peut-être est-ce pour cela que les corps amorphes
chauffés peuvent se cristalliser avant d'être arrivés à leur degré de fusion. Chez quelques-
uns même l'échauffement ne semble point nécessaire ; la cristallisation s'effectue seulement à mesure que la chaleur latente s'échappe peu à peu hors du corps ou lui est enlevée par toute autre action extérieure. Les corps amorphes seraient donc des substances
renfermant une certaine quantité de chaleur latente manquant à la même matière dans sa
forme cristalline. Une autre conséquence de la fixation de chaleur latente semble être que
les substances amorphes sont spécifiquement plus légères, environ 0,01, d'après Deville
que les natures matières à l'état cristallin ; on peut, en effet, admettre que la chaleur fixée
exerce une action de dilatation sur la matière. On considère aussi le dimorphisme comme
une cristallisation avec une chaleur latente. Cette théorie est fortement corroborée par
le fait que les corps dimorphes prennent l'une ou l'autre cristallisation, suivant qu'ils se
solidifient à une haute avec chaleur latente ou à une basse température sans chaleur latente). Le soufre et le spath calcaire peuvent revêtir de cette manière successivement deux
formes cristallines. (Mitscherlich, Manuel de Chimie, pp. 55 et suiv.)

stances dans l'organisme serait impossible, puisqu'elle n'a d'autre but que de produire la combinaison et la séparation des substances, c'est-à-dire le *mouvement d'échange* des éléments. Nous pouvons donc, en ce qui concerne les rapports de la matière à la forme dans les organismes, affirmer avec raison que la première est devenue la servante de la seconde. Celle-ci, en effet, domine l'autre et la contraint à prendre la forme concrète de chaque organisme; tandis, au contraire, que dans la nature inorganique la composition matérielle influe, avant tout, sur cette forme concrète qui change aussitôt que la composition devient autre.

Tous mes lecteurs saisiront sur-le-champ quelle grande importance et quelle profonde signification s'attachent à cette différence. Elle donne aux corps organiques une haute supériorité, comme êtres plus indépendants, et fait comprendre pourquoi ils sont nés plus tard que les êtres inorganiques.

La faculté, que possèdent les organismes de pouvoir dominer les rapports particuliers dans lesquels les éléments matériels sont entre eux (rapports que les chimistes expriment par le terme *affinité*), est une des manifestations de la propriété à laquelle nous donnons le nom de vie et pour laquelle nous avons imaginé la *force vitale*, comme agent initial. Nous ignorons complétement ce qu'est cette force, de même que nous ignorons ce qu'une force est en soi; nous nous contentons de savoir que c'est en elle que réside *la cause de tous les phénomènes de la matière*. Le seul résultat positif et utile de cette définition est l'impossibilité de séparer l'une de l'autre la force et la matière, puisque la première n'est qu'une qualité de la seconde et que l'existence séparée que nous lui donnons n'est que le résultat de la manière dont nous considérons la nature et ses objets. Qu'il nous suffise donc de savoir que la force vitale domine l'affinité tant qu'elle dure; nous appellerons *vie* cette manifestation de l'organisme, et lui-même nous le qualifierons de *vivant*. Lorsque la période, dans laquelle l'organisme se meut en tant que corps naturel périodique, est achevée, la mort apparaît, et avec elle l'affinité chimique reprend son rôle. Débarrassée des entraves insurmontables dans lesquelles la force vitale l'avait enchaînée, elle s'empare aussitôt de la matière organique qui a perdu son autonomie et la transforme de nouveau en matière inorganique, par une série de processus que nous désignons par les termes de *fermentation* et de *putréfaction.* Les dernières traces de l'organisme disparaissent ; il retourne au point d'où il est venu, et restitue sa poussière à la Terre et son eau aux océans.

Les corps naturels organiques se distinguent encore des corps naturels inorganiques par cette double qualité de leurs éléments. Jamais nous ne trouvons aucune trace de ce dualisme dans la matière des êtres inorganiques ; celle-ci est ou entièrement solide, ou entièrement liquide, et non les deux à la fois. Il n'existe, au contraire, aucun organisme exclusivement composé de matière liquide, les deux états de sa substance sont toujours unis ensemble, tout en se maintenant isolés l'un de l'autre. Dans la cellule primordiale, ils se montrent l'un comme membrane enveloppante (*paroi cellulaire*), l'autre comme liquide intérieur (*contenu de la cellule*). Nous pouvons encore pénétrer plus avant dans les rapports qui existent entre l'organisme et l'existence simultanée de deux états de la matière dans ses tissus et faire voir que la combinaison du solide et du liquide est ce qui entretient son existence durant la vie et produit sa destruction après la mort. En effet, bien que la matière solide constitue partout la base réelle de l'organisme et forme son corps, — les tissus organiques n'étant jamais composés de substances liquides, mais toujours de substances solides et molles, imprégnées de liquide — cependant, elle ne peut se conserver et se réparer que par l'absorption de liquides, puisque toute substance matérielle, avant d'être incorporée à l'organisme, doit traverser ses membranes et ne peut le faire qu'à l'état liquide. Le phénomène de pénétration des liquides à travers les membranes organiques sans pores, porte le nom d'*absorption*. Il constitue un des caractères généraux de tous les organismes et une de leurs propriétés les plus essentielles sur lesquelles repose leur existence. Les êtres inorganiques ne possèdent point cette propriété, car la faculté d'absorption des substances terreuses, fondée sur la capillarité dont nous avons parlé dans les chapitres précédents (p. 52), est un phénomène tout différent qui n'a aucun point de comparaison avec la faculté d'absorption des organismes ; le liquide, en effet, ne fait que remplir les interstices entre les parties solides de la masse inorganique, mais ne pénètre pas dans la matière elle-même. Lorsqu'il le fait, il la dissout et détruit sa forme en tant que substance solide. L'action réciproque des matières solides et des matières liquides l'une sur l'autre, dans les fonctions biologiques, constitue un des caractères particuliers de l'organisation et un des ressorts essentiels de son mécanisme; sa cessation entraîne la mort de l'organisme. Mais cette constitution des organismes est en même temps la cause de leur décomposition après la mort et de la réduction de la substance organique en ses éléments inorganiques. Si on enlève à un organisme mort et dans lequel les phénomènes de décomposition n'ont pas encore commencé tous les liquides, si on le dessèche complétement et le conserve dans des enveloppes imperméables à l'humidité, ou dans un lieu parfaitement sec, on met sa substance organique solide à l'abri de la décomposition et de la putréfaction. Les momies égyptiennes en sont une démonstration convaincante. On peut encore préserver de la décomposition les corps organiques en les isolant du contact de l'air atmosphérique, lorsque les liquides intérieurs ont été modifiés par quelque opération artificielle et que leur composition naturelle a été détruite. Dans tous les cas, il faut toujours que l'affinité chimique, qui se développe d'elle-même dans l'organisme mort par l'absorption d'oxygène, soit paralysée pour empêcher la décomposition de ses éléments (note, p. 115). Nous pouvons donc affirmer, en toute sécurité, que la présence simultanée de matières solides et de matières liquides dans l'organisme assure sa durée pendant la vie, de même qu'elle cause sa destruction après la mort, et que, à ce point de vue, il existe une différence de qualité essentielle entre les êtres organiques et les êtres inorganiques.

Nous rattacherons à ces faits des vues importantes et extrêmement intéressantes pour nous sur l'origine primitive des corps organiques et inorganiques, vues déduites des substances élémentaires et des différences qui en découlent. A ce point de vue, nous avons déjà caractérisé les êtres inorganiques, en disant qu'ils ont pris la forme qui leur est propre aussitôt que les éléments matériels ont existé, et qu'aucun obstacle extérieur, tel que l'absence de la température voulue ou de la tranquillité nécessaire n'est venu entraver leur formation. Cette théorie s'applique à tous les corps naturels inorganiques dont nous avons pu suivre les phases de développement; mais nous ne pouvons point l'affirmer, avec la même certitude, de quelques corps élémentaires simples dont le mode de formation n'est pas encore suffisamment connu, à cause de leur simplicité même. Il en est tout autrement des créatures organisées, du moins à l'époque présente. Leur naissance ne dépend nullement du simple mélange de leurs particules élémentaires ; mais elle a toujours pour cause une autre influence restée inconnue jusqu'ici et sur laquelle, par conséquent, nous ne pouvons rien dire. Cette influence, à ce qu'il semble, ne peut être exercée que par un autre organisme vivant semblable ; et, de plus, elle ne dépend point de sa volonté, mais obéit à des lois éternelles et immuables. Nous connaissons bien toutes les substances dont se compose une matière organique homogène telle que l'albumen ; mais nous ne pouvons point produire d'albumen artificiellement. Au contraire, rien ne nous est plus facile que de former de l'eau véritable en mélangeant de l'oxygène et de l'hydrogène en proportions convenables, et en faisant passer des étincelles électriques dans ce mélange. Et pourtant toutes les poules produisent sans difficulté l'albumen qui enveloppe le jaune de leurs œufs. A la vérité, le phénomène est indépendant de leur volonté et ne se réalise que lorsque le jaune pénètre dans l'oviducte. Nous ne pouvons donc pas, dans l'état actuel de nos connaissances, comprendre la naissance de matière organique à l'aide d'éléments inorganiques sans admettre l'influence d'un organisme vivant existant déjà ; nous sommes, par conséquent, dans une grande ignorance sur l'origine première des êtres à la surface de la Terre. On a dit que des organismes nouveaux, indépendants et complétement différents, pouvaient sortir d'un organisme vivant en se formant de substance organique simple, sans passer par l'intermédiaire d'un germe et d'un œuf. Mais cette théorie est loin d'être élucidée et n'avance pas beaucoup la question, puisqu'il faut toujours un organisme vivant pour exercer une action spéciale sur la matière. La formation d'organismes nouveaux et étrangers dans d'autres êtres organisés, sans germe et sans œuf, porte le nom de *génération spontanée* (generatio originaria seu equivoca), et on lui oppose la *reproduction sexuelle*, au moyen d'un germe et d'un œuf, comme étant le mode de génération normal des êtres organiques, duquel on déduit l'impossibilité du premier. Mais on est allé trop loin dans la généralisation de cette loi, quoi qu'en aient dit les adversaires des partisans de la *generatio equivoca*. Ces derniers, partant de cette naissance d'un organisme sorti d'un organisme différent, en déduisent la possibilité de la génération de tous les organismes par la même voie dans les temps primitifs, et n'admettent pour l'époque actuelle que la faculté de produire des corps organiques inférieurs et imparfaits à l'aide des corps élémentaires. C'est encore un problème de savoir si ce système repose sur des bases positives, bien que la plupart des voix de nos contemporains se soient prononcées contre. Nous lui accordons cependant quelque valeur ; car, en réalité, on ne lui oppose aucune objection réellement scientifique, et, sans lui, l'origine des organismes sur la Terre ne s'explique plus que par l'intervention immédiate d'une puissance supérieure. Mais cette intervention extérieure ne trouve, dans toutes les autres parties du développement de la Terre, aucun motif pour y être introduite, et contredit même tous les autres résultats scientifiques. Si nous l'admettions à l'origine des premiers organismes, il faudrait que nous la fissions reparaître après chaque bouleversement du Globe ; ce qui est évidemment contraire au plan grandiose de l'ordre du monde.

Bien que la *génération spontanée*, en tant que loi naturelle, soit un postulat nécessaire de la science positive, nous ne pouvons cependant pas nier que les expériences les plus récentes rendent son existence très-improbable pour la période actuelle. Longtemps on s'appuya, avec de bonnes raisons, sur ces parasites *entozoaires*, qui vivent dans les cavités fermées du corps animal et y séjournent de longs espaces de temps. Ils n'ont aucun organe sexuel et ne peuvent produire aucune postérité. On croyait avoir la preuve rigoureuse qu'ils sont nés par génération spontanée ; car un animal qui n'a pas d'organes sexuels ne peut point produire d'œufs, ni enfanter des petits. Mais on a reconnu depuis que ces prétendus entozoaires ne naissaient point en ce lieu, mais qu'ils y étaient introduits du dehors sous une forme absolument différente, et pénétraient dans leur lieu d'existence en s'ouvrant un chemin à travers les enveloppes fermées de toutes parts : il faut que, par une circonstance quelconque, l'animal dans lequel ils habitent d'abord meure, pour que ces vers arrivent à leur habitat définitif, ils sont avalés avec leur premier hôte par un second, et atteignent leur complet développement dans le corps de celui-ci, en devenant des êtres munis de grands organes de reproduction[1].

_____

[1] Il y a peu de temps encore que Pineau tenta de démontrer la *generatio originaria* au moyen d'observations directes. Mais, depuis que de Siebold a découvert les migrations des parasites sans sexe, la théorie de leur génération spontanée a perdu beaucoup de sa faveur.

Bien que la *generatio originaria* ait perdu ses principaux appuis pour l'époque présente, la question de l'origine première des organismes sur la Terre ne se trouve point pour cela tranchée. On explique très-bien pourquoi actuellement il ne naît plus directement aucun animal nouveau, en faisant voir que *tous* possèdent des appareils sexuels de reproduction ou des équivalents. Mais on ne comprend pas comment des animaux ont jamais pu naître sans une action directe venue du dehors, aussi longtemps qu'il n'existait point encore d'animal muni d'organes sexuels. Actuellement, que des créatures capables de se reproduire vivent partout depuis longtemps, il n'est plus nécessaire qu'il en sorte de nouvelles du sein de la matière primitive. Peut-être aussi que les éléments matériels, dont elles pourraient se former, n'existent plus, la plus grande partie de la substance organique se trouvant déjà engagée dans des organismes vivants et ne pourrait plus fournir les matériaux pour la naissance de nouveaux individus autrement que par génération sexuelle. Enfin, la lutte dans laquelle les organismes sont plongés pour satisfaire à leur nourriture rend impossible toute accumulation de matières organiques libres, puisque jusqu'aux organismes morts eux-mêmes servent d'aliments à un grand nombre d'autres organismes vivants, et que, selon toute apparence, une très-faible partie de leur masse retourne à ses éléments inorganiques. Mais aux premiers âges de l'organisation tout était différent, et le mode de son origine aussi doit être d'une autre nature. A moins de vouloir recourir à des miracles et à des mystères, nous devons admettre que la naissance des premiers êtres organisés sur la Terre s'est produite par le libre jeu des forces génératrices de la Nature elle-même, et nous pouvons comprendre pourquoi cette force créatrice n'existe plus actuellement en nous reportant aux lois générales d'après lesquelles il est pourvu au nécessaire et non au superflu[1].

Maintenant, nous nous trouvons en face de cette question : d'où

[1] On m'a reproché d'être inconséquent si, admettant ce principe, je combattais la descendance de tous les hommes d'un seul couple primitif; mais ceux qui ont voulu me mettre en contradiction n'ont pas réfléchi que, dans le cas en question, la multiplicité est justement le nécessaire. Si la Nature a pu, à un moment donné, créer un couple humain, elle pouvait tout aussi bien en produire plusieurs, et même elle dut le faire du moment où elle voulut assurer l'existence de sa créature. Elle se montre, pour la naissance des êtres, économe jusqu'au strict nécessaire dans le choix des moyens; mais, ce choix fait, elle les emploie avec abondance et prodigalité, comme nous le prouve partout la génération sexuelle. Et nous ne nous occupons ici que des moyens de naissance.

vient la matière organique qui a donné naissance aux êtres organisés. A celle-ci s'en rattache une seconde sur le mode de formation de cette matière.

Il n'est pas difficile de répondre d'où est venue la matière organique primordiale, puisque nous savons que la Terre, à l'époque où naquirent les organismes, possédait déjà une atmosphère mélangée d'oxygène et d'azote, était enveloppée de mers dont le refroidissement devait être tombé au moins à 60° Réaumur, et qui contenait, ainsi que l'atmosphère, de grandes quantités d'acide carbonique. L'admission de ce dernier point est une condition indispensable pour expliquer le carbone contenu dans les organismes et provenant évidemment de cet acide carbonique. L'observation que nous avons faite d'émanations d'acide carbonique libre (p. 87) dans les régions et les éruptions volcaniques, jette une grande lumière sur l'origine de ce corps, qui très-probablement sortait des abîmes intérieurs pendant et après les éruptions de matières plutoniques. Les conditions nécessaires à la formation de la matière organique existaient donc alors avec une grande richesse ; les combinaisons azotées, telle que l'acide nitrique et l'ammoniaque, remplissaient l'atmosphère en grande proportion, puisque les organismes n'avaient pas encore pu les fixer dans leurs tissus[*]. L'existence d'hydrogène libre à l'époque où les êtres organisés se formaient, n'est pas admissible, après ce que nous savons (p. 171) sur son affinité pour l'oxygène et de plus n'est pas nécessaire, puisqu'il n'en existe jamais dans toutes les substances végétales plus qu'il n'en faut pour former de l'eau avec l'oxygène. Il suffisait donc de la simple absorption de l'eau pour faire arriver de l'hydrogène dans les plantes et de là dans les animaux. Les diverses substances solides qui existent dans les organismes vivants étaient sans doute dissoutes dans cette eau, notamment le calcaire et la silice, dont le premier joue un rôle plus particulier chez les animaux, la seconde dans les plantes,

[*] Il est très-intéressant de noter que la matière organique élémentaire ne paraît jamais dans le substance des organismes subsistant qu'au départ d'une combustion chimique dans laquelle elle est engagée, et n'y existe jamais autrement. L'absorption directe de l'oxygène dans la respiration des animaux n'est qu'apparente, puisque la même quantité de ce gaz est rejetée à l'état de mélange avec du carbone et de l'hydrogène, sous forme d'acide carbonique et d'eau, et par conséquent ne produit pas plus la substance de l'animal. L'azote, comme l'hydrogène, ne peut donc pas entrer directement dans la première matière organique ; il faut pour cela qu'il se départit de combinaisons azotées.

Leur présence dans les eaux les plus primitives est, d'après ce que
nous avons dit antérieurement, tout aussi certaine que celle des
acides sulfurique et phosphorique, du sel de cuisine et de plusieurs
autres corps inorganiques qui entrent dans la composition des matières organiques, ou se trouvent dans les êtres organisés. Lorsque
nous réfléchissons qu'avec cette abondance de matériaux, la température pouvait encore atteindre à une élévation de 60° Réaumur au
moment où les premiers organismes naquirent (cette chaleur élevée
est en effet le maximum auquel les êtres organisés puissent résister), et qu'en même temps l'humidité ne manquait nulle part,
nous avons là une cause réelle de fécondité pour le sol et un instrument puissant pour nous rendre compte de la formation de la première matière organique à l'aide d'éléments si variés. Nous admettons donc que les premiers organismes naquirent vers cette époque
du refroidissement.

Le mode de leur formation est du reste une énigme qui restera
toujours insoluble et sur lequel nous ne pouvons rien dire de précis[1].
Il est bien évident que, dans ce cas aussi, l'opinion qui a le plus de
vraisemblance est celle qui se rattache au jeu des phénomènes actuels et rejette l'intervention de toute puissance mystérieuse. Si nous
acceptons donc que les premières créatures ne naquirent pas immédiatement avec leurs formes achevées, mais qu'elles apparurent
plutôt d'après la manière ordinaire à l'état d'individus jeunes et
imparfaits par une série de phénomènes analogue au mode de développement actuel, nous aurons dit tout ce qui peut se dire de
raisonnable sur leur origine, sans pouvoir pénétrer plus avant dans
les détails de leur naissance. Avouons-le, nos connaissances positives
ne suffisent point pour tracer un tableau de la création organique primitive qui soit seulement admissible, et le peintre qui voudra tenter
d'en esquisser les contours, a devant lui un vaste champ libre ouvert
aux fantaisies de son imagination. Quelques-uns pourront admirer
le produit de ces spéculations, une nation toute entière peut s'attacher à un mythe antique qu'elle inventa elle-même dans sa naïve
enfance ou qu'elle reçut du dehors ; mais ces tentatives ne vaudront
jamais aux yeux éclairés du savant que pour ce qu'ils sont, c'est-à-
dire pour les formes nuageuses d'un rêve, toujours vides et sans

----

[1] Voir la note de la page 176.

consistance, et qui essayent vainement d'atteindre une forme réelle en modifiant continuellement leurs contours. Jour antique de la première apparition de la vie, quelle qu'ait été ta nature, nous n'avons plus aucun œil pour pénétrer jusqu'à toi, aucun sens pour te comprendre et par conséquent aucune plume pour te décrire.

CHAPITRE XVIII

Végétal et Animal, leurs caractères et leurs différences.

Les corps organisés se divisent en deux groupes dont nous avons rassemblé les propriétés fondamentales sous les deux dénominations de *végétal* et d'*animal*. Ils sont aussi anciens que l'organisation avec les différences qui les séparent l'un de l'autre, et avec la variété de type qui est propre à chacun d'eux. Nous allons donc esquisser rapidement les traits généraux de ces deux groupes.

Pour apprécier, dans leurs rapports réciproques, les faits caractéristiques qui constituent l'essence de la plante et de l'animal, et saisir le principe sur lequel repose leur distinction, il faut commencer par bien se rendre compte des propriétés fondamentales des organismes. En tant que corps naturels doués d'un mouvement interne qui engendre un échange de matière constant ou périodique, ils ont besoin d'appareils spéciaux, qui entretiennent cet échange et lui donnent l'impulsion. Ces appareils s'appellent *organes*. Le plus simple de tous est la *cellule* (p. 351), forme primitive de tout l'organisme et de chacune de ses parties. Ces premiers éléments cellulaires possèdent une vie propre, se nourrissent eux-mêmes et donnent naissance à de nouvelles cellules; ils servent donc de point de départ au développement d'une organisation plus élevée ; ils sont ses facteurs avant qu'elle ne puisse exister comme individu par elle-même. C'est pour cela que tout organisme se réduit d'abord à la cellule, ou autrement que les cellules constituent la base de tout tissu et organe aussi longtemps que ceux-ci sont isolés et ne reçoivent pas encore dans leur processus biologique le concours d'autres organes ou parties d'organes. La forme des organes se règle d'après leurs fonctions, dont la diversité a de profondes racines dans les besoins qui constituent le résumé et l'essence de tout organisme. Si nous abordons de plus près cette conception, nous reconnaissons aussitôt qu'il y a lutte entre l'idée même et sa réalisation. En effet, tous les organismes, comme corps naturels périodiques, sont enfermés dans des limites de temps déterminées, en un mot sont *finis*; l'idée, au contraire, comme type de l'être prétend pour elle-même à une existence infinie. La nature a tranché cette contradiction avec sa toute-puissante autorité; elle a imposé à chaque organisme, non-seulement le besoin de la conservation pendant la durée de sa période, mais encore elle lui a donné la faculté de pourvoir à la permanence de son espèce par la reproduction d'une postérité semblable et malgré son existence bornée de rendre son type infini. De cette opposition interne et fatale se déduit la spécialisation des organes. Ils se divisent en deux grands groupes, qui forment d'après leur destination le système de la conservation *individuelle* et le système de la conservation *typique*. Ils prennent les noms, le premier d'*organes de nutrition*, le second d'*organes de reproduction*.

Les fonctions de ces deux systèmes d'organes assurent la permanence du type, malgré l'existence limitée de l'individu, et déterminent le caractère général de l'organisation. La nécessité de ce mécanisme est la même pour tous les organismes, et son absence dans un corps organisé quelconque ne peut se concevoir. L'animal et la plante doivent donc l'un comme l'autre être munis des deux systèmes d'organes, et on ne peut les séparer en deux groupes, en se fondant sur l'absence d'un des systèmes chez les seconds, ou sur la présence simultanée des deux systèmes chez les premiers. Leur véritable distinction, connue de tout le monde, se base sur la nature des matières que ces deux groupes naturels emploient pour leur nutrition. Les plantes se nourrissent des matières inorganiques répandues partout, et particulièrement de *carbone* qu'elles empruntent à l'air et à l'eau sous forme d'acide carbonique. Les animaux, au contraire, usent comme aliments exclusivement de substances organisées, qu'ils ne peuvent trouver que dans certains lieux et souvent à certaines époques seulement. La plante n'a pas besoin de chercher son aliment ; il lui est apporté par l'intermédiaire de l'air atmosphérique et de l'eau, partout où elle se trouve en contact avec ces deux agents. L'animal, au

contraire; cherche sa nourriture, se porte vers elle, et la choisit au
milieu des autres substances analogues. Cette nécessité ne peut pas
être satisfaite avec les organes qui ne font qu'absorber les aliments
et les élaborent, ou avec ceux qui président à la reproduction; il
lui faut des appareils spéciaux et d'une organisation particulière.
Leur existence constitue la véritable différence qui sépare l'animal
de la plante. D'abord la localisation limitée des substances alimentaires exige une disposition, qui permette à l'animal de se trans-
porter d'un lieu dans un autre, en un mot de se mouvoir. Mais toute
la difficulté n'est pas encore résolue, puisque toutes les substances
ne lui conviennent point, mais seulement quelques-unes tout à fait
déterminées. Il faut donc qu'il puisse les distinguer de celles qui
lui sont impropres, par conséquent qu'il soit capable de perceptions
sensibles et prenne conscience de ces perceptions, puisque la conservation individuelle et par celle-ci la permanence typique ne sont
assurées qu'à ces conditions. Nous avons donc là deux besoins que
la plante ignore et qui la distinguent fonctionnellement et typique-
ment de l'animal. Le *mouvement automatique* et la *sensation*, qui
se traduisent dans les tissus animaux par la *contractilité*, sont les
caractères essentiels de l'organisation animale.

L'animal ne se distingue pas de la plante seulement par la composition et la qualité différente des aliments et par le mode suivant lequel il les prend; mais toute la série de ses phénomènes
biologiques vient encore ajouter une nouvelle et dernière différence
qui montre que, si ces deux grandes puissances organiques sont en
conflit sur beaucoup de points, elles n'en dépendent pas moins beaucoup l'une de l'autre. Les plantes sont, en effet, les pourvoyeurs des
animaux. Avec les matières inorganiques grossières et surtout avec
l'acide carbonique, elles préparent les premières substances organiques; elles en accumulent de grandes provisions sous forme d'a-
midon (amylum), de sucre, de gluten, d'acides végétaux et de bases
(alcaloïdes), sans se les incorporer et sans les transformer en membranes et en fibres. En élaborant ces matières inorganiques brutes
et les transformant en aliments pour le règne animal, elles font
plus pour son existence et sa conservation que les animaux ne peuvent faire de leur côté. Les plantes, ou tout qu'organismes complets,
tirent peu d'utilité de ces substances qu'elles élaborent incessamment. Elles sont dans un travail sans repos, quoique périodique;

pour les animaux, afin que ceux-ci puissent les utiliser pour leur
alimentation et les transformer en substances organiques d'un degré
de composition supérieur. Les plantes n'y recueillent qu'un avantage, qui consiste à s'accroître continuellement en poids et en volume, la faculté particulière de développement indéfini. En réalité
les plantes produisent sans consommer, et par conséquent on peut
le dire avec raison, elles doivent toujours prendre plus de croissance ; elles doivent accumuler dans leurs tissus continuellement de
nouvelles matières organiques; elles doivent en un mot augmenter
de volume jusqu'à ce qu'elles meurent. C'est, en effet, ce qui arrive,
comme chacun le sait. Les animaux ne sont plus dans les mêmes
conditions; ils ne sont pas de véritables producteurs de matière organique, ils ne font que la transformer. Ils métamorphosent la substance végétale en substance animale, la substance des animaux
inférieurs en substance des animaux supérieurs. Dans cette transformation ils n'utilisent pas indifféremment toute la matière organisée, ils n'en emploient qu'une partie. Une grande portion est
perdue et abandonnée, comme résidu indigestible, à l'air, à l'eau et
à la terre, qui le font entrer de nouveau dans la circulation végétale.
C'est là, pour ainsi dire, le seul service que les animaux rendent aux
végétaux ; service toutefois que l'on ne doit pas considérer comme
insignifiant, si on tient compte de la quantité énorme d'acide carbonique qui est formé par la respiration animale. Avec une action
moins grande, quoique assez considérable cependant, les urines et
les déjections solides servant d'engrais aux plantes. Enfin, les insectes volant de fleur en fleur jouent un rôle très-important comme
agents de la fécondation végétale. Les animaux, consommant seulement de la matière organisée sans en produire, sont soumis à une
limitation de développement, qui les place, à ce point de vue, au-
dessous des végétaux. Après avoir atteint un certain degré de croissance, ils rencontrent des limites qu'ils ne peuvent plus dépasser.
L'animal, en effet, ne peut s'accroître qu'autant qu'il absorbe plus
qu'il ne rejette; il ne peut conserver une force et un volume semblables qu'autant que l'assimilation fait équilibre à l'élimination ;
il décroît aussitôt que les pertes dépassent le gain ; enfin il meurt
lorsqu'il n'a plus assez de force pour réparer ses pertes. L'animal
est donc enchaîné par une consommation incessante de matière, et
cette consommation met à sa croissance des bornes qu'il ne peut

pas dépasser. La vie de l'animal consiste à dépenser de la matière
organisée ; celle de la plante à en produire.

La connaissance de ces deux modes d'activité nous donne la véritable notion, dans laquelle se résument la plante et l'animal. Tout ce
que ces deux catégories de corps naturels peuvent nous présenter de
particularités et de circonstances dans leurs manifestations se subordonne, avec un examen approfondi, à cette notion fondamentale et
n'est plus qu'un accident, qui découle de ces différences essentielles
et caractéristiques. Mais cette notion abstraite, avec quelque précision qu'on la conçoive, reste vide tant qu'on ne l'applique pas à une
forme déterminée. Dans la nature, en effet, les différences idéales
reposent sur des distinctions formelles, les types abstraits sur des
corps réels. Il faut donc que nous étudiions les formes différentes
de la matière dans leur ensemble et leurs détails pour en déduire la
différence du type formel de la plante et de l'animal. Partout où
nous rencontrons dans la nature une notion réellement différente,
nous pouvons être assurés qu'il s'y trouve toujours aussi une différence de forme, différence qui se manifestera, non-seulement dans
des parties restreintes, mais au contraire sera profonde et générale,
bien qu'elle puisse n'être pas partout aussi tranchée et aussi évidente.

En commençant cette étude sur les différences typiques, il faut
bien distinguer les deux côtés, distincts l'un de l'autre, sous lesquels
se présente notre problème. En effet, nous aurons à considérer la
forme générale ou le type entier et la forme des *parties élémentaires
matérielles et particulières* des organes, des tissus qui constituent
les êtres naturels. Les animaux et les plantes, sous ces deux rapports, présentent des propriétés essentiellement différentes et opposées.

Le schéma morphologique de la plante s'écarte sous deux points
de vue de celui de l'animal. Le végétal, en effet, a une *forme indéfinie*, dont les contours complets ne sont pas en rapport nécessaire avec la disposition des parties déterminantes, et en second
lieu chacun des représentants d'un type déterminé quelconque peut
encore présenter de grandes variations individuelles. La forme extérieure ne possède donc pas cette uniformité absolue, qui existe
dans le règne animal chez les membres d'une espèce. Ce que
chaque individu, dans son autonomie, comme corps naturel orga-

nisé, peut faire entrer de personnel dans la composition du schéma, est pour les animaux complétement insignifiant par rapport à la forme totale. Au contraire, dans le règne végétal la forme extérieure de l'individu est si profondément entamée, que l'identité absolue du type général se trouve détruite, et qu'il ne reste plus que l'identité morphologique des parties prises à part. Les individus végétaux, lorsqu'ils appartiennent à une seule espèce, se ressemblent dans leurs traits généraux, et présentent par cette ressemblance une certaine physionomie caractéristique, mais jamais ils n'arrivent jusqu'à cette plénitude de concordance, qui atteint jusqu'à l'identité symétrique et qui est la règle générale pour tous les membres d'une espèce animale. Quelques espèces d'*animaux domestiques*, modifiées par une longue éducation, peuvent seules faire une exception un peu marquée à ce principe. Et même chez eux, les modifications n'atteignent que des parties accessoires et ne touchent jamais aux rapports absolus et mathématiques, qui existent dans les éléments de leur corps. Mais personne ne pourrait affirmer avec raison, que le nombre des rameaux, des feuilles et des fleurs de tous les Chênes, par exemple, en ne prenant même que ceux qui sont de même âge est le même pour tous, ou que ce nombre est renfermé dans des limites qu'ils ne peuvent point dépasser. Cette diversité des individus végétaux provient, comme on l'a dit, de la grande indépendance qu'ils possèdent par rapport à leur type et de la forme de ce dernier.

Toute plante parfaite réduite à **sa** forme la plus simple et la plus essentielle se présente à nous sous l'aspect d'un axe planté debout dans le sol et vertical, duquel partent des rayons horizontaux disposés suivant une loi fixe. Cet axe n'ayant point de limite fixée d'avance, mais dépendant de la grandeur accidentelle de chaque individu, peut être considéré comme indéfini, ce qui est nécessaire pour que la plante puisse croître et se développer sans arrêt. Mais il est particulier ou concret, en tant que les rayons qui partent de lui sont disposés d'après une règle, qui est la même pour tous les membres d'une même espèce. La loi qui préside à la naissance des rayons est donc la base des diversifications de forme du règne végétal. Considérée dans ses traits généraux, elle se manifeste sous l'aspect de lignes droites en nombre variable, qui s'étendent verticalement le long de l'axe, et sur lesquelles, à certains points déterminés et également espacés, naissent les rayons périphériques. Ces lignes droites portent le nom d'*orthostiques*, les espaces déterminés sur elles par les points des rayons sont leurs *longueurs interfoliaires*, et les distances qui séparent les orthostiques entre eux se nomment *intervalles*. Ceux-ci, entre autres particularités, divisent le pourtour de l'axe en un certain nombre de parties égales et déterminent ainsi le nombre possible d'orthostiques. Les longueurs interfoliaires donnent le nombre des rayons sur chaque orthostique, et de leur combinaison découle la distribution totale des rayons, ou en d'autres termes le type essentiel de chaque plante. Le cas le plus simple est évidemment celui où 2 orthostiques s'étendent le long de l'axe et où les longueurs interfoliaires de chacun d'eux se trouvent à des hauteurs semblables. Les figures ci-contre (fig. 26) nous présentent, la première une partie de tige d'œillet avec deux feuilles opposées, que l'on peut ramener d'après le schéma placé à côté (2), à deux or-

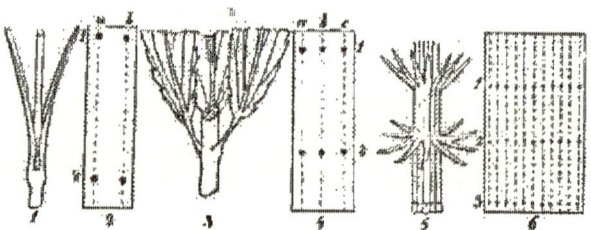

Fig. 26. — Figures schématiques de la disposition des feuilles en verticilles.

thostiques (a et b), dont les espaces interfoliaires sont marqués par de gros points (1, 2). Mais la position des rayons alterne ordinairement et tel est, en effet, le cas de l'œillet. On n'a donc plus simplement deux orthostiques, mais quatre opposés deux à deux. Ceux qui sont ainsi opposés projettent leurs rayons à une même hauteur, tandis que les deux autres les envoient dans une direction opposée et à une demi-longueur interfoliaire des orthostiques précédents. Le schéma se complique un peu, mais au fond reste le même. Si le nombre des orthostiques s'accroît d'un, au lieu de 2 rayons, il en naît 3 à chaque hauteur équidistante de l'axe, cas réalisé dans la *Veronica longifolia* (3) représentée schématiquement par le numéro 4, où nous voyons la surface déroulée du tronc. Le nombre des orthostiques peut s'accroître de la même manière, et nous pouvons rencontrer 4, 5, 6 etc. rayons, disposés en cercle autour de l'axe à une même hauteur. Ces chiffres continuent à s'accroître peu à peu, sans qu'il existe de principe qui vienne imposer une limite à cet accroissement. Afin cependant de ne pas trop étendre ces considérations, nous nous contentons de figurer (5), comme spécimen plus élevé, l'*Hippuris vulgaris* et à côté sa surface de déroulement avec 11 orthostiques et 3 longueurs interfoliaires.

Les cas que nous venons de considérer, où les rayons se trouvent sur un même niveau, quelque fréquents qu'ils puissent se rencontrer dans le règne végétal, sont cependant les plus rares. Dans la plupart des plantes, la naissance des rayons est placée sur chaque orthostique à des hauteurs différentes de l'axe. Prenons de nouveau le cas le plus simple avec deux orthostiques seulement et à rayons alternes, c'est-à-dire rapprochés de la moitié de la distance normale existant entre eux; sur le plan de déroulement nous obtenons la figure ci-contre (fig. 27, 1). Les rayons de chaque orthostique sont plus haut ou plus bas que les rayons de l'orthostique opposé d'une demi-longueur de la distance, qui les sépare de ceux qui sont avec eux sur le même orthostique. On peut donc exprimer leur position par la fraction ½. Continuant la recherche des autres rapports mathématiques, en nous fiant seulement à l'observation des faits, nous voyons que, avec trois orthostiques sur la tige, l'extrémité des longueurs interfoliaires, c'est-à-dire le point d'origine des rayons, est placée à ⅓ de la distance normale de deux rayons contigus sur le même orthostique; et le plan de développement nous donne le numéro 2. Avec quatre orthostiques, les points d'origine des rayons ne se déplacent que d'une demi-distance et nous avons pour surface de déroulement d'un seul et même axe des orthostiques opposés deux à deux avec leurs rayons à hauteur égale (5). Cette forme ne doit pas être considérée comme nouvelle; elle résulte du redoublement de la disposition que nous avons vue à l'état simple dans l'œillet. Le cas de quatre orthostiques, avec rayons alternants et groupés deux à deux, ne peut donc entrer dans la série des formes nouvelles et originales. Après le cas de trois orthostiques celui qui vient ensuite est à cinq orthostiques, dont les points des rayons alternent un à un, de sorte qu'il y a un de ces points sur quatre des orthostiques, qui correspond à la longueur interfoliaire du cinquième. Cette alternance a pour mesure les ⅗ de la longueur interfoliaire, comme on le voit sur le plan de déroulement (1). Ce schéma nous apprend encore que le rayon le plus rapproché, placé au-dessus du plus bas ou premier, n'est pas sur l'orthostique qui suit immédiatement, mais sur le troisième et que cette disposition des rayons entre eux se reproduit pour tous ceux qui suivent. La ligne, qui passe par tous les rayons compris dans un espace interfoliaire et

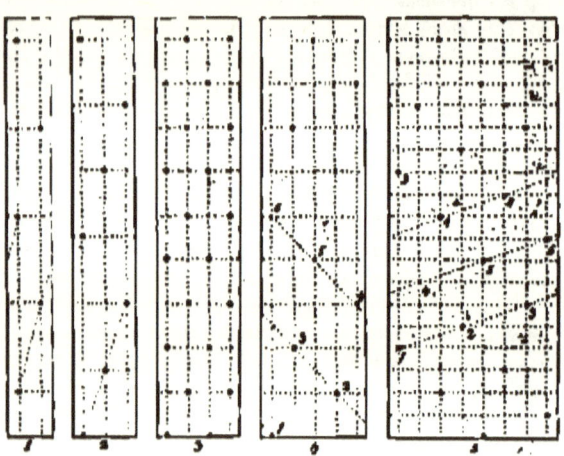

Fig. 27. — Schéma de la disposition des feuilles en quinconce.

aboutit en haut et en bas aux deux rayons situés sur un même orthostique et qui limitent cet espace, ne court donc pas directement. Elle se divise en deux parties et décrit une *spirale* autour de l'axe cylindrique. Tous les rayons, dont les points de naissance alternent, peuvent ainsi se ramener à des lignes en spirale, et la loi de leur position être rapportée à une ligne qui décrit une spirale de bas en haut autour de l'axe. La portion de spire, comprise entre deux rayons contigus placés sur un même orthostique, s'appelle le *cycle* de cette spire, et le nombre de tours qu'elle fait du rayon inférieur au rayon supérieur, son *évolution*. Le nombre des points d'attache des rayons d'un cycle est toujours égal à celui des orthostiques, et le nombre des tours est en rapport direct avec la grandeur de l'écartement du second rayon par rapport au premier. Ainsi dans la fraction $\frac{2}{5}$ le numérateur exprime le nombre des tours que fait la spire, le dénominateur le nombre des orthostiques, ou ce qui revient au même, le nombre total des rayons compris entre deux rayons d'un même orthostique. Pour le second cas (2), nous aurons la fraction $\frac{1}{3}$, la spire entre deux rayons contigus d'un même orthostique ne faisant qu'un tour et portant trois rayons dans cette étendue. Dans le premier cas (1), la fraction $\frac{1}{2}$ montre que la spire ne fait qu'un tour entre deux rayons placés l'un au-dessus de l'autre, et qu'elle n'embrasse que deux rayons dans ce parcours.

Parvenus à cet important résultat, considérons maintenant ces trois rapports mathématiques déterminés expérimentalement $\frac{1}{2}$, $\frac{1}{3}$, $\frac{2}{5}$, et comparons-les entre eux. Nous constatons aussitôt que la troisième fraction n'est que la somme des numérateurs et des dénominateurs des deux précédentes. Tout observateur, tant soit peu sagace, frappé par cette régularité mathématique, ne manquera pas de continuer cette progression, et on aura pour quatrième membre la fraction $\frac{3}{8}$. Le plan de déroulement (3) nous donne son schéma. Nous y remarquons qu'entre le rayon 1 et le second du même orthostique, marqué du chiffre 9, il existe 7 autres rayons, s'espaçant entre eux de trois en trois orthostiques. Le second rayon se place donc sur le quatrième orthostique ; le rayon numéro 3 sur le septième, le rayon 4 sur le second orthostique, le rayon 5 sur le cinquième, le rayon 6 sur le huitième, le rayon 7 sur le troisième, et le rayon 8 sur le sixième. Si on tire par les rayons une ligne droite sur le plan de déroulement, on obtient la spire que décrivent les rayons autour de l'axe et dont le nombre des tours est exprimé par celui des sections ; c'est-à-dire est égal à *trois*. Le cas de la fraction $\frac{2}{5}$ peut être considéré absolument de la même façon, en remarquant seulement que la spire dans son schéma (4) a une direction opposée. On voit ses deux tours, entre le premier et le sixième rayon, sous la forme de deux parallèles (les deux sections de la spire coupée sur le plan de déroulement). Dans les schémas 1 et 2, le tour unique que la spire décrit est clairement indiqué par la ligne oblique tracée sur le plan de déroulement. Partout nous voyons la ligne de jonction, entre les points d'attache

des rayons alternants, tracer une spire dont le nombre de tours est
proportionnel au degré d'alternance des rayons, et dont la longueur
totale est partagée par les orthostiques en un nombre correspondant de sections égales. En exprimant ces deux quantités sous la
forme d'une fraction, le numérateur indique le nombre des tours,
le dénominateur celui des orthostiques ; et ils donnent, par conséquent, une formule qui s'applique à toute disposition alternante
des rayons. Ces fractions, qui expriment les éléments typiques des
plantes, sont entre elles dans des rapports définis, c'est-à-dire
qu'elles font partie d'une série dont les deux premiers membres
sont les deux grandes fractions génératrices, tandis que les membres suivants se forment en additionnant ensemble les numérateurs
et les dénominateurs des deux fractions qui les précèdent. On obtient donc ainsi la série suivante :

$$\tfrac{1}{2}, \ \tfrac{1}{3}, \ \tfrac{2}{5}, \ \tfrac{3}{8}, \ \tfrac{5}{13}, \ \tfrac{8}{21}, \ \tfrac{13}{34}, \ \tfrac{21}{55}, \ \tfrac{34}{89}, \ \dots \dots$$

Les faits observés dans la nature ont complétement confirmé ces
calculs et conduit à d'autres résultats remarquables, qui ont mis en
lumière, de la manière la plus étonnante, la régularité mathématique des plantes. Nous nous en tiendrons cependant à ce premier
point acquis, qui suffit complétement au but que nous poursuivons,
et nous le résumerons dans les termes qui suivent.

Le type fondamental de la plante consiste dans un axe placé
verticalement, muni de rayons périphériques qui en sortent en
se disposant le long de lignes droites et à distances égales. Ces
rayons sont, tantôt tous à une même hauteur et, dans ce cas, ne
présentent de différences que dans leur nombre, tantôt alternent
entre eux et décrivent, lorsqu'on les relie par une ligne, une spire
ou hélice qui se déroule le long de l'axe, que celui-ci soit un méplat,
un sphéroïde, un cône ou un cylindre. Lorsqu'on prend dans cette
spire un des *cycles* limités par deux rayons se correspondant
verticalement, on voit que les segments de ce cycle et ses tours sont,
pour chaque plante, représentés par des valeurs mathématiques
constantes et invariables. Ces quantités appartiennent à une série
dont les deux premiers membres sont les deux premiers nombres,
et dont les membres suivants naissent par l'addition des deux membres contigus qui précèdent chacun d'eux.

Maintenant il ne me reste plus qu'à faire connaître les termes qu'on employait avant la conception de ce schéma et qui sont entrés dans l'usage général. En les appliquant au schéma, j'espère pouvoir transformer, pour mes lecteurs, les formules mathématiques du végétal en un organisme vivant[1].

L'axe vertical de la plante, dans le langage ordinaire, prend le nom de *tige*, au moins pour la partie qui se trouve au-dessus du sol. L'autre portion souterraine est confondue avec la racine, confusion qu'il faut rejeter[2]. Les rayons périphériques, qui naissent simultanément avec l'axe, sont les *feuilles*; plus tard, en se développant, elles se transforment en axes secondaires et prennent le nom de *rameaux*. Ceux-ci portent des rayons, tout comme l'axe principal; mais leur absence est la règle chez beaucoup de plantes, les Palmiers, par exemple; et comme ils manquent aussi, sans règle, sur beaucoup de végétaux où ils pourraient se développer, ils causent cette dissemblance qui existe dans la physionomie extérieure des individus. De là aussi la grande uniformité d'aspect dans les plantes qui, comme les Palmiers et les végétaux bulbeux, n'ont pas de rameaux. Outre ces axes secondaires, absolument analogues à l'axe principal, la plupart des plantes, même celles qui sont dépourvues de rameaux, possèdent d'autres axes secondaires qui naissent simultanément avec les rayons aux mêmes points d'attache, mais se distribuent et se développent en obéissant à des lois autres que celles des rayons de l'axe principal. C'est sur eux que s'épanouissent les *fleurs*. Nous étudierons mieux, et plus en détail, leur type et leurs éléments, lorsque nous aurons appris à connaître les formes particulières de l'axe principal et de ses rayons : nous reprenons donc leur étude.

[1] L'exactitude des considérations que nous venons de développer ne peut plus être mise en doute, depuis la belle et claire démonstration qui en a été faite par C. F. Naumann (*Le quatrième considéré comme dépendant fondamentale des feuilles*, etc., Leipzig, 1845, in-8). Nous y renvoyons comme à l'exposition mathématique la plus complète. Pour la forme des spires, qui fut d'abord remarquée par Schimper, on peut consulter avec fruit l'excellent article publié par Braun dans le *Journal de botanique de Ratisbonne*, 1835, Nos 10-12.

[2] Les racines ne sont, à vrai dire, que des fibres axiales qui se développent sous ordre sur la partie souterraine du tronc et aspirent l'humidité. Elles peuvent naître tout aussi bien sur la partie supérieure de l'axe que sur sa partie inférieure, et même s'y former souvent sous la forme de racines aériennes, sur le Lierre, par exemple. Ce sont des rayons qui acquièrent à coup sûr les moindres dans leur disposition et qui se développent partout où elles sont utiles et nécessaires. On doit donc les négliger dans le schéma du type végétal.

L'axe principal (tige) et les axes secondaires (rameaux) sont, en principe, des corps *cylindriques* ou *prismatiques* qui vont en diminuant par en haut, en s'effilant lentement en forme de cône. Leur coupe donne presque toujours un cercle et rarement une figure polygonale régulière. Les rayons périphériques (feuilles) sont des corps *symétriques*, quelquefois irréguliers par la perte d'une de leur moitié, largement étendus en surface et de faible épaisseur, mais souvent très-longs. Ils sortent ordinairement de l'axe sous la forme d'un pédicule mince, et ne s'élargissent qu'au-dessus, ou bien forment des expansions plates, isolées et rattachées au pédicule. On trouve cependant des types à largeur égale, en forme de ruban et même cylindriques et creux ; tant la nature a su déployer dans les contours des feuilles une richesse inépuisable de formes, et manifester, avec magnificence, les ressources infinies de sa fantaisie par cette variété, qui se développe dans les limites fixes du type fondamental. Les *fleurs* jouissent de cet avantage à un degré encore plus élevé, bien que leur forme soit peut-être plus simple. Mais l'existence chez elles de plusieurs éléments, produits par métamorphose de formes primitivement semblables, contribue essentiellement à multiplier cette variété infinie d'aspects que nous admirons dans les fleurs, et qui a fait d'elles nos favorites dans la création. Considérée dans sa forme typique, la fleur, comme la plante complète, est composée d'un axe avec rayons périphériques, qui obéissent à des lois constantes dans leur position et leur nombre. Jusque-là elle correspond parfaitement au type général de la plante ; mais complétée, elle justifie la distinction que nous avons indiquée en employant des dénominations particulières. Trois circonstances rendent cette distinction essentielle : d'abord les modifications que subissent les rayons les uns par rapport aux autres, suivant les cycles de la spire ; en second lieu, la valeur tout autre des fractions dans chacun des cycles ; en troisième lieu, la contiguïté immédiate des rayons de tous les cycles et le raccourcissement de l'axe qui en résulte et qui se combine avec une grande tendance à s'étendre en surface, au détriment de la longueur.

Sur toute fleur complète, on distingue quatre cycles (verticilles) particuliers de spire. En allant de bas en haut, ou bien de dehors en dedans, lorsque l'épanouissement de l'axe constitue une surface plane, ils prennent les noms de *calice*, de *corolle*, d'*étamines* et

de *pistil*. Les rayons des deux premiers cycles ont conservé la
forme de tous les rayons, le type de la feuille, et ils se distinguent
l'un de l'autre par leur position différente sur l'axe et par la couleur, qui dans le calice est généralement verte, dans la corolle
multicolore. Les rayons du troisième cycle ont pour forme primordiale le type de la feuille, comme le prouve péremptoirement la
transformation des étamines des fleurs doubles en pétales ; mais la
feuille s'est métamorphosée en une cavité de gestation, où naissent
des cellules particulières, appelées *poussière des fleurs* ou *pollen*,
qui en sortent en déchirant leur enveloppe. Les rayons du quatrième cycle sont aussi des matrices ; tantôt ils sont isolés, tantôt
ils se soudent, pour former un tout, et portent le nom d'*ovaire*.
Sur les bords, par où s'est effectuée la suture, il se forme à l'intérieur de la cavité des excroissances, qui probablement ne naissent
pas des bords des rayons eux-mêmes, mais sortent plutôt de l'axe
qui s'est prolongée entre eux. On les nomme *ovules*, parce que le
germe de la jeune plante s'y forme comme l'œuf d'un animal ; et
lorsque ce phénomène est accompli, elles prennent le nom de
graines. Le développement de ce germe, de l'*embryon*, est soumis
à l'action des grains polliniques. Ceux-ci, en effet, se trouvant en
contact avec l'ovaire, y envoient, par des ouvertures qui n'y manquent jamais, un long tube qui pénètre dans la cavité, et dont
l'extrémité s'introduit dans l'ovule par une autre petite ouverture,
la *micropyle*, qui existe sur celui-ci. Cette partie du tube pollinique
donne naissance à l'embryon, soit immédiatement[1], soit simplement
par action de contact. Cet acte porte le nom de *fécondation*. C'est,
en effet, avec le développement de l'embryon que commence la formation du fruit, qui se continuera jusqu'à ce que celui-ci sorte de
l'ovaire et qu'il arrive avec la graine à son état de *maturation*. Tous
les autres cycles de la fleur tombent après la fécondation : le calice
seul persiste quelquefois, et tantôt fait partie immédiate du fruit,
comme dans la pomme ; tantôt lui sert seulement d'enveloppe,
comme dans la noisette. Gœthe, dans son célèbre écrit, intitulé :

[1] La théorie émise par Schleiden, qu'une partie du tube pollinique lui-même se transforme en embryon, a été renversée par les observations postérieures d'Amici et Mohl. Le
tube pollinique se met seulement en contact avec le sac embryonnaire, mais il n'y pénètre
pas. Schleiden lui-même et ses partisans ont abandonné leur théorie après de nouvelles
recherches.

Métamorphoses des plantes, et composé avec tant de sagacité et de
poésie, a été le premier qui ait émis l'opinion que toutes les parties
périphériques des plantes, tous les rayons de la tige et de la fleur,
n'étaient au fond qu'une seule et même chose et ne différaient que
dans leurs formes et leurs fonctions. Bien que depuis lors cette
théorie ait été perfectionnée dans ses détails et modifiée sur quelques points, elle n'en subsiste pas moins dans ses traits essentiels;
et les recherches les plus subtiles ont toujours conduit au même
résultat, que le regard perçant de ce génie prophétique avait
aperçu, avec tant de netteté et de précision, par simple intuition.

Tel est donc le schéma fondamental de la plante, schéma dont la
réalisation dans 150,000 espèces distinctes ne nous donne encore
qu'une manifestation incomplète de l'infinie variété idéale qu'il
renferme. La Nature, en effet, en produisant les 150,000 plantes
connues actuellement et bien déterminées, n'a fait que nous donner
une preuve de sa puissance de production, et n'a fait apparaître
qu'une infime partie des formes végétales auxquelles elle pourrait
donner naissance. Avec quelle richesse infinie se manifeste l'imagination créatrice de l'esprit universel comparée à notre pauvreté
d'invention. Lors même que celle-ci se déploie avec l'abondance
d'un Rubens ou avec l'idéal d'un Raphaël, ses œuvres conservent
toujours un cachet particulier qui trahit le pinceau du maître, sans
qu'il soit nécessaire de recourir à la signature.

Considérons maintenant le type fondamental de l'animal. Dès le
premier coup d'œil, nous constatons dans la forme du schéma, auquel on peut ramener en dernière analyse chaque individu, une
particularité qui le distingue essentiellement : c'est le caractère de
limitation finie qu'il présente. Beaucoup d'animaux peuvent, à la
vérité, continuer à s'accroître tout durant leur vie et s'agrandir
dans tous les sens, mais ils ne modifient pas pour cela leur forme,
leurs contours et les rapports des parties. Ils prennent seulement
un plus grand développement dans leur ensemble et dans chacune
de leurs parties. Lorsqu'ils ont atteint les limites qui leur sont im-
posées, aucune partie nouvelle, aucun doigt, aucune vertèbre ne
vient s'y ajouter, autres que ceux qu'ils possédaient déjà dans les
premiers jours de leur existence. La plante, au contraire, produit
chaque année un plus grand nombre de *rameaux* (axes secondaires),

lorsqu'elle persiste plusieurs années[1], et change ainsi essentiellement les rapports réciproques des parties existantes. Chaque animal n'est pas simplement enfermé dans des contours déterminés,
toujours les mêmes pour tous les individus d'une espèce ; mais, ce
qui est encore plus important, le nombre mathématique de ses parties essentielles est fixé invariablement, tandis que la plante produit
sur son axe indéfinie un nombre indéfini de parties, et n'est soumise à des rapports mathématiques constants et finis que dans les
cycles de cet axe. Les animaux ne nous présentent aucun exemple
de cette disposition. Les *Zoophytes* (animaux-plantes), en effet, ne
sont pas des individus simples, comme les plantes, mais des groupes d'individus, pour ainsi dire, des associations en famille, une
mère avec ses enfants, petits-enfants et arrière-petits-fils, qui tous,
bien que doués d'une existence propre et individuelle, ne peuvent
se détacher du corps maternel qui leur a donné naissance. D'autres
animaux, au contraire, qui offrent dans leurs parties isolées des
valeurs mathématiques indéfinies, sont cependant enchaînés dans
un type constant par la disposition en séries opposées des parties
indéfinies soumises à des lois mathématiques déterminées et finies.
Chez eux, on trouve tout l'inverse des plantes, où la forme totale
est une grandeur infinie, composée d'un grand nombre de parties
finies. Ces animaux, tels que certains *Rayonnés* (Crinoïdes), par
exemple, ont une forme générale finie, qui se rapproche du type
végétal dans quelques-uns de leurs représentants indéfinis (les Vers
solitaires, par exemple), en tant que leur axe (le corps) porte,
comme dans les plantes, un nombre illimité de membres compa-
rables aux cycles de l'axe des végétaux. Mais la symétrie des membres, inconnue aux plantes, et l'hétérogénéité des parties subordonnées, constituent des différences importantes. Ces trois groupes
d'animaux sont les seuls exemples, dans le règne animal, qui offrent des rapports mathématiques indéfinis. Ils ne détruisent pas la
loi qui préside aux deux types animal et végétal, par la manière
particulière dont ils la réalisent.

[1] Il ne faut pas oublier que, dans les plantes qui vivent plusieurs années, les productions
annuelles peuvent être considérées, à la rigueur, comme des individus différents et une-
ne... qui se greffent de ce qui existait antérieurement comme d'un substratum, et se développent sur lui. Elles sont bien loin... d'un procédé... les formes dans leur traits généraux, mais elles conservent... une certaine indépendance, d'où naissent les diversités
d'aspect...

Le caractère que nous venons de décrire, constitue un des côtés du type fondamental de l'animal; il en existe un second, tout aussi précis, qui en découle. Les animaux possédant une forme finie, non-seulement dans la réalité, mais encore dans leur type idéal, les éléments de cette forme se trouvent dans certains rapports réciproques invariables, qui peuvent affecter trois modes différents. Dans le *premier cas*, parmi les pièces caractéristiques, il n'y a jamais que deux parties, se correspondant l'une à l'autre, qui soient dans un rapport semblable entre elles et avec les autres; dans le *second cas*, chacune des parties semblables est dans un rapport identique avec toutes les autres; dans le *troisième cas*, enfin, chaque partie est avec les autres, dans un rapport particulier et qui ne convient qu'à

Fig. 28. — Figures schématiques de types animaux.

elle seule. De là naissent les trois formes fondamentales du type animal : la *forme symétrique*, la *régulière* et l'*irrégulière*. Dans la forme symétrique (fig. 28, 1) le rapport des parties semblables au tout peut s'exprimer par une ligne droite (*a b*), le long de laquelle elles se disposent symétriquement deux à deux. Cette ligne droite partage la forme totale en deux moitiés identiques, et présente une figure étendue, lorsque la forme, avec ses contours purement idéaux, se réalise dans un corps. Cette circonstance nous permet de caractériser très-aisément les animaux symétriques, en disant qu'ils comprennent les êtres qui ne peuvent se diviser en deux moitiés identiques que par une seule coupe. Il en est tout autrement du type régulier (2). Les parties identiques y sont au nombre de plus de deux ; et chacune d'elles est, avec toutes les autres, dans un rapport uniforme ; elles sont encore caractérisées par l'égalité de la distance, qui les sépare toutes du point central du système entier. Ces animaux présentent donc un simple point central (*c*), au lieu de la ligne sur laquelle se coordonnent les parties des animaux symétriques. Il en résulte cette conséquence, qu'ils peuvent être divisés par moitiés égales dans plusieurs sens. Cette division n'est plus possible dans les animaux irréguliers (5), chez lesquels chaque partie existe sans connexion uniforme avec les autres. Cette impossibilité constitue leur caractère essentiel.

Si nous comparons encore une fois, d'après ces données, le type animal avec le type végétal, nous constatons une nouvelle différence. Le végétal, pris dans son ensemble, n'a jamais un type symétrique ou régulier, et ne peut pas l'avoir, puisqu'il est composé de parties semblables en nombre illimité : ce qui est incompatible avec la symétrie et la régularité, qui, toutes deux, se fondent sur des rapports numériques définis. La symétrie et la régularité n'apparaissent, chez les plantes, que dans la forme des organes pris à part, la seconde particulièrement dans les feuilles, la première surtout dans les fleurs, où chacune des parties a une disposition symétrique. Si on objecte que la projection de l'axe végétal sur un plan donne une figure régulière, ce qui, en réalité, est exact, cette assertion, admise avec toute sa rigueur, n'est vraie qu'autant que l'axe principal ne donne naissance à aucun axe secondaire ; cas qui dans la nature est le plus rare. Existe-t-il des axes secondaires ou rameaux, leur disposition, à laquelle ne préside aucune loi, entraîne cette irrégularité extérieure, que l'on ne peut méconnaître, comme formant le caractère général des plantes. Il est donc parfaitement juste de dire que le caractère essentiel du règne végétal consiste dans l'existence simultanée des trois formes fondamentales sur chaque plante, tandis que l'absence de cette simultanéité constitue la propriété typique du règne animal. Les animaux réguliers ont bien, à la vérité, des parties de forme symétrique et disposées symétriquement entre elles ; mais les animaux symétriques, qui sont la manifestation la plus élevée de l'animalité, ne présentent plus cette union. Chaque partie y est semblable à celle qui lui correspond, mais elles offrent des oppositions de telle nature qu'il est impossible de les confondre et de les remplacer l'une par l'autre. Pour prendre un exemple dans les choses usuelles de la vie, nos gants et nos chaussures, lorsqu'ils sont bien faits et adaptés aux formes naturelles, ne peuvent pas être changés indifféremment à droite ou à gauche.

Si nous abordons maintenant les rapports numériques auxquels sont soumis les types constants des animaux, nous constatons que, sur ce point, comme sur tous les autres, il n'existe pas de principe stable chez les types irréguliers. Chaque espèce, et peut-être même chaque individu, a son nombre particulier; et le total des parties oscille entre des limites arbitraires, qui ne peuvent être fixées avec précision. Afin de rendre ce fait plus intelligible au lecteur, nous avons emprunté au grand ouvrage d'Ehrenberg un groupe d'Infusoires (*Euglena viridis*). Chacun des individus figurés a une forme particulière; mais il ne la conserve pas toujours, et elle est dans un mouvement continuel de modifications qui ne s'arrête jamais tant

Fig. 43. — Formes diverses de l'*Euglena viridis*, d'après Ehrenberg.

qu'il vit, parcourant et recommençant sans cesse un cycle complet de métamorphoses. Avec la régularité, nous trouvons aussitôt une forme générale constante, sans qu'il existe pour cela un nombre de parties semblables toujours aussi invariable. Toutefois ce nombre ne varie que par exception. En règle générale, il obéit à des lois déterminées; et ce sont les nombres premiers, 3, 4 et 5, qui, soit simples, soit doublés, représentent le plus souvent ce rapport numérique; on ne trouve que rarement des quantités plus élevées. Les parties semblables forment donc des rayons qui sortent de l'axe central et qui, par la conformité extérieure avec les formes végétales, rappellent beaucoup les fleurs régulières. L'axe est, le plus souvent, un disque, un cône ou un cylindre, sur la périphérie ou l'extrémité desquels s'attachent les rayons. Au milieu, se trouve la *bouche*, ou entrée du tube digestif. Sa position en *haut* (*Polypes*), ou en *bas* et en *avant* (*Rayonnés*), sert à distinguer les deux grandes classes de ce type animal.

Les animaux symétriques ont un axe placé horizontalement, à l'exception de l'Homme seul, chez qui il est vertical; et ils se distinguent par là des animaux réguliers dont l'axe est vertical. Mais un

autre point plus important est que cet axe ne porte plus de vrais
rayons, mais des appendices disposés symétriquement à droite et à
gauche. Il en résulte que leur nombre est toujours pair, et ne peut
jamais être impair. L'axe est tantôt un tronc simple et homogène
(type des *Mollusques*), tantôt articulé, c'est-à-dire composé d'une
série de segments identiques en nombre plus ou moins grand. Chez
les animaux inférieurs, le nombre des segments n'est pas fixe et
déterminé ; chez les animaux supérieurs, il est déterminé et invariable pour tous les individus d'une même espèce. Lorsque tous les
segments sont semblables, chacun d'eux porte des appendices semblables et en nombre égal, lorsque ces appendices existent (type
homonome) ; mais lorsque les segments sont dissemblables, ils portent aussi des appendices dissemblables, et beaucoup d'entre **eux**
même n'en portent point du tout (type *hétéronome*). Comme ces
appendices servent toujours aux mouvements de déplacement de
l'axe, on leur donne le nom général d'*organes de locomotion*. Dans
le type hétéronome, les articles de l'axe se divisent en groupes distincts au nombre *trois*. Le premier groupe porte les organes des
sens et la bouche ; on le nomme la *tête*. Le second comprend tous
les anneaux dans lesquels se trouvent les organes de la nutrition
et de la reproduction, c'est le *tronc*. Sa moitié supérieure porte le
nom de *poitrine*, et l'inférieure d'*abdomen* ou *bas-ventre*. Lorsqu'il
existe encore une partie de l'axe après le tronc, elle prend le nom
de *queue*. Celle-ci n'a jamais de cavité dans laquelle elle puisse recevoir des matières étrangères à sa substance propre ; elle sert, **pour**
ainsi dire, de limite déterminante pour la position **de l'ouverture**
postérieure des organes de la nutrition appelée *anus*. Ce type général de tous les animaux à articles présente deux modifications essentielles, en ce que le système d'articulations est tantôt extérieur et
apparent (type des *Articulés*), tantôt ne **peut se reconnaître que**
dans une charpente intérieure qui **donne au corps sa forme** (type
des *Vertébrés*). Dans le premier cas, c'est la peau qui donne au
corps sa forme et en soutient les parties ; elle se transforme en
une cuirasse dure, cornée ou calcaire. Dans le second cas, l'enveloppe extérieure est percée des supports du corps, placés intérieurement et recouverts par les parties auxquelles ils servent
de point d'appui. Ils forment une charpente solide de parties calcaires, les os, et portent dans leur ensemble le nom de *squelettes*

25

sa présence est caractéristique pour tous les animaux supérieurs.

Nous avons donc constaté trois types primordiaux dans le règne animal, desquels nous avons vu sortir six classes principales de formes. Cette grande diversification nous permet de croire à l'existence d'une riche variété d'espèces. Les faits sont parfaitement d'accord avec cette croyance ; seule, la classe des Insectes a déjà plus d'espèces que tout le règne végétal. Elle offre à l'œil du savant, par le nombre prodigieux de ses membres, une série presque fatigante de dégradations du type idéal, qui se relient par des passages si doux, que le travail d'un seul homme ne suffirait plus à porter, dans cet écheveau embrouillé d'analogies et de différences, l'ordre nécessaire pour faire une classification scientifique de l'ensemble. Actuellement nous n'en possédons point de semblable et c'est à peine si nous pouvons avoir quelque confiance dans le dénombrement des individus. Tout ce que nous pouvons affirmer, en prenant pour base les quelques contrées qui ont été soigneusement explorées, c'est que les Insectes dépassent du double le nombre total des plantes. Pour arriver à comprendre la possibilité d'une quantité si prodigieuse de formes différentes, il nous faudra jeter un coup d'œil sur les principes qui servent de base à cette diversification : mais, auparavant, nous devons étudier de plus près les différences morphologiques, tout aussi importantes, sur lesquelles reposent la distinction du règne animal et du règne végétal.

CHAPITRE XIX

Distinction des formes naturelles dans le règne végétal et le règne animal.
Tableau du règne végétal.

Nous avons déjà fait connaître la nature des substances matérielles, qui constituent la base de tous les corps organisés, et nous
avons vu que la matière organique, en pénétrant dans l'organisme
pour s'y incorporer, prend une forme élémentaire, qui lui sert de
point de départ pour se transformer et entrer dans des combinaisons
moléculaires particulières à chaque corps. Ce mode propre de groupement des atomes nous a paru être le caractère essentiel des agré-
gats organiques [1], et nous l'avons considéré comme la différence
principale existant entre ceux-ci et la matière inorganique, en tant
que cette dernière est toujours homogène et jamais composée de
parties limitées semblables ou dissemblables.

Nous avons reconnu au fond de toute matière organique, comme
élément primordial (p. 366), la *cellule*, petit agrégat formé d'une
membrane molle, élastique et fermée, contenant un liquide non
élaboré et qui n'est pas encore organisé. Mais cette cellule n'est pas
un atome primitif, elle se développe seulement au sein d'éléments
homogènes par groupement d'atomes empruntés à ce milieu. Il se
forme, par un processus [1] encore mal expliqué, des globules rudimentaires beaucoup plus petits que la cellule, autour desquels on

---

[1] Je remarque encore en passant que tous les liquides organiques, qui servent à la production de nouveaux tissus et ne sont pas des matières d'élimination, renferment des corpuscules destinés à opérer la transformation du liquide en matière solide par la naissance
des cellules.

[1] On prétend que ces globules primitifs sont des *gouttelettes de graisse* qui transforment l'*albumine* en une membrane par simple contact.

voit naître une membrane dans le liquide. Cette pellicule s'accroît et, comme toutes les membranes organiques, aspire intérieurement le fluide qui l'enveloppe. Elle s'étend à la suite de cette absorption, comme le lui permet son élasticité, jusqu'à ce que la cellule soit complète. Alors, ou bien elle reste en cet état, ou bien elle continue à se développer par la nutrition et de nouvelles cellules naissent à l'intérieur de sa membrane.

Cette évolution si simple se reproduit de la même manière pour tous les corps organisés. Elle n'établit donc aucune différence entre la plante et l'animal, mais prouve tout au contraire de la façon la plus évidente leur affinité primordiale. Cependant l'identité primitive du type idéal organique, qui existe à la base des deux règnes, doit se résoudre finalement dans une opposition ; ce qui ne peut arriver que par un développement antithétique du principe fondamental uniforme. Et en effet nous constatons ce développement des cellules primordiales dans les deux règnes, car il n'y a que les plantes les plus imparfaites qui soient composées de cellules exactement semblables ; mais ce développement prend un caractère particulier suivant qu'il a lieu dans le règne végétal ou dans le règne animal. Dans le règne végétal la cellule, sans beaucoup modifier sa forme, reste toujours cellule, constituant un élément avec ses contours propres et ses fonctions particulières, qui continue à se nourrir soi-même par endosmose et exosmose et à offrir à ses voisins la substance nutritive, phase d'activité auxquelles eux aussi sont soumis. Quelques cellules s'unissent bien pour former des tubes en perdant les cloisons de leurs extrémités soudées entre elles, mais on peut considérer tout cet assemblage comme une seule grande cellule qui, tout en restant fermée, s'est beaucoup étirée et dans laquelle la disparition des cloisons facilite la rapidité de transmission des liquides. Elle conserve toujours son activité propre de cellule, et se sert de ses voisines comme auxiliaires dans son existence individuelle. Il n'existe donc dans la plante aucun centre de vie, aucun foyer d'activité et d'organisation dont la destruction compromette ou anéantisse l'existence de l'individu entier, autre que la

couche entière des cellules autonomes ; et vouloir les enlever est en
général difficile. La plante ne possède aucun organe doué de fonctions particulières et qui seul préside aux fonctions de nutrition,
comme cela a lieu chez l'animal. Chaque cellule se pourvoit elle-
même et travaille ainsi à la conservation générale. Les cellules les
plus à la périphérie, les extrémités des racines, absorbent tout
comme les cellules internes, et leur position externe les destine à
recevoir les aliments nouveaux, sans que pour cela elles possèdent
ni bouche, ni estomac, ni intestin, ni poumons, organes dont l'ensemble des fonctions contribue à la nutrition de l'animal. — Cette
organisation du végétal nous fait comprendre comment des parties
détachées, soumises à des soins artificiels, peuvent donner naissance
à de nouveaux individus. En effet, chaque partie d'une plante,
qui possède un axe et des rayons périphériques, contient tout
ce qui est nécessaire pour l'existence et la conservation d'un individu.

Les animaux qui se laissent ainsi segmenter sont très-peu nombreux, et les éléments primordiaux de leur organisation diffèrent
complétement de la cellule végétale. Tout d'abord ces éléments
étaient des cellules, mais le plus grand nombre d'entre eux a dé-
pouillé sa composition cellulaire primitive et perdu ainsi son autonomie d'existence. Cette transformation des cellules en atomes nouveaux et différents constitue le caractère matériel le plus important
de l'animalité ; elle entraine à sa suite la dépendance intime de
toutes les parties, comme membres d'un tout indivisible, et produit
la division des grands besoins élémentaires en nombreuses fonctions
subordonnées, jamais autonomes. Chez les plantes nous retrouvons
dans tous les organes des cellules et du tissu cellulaire, chez les
animaux, au contraire, nous ne rencontrons que rarement du vrai
tissu cellulaire non modifié, et nous voyons bien plus souvent des
combinaisons moléculaires nouvelles et particulières, dont l'état
primitif de cellule n'a été que transitoire. Ces formes moléculaires
dérivées se distinguent d'après le mode d'activité des organes dans
lesquels elles sont contenues. Tout organe indépendant, qui a une
fonction propre et appartenant à lui seul, possède aussi une forme
particulière de ses molécules ou atomes et se reconnait aisément à
l'aspect constant de son tissu. Arrêtons-nous un peu sur ces différences et jetons le plus rapidement possible un regard dans les pro-

fondeurs de l'organisation animale, en commençant par examiner les divers genres de modifications que peut subir la cellule dans le règne animal.

Dans les organes de toutes les fonctions purement animales, les éléments matériels se résolvent en fibres délicates qui, suivant leur destination, se distinguent aussi matériellement et morphologiquement en *fibres de la locomotion* (fibres musculaires) et *fibres de la sensation* (fibres nerveuses). Dans tous les organes dont les fonctions sont communes aux animaux et aux plantes (*organes végétatifs*), les éléments matériels ne se présentent plus isolés et sous une forme simple, mais en connexités multiples entre eux, et agrégés les uns aux autres d'après des principes déterminés. Les organes de la nutrition et de la reproduction ne sont donc pas des corps solides simples, composés de molécules semblables comme les muscles et les nerfs. Ce sont au contraire des cavités et des tubes situés à l'intérieur de l'animal, circonscrits par divers épanouissements membraneux de tissus superposés les uns aux autres, et qui, en général, sont en communication extérieure au moyen d'un orifice par lequel les matières qu'ils doivent élaborer sont reçues ou éliminées, suivant qu'ils sont destinés à l'absorption ou à l'élimination. La couche interne de ces cavités est composée partout de cellules peu modifiées, profondément enchevêtrées les unes dans les autres; elle est toujours maintenue dans un état de santé et de fraîcheur par la production incessante de nouvelles cellules et le dépérissement, suivi de la destruction, des anciennes; mais sa vie est purement végétative et elle ne possède aucune sensibilité propre. On lui donne le nom d'*épithélium*; elle subit diverses modifications locales pour produire tous les tissus cornés, tels que les ongles des doigts et jusqu'à un certain point les cheveux eux-mêmes[1]. Dans le corps animal, elle constitue l'unique partie où les cellules primitives conservent constamment leur caractère, et ressemble donc beaucoup au tissu végétal; sur plusieurs points, dans les cheveux, les ongles, elle s'accroît de la même manière que les plantes, c'est-à-dire que les parties vivantes (la *matrice*), situées inférieurement produisent incessamment

[1] On m'objectera peut-être que les dents ne sont pas insensibles, mais causent souvent les douleurs les plus violentes. Ce n'est pas la dent elle-même qui souffre, mais le nerf qui y pénètre. On peut limer les dents comme on coupe les ongles, sans éprouver d'autre sensation que celle qui est transmise aux nerfs voisins.

de nouvelles couches et épaississent celles qui existaient auparavant, ou les poussent en avant. Au-dessous de l'épithélium on rencontre une seconde couche composée de fibres élastiques ou de tissu cellulaire, qui, chez tous les animaux, sert d'enveloppe protectrice pour les autres organes. Ce tégument renferme des vaisseaux sanguins et des nerfs et sa structure n'a plus d'analogie avec le tissu cellulaire végétal. Il est formé par un tissu fibreux peu serré, rempli de nombreux vides et il constitue la première membrane sensible des organes végétatifs ; il est le siége où reposent les matières colorantes de la surface et la matrice où se forme l'épithélium qui le recouvre. Lorsque les organes de la végétation ont un mouvement autonome nécessaire à leurs fonctions, au-dessous du second tégument, il existe une troisième couche formée de fibres musculaires, qui donne l'impulsion à ce mouvement. Ce tégument musculaire a une épaisseur variable en rapport avec la force qu'il doit produire ; par exemple, il est extrêmement épais dans l'estomac de beaucoup d'oiseaux et dans le cœur, où il manifeste son activité en se contractant et se détendant par des mouvements qui ne relèvent point de la volonté de l'animal : ils prennent leur source dans le tissu lui-même et sont appelés automatiques. Au-dessous de la couche musculaire qui ne se rencontre que dans les organes végétatifs possédant des mouvements automatiques, on trouve de nouveau du tissu cellulaire, ou bien lorsque l'organe végétatif est suspendu librement dans une cavité du corps, une fine membrane très-résistante, qui est composée, non-seulement de cellules et munie d'une enveloppe épithéliale, mais encore se présente comme une modification locale du tissu cellulaire animal. Elle exhale une moiteur sous forme de vapeur, qui la maintient très-glissante et lubrifiée ; cette sécrétion lui a fait donner le nom de membrane séreuse. Lorsque ce liquide est sécrété en masse et ruisselle on le nomme sérum[1].

Les organes de la nutrition et de la reproduction des animaux sont formés à l'aide de ces éléments. Quelque simples et identiques que ces organes soient dans leurs éléments matériels, ils ne s'en montrent pas moins très-divers, par leurs formes, dans chaque classe du règne animal. Une description générale, à moins qu'on

___
[1] Toutes les maladies connues sous le nom d'hydropisie sont le résultat d'une sécrétion exagérée de sérum par le tissu cellulaire et les membranes séreuses. Elles prouvent l'identité de ces organes dans animaux.

ne veuille faire un tableau spécial de l'organisation animale, ne
peut point entrer dans l'étude des formes de tous les organes. Nous
nous contenterons donc de constater le fait suivant, qui est très-
important comparé avec la nature de la plante; dans l'animal, aucune partie du corps ne possède une vie se suffisant à elle-même,
mais l'ensemble ne subsiste que par la réciprocité d'action des
parties les unes sur les autres, parties qui ne sont avec le tout que
dans un rapport subordonné. Plus cette disposition se complique,
plus le type animal s'élève dans son mode d'organisation, et plus intimes sont les rapports des parties entre elles et avec le tout. Nous
ne pouvons donc pas détacher des parties isolées du corps animal
pour leur donner une existence individuelle, si tous les organes essentiels de la vie animale ne s'y trouvent point. Les animaux des
espèces les plus inférieures, chez lesquels les organes ne se sont pas
encore séparés et isolés de la masse générale de l'organisme, nous
offrent un exemple de ce cas. Ils se multiplient par segmentation
de parties détachées de leur corps. Les types homonomes eux-mêmes
des Articulés, dont le corps est composé de parties semblables en
nombre indéfini et reproduisant par leur similitude tous les éléments substantiels et morphologiques de l'animal, peuvent donner
naissance à plusieurs individus par division en plusieurs segments.
Mais cette faculté cesse avec le caractère de l'hétéronomité et aucune partie détachée ne peut plus vivre d'une existence individuelle.
Dès lors, séparer du corps les organes essentiels devient aussi dangereux que de leur faire une simple blessure. Cette opération, dans
tous les cas où l'organe constitue un des mécanismes fondamentaux
de la vie animale et ne peut être remplacé par aucun autre, entraîne comme conséquence inévitable la mort de l'individu. En
général les centres des organes de la sensibilité et de la nutrition
sont ceux qui jouent un si grand rôle dans la vie de l'individu et
qui ne peuvent être offensés sans suite fâcheuse. Les organes de la
locomotion et de la reproduction, au contraire, ne jouent jamais un
rôle aussi considérable dans la conservation de l'individu, et leurs
lésions ne deviennent mortelles que dans les cas où des parties importantes des organes de nutrition et de sensibilité sont affectées en
même temps. La force plastique de la vie répare du reste les petites
lésions par le mouvement périodique de la matière dans tous les organes, mais les grandes pertes ne peuvent être compensées que

chez les animaux imparfaits et uniquement dans les organes de locomotion.

Ces considérations sur les différences morphologiques, matérielles et fonctionnelles, qui existent entre le règne végétal et le règne animal, nous ont préparé à saisir avec plus de rigueur la diversité typique qui appartient à l'un et à l'autre; et nous pouvons dès lors rechercher s'il existe un ordre systématique. Dans cette nouvelle étude, nous reconnaîtrons que les organismes possèdent des différences réelles qui les disposent en série, comme nous les voyons dans la nature, tandis que les considérations précédentes nous avaient simplement donné une méthode pour constater la diversité des caractères. Outre cette première cause de différenciation, il a dû en exister une seconde, qui a exercé son action sur les formes réelles des organismes et qui a contribué essentiellement à leur faire prendre à chacun leur forme particulière. Cette cause se trouve dans le milieu où chaque corps naturel a été placé au moment de sa première apparition, et elle agit comme un sceau dont l'effet propre serait d'imprimer un caractère particulier aux types idéaux restés généraux jusque-là. Le climat, le sol, le degré d'humidité de l'atmosphère, le genre de vie, les aliments sont les agents dont on peut suivre l'action sur les formes variables des organismes qui, comme l'Homme, sont exposés à toutes leurs influences changeantes. Bien que le type ou l'idée fondamentale restent les mêmes dans chacune des races humaines, il faut cependant reconnaître que les peuples de la Terre, soumis à cette influence, diffèrent beaucoup entre eux, et il est incontestable que les conditions particulières exercent une action puissante sur le plan idéal, qui existe uniforme dans tous les individus. Plus ce plan est général et moins il contient de parties distinctes, plus les agents extérieurs ont de liberté dans leur action modifiante. Aussi le type humain, dont les formes sont si déterminées et si concrètes, ne subit-il cette influence que dans quelques parties non essentielles, telles que la couleur, la taille et le rapport de parties entre elles, tandis qu'elle déploie ses effets beaucoup plus largement sur des formes moins concrètes. Cette action se manifeste encore sur les formes déjà déterminées par une influence locale, dont le type ainsi développé se trouve exposé à de nouvelles conditions; mais les effets sont moindres dans ce cas. Que l'on considère, par exemple, les diverses espèces du genre Chat, comme les produits de ces influences extérieures sur le type idéal commun, et qu'on fasse dériver toutes les différences spécifiques des actions extérieures variées sous lesquelles les Chats se sont formés à la surface de la Terre; cependant on ne voit jamais notre Chat domestique devenir un Lion ou un Tigre dans les zones chaudes, parce que au moment de sa naissance les caractères particuliers à son espèce lui ont été imprimés par des influences autres. Il conserve ces caractères qui constituent sa propriété essentielle, au milieu de toutes les circonstances, et il ne se modifie sous de nouvelles influences que dans quelques parties peu importantes. Enfin, c'est encore une règle générale et sans exception, que l'individualité plus marquée montre une plus grande force de résistance. Ainsi, dans le genre Chat, les types spécifiques étant plus tranchés que dans le genre Chien, nous comprenons à l'instant pourquoi le Chien domestique perd plus aisément son type que le Chat domestique. Les peuples aussi confirment ce principe. Les Juifs et les Nègres conservent leur caractère national, malgré le changement d'action des climats, parce que leur type national est plus marqué que celui des peuples indo-européens. Ceux-ci ont, en effet, une tendance à varier beaucoup plus grande que les autres familles ethnologiques, parce qu'ils possèdent la forme idéale du type humain dans sa plus grande pureté.

Les propriétés qui proviennent des influences extérieures appartiennent d'ailleurs toujours aux différences les plus insignifiantes et les moins apparentes; elles ne doivent occuper qu'une place secondaire dans un tableau général du règne animal et du règne végétal. Mais elles ont une haute importance pour le but que nous poursuivons, parce qu'elles nous font comprendre une grande partie des propriétés de toutes les anciennes créatures vivantes détruites. L'identité typique de ces êtres organisés, avec ceux qui vivent actuellement, prouve la justesse de notre théorie et ne laisse subsister aucun doute sur la concordance du plan d'après lequel les organismes de ces époques ont été créés avec le principe idéal de l'organisation actuelle. En général, la diversité de ces créatures primitives est moins grande, mais les individus sont souvent en nombre plus considérable : circonstances qui ont évidemment pour cause les conditions extérieures de ces époques. En effet, les agents extérieurs, et notamment les zones, ne présentaient pas encore des différences aussi tranchées qu'aujourd'hui, et la puissance d'almentation du sol était plus grande pour les individus isolés, parce que les espèces, aux besoins desquelles il avait à pourvoir, étaient moins nombreuses. La quantité de matière organique peut même avoir été proportionnellement plus élevée qu'aujourd'hui, et sa distribution était certainement différente. Quelques espèces végétales, aux formes bizarres, recouvraient alors, avec une multitude prodigieuse d'individus, les premières terres fermes émergées, et par leur uniformité générale produisaient un aspect monotone. Aucun Mammifère n'habitait les forêts, aucun Oiseau ne décrivait ses courbes autour des sommets élevés des arbres, toute la création était silencieuse et plongée dans un assoupissement d'oppression, aucun être doué de voix n'était encore sorti des flancs de la Terre. Les habitants muets des eaux, sans rapidité dans leurs mouvements et se traînant lentement, ou même fixés au sol, peuplaient les abords de ces îles primitives, qui ne portaient encore aucun arbre à fruit, et sur lesquelles ne s'épanouissait aucune fleur. S'il existait quelque Reptile rampant dans ces fourrés, il était là, aux aguets, pour s'emparer péniblement des animaux marins qui lui servaient de nourriture. Il était le seul être de grande taille qui peuplât les îles couvertes de forêts de ces mers immenses.

Mais n'oublions pas que nous ne pouvons tenter de donner un tableau de la vie dans chacune des périodes de création, avant d'avoir appris à connaître les formes de l'organisation dont nous pourrons alors admirer les représentations. Il faut donc que nous commencions par donner une description systématique des formes animales et végétales d'après leurs principaux types [1].

Le règne végétal, considéré dans un ensemble systématique, se présente avec un aspect très-simple, et on peut en résumer les traits dans un tableau court et succinct. Au degré le plus bas, on trouve d'abord des plantes composées de cellules uniformes et chez lesquelles il n'existe pas encore d'axe et de rayons périphériques distincts. Ces plantes sont placées sur l'échelon le plus bas de l'organisation. Outre la tige et les feuilles, elles manquent encore de rameaux, de fleurs, de fruits et de graines, puisque toutes ces par-

[1] Nous nous sommes obligé de renoncer à intercaler dans le texte les figures de ces types principaux, à cause de la trop grande place qu'il nous eût fallu pour cela. Un petit supplément à cette lacune, pour le chapitre présent, en consultant l'Atlas de botanique publié en quarante tableaux, chez G. Krüner, à Berlin, 1843, in-4°, Le lecteur y trouvera figurés les organes caractéristiques de toutes les plantes que nous citons.

ties des plantes supérieures ne sont que de simples modifications
de l'axe et des rayons. La distinction entre la tige et les feuilles
n'existant point, toutes les autres parties dérivées doivent nécessairement manquer aussi. Les plantes ne se multiplient que par segmentation de cellules détachées de leur tissu. Ces cellules portent
le nom de *spores*. Ces plantes *sans feuilles* (Pl. *aphyllæ*) embrassent
trois groupes du règne végétal, les *Champignons*, les *Algues* et les
Lichens. Chez les Champignons, qui ne croissent qu'à l'air dans les
lieux humides, et aiment les endroits obscurs, le type est massif,
globuliforme, noueux et en parasol ; chez les *Algues* et les *Lichens*,
il tend à s'élargir en feuille. Dans les premiers, on ne retrouve que
la forme de l'axe ; dans les seconds, au contraire, celle des rayons
périphériques. Les Algues ne croissent que dans l'eau, les Lichens
dans les lieux secs. Les premières forment la population végétale
primitive des mers et des lacs ; les seconds s'attachent sur les rocs
dénudés et sur le sol dur et desséché. Les Champignons, au contraire, sont dans la dépendance d'autres organismes et se développent de préférence sur les cadavres et les excréments. Les Algues et
les Lichens ont laissé les traces les plus anciennes et les plus primitives du règne végétal ; et aujourd'hui encore, on les trouve comme
premières formes organisées, là où aucune autre vie ne peut se
développer.

La nature a déployé toute la richesse de ses ressources dans les
innombrables espèces de ces trois groupes. Elle s'élève ensuite à des
types plus parfaits avec tige et rayons ; mais ces derniers n'existent
que sous leur forme la plus élémentaire, comme rayons simples,
attachés à la tige, ou feuilles. Les plantes de ce second degré manquent aussi de fleurs, de fruits et de graines ; et leur reproduction
s'exécute au moyen de spores qui se forment dans des *capsules
particulières*, bien que, comme chez les précédentes, ces spores ne
se composent que d'un tissu cellulaire simple et homogène, mais
sont douées d'une organisation plus régulière. Ce groupe de plantes
comprend les *Mousses*, caractérisées par l'exiguïté de leur taille,
leur tissu peu consistant et la délicatesse de leurs formes. Elles habitent les mêmes lieux que les Lichens et les Algues d'eau douce
ou *Conferves*. Un de leurs membres, la *Sphaigne des tourbières*,
joue un rôle important dans l'économie de la nature.

Jusque-là les cellules de l'organisme végétal ne subissent aucune

modification essentielle, elle se retrouvent dans toute la plante avec
une forme assez identique ; mais cette homogénéité élémentaire ne
suffit plus pour la vie plus complexe des plantes d'un degré supérieur. Nous rencontrons donc, à partir de ce point, à côté du tissu
cellulaire primitif, des faisceaux de cellules allongées au milieu
desquelles il vient s'en placer d'autres d'une nature particulière, et
caractérisées par le tissu fibreux qui revêt leur paroi interne (vaisseaux spiraires, scalariformes et ponctués). Ces cellules acquièrent
un grand degré de résistance par l'épaississement de leurs membranes. Les faisceaux donnent de la solidité à la substance végétale,
et on les appelle *faisceaux ligneux*, ou *faisceaux vasculaires*, parce
que autrefois on regardait leurs éléments comme des vaisseaux ou
tubes, forme qu'ils ne prennent, en réalité, que peu à peu par la
disparition des cloisons intercellulaires ; leur présence dans le tronc
et dans les feuilles sert à caractériser le troisième groupe principal
du règne végétal, dans lequel les deux éléments primordiaux de la
plante, l'axe et les rayons, existent seuls, mais ne sont pas encore
accompagnés de leurs modifications supérieures, les fleurs, les fruits
et la graine. Ces végétaux prennent le nom de *plantes vasculaires
sans graine* (*Pl. vasculares acotyledoneæ*) ; comme les Mousses,
elles ne produisent que des spores renfermées dans des capsules
d'une forme particulière. Lorsque ces capsules sont attachées à l'axe,
le groupe s'appelle *caulocarpæ* ; fixées aux rayons, *phyllocarpæ*. Ces
deux familles végétales ont joué un rôle très-important dans le
monde primitif, et ont été, pendant de longues périodes, les premiers représentants du règne végétal. Aujourd'hui la seconde seulement possède des espèces arborescentes, mais sous les tropiques
seulement. Chez nous, elles n'existent plus que dans les types nains
des *Prêles* (*Equisetum*) et des *Fougères* (*Filices*).

Avec la métamorphose des feuilles en fleurs commence un type
d'organisation plus élevé, constituant le quatrième groupe principal du règne végétal. Les membres de ce groupe ont pour éléments
de leur texture interne du tissu cellulaire et des vaisseaux ligneux
ou vasculaires, possèdent un axe et des rayons ; et, de plus, des
axes secondaires modifiés, ou fleurs. Ils portent des fruits et des
graines véritables. La structure de ces dernières présente, très-
caractérisée, une particularité qui sert à établir les distinctions fondamentales entre des types différents. Le germe de la jeune plante

dans la graine, l'embryon, est protégé ou bien par une seule feuille
(*valves de la graine*, *cotylédons*) ou par deux ou même par plusieurs.
Ce caractère a fait distinguer les végétaux supérieurs en *monocotylédones* et *dicotylédones*. Les monocotylédones, dont l'ensemble
des individus constitue le quatrième degré de l'échelle générale du
règne végétal, ont des faisceaux vasculaires disséminés dans la tige
et presque toujours ne possèdent aucun axe latéral simple, ou rameau. Leurs feuilles ne présentent aucune différence apparente
entre la face supérieure et la face inférieure, et ne montrent que
rarement des nervures ramifiées saillantes ou expansions de leurs
faisceaux vasculaires ; elles ne sortent pas subitement et à un point
déterminé de l'axe, mais elles vont en se rétrécissant lentement de
la pointe à la base. Dans leurs fleurs, le plus souvent, rien ne distingue le calice de la corolle. Le nombre 3 est le nombre dominant ;
et la graine, comme nous l'avons dit, n'a qu'un cotylédon. Les
Graminées, les *Palmiers*, les *Liliacées* et les *Musacées* constituent les
principaux types de ce grand groupe du règne végétal, représenté
actuellement sous la zone tropicale par les plus belles et les plus
riches plantes. Elles y atteignent au degré de perfection le plus
élevé auquel les monocotylédones puissent prétendre. Chez les Graminées, la fleur est réduite à sa forme la plus élémentaire, sans
enveloppe colorée, irrégulière, et ses rayons n'ont rien d'essentiellement différent des feuilles de la tige ; les fruits sont simples, la
tige est presque toujours creuse. Ces formes imparfaites font un
contraste frappant avec le rôle considérable que les Graminées jouent
dans l'économie de la nature. Ce sont elles, en effet, qui, avec leurs
diverses parties, constituent la base principale de l'alimentation
des animaux herbivores. L'Homme lui-même leur doit l'adoucisse-
ment de ses mœurs, puisque toute civilisation commence par l'agriculture.

Les *Palmiers*, caractérisés par leur tige élancée et flexible, par
leur magnifique et riche feuillage, se rattachent aux Graminées par
leurs fleurs incolores et leurs fruits comestibles (dattes, noix de
coco), ainsi que par la farine (sagou) qu'ils produisent ; mais la
régularité de leurs fleurs et la structure de l'axe et des rayons les
placent à un degré d'organisation supérieure. Ils habitent les tropiques, remplissent d'admiration et d'étonnement celui qui les voit
pour la première fois ; mais ils le cèdent de beaucoup aux Grami-

née pour l'utilité que l'homme en retire. Les *Liliacées*, ces plantes aimées et recherchées par l'homme à toutes les époques les plus éloignées où nous fait remonter l'histoire, ont reçu de la Nature, dans leurs fleurs régulières et aux couleurs splendides, cette parure qui nous charme tant. La tige et les rayons sont bien inférieurs à ceux des Palmiers; ils ne portent aucun fruit comestible, et c'est à peine si on peut donner le nom de matière à la graine. Elles n'ont été créées que pour servir d'ornement, et elles dissimulent, sous leur brillante enveloppe, cette pauvreté intérieure que l'on voit souvent aussi parmi nous se parer de regards attrayants et de beaux traits, et exercer un pouvoir despotique sur les cœurs qui l'entourent. Les *Musacées*, enfin, sont voisines des Liliacées, et leurs fleurs appartiennent encore aux plus éclatantes; mais leur forme irrégulière, quoique encore symétrique, et le désordre de quelques-unes de leurs parties internes, présentent à l'œil du connaisseur des différences caractéristiques. Fixées, comme les Palmiers, sous les tropiques, elles sont en grande partie inconnues aux yeux des Européens; mais elles jouent un rôle considérable dans leur patrie, puisque leur principal représentant, le *Bananier* (*Musa sapientum*), a reçu à la fois tous les dons de la Nature dans sa tige énorme, ses feuilles largement développées, l'éclatante couleur de ses fleurs et ses fruits savoureux et parfumés, dons que nous retrouvons isolés chez les Graminées, les Palmiers et les Liliacées, et qui les ont rendus si précieux au genre humain. Le Bananier est donc le roi des plantes monocotylédones; mais il est en même temps l'enfant le plus délicat de la nature, car il ne se développe complétement que sur certains points particuliers de la zone tropicale exposés aux rayons brillants du soleil.

Le dernier et cinquième degré du règne végétal, comprenant les dicotylédones, se présente avec plus de régularité dans toutes ses parties, caractère qui le place au-dessus des monocotylédones. Les faisceaux vasculaires et ligneux se disposent, dans sa tige, d'après des lois déterminées; ils décrivent des cercles et s'accroissent sous forme d'anneaux concentriques, qui naissent périodiquement chaque année et indiquent ainsi l'âge de l'arbre. La tige se divise donc en écorce, aubier, cœur de bois et moelle, formant des couches successives, en allant de la périphérie au centre, et qui n'existent point dans les monocotylédones. En général, ils portent des rameaux; et

leurs feuilles sont munies de nervures saillantes ramifiées en forme
de réseau, qui distinguent la partie inférieure de la supérieure.
Dans les fleurs, le calice et la corolle ont ordinairement des couleurs
différentes ; et leur graine contient un germe enveloppé au moins
de deux cotylédons. Malgré ces différences profondes et essentielles,
les dicotylédones suivent dans leur développement une marche analogue, et nous offrent dans les fleurs les caractères de trois groupes
différents.

Dans la première sous-division ou classe, l'enveloppe interne colorée, la *corolle*, est absente et le calice existe seul. On nomme ces
plantes *apétales*, pétales étant le terme technique employé pour
désigner les feuilles florales. Beaucoup d'entre elles n'ont que des
étamines ou qu'un pistil sur chaque fleur, et portent deux floraisons
différentes (*Pl. diclines*), qui tantôt existent simultanément sur
la même tige (*pl. monoïques*), tantôt sur des tiges différentes
(*pl. dioïques*). Le Chêne, le Hêtre, le Noisetier et le Noyer nous
fournissent des exemples bien connus du premier cas ; le Peuplier
et le Saule du second cas. Aux plantes diclines, chez lesquelles les
fleurs ne portent ou bien que des étamines ou bien qu'un pistil,
appartiennent les *Conifères* et les *Amentacées* des zones tempérées,
ainsi que les *Urticées*, et les plantes de la même famille que l'*Eu-
phorbe* (Euphorbiacées) ; ces deux groupes, représentés seulement
par des plantes herbacées chez nous, renferment des arbres sous
les tropiques. Tout le monde connaît le Figuier et le Mûrier ; mais
les botanistes seuls savent que, par leurs fleurs et leurs fruits, ils
sont apparentés de très-près avec l'Ortie commune. Les *Euphorbiacées*, caractérisées par l'âcreté de leur suc laiteux, prennent des
formes arborescentes dans les régions chaudes, et fournissent,
comme les Urticées, des produits médicinaux et d'autres substances
utiles, telles que le caoutchouc, par exemple. Les poisons les plus
violents du règne végétal sont élaborés par des plantes appartenant
à ces deux familles. Les Conifères et les Amentacées sont, sans conteste, plus utiles. Ces deux groupes qui, par le rôle considérable
qu'ils jouent dans le développement du bien-être de l'humanité, en
lui fournissant les instruments du grand et du petit commerce international, appartiennent aux produits de la création les plus indispensables pour nous, ne le cèdent en utilité qu'aux céréales et aux
plantes fourragères. Le Nord trouve en eux sa fortune, la zone tem-

péré une partie de sa richesse ; et partout ils sont les appuis et les promoteurs de la civilisation et du luxe. Les plantes **monoclines**, dont les fleurs portent à la fois des étamines et un pistil et prennent à cause de cela le nom de fleurs *hermaphrodites*, ne renferment aucune famille aussi importante. Les *Chénopodiacées* et les *Polygonacées*, fournissent à l'homme des matières alimentaires ; les *Lauracées*, des substances aromatiques ; mais toutes sont d'une utilité inférieure à celle des *diclines*. Chez beaucoup de monoclines, le calice prend une coloration variée et ressemble à la corolle, sans en tenir lieu pour cela. On cultive dans les jardins ces fleurs brillantes, dont une des plus connues est la *Crête de coq*. La fleur du Laurier a aussi un calice blanc.

La seconde classe des dicotylédones possède une corolle colorée, mais ses pétales sont soudés en tube, en cornet ou en entonnoir, et divisés seulement sur le bord extérieur. On donne à ces plantes le nom de *monopétales*, et on les divise en deux groupes, suivant que la corolle est fixée sur l'axe de la fleur (*thalamanthæ*) ou sur le calice (*calycanthæ*). La première division n'embrasse que de faibles plantes herbacées, à tige annuelle, souvent très-courte ; mais leurs fleurs, charmantes et délicates, ont gagné toute notre sympathie. Les *Primulacées*, les plantes de la famille des *Antirrhinées*, les *Lobées*, ces deux dernières avec fleurs symétriques à deux lobes, les gracieux *Myosotis* (*asperifoliæ*) ; enfin les *Convolvulacées* et les *Solanées*, avec leur substance alimentaire et leurs poisons narcotiques énergiques, appartiennent à ce groupe du règne végétal. Parmi les *calycanthes* nous rencontrons les *Rubiacées*, les *Cinchonées*, les *Valérianées* et la grande famille des *Composées*, dont un des représentants, le *Pissenlit* (*Leontodon taraxacum*), est une des plantes les plus communes de nos contrées ; cette famille d'ailleurs est bien connue de chacun par ses autres plantes tant utiles que désagréables, telles que le *Chardon*, la *Bardane*, la *Laitue* et la *Chicorée*. Les *Campanulacées* et les *Cucurbitacées*, renfermant les *Concombres* et les *Melons*, forment la fin de cette classe, et appellent notre attention autant par les fruits qu'elles produisent que par les **magnifiques** fleurs dont elles se parent dans le groupe des *Passiflorées*.

La troisième classe, enfin, des dicotylédones, le dernier groupe du règne végétal, se distingue par sa corolle complète, à pétales multiples et a pris le nom de *polypétales*. Elle est la plus riche de

toutes les divisions du règne végétal, pour la variété do formes de
ses membres ; elle se trouve donc au point culminant du monde des
plantes et mérite cette place supérieure par la perfection de ses
espèces. Celles-ci se divisent en deux groupes, d'après la position
de leur corolle ; les *calycopétales*, à corolle portée par le calice et
les *thalamopétales*, à corolle reposant sur l'axe. Les *Ombellifères*
avec leurs essences aromatiques volatiles ; le groupe des *Résina-
riées* ; la famille si nombreuse et si importante comme plantes alimentaires et de fourrage des *Légumineuses* avec leurs charmantes
fleurs, semblables à un papillon au repos et dont les membres les
plus importants sont le Trèfle, l'Esparcette, les Pois, les Fèves, et la
Vesce ; puis le charmant groupe des *Rosacées*, aussi remarquable par
ses fleurs que par ses fruits, tels que les fraises, les framboises, les
cerises, les prunes, les poires, les pommes ; les *Myrtacées*, la parure des contrées chaudes, dont un des plus beaux produits est la
grenade ; enfin les *Crassulacées*, si curieuses par leurs feuilles
épaisses et charnues, et qui, par un contraste singulier avec leur
riche composition aqueuse, préfèrent les lieux les plus secs, où
elles ne résistent aux rayons brûlants du soleil que par la grande
quantité d'eau renfermée dans leurs tissus. Les *Sedums* et les *Sem-
pervivées* sont, dans notre zone, les misérables représentants des
magnifiques Cactées et des Mesembryacées, que l'Amérique tropicale et le sud de l'Afrique produisent avec une si grande richesse. —
Parmi les *thalamopétales* on trouve d'abord les gracieuses *Caryophyl-
lées* et les humbles et cependant si délicieuses *Violacées*. Les
Géraniacées, les *Balsaminacées* et les *Oxalidacées* forment les
groupes les plus rapprochés ; ils se distinguent tous par une végétation herbacée, du moins chez nous. L'Érable, le Marronnier d'Inde
et le Tilleul viennent ensuite comme formes arborescentes. Les *Malvacées* avec leurs nombreuses étamines et leurs belles fleurs. Le
Cotonnier (Gossypium), un des membres de cette famille, et l'arbre
le plus gigantesque de la terre (Adansonia) lui donnent un grand
intérêt. Nous trouvons ensuite les *Crucifères* et les *Papavéracées*,
aussi remarquables par la prédominance du nombre quatre dans
les parties de la fleur, nombre si rare en botanique, que par leurs
substances alimentaires (Chou), oléagineuses (Colza), âcres (Sé-
nevé) et assoupissantes (Opium). A la fin de ce dernier groupe nous
trouvons les *Aurantiacées*, avec leur riche feuillage glanduleux, leurs

belles fleurs si odorantes et leurs fruits exquis, et les *Anonacées*, plantes qui, tout en ayant des propriétés semblables, se distinguent des précédentes par la forme du fruit. Le *Tulipier* (Liriodendron) et le *Magnolier*, sont leurs représentants les plus connus. Ils habitent de préférence les zones chaudes ou brûlantes, le dernier dans l'ancien, le premier dans le nouveau monde, où ils atteignent leur développement complet. Les zones tempérées et froides n'ont que de chétifs représentants des plantes les plus parfaites, mais leurs fleurs ne le cèdent guère en beauté à ces types modèles. Les *Renonculacées* et les *Nymphéacées* sont les types qui, parmi nos plantes indigènes, peuvent le mieux prétendre au degré de perfection le plus élevé.

CHAPITRE XX

Tableau du règne animal. — Animaux articulés et i vertébrés.

La diversité morphologique des animaux est beaucoup plus grande
que celle des plantes, parce que tous les animaux ne sont pas,
comme celles-ci, constitués d'après un seul et même type. Nous
trouvons, en effet, dans le règne animal, trois types absolument différents avec plusieurs variétés principales dérivées. Il est donc beaucoup plus facile de distinguer les grandes divisions du système
zoologique, puisque la nature elle-même y a tiré des lignes de séparation plus marquées; mais il en résulte aussi qu'on ne peut embrasser l'ensemble des animaux d'un point de vue aussi universel,
comme nous l'avons fait pour les plantes. Tous les rameaux, toutes
les feuilles, toutes les fleurs et tous les fruits se composent toujours
des mêmes éléments, modifiés seulement dans leurs rapports réciproques, et jamais aucun de ceux qui font partie essentielle d'un
organe ne manquent. Dans le règne animal, au contraire, la nature
a su trouver des voies très-diverses pour satisfaire aux besoins de
ses créatures; elle a donné à l'un un organe qui manque complétement à l'autre, et même, jusque chez les animaux où nous rencontrons des organes semblables, elle leur a souvent imposé des
formes très-opposées. D'un autre côté, des organes très-divers par
leur but ont pris des formes semblables et il faut un haut degré de
sagacité et d'attention pour y reconnaître une différence quelque
éloignés qu'ils puissent être par leur destination.

Pour l'observateur superficiel des formes animales, il paraîtra
facile d'établir des lignes de séparation très-tranchées, mais ses notions inexactes lui troublent la vue. Des anneaux intermédiaires,

que la science ne peut pas négliger, et que l'observateur vulgaire
ne connaît pas ou ne daigne pas considérer, viennent partout opposer un obstacle à ces divisions tranchées. Autrefois, lorsqu'on
n'avait pas encore étudié aussi soigneusement les formes connues dans
toutes leurs parties, ou bien qu'on ne connaissait encore qu'une
faible portion des animaux, cette difficulté était beaucoup moins
sensible qu'aujourd'hui, où nous sommes arrivés à observer peu à
peu et à réunir dans nos collections une quantité si prodigieuse de
formes. Les anciens tableaux systématiques pouvaient donc exprimer
en quelques mots, ce que nous pouvons à peine aujourd'hui faire
entrer dans une définition. En outre, de nombreuses distinctions,
qui jouaient encore un grand rôle dans ces anciens systèmes, ont
été abandonnées l'une après l'autre. Les nouvelles classifications
naturelles des organismes et surtout celle des animaux, n'admettent
plus des divisions ou compartiments aussi tranchés, comme Linné,
le fondateur des groupements systématiques dans les sciences naturelles, le voulait et l'avait fait. Tous les groupes supérieurs à
l'espèce (species) ne paraissent être que des divisions artificielles,
sans réalité dans la nature, qui par quelques caractères restés ina-
perçus jusqu'ici, ou par quelques formes inconnues se fondent avec
les divisions voisines trop insensiblement, pour qu'il y ait lieu de
conserver une ligne de démarcation. Ce fait apparaît déjà dans les
types fondamentaux du règne animal, et le schéma régulier passe
par une gradation sans lacune au schéma symétrique, ainsi qu'on
peut aisément le démontrer. Dès que, dans un animal régulier, la
bouche s'écarte du centre du cercle et devient latérale, la symétrie
apparaît aussitôt et la segmentation multiple par moitiés, qui est le
critérium du type régulier, devient impossible. Partout, dans le règne
animal, nous rencontrons des circonstances semblables. Toujours
chaque type tend à passer dans un autre par l'admission de caractères particuliers à ce dernier et nous n'avons pas devant nous une
série d'anneaux fermés, mais une chaîne ininterrompue de formes
variées, reliées par des anneaux intermédiaires, qui n'a aucun rapport avec l'assemblage artificiel imaginé par l'homme. En général,
la nature emploie plusieurs modes de différenciation à la fois, et
n'accumule pas ensemble tous les traits particuliers à chaque mode,
mais les utilise les uns après les autres. Il en résulte des êtres intermédiaires, chez lesquels se combine la première différence d'un

mode avec la seconde d'un autre mode, tandis que d'autres êtres présentent en eux la réunion de la première différence du second mode avec la seconde différence du premier. Il naît donc quatre groupes, dont deux extrêmes et deux moyens. Dès qu'un mode symétrique apparaît chez des animaux à type régulier, il détruit complétement la régularité de tout le groupe et fait passer le type régulier dans le type symétrique. L'inverse a lieu, lorsque des animaux symétriques se présentent avec quelques modes réguliers[1].

Ces considérations deviendront beaucoup plus claires, placées dans le tableau général du règne animal, que nous allons commencer sur-le-champ. Nous y donnerons plus d'attention aux détails, que nous ne l'avons fait pour les plantes, car les restes des animaux sont surtout ceux qui servent à caractériser les différentes couches neptuniennes et à déterminer leur âge relatif et leur contemporanéité. Toutefois l'importance des organismes inférieurs est moins grande ; la plupart ont une texture trop molle, pour nous être arrivés à l'état de fossilisation. Nous pourrons donc les passer rapidement et nous arrêter d'autant plus longtemps aux groupes supérieurs[2].

Les *animaux irréguliers* ont été nommés *Infusoires*, d'après le mode de naissance de beaucoup d'entre eux par *generatio equivoca* dans des infusions, que nous avons décrit plus haut (p. 360). Ils sont composés d'un tissu cellulaire sans consistance et peu serré, dans lequel des cavités internes tiennent lieu d'organes de nutrition. Ces cavités sont toujours munies d'un orifice d'entrée, la bouche ; chez les Infusoires proprement dits, l'anus manque souvent. Ils exécutent leurs mouvements en agitant de nombreux cils qui recouvrent tout leur corps, ou quelques filets plus longs placés près de la bouche. (Voy. les fig., p. 382, 3, *a*, et p. 384.) Les organes de la reproduction sont représentés par une masse noire, sphérique, ou en forme de ruban, le *nucleus*, près duquel il en existe en contact immédiat un second plus petit, le *nucleolus*. Ces deux organes probablement glanduleux président à la multiplication des Infusoires. Ils se multiplient encore par fissiparité et par bourgeonnement. Beaucoup

---

[1] Comme exemple du premier cas, je citerai les *Spatangides* parmi les *Oursins*, et les *Octopodes* parmi les *Céphalopodes* comme exemple du second.

[2] Pour les animaux comme pour les plantes, et pour les mêmes raisons, nous avons déjà renoncé à intercaler des figures dans le texte. Si quelque lecteur est désireux d'avoir une notion plus précise des principales formes, je le renvoie à mon *Atlas zoologique*, 2e édition, Berlin, 1835, in-4°; et à mes *Lettres de zoonomie*, Leipzig, 1836, 2 vol. in-8°.

ont des carapaces dures, diaphanes, ouvertes par **devant** et quelquefois aussi à la partie postérieure. Les *Foraminifères*, dont nous avons déjà parlé à propos de l'animal le plus ancien, l'*Eozoon* considéré du système laurentien et à propos de **la craie**, appartiennent à cette catégorie. On n'a reconnu sur leur corps ni ouverture buccale, ni noyau pour les organes de reproduction ; la plupart ont une coquille calcaire divisée en chambres par des cloisons transversales. Les *Éponges* aussi appartiennent aux animaux irréguliers ; leur charpente fibreuse, comme tout le monde le sait de l'Éponge ordinaire, porte leur corps composé d'une substance molle semblable à celle des Infusoires et des Foraminifères. Les animaux irréguliers considérés comme le premier groupe principal du **règne** animal prennent le nom de *protozoaires*.

Les *animaux réguliers* ont toujours un organe central, destiné à recevoir les aliments et autour duquel se groupent les autres parties du corps. Une large ouverture, la bouche, sert d'orifice d'entrée à cet organe jouant le rôle de cavité digestive. Cependant, cette bouche est quelquefois remplacée par des pores nombreux et simples ou par des organes prolongés en forme de tube, appelés *tubes d'absorption*, au travers desquels les liquides ne font que traverser, et qui par conséquent n'absorbent pas en réalité les aliments, mais leur enlèvent leurs parties nutritives, en les introduisant seules dans le corps de l'animal. L'anus manque encore et sa présence chez les animaux réguliers n'est qu'une exception. A côté de cet organe destiné à la conservation de l'individu, se trouvent les organes de la reproduction qui président à la conservation de l'espèce. Ils se présentent sous la forme de cavités tubuleuses, qui sécrètent la substance reproductrice, et sont disposées autour de l'organe digestif simple ou à côté des tubes d'absorption multiples. Ces cavités renferment de grandes cellules globuleuses ou ovales, dont le contenu finement granuleux et coloré le plus souvent en jaune, en vert ou en rouge enveloppe une cellule centrale beaucoup plus petite ; ces cavités portent le nom d'*ovaires* et les cellules celui d'*œuf*. Le contenu granuleux de l'œuf, enveloppé par une membrane particulière, constitue le *jaune*, la petite cellule interne est le *germe*, l'élément primordial de l'œuf, qui précède toutes les autres parties, et sert à former l'œuf complet, puisque le jaune se rassemble autour de lui par une sorte d'attraction centripète. Ce n'est qu'après que ce phé-

nomène s'est effectué, que l'œuf s'entoure d'une couche homogène
et limpide d'*albumen*, dont la quantité peut varier suivant les
espèces et dont l'enveloppe extérieure prend la texture solide d'une
coquille. Mais tous les organes de reproduction ne contiennent pas des
œufs; il en existe une seconde sorte, dont la cavité tubuleuse produit tout au bout de son extrémité des cellules primitives et limpides, analogues au germe. Les éléments secondaires ne se rassemblent pas autour d'elles, mais se développent à l'intérieur. Ces
cellules deviennent ensuite opaques, se remplissent d'une substance
à grain fin, qui se divise par segmentation en portions égales et
forme de nouvelles cellules, dont le contenu prend plus tard une
texture définitive, composée ordinairement de filets très-fins. Ces
petits filaments, ainsi que les autres produits analogues de forme
différente, prennent le nom de *spermatoïdes;* le liquide dans lequel
ils flottent, après qu'ils ont quitté leur cellule matrice, est la *se-
mence animale* (sperma) et l'organe qui le produit le *testicule*. Le
contact des spermatoïdes avec l'œuf, contact qui est suivi d'une
pénétration réelle dans ce dernier absolument comme chez les
plantes, produit la première phase d'évolution du germe ou l'*embryon*. Tous les animaux ont deux sortes d'organes de reproduction,
mais ils sont ordinairement placés sur des individus différents : ceux
qui ont l'ovaire sont les *femelles*, les autres les *mâles*.

Ces deux organes, en se disposant autour de la cavité centrale
dans un rapport numérique défini, réagissent sur le nombre ulté-
rieur des autres. On le voit très-clairement, ainsi que la régularité
harmonique qui l'accompagne, dans le *système nerveux* qui forme
un anneau autour du gosier ou orifice de l'estomac. Des rayons partent de cet anneau en nombre correspondant à la quantité fondamentale et se dirigent vers la périphérie de l'animal, où ils se ramifient. Quelquefois ces nerfs se terminent par un organe sensible
particulier, les *yeux*, qui se distinguent par leur pigment rouge.
Le système musculaire des animaux réguliers est disposé de la même
manière. Des muscles annulaires ou *sphincters*, placés autour de
la bouche et de l'anus, forment les centres, auxquels se rattachent
d'autres faisceaux musculaires, distribués uniformément à la partie
périphérique, conformément au rapport numérique du système nerveux et des organes reproducteurs, entourent le corps et mettent
l'animal entier en mouvement par leurs vibrations souvent rhy-

timiques. A ce degré d'organisation, la cavité simple ne suffit plus à la nutrition de l'individu ; ses fonctions se partagent entre plusieurs organes différents, qui dès lors réparaissent dans tous les organismes supérieurs. Ce partage se ramène à trois modes différents d'action, la *digestion*, la *respiration* et la *circulation*. La digestion enlève aux aliments introduits dans la cavité digestive, qui prend le nom de *tube digestif*, aussitôt qu'elle devient un canal cylindrique, leurs éléments nutritifs assimilables et les fait pénétrer dans les vaisseaux par absorption au travers des membranes. Les vaisseaux sont des tubes cylindriques déliés et ramifiés, qui se distribuent dans le corps entier conformément à son type, et transportent leur contenu, soit de la périphérie au centre (*veines*), soit du centre à la périphérie (*artères*). Ce contenu est le sang, le véritable aliment de tout organisme animal, liquide dans lequel flottent des cellules complètes et isolées, presque toujours en forme de disque aplati et à contours elliptiques, dont le noyau convexe occupe le milieu du disque (globules du sang), ou bien ne forment encore qu'un noyau cellulaire rond et inachevé (globules de la lymphe). Ce liquide est élaboré par le canal digestif, absorbé par ses parois, transporté par endosmose à travers les membranes intestinales dans les vaisseaux sanguins et distribué par les artères dans toutes les parties du corps. Chaque organe reçoit donc sa part et lui fait prendre la forme moléculaire propre à sa substance; le surplus retourne par les veines au centre, reprend en partie la même route, en partie se dirige par une autre voie vers des organes particuliers, où il va se purifier, en se débarrassant du carbone, que les organes ont laissé en dépôt dans le sang. Le carbone devenu inutile aux animaux doit être éliminé. Cette opération s'effectue par la combinaison qui a lieu entre lui et l'oxygène de l'air pour produire de l'acide carbonique; celui-ci s'échappe hors du sang sous forme gazeuse [1], par un phénomène d'absorption et d'exhalation des membranes organiques. Ce processus prend le nom de *respiration*, et l'organe dans lequel il s'effectue, celui d'*organe de la respiration*. Cet organe est toujours composé d'un prolongement de l'épithélium de la membrane exté-

---

[1] Nous ne devons pas oublier que le carbone, qui est la principale substance alimentaire des végétaux, est absorbé par eux à l'état d'acide carbonique séparé de l'oxygène et fixé, et l'oxygène rejeté au dehors. Les animaux et les plantes se complètent donc dans leurs besoins.

rieure ou membrane dermique, qui tantôt se replie à l'intérieur et
reçoit dans la cavité qu'il forme le médium oxygéné, tantôt se projette extérieurement et se trouve en contact libre avec ce médium. Les
organes respiratoires du premier genre portent le nom de *poumons*,
ceux du second celui de *branchies*. Lorsqu'il n'existe aucun organe
spécialement destiné à la respiration, il est suppléé ou par l'épithélium de la surface extérieure ou par celui du canal intestinal. Les
animaux réguliers ne possèdent encore aucun autre organe particulier et même ceux que nous venons de décrire ne se retrouvent
point chez tous leurs membres. Il nous faut donc faire **connaître**
avec plus de détails le groupe des animaux réguliers d'après ses
formes et décrire l'organisation propre à chaque forme particulière.

Les animaux à type régulier se divisent le plus naturellement en
deux classes, les *Polypes* (Polypina) et les *Rayonnés* (Radiata). Ces
deux groupes réunis aux animaux irréguliers constituent la classe
des *Zoophytes* de **Cuvier**[1]. Cette dénomination ne peut cependant
s'appliquer avec justesse qu'aux Polypes, puisqu'ils sont les seuls
chez qui nous voyons prédominer les formes générales des plantes.

La classe des *Polypes* forme un groupe extrêmement naturel, caractérisé par le type régulier le plus complet. Ses membres, qui se
présentent presque toujours réunis en familles, se distinguent principalement de la classe suivante, les *Rayonnés*, par ce caractère et
par la faculté qu'ils ont de se multiplier par fissiparité ou par
bourgeonnement, faculté sur laquelle reposent leurs associations en
familles. Le corps d'un Polype isolé a absolument la forme d'un
verre à vin, en donnant une épaisseur plus grande au verre relativement à la cavité ouverte par en haut qu'il circonscrit. L'animal se
fixe en partie à l'aide d'appendices inférieurs faisant fonction de
pieds, et est en partie soudé à la base solide qui le supporte. Sa face
supérieure enfoncée, au milieu de laquelle se trouve l'orifice
buccal, dont l'ouverture varie au gré de l'animal, est entourée
d'organes appendiculaires composé d'une substance molle et
transparente et auxquels on donne le nom de tentacules, de bras
ou d'organes de préhension. Leur nombre figure, avec une
grande précision, le rapport numérique du type de ces animaux.

---

[1] Les *Zoophytes* de Cuvier embrassaient encore les *Vers intestinaux* et formaient dans
ces limites un groupe tout à fait contre nature, caractérisé uniquement par des caractères
négatifs.

La bouche ne conduit pas dans un tube digestif, mais dans une grande cavité abdominale, soit directement, soit par l'intermédiaire d'un canal ouvert qui communique en même temps avec la cavité de la tige jusqu'au pied. La cavité abdominale n'est pas divisée, lorsqu'elle occupe le corps entier ; mais avec une étendue moindre, elle envoie des ramifications de nature vasculaire logées dans l'épaisseur du périsome. Autour de cette cavité et en dehors, se placent les organes sexuels, testicules ou ovaires, engagés dans ou sur l'enveloppe du corps. Le plus souvent, ils sont distribués d'après des quantités constantes, conformément au rapport numérique dominant, et sont fixés à l'aide de replis interne du périsome faisant saillie dans l'espace vide. D'après cette organisation, tous les Polypes pondent des œufs. Ceux-ci donnent naissance à de nouveaux individus isolés qui servent de point de départ à une famille par fissiparité incomplète ou bourgeonnement. Tous les Polypes, de même que les Infusoires, sont aquatiques, et ils se nourrissent d'animalcules. Malgré leur état sédentaire, ils se les procurent facilement en produisant un remous dans l'eau, à l'aide des cils vibratiles dont leurs tentacules sont armés. Ce mouvement, entraînant tous les petits corps flottants, les dirige vers la bouche, et le Polype les avale ou les rejette à volonté, suivant ses besoins. Entre les cils, et disséminés en groupes sur les tentacules, existent de minces filaments particuliers logés dans des cellules et armés de crochets à leur base. Ces petits appareils servent à saisir les animalcules et les tuent au moyen d'un suc corrosif qu'ils sécrètent ; d'où on leur a donné le nom d'*organes urticants*. Plusieurs espèces de Polypes peuvent causer une douleur sur la peau de l'homme et y déterminer une inflammation. Les cils vibratiles, qu'il ne faut pas confondre avec ces *organes urticants*, existent chez beaucoup d'autres animaux aquatiques et même la plupart des épithéliums à surface humide, y compris les organes de la respiration, en sont pourvus. Chez les Polypes, ils causent par leur agitation incessante (mouvement vibratile) un renouvellement continuel du médium où ils se trouvent, et concourent ainsi d'une façon essentielle à la respiration. Ces particularités, ainsi que le nombre typique des bras et la conformation de l'appareil nutritif, sont les éléments à l'aide desquels on subdivise ce groupe. Jusqu'ici j'avais considéré, avec un grand nombre de zoologistes éminents, comme première division ou groupe, les *Bryozoaires*, petits animaux pourvus d'un canal intestinal et d'un anus, et qui, ordinairement, sont logés dans de petites cellules ou tubes isolés et composés d'une substance cornée, et plus tard encroûtée de calcaire. Mais d'après la disposition symétrique de toute leur structure, il est très-probable que ce ne sont point de vrais Polypes et qu'ils forment un groupe particulier du règne animal et se rattachent aux Mollusques les plus inférieurs, les Tuniciers. Le premier ordre des Polypes porte le nom d'*Anthozoaires* (animaux-fleurs). Des quatre divisions ou tribus de cet ordre, la première (*Oligactinie*) n'a point encore de fixité dans le nombre de ses tentacules; et, de plus, elle n'est jamais pourvue de charpente calcaire dure, et par conséquent offre peu d'intérêt au point de vue géologique. Le Polype à bras absolument nus de nos étangs (*Hydre*) est l'unique représentant de ce groupe; malgré sa texture extrêmement molle, il a laissé des empreintes parfaitement reconnaissables dans les dépôts de lignite. Une seconde tribu, caractérisée par huit tentacules pennées (d'où son nom d'*Octactinie*) renferme le *Corail rouge* vulgaire, dont l'axe incrusté de calcaire a été employé depuis l'antiquité comme objet précieux de joaillerie, à cause de sa texture compacte. Les espèces fossiles de cette tribu n'ont laissé que de rares débris. Une troisième tribu comprend les Polypes munis d'un axe solide, fortement incrusté, presque toujours immobile et soudé par sa partie pierreuse avec sa base; lorsque le parenchyme vivant vient à mourir, ce qui arrive de plus en plus fréquemment avec l'âge de la famille, cette tige morte reste toujours attachée au sol. Ces propriétés leur ont fait donner le nom de *Lithophytes*. De même que les Octactinies, ils habitent la mer et actuellement surtout les régions tropicales. Tantôt ils n'ont aucun tentacule, tantôt ils en possèdent de courts, en formes de mamelous; tantôt de plus longs et cylindriques, sans être jamais très-grands et en nombre déterminé (12, d'où la dénomination de *Dodécactinie*), ou des replis rayonnés en nombre indéterminé, mais grand. Ce caractère est facile à reconnaître sur le support calcaire; on y trouve toujours, au point où un Polype était fixé, un enfoncement appelé cellule dans lequel des rayons vont du centre à la périphérie. Lorsque le Polype n'avait point de tentacules, la cellule est ronde et sans rayons; lorsqu'il avait douze tentacules, elle est hexagonale et a douze rayons, qui se ressemblent alternativement ou sont tous semblables; lorsqu'au lieu de bras, il avait des replis rayonnants en nombre indéterminé autour de la bouche, on trouve un nombre égal de rayons dans la cellule. Aux tentacules correspondent les feuillets mésentériques dans la cavité abdominale; ils partent de l'enveloppe extérieure, en se dirigeant vers la bouche, et sont encroûtés comme l'enveloppe elle-même. Ces lamelles étoilées, qui occupent le fond des cellules des coraux calcaires, offrent par leur dimension, leur disposition en cercles délinis, leur bordure, densité ou porosité, leurs connexions avec l'axe central des cellules, un excellent critérium pour distinguer les familles et les genres. Quelques espèces de ce groupe conservent toujours à la périphérie leur enveloppe charnue, ne sont sédentaires que pendant leur jeunesse, et deviennent libres en vieillissant, sans cependant posséder aucun appareil au moyen duquel ils puissent changer de lieu à volonté. Ils constituent le groupe des *Fungines*. Les Lithophytes ont une place importante dans l'économie de notre planète, car ce sont des membres de leur groupe qui revêtent les rochers de la mer de leurs constructions calcaires, les élèvent jusqu'à sa surface et édifient ainsi des récifs madréporiques et même des îles. Ils étaient aussi actifs dans les époques primitives de la Terre; et on retrouve souvent leurs débris en masses puissantes. Nous en avons déjà parlé en décrivant les terrains jurassique et crétacé. La quatrième tribu, enfin, comprend les Polypes qui ne sont jamais immobilisés comme les précédents, mais ne se fixent qu'à l'aide de leur molle substance animale et peuvent changer de place à volonté. Ils ne sécrètent aucun produit calcaire, vivent en général en individus isolés et portent un grand nombre de tentacules, d'où leur nom de *Polyactinie*. Le genre principal Actinie est actuellement représenté par de nombreuses espèces sur les rivages de toutes les mers; il brille ordinairement des couleurs les plus éclatantes, semblables aux belles fleurs de Cactus, avec lesquelles il a quelque analogie; mais il ne se compose que de parties molles et n'existe nulle part à l'état fossile. Les *Méduses* (*Acalephæ*) constituent, d'après une opinion à peu près généralement admise aujourd'hui, un groupe particulier et peut-être un second ordre de Polypes. On leur donne aussi le nom de *Polypes nageurs*, à cause de leur mobilité complète dans la mer, lorsqu'elles sont arrivées à leur complet développement. Elles naissent d'abord sur un polypier, s'en séparent plus tard par scissiparité ou bourgeonnement,

et prennent seulement alors complétement la forme particulière
de Méduse. Cette double forme leur a fait donner le nom de *dimor-
phæ*. Elles ont, en général, de longs appendices tentaculaires, avec
lesquels elles saisissent leur proie, ou de grands bras en nombre
déterminé (4 ou 8), situés autour de la bouche, lorsque celle-ci est
simple. Chez beaucoup, elle est remplacée par de nombreux pores
ou suçoirs, à l'aide desquels elles enlèvent à leurs proies leurs liquides nutritifs. Elles forment trois sous-divisions. Les *Acalèphes
tubipores* (*Siphonophoræ*) ont un corps ou entièrement symétrique
ou composé de quelques pièces symétriques, disposées régulièrement, des suçoirs sans bouche, et une vessie natatoire à l'aide de
laquelle ils se tiennent à la surface de la mer, ou se meuvent en y
attirant de l'eau et en l'expulsant ensuite. Les *Acalèphes discoïdes*
(*Discophoræ*, Beroés) ont la forme de disques ou d'ombrelles ; ils
nagent en contractant et dilatant alternativement leur disque, présentent toujours le type régulier pur et, dans tous les organes multiples, obéissent au nombre quatre. — Les *Acalèphes à côtes* (*Cteno-
phoræ*, Équorées) semblent s'être formés par une combinaison des
deux types, en laissant cependant prédominer une forme régulière
ovoïde. Ils ont une bouche à une extrémité et un anus à l'autre, avec
des séries de petits cils vibratiles qui leur servent à nager et sont
disposés sur des lignes dirigées longitudinalement, en se réglant
d'après le rapport numérique quatre. On y trouve les rudiments des
ambulacres des Oursins. Ces trois groupes, du reste, n'ont qu'une
faible importance géologique, puisque leur corps, entièrement mou
et sans consistance, n'a pu laisser que de rares traces de sa présence dans les roches.

Les animaux de la troisième classe du règne animal portent le nom
de *Rayonnés* (Radiata), parce qu'ils ont encore conservé, pour la plupart, un type régulier bien caractérisé, qui apparaît sous les formes
de globe, de disque, d'étoile et de calice : cependant le déplacement
de l'anus, et plus tard même de la bouche en dehors du centre des
deux faces principales supérieure et inférieure, les fait passer de
plus en plus dans la forme symétrique. Ils se distinguent nettement de la classe des Polypes par l'existence dans le corps d'une
cavité alimentaire qui, en partie, a la forme d'un canal digestif et
possède toujours un orifice buccal, mais peut manquer d'anus ; et
chez certains d'entre eux, par une charpente solide composée de

plaques calcaires isolées et définies. Dans le type régulier pur, la bouche est toujours placée inférieurement, dès que l'animal possède une liberté complète de mouvements ; et l'anus, s'il existe, à la partie supérieure. Les organes sexuels s'ouvrent à la périphérie ; ceux de la respiration dans le voisinage de la bouche ; les vaisseaux sanguins et le système nerveux se disposent annulairement autour de la cavité centrale, et envoient des rayons en nombre conforme au rapport numérique typique. Mais, comme il existe encore des Rayonnés fixes, avec la bouche située à la partie supérieure, et des Rayonnés symétriques, avec les orifices buccal et anal placés inférieurement, le type que nous venons de décrire ne peut pas être considéré comme général ou comme caractéristique de la classe. Ensuite les Rayonnés ne se distinguent des Polypes que par l'absence de la reproduction par bourgeonnement et de la propriété de se diviser en deux moitiés, et les Rayonnés symétriques se différencient des Mollusques uniquement par quelques traces du type régulier et par la multiplicité de leurs organes qui en résulte. En outre, la charpente calcaire, la seule partie conservée des individus fossiles sur laquelle nous puissions établir des comparaisons, offre, pour chacune des trois classes, des propriétés très-essentielles et faciles à reconnaître, tant dans la structure des éléments que dans ses rapports avec les parties molles. Chez les Mollusques, même les plus imparfaits, il n'existe plus aucune forme régulière ; tout y est symétrique et binaire. Les Octopodes eux-mêmes, avec leurs huit bras disposés régulièrement autour de la bouche, laissent apercevoir le type symétrique dans la longueur de leurs bras égaux deux à deux. Il est d'ailleurs assez curieux qu'il n'existe aucune division naturelle pour les Rayonnés qui appartiennent aux formes symétriques ; mais qu'ils se montrent partout comme faisant partie de groupes auxquels un type régulier convient aussi. Ils se rattachent donc partiellement aux formes symétriques. Il en résulte une grande variété morphologique dans cette classe. Les Rayonnés se divisent en deux ordres dont les différences sont plus tranchées que les divergences de formes des Polypes et des Mollusques.

Dans le premier ordre, le corps de l'animal est toujours soutenu par un assemblage de pièces ou plaques calcaires d'une forme déterminée et soudées en un tout fermé et défini. Ces plaques qui enveloppent le corps de l'animal, sont elles-mêmes revêtues d'un

périsome et armées de pièces calcaires saillantes en dehors du périsome, d'où le groupe a pris son nom d'*Échinodermes*. L'existence
de ces parties dures et solides donne une grande importance géologique aux fragments de squelette ou aux corps entiers que l'on rencontre souvent dans toutes les formations. Ils se divisent en trois
sous-divisions naturelles ou tribus. Chez les *Crinoïdes*, tantôt il existe
une tige toujours composée d'articles par laquelle l'animal est fixé
au sol, la bouche placée en haut, tantôt la tige est remplacée par des
ramules articulées et les animaux nagent. Chez les uns comme chez
les autres, le corps a la forme d'un calice, duquel partent des rayons
articulés en nombre constant, divisible par cinq. Leur base se trouve
au milieu du dos du calice et la bouche s'ouvre à la partie opposée.
Un anus latéral existe sur la même face à côté de la bouche. — Les
Étoiles de mer (*Astéroïdes*) n'ont pas de tige, mais un corps assez
plat en forme d'étoile, dont les appendices brachiaux se trouvent sur
le même côté par où s'ouvre la bouche; l'anus est placé sur la face
opposée ou dorsale, ou bien manque complètement. Elles ne sont
point sédentaires, reposent sur le fond de la mer et y rampent très
lentement; elles sont revêtues de véritables épines calcaires, qui
manquent aux Crinoïdes. Chez les *Euryales*, les rayons du corps ne
sont point en communication avec la cavité centrale et par conséquent ne contiennent aucun organe végétatif; il en est de même
chez les Crinoïdes. Ces deux groupes manquent de tentacules ambulatoires ou pieds. Ils existent au contraire chez les *Astéries* sur toute
la face inférieure du corps disposés en sillons rayonnants autour de
la bouche et constituent, avec la communication qui existe entre les
cavités brachiales et celle du centre, les deux caractères de cette
famille. — La troisième tribu des Échinodermes comprend les *Oursins* (*Échinoïdes*), animaux de forme sphérique, conique, ovoïde, ou
discoïde, auxquels les bras périphériques ou rayons manquent. Leur
coque solide, composée de plaques exactement réunies entre elles,
est revêtue d'une membrane corticale molle et sensible, garnie sur
toute sa surface de longues épines calcaires mobiles et très-serrées
et entre lesquelles sont percés des trous disposés régulièrement en
lignes verticales pour le passage des tentacules ambulatoires. Ces
lignes portent le nom d'*ambulacres*. Ces ambulacres s'étendent du
milieu de la face inférieure où se trouve la bouche, au milieu de la
face supérieure où sont les appareils reproducteurs, et la forme est

parfaitement régulière, lorsque l'anus s'ouvre aussi à la face supé-
périeure (*Echinidæ*). Mais lorsque les ambulacres occupent toute la
face supérieure et y décrivent une figure étoilée (*Spatangidæ*), la
bouche n'occupe plus la partie centrale inférieure et l'anus lui-
même se déplace latéralement sur la face supérieure ; dans ce cas
le faciès extérieur est symétrique. Les formes de cette espèce n'ont
encore que quatre ambulacres et quatre ovaires ou testicules, tandis
que les Oursins rigoureusement réguliers sont pourvus de dix ambulacres et organes sexuels et leur carapace testacée se compose de
deux fois dix séries de petites plaques. — Les époques primitives
possèdent des représentants extrêmement nombreux de tous ces
types.

Le second groupe des Rayonnés, que j'ai proposé de désigner par
le nom de *Scytodermata*, à cause de leur épiderme coriacé et pourvu
seulement de parties calcaires rares, tandis que leur forme cylindrique, allongée, verniforme, unie à l'existence de tentacules ou
bras réguliers, disposés en cercle en avant de la bouche, leur a fait
donner le nom vulgaire de *Vers étoilés* (Sternwürmer), ce second
groupe, dis-je, ne se trouve à l'état fossile que très-tard ; circonstance que l'on ne peut pas expliquer uniquement par la nature
molle de leurs téguments, puisque leurs intestins ont laissé leur
empreinte fossile sous la forme d'un long tube replié plusieurs fois.
Les espèces vivantes se tiennent toutes sans exception dans les
mers, préfèrent les zones chaudes et ont encore souvent, surtout
dans les tentacules, un type franchement régulier. Ce type existe
encore dans le système nerveux, dans une partie du système vasculaire et dans la paroi abdominale sous-épidermique, composée de
faisceaux musculaires longitudinaux et transverses, et le corps est
parcouru sur sa longueur par un nombre constant de faisceaux, qui,
aux deux extrémités, se transforment en muscles annulaires ou *sphincters* pour fermer la bouche et l'anus ; mais les autres organes affectent des formes symétriques très-accusées. Les ventouses des tentacules ambulatoires ne se conforment en général que rarement au
schema régulier et constituent cinq ambulacres dirigés de la bouche
à l'anus (*Pentactidæ*) ; elles sont beaucoup plus souvent dispersées
à la surface et sur une région plus plate, qui représente le ventre
(*Holothuridæ*) ; ou bien elles n'existent que sur ce dernier point, et
le dos en est dépourvu (*Psolidæ*). Lorsque ces ventouses manquent

tout à fait, le corps devient complétement vermiforme, surtout si
les tentacules régulières du pourtour de la bouche, qui d'abord sont
conservées (chez les *Synaptides*), viennent aussi à disparaître et que
l'anus ne reste plus à l'extrémité postérieure (chez les *Siphonculiens*).
Dans ce dernier cas et avec cette position de l'anus, le type symétrique
des Mollusques se trouve franchement accusé par la forme générale
du type articulé des Vers. A la symétrie extérieure correspond aussi
une symétrie interne dans les organes de la respiration, rarement
réguliers, mais le plus souvent binaires et symétriques, et communiquant avec l'anus, ainsi que dans les organes de reproduction de
forme binaire en nombre simple, et dans le mode de locomotion de
beaucoup de Vers étoilés qui les rapproche beaucoup des Gastéropodes (*Paolus*) ou des grands Vers de terre (*Siphonculus*). Nous avons
là un exemple frappant de la tendance de la Nature à faire passer
par dégradations douces les types de l'un à l'autre, malgré les différences qui les séparent. *Natura non facit saltus* (la nature ne procède point par sauts), disait déjà Linné avec raison; le spectacle
réfléchi du développement successif dans le règne animal et le règne
végétal corrobore son expression.

Il est donc facile de rattacher le type symétrique de la quatrième
classe aux animaux réguliers modifiés, que nous venons de décrire.
De nombreux Gastéropodes marins leur ressemblent ainsi qu'aux
Psolides à s'y méprendre, bien que leur type diffère complétement.
Outre la symétrie évidente, les *Mollusques* ont pour caractères essentiels un corps divisé en deux parties, dont l'une est surtout musculeuse et sert à la locomotion, en portant la tête au cas où celle-ci
existe, tandis que l'autre forme une enveloppe ordinairement bursi-
forme, qui renferme le canal digestif, les appareils génitaux et
tous les organes végétatifs. Les téguments, qui recouvrent cette partie
du corps, prennent le nom de *manteau*, l'autre partie porte au contraire les noms de *tronc*, de *pieds*, de *semelle* et enfin de *tête*, suivant qu'elle est destinée plutôt à la locomotion ou aux actes de
sensibilité. C'est sur cette partie que se trouvent la bouche, l'anus
et les orifices sexuels. La première est toujours située à l'extrémité
antérieure, les deux autres, sur le côté droit, l'un derrière l'autre ;
l'anus placé un peu plus en arrière, sans cependant se trouver re-
culé jusqu'à l'extrémité du tronc ou du pied, mais, en général, sur
le bord du manteau. Celui-ci abrite un intestin sinueux, un *foie*,

,ui prend part aussi aux fonctions digestives et même des glandes salivaires; en outre, le centre du système vasculaire ou cœur apparaît ici pour la première fois sous la forme d'un organe simple et non plus sous celle d'un anneau vasculaire central ; les organes de la respiration, ordinairement à l'état de branchies et placés au bord du manteau ou logés dans une cavité latérale, dont l'ouverture se trouve ordinairement à côté de l'anus; enfin les organes de reproduction, qui, en général, ne sont plus linéaires comme chez les autres animaux symétriques, mais constituent un appareil central impair, et sont logés profondément à l'extrémité la plus éloignée du manteau. Parmi les organes des sens, on rencontre des yeux toujours au nombre de deux, à l'exception du genre *Pecten* seul, et des tentacules rétractiles sur lesquelles les yeux sont placés. Elles sont à côté de la bouche et l'entourent quelquefois, conformément au schéma régulier. Dans la bouche elle-même, on voit des dents ou des mâchoires, qui tantôt sont fixées en haut à la voûte de la cavité buccale, tantôt sont distribuées en forme de lames ou de râpe sur un appendice rétractile, la *langue*. — Tel est tout ce que nous pouvons dire de général sur le type des Mollusques. Ils se divisent en six ordres, dont les trois premiers n'ont ni tête, ni organes des sens, tandis que les trois autres sont pourvus de l'un et de l'autre. Chez les Mollusques sans tête, un manteau libre enveloppe entièrement le corps, dont une partie appelée le *pied* peut sortir temporairement du manteau. Chez les Mollusques pourvus d'une tête, celle-ci ainsi que le pied, lorsqu'il existe, sont ordinairement hors du manteau et ne peuvent s'abriter dessous que temporairement ou même point du tout. Voici quels sont leurs caractères distinctifs plus éloignés.

Sous la dénomination de *Tuniciers* (*Tunicata* ou *Perigymna*) on comprend, dans le sens le plus rigoureux du terme, des Mollusques dont le manteau mou ou coriace, complétement formé à l'exception de deux ouvertures, ne sécrète jamais de matière calcaire, destinée à former une coquille, et enveloppe une grande cavité pour la respiration, dans laquelle s'ouvrent, ou bien la bouche seule (*Ascidie*) ou bien la bouche et l'anus à la fois (*Salpa*). Dans le premier cas, le canal intestinal perfore le manteau d'une seconde ouverture, jamais opposée à la première; dans le dernier cas, la seconde ouverture est opposée à la première, et sert d'issue hors de la cavité branchiale, tandis que la première en est l'orifice d'entrée. Les As-

cidies sont sédentaires et vivent, tantôt en individus isolés, tantôt
en groupes. Les *Salpinées* peuvent se déplacer en nageant. Les unes
et les autres sont des animaux mous gélatineux, qui habitent la
mer et n'ont pu subsister à l'état fossile à cause de l'inconsistance
de leurs téguments.

Les *Acéphales* (*Cormopoda, Acephala* Cuv.) constituent le deuxième
ordre des Mollusques. Ils ont un corps comprimé latéralement de
gauche à droite, dont le pied conique ou pédoncule sert à creuser
ou à ramper et sort d'une fente du manteau derrière la bouche.
Les branchies sont enfoncées près du corps sous le manteau, qui
toujours sécrète une coquille bivalve, munie à sa partie supérieure
d'une charnière et de ligaments. Ces branchies ont la forme de grands
feuillets finement divisés et pourvus de cavités tubulaires quelquefois reliées entre elles par leurs bords. Deux appendices, en forme
de tubes, situés à l'extrémité postérieure du manteau, lorsque celui-ci est fermé sur la partie abdominale du tronc, servent, l'inférieur à aspirer l'eau, le supérieur à la chasser. Par le premier les
aliments arrivent à portée de la bouche avec le courant d'eau; par
le second les fèces sont expulsées. Tous les Acéphales se tiennent
verticalement ou obliquement en se creusant un trou dans le sol
et ne se meuvent que temporairement; beaucoup même, tels que
les *Huîtres*, soudées avec leur coquille, sont complétement immobiles; d'autres se fixent à l'aide de filaments déliés (*Byssus*) sécrétés
par le pied. Le mouvement de locomotion des *Pecten* est extrêmement curieux; l'animal se déplace en ouvrant et fermant successivement ses valves, et se soutient à l'aide d'appareils en formes d'yeux
disposés autour du bord libre du manteau. Comme tous les autres
Acéphales, ils sont fixés à leur coquille par des faisceaux musculaires
qui sortent du corps en avant et en arrière, à côté de la bouche et
de l'anus. Ces faisceaux, en se contractant, ferment les valves, tandis que l'élasticité du ligament placé sur la charnière les ouvre,
lorsque les muscles se détendent. Tous les Acéphales sont aquatiques, et la plupart habitent la mer. La majorité semble douée de
sexes séparés et tous, sans exception, se nourrissent de matière
animale. Les *Huîtres*, les *Méléagrines* ou *Huîtres perlières*, les *Unio*,
les *Anodontes* et les *Tarets* sont les espèces les plus communes, et elles
réunissent toutes les différences principales de conformation. Leurs
coquilles dures se conservent parfaitement à l'état fossile, et on les

trouve dans toutes les couches neptuniennes de la Terre, tantôt à l'état d'empreintes, tantôt conservées elles-mêmes ; quelques-unes sont des fossiles caractéristiques très-communs, et on les rencontre parfois par amas constituant des bancs entiers.

Le troisième ordre forme, sous plusieurs rapports, un groupe opposé aux Acéphales ; car si la configuration extérieure du corps est la même chez les uns et chez les autres, l'ensemble du type est, au contraire, profondément différent. En effet, le sens dans lequel le corps est comprimé, et qui contribue le plus à déterminer la configuration symétrique, est dirigé de haut en bas chez les *Brachiopodes*, et, au contraire, de gauche à droite chez les *Acéphales*. Chez les premiers, il produit des faces latérales symétriques à arête tranchée, tandis que tous les Acéphales sont complétement plats sur leurs côtés. Le corps de tous les Brachiopodes est enveloppé d'un manteau à deux lobes, étendu d'arrière en avant et qui sécrète toujours une coquille bivalve. Au point où les deux valves s'unissent par une charnière, on voit le plus souvent un pied pédonculé avec lequel les Brachiopodes se fixent sur les objets du fond de la mer, dans laquelle ils vivent exclusivement ; jamais ils ne se creusent un trou dans le sol comme les Acéphales. Ce sont donc des animaux sédentaires qui, pour remplacer le courant d'eau respiratoire des Acéphales, se servent, comme organes de préhension, de deux prolongements membraneux, en forme de bras, situés près de la bouche et d'une grande longueur ; en les déployant et les retirant ensuite, ils causent un remous dans l'eau qui leur apporte leur nourriture. Ils n'ont pas d'organe particulier pour la respiration, et les bras, d'après les recherches les plus récentes, en tiennent lieu. Plusieurs muscles, qui viennent s'attacher à la coquille, servent à la fermer ; et, chez plusieurs espèces, les muscles des bras trouvent leur point d'appui sur un appendice pierreux de la valve inférieure dans la position normale de l'animal. Ordinairement cette valve est plus petite que l'autre, plus concave et plus creuse. Les organes reproducteurs ne diffèrent point de ceux des Acéphales. Actuellement ces animaux n'ont plus que de rares représentants, appartenant aux genres *Lingula*, *Crania*, *Orbicula* et *Terebratula*. Mais dans les époques primitives, la mer fut toujours peuplée de quantités prodigieuses d'individus de cet ordre, divisés en plusieurs genres différents (par exemple : *Productus*, *Leptaena*, *Calceola*, *Spi-*

rifer, *Orthis*, *Delthyris*), ce qui, peut-être, était en harmonie avec un fond de mer rocheux plus solide et avec des profondeurs plus grandes. Les Brachiopodes paraissent, en effet, dépendre de conditions biologiques de ce genre.

Avec les Brachiopodes, nous avons terminé la série des Mollusques sans tête, et nous allons entamer la seconde division (*Mollusca cephalophora*) par un groupe de transition peu important que l'on a nommé *Ptéropodes*, à cause de leurs appendices membraneux en forme d'ailes. Ce sont de petits animaux d'un pouce de long et la plupart du temps plus petits encore. Leur manteau, en forme de sac, tantôt sécrète une coquille univalve très-dure et vitreuse, tantôt reste nu, et s'étend, comme un capuchon, jusque par-dessus la tête et les tentacules. Les deux ailes sortent de la face abdominale, à côté de la tête qui, d'ailleurs, manque encore souvent; l'anus et les organes génitaux s'ouvrent entre elles. Ces animaux sont tous hermaphrodites; c'est-à-dire qu'ils portent à la fois des testicules et des ovaires. Ils ne vivent que dans la haute mer et on en rencontre des espèces fossiles particulières dans les formations les plus anciennes. Le genre *Clio* est bien connu, comme servant à la nourriture des Baleines.

L'ordre des *Gastéropodes* occupe une place importante dans les temps actuels, ainsi que dans les époques primitives; c'est le groupe de Mollusques le plus riche, et il offre le modèle le plus pur du type de ces animaux. Tout le monde connaît nos Limaces de jardin et a remarqué leur corps composé de deux parties principales. La masse charnue, sur laquelle l'animal rampe, représente le tronc auquel s'attache, en avant, la tête avec les tentacules; deux supérieures, plus grandes, qui portent les yeux; et deux inférieures, plus petites, au-dessus de la bouche. La direction de l'aplatissement de cette masse musculaire de haut en bas et le rapport subordonné de la tête avec elle constituent les véritables caractères typiques des Gastéropodes. Sur le milieu du dos, se place la cavité du manteau, recouverte, le plus souvent, d'une coquille enroulée et dans la forme de laquelle on ne reconnaît que difficilement le type symétrique; cependant il existe réellement, puisque le manteau forme primitivement un cône aplati à base elliptique, qui s'élève peu à peu pour se recourber ensuite en arrière par la pointe; jusqu'au moment où cette modification se réalise, la

forme symétrique est encore nettement accusée. Il continue à s'élever, la base se rapetisse simultanément et il s'enroule en spirale ;
tantôt tous les tours restent dans un plan (par ex., *Planorbis*), tantôt
ils s'écartent à gauche ou à droite de la ligne médiane du tronc.
Alors la symétrie se trouve masquée, mais sans être effacée pour
cela [1]. L'enroulement se produit par rotation de l'embryon dans
l'œuf autour de son axe, pendant les premiers jours de sa formation ;
et, par conséquent, il n'appartient pas à un moment primordial de
l'évolution, mais seulement à un moment secondaire, dont les nombreuses variations se laissent ramener, comme chez les plantes, à
des formules mathématiques, tout en produisant une quantité prodigieuse de cas spéciaux. La nature cependant n'emprunte pas à
ces particularités son principe de différenciation, mais elle le tire
de la conformation de l'organe de la respiration, celui-ci étant la
cause d'où dérivent les modifications. Cet organe se compose, soit de
branchies placées, sans forme et sans ordre déterminés, à découvert
sur le manteau ou sur son bord entre lui et le tronc (*Heterobran-
chia*) ; soit de branchies pinnées ou pectinées et enfermées dans
une cavité particulière du manteau (*Ctenobranchia*) ; soit enfin de
cette cavité sans branchies (*Pulmonata*). Ces derniers Gastéropodes
respirent l'air, vivent en partie à terre et sont hermaphrodites ;
les autres sont aquatiques, habitent presque tous la mer et ont des
sexes séparés. Les Gastéropodes à branchies pinnées se nourrissent
ou d'animalcules (*Zoophaga*), ou de végétaux (*Phytophaga*) ; et cette
dernière alimentation est aussi celle des pulmonaires à respiration
aérienne. Les uns et les autres sont pourvus de dents dans la bouche,
pour broyer leurs aliments ; et les Zoophages, entre autres, possé-
dent une langue très-extensible et armée de dents, avec laquelle ils
saisissent leur proie. Tous les Gastéropodes de notre pays sont terrestres ou d'eau douce, à l'exception de quelques genres (*Paludina,
Neritina, Ancylus*) appartenant aux Gastéropodes pulmonés, et la
plupart sont dépourvus de coquille, comme la Limace noire des bois.

[1] Pour comprendre la symétrie des coquilles de Gastéropodes enroulées, et en apparence asymétriquement, il est inutile de recourir à la supposition tout à fait contre nature,
que ces animaux ont une coquille composée de deux parties opposées, dont l'une, tantôt la
gauche, tantôt la droite, a disparu ; les *Patelles*, etc., de formes plates, détruiraient cette
assertion. Carus avait déjà constaté le mouvement de rotation des embryons des Gastéropodes et le développement de leur coquille, qui en est la conséquence (*Nov. act. Leop.,
xiii, 2. et s. d. dessen, Lehrmbuch, d. u. th. etc. s. 65*).

Les Gastéropodes à branchies pinnées ont les coquilles les plus complétement enroulées; les Hétérobranches sont tantôt nus, tantôt
enveloppés d'une coquille plate peu ou point enroulée. Une forme
curieuse et normale, le genre *Chiton*, possède une coquille plate et
elliptique, composée de six à huit pièces, l'unique cas d'une coquille
multiple chez les Gastéropodes. Beaucoup de ces animaux sont pourvus d'un opercule attaché à l'extrémité du pied, avec lequel ils ferment leur coquille, lorsqu'ils se retirent à l'intérieur. Tous ces
genres de coquilles sont représentés aux époques géologiques.

Le groupe des *Céphalopodes* se trouve à plusieurs points de vue
dans le même rapport avec les Gastéropodes que les Brachiopodes
avec les Acéphales. Les formes vivantes sont peu nombreuses (à
peine cent espèces); aux époques primitives, leurs représentants
étaient, au contraire, en nombre prodigieux, puisqu'on en connaît
déjà un millier. Le principe de leur type réside dans la conformation
de la tête, à laquelle la partie locomotrice du corps est subordonnée,
bien qu'elle atteigne à un degré d'organisation supérieur à celui des
Gastéropodes. L'orifice buccal est entouré de bras charnus armés
d'organes de préhension particuliers, les ventouses, ou griffes cornées; ces bras sont en nombre **pair et** disposés régulièrement. La
bouche est pourvue de deux fortes et puissantes mâchoires en forme
de bec de perroquet. De gros yeux occupent les parties latérales de
la tête. Le manteau, en forme de sac, qui enveloppe les organes
végétatifs, est séparé de cette tête par un fort bourrelet et est in-
core plus isolé que chez les Gastéropodes. En général, son bord libre
entoure la partie inférieure de la tête. Suivant la conformation de la
coquille qu'il secrète, il prend deux formes : tantôt il est épais et
charnu et porte à sa partie dorsale une coquille logée dans son
épaisseur, en forme de lame plate, rarement élargie sur son bord
postérieur; tantôt il constitue une enveloppe fine, transparente
même, dont la surface secrète une coquille calcaire. Dans les deux
cas, les branchies pectinées sont logées dans une cavité particulière
près de l'abdomen, à laquelle conduit un canal en forme d'entonnoir partant du gosier et situé à la partie inférieure du manteau.
L'eau sort des branchies par ce conduit et y pénètre par les fentes
placées à côté. L'anus s'ouvre aussi dans cet entonnoir, ainsi que
l'organe appelé *bourse du noir*, à cause de sa sécrétion brune, qui
est employée pour donner à la sépia et à l'encre de Chine leur colo-

ration brune. Les Céphalopodes se divisent, d'après les bras et la forme des branchies qui en découle, en *Tentaculifères* à bras nombreux sans ventouses, quatre branchies, coquille à plusieurs compartiments, dont l'animal n'occupe que le dernier, lequel communique avec les autres par un canal étroit qui traverse les cloisons sous la forme d'un tube (siphon) : et en *Acétabulifères* à bras peu nombreux (huit à dix), armés de ventouses et deux branchies seulement. Leur coquille est conformée, tantôt comme les précédents et à plusieurs chambres (*Polythalamiens*), tantôt une chambre unique sans cloisons (*Monothalamiens*), tantôt enfoncée dans le manteau en forme de plaque plate, sans aucune chambre (*Athalamiens*), ou bien encore manque complètement. Les Tentaculifères étaient beaucoup plus abondants pendant les époques primitives qu'aujourd'hui ; ils avaient pour principaux représentants les *Ammonites*. Les Acétabulifères étaient alors représentés surtout par les *Bélemnites* éteintes. Ceux qui vivent encore se présentent sous trois formes différentes : avec des bras nombreux et une coquille externe polythalame (*Spirula*), avec dix bras et une coquille plate interne (*Sepiada*), enfin huit bras et sans coquille (*Octopus*), ou bien avec une coquille externe monothalame (*Argonauta*). Les Bélemnites avaient la plus grande affinité avec les Sépias par la conformation de leur corps. Le genre *Nautilus* est un des représentants vivants des Tentaculifères. Il est une de ces rares formes que l'on rencontre, à l'état fossile, dans toutes les formations, depuis les plus anciennes jusqu'aux plus récentes ; le genre *Spirula*, qui lui correspond par sa coquille polythalame, appartient cependant aux Acétabulifères par l'animal. Les animaux des Polythalamiens éteints étaient probablement organisés comme le *Nautilus*, et, comme lui, ils n'avaient point de bourse à encre : du moins on ne retrouve pas ses débris, toujours très-apparents chez les Ammonites. Les Céphalopodes n'habitent que la mer, se nourrissent d'animalcules ou de poissons, rampent sur le sol et nagent en attirant l'eau dans la cavité branchiale et en l'expulsant avec force hors de l'entonnoir. Ils ne se servent pas de leurs bras pour nager, pas même les *Argonauts*, à propos desquels on croyait autrefois qu'ils étendaient les deux bras postérieurs largement dilatés, à l'instar de voiles, tandis qu'ils s'en servent pour embrasser leur coquille et la tenir ferme. Quelques-uns, dont les bras sont pourvus de griffes au lieu de ventouses, par exemple : les *Onycho-*

teuthis, saisissent leur proie avec. Cette forme est la plus voisine des Bélemnites; car leurs bras étaient aussi armés de griffes crochues. Les *Polythalamiens* sont fixés à leur coquille par des muscles, et une partie du bord libre du manteau se replie sur le bord de la coquille pour la retenir. Tous les Céphalopodes ont des sexes séparés.

CHAPITRE XXI

Continuation. — Animaux articulés.

Le groupe du règne animal qui porte le nom d'*animaux articulés* (*Arthrozoa*) est le plus varié et le plus vaste de tous, plus riche en espèces que tous les autres réunis, plus riche même que le règne végétal. Un corps allongé, divisé en sections plus ou moins marquées, égales ou inégales, constitue le caractère unique et le plus important qui soit commun à toutes les formes, et les distingue des autres groupes. Ce corps est toujours pourvu d'une bouche à l'extrémité antérieure, mais l'anus peut manquer : lorsqu'il existe, il est placé à l'extrémité postérieure opposée à celle de la bouche. Entre ces deux orifices s'étend, à travers tous les anneaux, un canal digestif en ligne droite. Lorsque l'anus n'existe pas, ce canal forme un intestin divisé en deux branches, qui souvent envoie des ramifications latérales et se termine en cul-de-sac. Dès que le canal intestinal est bien développé, on voit apparaître des vaisseaux sanguins et des nerfs ; les premiers, sous la forme d'un tube longitudinal placé à côté du canal intestinal et envoyant des ramifications à chaque anneau ou à certains points espacés régulièrement ; les derniers sous la forme d'un cordon double prolongé sur toute la longueur des viscères abdominaux, avec un nœud (ganglion) à chaque anneau servant de point de départ à des filaments. Un ganglion principal, situé au-dessus de l'œsophage, envoie des filets dans les organes du tact, de l'odorat et de la vue, qui existent toujours à ce degré de l'organisation. On a longtemps cru à l'absence d'organes respiratoires particuliers, parce qu'ils sont remplacés par la peau externe ; mais on les rencontre aussi, soit à l'intérieur, soit à l'exté-

rieur, disposés par paires sur les côtés du corps. Les organes de
reproduction mâles et femelles existent toujours, d'abord sur un
même individu, séparés ensuite. Telles sont les conditions essentielles les plus générales de l'organisation des Articulés ; cependant
il y a beaucoup de membres de ce vaste groupe non encore en possession complète des organes que nous venons d'énumérer.

Faire dériver d'un ensemble d'éléments aussi peu nombreux une
diversité de formes plus grande que celle d'aucune autre catégorie
des corps naturels, était un problème à la solution duquel ne pouvait pas suffire le système de modifications ordinaire. Plusieurs
genres de ces modifications sont donc employés simultanément et,
par l'accumulation déjà décrite des différences, produisent une
progression extrêmement lente dans la série des Articulés et rendent difficile la distinction tranchée des groupes, sans que cependant elle devienne impossible. Trois conditions distinctes paraissent
présider à la fois à cette progression : d'abord la dérivation de
formes hétéronomes à nombre constant de types homonomes indéfinis ; ensuite l'accommodation d'un type donné aux différences
fondamentales des milieux ; enfin le parasitisme. Chacune de ces
trois causes produit une modification particulière et, comme ces
conditions reparaissent aux divers degrés de développement, elles
impriment un mouvement un peu complexe dans l'évolution lente
de tout le type jusqu'à son point extrême d'achèvement. Ces trois
causes modificatrices, du reste, n'agissent point chez les premiers
animaux de notre groupe et ne commencent à montrer leurs effets
que chez une partie des Vertébrés : circonstance importante qui a
pour conséquences nécessaires la grande unité des formes et les
transitions moins douces d'une forme à l'autre que nous observons
dans tous les groupes antérieurs et postérieurs. Les idées d'homonomité et d'hétéronomité ne sont possibles que là où le corps entier est un multiple de parties élémentaires simples : ce qui n'avait
lieu ni chez les animaux réguliers, ni chez les animaux symétriques considérés jusqu'ici. Leur corps se présente sous l'aspect d'une
forme indivise et non comme un composé de parties semblables ou
dissemblables. D'un autre côté, nous verrons le type hétéronome
apparaître chez les Vertébrés comme base de leur corps et par conséquent effacer toutes les formes homonomes. Il n'en est pas absolument de même de la cause de différenciation, qui repose sur l'ac-

commodation du type aux différents milieux. C'est d'elle que nous avons déjà vu sortir, chez les Gastéropodes, la distinction en Gastéropodes à poumons et Gastéropodes à branchies ; mais elle n'a joué aucun rôle chez les animaux précédents, puisque tous, à la seule exception de ces derniers, sont uniquement aquatiques et ne quittent point leur élément humide. Mais les *Articulés* et les *Vertébrés* s'adaptent à tous les milieux, circonstance qui fait naître chez eux la première et la plus importante différence : je veux parler de celle qui affecte les organes de locomotion. Elle doit être très-marquée, puisque ces organes sont ceux qui subissent les premiers l'action des différences de médium. Les nageoires, les ailes, les pieds, avec leurs formes propres, sont le produit de ces différences. L'action du parasitisme ne paraît, au contraire, avoir d'importance que pour les Articulés : tous les Vertébrés, en effet, ainsi que les autres groupes du règne animal déjà décrits, pourvoient eux-mêmes à leur alimentation et ne sont pas liés immédiatement au processus alimentaire d'un autre animal, aux dépens duquel ils se nourrissent. Cet enchaînement à un autre être entraîne, pour les Parasites, quelques particularités importantes : par exemple, une mobilité imparfaite. En effet, le corps de l'animal, sur lequel ils résident, constitue le champ limité de leur liberté de mouvement, et souvent même ils sont attachés à un seul organe déterminé. Les Parasites de cette espèce n'ont besoin que d'organes alimentaires très-imparfaits, puisque leurs aliments leur arrivent déjà élaborés. Ils manquent donc souvent d'organes respiratoires et de vaisseaux sanguins; ces appareils ayant pour but de faire subir aux aliments des modifications avant d'être assimilés. Au contraire, tous les Parasites, dont le genre de vie ne consiste point à habiter dans les cavités fermées des autres animaux [1], ont des organes de reproduction très-développés ; les mouvements de l'animal habité et ceux de ses organes exposent l'œuf du Parasite à des risques : il est nécessaire qu'il déploie une grande fécondité. Des milliers de ces œufs périssent, et la probabilité de son développement n'est qu'en raison directe du grand nombre d'œufs qu'il produit. Ces considérations démontrent

[1] Les Parasites vivent entièrement dans des cavités fermées sur leur hôte et dépourvus d'organes sexuels, tels que les Grains de ladrerie, doivent être considérés, d'après les travaux les plus récents, comme une phase particulière dans l'évolution d'animaux pourvus de sexe à un autre période. — G.

partout dans la Nature une conformité au but et que des faits, re-
gardés souvent par nous comme inutiles et superflus, sont au contraire nécessaires. Lorsqu'un animal succombe sous la quantité
innombrable de ses Parasites, circonstance possible, se réalisant
même souvent, la faute en est, en partie, à son individualité particulière ; il pouvait, en effet, s'en débarrasser par des mouvements
rapides, si les envahisseurs venaient du dehors, ou bien arrêter
leur multiplication exagérée en maintenant régulièrement ses actions vitales[1]. Les phénomènes pathologiques, qui souvent favorisent le développement des Parasites, ne dépendent point sans doute
de la volonté des malades ; mais la Nature ne s'inquiète plus d'eux ;
elle voit dans chaque être impuissant à se maintenir dans les limites
de son activité normale, un individu destiné à mourir et l'abandonne à son destin. L'homme seul peut intervenir ici et rendre leur
régularité aux organes affaiblis et troublés ; toute l'histoire de la
médecine nous enseigne qu'il ne doit cette faculté qu'aux observations et aux expériences faites sur lui-même.

Nous allons commencer maintenant le tableau systématique des
Articulés ; nous l'abrégerons le plus possible, afin de ne point épuiser notre patience sur le nombre immense de leurs formes réelles.
D'ailleurs une très-petite partie d'entre eux possède un intérêt géologique général. Actuellement encore le plus grand nombre échappe
à l'observation ordinaire par la petitesse de leur corps et par leur
mode d'existence cachée.

En prenant pour point de départ les modifications apportées par
les influences de milieux sur le type des Articulés, nous voyons
qu'ils se divisent en quatre sous-embranchements ou classes ; à
savoir : les Articulés aquatiques, les Articulés amphibies, les Articulés terrestres et les Articulés aériens.

Les *Articulés aquatiques* ont généralement un type homonome,
à nombre indéterminé et portent d'après leur forme générale le
nom de Vers. Ils constituent la cinquième classe du règne animal,
sont aquatiques, sinon toujours, n'habitent au moins que des lieux
humides ; ont des organes de locomotion sans articles et souvent
petits, et des branchies, lorsqu'ils sont pourvus d'organes respira-

_____

[1] Afin de rendre ma pensée plus claire, j'ajoute que les Parasites capables de tuer un
animal sont toujours des Articulés, et, comme ils arrivent toujours du dehors [*exanemes*
auxes], il est possible de se garder contre eux.

toires particuliers. Ils se présentent groupés par trois degrés de
développement (ordres) dont les différences reposent sur les organes de locomotion et sur leur disposition. D'abord on les trouve
sous la forme de ventouses ou d'une couronne de crochets placés
sur le premier anneau, dont la forme se trouve modifiée, et auquel
on donne le nom de tête. Ces Vers (*Helminthes*) sont tous des Parasites internes, dont l'organisation se borne à la possession d'organes
de reproduction très-développés. Le Ver du tournis (*Cœnurus*), des
Moutons ; celui de la *ladrerie* (*Cysticercus*) ; le Vers *rubanné* (*Tænia*
et *Bothriocéphalus*) et les *Echynorchynques* leur appartiennent ; mais
les deux premiers ne sont que les phases de développement transi-
toires et asexuelles des Vers rubannés et par conséquent ne constituent point de genres et d'espèces indépendants. On n'en connaît
encore aucun reste fossile, et ils ne peuvent d'ailleurs point se
conserver dans cet état, à moins peut-être dans les cadavres de
Mammouth et de Rhinocéros gelés dans le sol de la Sibérie ; mais
on ne les a point encore étudié au point de vue des Ténias. Avec le
second ordre (Trématodes), les ventouses apparaissent non-seulement autour de la bouche, mais encore sur d'autres parties ordinairement postérieures, tantôt sur la ligne médiane, tantôt sur les
deux côtés. Ces Vers sont aussi, en grande partie, des Parasites
internes, dont les organes de reproduction sont développés aux
dépens de presque tous les autres organes, comme chez la *Douve*
(*Distome*). Avec une organisation plus relevée, ils sont autotro-
phes et pourvus d'yeux, de vaisseaux sanguins, à sang rouge nôtre,
et d'organes respiratoires. Ces Vers sont les premiers pourvus d'un
anus ; tous ceux qui précèdent en sont privés. La *Sangsue* (*Hirudo*)
est leur représentant principal ; son corps, assez peu long, de forme
plate, arrondie et en lancette, représente plus ou moins celui de
tous les Trématodes et arrive même, chez plusieurs, à n'être plus
qu'une mince feuille. Dans ce cas, les anneaux ne sont plus distincts. On n'a pas encore observé de restes fossiles bien avérés de
ces Vers. Le troisième ordre (Annulati) renferme des Vers cylindriques à anus, anneaux distincts et région abdominale aplatie. Des
formes parasitiques (Nématoïdes), dont le type le plus commun est
l'*Ascaris*, ouvrent le groupe ; ils n'ont point d'appareils locomoteurs, ni de branchies, peut-être non plus point de vaisseaux circu-
latoires, mais sont pourvus d'un grand intestin, d'un système ner-

veux apparent et d'appareils reproducteurs extrêmement développés.
Parmi eux, le *Ver de terre* (*Lumbricus*) occupe une place analogue à
celle de la Sangsue parmi les Trématodes parasites. Des soies courtes,
mais roides, disposées en huit séries sur les régions inférieures et
latérales de son corps, lui servent d'organes locomoteurs. Un sang
rouge dans un système vasculaire très-développé, pas de branchies
extérieures et des organes de reproduction hermaphrodites, petits
et à développement périodique, constituent ses autres caractères.
Il n'a pas encore d'yeux. Ces organes existent, au contraire, chez
les *Nais*, pour disparaître de nouveau chez les *Tubicoles* (*Tubiculæ*),
d'une organisation cependant plus élevée, et enfin se montrer à côté
de tentacules, de pieds développés avec soies nombreuses et branchies
latérales chez les *Vers à antennes* (*Antennigeri*), les plus parfaits de
la classe. Ces derniers rampent dans la mer ; les premiers habitent
dans des tubes qui tantôt sont de simples trous creusés dans la vase,
tantôt sont formés d'une substance calcaire sécrétée par l'animal.
Dans ce dernier cas, ces Vers (*Serpula*) s'attachent sur d'autres
animaux marins Crustacés, Acéphales, Gastéropodes ou sur des rochers, et on les retrouve avec eux à l'état fossile, ainsi que les empreintes de Vers pourvus de soies et sans tube calcaire.

Le groupe amphibiotique des Articulés constitue la sixième classe
du règne animal, on la désigne par le nom de ses principaux représentants, les *Crustacés*. Trois éléments concourent à la formation de
son type : une hétéronomité nettement marquée, des organes locomoteurs partiels ou dissemblables entre eux et une respiration
branchiale avec les propriétés du système vasculaire qui en découlent. L'hétéronomité est évidemment l'élément qui joue le rôle le
plus considérable pour la forme extérieure, et nous allons nous en
occuper avant les autres. Tant que l'homonomité domine le type
des Articulés, tous les anneaux du corps ont une conformation semblable et sont interrompus par d'autres divisions à nombre constant
et de forme modifiée. Les organes internes obéissent aussi à la
même loi, autant que le permet leur forme particulière. Cette disposition se change avec l'apparition de l'hétéronomité ; les anneaux
du corps prennent des formes et des dimensions inégales et, parmi
les organes similaires, les uns occupent une place, les autres une
autre. La Nature a désormais pour tendance de partager le corps en
trois portions principales, dont la première porte les organes des

sens, la bouche et les mâchoires; la seconde, les organes locomoteurs; la troisième, tantôt aucun organe extérieur, tantôt des nageoires simples, et renferme intérieurement la masse principale des
organes végétatifs. Lorsque ces trois divisions sont arrivées à leur
complet développement, la première prend le nom de *tête* (*caput*);
la seconde de *thorax*; la troisième d'*abdomen*. La bouche détermine la limite entre la première et la seconde partie; la limite entre
la seconde et la troisième est indiquée par la différence de conformation ou, en son absence, par la position des orifices sexuels. On
trouve ordinairement un anus à l'extrémité de la troisième partie.
Pour réaliser cette triple division, la Nature a employé un moyen
extrêmement simple : l'anneau antérieur a simplement été épaissi
et muni d'organes particuliers; les anneaux postérieurs sont restés
sans modifications. Ordinairement, dans ce cas, un nombre constant
se montre déjà dans ce premier anneau, mais il n'existe aucune
distinction entre la tête et le thorax. Cette grande portion du corps
portant à la fois les organes des sens, les mâchoires et les organes
de locomotion, prend le nom de *cephalothorax*. Donner à ce céphalothorax des formes diverses est le rôle essentiel des Crustacés,
rôle qu'ils ont su remplir d'une façon suffisante, mais sans pouvoir
aller au delà, tandis que quelques groupes moins typiques sont arrivés à un développement plus complet de la tête. En principe, la tête,
qu'elle soit libre ou soudée avec le thorax, a deux paires d'antennes,
dont les plus petites, situées en avant, servent évidemment, chez
l'*Écrevisse*, d'organes de l'odorat; les postérieures et les plus grandes,
d'organes de l'ouïe; et une paire, beaucoup plus petite, constitue
les yeux composés. Ce genre d'yeux est caractéristique pour les
Articulés[1]. Les yeux sont ordinairement mobiles sur le céphalothorax, mais immobiles sur la tête libre; la mobilité de celle-ci permettant de voir dans tous les sens. Dans la bouche existe une paire
de mâchoires et, en arrière, de une à cinq paires d'organes, que je
nomme les parties accessoires de la bouche (pattes-mâchoires), parce
qu'en réalité ils appartiennent au thorax et sont des organes de locomotion modifiés. Les organes de la tête se réduisent donc à des *antennes*, des *yeux* et des *mâchoires*. Tous ont, du reste, primitivement

[1] En dehors des Articulés, on retrouve encore des yeux composés chez les Étoiles de
mer, où ils se présentent sous la forme de points rouges à l'extrémité des bras; mais ils
n'ont pas de cornée commune. — G.

la même conformation : ce sont des appendices mobiles du tronc, pour
ainsi dire, des rayons symétriques de l'axe qui portent, sur un seul
article basale, soit une, soit deux séries parallèles d'articles [1]. Ce type
fondamental reste plus ou moins pur dans les antennes ; dans les
mâchoires, l'appendice articulé s'atrophie au profit de l'article basale
masticateur, et ne se montre plus que çà et là sous forme d'un organe court et à trois articles ; on lui donne le nom de *palpe*. Dans les
parties accessoires de la bouche, le type à double série des membres est facile à reconnaître ; cependant les deux séries d'articles ne
sont jamais également grandes ; tantôt l'externe (en avant), tantôt
l'interne (en arrière) est plus développée. Les deux séries d'articles
restent encore apparentes dans les véritables organes locomoteurs
destinés uniquement à la natation ; dans ce cas elles ont des longueurs, tantôt égales, tantôt inégales, et sont armées de longues
soies qui se déploient en rame. Sous cette forme, on leur donne le
nom de *nageoires*. Mais lorsqu'il n'existe plus qu'une série d'articles et que l'organe est devenu une pièce dure et solide appropriée
à la marche, on lui donne le nom de *patte*. Tels sont les divers éléments qui concourent à la différenciation typique des Crustacés.
Jetons maintenant un coup d'œil d'ensemble sur le groupe entier.

Le thorax est chez les Crustacés, comme chez tous les Articulés
hétéronomes, l'organe principal dans la détermination d'un groupe.
Il nous offre, chez les Crustacés, non-seulement un nombre double
de ses parties, mais encore des produits de chaque nombre, que
l'on ne retrouve plus ailleurs. Ces deux éléments caractérisent un
Crustacé avec une certitude complète. Le premier nombre est trois ;
il ne se montre qu'une seule fois (chez les Cypris) comme unité et
offre en général des produits multiples (deux fois, trois fois, et même
quatre fois), dont la clarté est cependant troublée par le passage
de chaque anneau avec ses appendices dans la tête, où ces derniers
se transforment en parties accessoires de la bouche, et exigent par
conséquent une grande attention pour être reconnus. Je nomme
Ostracodermes ce groupe de Crustacés à cause de leur grande carapace,
la plupart du temps cornée, et je les partage en deux sous-divisions
d'après les métamorphoses. Nous allons d'abord en dire ce qu'il y
a de plus important.

_____

[1] Il résulte que la forme à double série est partout primordiale, et que la forme à une
seule série ou seul sortira par atrophie d'une des séries d'articles.

Beaucoup d'Articulés sortent de l'œuf avec une forme différant
beaucoup de celle qu'ils auront plus tard, à l'âge mûr. Ils arrivent donc à leur forme définitive par une transformation graduelle
et se dépouillent complétement de leur ancienne peau à chaque
phase, font peau neuve comme on dit. Non-seulement les organes
locomoteurs et ceux des sens se multiplient par ces métamorphoses,
mais encore chacun d'eux se développe, même lorsque leur nombre décroît, comme cela a lieu chez les Insectes. L'animal arrivé
à l'âge mûr acquiert donc une plus grande liberté et s'élève en
organisation. Ses métamorphoses sont donc *progressives*. Mais
quelques Articulés, notamment des parasites, rétrogradent au contraire, à ce point de vue, en avançant en âge ; ils perdent des yeux,
des tentacules qu'ils avaient dans leur jeunesse, avec un genre de
vue entièrement libre et indépendant, et ne conservent plus aucun organe locomoteur externe (Lernées). Je nomme ces métamorphoses *régressives*. Parmi les *Ostracodermes*, nous rencontrons plusieurs groupes avec métamorphoses régressives, dont je
forme le premier ordre des *Crustacés sédentaires* (Prothemnia s.
Pseudocephala), parce que plusieurs d'entre eux arrivés à l'âge
mûr sont immobilisés comme les Polypes. Ce caractère, uni avec les
métamorphoses régressives, ne convient qu'aux *Cirrhipèdes* ; on le
retrouve chez presque tous les *Crustacés parasites* (Siphonostomes,
plus rarement chez les *Rotateurs* qui se distinguent des deux autres
groupes par leurs organes locomoteurs inarticulés autant que de la
plupart des Crustacés, et sont considérés, à cause de cela, par plusieurs naturalistes, comme ne faisant point partie de leur groupe.
On a constaté l'existence de Cirrhipèdes fossiles. J'appelle les Ostracodermes à métamorphoses progressives, *Crustacés à carapaces*
(Aspidostraca s. Entomostraca), et je les distingue des précédents par
leurs yeux composés avec cornée lisse, leurs tentacules et leurs
organes de locomotion divergents. Deux de leurs familles n'ont que
des nageoires et ordinairement aucune sur l'abdomen. Chez les
Lophyropodes, le nombre du thorax est variable (5, 6 à 9), et les
pieds sont articulés ; chez les *Phyllopodes*, à nombre constant de
onze (4 × 3 — 1) anneaux au thorax, les nageoires sont de simples lobes membraneux qui ne sont pas toujours uniquement limités
au thorax. Les *Pœcilopodes*, la troisième famille, ont au céphalothorax six paires de pieds, dont les hanches servent aussi de mâ-

choires, de même que la paire antérieure représente les tentacules,
et six paires de nageoires avec branchies sur l'abdomen; un long
aiguillon mobile termine ce corps singulier composé de deux carapaces. On connaît du genre unique *Limulus*, constituant à lui seul
tout ce groupe, seulement quatre espèces vivantes et plusieurs fossiles, provenant des schistes lithographiques du terrain jurassique.
Les *Trilobites*, la plus ancienne famille de Crustacés, dont les restes
existent dans le schiste argileux, la grauwacke et le calcaire de transition, se rapprochaient beaucoup plus des Phyllopodes. Leurs carapaces fossiles ont même été longtemps regardées comme des Acéphales
(Unio, Posidonomya). Les carapaces petites et délicates de quelques
Lophyropodes (Cypris), sont si abondantes dans quelques couches,
que celles-ci en ont pris le nom de *schiste à Cypris*.

La seconde division des Crustacés, à nombre constant de dix
(2×5) anneaux thoraciques, est pourvue d'une cuirasse calcaire
dure, qui lui avait déjà fait donner le nom de *malacostraca* par les
Grecs. Elle constitue un groupe naturel, dont les caractères sont
une tête toujours pourvue de deux paires d'antennes, une paire d'yeux
avec cornée à facettes et une paire de mâchoires. Le thorax ne porte,
à quelques exceptions près, que des pieds et l'abdomen des nageoires. Le nombre des anneaux apparents varie de un à sept et, dans le
premier cas, les anneaux, quoique multiples (5), sont recouverts par
un bouclier commun. Leurs métamorphoses sont moins marquées, et
toujours progressives. La position de la tête, par rapport au thorax
sert à former deux ordres; dans le premier, le troisième de la classe
entière, il existe un véritable céphalothorax, recouvert entièrement
ou en grande partie d'une cuirasse commune et pourvu d'yeux mobiles; je nomme donc ce groupe *Crustacés cuirassés* (Thoracostraca
s. Podophthalma); dans le second, ou quatrième ordre, la tête jouit
d'une mobilité propre, mais les yeux sont fixés et le thorax est recouvert d'anneaux isolés; je les appelle donc *Crustacés anuelés* (Ar-
throstraca et Edriophthalma); jusqu'ici on n'a observé aucun membre
de ce dernier groupe à l'état fossile au-dessous des couches tertiaires, tandis que les formes détruites de Crustacés cuirassés sont
assez communes dans toutes les formations jusqu'au terrain houiller.
C'est à cet ordre qu'appartiennent les *Décapodes*, Crustacés à cuirasse
thoracique commune, cinq paires de parties accessoires de la bouche et cinq paires de pattes, dont la première paire a la forme de

pinces. Leur abdomen est pourvu, tantôt d'une grande nageoire
terminale et alors est allongé (*Macroures*), tantôt manque de nageoire terminale et se trouve alors replié sous le thorax (*Brachyures*). A côté d'eux vient comme troisième groupe, les *Stomapodes*,
avec deux paires d'appendices buccaux accessoires et huit paires
de pattes au thorax, qui toutes (*Mysis*), ou en partie (*Squilla*) prennent la forme de nageoires. On les rencontre aussi à l'état fossile
dans les couches jurassiques. Les *Crustacés annelés* suivent la loi
numérique de 3 + 7 dans leur thorax et ont ainsi trois paires d'appendices buccaux accessoires et sept anneaux thoraciques indépendants se réduisant à six, lorsque le premier se soude avec la tête.
Ils forment aussi trois familles. Les *Amphipodes* embrassent des
genres avec un corps haut, comprimé sur les deux côtés, abdomen
apparent et pattes inégales au thorax ; les *Læmodipodes* donnent
leur nom à des genres sans abdomen, à pattes inégales et six anneaux
thoraciques ; enfin, les *Isopodes* sont des Crustacés à forme comprimée verticalement et par conséquent à corps aplati ou à convexité
surbaissée, assez semblables les uns aux autres et à pattes thoraciques égales. C'est à ce groupe qu'appartiennent les seuls Crustacés
toujours terrestres, dont le principal représentant est la *Cloporte*
(*Oniscus*).

Les Articulés supérieurs aux Crustacés ont plus de ressemblance
entre eux qu'avec les précédents et sont doués de caractères organiques importants. Le plus digne d'attention est l'identité dans le
nombre des anneaux thoraciques ; partout où ces segments du corps
sont visibles, on les retrouve au nombre de cinq (1×5). Nous
voyons donc reparaître le nombre typique de la seconde division des
Crustacés, mais il n'est plus le résultat d'une addition. Ces Articulés
plus élevés n'ont, en outre, que des organes respiratoires internes
à respiration aérienne, ordinairement des tubes ramifiés, appelés
trachées, et avec eux existe un système vasculaire très-imparfait,
parce que l'oxygénation du sang peut avoir lieu partout, ses vaisseaux
se trouvant en contact avec les trachées sur tous les points de leur
parcours. Un vaisseau longitudinal, situé au dos, est ordinairement le
seul reste du système vasculaire ; il chasse le sang dans les organes
par des contractions rhythmiques. Les appareils locomoteurs de ces
Articulés sont toujours de simples pattes et jamais des nageoires ; on
y voit aussi des ailes. On les subdivise d'après ce caractère.

Les Arthrozoaires sans ailes, à organes respiratoires internes[1] et
à pattes simples, constituent la troisième classe, la septième du
règne animal; on les appelle *Arachnoïdes*, d'après le nom de leurs
principaux représentants. On les a toujours divisés en deux ordres,
dont le premier conserve mieux un type homonome et a été nommé
Millepattes (Myriapoda), à cause de ses nombreux organes de locomotion ; le second représente le type hétéronome pur et porte le
nom d'*Arachnides* (Arachnidæ), du plus connu de ses membres. Mais
en ne tenant compte que des caractères les plus essentiels, dont
l'examen nous entraînerait ici trop loin de notre but, on arriverait
peut-être à une classification différente. Contentons-nous de remarquer que les Myriapodes renferment deux familles absolument différentes, dont le type homonome n'est en réalité qu'apparent, puisque
les cinq premiers anneaux du corps (du thorax) sont en fait con-
formés tout autrement que les suivants (de l'abdomen). Parmi ces cinq
anneaux trois seulement sont visibles; les autres portent les parties
accessoires de la bouche et se rattachent à la tête. Chez les *Scolopen-
dres* (Chilopoda), la paire de pattes du premier anneau apparent
prend aussi la forme d'organe accessoire de la bouche et chaque
anneau abdominal ne porte qu'une patte sur chaque côté. Chez les
Iulines (Chilognatha), les trois anneaux restants du thorax sont
pourvus de véritables pattes et les anneaux abdominaux en portent
une double paire. L'abdomen des Arachnides proprement dites, n'a
plus aucun organe locomoteur et cependant il conserve encore sa
division en articles, quoiqu'elle ne soit pas toujours également apparente. Elle disparaît complétement chez les véritables *Araignées*
(Araneina), dont l'abdomen est entièrement distinct du thorax, et
muni à son extrémité d'un système de filières, qui leur est propre
ainsi qu'aux *Mites* (Acarina), chez lesquelles il est intimement relié
avec le thorax. Les *Phalangies* et les *Scorpions* ont un abdomen articulé. Les premiers se distinguent des derniers par un abdomen à
six articles et par l'absence de pinces aux parties accessoires de la
bouche ; les Scorpions ont un abdomen à douze articles et des tentacules armées de pinces. Le thorax des Arachnides proprement dites

---

[1] Les *Pycnogonides* et *Tardigrades* (Artison, Macrobiotus, Emydium), placés dans ce
groupe à cause de leur loi numérique, ne possèdent point d'organes respiratoires particuliers; quelques formes de la famille des Mites en manquent peut-être aussi. Ces familles, par ce point et par quelques autres circonstances, forment un passage des Crustacés
aux Arachnides.

ne fait qu'un avec la tête ; par conséquent il constitue un céphalothorax absolument dépourvu d'antennes, et porte des yeux simples
(12 à 14), que l'on retrouve aussi chez les Myriapodes, mais en plus
grand nombre (de 8 à 40). Ceux-ci se distinguent encore par la
possession d'une paire d'antennes. Parmi les cinq paires d'organes
locomoteurs que porte le céphalothorax des Arachnides, la première
paire seule s'est transformée en organe accessoire de la bouche ; il
reste, par conséquent, quatre paires de **pattes**. Elles diffèrent en ce
point essentiellement des Myriapodes.

Les Arachnides sont terrestres, à l'exception de quelques Araignées
et Mites; elles se tiennent sur le sol, blotties entre les pierres et les
débris, poursuivant leur proie plutôt la **nuit** que le jour. Les Iules
et quelques Mites parasites des plantes se nourrissent **de matière**
végétale; toutes les autres sont carnivores. Un grand **nombre de**
Mites vivent dans un parasitisme complet, sans jamais quitter l'animal qui les porte ; plusieurs d'entre elles, comme l'*Acarus de la gale*
(Sarcoptes), causent une irritation et une démangeaison. Les autres
Arachnides se nourrissent avec d'autres Insectes et se servent d'une
sécrétion vénéneuse pour tuer rapidement leurs victimes. Le Scor-
pion a à l'extrémité de l'abdomen un appareil venimeux particulier,
dont il se sert comme d'une arme terrible pour sa défense. Les individus un peu développés peuvent être dangereux, même pour
l'homme; la morsure de la Tarentule (*Lycose*) produit aussi des
effets énergiques. Presque toutes les véritables Araignées sont veni-
meuses, mais la plupart ne le sont pas assez pour que leur morsure
affecte sensiblement l'homme. On connaît des représentants fossiles
de tous les groupes d'Arachnoïdes.

La dernière classe des Articulés, la huitième du règne animal,
porte encore aujourd'hui le nom d'*Insectes* (*Insecta*), sous lequel
Linné avait rassemblé tous les Articulés à organes locomoteurs composés d'articles. Pris dans des limites exactes, ce groupe embrasse
des animaux qui ont tous une tête mobile libre, munie de deux antennes, ordinairement deux yeux composés, une paire de mâchoires
et deux paires d'organes accessoires de la bouche, que l'on nomme
ici *maxillaire inférieur* (mâchoire) et *lèvre inférieure*, de même
que la mâchoire proprement dite porte le nom de *maxillaire supérieur* (mandibules). Le thorax n'a donc plus que trois anneaux particuliers et autant de paires de pattes. Mais, en qualité d'Articulés

aériens, ces organes locomoteurs ne leur suffisent plus; il leur faut
des ailes et ils en sont presque tous pourvus. Ces organes du vol se
présentent sous la forme d'expansions membraneuses, ayant pour
charpente des nervures cornées à ramifications. Ils sont placés sur
la partie latérale supérieure des deux anneaux thoraciques postérieurs et ont une dimension, tantôt égale, tantôt inégale, et même
une consistance différente; les antérieurs pouvant se transformer en
une cuirasse cornée (élytres). Souvent ils manquent complètement;
mais cela n'a pas lieu pour un groupe entier doué d'une organisation particulière et n'affecte jamais que des familles isolées, des
genres ou des sexes, les femelles particulièrement; cas dans lesquels
il y a un arrêt de développement sous l'influence de circonstances
extérieures : en général, un genre de vie parasite. L'action du parasitisme sur l'animal et sur l'amoindrissement de ses facultés loco-
motrices se montre, chez les insectes, avec une grande intensité, et
les deux seuls parasites connus de l'homme, le *Pou* et la *Puce*, en
sont des exemples suffisamment instructifs. Le Pou, ce parasite per-
manent, qui naît et vit sur le même animal, est lent dans tous ses
mouvements et rampe même maladroitement, n'étant destiné qu'à
se traîner au milieu des cheveux. La Puce, au contraire, vivant
d'abord dans les liquides animaux en putréfaction, jusqu'à ce qu'elle
atteigne à son dernier développement, à partir duquel seulement
elle devient parasite, est agile et habile à échapper à toutes les pour-
suites de ses ennemis. Les parasites temporaires sont toujours plus
mobiles, et quelques-uns, comme les *Eproboscidés* (*Hippobosque*),
sont encore pourvus d'ailes, tandis que les parasites permanents
n'en ont jamais, car elles ne pourraient que leur être désavanta-
geuses. Bien que l'aile soit un organe important et qui, en partie,
caractérise le type de l'Insecte, elle n'est pas cependant l'élément
auquel on a emprunté le premier principe de différenciation. Chez
les Insectes, les métamorphoses, phénomène auquel tous sont soumis,
jouent un rôle très-important et sont toujours progressives, mais avec
deux formes différentes. La première forme a été appelée métamorphose incomplète; je préférerais lui donner le nom d'homomorphe,
puisque les jeunes ressemblent complètement à leurs parents, mais
sont toujours plus petits et n'ont jamais d'ailes; dans la seconde
forme, le jeune à l'aspect d'un ver et porte alors les noms de larve
ou de chenille, suivant qu'il n'a ni tête ni pieds, ou bien qu'il pos-

sède des pieds nombreux, ou seulement au nombre de six. Pour
arriver à la dernière phase de son développement, l'animal passe
par un état de léthargie pendant lequel toutes les fonctions animales
libres sont arrêtées. Pendant cette période léthargique, l'Insecte prend
le nom de *chrysalide*, et ce mode de transformation constitue les
métamorphoses les plus parfaites ou hétéronomes. Les Insectes, avec
ces métamorphoses, parcourent durant leur vie, pour ainsi dire,
tous les degrés des Articulés ; pendant la jeunesse ils ont l'aspect
des formes homonomes, représentent avec l'âge de la chrysalide la
période de transition des Crustacés et n'atteignent qu'avec l'âge mûr
le type élevé des véritables Insectes. Ils donnent donc une idée plus
complète du type des Insectes que les groupes à métamorphoses
imparfaites. Dans la nature, en effet, les degrés d'organisation at-
teints sont toujours d'autant plus élevés que les phases de développement parcourues par l'individu sont plus nombreuses. Les limites
entre deux métamorphoses ne sont pas nettement accusées ; elles passent doucement de l'une à l'autre, comme toutes les différences
d'organisation, et ne peuvent être employées comme élément de
classification que sous un certain rapport. Lorsque le jeune est de plus
en plus différent de son père, sans cependant prendre un caractère
homonome franchement marqué, — ce qui arrive surtout lorsqu'il
vit dans l'eau, tandis que ses parents sont terrestres ou aériens, —
ils constitue déjà une forme intermédiaire ; et s'il y ajoute une période de léthargie en chrysalide, les métamorphoses possèdent dès
lors tous les caractères extérieurs des métamorphoses complètes, sans
cependant l'être réellement, parce que la différence profonde entre
l'âge jeune et l'âge mûr, dépendant, là, du type homonome, ici, du
type hétéronome, n'est pas complète. Nous attribuons donc, en
fait, une transformation complète seulement aux Insectes chez lesquels on rencontre des différences de cette nature dans les âges divers de leur existence. Il n'est sans doute pas facile de reconnaître,
avec sûreté, sur l'Insecte complétement développé, le genre des
métamorphoses ; cependant les nervures en *réseau* des ailes peuvent
être considérées comme le critérium des métamorphoses incomplètes ; vu qu'on ne les retrouve plus chez les Insectes à métamorphoses complètes.

La classe des Insectes se divise le plus naturellement en six ordres, dont les deux premiers ne jouissent que de métamorphoses

incomplètes, tandis qu'elles sont complètes chez les quatre autres. On trouve déjà leurs restes fossiles dans le terrain houiller; ils sont plus abondants dans la formation jurassique et deviennent très-nombreux dans les dépôts lacustres et dans l'ambre jaune de l'époque tertiaire. On les distingue ainsi qu'il suit :

1. Les *Rhyncotes* ou *Hémyptères* comprennent des Insectes à métamorphoses incomplètes, dont les mâchoires et les parties accessoires de la bouche forment un bec composé de quatre soies et d'une gaîne. Ces quatre soies représentent les maxillaires supérieurs et inférieurs, la gaîne, la lèvre inférieure. C'est à ce groupe qu'appartiennent les *Poux*, les *Pucerons* et les *Cigales*, dont les pieds antérieurs restent à l'état membraneux; les *Punaises d'eau* et les *Punaises terrestres*, dont les ailes antérieures sont à moitié cornées. La Punaise parasite des lits est dépourvue d'ailes, comme parasite temporaire ; mais elle est encore très-agile.

2. Les *Synistates* ou *Névroptères* sont des Insectes à métamorphoses incomplètes, dont les parties de la bouche ne sont pas transformées en bec, mais restent libres et servent ordinairement à ronger. On trouve encore des Poux au degré le plus inférieur de ce groupe, mais ils rongent les plumes et les poils (*Mallophaga*) et ne sucent plus le sang. Presque tous vivent sur des Oiseaux. Après plusieurs membres intermédiaires viennent les *Orthoptères*, qui se distinguent par leur mâchoire puissante et leurs ailes postérieures larges et divisées en filaments longitudinaux. Les *Kakerlacs* (*Blatta*), les Sauterelles (*Acridium, Locusta*), les Grillons des champs (*Gryllodæ*) sont les membres les plus connus. Les *Perces-oreilles* (*Forficula*) et les *Termites* nous conduisent aux *Éphémères* et aux *Demoiselles d'eau* (*Libellulæ*) dont les ailes, de grandeur égale et rétiformes, offrent le type le plus parfait de ce caractère tiré des organes du vol et constituent, avec leurs puissants organes buccaux destinés à la mastication, leur trait distinctif. Les *Fourmilions* (*Myrmecoleon*), qui, à l'état de larve, se creusent un trou en forme d'entonnoir dans le sable pour s'emparer des Insectes qui y tombent, se placent aussi ici.

3. Les *Antliates* ou *Diptères* (à deux ailes) ont des métamorphoses complètes, sont pourvus d'une trompe, souvent charnue, avec des soies au lieu de mâchoires et d'ailes seulement sur l'anneau thoracique moyen ; les ailes postérieures sont remplacées par de petits

appendices articulés. Les *Moucherons* (*Culex*) et les *Cousins* (*Tipula*) ouvrent le groupe et sont caractérisés par des antennes à nombreux articles. Tous les autres Diptères n'ont que trois articles aux antennes et le plus imparfait d'entre eux est la *Puce* à vie parasite (*Pulex*). Les *Éproboscidés* (*Hippobosca*) sont très-rapprochés de cette dernière ; à leur suite viennent les *Œstres* (*Œstrus*), les *Stratiomydes* (*Stromoxys*), les *Mouches communes* (*Musca*), les *Mouches carnaires* (*Sarcophaga*), et enfin les *Taons* (*Tabanus*), qui sucent le sang.

4. Le quatrième ordre est celui des *Piezates* ou *Hyménoptères*. Ils ont des métamorphoses complètes, un maxillaire supérieur, un appareil buccal destiné à sucer, dont l'organe principal, la trompe, enveloppé par le maxillaire inférieur, représente le lobe moyen de la lèvre inférieure, et enfin quatre ailes, dont les postérieures sont encore très-petites. A ce groupe appartiennent les *Fourmis* (*Formicæ*), les *Abeilles* (*Apina*), les *Guêpes* (*Vespina*), familles caractérisées par leur genre de vie en associations et utiles à l'homme par les provisions qu'elles emmagasinent. Les femelles, qui seules travaillent et sont toujours en mouvement, ont un aiguillon, pour se défendre de leurs ennemis. Cet organe, tout à fait spécial aux Hyménoptères, est placé dans l'abdomen et ordinairement caché ; sa piqûre est très-douloureuse à cause de la sécrétion veniteuse qu'il laisse dans la blessure. D'autres utilisent cet aiguillon pour déposer leurs œufs dans le corps de chenilles et de larves, et donner ainsi un hôte à leur progéniture parasite. Les *Sphex* et les *Ichneumons* jouent un rôle important dans l'économie de la nature en détruisant des Insectes de toutes sortes qui dévorent les végétaux. Les *Tenthrèdes*, si nuisibles, se placent à côté d'eux. Leurs larves ont, comme les chenilles, un appareil à filer, mais moins parfait.

5. Le cinquième ordre des Insectes, le plus généralement connu et le plus aimé, embrasse les *Papillons*, ou autrement les *Glossatæ* ou *Lepidopteræ*. Des chenilles, souvent poilues, diversement colorées, pourvues d'un organe à filer placé sur la lèvre inférieure, quatre grandes ailes recouvertes de poils en formes d'écailles, un maxillaire supérieur atrophié, une trompe enroulée, formée du maxillaire inférieur et des métamorphoses complètes, tels sont les caractères généraux de ce groupe, dont beaucoup de membres nuisibles sont aussi incommodes pour l'homme, qu'ils le charment par l'éclat de leurs couleurs. Les *Teignes* (*Tinea*), les *Chenilles tordeuses* (*Tortrices*), les

Phalènes (*Geometra*), les *Noctuelles* (*Noctua*), et les *Bombyx*, sont les divers représentants des Papillons nocturnes, auxquels se rattachent les *Lépidoptères crépusculaires* (*Sphinges*) et les *diurnes* (*Papiliones*), qui ordinairement filent peu de soie et représentent les types les plus élevés. *Le Ver à soie*, si connu de tout le monde, est la chenille d'un Bombyx qui vit sur les Mûriers et est indigène de la Chine.

  6. Enfin viennent les *Coléoptères* (*Eleutheraia seu Coleoptera*), caractérisés par des organes buccaux masticateurs : un premier anneau thoracique mobile (prothorax), des ailes antérieures cornées, de grandes ailes postérieures, rarement absentes, et enfin des métamorphoses parfaites. Leurs larves n'ont point d'organes à filer, sont le plus souvent nues, vivent ordinairement dans des trous et quelques-unes peuvent causer de grands dégâts, en se multipliant beaucoup et en dévorant les racines, les tiges, les feuilles et les fruits des plantes. Ce groupe renferme cependant un Insecte très-utile, la *Mouche d'Espagne* (*Lytta vesicatoria*), dont les propriétés vésicantes la font employer en médecine. Ce grand groupe, embrassant presque un tiers des autres Insectes, ne fait jamais de ces invasions subites et désastreuses dans le cours des phénomènes naturels, comme cela arrive si souvent pour quelques membres des autres ordres, tels que les Sauterelles, les Moucherons, les Tenthrèdes et plusieurs Papillons. Les *Scarabées* (*Bostrychi*) et les *Hannetons* (*Melolontha*) sont les seuls qui parfois causent de grands dommages.

CHAPITRE XXII

Continuation. — Animaux vertébrés.

La dernière grande division des animaux, que nous allons étudier maintenant, a emprunté son nom à l'organe qui exprime le mieux le caractère essentiel du groupe, l'articulation interne. On les appelle *Animaux osseux* (Osteozoa) ou *Vertébrés* (Vertebrata), pour indiquer plus exactement la structure générale de leur squelette interne. Ce *squelette* interne, auquel s'attachent les autres organes, ou dans les cavités duquel ils sont logés, constitue le caractère typique du groupe et, par conséquent, nous devons commencer par sa description.

Les éléments du squelette, à son état complet, sont des corps cylindriques composés surtout de phosphate de chaux, auquel un tissu animal mou, élastique, d'origine cellulaire, la *substance cartilagineuse*, sert de base. Le calcaire se dépose dans sa masse et dans les interstices des cellules nouvelles, et le tissu osseux se développe peu à peu complétement. Ces corps incrustés sont les *os*. En général ils conservent à leurs extrémités une couche cartilagineuse libre, par laquelle ils sont en contact les uns avec les autres, tantôt soudés complétement, tantôt simplement juxtaposés et consolidés l'un près de l'autre par d'autres tissus animaux, qui les enveloppent (*articulation*). Sur quelques points seulement (le *crâne*), les os eux-mêmes se soudent entre eux au moyen de bords dentelés, et sont alors reliés très-intimement (*suture*) sans conserver la mobilité qui, avec les autres modes d'adhérence, existe encore partiellement ou entièrement. L'ensemble de tous les os constitue le *squelette*; sa conformation obéit à des lois précises et se ramène à un schéma

général reproduit chez tous les Vertébrés, et dont les modifications
que comporte son type sont l'origine des diverses classes du groupe.
Avant de procéder à l'étude de celles-ci, nous devons faire connaître
ce schéma typique dont voici la disposition.

Des os cylindriques, nombreux et courts, reliés entre eux, forment une colonne horizontale de longueur variable ; cette colonne,
que l'on peut fort bien comparer avec les colonnes artificielles construites de pierres alternant avec des couches de mortier, porte le
nom de *colonne vertébrale* et chacun des os celui de *vertèbre*. Les
vertèbres ne sont point des os simples et primitifs ; mais elles
se composent toujours de quatre pièces[1], auxquelles on donne le
nom d'*éléments de vertèbres*. Un filet cartilagineux cylindrique, la
corde dorsale, précède toute la colonne vertébrale, lui servant, pour
ainsi dire, de conducteur ; des pièces cartilagineuses s'y rattachent
par couples à droite et à gauche, dessus et dessous. Ces pièces venant à s'ossifier, le phénomène s'étend intérieurement et envahit la
corde dorsale qui se divise en tronçons osseux et cartilagineux alternants. Pendant cela, des appendices osseux, deux en haut et deux
sur les côtés, se développent sur les éléments. Ceux de la région
supérieure s'inclinent l'un vers l'autre et forment, en se rencontrant, l'*arc neural*, au milieu duquel se dresse l'apophyse épineuse,
les inférieurs divergeant latéralement prennent le nom d'*apophyses
transverses*. Chez les Mammifères et les Oiseaux, ces deux appendices sortent uniquement des éléments supérieurs et les Reptiles
écailleux sont dans le même cas ; chez les Poissons et les Reptiles
nus, les appendices inférieurs ou apophyses transverses sont attachés aux éléments inférieurs. Lorsque les éléments se soudent
intimement par leurs faces de contact, ce qui a toujours lieu dès
que l'individu croît en âge, l'os, composé primitivement de quatre
pièces, prend l'aspect du tout indivis, nommé *vertèbre*. Les modifications que la vertèbre éprouve, suivant les places qu'elle occupe
dans la colonne, produisent, d'une part, la forme typique des animaux vertébrés et, d'autre part, les différences que nous offre chaque classe. Passons à ce second point de notre étude.

_____

[1] Les parties élémentaires d'une vertèbre, ou même ses divers points d'ossification,
n'existent pas en nombre égal dans toutes les classes des Vertébrés. Cependant les différences subordonnées et les modifications locales du type permettent de croire que le
nombre 4 est le plus juste.

A côté des quatre vertèbres antérieures, déjà très-modifiées quant à leur disposition, se développent simultanément avec leur ossification des os de revêtement particuliers, qui recouvrent les éléments cartilagineux de la tête, le crâne primordial, et se rattachent à chacune des vertèbres crâniennes, formées par l'ossification de ces derniers. Il en résulte un espace vide servant à abriter l'organe nerveux central, et auquel on a donné le nom de *cavité cérébrale* ou *cavité crânienne*. Sur toute son étendue, les os de revêtement et les vertèbres qui s'y rattachent sont intimement unis par des sutures. Cette partie du squelette porte le nom de crâne. Dans les vertèbres suivantes, qui sont plus nombreuses, on en majorité, les éléments inférieurs s'effacent dans l'épaisseur de la corde dorsale, tandis que les éléments supérieurs, se dressant au-dessus d'elle, forment un arc en se réunissant ; aussi **ceux-ci** l'emportent-ils sur les premiers par leur masse et constituent la portion principale de la vertèbre. Cette partie prend le nom de *corps de la vertèbre*. Au-dessous du corps de la vertèbre, il doit se former une cavité pour recevoir les organes végétatifs, ce qui, **d'après** les lois du type, ne peut s'effectuer qu'au moyen d'os. D'autres os minces et recourbés en demi-cercle viennent donc s'attacher à **la fois aux** apophyses transverses et au corps de la vertèbre, avec lesquels ils sont unis par une articulation, et ils se courbent en bas, par leur extrémité libre, les uns vers les autres. Ces os s'appellent *côtes* ; elles appartiennent exclusivement à la partie du corps que l'on nomme le *tronc*, circonscrivent la *cavité du tronc* et constituent un caractère typique, inséparable de cette cavité et avec elle du tronc **entier**. Elles restent souvent libres par leur extrémité inférieure, comme cela a toujours lieu chez les Poissons, et seulement pour la moitié postérieure du tronc chez les autres Vertébrés. Dans la moitié antérieure, elles viennent s'appuyer sur une série de petites vertèbres que l'on appelle la colonne vertébrale *secondaire*, inférieure ou pectorale, tandis que la supérieure porte le nom de colonne vertébrale primaire, ou dorsale. Les vertèbres inférieures n'ont en général qu'un ou deux éléments et se **soudent** en un seul os, le *sternum*. Après le tronc, suit enfin une série de vertèbres dont les apophyses, tantôt ne se ferment point, tantôt se joignent en haut et en bas de la même manière. Cette partie de la colonne vertébrale est la queue. Elle renferme aussi un canal dorsal et abdominal, mais jamais de cavité pour abriter les organes des

fonctions nutritives et végétatives, dont la présence dans une cavité
au-dessous de la colonne vertébrale en fait toujours une cavité
thoracique, même lorsque ses vertèbres ne portent plus de côtes.

Jusqu'ici nous n'avons décrit que la tige du corps des Vertébrés,
et il nous manque encore les supports des organes de locomotion et
des organes des sens, qui ne peuvent point faire défaut aux Vertébrés,
situés au degré le plus élevé de l'animalité. Pour les placer, la Nature s'est servi des deux parties déjà existantes du corps, le crâne
et le tronc. Le premier porte les organes des sens avec la bouche
et est par conséquent la véritable tête, les second les appareils de la
locomotion. La présence simultanée des organes des sens et des
appareils masticateurs sur la tête des Vertébrés, entraîne cette grande
complexité dans la forme de cette partie du corps, qui a empêché si
longtemps de reconnaître son schéma typique, en le ramenant à
une série de vertèbres modifiées. Ici encore ce n'est pas à l'observation minutieuse, préoccupée surtout de trouver des différences plutôt que de faire disparaître celles qui ne sont qu'apparentes, mais
au regard infaillible de génies naturels qu'il a été réservé de trouver
le principe : *le crâne est une colonne vertébrale.* Oken a été l'heureux maître qui a donné la formule et a ainsi débarrassé l'anatomie comparée de ses entraves ; tandis que Gœthe, scrutant la nature
avec la même sagacité et la même justesse qu'il apportait à l'étude
de l'homme, était déjà arrivé depuis longtemps à la même pensée,
mais n'avait pas pu ou pas voulu la publier [1]. Oken procéda sur le
champ à la démonstration de son idée avec sa prudence habituelle,
et en suivit les conséquences avec autant de bonheur que de fruit
pour la science. L'empirisme, irrité de voir, malgré tous ses efforts,
le voile de ténèbres déchiré violemment par d'autres devant les re-

[1] La théorie d'après laquelle le crâne se compose de vertèbres est contestée aujourd'hui
par l'école empirique et a été considérée comme fausse, depuis que les différences entre
les os de revêtement et les os propres du crâne formés par ossification du crâne primordial ont été reconnues. Je crois que ce fait peut influer sur l'appréciation de la théorie
vertébrale, selon qu'on pousse plus ou moins loin la comparaison. Que les vertèbres crâniennes ne soient pas des vertèbres dorsales, rien de plus exact, et par conséquent on ne
doit point tenter de les identifier. Celui qui voit là une forme primitivement homologue
peut à bon droit combattre la théorie vertébrale du crâne. Mais celui pour qui les vertèbres du tronc et celles du crâne sont seulement les modifications diverses d'un type primordial commun à toutes les vertèbres et qui ne se présente nulle part dans sa pureté
et sans modifications, trouvera, à mon avis, dans les éléments générateurs de ces deux se-
ches états suffisants pour appuyer son opinion. Il n'y faut voir que des organes homologues
et non identiques.

gards, et forcé d'ouvrir les yeux sur ce qu'il ne voulait pas apercevoir, se roidit d'abord avec opiniâtreté contre la nouvelle théorie et
même voulait mettre au pilori toute la philosophie anatomique ; mais
avec le temps il y trouva son profit et dut rendre justice à ceux qui
ont les plus grands droits à la reconnaissance de toutes les générations futures, animées du feu scientifique. D'ailleurs, personne ne
pourrait plus la leur soustraire aujourd'hui [1].

Pour fixer les organes des sens sur la boîte crânienne, la Nature a
employé des os de formes particulières, enclavés entre les vertèbres
crâniennes sur des points donnés, ou simplement attachés. Ces os,
d'abord considérés comme faisant partie des vertèbres crâniennes
mêmes, ont longtemps retardé la conception juste du schéma osseux
de la tête. Les temporaux, les lacrymaux et les cornets des fosses
nasales sont des os enclavés pour les organes des sens. Mais ils ne
nous apprennent encore rien sur les maxillaires, les supports des
organes de la mastication qui doivent encore être ajoutés au crâne
pour en achever la construction. Cela s'effectue au moyen d'un en
forme de côtes, qui s'attachent aux vertèbres crâniennes centrales,
mais se soudent bientôt intimement avec elles et avec les os voisins, comme l'exigent les efforts énergiques qu'ils ont à supporter.
Lorsque le *maxillaire supérieur* ou antérieur s'attache à la première
et à la seconde vertèbre crânienne, en se reliant avec l'os de l'oreille
ou *os temporal* au moyen de l'*arcade zygomatique*, le *maxillaire
inférieur* ou postérieur s'articule avec le même os et appuie par
son intermédiaire sur la vertèbre crânienne postérieure. Les deux
maxillaires se meuvent verticalement l'un par rapport à l'autre et
jamais horizontalement comme chez les Articulés ; ils sont revêtus
d'une enveloppe cornée pour mâcher ou déchirer, enveloppe qui
devient osseuse et forme des dents en s'encroûtant de calcaire. L'ensemble de ces os attachés aux vertèbres crâniennes constitue le
visage. La nature a apporté une grande diversité dans la conformation et marqué le degré intellectuel de l'animal dans ses rapports
de dimension avec le crâne. L'Homme, placé au-dessus de tous les
animaux à ce point de vue, a proportionnellement le plus petit visage et le plus grand crâne.

[1] R. Owen, le plus autorisé de tous les anatomistes comparateurs vivants, a exposé en
peu de mots et avec une grande impartialité la théorie vertébrale. Cons. *Froriep, Neue
Notizen*, etc., III, série 2, t. II, p. 148.

29.

Pour les organes de la locomotion, ou extrémités, le développement de l'organisation animale suit, en ce qui concerne leur nombre, la même voie que chez les Articulés : plus les types appartiennent à un degré élevé, moins nombreux et plus parfaits sont ces organes. Le nombre six, le plus petit que l'on trouve chez les Articulés, est encore réduit de deux chez les Vertébrés ; mais en même temps les Poissons, chez qui la grandeur des organes locomoteurs est insuffisante, sont pourvus d'un appareil accessoire dans les nageoires impaires. Les quatre organes locomoteurs des Vertébrés se partagent par couples aux extrémités antérieures et postérieures du tronc, et doivent, en qualité de supports et d'étais de tout le corps, avoir avant tout une base solide qui leur permette de remplir leur destination avec sûreté. Ce but est rempli par un anneau d'os, attaché aux colonnes vertébrales supérieure et inférieure, et par conséquent décomposé en deux moitiés, une sénestre et une dextre. Chaque moitié, à son tour, se divise en une partie supérieure et une partie inférieure, formant par leur point de contact une articulation espacée. Chaque anneau se compose donc de quatre quarts ou quadrants. Mais son type général ne se borne point là : un nouveau caractère essentiel vient encore s'y ajouter par le redoublement des quadrants inférieurs. Évidemment cette augmentation procède d'une cause générale, et probablement de cette circonstance que les membres, considérés dans leur nature essentielle, sont des séries d'os placées les unes derrière les autres, dont le nombre s'accroît d'un avec chaque série successive. Comme les ceintures, ou supports des membres, sont évidemment partie de ces organes et non du tronc, elles obéissent aux mêmes lois que tous leurs autres éléments. Si maintenant nous passons du schéma à la réalité, nous voyons l'anneau antérieur représenté par la *ceinture des épaules*, le postérieur par la *ceinture du bassin* ou simplement le *bassin*. Dans la ceinture des épaules les quadrants supérieurs s'appellent *omoplates*, les quadrants inférieurs et antérieurs *coracoïdiens*, les inférieurs postérieurs *clavicules* ; dans le bassin, les quadrants supérieurs sont nommés *os iliaques*, les inférieurs et antérieurs *os pubis*, les inférieurs postérieurs *os ischions*. Comme la colonne vertébrale secondaire n'existe plus dans la région du bassin, les quadrants inférieurs s'articulent immédiatement entre eux, disposition causée uniquement par l'absence de cet organe, et afin de donner un point d'appui solide aux organes de locomotion postérieurs. Ces organes eux-mêmes sont toujours formés par un os simple au point où ils s'unissent avec les quadrants supérieurs et inférieurs, et ils adhèrent avec eux par une articulation. Cet os simple s'appelle, aux extrémités antérieures, *humérus*, aux postérieures, *fémur*. Après lui viennent deux os, conformément au principe de l'accroissement en nombre, et à la tendance de tous les membres de s'étendre en surface qui entraîne cet accroissement ; les antérieurs s'appellent *radius* et *cubitus*, les postérieurs *tibia* et *péroné*. A partir de ce point le nombre des os, placés les uns à côté des autres, devient irrégulier ; cependant il existe encore plusieurs cas, et notamment aux extrémités postérieures de l'Homme, où, dans une troisième série, trois os sont placés les uns à côté des autres, dans une quatrième, quatre, et dans une cinquième, cinq. Les Poissons seuls dépassent ce chiffre, jamais les autres Vertébrés. Les séries suivantes sont aussi, à partir de ce point, en grande partie indépendantes, et se présentent sous la forme de *doigts* et d'*orteils* complètement séparés, dont le nombre d'articles n'est pas absolument égal. Les doigts externes ont ordinairement moins d'articles que les médians, et le doigt interne (le *pouce*) en a le plus petit nombre. Nous devons encore ajouter, en terminant, comme caractère typique important des membres des Vertébrés, le rapport antithétique de chacun de leurs segments. En général leur partie libre, en dehors de la ceinture placée dans le plan du tronc, se divise en trois segments, le *supérieur*, le *moyen* et l'*inférieur*. Le premier dans le mouvement ou dans le repos est toujours dressé, le moyen toujours incliné et l'inférieur plus ou moins horizontal ; mais ce qui s'incline en arrière dans la ceinture des épaules, s'incline en avant à la ceinture du bassin, et *vice versa*, si le premier va en avant, le second se dirige en arrière. Chacun des segments des extrémités libres obéit à ce principe jusqu'au troisième et dernier placé horizontalement, et que l'on nomme, suivant sa forme, patte, pied ou main. Ce dernier segment a dans tous les membres la même direction d'arrière en avant, lorsque ces membres servent à la marche, et ne sont destinés qu'à appuyer sur le sol. Mais lorsque la destination est différente, les segments inférieurs se conforment à la loi générale du rapport antithétique de leur position, comme tout le monde peut s'en convaincre aisément sur les

Oiseaux. Cette opposition des membres et de leurs segments n'existe point chez la plupart des Articulés ; ils suivent tous la même direction, excepté chez les Insectes où apparaît, comme chez les Vertébrés, une antithèse semblable entre les trois parties de chaque membre, et un commencement de la tendance antithétique des membres entiers entre eux, avec la direction opposée de la première paire en avant et de la troisième en arrière.

Les parties molles, fixées au squelette, se conforment autant que possible à son schéma, surtout le système nerveux, dont la forme concrète typique se trouve ici comme partout représentée dans sa plus grande pureté. Ses organes centraux, le *cerveau* et la *moelle épinière*, sont placés dans des cavités au-dessus du corps des vertèbres, le premier dans le crâne, la seconde dans le canal dorsal : l'un et l'autre envoient leurs nerfs par des ouvertures situées entre les éléments immédiatement à côté du corps de la vertèbre. La moelle épinière, d'une forme plus simple, demeure plus fidèle au schéma typique, et envoie sur ses deux faces deux nerfs qui se prolongent dans le tronc et les extrémités. Celui de dedans va dans les muscles, dont il est l'agent excitateur ; on l'appelle nerf *moteur*, et il agit du centre à la périphérie (centrifuge) : celui de derrière embrasse l'antérieur dans un renflement près de la racine, se dirige surtout vers la peau, produit des sensations et s'appelle nerf *sensible* ; son action va de la périphérie au centre (centripète). En outre de quelques nerfs, avec différences analogues, et s'unissant dans leur cours de diverses façons, le cerveau envoie les nerfs des organes des sens qui agissent centripétalement, et ne sont sensibles que pour les impressions particulières de la lumière, du son et des matières odorantes ou douées de saveur. Enfin, il existe encore un autre système particulier de nerfs destinés aux organes de la vie végétative, et composé de fibrilles nerveuses particulières, dont les fonctions sont à la fois sensibles et motrices ; on lui donne le nom de *système ganglionnaire*, parce que ses nerfs s'anastomosent en réseau au moyen de nœuds ou *ganglions*. Il tire son origine, en partie du cerveau, en partie de la moelle épinière.

Parmi les organes de la vie végétative, l'appareil de la nutrition est particulièrement développé et compliqué. L'appareil respiratoire se présente surtout comme déterminant le type du groupe par sa dualité générale ; tous les Vertébrés ont, en effet, à la fois des

branchies et *des poumons*. Les premières sont placées extérieurement
à l'origine du tronc sur le cou, et sont en général recouvertes par
des replis de la peau ; les seconds forment des sacs cellulaires dans
la région antérieure de la cavité du tronc, et sont en communication
avec la bouche par un canal, la *trachée-artère*. Les branchies ont
aussi des conduits communiquant avec la cavité buccale ou dans le
pharynx. La respiration s'effectue donc, chez tous les Vertébrés, par
un mouvement de déglutition, puisque ces animaux avalent, soit
de l'air, soit de l'eau. L'air pénètre dans les poumons et en sort par
une contraction de la cavité du tronc ; l'eau s'introduit par les fentes
branchiales, et s'écoule sur les branchies jusque dehors. Les *Pois-*
sons seuls et quelques *Reptiles* respirent par des branchies ; leur
poumon (vessie natatoire) demeure imparfait et manque souvent
complétement. Les autres Vertébrés n'ont des branchies que pendant
les premiers temps de la vie embryonnaire, et respirent ensuite toujours avec des poumons. La circulation du sang, toujours rouge,
s'harmonise avec ces différences. Tant que les branchies fonction-
nent, la circulation est *simple*, c'est-à-dire que la petite circulation
à travers les organes respiratoires n'existe pas. Le sang passe du cœur
pourvu d'un seul ventricule dans les branchies, se répand de là dans
toutes les parties du corps et revient au cœur avec les nouveaux
éléments élaborés par le tube digestif. Mais aussitôt que les poumons
commencent à jouer comme organes de la respiration, une seconde
circulation (la petite) apparaît, et le sang chassé du cœur dans les
poumons revient à son point de départ, pour aller se répandre ensuite dans toutes les parties du corps. Dans ce cas, le cœur a deux
ventricules, un *droit*, qui chasse le sang dans les poumons et un
gauche, qui le pousse dans toutes les parties du corps. Le canal
digestif se distingue, d'un côté par sa longueur, de l'autre par ses
grands organes accessoires. Les glandes salivaires, le foie, le pan-
créas, les glandes intestinales, concourent avec lui à ses fonctions. A
cause de sa longueur, il ne s'étend plus dans le tronc en ligne droite,
mais il en remplit la cavité de ses nombreux replis. Les poumons
sont secourus dans leurs fonctions par deux organes, qui concourent à purifier le sang, et au mouvement de renouvellement de
la matière, ce sont la *rate* et les *reins*. On ne connaît pas encore
bien le rôle de la rate ; les reins évacuent l'eau introduite dans le
corps pour dissoudre les substances alimentaires, ou qui en con-

tenait déjà de dissoutes, ainsi que l'urée, substance azotée qui
vient s'accumuler dans le sang à la suite des échanges de matière.

Les modifications, qui peuvent affecter le schéma typique des
Vertébrés, deviennent l'origine des distinctions en classes : la cause
de ces modifications est encore ici le milieu, auquel chaque forme
modifiée doit s'accommoder. Nous avons donc des Vertébrés aquatiques, des Vertébrés aériens, des Vertébrés terrestres, et un groupe
intermédiaire dont le nom indique le caractère : on les appelle
Reptiles, et les autres groupes, dans la langue ordinaire, prennent
les noms de *Poissons*, d'*Oiseaux* et de *Mammifères*.

Voyons maintenant les modifications typiques des quatre classes.
Nous remarquons d'abord que le milieu entre les deux extrêmes
tombe chez les Reptiles, et que, par conséquent, ce groupe est réellement un groupe de transition. L'absence d'une face recourbée en
arrière, produite par la position fixe et horizontale de la base du
crâne ; la concavité des surfaces des vertèbres et la masse plus grande
de cartilage intercalé entre elles, qui en est la conséquence, l'ossification généralement plus imparfaite, le nez mal formé, la persistance des branchies comme organes respiratoires pendant toute,
ou une partie de la vie, et le ventricule unique du cœur qui en résulte, sont des caractères distinctifs du premier degré inférieur des
Vertébrés. Il embrasse tous les *Poissons* et les *Reptiles* nus. Au contraire, la courbure de la face, la cambrure de la base du crâne, le
nez plus parfait, la mobilité plus complète de la tête, les vertèbres
à surface plate, une disposition un peu déviée des vertèbres entières,
et surtout de leurs éléments supérieurs, et enfin, la respiration toujours pulmonaire après la naissance, et la double circulation qui lui
correspond avec un cœur à deux ventricules, tels sont les traits qui
placent les *Reptiles écailleux*, les *Oiseaux* et les *Mammifères* sur le
degré supérieur des Vertébrés. Il est donc difficile de déterminer
rigoureusement le type des Poissons, bien que pour le vulgaire il
paraisse si aisé de distinguer une Grenouille d'un Poisson. Les meilleurs caractères extérieurs sont encore ici les organes de la locomotion ; tous les Poissons ont, en effet, des *nageoires*, c'est-à-dire des
appareils membraneux, pourvus de rayons osseux, divisés ou non en
nombre infini de parties, et toujours attachés à des ceintures *incomplètes*; les Reptiles, au contraire, ont de véritables pieds, dont les
doigts ne dépassent jamais cinq, et ne se composent plus d'articles

en nombre indéterminé. En outre, tous les Poissons, même ceux qui
n'ont point de nageoires paires analogues aux extrémités, présentent
des nageoires impaires sur la ligne médiane du dos et de la queue
jusqu'à l'anus. Ces nageoires existent aussi chez des Reptiles, mais
sans dépasser la queue, et sans être soutenues par des os particuliers, qui, au contraire, se trouvent ordinairement dans les nageoires impaires des Poissons. Sans doute, il y a aussi des Reptiles nus
et écailleux, complétement dépourvus des membres pairs, mais ils
sont toujours en même temps privés de ces appendices impairs, en
forme de nageoires, qui disparaissent facilement chez les Poissons
sans nageoires paires ou véritables extrémités. Enfin, la position de
l'orifice urinaire et sexuel isolé et unique, placé derrière l'anus, est
encore un bon caractère extérieur des Poissons, attendu que chez les
Reptiles l'anus est toujours situé en arrière des autres orifices, et
que tous trois se rendent dans une cavité (cloaque), ayant une seule
ouverture extérieure. A cet égard, les Reptiles sont complétement
semblables aux Oiseaux. Malgré cela, les Mammifères et les Oiseaux
sont au fond plus rapprochés entre eux, à cause de la chaleur de
leur sang et de tout le corps, caractère auquel correspond une intensité
plus grande de la respiration empêchée chez les Reptiles, même chez
les écailleux, par une cloison quoique imparfaitement percée entre
les ventricules du cœur. Sur ce point les Reptiles se rapprochent plus
des Poissons que des Oiseaux et des Mammifères, bien que par le
squelette, ils se rattachent plus à ces derniers qu'aux premiers. D'un
autre côté, le mode de ponte des œufs des Oiseaux est si analogue à
celui des Reptiles écailleux, qu'à cet égard il y a réellement entre
ces deux classes une plus grande affinité qu'entre les Oiseaux et les
Mammifères qui enfantent leurs petits vivants. La couvaison, dans
laquelle la température élevée du corps de l'Oiseau joue le rôle essentiel, et qui, d'après de nouvelles observations, est nécessaire aussi
pour le développement de quelques Reptiles, par exemple le *Boa
constrictor* (Python bivittatus), produirait cependant ici une différence rendue encore plus tranchée par la manière dont les Oiseaux
élèvent leurs petits en leur donnant la becquée, ce qui n'est pas
sans analogie avec l'allaitement des Mammifères. Ces considérations,
que l'on pourrait facilement étendre encore, mettent suffisamment
en lumière l'affinité intime des Vertébrés ; elles confirment et éclairent ce que nous avons dit antérieurement sur l'extension des di-

vers critériums déterminants des groupes, et font voir une harmonie frappante entre le schéma de développement des Articulés et des Vertébrés ; chez les premiers, en effet, le point central des oppositions extrêmes, déduites de la constance du nombre des anneaux thoraciques, tombait immédiatement dans le groupe des Crustacés et les divisait en deux moitiés, dont l'une se rattachait plus aux Arachnoïdes et aux Insectes et l'autre aux Vers. Chez les Arachnoïdes, que l'on peut mettre en parallèle avec les Mammifères en tant qu'animaux terrestres, les formes homonomes se reproduisent dans le type vermiforme, de même que les Cétacés introduisent le type Poisson au sein des Mammifères ; en outre, la différence profonde dans les métamorphoses chez les Insectes se compare sans difficulté aux deux modes de développement des Oiseaux, les uns éclosant forts et quittant aussitôt le nid, les autres débiles et gardant le nid quelque temps. Ici il n'existe point de limite tranchée entre ces deux modes d'éclosion des petits ; il en est de même entre les métamorphoses complètes et incomplètes. Cependant on doit employer ces deux circonstances comme élément de classification. Nous ne pouvons point ici poursuivre plus loin ces rapports intéressants ; je me réserve de le faire dans un autre lieu, où mon but sera, plus que maintenant, de descendre dans les profondeurs de la science. Puissent ces indications suffire pour donner à mes lecteurs un avant-goût des spéculations, auxquelles on peut s'élever en combinant et rassemblant tous les matériaux positifs de la zoologie pour atteindre à une conception philosophique de cette science. Nous allons procéder brièvement à l'énumération des espèces que renferme chaque classe de Vertébrés.

Les *Poissons* (*Pisces*) ont, comme caractère distinctif le plus essentiel de leur structure, une différence profonde dans la dureté de leur squelette qui ne s'ossifie pas toujours, mais conserve, dans plusieurs cas une composition cartilagineuse complète ou partielle. On les distingue donc en *Poissons osseux* (*Osteacanthi*) et *Poissons cartilagineux* (*Chondrachanti*). Ici encore, il existe de nombreux degrés intermédiaires avec lesquels on ne peut établir dans les classifications une limite aussi tranchée que semble le permettre l'énonciation pure et simple de cette différence. Ainsi, par exemple, dans le crâne des Poissons osseux, les sutures entre chacun des os de la tête restent toujours apparentes, mais manquent aux Poissons carti-

lagineux; chez eux il n'existe point d'os de revêtement isolés, et
toute la boîte crânienne, primitivement cartilagineuse, s'ossifie uniformément. On rencontre aussi des Poissons qui, tout en ayant
un squelette osseux, ne possèdent point d'os crâniens isolés.
Tels sont les *Pectognathes*; ils réunissent donc les caractères des
deux extrêmes, et empêchent d'établir une séparation tranchée.
Toutefois, sur ce point ainsi que sur d'autres encore, ils se rapprochent plus des Poissons cartilagineux que des Poissons osseux; car
leurs côtes, toujours absentes chez les premiers, sont très-petites et
imparfaites, ou disparaissent complétement. Même quelques autres
Poissons, comme le *Brochet*, par exemple, qui évidemment appartient aux Poissons osseux, ont plusieurs os du crâne cartilagineux
et réunissent ainsi les caractères des deux groupes. Les naturalistes
discutent moins sur lui que sur les Pectognathes, pour savoir s'ils
appartiennent aux Poissons osseux ou aux Poissons cartilagineux.
Néanmoins, comme tout l'aspect extérieur de leur corps répond plus
à celui des Poissons osseux qu'à celui des Poissons cartilagineux, le
plus juste serait peut-être de les placer dans le premier groupe.
Mais, sans donner plus de suite à cette observation, le groupe des
Ostéacanthes, de beaucoup le plus nombreux, exige tout particulièrement une subdivision plus profonde, très-difficile à réaliser à
cause de leur grande ressemblance générale. Cuvier choisit, comme
principe de division, la conformation des rayons des nageoires, suivant qu'ils se composent de rayons simples (nageoires épineuses,
Acanthopterygii) ou de rayons articulés (à nageoires molles, *Mala-
copterygii*); mais ce choix ne donne aucune base naturelle certaine,
comme on le constate au plus simple examen, puisque les deux
genres de rayons existent, en général, sur le même Poisson. Linné
employa, avec plus de bonheur, à ce qu'il semble, la position des
nageoires pectorales et abdominales; elles représentent les membres
véritables et ont certainement une influence sur la conformation de
l'animal par leur position. Dans le type normal des Poissons, on les
trouve aux extrémités antérieures et postérieures du tronc, et on
les appelle, à cause de cela, *nageoires pectorales*, les premières;
nageoires abdominales, les secondes. Les Poissons chez lesquels elles
occupent réellement ces positions, prenaient, suivant Linné, le nom
de *Poissons abdominaux* (*Abdominales*). Lorsque, au contraire, les
nageoires abdominales se déplacent en avant et viennent jusqu'au-

dessous des pectorales, on a les *Poissons pectoraux* (*Thoracici*) ;
s'avancent-elles encore plus avant jusqu'à la gorge, cette disposition
caractérise les *Poissons jugulaires* (*Jugulares*) ; font-elles défaut, les
Poissons apodes (*Apodes*). Comme cinquième groupe, on comprend
les formes sans aucune nageoire paire. Mais cette division n'a
point de base sûre dans la nature, puisqu'on trouve dans une seule
et même famille plusieurs positions diverses : les trois premières,
par exemple, chez les *Perches* ; les groupes supérieurs ne peuvent
donc point être déterminés ainsi. On chercha d'autres principes de
division, et Agassiz recourut enfin aux écailles qui recouvrent la
peau des Poissons, à quelques exceptions près, telles que les *Silures*.
Les écailles sont des os renfermés dans des capsules de la peau et
fixés par ce moyen ; cependant elles coupent souvent la peau de
la capsule avec leur pointe ou leur bord tranchant, et se montrent
à découvert. Le savant naturaliste cité, à qui nous devons tant pour
la connaissance des Poissons fossiles, a établi quatre groupes d'après
la forme de ces écailles et d'après leurs connexions avec la peau.
1. *Placoïdes* : les productions osseuses cutanées forment des amas
inégaux, non unis, de corps de diverses formes plus ou moins acu-
léiformes et qui sont souvent de très-petite dimension. 2. *Ganoïdes* :
les écailles sont des plaques régulières, rhombiformes, composées
de lames cornées et osseuses alternantes et recouvertes d'une couche comparable à l'émail ; elles sont dures comme les dents, auxquelles elles ressemblent aussi par leur structure. 3. *Cténoïdes* :
les écailles, uniformes, se composent de lames osseuses juxtaposées
dont le bord libre est denticulé ou pectiné. 4. *Cycloïdes* : écailles de
même structure que les précédentes, sans bord denticulé, avec
dessins gravés à la surface.

Dans cette classification, on ne tient naturellement aucun compte
de la forme du squelette, et les Poissons cartilagineux se confondent
avec les Poissons osseux, comme cela est nécessaire, d'après la
forme de leurs écailles. Cette circonstance s'oppose déjà à l'emploi
des écailles, comme principe d'une classification naturelle des groupes supérieurs, et ne permet de les utiliser que pour former les
divisions subordonnées. Il restait donc encore à chercher un caractère primordial pour distinguer les Poissons en familles. Müller l'a
enfin trouvé dans la conformation du pédoncule artériel. Du ventricule de tous les Poissons sort, en avant, une artère pour porter le

sang dans les branchies, et qui, à son origine immédiate près du
ventricule, est plus ou moins dilatée. Cette partie dilatée porte le
nom de *bulbe de l'aorte* (*bulbus aortæ*), à cause de son aspect bulbiforme. Tous les Poissons osseux ont un pédoncule bulbiforme de
cette nature, dont les parois épaisses se composent de fibres *élastiques* et dont la cavité interne est séparée du ventricule par deux
grandes valvules. Les Poissons cartilagineux possèdent, au contraire,
un pédoncule artériel, long et conique, formé de fibres *musculaires*
dans ses parois, et pourvu de plusieurs séries de valvules placées
intérieurement les unes à côté des autres. Cette différence importante accroît évidemment la distinction déjà indiquée par l'ossification du squelette, et la séparation en Poissons osseux et cartilagineux
se trouve mieux précisée. En outre, les deux divisions sont nettement séparées l'une de l'autre par un groupe de Poissons réunissant le pédoncule artériel des Poissons cartilagineux et le squelette
dur des Poissons osseux. Ces Poissons sont les seuls *Ganoïdes* vivants
à écailles rhombiformes et émaillées; on peut donc les considérer
comme les rares représentants d'un type intermédiaire de Poissons
très-nombreux aux époques primitives et avec lesquels certains Poissons cartilagineux vivants, les *Esturgeons*, ont une très-grande affinité par l'opercule libre des branchies. En prenant pour guide le
caractère fondamental que nous avons indiqué dans la forme du
pédoncule artériel, les Poissons se divisent en deux groupes supérieurs, partagés eux-mêmes à leur tour en deux sous-divisions. Les
Poissons à pédoncule artériel bulbiforme et à deux valvules embrassent et les Poissons osseux et quelques Poissons cartilagineux, dont
l'orifice buccal est rond et fait fonction de ventouse sans avoir de
vraies mâchoires. Tous ces Poissons n'ont point d'opercule branchiale, possèdent *six* paires de branchies, tandis que tous les autres
n'en ont que *quatre*, sont dépourvus de nageoires paires, d'écailles
et d'une enveloppe protectrice quelconque, et les parois de leur pédoncule artériel ne sont point renforcées d'une couche de tissu élastique. Tous ces caractères les placent au degré le plus inférieur
de la classe, et ils se rattachent par maintes circonstances au plus
rudimentaire des Poissons, l'*Amphioxus lanceolatus* (ou *Branchio-
stoma lumbricum*), complétement dépourvu de cœur, et par lequel
on doit commencer la série des Poissons et des Vertébrés. Leur
bouche, ronde, leur a fait donner le nom de *Cyclostomes*. A eux se

rattachent, par la conformation du cœur, les *Poissons osseux pro-prement dits* (*Teleostei*) avec pédoncule artériel élastique, deux valvules à son orifice, bouche transversale armée de véritables os maxillaires, opercule branchiale libre, quatre paires de branchies, une vessie natatoire simple et des écailles uniformes possédant soit les caractères des Cténoïdes, soit ceux des Cycloïdes, et manquant très-rarement complétement (chez les Silures). Les Cténoïdes, qui en grande partie sont Acanthoptérygiens, embrassent les *Perches* (Percoïdes), les *Aigrefins* (Squamipennes), les *Sciénoïdes*, les *Sparoïdes*, les *Trigloïdes* et les *Plies* (Pleuronectoïdes); dans le groupe des Cycloïdes se placent les *Anguilles* (Murænoïdes), les *Goujons* (Gobiuides), les *Labres* (Labroïdes), les *Thons* (Scomberoïdes), les *Morues* (Gadoïdes), les *Harengs* (Clupeci), les *Saumons* (Salmonei), les *Brochets* (Esoci) et les *Carpes* (Cyprini), auxquels se rattachent les *Silures* (Silurini), encore nus ou recouverts de grandes cuirasses osseuses. Nous trouverons ensuite les familles typiques des *Pectognathes* et *Lophobranches*. Les premiers, déjà cités comme Poissons d'une organisation particulière, ont le cœur et les os des *Téléostéens*, mais ils n'en possèdent ni le manteau d'écailles ni les larges ouvertures branchiales, sont toujours dépourvus de nageoires abdominales et de côtes, n'ont pas les os de la tête isolés, et leur intermaxillaire est soudé au maxillaire; ils constituent donc, sous plusieurs rapports, une sous-classe très-divergente. La forme de leur corps est déjà entièrement particulière, soit qu'il ait une forme quadrangulaire (chez les *Ostraciens*), ou celle d'une vessie (chez les *Diodons*), ou qu'enfin il soit dépourvu de queue (chez l'*Orthragoriscus*). On en peut dire autant, sous plusieurs rapports, des *Lophobranches*, dont les branchies ont la forme de houppes tronquées; chez eux aussi manque le manteau d'écailles remplacé par de minces cuirasses anguleuses; leur tête, prolongée en bec, accroît encore leur originalité. Avec eux, que nous les placions tout en haut ou tout en bas, comme je le préférerais, finit le premier groupe supérieur des Poissons. La seconde division, caractérisée par un pédoncule artériel musculeux et des séries multiples de valvules, se décompose en *Ganoïdes* et *Elasmobranchiens*. La seule particularité exclusive qui, avec le pédoncule artériel, distingue les Ganoïdes, est l'opercule osseux servant à protéger les branchies libres. Pour le reste, ils présentent tantôt un squelette osseux et des écailles rhombiformes

émaillées comme les *Polypterus* et les *Lepidosteus*, tantôt un squelette cartilagineux, sans écailles, mais avec des cuirasses incomplètes, emboîtées les unes dans les autres, comme l'*Esturgeon* (*Aci-
penser*), ou bien encore aucune enveloppe protectrice avec le même
genre de squelette, comme les *Spatularia*. Ce genre est le prototype
des *Squales*. Les *Élasmobranchiens* sont de véritables Poissons cartilagineux à bouche transversale, dont les mâchoires portent des dents
émaillées, mobiles et rhomboïdales ou triangulaires et dont les
branchies se soudent avec la peau par leur bord externe, mais ne
sont point protégées par un opercule. Le courant d'eau respiratoire
s'écoule chez eux par cinq fentes branchiales ouvertes dans la peau
entre et à côté des quatre branchies. Ils n'ont jamais de vessie natatoire encore existante chez les *Ganoïdes*, et pondent des œufs, gros,
carrés, à coquille coriacée, qui, fécondés avant la ponte, éclosent
souvent jusque dans le sein de la mère. Tous les autres Poissons,
même les Ganoïdes, *frayent*, c'est-à-dire qu'ils pondent des œufs
nombreux, petits, globuliformes, sans coquille, fécondés par le
mâle seulement après la ponte. Néanmoins, quelques-uns de ces
Poissons mettent au monde leurs petits vivants, comme, par exemple, l'*Anguille* (*Blennius viviparus*). Les Élasmobranchiens ne sont
jamais revêtus d'écailles, mais de cuirasses, de piquants ou d'ossifications engagées dans la peau ; ils ont toujours quatre nageoires
paires dans la position abdominale, et ils se subdivisent en *Squales*
(*Squalini*) et *Raies* (*Rajacei*), que l'on distingue facilement les uns
des autres par les nageoires pectorales libres chez les premiers,
soudées chez les secondes.

La classe des *Reptiles* (*Amphibia*) n'a guère d'autres caractères
communs que la forme plus élevée des membres, ayant toujours pour
point de départ des ceintures fermées, et se divisant, comme nous
l'avons vu plus haut, en région supérieure, moyenne et inférieure,
lorsqu'ils existent avec un développement complet. A cela s'ajoute
le sang froid, les ventricules du cœur incomplétement divisés, un
poumon, l'articulation occipitale, et le cloaque ; caractères dont la
réunion ne se retrouve ni chez les Poissons, ni chez les Oiseaux. Les
Reptiles se présentent sous deux aspects très-opposés, les Reptiles
nus et les Reptiles *écailleux*. Les Reptiles *nus* se rapprochent plus des
Poissons par la disposition de leur squelette ; ils ont cependant un
double condyle à l'occiput, aucun opercule branchial osseux même

lorsqu'ils respirent toujours par des branchies, mode de respiration
qui, d'ailleurs, est propre à tous les individus de la classe dans les
premiers temps après la naissance. Pendant cette première phase ils
sont dépourvus d'extrémités : elles ne commencent à se former que
plus tard. Tant que ces Reptiles vivent dans l'eau, et qu'ils possé-
dent une peau lisse et visqueuse sans écailles et productions osseuses
cutanées d'aucune espèce, ils conservent cette peau, et ils l'humec-
tent avec la sécrétion de nombreuses glandes cutanées lorsqu'ils
abandonnent la vie aquatique. Tous frayent à la manière des Poissons osseux, pondent des œufs nombreux sans coquille, dont quelques-uns éclosent dans le sein de la mère ; les autres sont abandonnés dans l'eau. Un genre sans pieds, en forme de Serpent (*Caecilia*),
à branchies temporaires et faces d'articulation concaves des verté-
bres, commence la série. Ensuite viennent les genres à branchies
persistantes ou à fentes branchiales (Ichthyodes) qui, tantôt ne pos-
sédent que des membres antérieurs (*Siren*), tantôt ont aussi les
postérieurs et sont munis de vertèbres concaves ; à ces deux points
de vue, il se rattachent aux Poissons osseux. Chez les *Amphiuma* et
Menopoma, les vertèbres sont cachées ; chez les *Hypochthon*, les *Meno-
branchus* et les *Stegoporus*, elles sont visibles et extérieures. La plupart de ces animaux habitent les lacs de l'Amérique du Nord et du
Mexique, l'*Hypochthon anguineus*, la grotte d'Adelsberg, sur la route
de Leibach à Trieste. On a découvert de grands Menopomes au Japon. Le prétendu Homme de Scheuchzer, du calcaire fétide de
Oeningen, était très-rapproché d'eux. Les Reptiles nus, à branchies
temporaires, ont des membres développés peu à peu (*Batrachia*) et
sont pourvus, tantôt d'une queue et de vertèbres convexes en avant
et concaves en arrière (*Salamandrina*), tantôt de vertèbres à
disposition inverse, c'est-à-dire concaves en avant et convexes en
arrière avec absence de queue (*Ecaudata*) ; chez les premiers, les
pieds de devant apparaissent d'abord, chez les seconds les pieds de
derrière, et leurs petits portent le nom de têtards. Les *Grenouilles*
et les *Crapauds* sont les espèces les plus connues de ces groupes. Les
Reptiles écailleux ont déjà été cités plusieurs fois en ce qui concerne
leurs propriétés essentielles : des vertèbres à surfaces planes, ou
concaves en avant et convexes en arrière, articulées en partie ou en
totalité (chez les Serpents) entre elles, un crâne à base plus courbée,
un seul condyle au-dessous du trou occipital, un os tympanal sus-

bile, une enveloppe cornée dure, soutenue par des plaques osseuses
engagées dans la peau elle-même, une cloison plus parfaite entre les
ventricules du cœur, des métamorphoses incomplètes après la naissance, et des œufs à écaille dure, de dimension relativement grande,
mais en petit nombre ; telles sont les particularités les plus importantes de ce groupe. Il se décompose en deux ordres d'après la forme
du cloaque. Les uns ont des dents soudées, un large orifice transverse
au cloaque, dans lequel s'ouvrent deux organes génitaux (par conséquent deux verges aussi), une enveloppe écailleuse uniforme avec
de petites ossifications cutanées, et une forme de pieds variable. A
cet ordre appartiennent les *Serpents* (Ophidia) et les *Lézards* (Sauria).
Les premiers se reconnaissent à leur maxillaire inférieur divisé en
deux moitiés non soudées, à l'absence de paupière, de sternum et
de toutes les extrémités extérieures ; les seconds par leur maxillaire
inférieur à branches soudées, par la présence d'un sternum, et par
l'existence assez générale de paupières et d'extrémités visibles. Les
autres possèdent un orifice rond au cloaque, une verge simple, des
cuirasses cornées composées de plaques, de grands os cutanés sur
le tronc, un sternum, toujours des membres complets avec quatre
et cinq doigts, et des paupières. Chez les *Crocodiles*, les ossifications
cutanées du tronc ne sont pas soudées, et les mâchoires portent des
dents engagées dans le maxillaire ; chez les *Tortues*, les dents font
défaut, et les ossifications cutanées du tronc se soudent entre elles,
ainsi qu'avec le squelette et forment une carapace ouverte uniquement en avant et en arrière. On rencontre parmi elles quelques
espèces exclusivement herbivores ; tous les autres Reptiles se nourrissent d'aliments animaux.

Les propriétés caractéristiques générales des *Oiseaux* (Aves), avec
lesquels nous entrons dans la série des Vertébrés à sang chaud, sont
trop faciles à reconnaître pour qu'il soit nécessaire de m'y arrêter
longtemps. Une peau revêtue de productions cornées, rameuses, ou
plumes, des mâchoires enveloppées dans une gaine cornée comme
chez les Tortues, les extrémités antérieures transformées en ailes, et
les postérieures portant seulement sur les doigts, d'où résulte la
position inclinée de la colonne vertébrale, constituent les propriétés
les plus essentielles des Oiseaux. Plus cachés sont les tubes membraneux qui pénètrent dans les os, et y conduisent de l'air entré par
le nez et les poumons, en donnant ainsi au corps des Oiseaux la

grande légèreté dont il est doué. Cet appareil pneumatique, qui
s'étend jusque dans le tissu cellulaire de la peau, introduit de l'air
dans une grande partie du corps. Ils ont encore une ouverture ronde
au cloaque, et en général un seul ovaire (le sénestre), point de
cloison entre les cavités thoracique et abdominale, point de dents,
point de pavillon acoustique, mais toujours des paupières auxquelles
s'en ajoute une troisième, la *membrane nictitante*. Parmi les particularités les plus importantes du squelette, on peut citer : l'os tympanal mobile, qui se retrouve aussi chez les Poissons et beaucoup de
Reptiles, le condyle unique à l'occiput, le sternum large et généralement muni d'une crête, le bassin ouvert ; circonstance, à laquelle
l'Autruche seule fait exception, enfin les vertèbres dorsales intimement soudées, et les vertèbres occipitales convexo-concaves réunies
par des articulations. Les membres antérieurs ont toujours trois doigts,
les postérieurs deux seulement chez l'Autruche, trois chez plusieurs
autres Oiseaux, et quatre chez le plus grand nombre, dont trois sont
dirigés en avant et un en arrière, et plus rarement deux en avant et
deux en arrière. Tous les Oiseaux ont l'extrémité des doigts armée
de griffes. Ils se distinguent encore par le petit nombre de leurs
œufs à coquilles calcaires et par l'incubation. On les divise en deux
groupes, d'après la manière dont ils sortent de l'œuf et se développent. Dans le premier groupe on classe ceux qui naissent avec un
duvet soyeux et les yeux ouverts ; ils peuvent manger seuls et quittent le nid aussitôt, quand sa position le permet. Les *Palmipèdes*,
les *Oiseaux de marécages*, caractérisés les uns et les autres par la portion inférieure de la cuisse nue, et par la propriété de pouvoir
étendre leurs jambes en arrière, appartiennent à cette première
division, dans laquelle on trouve encore les *Autruches*, les *Coureurs*
dépourvus de rémiges aux ailes, et par suite incapables de voler,
enfin les *Gallinacés*, une des familles les plus répandues et d'une si
grande importance économique. Dans le second groupe se placent
des Oiseaux dont les petits n'ont point, en naissant, de vêtement
de duvet, ou n'en ont qu'un très-clair-semé, dont les yeux sont encore fermés au moment de l'éclosion, qui ne quittent jamais aussitôt
le nid, et sont nourris par leurs parents. Ce groupe comprend les
Pigeons, les *Grimpeurs*, avec deux doigts en avant et deux en arrière,
les *Passereaux* ou *Oiseaux chanteurs*, famille la plus nombreuse et
renfermant au moins les deux cinquièmes de la classe entière, enfin

les *Oiseaux de proie*, parmi lesquels se trouvent les plus forts et les plus énergiques, mais non les plus beaux et les plus grands. Ils se caractérisent surtout par leur bec puissant et crochu, et par leurs grandes griffes aiguës et recourbées.

La dernière et douzième classe du règne animal est formée par les *Mammifères* (*Mammalia*), groupe à formes très-variées et qui, comme les Reptiles, offre dans son étendue de grandes diversités : il possède, par conséquent, peu de propriétés caractéristiques d'une valeur générale. Au point de vue ostéologique, les Mammifères se distinguent par leur maxillaire supérieur immobile, par l'os tympanal solidement engagé dans le crâne, par l'absence fréquente des quadrants inféro-postérieurs ou des inférieurs de la ceinture de l'épaule, par un sternum étroit, par un double condyle au trou occipital, par des vertèbres toujours (à l'exception des deux premières) juxtaposées les unes aux autres au moyen de couches cartilagineuses et avec des surfaces articulaires planes, par le nombre constant de *sept* vertèbres occipitales et par la puissante ceinture du bassin en général fermée en bas, et dont l'absence presque complète, ainsi que celle des extrémités postérieures, caractérise les Cétacés. Parmi les propriétés les plus remarquables des parties molles, citons la présence d'une cloison musculeuse (le *diaphragme*) entre les cavités thoracique et abdominale, l'appareil pour le développement des œufs (*matrice*) et l'existence d'organes sécrétant du lait avec lequel les petits sont allaités par la mère. Leur position sur la région abdominale du tronc donne des indications importantes sur l'élévation organique des espèces et joue un grand rôle dans les classifications. La plupart des Mammifères ont des dents implantées dans des alvéoles et de forme ainsi que de structure différentes, des paupières mobiles, un pavillon de l'oreille extérieur, un vêtement complet de poils, des ongles à l'extrémité des doigts et une queue libre et d'une grande longueur faisant suite au tronc. Bien que les Mammifères soient les véritables animaux terrestres de l'embranchement des Vertébrés, plusieurs d'entre eux cependant ont une existence essentiellement aquatique donnant lieu à des modifications dans leur type et leur faisant prendre un aspect pisciforme. Ils forment le groupe le plus inférieur de la classe, et on les appelle, d'après la forme de leurs membres, *Mammifères à nageoires* (*Pinnata*). Au-dessus d'eux viennent les Mammifères à type normal et

que l'on subdivise en deux groupes représentant un degré inférieur
et un degré supérieur d'organisation. Le premier comprend les *Ongulés* (*Ungulata*) caractérisés par leur grande taille, un vêtement de
poils simple, des ongles en forme de sabot avec lesquels ils appuient
sur le sol, et une alimentation herbivore ; le second, que l'on désigne par la dénomination d'*Onguiculés* (*Onguiculata*) embrasse des
animaux à dimensions plus petites, à pelage double composé de
poils et de laine, à griffes resserrées latéralement ou ongles plats, à
plante du pied calleuse, qui, tantôt occupe les doigts seulement
(*Digitigrades*), tantôt le pied entier (*Plantigrades*) et à alimentation
soit omnivore, soit exclusivement carnivore, soit herbivore. Les
petits du premier groupe marchent aussitôt après leur naissance,
ont les yeux ouverts et sont couverts de poils ; chez les Onguiculés,
au contraire, les petits naissent débiles et sont, en général, aveugles et nus. Les Pinnifères, dont les petits se conforment au type
des ongulés, se divisent en *Bipinnés*, chez lesquels les extrémités
postérieures, ainsi que la ceinture du bassin manque, et en *Quadripinnés* ou *Pinnipèdes* pourvus d'extrémités postérieures. Le premier
groupe comprend les *Baleines*, chez lesquelles les dents sont remplacées par des fanons, et les *Dauphins* avec les *Cachalots*, munis de
véritables dents ; ces trois familles sont pourvues d'une nageoire
horizontale et tronquée à l'extrémité de la queue ; au même groupe
appartiennent encore les *Sirènes* avec dents, nageoire caudale simple ou semi-lunaire et mamelles au devant de la poitrine. Les premiers se nourrissent d'animaux, ceux-ci de végétaux. Le groupe
des Quadripinnés se compose des *Morses*, pourvu de défenses et de
molaires aplaties, et des *Phoques* ou *Chiens de mer* à canines aiguës
et molaires hérissées de pointes. Ces deux genres sont couverts de
poils ; les Bipinnés, au contraire, sont entièrement ou en grande
partie nus. Les *Ongulés* sont représentés par les *Pachydermes* multongulés, comprenant l'Éléphant, l'Hippopotame, le Rhinocéros et le
Porc, par les *Ruminants* biongulés, tels que le Bœuf, le Mouton,
l'Antilope, le Cerf et le Chameau, et enfin par le *Cheval*, solipède dont
nous avons six espèces différentes dans le monde actuel. Les *Onguiculés* sont plus variés. Nous trouvons d'abord, au premier échelon,
des groupes absolument privés de dents, ou du moins sans dents
formées isolément (*Edentata*). Les *Ornithorhynques*, les *Échidnés*,
les *Fourmiliers*, les *Manis*, les *Tatous* et les *Paresseux* se placent dans

ce premier ordre. Au-dessus d'eux viennent les *Rongeurs*, pourvus d'incisives tranchantes et en forme de ciseau, mais privés de canines ; les formes les plus connues de cet ordre sont les Lièvres, les Cochons d'Inde, les Porcs-épics, les Castors, les Rats, les Souris, les Marmottes et les Écureuils. Les *Marsupiaux* forment un groupe extrêmement curieux par leur mode normal d'accouchement avant terme. Ils se rattachent aux groupes précédents d'une part, et aux groupes suivants d'autre part ; on ne les trouve aujourd'hui qu'en Australie, dans les îles voisines et en Amérique. Ceux qui s'en rapprochent le plus ensuite sont les *Carnassiers* à canines tranchantes et recourbées et à molaires hérissées de pointes. Les Ours, les Loutres, les Martres, les Zibelines, les Chiens, les Hyènes et les Chats constituent les groupes typiques, caractérisés par six dents incisives aux deux mâchoires. Les *Insectivores* s'y rattachent comme groupe intermédiaire ; leurs canines sont vacillantes, et ils ont des clavicules absentes chez tous les Carnassiers proprement dits. La Taupe, la Musaraigne et les Hérissons se placent dans ce groupe. Nous trouvons ensuite les *Chauves-souris*, groupe nombreux, caractérisé par des membres antérieurs transformés en organes du vol et dont la dentition se rapproche de celle des Carnassiers. Elles n'ont en général que deux mamelles à la poitrine et ne portent qu'un petit. Cette particularité les rapproche des Singes et même de l'Homme. Les *Singes* ont les quatre extrémités en forme de mains, avec des pouces opposables au moins aux membres postérieurs et des clavicules. Tantôt leur dentition est conformée d'après le type des Insectivores et on les appelle alors Makis (Lémures.), tantôt elle est omnivore avec molaires à tubercules tronqués comme chez l'Homme ; ce sont les Singes proprement dits (*Simia* Linn.). L'*Homme* s'en distingue, en ce qui concerne sa constitution anatomique, par le grand développement du cerveau, la disposition du squelette destiné à la station droite, le puissant développement du bassin et la différence typique et profonde dans la forme des deux extrémités. En effet, les extrémités antérieures seules sont de véritables mains[1] et jamais les postérieures ; l'inverse

---

[1] La caractéristique de la main réside dans l'opposition du pouce aux autres doigts ; le pied humain ne présente pas cette opposition, tandis que le pouce du pied des Singes est opposable, et même d'une manière plus complète et plus caractérisée que le pouce de la main. Le pied humain est complètement sans analogue parmi les animaux, à cause de la grandeur du premier doigt qui déborde en avant. L'Homme seul offre cette particularité ; le pied est donc la partie la plus humaine du corps humain. Cons. nos *G. slug. Bilder*, I. l.

a lieu pour les quatre mains des Singes. Les postérieures seules sont
toujours des mains; les antérieures, plus analogues à des pattes,
manquent quelquefois de pouce. Les facultés intellectuelles et la
raison, dont l'animal est incapable, l'élèvent beaucoup au-dessus
de toutes les autres créatures et en font le maître de la nature organique, de même que le principe moral de ses actions le rapproche
de la divinité.

———————

CHAPITRE XXIII

.

Dans les chapitres qui précèdent, nous avons fait connaître les formes typiques de l'organisation et les traits qui caractérisent son développement depuis le commencement de la période actuelle. Il nous faut maintenant étudier les caractères en relation directe avec la distribution des êtres animés à la surface de la Terre, et qui reposent sur la diversité des zones et des climats de notre planète. Nous avons déjà vu, en effet, que chaque organisme est soumis dans le mode de son existence aux influences du milieu habité par lui, et nous avons prouvé que toutes les différences de races sont produites par cet agent. D'ailleurs, l'action du monde extérieur sur les êtres organisés est si évidente que maintes espèces répandues à la surface de la Terre, depuis les temps historiques par les relations des peuples entre eux, ont subi des modifications produites par les zones et les climats, modifications dont nous constatons l'origine endémique par les termes de races nouvellement formées.

Cette influence est d'autant plus marquée que l'individu organisé possède des caractères particuliers moins profonds. Si nous accordons une existence générale à un certain type spécifique, l'action que nous étudions en sera, pour ainsi dire, le point de départ, la cause qui a imprimé ce type général sur tant de représentants et d'espèces partiellement diverses. Cette doctrine n'a pas seulement pour but d'expliquer par l'influence du milieu extérieur la diversité des espèces vivant actuellement sur la Terre, elle prétend encore retrouver dans les mêmes causes l'origine des déviations subies par les espèces, dont les restes sont conservés dans les couches du Globe, et ramener ainsi les changements des caractères spécifiques des périodes successives de création aux modifications qui se produisent constamment dans les agents extérieurs eux-mêmes. Il est donc nécessaire de connaître les lois sous lesquelles vivent actuellement les êtres vivants, si on veut apprécier sainement les différences que nous rencontrons pendant les époques primitives. Nous allons tenter de donner un tableau des diversités géographiques du règne animal et du règne végétal.

En dehors de l'Homme et de son inséparable compagnon, le Chien, il n'existe pas actuellement d'autre créature vivante habitant indifféremment sur tous les points de la surface du Globe ou qui puisse y habiter. Toutes les autres ont une circonscription limitée, un domaine d'autant plus resserré, que les caractères de leur organisation sont plus particuliers et plus spécialisés. Ainsi nous rencontrerons toujours des formes nouvelles, à mesure que nous nous éloignerons de notre point de départ dans notre excursion à la surface de la Terre. Nous constaterons en outre, en généralisant les résultats donnés par les observations, que les lois qui en découlent ont un sens tout autre, suivant que nous poursuivons leurs effets, en allant du Nord et du Sud vers l'équateur, ou bien de l'Ouest à l'Est.

Avec la première direction nous voyons la loi de répartition des organismes rester partout la même sur la surface entière de la Terre, et la diversité et le nombre des espèces s'accroître dans le même sens, si bien que les zones de plus en plus chaudes possèdent une plus grande richesse de formes et de vie que les latitudes froides situées sous le même méridien. La vie organique cesse entièrement dans les régions où le sol est recouvert par des neiges et des glaces éternelles. Du moins elle n'y apparaît que temporairement sur quelques points isolés, dont le manteau de glace disparaît pendant quelques semaines de l'été. Elle s'y manifeste sous la forme de petites plantes cryptogames, appartenant aux familles des *Lichens* et des *Mousses* (p. 305). Ces plantes dépourvues de fleurs colorées forment seulement un tapis monotone, et d'un vert sans uniformité. Les animaux terrestres manquent presque toujours dans ces contrées. La mer seule, sur ces rivages lointains, sert de retraite à des êtres vivants dont l'existence pénible au milieu des glaces n'est qu'une lutte continuelle entre eux et avec cette nature glacée. Mais à chaque degré, dont nous nous éloignons du pôle, nous voyons croître la vie

organique, ses formes se multiplient, et les individus y acquièrent
une plus grande force et un plus grand développement. Cette loi se
manifeste dans le règne végétal, mais dans une mesure plus faible
que dans le règne animal. Les formes imparfaites des Mousses et des
Lichens sont bientôt remplacées par des formes arborescentes : d'abord
par les arbres à feuilles aciculaires ou *Conifères*, puis ensuite par les
arbres à feuillage et à fleurs en chaton (*Amentacées*). Mais la zone
tempérée suffit seulement à donner le puissant développement que
nous voyons se réaliser ici dans les *Chênes*, les *Hêtres*, les *Aunes*, les
Bouleaux, les *Peupliers* et les *Saules*. Ce n'est qu'au delà des tropiques ou sur leurs limites qu'apparaissent les géants des végétaux,
les *Palmiers* flexibles ou les *Urticées*, les *Figuiers* et les *Malvacées*
arborescentes, auxquels se joignent les *Myrtacées*, les *Aurantiacées*
et les *Magnoliacées* (p. 402, 403), dont les fruits et la fleur sont
complets. Le *Musa* (p. 399), qui réunit en lui seul presque tous les
genres de perfection se trouve toujours dans les paysages des tropiques, animés par les Palmiers, l'Arbre à pain et les Oranges. Le règne animal, sous ce rapport, est soumis à des lois toutes différentes.
Il s'accroît, il est vrai, par le nombre et la diversité des espèces, à
mesure qu'on s'éloigne du pôle vers l'équateur, mais la taille des individus ne suit pas la même progression. Les colosses du règne animal, les Baleines, vivent dans la zone glacée ; et parmi les animaux
terrestres, l'Ours polaire l'emporte par sa taille sur tous les animaux
de proie de la Terre, et le Renne sur toutes les espèces de Cerfs, du
moins par la dimension relative de sa ramure. Toutefois cette exception vaut, comme règle générale, seulement pour les Mammifères.
La zone tropicale, au contraire, renferme les plus grandes espèces
d'Oiseaux, de Reptiles et de Poissons ; les Mollusques, les Articulés
et les Vers obéissent à la même loi. Les Polypes et les Rayonnés,
dont le corps est en général assez petit, ne l'emportent pas sous les
tropiques par la taille des individus, mais par l'abondance des innombrables espèces qui y déploient une prodigieuse fécondité. Les
organismes, habitants des mers, ne sont donc pas soumis aussi étroitement aux diversités des zones et des climats. La vie s'est développée partout avec uniformité dans cet élément, et elle s'y est maintenue d'autant plus indépendante des différences relatives de ce milieu,
qu'elle a dû à son origine première, plus sous l'influence dominante
de l'eau, en tant qu'élément vital.

Si maintenant nous suivons dans nos considérations une direction de l'Est à l'Ouest, nous arriverons à des résultats tout différents.
A part quelques déviations peu importantes dans la courbure des
lignes isothermes, nous rencontrons, en marchant dans ce sens, sur
toute la surface terrestre des organismes avec des caractères semblables, et on reconnaît promptement que les changements périodiques amenés par le cours alternant des saisons dans chaque zone,
produit des résultats généraux identiques pour les mêmes parallèles.
L'Amérique du Nord, comme l'Europe, a ses forêts épaisses composées de Chênes, de Hêtres, de Bouleaux et de Conifères ; elle a ses
prairies richement gazonnées, et sa faune tout à fait correspondante
aux nôtres. Cependant avec un peu plus d'attention chaque arbre et
chaque animal indigène se distingue des nôtres par quelque différence. Le même fait se répète en Sibérie et sur le plateau central
de l'Asie. L'empreinte générale de la nature reste la même, mais
l'identité absolue des formes se perd plus nous nous éloignons d'un
lieu vers l'Est ou vers l'Ouest. Mais ce ne sont pas seulement les
espèces qui nous apparaissent comme nouvelles dans ce déplacement :
nous y découvrons aussi des genres et des familles inconnus, tandis
que d'autres disparaissent ; ou bien encore, ils deviennent plus
abondants, plus riches en espèces que sur le côté opposé du Globe.
L'observateur attentif reconnaît cependant que ces traits particuliers
ne modifient guère la physionomie générale, et que les zones froides, tempérées ou chaudes, à altitude égale, donnent une empreinte
semblable à leurs produits. Mais les différences, révélées seulement
à l'observation minutieuse des formes, sont celles qui excitent au
plus haut point l'intérêt du naturaliste. Il les étudie avec préférence, pour y trouver l'uniformité des lois au milieu de la diversité
des phénomènes, et découvrir leur cause première.

Deux circonstances ont une influence prépondérante sur ces différences, savoir, de vastes étendues de mer et de hautes et longues
chaînes de montagnes. Les mers n'ont en fait qu'une importance
médiocre ; mais l'influence la plus marquée appartient aux Océans,
qui embrassent les parties du monde dans leurs vastes replis et les
séparent. Entourée de toutes parts par les eaux, l'Amérique est par
ses êtres organisés, non-seulement plus éloignée des continents
orientaux qu'aucun de ceux-ci ne se distingue des autres par ses
habitants, mais encore elle nourrit sur sa longue arête un monde

de créatures plus uniforme que celui de notre partie du monde. Ne présentant aucun autre accident que la chaîne de montagnes qui le traverse du Nord au Sud le long de son rivage occidental, ce continent nous offre des formes aussi spécialisées que le permettaient ses conditions climatériques. C'est là que nous trouvons les singulières *Cuetées*, la *Sarigue* carnivore munie de mains aux membres postérieurs, le *Cochon d'Inde*, les *Paresseux* velus, les *Tatous*, les *Colibris*, les *Toucans*, les *Tanagroïdes* aux couleurs bigarrées, et des *Pénélopides* nettement caractérisées. Mais la chaîne des Andes modifie profondément son caractère, surtout dans l'Amérique du Sud, où elle exerce une action dominante. Le *Lama*, l'unique animal domestique d'origine américaine, habite ainsi que le *Maïs* exclusivement sur le versant occidental des Cordillères et sur leurs plateaux élevés. Les peuplades occidentales, avant l'arrivée des Européens, ne possédaient aucun animal domestique donnant du lait, et aucune graine propre à faire du pain n'y était connue avant que les Céréales d'Europe y eussent été introduites. L'Amérique, en dehors de la pomme de terre, ne produit aucun végétal nutritif d'une utilité autre que pour satisfaire aux besoins du luxe. Cette partie du monde n'est donc pas seulement la plus jeune, mais encore la plus pauvre, la plus simple et la plus limitée dans son développement organique. Elle doit la place prépondérante, qu'elle est destinée à prendre dans l'histoire du monde, uniquement aux importations que le vieux continent oriental lui a fait parvenir, et dont il l'a enrichie moins par affection et bonté que pour satisfaire son avidité et son égoisme.

Nous trouvons des conditions tout autres sur le continent oriental ; sur l'Asie, ce berceau de la civilisation, sinon de l'espèce humaine ; sur l'Europe, ce foyer de la lumière et du progrès ; sur ces deux parties du monde d'où l'Homme est parti pour produire tout ce qu'il a fait de grand et sur lesquelles la force créatrice de la Nature a fait apparaître à la vie ses créatures les plus belles, les plus nobles et les plus utiles. Ici nous n'avons plus à admirer l'uniformité des formes ; nous sommes, au contraire, surpris par leur variété et leur multiplicité. Cependant l'hémisphère occidental de notre planète n'a aucun système de montagnes qui le divise complètement et le partage en régions distinctes. On dirait que les influences telluriques ont eu besoin d'une action moins énergique pour donner cette diversité de formes aux éléments organiques modifiables. Nous allons tâcher d'en esquisser exactement les traits généraux.

Sur la surface plus vaste du Vieux monde habite non-seulement un plus grand nombre d'espèces, mais, de plus, la multiplicité des individus y a toujours été plus grande. Le total des organismes du Continent oriental est supérieur en nombre au moins de moitié sur le Continent occidental. Comme il n'est pas également peuplé sur toute sa surface, le type de l'organisme n'y est pas le même partout, circonstance qui lui vaut sa supériorité sur son voisin occidental. On peut y distinguer quatre grandes régions qui se subdivisent de nouveau en divisions secondaires. La première région asiatico-européenne comprend toute l'Europe, le nord de l'Afrique jusqu'à l'Atlas, le nord de l'Asie jusqu'au plateau de la Tartarie et les contrées des mers Caspienne, Noire et Méditerranée. Elle embrasse donc, à l'exception de l'Inde, tous les pays sur lesquels l'Homme s'est élevé de temps immémorial au plus haut point de culture et où cette civilisation resta limitée, jusqu'à ce que des émigrants partis de ce point, la portèrent au dehors dans les contrées lointaines. Les vastes forêts de *Conifères* au Nord et d'*Amentacées* au Sud, les innombrables *Ombellifères* et *Crucifères* au Centre, les *Lauriers*, les *Myrtes*, les *Giroflées* dans la partie méridionale, donnent à cette région son caractère particulier connu depuis longtemps. Tous nos arbres fruitiers et toutes nos plantes alimentaires croissent dans son étendue ; elle est le berceau de tous les animaux domestiques. Mais on n'y peut trouver aucun type zoologique particulier, aucune forme végétale qui lui appartienne exclusivement. La chaîne des Alpes et ses prolongements sous le même degré de latitude séparent un tiers de cette région dans le Sud et forment un ensemble de pays disposés en ceinture autour de la Méditerranée, doués d'une physionomie propre. Le *Daim* y est le représentant du genre auquel il appartient, de même que le *Cervus elaphus* pour la partie moyenne, et le *Renne* pour le Nord dénué d'arbres à fruits. Ici habite l'*Ours polaire* ; dans la zone moyenne, l'*Ours brun* ; au Sud, le *Lion*, le plus puissant des carnassiers. Là croît seulement le Bouleau, ici le Châtaignier ; entre eux le Hêtre et le Chêne qui leur servent d'anneaux intermédiaires.

Deux grands territoires indépendants s'étendent au sud de la région asiatico-européenne : ce sont l'Afrique, à l'ouest ; l'Inde, la Chine et les îles de la Sonde, à l'est. L'Afrique est la partie du

monde la plus spécialisée de l'hémisphère occidental. Ses vastes
étendues de terre sans eau prouvent qu'il n'y existe que des chaînes
de montagnes insignifiantes et que l'intérieur du continent forme
un grand plateau uni. La physionomie particulière de son organisation s'étend d'une extrémité à l'autre avec de légères modifications.
A l'exception de la Guinée, au nord, isolée sur les côtes de la mer
par des montagnes, et du Cap placé dans les mêmes conditions,
l'Afrique a donné naissance à un seul type organique général répandu à sa surface. Les forêts et les prairies, ces sources d'où découle toute vie organique abondante, lui font défaut. La végétation
n'a pu se développer que sur les côtes humides et dans les bassins
supérieurs des grandes rivières; les animaux nomades ont trouvé
des voies de communication d'autant plus faciles sur ces vastes
contrées. D'innombrables *Antilopes*, parure délicate de ces plaines
sans bornes, paissent sur le sol d'Afrique. Des Chevaux rayés ou
Zèbres, servant de trait d'union entre le Cheval domestique et l'Ane,
se rattachent à ces deux espèces, tandis que la *Girafe*, solitaire ou
vivant en petits groupes, nous offre, avec son aspect bizarre, une
des formes les plus particulières à la faune africaine. Outre la
paisible famille des *Ruminants*, cette partie du monde possède encore l'*Hyène* féroce, le lourd *Hippopotame*, l'affreux *Baboin*, la gigantesque *Autruche* et la gracieuse *Pintade*. Il faut aller en Guinée
pour trouver une déviation au type général. C'est, en effet, dans
cette contrée que l'on rencontre l'*Adansonia*, l'arbre le plus gigantesque; les grands Coléoptères et les splendides *Goliathides*. Mais le
Zèbre, la Girafe et l'Antilope y manquent, sans doute parce que
l'étendue resserrée des côtes ne suffit plus à leur genre de vie.

La région asiatique du Sud-Est avec ses vastes plaines, ses larges
fleuves, ses puissantes montagnes et ses groupes d'îles contigus,
prend un aspect tout autre que l'Afrique. La variété y règne plus
que sur aucune autre partie de la Terre. Aussi est-il difficile de résumer en peu de mots les caractères qui la spécialisent. A côté de
l'antique civilisation de l'Inde sans souffle aujourd'hui, on se trouve
en face de la civilisation chinoise, enchaînée depuis des siècles à un
point qu'elle ne peut dépasser. Puis vient la race malaise, dont l'é-
clat s'est momentanément évanoui. Peut-être verra-t-elle renaître
une nouvelle splendeur au contact de l'influence européenne. Tels
ces peuples nous apparaissent dans l'histoire, telle est la nature or-

ganique de leurs pays. L'*Éléphant*, gigantesque et rusé, montre la puissante fécondité de ce sol, tandis que le *Tigre*, le plus grand et le plus terrible carnassier de la Terre, ainsi que les ouragans de ces contrées, annoncent le déchaînement de la passion, qui, dans son riche épanouissement, ignore la douleur et le besoin. Nous sommes dans la patrie du *Riz*, la plus féconde des Céréales de la Terre ; là croissent les plantes les plus nobles, le *Cotonnier*, le *Théier*, le *Camellia* ; là vivent les *Chevrotains*, le *Ver à soie*, et les espèces utiles de *Gallinacés* domestiques, les *Faisans*, le *Paon*. A l'Est, l'*Oiseau du paradis*, à l'Ouest, l'*Huître perlière* forment les types extrêmes les plus remarquables de cet ensemble d'organismes.

La Nouvelle-Hollande avec les Iles de l'Océan austral forme une quatrième région organique. Elle se décompose en deux divisions naturelles, l'une occidentale et l'autre orientale. La première comprend les archipels australiens ; la seconde, le continent. Cette région a un caractère encore plus original que l'Afrique, mais elle est moins richement peuplée. Tous les quadrupèdes qu'elle possède sont des *Marsupiaux* avec quelques Rongeurs, et le Chien répandu partout. Ses arbres, aux tons grisâtres et aux feuilles étroites, caractérisent tout autant ses forêts sans ombre et aérées. Ses curieux *Ornithorhynques*, ses *Kangaroos* et ses *Phoques*, munis d'une trompe et répandus sans doute dans l'Océan Austral jusqu'en Amérique, n'ont de semblables nulle part. La Polynésie est encore plus pauvre en formes qui lui soient propres. Aucun Mammifère n'a pris naissance sur ces Iles ; aucune riche famille végétale n'en recouvre le sol. Les Cocotiers et l'Arbre à pain sont les plantes utiles de ces Iles, le dernier seul y est indigène. Des Eucalyptus gigantesques peuplent les rivages jusqu'au bord de la mer, mais ils ne produisent point de fruits succulents, et aucune parure de fleurs ne vient les orner. L'uniformité de la nature a entraîné à sa suite la simplicité des mœurs et de la vie ; mais elle a développé, au plus haut degré, l'esprit industrieux des habitants et les a préparés à recevoir une culture intellectuelle supérieure. Jamais peuplades sauvages ne marchèrent plus rapidement dans le chemin de la civilisation que celles des Iles de l'Océan Austral. Et cependant leur climat tropical, tempéré par le voisinage de la mer et l'humidité, n'exigeait point d'eux de grands efforts et répondait par d'abondants produits au moindre travail.

Après cette description des cinq grandes régions organiques qui partagent la surface du Globe, nous devons encore ajouter que le caractère général de chacune d'elle, en tant que modification particulière du règne organique sur ce point déterminé de la surface terrestre, est incontestable : mais que des formes identiques, produites par des circonstances extérieures semblables, reparaissent d'une région à l'autre. Cette loi se réalise plus particulièrement dans les zones chaudes et brûlantes, lorsque la contrée s'élève beaucoup au-dessus du niveau de la mer, ou bien fait partie d'une haute chaîne de montagnes. La nature tropicale s'affaiblit dans la proportion où l'on s'élève au-dessus du niveau général. Les formes particulières endémiques disparaissent et sont remplacées par un type d'organismes qui devient peu à peu semblable aux êtres vivants des zones tempérées. Mais cette ressemblance se manifeste seulement dans les traits généraux de l'organisation et ne va pas jusqu'à produire une identification spécifique. Lorsque nous faisons l'ascension d'une montagne située sous les tropiques, et dont le sommet atteint la région des neiges ou même la dépasse, le caractère tropical disparaît à mesure que nous nous élevons. Les Palmiers et avec eux toute vie tropicale, nous abandonnent à une hauteur de 3,000 pieds au-dessus de la surface de la mer. Des forêts, composées d'arbres analogues aux nôtres, apparaissent, et les Conifères s'y entremêlent de plus en plus, à mesure qu'on s'élève plus haut, jusqu'à ce qu'enfin, arrivé à une certaine hauteur (sur les Cordillères, sous l'Équateur, 12,000 pieds, sur l'Himalaya, 8,000), ces derniers végétaux prédominent complètement et deviennent les uniques représentants des plantes arborescentes. Au-dessus, on ne trouve plus que quelques buissons, puis de simples plantes herbacées, enfin des Mousses et des Lichens placés sur les limites extrêmes de la végétation. A côté de cette ressemblance générale, il existe toujours quelque chose de particulier qui, assez souvent, dépasse les limites de l'espèce et même de groupes plus généraux et plus élevés. Ainsi nous ne rencontrons sur les Andes aucun des Chênes et des Conifères de l'Europe, mais des espèces différentes particulières à ces montagnes, appartenant aux mêmes genres ou aux mêmes familles[1]. A côté de

[1] Les Conifères à longues feuilles aciculaires ne dépassent pas le Mexique au sud; en Amérique; à partir de ce point, ils sont remplacés par les genres *Araucaria* et *Podocarpus*. Sur l'hémisphère occidental, les Conifères s'étendent jusqu'à Sumatra, où leur dernière limite se trouve en dehors des tropiques.

ces types végétaux, propres à notre pays, on voit apparaître sur les Cordillères des formes nouvelles, telles que les *Quinquinas*, complétement étrangers à nos yeux. Chaque région organique indépendante conserve donc sa physionomie particulière, malgré les ressemblances générales avec les autres régions que nous pouvons noter dans quelques-uns des traits. Les caractères communs subsistent à côté des caractères particuliers, et ces derniers servent à établir l'autonomie propre aux régions.

Si nous résumons les faits généraux qui ressortent de cette étude, nous arrivons aux conclusions suivantes : 1° Plus on s'éloigne d'un lieu tout en restant sous le même parallèle, plus les produits du sol diffèrent dans les individus tout en conservant les traits généraux du type ; 2° A quelque hauteur que nous nous élevions au-dessus de la mer sous les latitudes les plus diverses, le caractère général de la région passe toujours par une série de variations spécifiques dans un ordre constant ; 3° Plus on s'avance sous le même méridien du pôle boréal vers le pôle Austral, plus les variations individuelles et générales deviennent grandes. Les rivages situés en face l'un de l'autre, et séparés par de vastes mers, bien que sous des méridiens différents, ne sont pas, ainsi que les sommets méridionaux des grandes masses continentales, sans manifester quelques traits communs dans leurs organismes. Bien qu'il ne soit guère facile qu'une même espèce, à l'exception toutefois de quelques Oiseaux de proie et marins émigrants, se montre sur des points situés à de si grandes distances les uns des autres, il n'est cependant pas rare d'y trouver des types analogues, se trahissant au premier coup d'œil comme les modifications d'une forme primordiale, et dénotant une similitude de conformation. Ces ressemblances sont d'autant plus profondes, que les contrées en question sont moins éloignées du berceau d'origine des êtres qui les occupent, et qu'elles sont moins divisées par de hautes chaînes de montagnes. Ces dernières, en effet, produisent partout les limites organiques les plus tranchées. L'eau, au contraire, sert plutôt de véhicule pour les êtres animés, et ils la traversent avec la plus grande facilité. Les animaux aquatiques ne présentent jamais des différences aussi marquées ; ils prennent des formes semblables sous toutes les zones et toutes les latitudes. Beaucoup, parmi ceux qui habitent la mer, vivent dans les régions les plus éloignées les unes des autres, par exemple aux deux pôles, avec des formes identiques et formant une même espèce. Jusqu'ici on avait cru qu'il en était ainsi pour les plus grands animaux marins, les Baleines et les Cachalots; mais de nouvelles observations ont démontré que c'était une erreur. Ces colosses eux-mêmes présentent des différences suivant les zones et les latitudes, dans lesquelles ils vivent. Il est donc moins que prouvé qu'une même espèce puisse habiter toutes les régions de la Terre, ou du moins cela n'a lieu que pour les animaux marins inférieurs. Dans les eaux intérieures et les fleuves, les êtres vivants obéissent plutôt aux lois de développement des organismes terrestres, et sont d'autant plus différents qu'il occupent des contrées plus éloignées de leur berceau. La richesse et l'abondance des organismes ne dépend pas seulement des zones, elles sont encore en rapport très-direct avec la grande étendue du sol, livré à la nature vivante pour s'y épanouir. Plus cette étendue est bornée, moins nombreux sont les espèces et les individus. Aussi les îles ont toujours un règne organique plus pauvre que les rivages, formant le littoral de grandes surfaces terrestres, et le nombre de leurs habitants est toujours dans un rapport nécessaire avec leur étendue. La vie décroît sur les petites îles en raison de leur éloignement des continents, et les animaux fixés au sol y disparaissent bientôt, tandis qu'elles sont toujours recouvertes d'un manteau verdoyant de végétaux, mais très-peu varié. Cette végétation est d'autant plus puissante que l'île est recouverte d'une couche de débris plus épaisse. Les rochers nus et debout avec leur tête solitaire au-dessus des flots sans plage, ne nourrissent aucun être organisé en dehors des Lichens, des Mousses et de quelques misérables plantes herbacées. Seuls, les Oiseaux marins pourchassent les Poissons, s'y posent de temps en temps, et forment avec leur fiente (Guano) des dépôts qui s'y accumulent pendant des siècles. Plus tard une vie organique plus élevée y prend pied, lorsque l'Homme ne vient pas enlever le sol fertile et abandonner de nouveau à son destin le roc aride.

Tous ces faits décisifs nous permettent donc de considérer comme parfaitement établie la théorie formulée au début, à savoir qu'une grande partie des différences superficielles du règne végétal et du règne animal, doivent leur origine à l'action des agents extérieurs. Ce principe peut être admis en tout droit et toute raison comme une loi naturelle générale, dont les effets incontestables sur les nu-

des divers d'existence de la création organique actuelle, peuvent
nous conduire à des inductions parfaitement justes sur le temps
passé. Nous allons étudier ces périodes dans leurs généralités, et
nous appliquerons ces principes pour expliquer les différences de
formes que nous rencontrerons, en nous fondant sur les conditions
extérieures du milieu dans lequel elles se manifestèrent.

CHAPITRE XXIV

Organismes des couches terrestres les plus anciennes.

En décrivant avec plus de détails les créatures vivantes, dont nous
retrouvons les restes dans les couches neptuniennes de l'écorce terrestre, nous pourrions nous proposer de suivre chaque couche l'une
après l'autre, et d'étudier pour chacune en particulier les organismes
qu'elle renferme. Mais cette méthode ne peut avoir de valeur que
dans un travail tout à fait spécial. Nous n'avons donc pas l'intention
de décrire chaque couche isolément, mais bien de les considérer
dans une suite de groupes sur chacun desquels l'organisation, dans
ses traits généraux, nous apparaît avec une certaine uniformité.
Nous pourrons ainsi regarder ces séries de couches comme le résultat d'une grande période de création indépendante.

Des faits nombreux, déjà mentionnés (p. 257), semblent à la vérité
rendre impossible toute séparation tranchée entre les grandes périodes de création, écoulées depuis la naissance des organismes. Il
faudrait plutôt parler de modifications lentes et locales que de révolutions subites et universelles. En tous cas, personne ne doute qu'il n'y
ait une évolution et un perfectionnement graduels. Si nous voulons
suivre la marche de ce progrès, nous sommes contraints de faire
des divisions et de tracer des limites, en nous réglant sur des différences réelles, bien que la Nature ne les ait point marquées avec
autant de netteté. Le monde organique, disposé en série progressive,
nous prêtera les secours les plus utiles pour atteindre à ce but, et,
sans admettre qu'il ait pu y avoir un moment d'immobilité dans
l'évolution successive du Globe, nous pouvons cependant considérer
l'absence de Vertébrés à respiration pulmonaire avant une certaine

31

époque comme un caractère important et essentiel de cette période
de création. Nous limitons donc la première période postérieure à la
naissance des organismes avec les couches dans lesquelles apparaissent les animaux terrestres supérieurs sous leur première forme.
Cette division comprend toutes les assises neptuniennes primitives,
depuis les schistes jusqu'au zechstein (p. 250). Nous avons déjà
dénommé cette époque la période des Poissons (p. 350), ces êtres
étant, en effet, les organismes les plus parfaits qui vécussent alors
sur le Globe.

La flore de cette période a reçu profondément l'empreinte du
milieu où elle se développa. Nous retrouvons, dans les assises appartenant à ces formations, des dépôts considérables de matières
végétales arrivées jusqu'à nous sous forme de charbon ou houille
(p. 217). Mais les genres sont peu nombreux et le règne végétal est
d'une monotonie faisant contraste, non-seulement avec la diversité
répandue aujourd'hui sur toute la surface du Globe, mais encore
tranchant fortement avec le caractère local de nos contrées. Cette
uniformité règne tout à la fois dans les dépôts houillers de l'Europe,
de l'Amérique du Nord et de l'hémisphère Sud, autant qu'ils nous
sont connus. Nous rencontrons partout les mêmes formes végétales,
et la flore qui revêtait alors les diverses parties du Globe était identique ou du moins très-analogue. Les plantes cellulaires simples,
sans tige et sans rameaux, sont absentes ; et les aphylles, en formes
bien déterminables, manquent presque entièrement. Les *Algues
marines* (Fucoïdes) apparaissent seules dans les schistes primitifs,
dans le calcaire de montagne et le zechstein, et localement dans
une quantité surprenante. Elles ont des formes particulières, mais
il est impossible de les relier avec celles des Algues modernes, à
cause des modifications complètes que leur structure a éprouvées.
Les *Champignons* ont une texture plus molle encore et sont peu
propres à se conserver. Leur organisation suppose une origine plus
récente, puisqu'ils se développent seulement sur les éléments morts
et en décomposition des végétaux. Ils n'ont laissé que de rares
débris dans les schistes à végétaux de la formation houillère. On
n'a pas encore retrouvé, sans doute aussi à cause de leur consistance molle, les *Mousses* qui croissaient à l'ombre de ces forêts
humides. Au contraire, les *Plantes vasculaires acotylédones* (p. 397)
ont laissé une grande quantité de débris. Cette classe du règne végétal

se subdivise, d'après la position des capsules renfermant les spores,
en deux sous-classes, les Caulocarpes et les Phyllocarpes. Ces deux
groupes étaient très-abondants dans les périodes de végétation primitives et formaient par leurs nombreux représentants le fond
propre et réel de cette flore. Les *Caulocarpes*, sur lesquelles nous
nous sommes déjà étendus ci-dessus, se partagent actuellement en
deux classes. La première comprend les plantes dont le développement s'est porté principalement sur la tige, et dont les petites
feuilles, toujours groupées à une même hauteur autour de cette tige,
se sont effacées (*Verticillatæ*). La seconde, au contraire, comprend
celles dont les feuilles, prenant un grand accroissement, ont causé
un arrêt de développement dans la partie de la tige qu'elles enveloppent (*Foliosæ*). Ces deux classes, que l'on peut encore subdiviser
en familles, étaient très-abondantes pendant cette période. Parmi
les Verticillées, le genre des *Calamites* joue un très-grand rôle dans
la flore fossile. Du reste, le type de ces végétaux est plus extraordinaire que spécial. Il réunit, en effet, les caractères généraux des
Prêles actuelles (*Equisetum*) avec une croissance gigantesque, atteignant plusieurs toises de hauteur et un diamètre correspondant.
La tige était creuse, lisse à sa surface (fig. 50. — I, *b*, *c*), marquée de fines stries longitudinales à l'intérieur (*c*, *d*), et divisée par
des cloisons en chambres, dont la grandeur croît ordinairement de
bas en haut. A l'extérieur, des feuilles étroites, de forme linéaire,
séparées jusqu'à leur base (*b*), étaient fixées à des hauteurs
égales à celles des cloisons (*f*), avec de petites nodosités entre elles.
Ces feuilles manquent dans tous les dépôts de végétaux pour la plupart des Calamites, et on n'a pu en découvrir que de rares exemplaires conservés à l'état d'empreintes sur le tronc carbonisé. Au
contraire, on reconnaît très-facilement la structure de la paroi intérieure ; elle s'est admirablement moulée sur le limon argileux, extrêmement fin, introduit dans le vide de la tige. Les cloisons minces
des chambres intérieures n'ont pas été conservées, soit qu'elles se
soient desséchées pendant la vie, ou qu'elles aient pourri plus tard,
elles n'apparaissent plus sur le noyau pétrifié qu'à l'état d'étranglements, sur lesquels les stries moulées en relief viennent se terminer dans une disposition alternante (2). Des renflements, en
forme de bourrelet, développés au-dessus de la limite supérieure
des chambres, s'accroissent en épaisseur avec la hauteur où ils

sont placés (1, a, 2). Ils marquent le point d'origine des branches disposées autour de la tige à une même hauteur et près de
certaines cloisons (1, b). On ne sait trop quel était l'aspect des
fleurs; on a cependant quelques raisons de croire qu'elles étaient

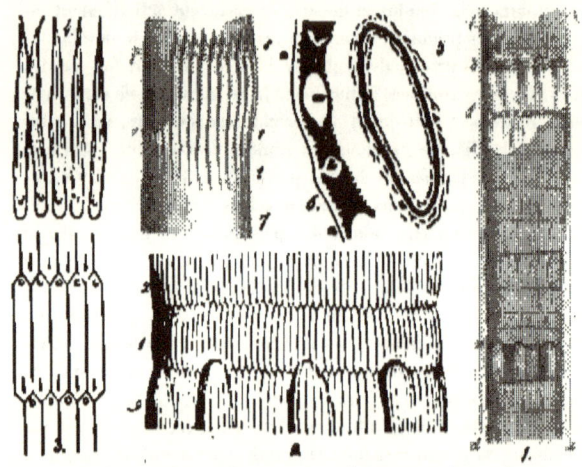

Fig. 50. — 1, 2 et 4. *Calamites varians* ; 3. *Equisetum columnare* [1].

placées à l'extrémité des branches et de la tige. L'analogie des Équisétacées appuie cette opinion. On les trouve rarement, à la vérité,
dans la formation carbonifère, mais elles sont très-abondantes dans
le terrain keuprique et sont très-rapprochées des Calamites. Le dessin de l'*Equisetum columnare* [1] (7), appartenant au terrain keuprique, nous montre un fragment de tige, muni de ses feuilles très-

[1] Le *Calamites varians* provient du bassin houiller de Wettin. Il a été dessiné d'après
l'intérieur pétrifié d'un tronc bien conservé, de 2 pieds de long sur 2 pouces de diamètre
et qui possède encore en haut, au point d'où sortaient les cinq rameaux b, sa substance
ligneuse carbonisée. Il faut noter comme un caractère spécifique le retour, entre deux
cloisons à insertions de rameaux, de neuf chambres allant en s'accroissant graduellement.
Les rameaux sont fixés sur de courts renflements qui, creux à l'intérieur, font saillie
sur la cavité de la cloison et épaississent considérablement le tronc. Les lignes extérieures d et e [1] font voir l'accroissement de l'épaisseur du tronc par en bas et montrent
la décroissance du diamètre du moyeu pierreux dans le même sens. Le numéro 5 représente une zone entre deux cloisons du *Calamites decoratus* et a été placé ici afin de faire
voir les petites protubérances à l'extrémité des stries près des cloisons.

aiguës, placées sur un nœud (r, s). Leur point d'origine correspond
à une des cloisons situées à l'intérieur du creux de la tige (r,p).
Mais elles ne sortent pas brusquement et on reconnaît leur prolongement inférieur le long de la tige, sous forme de petites stries (r, t).
La tige des Équisétacées était striée aussi à l'intérieur et lisse à
l'extérieur, tandis que l'inverse a lieu dans leurs représentants
actuels. Les cloisons étaient plus rapprochées en bas qu'en haut.
L'enveloppe cylindrique de la tige renfermait, en outre, des cavités
servant de trachées aérifères, et elle était évidemment constituée
par un tissu cellulaire très-lâche. Cette description convient aussi
pour les tiges des Calamites, comme le prouvent les restes carbo-
nifiés de quelques exemplaires bien conservés dans les grès houillers. La figure y reproduit la coupe d'une de ces tiges considérablement réduite. Dans le numéro 6 nous voyons une partie de cette
même coupe à sa demi-grandeur naturelle. Dans l'épaisseur de la
matière noire charbonneuse se trouvent de grands vides (k et m) formant la tranche de vaisseaux aérifères et alternant avec d'autres
petits canaux aériens. Une enveloppe de tissu cellulaire mou (n, n)
recouvrait probablement toute la tige et lui donnait le poli que présentait sa surface extérieure. Les troncs de charbon solides sont, en
effet, toujours entourés de petites plaques (b) semblables à une
écorce carbonisée; elles ne peuvent provenir que d'une enveloppe
qui s'est détachée ou de feuilles. Les bandes carbonisées de même
nature, renfermées à l'intérieur, peuvent être considérées comme
les débris d'une membrane interne ou des cloisons. Il est donc,
d'après toutes les présomptions, presque évident que les Calamites
et les Équisétacées étaient des plantes très-analogues, différant seulement par les feuilles isolées dans les Calamites, disposées en gaîne
chez les Équisétacées[1]. Les premières ont eu leur plus grand développement pendant la période houillère; les secondes à l'époque du
trias. Les unes disparurent de la surface de la Terre après le dépôt
du terrain keuprique; les autres ont traversé toutes les époques et
se sont conservées jusqu'à nos jours; mais elles ont perdu leur taille
gigantesque et n'ont plus aujourd'hui que des formes naines avec
le diamètre d'un tuyau de plume.

[1] Comparer les observations importantes de Quenstedt, dans la *Nouvelle revue de
Leonhard et Bronn*, 1842, p. 303; et A. Petzold, *des Calamites et de la formation de
la houille*, Dresde, 1841. In-8°.

A côté des Calamites et des Équisétacées de la période houillère
il existait encore une autre famille de Caulocarpes verticillés très-
riche en espèces, qui manque complétement aujourd'hui et qui vécut
seulement pendant cette époque. Nous voulons parler de la famille
des *Astérophyllites*, petites plantes toutes d'une taille médiocre et
dont les variétés de formes les plus importantes se classent dans les
genres *Sphenophyllum* Brogn. (*Rotularia* Sternb.), *Astérophyllites*
et *Annularia*. Ces trois genres avaient une tige creuse, cellulaire, arti-
culée, divisée par une cloison à chaque étage et le plus souvent un
peu renflée extérieurement aux mêmes points. Les Astérophyllites
seules subissaient un étranglement en face des cloisons, et étaient
sillonnées de bandes très-marquées entre les étranglements. Les
Sphenophyllum et Annularia avaient une tige lisse. Les feuilles,
comme chez les Calamites, affectaient une disposition verticillée
autour de la tige, à la hauteur des nœuds ou des étranglements,
mais elles avaient des formes différentes. Celles des Sphenophyllum
avaient une surface cunéiforme et allaient en s'élargissant vers leur
extrémité souvent denticulée. Leur nombre, à chaque verticille,
était un multiple de 3. Les feuilles des Astérophyllites étaient
étroites, simples, très-pointues, et de forme linéaire; celles des
Annularia plus larges, plates, en forme d'un ruban étroit, aiguës,
munies d'une seule nervure médiane (fig. 51. — 5, *a*). Il est difficile
de dire si les Astérophyllites possédaient aussi des nervures. Leurs
feuilles semblent avoir été plus épaisses. Quant aux Sphenophyllum
elles avaient des nervures très-apparentes et plusieurs fois bifur-
quées (1, *b*). Les fleurs naissaient aux verticilles des feuilles,
ou bien à l'extrémité des branches secondaires; on les a retrou-
vées sur les Sphenophyllum, pour la première fois, dans le district
houiller de Wettin. Leur disposition était celle de grands épis de
2 à 5 pouces de long avec le diamètre d'un fort tuyau de plume.
Ces épis étaient composés de six séries de capsules rondes, au-dessous de chacune desquelles se montrait un involucre étroit, court
et filiforme. Chez les Astérophyllites les épis (2, *a*) étaient moins
serrés, les capsules sensiblement plus petites, mais les involucres
plus développés. Les Annularia paraissent avoir eu des épis tout à
fait semblables à ceux des Sphenophyllum, si ce n'est que leurs
involucres étaient un peu plus longs. Selon toute apparence ces
trois formes végétales croissaient dans **un** sol humide et formaient

des arbrisseaux peu élevés, qui même pouvaient peut-être croître dans l'eau en nageant à sa surface. Les tiges étaient courtes ; les branches, au contraire, longues et minces, opposées deux à deux, s'écartaient de l'axe. Chez les Annularia et les Astérophyllites la tige perdait ses feuilles avec le temps : chez les Sphenophyllum elles persistaient plus longtemps et peut-être même subissaient des métamorphoses. Du moins on rencontre quelques exemplaires de diverses espèces, dont les rameaux sur lesquels les fruits sont portés ont des feuilles arrondies (1, *b*), tandis que les feuilles de la tige (1, *c*) sont dichotomées et denticulées à chacune des extrémités.

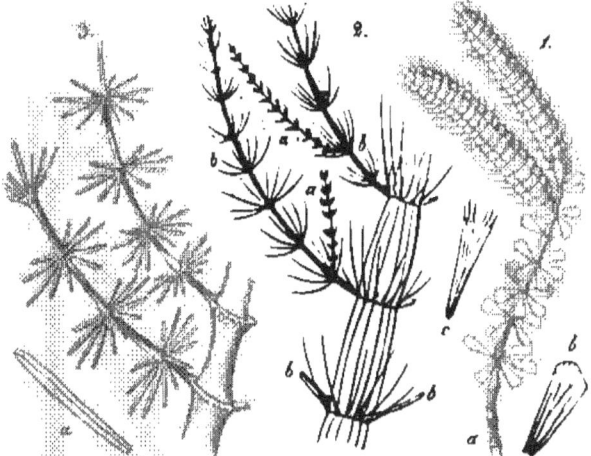

Fig. 51. — 1. *Sphenophyllum Schlotheimii*; 2. *Asterophyllites equisetiformis*; 3. *Annularia longifolia*.

Les *Foliosées*, dont les feuilles affectaient une disposition en quinconce, n'étaient pas moins abondantes à cette époque que les Verticillées. Actuellement leurs représentants forment le genre Lycopodium. Ce sont de petites plantes semblables aux Mousses par leur port. Leur taille est de un à deux pieds ; la tige mince et ramifiée, est couverte de petites feuilles très-rapprochées et de forme prismatique à trois angles. Elles portent de petites capsules à l'aisselle

des feuilles placées aux extrémités supérieures ; ces capsules renferment des spores extrêmement fines et jaunâtres. Cette poussière
connue sous le nom de poudre de Lycopode (semina Lycopodii), s'en-
flamme rapidement au contact du feu et propage la flamme. Tout le
monde connaît encore l'emploi qu'on en fait pour en enduire les
pilules et pour la répandre sur les plaies. Les Caulocarpes foliacées
de l'étage dévonien et houiller étaient des arbres d'une dimension
considérable. Ils appartenaient aux genres *Lepidodendron*, *Sagenaria*,
Stigmaria, *Sigillaria* et quelques-autres, et formaient plus de cent espèces différentes. Les mieux caractérisés sont les Lepidodendron, plante
tout à fait analogue aux Lycopodium, mais de taille gigantesque, élevées sur un tronc très-haut, droit et ramifié à son extrémité (fig. 52.
— 1). L'écorce était couverte de cicatrices en forme de losanges

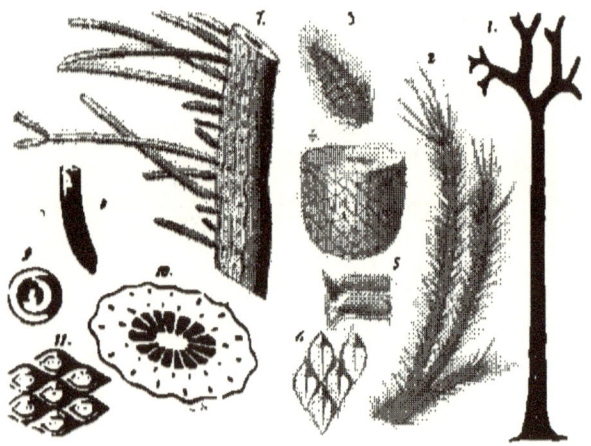

Fig. 52. — 1-6. Tronc, feuilles et fructification de *Lepidodendron* ; 7-10. *Stigmaria froides* ;
11. écorce et cicatrices de feuilles du *Sigillaria Brardii*.

allongés (6). Ces cicatrices marquent les places où les feuilles étaient
attachées et où quelques-unes tiennent encore (2). Les fruits se
groupaient à l'extrémité de chaque rameau comme chez les Lycopodium, mais plus grands et plus serrés que ceux-ci. Ces fructifications pendant la première époque de leur croissance (5), avaient la

forme d'un panicule encore couvert de feuilles, sur lequel se développait plus tard des cônes longs et cylindriques semblables aux panicules du *Typha*. Le numéro 4 représente la partie inférieure d'un de ces cônes. On y distingue chacune des écailles qui le composent, et au milieu l'axe mince qui les porte. Deux écailles, vues de côté (5), laissent apercevoir un pédicule délié, auquel se rattachent à droite et à gauche des appendices en forme d'ailes. L'extrémité du pédicule s'élargit en forme de lame concave à contours rhomboïdaux et située verticalement; elle enveloppe la graine portée par l'écaille inférieure, tandis que l'écaille supérieure n'en produit pas.

La famille des *Sigillariées* se rapprochait beaucoup de celle des epidodendron. Les différences principales, qui les séparaient, se trouvaient dans la structure anatomique du tronc. Cette famille renfermait aussi des arbres puissants, sur l'écorce desquels les feuilles ont aussi laissé leurs cicatrices. Dans le genre Sigillaria, type de la famille, les feuilles étroites presque aciculaires et sans pédicule, ont produit des cicatrices ovales ou faiblement angulaires. Les bords en sont relevés et tranchants, et le milieu porte la trace de trois faisceaux de vaisseaux brisés. (Le numéro 11 représente un fragment d'écorce du *Sigill. Brardii* à sa demi-grandeur naturelle, et provenant des houillères de Wettin). Les cicatrices elles-mêmes reposent sur le dos d'une pulvinule convexe et affectent une disposition en quinconce. Elles sont plus ou moins serrées les unes contre les autres. D'autres végétaux fossiles, que l'on rencontre fréquemment dans toutes les houillères, ont été reconnus dans ces derniers temps comme étant les rhizomes de Sigillariées du genre Stigmaria. L'espèce représentée *St. ficoïdes* (7 à 10), provient des houillères de la Bohème. L'écorce du tronc était creusée en fossette à intervalles égaux. Dans chaque fossette (9) on aperçoit une cicatrice ronde, traversée au milieu par un seul faisceau de vaisseaux. De fines radicules rondes et très-probablement charnues étaient attachées à ces cicatrices. Ces radicules étaient parcourues par un faisceau vasculaire central et munies d'un pédicule court en forme de bouton (8). Elles restaient quelquefois simples jusqu'à leur extrémité, mais pouvaient s'y bifurquer en radicules secondaires (7, a). Le tronc, épais et court, était cylindrique; nous le trouvons presque toujours elliptique à cause de la pression qu'il a

subi (10). Il est composé de fausses trachées situées au milieu
d'un tissu cellulaire mou et de faisceaux ligneux disposés circulaire-
ment, d'où partent obliquement et même presque horizontalement
d'autres faisceaux plus petits vers chacune des feuilles et vers les
rameaux persistants. La coupe figurée représente deux anneaux de
ces vaisseaux placés entre l'anneau de faisceaux ligneux et la surface extérieure du tronc sans son écorce. Des rameaux longs, d'abord
dirigés obliquement, puis plus tard horizontalement, couverts de
feuilles, peu ramifiés, partaient du tronc en rayonnant de tous côtés
et donnaient à cette plante un cachet particulier, assez semblable à
celui d'une Anémone de mer (Actinie) gigantesque. Ces trois végétaux appartiennent, du reste, aux formes particulières les plus caractéristiques des houillères de la formation dévonienne. On ne
connaît malheureusement point les fruits des Sigillariées.

Les plantes vasculaires cryptogames caulocarpes, développées
avec tant de puissance pendant l'époque houillère, forment le caractère végétal le plus important de cette période de la Terre. À leur
côté, les plantes vasculaires cryptogames unilocarpes ou Fougères
(Filices) apparaissent en nombre plus grand encore, mais moins variées dans leurs espèces. Leurs formes ne sont pas si originales et
ne s'écartent pas autant par leur multiplicité et leur taille de celles
qui vivent encore aujourd'hui. Elles constituent, à la vérité, la plus
grande partie du contenu organique des houillères, mais la plupart
de leurs espèces sont si analogues à la végétation actuelle, qu'il est
souvent très-difficile de les en distinguer avec précision. Cette difficulté provient surtout de ce que les fructifications ne se sont point
conservées à la face inférieure des feuilles et que leur disposition
nous sert aujourd'hui de caractère principal pour la détermination
des genres. Nous sommes donc forcés d'attribuer au réseau vasculaire des feuilles ou à la disposition des faisceaux de trachées dans
le tronc, la valeur la plus importante et de distinguer les genres à
l'aide des particularités que l'on y rencontre. Le tronc nous offre
deux espèces principales correspondant à celui des Cyathéacées et
des Marattiacées vivant actuellement. La tige du Cyathea arborea
(fig. 35 = 143), Fougère arborescente qui croît sur les îles des Indes
occidentales, atteint de 10 à 20 pieds de haut; elle est cylindrique
et de la grosseur du bras. Extérieurement elle présente des cicatrices
lozangiques laissées par les feuilles et sur lesquelles on aperçoit les

traces des faisceaux vasculaires brisés. Dans les intervalles de ces cicatrices, l'écorce rude et fibreuse est à nu. A la partie supérieure sur la jeune tige (1), ces empreintes sont serrées les unes contre les autres ; et des feuilles, munies de forts pédicules, partent de la pouss e la plus récente. Dans la partie basse (2) où la tige continue à s'allonger, les empreintes des feuilles s'écartent peu à peu les unes des autres et donnent lieu à la naissance de longues callosités dirigées vers le sol, comme la pulvinule des feuilles. La coupe

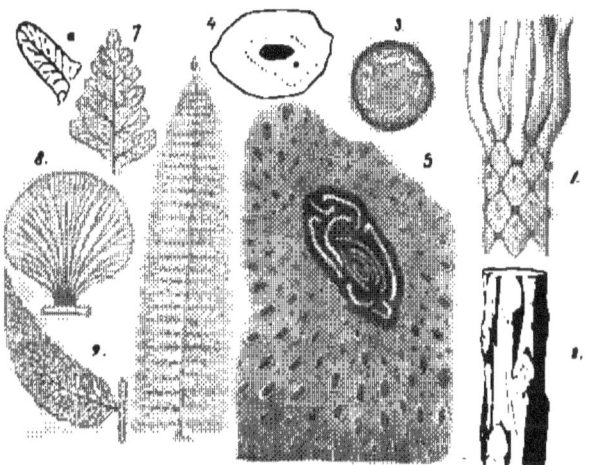

Fig. 33 — Fougères de l'époque primaire.
1-2. Cyathea arborea ; 4 et 5. Psaronius Cathicati ; 6-9. formes diverses de feuilles de Fougères.

(5) représente au-dessous de l'écorce un anneau non continu de faisceaux vasculaires. Chacune des interruptions correspond à l'insertion d'une fronde. L'intérieur de la tige est occupé par un tissu utriculaire peu serré. Nous pouvons observer les mêmes caractères sur une foule de tiges fossiles trouvées dans les houillères qui appartiennent aux genres *Caulopteris* ou *Protopteris*, quelques-unes même proviennent de *Sigillaria*. Les Marattiacées étaient encore plus abondantes ; elles se trouvent plutôt dans le grès rouge que dans la formation carbonifère. Les pierres étourneau (*Psaronius*), restées si

longtemps à l'état d'énigme et sur lesquelles on a tant discuté, appartiennent à ce genre. Ce sont des troncs de Fougères silicifiés[1], n'ayant point au-dessous de l'écorce un anneau de faisceaux vasculaires, mais dans lesquels ces faisceaux, assez nombreux, occupent toute l'épaisseur du tronc jusqu'à son axe et sont placés en disposition alternante (5). L'écorce était de nature spongieuse. On y reconnaît, dans quelques cas rares, les cicatrices laissées par les feuilles. Mais le plus souvent la tige est entourée de nombreuses radicules silicifiées et qui, empâtées dans la matière calcédonique, forment un tout compacte avec elle. Ce sont elles qui donnent à ces végétaux pétrifiés (ou dendrolithes) l'aspect ponctué blanchâtre qui leur a valu leur nom. Ordinairement le tronc, entouré de nombreuses radicules, est petit, grêle et couvert d'empreintes. Il est rare d'en rencontrer sans radicules. Ce sont probablement des fragments provenant des parties supérieures de la tige. On y distingue les cicatrices de feuilles en quinconce, sur deux séries opposées et disposées au milieu des écailles qui recouvrent le tronc. On ne connaît pas encore les frondes ni les fruits. Les feuilles des Fougères ne se sont point silicifiées ; elles ne se sont conservées qu'à l'état d'empreinte dans les schistes argileux ; mais elles n'existent plus dans les grès qui gisent les troncs. Elles sont très-abondantes dans les grès, surtout dans ceux qui recouvrent les gisements de houille. Leur forme est tout à fait analogue à celle des espèces vivantes. Les feuilles simples sont rares et proviennent uniquement des genres *Tæniopteris* et *Glossopteris*. Les feuilles divisées prédominent comme aujourd'hui. Leur disposition correspond à celle des faisceaux vasculaires. Chez les *Pecopteris* (6), genre comprenant le plus grand nombre d'espèces (on en connaît environ 80), la principale nervure occupe le milieu de la feuille. Il en part des ramifications formant le centre des feuilles secondaires ou lobules et qui elles-mêmes sont simples ou divisées et émettent des ramifications sur les deux côtés. La forme générale de la feuille est donc amplement empennée, ou à empennures subdivisées. Les *Sphenopteris* ont des frondes multifides et divergentes, avec des nervures simples ou ramifiées dans

[1] Le numéro 4 représente une coupe réduite de la tige du *Psaronius Gutbieri*, provenant du district houiller de Zwickau. La partie noire centrale est le tronc. L'espèce renfermée dans le ligne ponctuée 'a' se trouve au-dessous en grandeur naturelle '5'. On distingue la tige, avec ses faisceaux vasculaires et autour d'elle les radicules, par leur coupe.

chaque lobe. Chez les *Neuropteris* (7), les vaisseaux des feuilles pinnatifides se bifurquent plusieurs fois au milieu des feuilles latérales; et chez les *Odontopteris*, ils ne partent point pour chaque lobule d'une seule nervure centrale, mais naissent sur plusieurs points près de sa base. Dans les espèces où l'on rencontre cette disposition en éventail ayant un seul point de départ, on distingue les divers genres suivant que les folioles sont simples et pétiolées (*Cyclopteris*), simples et non pétiolées (*Hymenopteris*, 8), ou enfin profondément lobées (*Schizopteris*). Ces trois genres, ainsi que les précédents, ont des vaisseaux libres et isolés jusqu'au bord des feuilles. Dans plusieurs autres, tels que les *Louchopteris*, *Clathropteris* et *Phlebopteris* (0), les vaisseaux se ramifient en forme de réseau et s'anastomosent comme les mailles d'un filet. Ces formes sont les plus rares. Pour résumer, on connaît environ trois cents espèces de Fougères dans la formation houillère.

Après cette famille de Végétaux vasculaires acotylédones que nous venons d'étudier, nous n'en retrouvons aucune aussi riche, ni dans cette formation, ni dans celles qui l'ont suivie. Dans les périodes postérieures, la végétation prend un caractère plus complexe et chacun de ses représentants affecte une organisation plus élevée. Nous constatons bien des traces très-claires de l'existence de Graminées et de végétaux analogues aux Palmiers appartenant à ces périodes; on y a retrouvé aussi en grande quantité quelques Conifères (par ex., *Araucariæ*), dont on a pu reconnaître les troncs (*Pinites*) et les feuilles (*Cupressites*); mais toutes ces plantes répandues dans les étages dévonien, houiller et du zechstein n'ont jamais produit une végétation assez puissante pour fournir des matériaux suffisants à la formation de dépôts de houille. Nous ne pouvons donc pas les employer pour caractériser ces périodes. Si, d'un autre côté, nous nous retournons vers les représentants encore vivants des végétaux les plus communs de l'époque houillère, nous retrouvons encore des Lycopodium et des Fougères existant dans nos zones, mais ces plantes n'ont plus que des formes chétives sans aucune proportion avec les géants du monde primitif. Cependant il en existe encore aujourd'hui, sous les tropiques, des représentants approchant de leurs dimensions. Dans cette zone, ces plantes prennent un développement arborescent, caractère par lequel elles se distinguent de celles de zones tempérées. Mais elles sont isolées et ne forment point d'épaisses forêts. Elles habitent de préférence les côtes de la mer, les rives des fleuves, le long des ruisseaux et les îles. Elles prospèrent surtout sur ces dernières. On peut exprimer par des chiffres la quantité relative des plantes de diverses familles dans une région donnée, et déterminer ainsi le rôle que chacune de ces familles joue dans l'ensemble de la flore de cette contrée. Dans notre région, la proportion des Fougères aux plantes à fleurs visibles (Phanérogames) est de $\frac{1}{4}$. Ce rapport s'élève, au sud de l'Asie, sous les tropiques, à $\frac{1}{4}$; sur l'Amérique continentale, à $\frac{1}{3}$; aux Antilles, $\frac{1}{3}$; sur les îles de l'Océan austral de $\frac{1}{2}$ à $\frac{1}{1}$; enfin sur les îles isolées de Sainte-Hélène et Tristan d'Acunha, aux $\frac{2}{3}$. Ce fait, joint à quelques autres particularités observées sur les végétaux acotylédones vivants actuellement, ont conduit les botanistes à conclure que ces plantes, pour se développer, avaient besoin d'une température moyenne élevée [1] et en même temps d'une atmosphère très-humide. Telles devaient être les conditions climatériques de la Terre lorsqu'elle produisait en grande abondance des Équisétacées, des Lycopodes et des Fougères gigantesques qui lui donnaient alors une physionomie particulière. La géologie vient encore confirmer cette hypothèse, comme le prouvent les considérations que nous avons développées dans les chapitres précédents. En effet, elle nous représente la Terre pendant cette période sous la forme d'archipels composés de nombreuses îles basses, couvertes de forêts et sur lesquelles régnait partout une température uniforme et élevée. Cette température semble même avoir été supérieure à celle des tropiques de nos jours. Cette conjecture s'appuie sur la taille gigantesque des troncs, qui excitent notre étonnement dans les amas des forêts enfouies. Elle s'appuie encore sur la rapidité avec laquelle les forêts submergées et détruites se reformaient de nouveau; elle s'appuie enfin sur l'abondance prodigieuse des diverses espèces de Fougères pendant une même époque. L'étude des conditions qui présidèrent à la croissance de cette flore, nous ramène, par l'expérience, au même résultat déjà formulé par anticipation (p. 305) sur le caractère de la Terre, pendant les temps

primitifs, après l'apparition de la vie. Cette concordance nous prouve
de nouveau qu'une opinion, ainsi corroborée de toutes parts, doit
approcher très-près de la vérité. Souvenons-nous aussi des nécessités
auxquelles est soumise l'organisation des plantes et rappelons-nous
que toute matière végétale, organisée sous forme de cellules et de
membranes, emprunte ses éléments au carbone et à l'eau et que ces
corps sont absorbés, en partie par les racines, comme eau chargée d'acide carbonique, en partie par les feuilles sous forme d'a-
cide carbonique. Une végétation abondante et puissante ne dépend
donc pas seulement d'une atmosphère humide, mais encore d'un
excès d'acide carbonique répandu dans l'air. Les recherches les plus
récentes (p. 168) nous permettent d'affirmer que ces conditions existaient réellement pendant cette période. Cette constitution atmosphérique est très-nuisible aux animaux qui ont besoin d'air pour
leur respiration, et ils en sont d'autant plus offensés que leurs organes respiratoires sont plus perfectionnés. Ceci nous explique clairement l'absence des Animaux terrestres, d'une organisation élevée,
à sang chaud et doués de fonctions respiratoires énergiques. Les
Reptiles seuls pouvaient vivre dans cette atmosphère. Aucun Oiseau
ni Mammifère n'y respirait. L'action de cette atmosphère était moins
nuisible aux Animaux inférieurs et à ceux qui vivaient dans l'eau.
Dans leur organisation moins parfaite, la respiration joue un rôle
moins considérable ; et, d'un autre côté, l'acide carbonique a une
action moins intense dans l'eau que lorsqu'il pénètre avec l'air
dans les organes de la respiration. On peut encore ajouter que ces
créatures ont pu apparaître à la vie seulement après que l'atmosphère eut déjà été purifiée par de grands amas de végétaux. Leur
apparition avant ceux-ci est impossible. En effet, les végétaux sont
indispensables à la subsistance des animaux, et ceux-ci ne peuvent
s'assimiler aucun élément inorganique comme les plantes. Beaucoup
d'animaux subsistent en dévorant d'autres animaux ; mais ceux-ci
empruntent leur nourriture uniquement au règne végétal. L'animal
n'ajoute rien à sa substance qui n'ait déjà existé sous une forme
quelconque à l'état d'organisme. Aucune vie animale ne peut donc
avoir précédé dans les époques primitives de la Création l'apparition
des organismes végétaux. Il est seulement probable qu'ils se suivirent à peu de distance et qu'ils vécurent de très-bonne heure à côté
l'un de l'autre.

La vie animale, durant ces périodes primitives, ne conserva point un caractère aussi uniforme que la flore ; elle subit des modifications plus profondes dans la série successive des terrains. Dans les étages inférieurs, appartenant à la formation des grauwackes, les Éponges, les Polypes, les Rayonnés, les Mollusques prédominent ; on y rencontre aussi de nombreuses espèces de Crustacées et une assez grande quantité de Poissons, les premiers représentants de l'ordre des Vertébrés. Dans l'étage carbonifère, les Crustacés deviennent moins abondants, les Poissons, au contraire, se multiplient et les premiers Articulés terrestres, *Scorpions* et *Insectes*, apparaissent. Les Poissons conservent le même caractère dans la formation du zechstein, et surtout dans celle des schistes cuivreux ; à côté d'eux, depuis l'étage dévonien, vivent des Reptiles vertébrés terrestres. Telle est la marche que la faune suivit dans la première période d'organisation.

En étudiant les espèces appartenant à cette époque, nous reconnaissons aussitôt que le rapport numérique entre les êtres vivants alors et leurs représentants actuels est complétement renversé. Ce principe est moins marqué pour les Spongiaires et les Polypes, dont la simplicité d'organisation ne donne pas lieu à de grandes modifications, que pour les Crinoïdes et les Céphalopodes. Toutes les espèces de ces deux ordres appartiennent à des familles qui manquent entièrement aujourd'hui, ou bien n'ont plus que de rares représentants. Les Crustacés et les Poissons diffèrent encore plus. Les *Trilobites*, les plus anciennes de ces créatures, n'ont plus aujourd'hui que des formes plus ou moins rapprochées, et les Poissons osseux à écailles anguleuses (Ganoïdes) manquent complétement aujourd'hui, à l'exception de deux genres, le *Polypterus* et le *Lepidosteus*. Enfin, on connaît encore quelques espèces sans aucun rapport avec les êtres vivants actuellement, et que l'on ne sait où classer.

Les Infusoires et les Polypes nus, dépourvus de squelette et de carapace calcaire, n'ont pu laisser aucune trace de leur existence, leur corps étant composé uniquement de parties molles. Ce que nous connaissons de la dernière classe se place dans l'ordre des *Lythophytes*, munis d'un squelette calcaire ou dans les *Coralliues* à carapace calcaire, et représente les deux familles de Polypes que nous avons déjà fait connaître sous les noms de *Bryozoaires* et d'*Antho-*

zoaires (p. 112). Les Lithophytes prédominent surtout, sinon par le nombre des espèces, au moins par celui des individus. Ils forment souvent dans le calcaire de transition et le calcaire de montagne des étages entiers, dont la disposition est très-analogue à ce qui se passe de nos jours. On y retrouve les mêmes espèces qu'aujourd'hui, les *Millepora*, *Astrea*, *Oculina*, *Cellepora* et *Flustra*, accompagnées d'autres formes qui, comme les *Amplexus* et *Petraïa*, sont très-voisines des espèces vivantes du genre *Cyathina*. Néanmoins, les Polypes particuliers à cette période ne manquent pas. On peut citer les genres *Cyathophyllum*, *Favosites*, *Halysites*, *Calamopora* et *Syringopora*. On est longtemps resté indécis pour savoir si les espèces comprises par les naturalistes sous les noms de *Priotobus* et *Graptolithus* (fig. 54. — 1), trouvées uniquement dans les couches moyennes et supérieures de la formation silurienne, appartiennent aux Polypes ou aux Céphalopodes. La lame dentée, mince et étroite qu'ils portent sur un ou sur les deux côtés, et dont les dents étudiées avec soin ont laissé reconnaître des cellules creuses, les classe incontestablement parmi les Polypes. Barrande a complètement démontré ce fait et a fixé leur place rationnelle en les comparant minutieusement avec les *Virgularies* vivants.

Les *Rayonnés* sont représentés, pendant toute la période primitive d'organisation jusqu'au zechstein, par les *Crinoïdes* (p. 416). Pendant tout ce temps, ils se développent avec une variété extrêmement grande, et qui ne se renouvelle à aucune époque postérieure avec une telle richesse. Toutefois, les modifications n'affectent que quelques parties de leur organisme. Jetons rapidement un coup d'œil sur tous les types connus, tant vivants que fossiles, et examinons les différences qui les caractérisent. Le corps cyathiforme des Crinoïdes est composé, soit de plaques exactement juxtaposées et reliées par leurs bords étroits, plaques auxquelles on a donné le nom d'*assula*, soit de lames courtes et épaisses (*radialia*), placées les unes sur les autres par de larges surfaces, et dont les interstices sont remplis par un périsom calcaire moins dur. Les premiers prennent le nom de Crinoïdes *pannelés* (Crinoïdea tessellata, les derniers de Crinoïdes *articulés* (Cr. articulata). La plupart des Crinoïdes de l'époque primitive de la terre sont pannelés ; les Articulés sont assez rares. Les Crinoïdes pannelés à tige ne dépassent pas le Zechstein, et disparaissent entièrement à la surface de la Terre à partir de cette

époque, tandis que les Crinoïdes, articulés se sont conservés jusqu'à
nos jours. Les Crinoïdes auxquels succèdent les Échinoïdes également
pannelés, dont la première apparition remonte jusqu'à l'époque dévonienne, ont pour précurseur une Encrine (*Pentatremites*), munie
d'une tige et de ramules peu développées avec des ambulacres apparents. Ce genre reporte leur type jusque dans les plus anciennes
formations, tandis qu'une autre Encrine (*Marsupites*) pannelée sans
tige reparaît dans l'étage crétacé. Il faut encore remarquer que les
Crinoïdes pannelés se subdivisent, tant que les Échinoïdes manquent à côté d'eux, en deux classes très-naturelles ; les Crinoïdes
sans bras et les Crinoïdes avec bras. Mais, à partir du moment où les
Échinoïdes, toujours privés de bras, apparaissent, les Crinoïdes sans
bras disparaissent, et sont remplacés par les précédents. Ces Crinoïdes sans bras ont donc été les types précurseurs des Échinoïdes.
Nous leur consacrerons une étude spéciale comme aux Rayonnés les
plus caractéristiques.

Les Crinoïdes sans bras peuvent se diviser en deux groupes : les
Cystidées et les *Blastoïdes*. Les Cystidées, dont le nombre est peu
considérable, existent seulement dans les grauwackes d'Europe et
de l'Amérique du Nord. Ce sont des Crinoïdes munis d'une tige
sans bras, avec un corps plus ou moins globuliforme, formé d'un
grand nombre de plaques polyédriques, au milieu desquelles
s'ouvrent trois orifices. L'un d'eux, toujours situé au milieu de la
partie supérieure et opposé à la tige, forme la bouche ; le second,
l'anus, placé assez près du premier dans une position excentrique,
manque quelquefois ; le troisième, situé près du bord, existe toujours. Il est souvent recouvert par cinq plaquettes soudées entre
elles de trois côtés en forme de pyramide percée à son sommet ; cet
orifice sert d'ouverture aux organes de la génération. L. de Buch,
dans son beau travail sur les Cystidées [1], les a divisés en cinq genres.
Le genre *Sphæronites* présente la forme la plus sphérique,
est presque toujours muni de trois ouvertures, et ses plaques sont
très-petites. Les genres *Caryocystites*, *Hemicosmites* et *Cryptocrinites* ont une forme semblable, mais leurs plaques sont plus grandes.
Chez les Caryocystites ces pièces sont coupées obliquement près des

[1] *Memoires de l'Académie royale des sciences de Berlin*, année 1844, classe des sciences
physiques, I. — Depuis cette époque, le nombre des genres a été doublé par les grands
travaux de John Müller et de E. Forbes, ainsi que ceux de Volborth et Hall.

sutures, recouvertes de séries de mamelons chez les Hémicosmites,
et lisses chez les Cryptocrinites, mais peut-être polies par frottement.
Ces derniers nous offrant les formes les plus simples ont été figurées
(fig. 51. — 2). Le dessin représente l'animal de côté (a), d'en haut (b),
d'en bas (c); on voit l'ouverture latérale à cinq valves des organes génitaux, l'anus à la périphérie et la bouche au milieu entourée à son

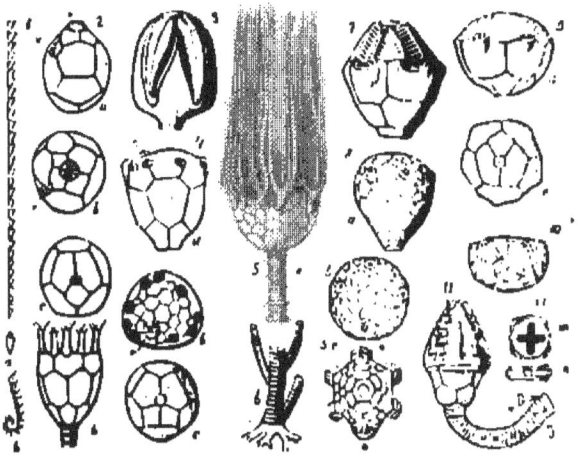

Fig. 51. — Crinoïdes de l'époque primaire.

1. *Graptolithus priodon*; a, coupe transversale, b, fig. involutus, individu petite. — 2. *Cryptocrinites cerasus* de Rusale; a, vu de côté; b, d'en haut, c, d'en bas; *, boucle; x, orifice
des organes de la génération. — 3. *Pentatrematites aratus* vu en [...] l'État. — 4. *Crepo-cri-
nus ventens* de l'Amérique du Nord, vu de trois côtés, a, b, c. — 5. *Actinocrinus triacontadactylus* d'Angleterre; a, calice et bras avec le haut de la tige; b, pied de la tige avec
trois ramifications; c, calice de l'*Actinocrinus amphora* vu d'en bas avec la moindre bas-
cal*. — 6. *Poteriocrinus tenuis* d'Angleterre. — 7. *Haplocrinus pesqnlosformis* de l'État.
8. *Melocrinus hieroglyphicus*; a, de côté; b, d'en haut. — 9. *Platycrinus depressus*; a, de
côté; b, d'en bas. — 10. *Cyathocrinus geometricus*. — 11. *Cupressocrinus crassus*. — 12. Une
trochite de la tige de la même espèce, m, vue par sa surface, n, par le bord, avec des articulations basales pour quatre rangées. Quelques pièces de l'annulus sont à côté de la tige. 11

orifice de nombreuses et petites plaques, et enfin, opposée à cette
dernière, la tige (c) fixée aux trois plaques basales. Le nombre total
des pièces est de quinze, disposées sur quatre séries se succédant
de bas en haut. Le genre *Sycocystites* (S. echinencrinus), d'une
forme moins sphérique, ou moins régulièrement ovoïde que les Caryocystites, est plus irrégulièrement tuberculeux. Cette irrégularité

proviennent des plaques convexes et sillonnées en travers de bandes en
relief. Ce genre n'a pas d'anus visible à l'extérieur; sa bouche a une
forme étoilée. Ce type serait le plus singulier de tous les Crinoïdes, si
les Pentatrémites (fig. 54. — 5), mieux connus sous le nom de Blastoïdes, ne le dépassaient pas encore en singularité. Ils sont composés d'un
calice sphérique, en forme de Tulipe porté par une tige creuse à
l'intérieur. La base du calice, comme celle des Cryptocrinites, est
constituée par trois plaques. Sur cette base se soude une double
série de cinq pièces laissant entre elles autant d'espaces allongés,
occupés par les cinq séries d'ambulacres munis de deux lignes de
ramules. Celles-ci, fixées sur de petites plaques le long du bord latéral des ambulacres relevé au-dessus des pores, sont reliées par des
sillons transversaux, traversés eux-mêmes et coupés par moitié par
un sillon longitudinal. La bouche, en forme d'étoile à cinq rayons,
se trouve au point central des ambulacres et au sommet de l'animal.
À côté d'elle sont cinq ouvertures, probablement les pores génitaux,
et un anus situé latéralement. On connaît de ce genre remarquable,
réunissant en lui les caractères typiques des Crinoïdes et des Échinoïdes, une espèce dans l'étage silurien, plusieurs dans le devonien,
et un grand nombre dans les calcaires carbonifères de l'Europe et
de l'Amérique du Nord.

Les Crinoïdes, munis de bras avec un calice panncelé, sont élevés
sur une tige longue, habituellement ronde, quelquefois pentagonale
et assez grosse. Ce calice repose sur la tige, comme chez les précédents, au moyen de trois, quatre ou cinq lames basales (basalia), à
l'ensemble desquelles on a donné le nom de bassin du calice (pelvis).
Au-dessus de celles-ci se trouvent ordinairement cinq ou six grandes
lames (parabasalia), auxquelles se rattachent le plus souvent une ou
plusieurs séries de plaques (radialia), qui supportent les bras. La
bouche (*) est placée le plus souvent en face du bassin, au point central de la partie supérieure. Quelquefois chez les *Actinocrinus* par
ex., 5 c., et les *Melocrinus*, 8) elle est latérale, sans jamais descendre au-dessous des bras. L'anus est placé dans le voisinage de la
bouche, lorsqu'il n'est pas compris dans le même orifice et par
suite invisible extérieurement. Les pores génitaux manquent au calice de tous les Crinoïdes armés de bras. Les organes de la génération étaient situés sur les bras et non dans la cavité viscérale. Les
bras sont composés, comme la tige, par l'assemblage de pièces tes-

tacées, reliées au moyen d'un tissu intermédiaire mou et élastique. La surface est recouverte des deux côtés de ramules articulées, pennatiformes, et leur axe se bifurque ordinairement une ou plusieurs fois. Ils ont une cavité à l'intérieur, placée latéralement du côté de la bouche. Elle aboutit dans le calice où va déboucher aussi le canal central de la tige, dont il nous ne nous reste souvent que le moule, lorsque la substance calcaire a disparu. C'est de là que proviennent les *Turbinites* (Cyathocrinus pinnatus) que l'on rencontre si souvent dans la grauwacke proprement dite. Les articles de la tige (12) qui, par leur surface symétrique d'articulation, rappellent assez bien l'empreinte d'une monnaie, ont formé en se détachant séparément les *Trochites* ou *Pfennig de Boniface*.

Pour classer les genres nombreux des Crinoïdes pennelés appartenant à cette époque, il faut surtout tenir compte de la forme du calice qui s'est mieux conservé, tandis que la tige et les bras manquent à la plupart des exemplaires. Le caractère principal se tire du bassin de forme hexagonale ou pentagonale. Les bassins hexagonaux portent naturellement six parabasales, les pentagonaux cinq. Sur un seul genre, le *Caryocrinus ornatus* (fig. 34. — 4), les six radiales ou pièces brachiales, alternant avec les parabasales en même nombre, portent six bras, trois simples et trois doubles disposés en alternance (1, c). Dans le genre *Actinocrinus* (5, c), muni aussi de six parabasales, cinq d'entre elles portent des pièces brachiales (radialia) ; la sixième supporte deux autres plaques et soutient l'ouverture de la bouche conoïde placée latéralement.

Parmi les genres à bassin pentagonal, il s'en trouve un, les *Platycrinus* (9, a, c), chez lequel les bras se rattachent immédiatement aux parabasales. Chez tous les autres genres, les parabasales sont accompagnées d'une ou plusieurs radiales. Chez les *Cyathocrinus* (10), les *Poteriocrinus* (6), les *Haplocrinus* (7), les *Cupressocrinus* (11), il existe sur les parabasales une seule radiale pour chaque bras. Les *Melocrinus*, ainsi que les *Actinocrinus*, ont trois radiales ; celle qui est placée sur les autres se termine en pointe, et présente une surface oblique pour l'articulation des pièces basales du bras. Ces deux genres ont la bouche latérale (8, b, *) ; chez les autres elle est centrale. Le plus souvent l'enveloppe du bassin est composée de petites plaques, parce que les bras sont minces et que toute la partie viscérale est découverte. Mais chez les *Haplocrinus* (7), ils étaient

forts et s'élargissaient du côté interne. Ils recouvraient toute l'enveloppe du bassin jusqu'à l'orifice de la bouche. Le genre *Cupressocrinus* (11), avait des bras très-courts, larges et triangulaires longitudinalement, qui, avec leur large base, occupaient toute la surface
d'une radiale. Dans les autres genres, au contraire, les bras étant
très-minces, n'avaient pour base qu'une petite surface articulaire,
placée au milieu du bord de chaque radiale. Aussi, les bras sont-ils
toujours brisés dans tous les genres, même chez l'*Actinocrinus
triacontadactylus* (5, a), que nous avons figuré complet. Cette espèce
a pour caractère particulier la bifurcation de ses bras, dont chacune des dix branches se divise elle-même en trois rameaux d'égale
longueur. Le *Cupressocrinus crassus* (12, a, b) nous offre un autre
genre de particularité, avec sa tige quadrangulaire munie de quatre
séries de ramules. La plupart des Crinoïdes de cette période ont des
tiges rondes sans ramules. Ce fut plus tard que les tiges angulaires
avec ramules devinrent communes. Les Crinoïdes de la première
époque atteignent leur maximum dans l'étage devonien et le calcaire de montagne, où ils s'élèvent jusqu'au nombre de soixante-
quinze espèces, dont cinquante appartenaient déjà en terrain silurien. Dix espèces de la formation devonienne ont été reconnues
aussi dans le calcaire de montagne, mais on a retrouvé une seule
espèce devonienne dans l'étage silurien. Ces animaux manquent
complétement dans les schistes cuivreux à l'exception de quelques
rares Cyathocrinites. Les Echinoïdes peu nombreux, que l'on rencontre surtout dans le calcaire carbonifère, se distinguent des vivants,
dont la carapace est toujours composée de vingt séries de pièces
testacées, en ce que leur carapace, formée d'un nombre de séries
beaucoup plus grand, présente dans quelques séries des pièces
hexagonales jamais observées sur les espèces vivantes. Le genre
Archæocidaris a été trouvé en Europe et dans l'Amérique du Nord.
Les *Astéroïdes* ont laissé aussi quelques traces de leur existence
dans les couches siluriennes les plus anciennes et encore dans les
schistes cuivreux. Leurs débris offrent une grande ressemblance
avec les formes encore vivantes, à l'exception du *Lepidaster*, trouvé
dans les dépôts siluriens de l'Angleterre.

Les *Mollusques* sont richement représentés, pendant cette période,
par les *Brachiopodes* et les *Céphalopodes tentaculifères*; les *Acéphales*, au contraire, et les *Gastéropodes* sont relativement peu nom-

breux. Les deux autres ordres (p. 119 et 122) manquent complétement, sans doute à cause de la structure molle de leur corps. Les Acéphales ont plus de représentants que les Gastéropodes. Quelques-uns de leurs genres, tels que les *Megalodon* (fig. 55. — 1) et les *Pterinea* (2), appartiennent principalement à la formation des grauwackes ; d'autres, comme les *Cardinia* et les *Cardiomorpha*, existent seulement dans la houille ; d'autres enfin, tels que les *Schizodus* et les *Pleurophorus*, se trouvent uniquement dans le zechstein. On connaît encore d'autres genres placés à des époques plus récentes, mais disparus

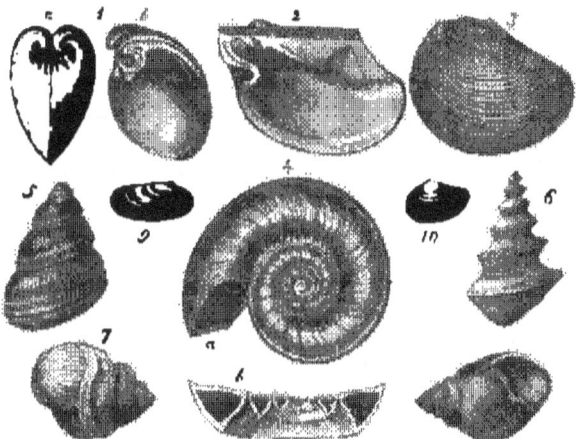

Fig. 55. — Acéphales et Gastéropodes de l'époque primaire.

1. *Megalodon cucullatus* ; a, partie antérieure ; b, coquille droite vue à l'intérieur. — 2 *Pterinea levis*, coquille droite, partie interne. — 3. *Posidonia Becheri*. — 4. a. *Euomphalus Vermeullii* ; b, coupe de la même. — 5. *Pleurotomaria fascata*. — 6. *Murchisonia angulata*. — 7. *Catantostoma clathrata*. — 8. *Macbrocheilus arculatus*. — 9. *Cardita carbonaria*. — 10. *Cardiomorpha tellinanea*.

dans l'époque actuelle. Tels sont les *Posidonia* ou *Posidonomya* (3), que l'on a rangé récemment, avec plus de raison, parmi les Crustacés à coquilles bivalves. Beaucoup de genres, et entre autres les *Monomiariens*, munis d'un muscle constricteur, ont survécu jusqu'à l'époque actuelle ; mais ils n'existaient qu'en petit nombre dans les âges primitifs. Les Mollusques acéphales des schistes carbonifères, que l'on considéra d'abord comme des *Unio*, et que l'on regarde comme d'eau douce, forment maintenant le genre *Cardinia* (9) ; ceux du calcaire carbonifère constituent le genre *Cardiomorpha* (10). Nous nous contentons des figures qui les représentent, sans perdre notre temps à en faire la description, ainsi que celles des autres formes reproduites comme caractéristiques de cette époque.

Les Gastéropodes des temps primitifs étaient, pour la plupart *Phytophages* (V. p. 122) ; mais ils ne différaient pas absolument des genres vivants comme les Acéphales. Les caractères morphologiques des types actuels existaient déjà alors, comme nous les voyons par les genres *Dentalium*, *Chiton*, *Patella*, *Capulus*, *Natica* et *Nerita*. Mais des formes particulières détruites aujourd'hui, munies de coquilles à spire très-aplatie, telles que les *Euomphalus* (4) et les *Schizostoma*, nous démontrent l'existence d'un milieu différent par le nombre de leurs espèces. Ils sont encore peu communs dans l'étage silurien : ce qui d'ailleurs répond à la pauvreté de cette formation en organismes. Leur nombre s'accroît dans le terrain devonien, et ils atteignent le maximum de leur développement dans le calcaire de montagne. C'est dans cet étage que l'on trouve les genres *Pleurotomaria* (5) à spire allongée, *Murchisonia* (6) à spire encore plus allongée, et enfin le genre *Catantostoma* (7) à spire anomale, groupes dont il ne reste aucune trace dans les mers actuelles. Au contraire, le genre *Macrocheilus* (8) représente le genre actuel *Buccinum*, dont il se distingue par la forme plus large et plus arrondie de l'orifice buccal.

L'abondance extraordinaire des Brachiopodes, pendant cette période, est d'une grande importance pour en déterminer les caractères zoologiques. Jamais, à aucun autre âge de la Terre, cette classe des Mollusques n'a donné naissance à autant d'espèces que pendant l'époque primaire. À côté de genres encore existants aujourd'hui, mais représentés par un petit nombre de formes, tels que les *Terebratula*, les *Lingula*, les *Orbicula* et les *Crania*, nous en rencontrons d'autres, tels que les *Calceola*, les *Spirifer*, les *Orthis*, les *Chonetes* et les *Productus*, etc., qui manquent complétement aujourd'hui. Parmi eux, les uns se trouvent seulement dans certaines formations déterminées ; ainsi les *Obolus* et les *Strophomena* dans le terrain silurien, les *Calceola* dans le silurien et le devonien, les *Stringocephalus* dans ce dernier terrain seul. D'autres, comme les

Chonetes, les *Spirifer* et les *Orthis* occupent tous les étages. Les espèces de ce dernier genre décroissent déjà dans le calcaire houiller. Les espèces qui habitent les terrains plus récents, telles que les *Terebratula* et les *Crania*, s'y multiplient au contraire et atteignent leur maximum, soit dans le jurassique, soit dans le crétacé. Ce principe ne s'applique plus à aucun des genres existants ; tous les Brachiopodes vivants sont pauvres en espèces.

Si nous voulons pénétrer plus avant dans leurs différences génériques, il nous faudra borner nos observations aux coquilles, puisque la structure de l'animal peut être étudiée seulement sur les représentants vivants. Ordinairement il y a deux valves, dont nous avons déjà décrit les caractères généraux (p. 421). Elles sont inégales : l'une, qui dans la position normale se trouve au-dessus, est plus bombée que l'autre, placée en dessous. Le genre *Lingula*, si intéressant au point de vue géologique, fait seul exception à cette règle ; c'est un des rares animaux qui se rencontrent à la fois dans les plus anciennes époques et dans les temps modernes. Les Brachiopodes à valves inégales ont tantôt une ouverture constante située, le plus souvent (les *Orbicula* exceptés) au sommet de la valve la plus bombée (*Terebratula*, *Delthyris*), et qui sert de passage au pédicule membraneux au moyen duquel ils se fixent ; tantôt cette ouverture manque, comme chez les *Crania*, les *Calceola* et les *Productus*. Mais ces circonstances ne peuvent pas nous servir à établir une classification convenable, il faut que nous empruntions nos caractères à la forme des charnières. La charnière, point sur lequel les deux valves s'unissent l'une à l'autre, se trouve toujours près de l'ouverture du pédicule et n'occupe tantôt qu'une petite partie du bord des valves, tantôt forme une ligne droite séparée d'une façon tranchée du reste des contours. Tous les Brachiopodes de ce groupe, auquel appartiennent les genres *Calceola* (fig. 56. — 1), *Productus* (2), *Spirifer* (4) et *Orthis* (5), sont exclusivement limités à l'époque primaire, et quelques rares espèces apparaissent à l'état d'exception dans le trias et le lias. Les *Calceola* et les *Productus* sont sans charnière et sans pédicule, par conséquent, sans ouverture dans la coquille. Les *Spirifer* et les *Orthis* possèdent ces deux caractères. Le premier de ces genres est muni de charnières à double apophyse sur chacune des valves et de lamelles testacées, enroulées en spirale, pour servir de support aux bras ; le second n'a de charnière à double apophyse

qu'à une des valves, tandis que l'autre est garnie de fossettes correspondantes. Ce genre ne présente aucune trace d'une charpente testacée pour les bras; elle manque aussi chez les *Productus* et les
Calceola. Parmi les autres Brachiopodes à charnière courte, les
Crania seuls manquent de pédicule. Leur coquille était fixée par la
surface de la valve inférieure. Toutes les espèces sans pédicule adhé-
raient d'ailleurs par le même procédé.

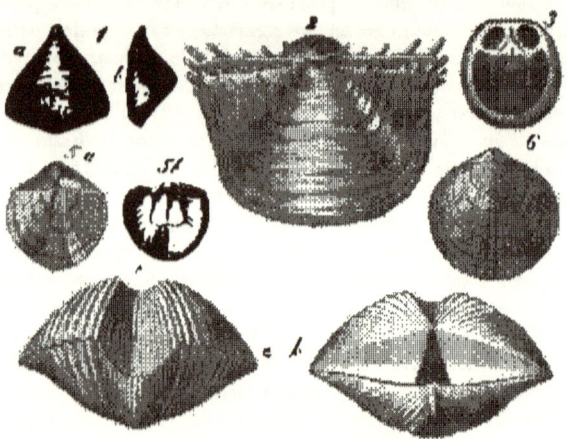

Fig. 56. — Brachiopodes de l'époque primaire.

Calceola sandulina; a, d'en haut, b, de côté. — 2. *Productus aculeatus seu horridus*;
d'en bas. — 3. *Crania prisca*, coquille supérieure par son côté interne; on voit les quatre
attaches des muscles et l'appareil pour les bras. — 4. *Spirifer aperturatus*; a, partie antérieure; b, région postérieure. — 5. *Orthis elegantula*; a, d'en bas; b, coquille inférieure
par son côté interne; on voit les deux dents de la charnière et la charpente brachiale en
avant. — 6. *Terebratula* (*Atrypa*) *prisca* vue d'en bas.

Les *Orbicula*, les *Lucites*, les *Pentamerus*, les *Terebratula* et les
Rhynchonella étaient munis d'un pédicule sur lequel ils étaient portés dans une position assez élevée et flottant librement. Chez les
Orbicula, le pédicule traversait la valve plane inférieure; chez les
Terebratula, les *Rhynchonella* et les *Pentamerus*, l'ouverture était
située dans la valve supérieure bombée, sur le crochet. Dans ces
genres, l'ouverture ronde (6) était rétrécie par de petites pièces testacées (*deltidium*), placées entre la charnière et le crochet. Les figures
nous reproduisent quelques espèces, empruntées à plusieurs genres

et choisies parmi les plus fréquentes, comme caractérisant le mieux
certains étages de l'époque primaire. Leurs espèces, nombreuses,
ont été dans ces derniers temps, surtout par les recherches profondes de Davidson, rangées dans des genres bien déterminés, au
moyen des particularités distinctives observées dans la structure des
coquilles, dans l'armature testacée des bras et dans les charnières;
mais une étude plus complète de ces caractères nous entraînerait
dans des détails de conchyliologie par trop minutieux. Qu'il nous
suffise de dire que les *Terebratulides* (coquille à structure ponctuée,
ouverture sur le bec de la grande valve, et charpente testacée en anse
pour les bras), renferment les genres *Stringocephalus*, *Terebratula*
et les *Terebratella*, *Magas*, *Argiope*, qui apparaissent plus tard;
que les *Spiriferides*, munis de grandes charpentes osseuses contournées en spirale pour les bras, comprennent les genres *Spirifer*,
Athyris, *Spirigera* (placé autrefois dans les *Terebratulides*), *Uncites*
et *Atrypa*; les *Rhynconellides* (coquille de contexture fibreuse, ouverture au-dessous de la pointe du rostre et apophyses brachiales
libres), les genres *Rhynchonella*, trouvé dans toutes les formations
jusqu'à nos jours, *Camarophoria* dans le zechstein, *Pentamerus*
dans les étages silurien et devonien; les *Strophomenides* (coquille
de contexture fibreuse et ponctuée sans apophyse brachiale), les
genres *Orthis*, *Orthisina*, *Strophomena*, *Leptaena*; enfin les *Produc-
tides* (coquille ovale, sans apophyse brachiale), les genres *Productus*,
Chonetes et *Strophalosia*.

Les *Céphalopodes tentaculifères* (p. 424) ont une importance
encore plus grande que les Brachiopodes. Aujourd'hui, le genre
Nautilus est le seul représentant de cette classe; tous les Céphalopodes de la première période lui appartiennent aussi. Leur coquille,
le seul débris qui leur ait survécu, est polythalame, c'est-à-dire
qu'elle est divisée en chambres par des cloisons. L'animal habitait
tout à l'extrémité de la coquille par-dessus la dernière cloison. La
forme de ces cloisons est caractéristique pour déterminer les genres
et l'époque à laquelle ces animaux vivaient. Toutes les espèces de la
période la plus reculée ont des cloisons formées de lames pliées sur
le bord, tantôt par une courbure, tantôt par un angle, mais ne sont
jamais lobées et ramifiées à l'infini, comme chez les *Ammonites* venues plus récemment. Le genre vivant possède le même caractère;
ce qui explique pourquoi on lui a emprunté son nom, *Nautile*, pour

le donner à toutes les espèces analogues, bien qu'elles aient un bord
déprimé en forme de cornet, sur lequel se place l'ouverture du siphon dans la cloison. Le groupe des Nautiles de cette période nous
présente trois types principaux dans la grauwacke et l'étage carbonifère : les *Orthoceratites* à coquille droite non enroulée en spirale; les *Lituites* à coquille enroulée en spirale, les tours de la spire
libres ou seulement juxtaposés, et enfin les *Nautilites* à coquille enroulée complétement et les tours intimement soudés. Le genre *Orthoceras* (fig. 57. — 1) a la forme d'un cône creux, allongé en pente
très-douce ; les cloisons sont concaves de bas en haut et percées d'un
siphon central, marginal ou intermédiaire. Dans les espèces les plus
anciennes, le tube est marginal et très-large (*Vaginata*) [1]; dans les
espèces plus jeunes, il est étroit et éloigné du bord (*Regularia*);
les roches siluriennes inférieures leur ont emprunté le nom de *Calcaire vaginatifère*. Les *Lituites* ont une cloison concave, une coquille tantôt en forme de cône allongé avec quelques tours de spire,
tantôt courte, peu courbée, avec élargissement rapide du cône,
et les cloisons très-rapprochées (*Cyrtoceras*, 5). Dans le genre
Nautilus, enfin, les tours de spire sont non-seulement contigus, mais
encore ceux qui sont extérieurs débordent sur ceux qui les précédent et les enveloppent plus ou moins. Ce caractère est toujours
moins prononcé dans les espèces de l'époque primaire que dans
celles qui sont plus jeunes ; et chez celles-ci les spires complétement
recouvertes ne sont jamais devenues aussi générales que dans les
espèces vivantes. Lorsque le tube du siphon est encore placé dans
la cloison elle-même, celle-ci est simplement concave, comme chez
les *Orthoceras*, et nous avons le genre *Nautilus* proprement dit;
mais lorsque le tube occupe l'épaisseur de la coquille dans la partie
appelée ventrale [2], les cloisons deviennent irrégulières sur le bord et

---

[1] Quelques espèces à siphon élargi en ampoule dans chaque chambre, avaient des lamelles radiales partant d'un tube qui parcourait tout le siphon, et qui elles-mêmes étaient
creuses. Ces Orthocératites, postérieures à la formation silurienne, ont été rassemblées
dans le genre particulier *Actinoceras*. D'autres Orthocératites gigantesques des calcaires
postsiluriens présentent dans leur siphon très-large des tubes coniques s'emboîtant les uns
dans les autres ; on en a fait le genre *Endoceras*.

[2] L'étude anatomique du *Nautilus pompilius* vivant a prouvé que la partie extérieure
de la coquille ne correspond pas au dos de l'animal, comme le faisait croire sa grande
courbure, mais qu'elle répond au ventre. L'entonnoir p. 110 place dans le gosier de l'animal se trouve sur cette partie extérieure et détermine ainsi sa face inférieure. On doit
donc appeler ventrale la partie externe de la coquille, et dorsale la partie interne. Nous
avons cependant admis les dénominations inverses, consacrées par l'usage.   .

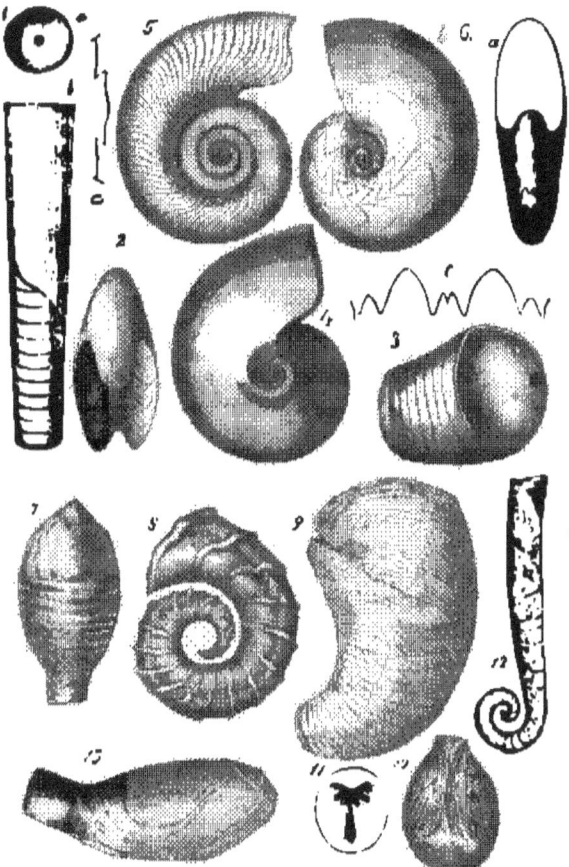

Fig. 37. — Céphalopodes de l'époque primaire.

1. *Orthoceras regularis* : a, cloison ; b, une des pièces de l'extrémité inférieure ; la partie supérieure à cloison son état, dans la cloison inférieure et ne reste plus que le moule par-tout. — 2. *Bellerophon elongatus*, Portl. portemant des courbes sinueuses d'Irlande *. — 3. Fragment de *Cyrtoceras depressum*. — 4. *Nautilus peripianatus*, Portlock. — 5. *Cymnacoras conquadristriatus* : a, suture d, la cloison dentelée — 6. *Goniatites Henslowianus* : a, vue d'en bas ; b, de côté ; c, bord de la cloison dentelée. — 7. *Goniatites piriforme* sim-ple. — 8. *Goniceras Goldfussi* de l'Eifel. — 9. *Phragmoceras ventricosum* cloison. — 10. Bouche du même. — 11. Orifice de *Phragmoceras callistoum*. — 12. *Lituites litaus* siluricum. — 13. *Ascoceras bohemicum* siluricum.

* Le genre *Bellerophon*, à coquille globuliforme très-délicate et enroulée en spirale

forment des selles et des lobes : ces caractères appartiennent au genre *Clymenia*. Ceux-ci apparaissent plus tard que les *Nautilus*; on les trouve exclusivement dans le terrain devonien, tandis que les autres se rencontrent déjà dans le calcaire vaginulifère. Les *Gomphoceras* et les *Goniatites* sont les compagnons des Clymenies ; les *Lituites* sont exclusivement siluriens ; les *Phragmoceras*, siluriens et devoniens. Les *Orthoceratites* et les *Cyrtoceratites*[1] se trouvent dans tous les étages des périodes primaires. La plus grande ressemblance existe entre le genre *Clymenia* et le genre *Goniatites*, le plus ancien représentant des *Ammonites* et le compagnon inséparable des Nautiles, aux formes indécises, et avec lesquels il a tant de rapports par ses caractères extérieurs qu'on ne peut y trouver une différence essentielle pour les séparer. Toutefois, les selles et les lobes, tantôt arrondis, tantôt anguleux, sont plus nombreux sur les cloisons bombées extérieurement des *Goniatites*. En outre, ces cloisons sont traversées par un siphon dorsal placé latéralement et à bord relevé en forme de cône, bien que le plan des cloisons se déprime dans cette région. Les caractères des *Ammonidées* sont semblables. Chez les *Ammonites* proprement dites, le siphon occupe la même place, disposition qui, jointe à la convexité des cloisons et à la saillie du tube du siphon, donne pour toutes les *Ammonites* un caractère générique très-sûr. Le genre *Bactrites*, à coquille droite et allongée, et dont les cloisons offrent les mêmes caractères, doit donc être considéré comme une Ammonidée non enroulée ; de même que les *Orthoceratites* sont regardées comme des Nautiles non enroulés. Ce genre a été découvert dans les couches devoniennes de Nassau et disparaît avec cet étage ; les *Goniatites*, au contraire, passent du terrain devonien dans le terrain carbonifère. Les véritables Ammonites, à cloisons munies de bords multiplement ramifiés, ne descendent pas plus bas que le muschelkalk. Le système du trias renferme un genre particulier, les *Cératites*, servant d'intermédiaire

sans cloison, à la bouche munie d'une fente sur la lèvre externe tranchante. D'abord on le considérait comme allié de très-près aux *Argonauta*, mais actuellement on le regarde comme un hétéropode de la famille des *Atlanta* vivants. On en connaît environ cent espèces dans les couches siluriennes, devoniennes et carbonifères.

[1] Barrande, dans son magnifique ouvrage intitulé : *Système silurien du centre de la Bohême*, vol. II, Prague, 1866, nous fait connaître la richesse surprenante de ces genres : 105 espèces d'*Orthoceras*, 231 *Cyrtoceras*, 15 *Ascoceras*, 70 *Gomphoceras*, 52 *Phragmoceras*, en tout 467 espèces de Céphalopodes dans le bassin silurien de la Bohême. — G.

entre les *Goniatites* et les *Ammonites*, et qui est une des coquilles les plus caractéristiques du muschelkalk [1]. Les *Goniatites* ne caractérisent pas le calcaire de montagne avec autant de certitude; on les rencontre souvent, et alors très-caractéristiques, au-dessous de cet étage, dans le devonien [2], à côté des *Clymenia*. Ceux-ci ne reparaissent plus dans le calcaire de montagne, et comme ils manquent aussi dans le silurien, ils servent à reconnaître, avec assez de précision les grauwackes devoniennes. Les *Lituites*, les *Ascoceras* et les *Trochoceras*, ainsi que plusieurs espèces des genres *Orthoceras* et *Cyrtoceras*, peuvent servir de coquilles caractéristiques empruntées à la classe des *Céphalopodes* pour le terrain silurien.

La classe des *Crustacés* est représentée par une famille importante, appartenant à la première sous-division de cette classe (p. 455), et qui est très-voisine des *Phyllopodes*. On lui a appliqué le nom de *Trilobite*, à cause de la division en trois lobes que présentent les carapaces des individus qu'elle comprend. Le lobe médian bombé forme l'axe du tronc; les deux lobes latéraux étaient de simples appendices, au-dessous desquels se trouvaient fixés des pieds palmés sans enveloppe testacée. Au milieu d'un grand bouclier céphalique en forme de demi-lune, ou parabolique, se plaçait le renflement portant la tête, et sur les côtés les yeux très-larges; un appendice caudiforme, et qui lui faisait pendant, enveloppait l'abdomen. La plupart des Trilobites pouvaient s'enrouler; ils repliaient par en bas le bouclier caudal vers le bouclier céphalique, et cachaient entre les deux toutes les parties molles. Le nombre changeant des anneaux thoraciques placés entre le bouclier céphalique et le bouclier caudal, variant de deux jusqu'à vingt, les sépare complétement des *Phyllopodes* et de toutes les familles de Crustacés vivants. Ce caractère, disparu dans toutes les familles actuelles, s'étend, comme le prouvent les découvertes les plus récentes, à tout le groupe des *Ostracodermes*. Leurs représentants les plus anciens apparaissent

---

[1] Jusqu'ici on n'avait retrouvé les Cératites que dans le muschelkalk; récemment on a constaté leur présence dans la craie, mais avec des modifications dans leurs formes qui les distinguent des Cératites plus jeunes et plus anciennes. Voir L. de Buch, *Les Cératites*. Berlin, 1849. In-4. Les *Goniatites* aussi ont perdu leur valeur absolue de coquilles caractéristiques des sédiments les plus anciens. Aujourd'hui on ne doit plus les considérer comme les représentants exclusifs, mais seulement prédominants, du type Nautoide dans les périodes primitives.

[2] Les Goniatites les plus anciens ont été découverts récemment par Barrande dans les calcaires paléozoïques de la Bohème. — G.

dans les couches les plus inférieures du terrain silurien ; ils sont déjà en décroissance sensible dans le système devonien, et le calcaire de montagne renferme les dernières et rares espèces. Avec la forme de leur corps, ils ne pouvaient se déplacer qu'en nageant et probablement à reculons, le ventre en l'air ; car leurs pieds portaient les organes de la respiration et par conséquent devaient se trouver contigus à la surface de l'eau, et en mouvement continuel. Le genre

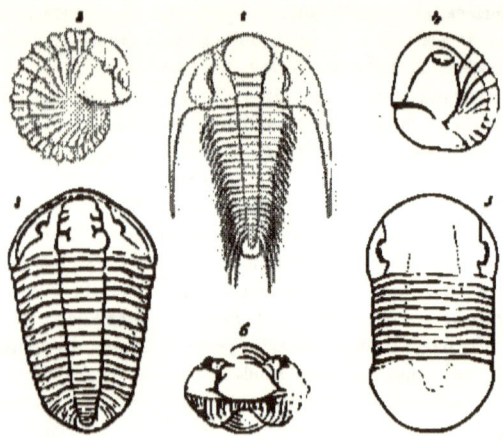

Fig. 38. — Trilobites.

1. *Dikus bohemicus*. 2. *Calymene Blumenbachii* enroulé ; 3. le même déroulé ; 4. *Illænus crassicauda* enroulé ; 5. le même enroulé ; 6. *Phacops sclerops* enroulé vu par devant.

Olenus (fig. 38. — 1) ou *Paradoxides* et ses analogues appartiennent aux couches les plus anciennes ; les genres *Ogygia*, *Asaphus* et *Illænus* (5), aux couches intermédiaires ; les genres *Calymene* (5), *Homalonotus*, et *Pharops* (6), dans les couches supérieures, ou même s'étendent en partie dans les deux systèmes. Nous nous bornons ici à citer ces quelques genres comme les plus fréquents. Le nombre total des genres s'élève, d'après les beaux travaux[1] de Barrande, à quarante-cinq, dont huit appartiennent exclusivement aux couches siluriennes

[1] Voy. l'œuvre que nous avons déjà citée : *Système silurien du centre de la Bohême*, vol. I. Prague 1852, in-4° ; et Angelin, *Palæontologia scandinavica*, vol. I. *Crustacea formationis transitionis* Lipsiæ, 1851-1854. — G.

les plus anciennes, ou autrement à la faune primordiale ; un seul genre passe dans la seconde faune silurienne. Si, à ce nombre, nous ajoutons trente-deux genres nouveaux, nous aurons fait connaître la riche variété des Trilobites. Parmi ces genres, dix-huit seulement passent dans le silurien supérieur et dix de ces derniers arrivent jusque dans la formation devonienne. Dans le calcaire de montagne, on ne rencontre plus que les genres *Phillipsia* et *Griffithides*.

En outre des Trilobites, les eaux de la période primaire étaient peuplées d'autres espèces de Crustacés se rattachant étroitement aux précédents et à ceux qui vivent de nos jours. Tels étaient quelques genres des *Ostracodes*, dont le corps était enveloppé d'une coquille à deux valves semblable à celle des Mollusques. Malheureusement ces coquilles n'offrent que des particularités insignifiantes, et on en classe plusieurs parmi les genres encore vivants, *Cypridina* et *Cythère* ; d'autres ont pris des noms particuliers. Les représentants de nos *Pœcilopodes* sont très-rares, on en a décrit un genre, les *Limulus* proprement dits, trouvé dans les houillères d'Angleterre. Les Crustacés les plus parfaits de cette période étaient des *Stomapodes* ; le genre *Campsonychus* [1], assez commun dans les rognons calcinés de la sidérite sphéroïdale des schistes carbonifères de Lebach, présente tous les caractères de cet ordre.

Les Articulés à respiration aérienne apparaissent déjà dans cette période ; ils sont les plus anciens animaux connus qui vécussent constamment sur la terre ferme. Mais leurs débris sont rares, et on ne les a étudiés avec soin que depuis peu. On connaissait cependant depuis longtemps deux espèces de *Scorpions*, trouvées dans les couches carbonifères de la Bohême, et plusieurs Coléoptères provenant de la même formation en Angleterre ; mais ces débris étaient insuffisants pour qu'on en pût tirer des conclusions certaines. Aujourd'hui nous avons un nombre d'Insectes décrits beaucoup plus grand, tirés, les uns des houillères voisines de Halle et décrits par Jordan, les autres des houillères de Saarbrück et décrits par Germar. On a pu se rendre compte de leur véritable position. Ils appartiennent à des espèces très-voisines des *Kakerlacs* (Blatta) que nous rencontrons si souvent dans nos forêts et nos habitations. Ils forment avec eux une même famille, et sont inférieurs par la taille aux représentants

---

[1] Burmeister, *Le genre Campsonychus fimbriatus. Mémoires de la Société des sciences naturelles de Halle*, u. 1855. — G.

actuels les plus grands de ce groupe, dont l'Amérique du Sud en possède qui atteignent jusqu'à trois pouces de long ; mais ils l'emportent en partie sur les espèces de nos contrées. Les autres espèces sont des *Termites*, des *Sialides* et des *Sauterelles* (*Gryllacris*).

Les *Poissons* de la période primitive se rattachent, soit au groupe des *Placoïdes* (p. 459), soit à celui des *Ganoïdes* (*id.*)[1]. Les Placoïdes, dont les types les plus importants sont aujourd'hui les Squales et les Raies, ont laissé dans les couches siluriennes les rayons de leurs nageoires (*Ichthyodorylithes*) et leurs dents qui étaient les parties les plus dures de leur corps, et on les retrouve assez souvent dans des couches où nous ne rencontrons aucune autre trace des Vertébrés. Les Squales, animaux auxquels ces débris se rapportent surtout, et les Raies, dont les espèces se rapprochaient particulièrement du genre *Cestracion* parmi ceux qui vivent actuellement, ont donc été les représentants les plus anciens des Animaux vertébrés. Leurs dents, remarquables par leur largeur et leur longueur, plutôt tuberculeuses qu'aiguës, indiquent un appareil de mastication destiné plutôt à broyer qu'à déchirer, en harmonie avec le corps recouvert d'écailles dures des Ganoïdes, qui devaient servir de proie à ces Squales et peut-être même, étaient souvent remplacés par des Brachiopodes, des Gastéropodes et des Céphalopodes. Les genres *Psammodus*, *Helodus*, *Petalodus* et *Orodus* sont ceux dont les dents abondent le plus dans le calcaire carbonifère. Les genres *Ctenodus* et *Cladodus* (fig. 30. — 7), à dents aiguës et striées latéralement, apparaissent déjà dans le système devonien. En résumé, les débris les plus anciens des Placoïdes consistent dans quelques dents assez rares, et surtout en rayons sillonnés de rainures ou dentelés constituant la charpente des nageoires impaires et qui ont servi d'après leurs particularités distinctives à constituer les genres *Onchus*, *Oracanthus*, *Byssacanthus* (6), *Cteuacanthus*, etc. Ces débris sont plus abondants dans les couches supérieures de la formation silurienne et dans le devonien, que dans le calcaire carbonifère.

Les *Ganoïdes* sont plus importants que ces débris épars. C'étaient

[1] J'ai démontré, dans le *Journal général des sciences naturelles* (1860, xvi, 524-534), que l'on rencontre dans les argiles schisteuses des houillères de Wettin des Poissons d'une organisation supérieure appartenant à l'ordre des Poissons osseux et placés dans le groupe des *Protognathes* p. 457, en faisant voir que les prétendues dents de Squale trouvées dans ces dépôts étaient des piquants provenant de la queue de Poisson du genre *Monacanthus*. — G.

des Poissons dont le corps, dans la forme commune, était recouvert d'écailles dures, émaillées et presque toujours anguleuses (1) ; la nageoire caudale n'était pas symétrique, la moitié supérieure en même temps la plus grande constituant seulement le prolongement de la queue elle-même qui se redressait, tandis que la partie infé-

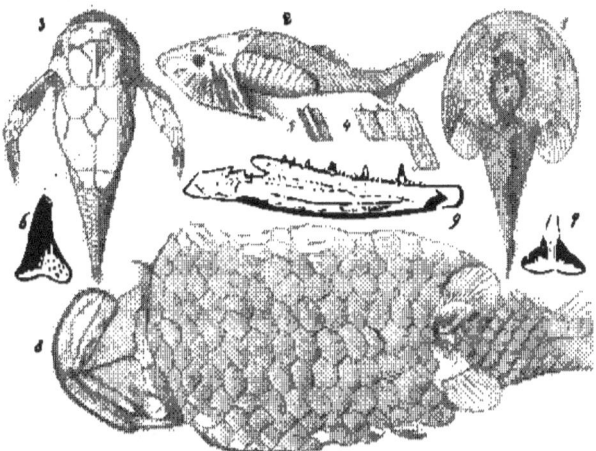

Fig. 58. — Poissons de l'époque primaire.

1. *Cephalaspis Lyellii* vu d'en haut. — 2. Le même, de côté. — 3. *Pterichthys productus*, d'en haut. — 4. Écailles de *Palæoniscus depulus*. — 5. Une de ces écailles par sa partie inférieure ; on voit la crête longitudinale en saillie à la partie supérieure de l'écaille pour s'emboîter par cette pointe dans une rainure de l'extrémité inférieure des écailles suivantes. — 6. Ichthyodorulithe du *Doercanthus crenulatus*. — 7. Dent du *Cladodus simplex*. — 8. *Holoptychus nobilissimus*, d'en bas ; on voit le genre caudal, les plaques abdominales jusqu'à l'anus, avec deux nageoires abdominales à côté et la commencement de la queue avec les nageoires anales et dorsales. — 9. Maxillaire inférieur du *Rhtriolepis ferox*, avec ses grandes défenses striées, intercalées entre les petites dents strigiliformes.

rieure était formée par des rayons (2). Agassiz nomme ces Poissons *Heterocerci* ; et *Homocerci*, ceux dont la nageoire caudale est dans la forme commune, composée de deux moitiés symétriques superposées. Le premier type caudal ne se retrouve plus actuellement que chez les *Squales*, les *Esturgeons*, et à un degré moins marqué, chez les *Lepidostei*. Les Poissons à grande nageoire caudale de l'époque primitive présentaient ce type, ou bien encore avaient la queue dans la forme *Cyclocerque*, forme dans laquelle les rayons sont disposés très-régulièrement à l'extrémité de la colonne vertébrale, et constituent une nageoire en arc de cercle. En outre, les genres connus portaient des nageoires abdominales, lorsque la paire postérieure ne leur manquait pas complétement. On doit donc, pour les classer, emprunter les caractères distinctifs, soit à leur forme générale, soit à la disposition des nageoires impaires dorsales et anales, et enfin tenir compte des dents et des écailles qui, étant les parties de leur corps les plus dures, se sont le mieux conservées.

Les Ganoïdes les plus anciens se trouvent dans le grès rouge du système devonien (old red, p. 215); ils n'appartiennent pas à la période de la formation de la grauwacke, mais sont plus jeunes. On connaît déjà plus de cent espèces différentes de cette époque, et il est permis de croire que ce nombre s'accroîtra encore beaucoup, lorsque les recherches se seront poursuivies pendant un certain espace de temps avec le zèle qui les anime aujourd'hui. Parmi ces espèces, deux familles surtout sont remarquables; les *Cephalaspides* et les *Cœlacanthines*. Les premiers appartiennent exclusivement au grès rouge, les seconds se retrouvent encore dans le zechstein, et se sont probablement conservés jusqu'à l'époque crétacée. Les membres de ces deux groupes avaient la tête recouverte de grandes plaques osseuses granulées, et les Céphalaspides (3) présentaient encore ce caractère sur le corselet. Le reste du corps était revêtu d'écailles orbiculaires très-dures, recouvertes d'émail et portant les mêmes granulations. Le squelette des Céphalaspides était plus mou, et la colonne vertébrale n'était que cartilagineuse. Les Cœlacanthines avaient une charpente solide, mais les os étaient creux malgré leur grandeur, particularité qui ne se retrouve dans aucune autre famille de Poissons, tant éteinte que vivante[1]. Leur forme bizarre s'harmonise avec ce caractère; leur aspect extraordinaire, le type grossier de leurs dents plissées et striées, joints à maintes autres particularités de leur corps, rappellent la famille singulière des Sauriens labyrinthodontes. Le genre *Cephalaspis* proprement dit (1, 2) avait la tête large et plate, semblable au bouclier des Trilobites. Elle était recouverte d'écailles angulaires, et la queue portait une grande nageoire qui manquait probablement aux autres genres. Mais leurs nageoires

---

[1] Il est probable, quoiqu'on l'ait encore démontré d'une façon définitive, que les genres *Arapaïma*, *Heterotis* et *Osteoglossum* vivant actuellement dans les rivières des pays chauds, sont les véritables représentants des Cœlacanthines primaires. — G.

pectorales en étaient d'autant plus développées surtout chez les
Pterichthys (3), qui, à cause de ce caractère et de quelques autres
particularités très-frappantes, ont été dans ces derniers temps mis
à part, comme formant une famille particulière. Les Cœlacanthines
sont hétérocerques; leurs nageoires paires sont petites, mais les
impaires en sont d'autant plus grandes, d'où l'on peut supposer
qu'ils se mouvaient rapidement dans l'eau. Leurs dents puissantes (9)
et les dimensions de leur corps (l'*Holoptychius nobilissimus* (8), que
nous avons figuré atteignait jusqu'à trois pieds de long, et était encore dépassé par d'autres espèces) dénotent des Poissons très-voraces
et très-agiles. Les genres *Glyptolepis*, *Phyllolepis*, *Holoptychius*, *As-
terolepis*, *Platygnathus*, *Bothriolepis*, appartiennent tous aux étages
devonien et carbonifèrien ; le genre *Cœlacanthus* se trouve aussi
dans ces étages, et se perpétue jusque dans le muschelkalk en passant par les schistes cuivreux.

A côté de ces deux familles, existaient en grand nombre les nombreux et véritables Poissons à écailles anguleuses ; on les divise en
deux groupes. Le premier comprend les *Acanthodii* à écailles presque microscopiques et munis d'un rayon à leurs nageoires ; au second appartiennent les *Dipterini* à grandes écailles, deux nageoires
dorsales et deux anales très-rapprochées les unes des autres. Leurs
écailles (fig. 59. — 4), juxtaposées avec une grande précision, sont
fixées les unes aux autres par leur bord le plus étroit au moyen d'un
appendice (5), rattaché à leur surface inférieure. Tous les Acanthodiens
n'ont qu'une nageoire anale, et la plupart du temps aussi une seule
dorsale ; tels sont les espèces comprises dans le genre *Acanthodes*.
Le genre *Diplacanthus* a deux nageoires dorsales. Ces deux groupes
atteignent jusqu'à l'époque houillère et disparaissent avec elle. A
leur place se montrent les *Lépidotides* et les *Sauroïdes*, Poissons à écailles de forme semblable aux précédents, mais plus grandes,
à nageoire anale simple, et à mâchoires armées de dents très-aiguës.
Chez les Lépidotides, renfermant dans leur groupe les genres
Amblypterus, *Paleoniscus* (4, 5) et *Platysomus*, les dents étaient
très-petites et de grandeur égale. Chez les Sauroïdes, de grandes
défenses existent entre ou à côté des petites dents. Ce groupe était
représenté par les genres *Pygopterus* et *Acrolepis*, aujourd'hui il
comprend les genres *Polypterus* et *Lepidosteus*. Les Sauroïdes apparaissent pour la première fois dans le terrain devonien, les Lépi-

dotides dans le carboniférien. Ces deux groupes se continuent avec
une grande richesse d'espèces dans les schistes cuivreux, sans qu'on
y rencontre cependant aucun genre particulier. Ils traversèrent toute
la période secondaire, en conservant tous leurs genres. Les espèces
les plus nombreuses et les plus riches de l'époque primaire se trouvent dans les terrains houillers, et appartiennent aux genres
Palæoniscus, *Amblypterus* et *Pygopterus*, auxquels viennent s'a-
jouter dans les schistes cuivreux les genres *Acrolepis* et *Platysomus*,
qui tous deux sont particulièrement riches en espèces. La disposition
recourbée des empreintes qu'ils ont laissées dans les schistes cuivreux
a fait penser que ces animaux ont succombé à une mort rapide, causée peut-être par un empoisonnement. Le cuivre, que contient cette
formation, vient encore corroborer cette conjecture. De violentes
éruptions sous-marines qui échauffèrent l'eau, et y versèrent des
substances délétères, surtout des sulfates métalliques, furent les
causes qui amenèrent la mort de ces êtres, et leurs cadavres à demi
décomposés servirent de moules aux fossilisations que nous recueil-
lons aujourd'hui.

Les *Reptiles*, enfin, se présentent à nous avec des formes aussi particulières et aussi bizarres que les Poissons; mais on les trouve pendant
toute cette période plus isolés et attachés à des localités limitées. Le
premier de leurs représentants est le *Telerpeton* (fig. 40. — 1),
provenant du vieux grès rouge d'Écosse, si riche en poissons fossiles;
c'était un petit Saurien très-voisin de nos Agames actuels, et par
conséquent un Lézard vivant sur les arbres. Malheureusement dans
les quelques exemplaires qu'on a retrouvés jusqu'à ce jour, on n'a
pu comparer les crânes avec les espèces les plus rapprochées. On
connaît beaucoup mieux les Sauriens de l'époque houillère. Ils appartiennent à la famille des *Labyrinthodontes*, si richement représentée dans les périodes suivantes, et ont laissé leurs débris assez
communs dans les argiles ferrugineuses des dépôts carbonifères de
Lebach, près de Saarbrück. Je réserve pour le chapitre suivant la
description des caractères organiques particuliers à cette famille primitive de Sauriens. Je veux simplement ici appeler l'attention sur
les particularités propres à l'*Archegosaurus* (2). Les dents de forme
conique (3) étaient striées longitudinalement par leur surface, et
ces stries correspondent aux divisions rayonnantes et rectilignes de la
substance dentale, dont la coupe (4) nous reproduit une image

fidèle. Chez les Labyrinthodontes du trias, ces divisions dentales internes sont très-tortueuses. Les dents des Archegosaurus décroissent en grandeur d'avant en arrière à la machoire supérieure comme à la machoire inférieure, et le maxillaire inférieur est dépourvu de grandes défenses ainsi que la voûte du palais d'une troisième série interne de dents très-fines. Les particularités moins importantes,

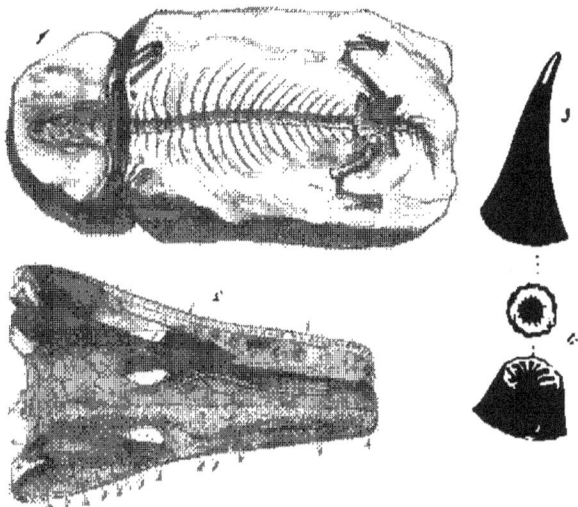

Fig. 10. — Sauriens les plus anciens.

1 *Telerpeton elginense* provenant du vieux grès rouge d'Elgin en Écosse, avec peu empâtissé. — 2. *Archegosaurus Deckeni*, trouvé à Lebach ; crâne vu par sa face supérieure et la moitié de sa face inférieure à un tiers de la grandeur naturelle. a, intermaxillaire ; b, b, b, maxillaire supérieur ; c, os du nez ; d, os lacrymal ; e, frontal antérieur ; f, frontal ; g, frontal postérieur ; h, pariétal ; i, os postérieur de la cavité orbitaire ; k, os zygomatique ; l, tympanal externe ; m, tympanal zygomatique ; n, partie écailleuse du temporal ; o, os mastoïdien ; p, tympanal interne ; q, occipital vu de côté ; r, partie supérieure de l'occipital ; s, trou occipital ; t, os palatin ; u, vomer. — 3. Dent agrandie du même. — 4. Coupe agrandie de cette dent.

qui existent dans la forme du crâne, sont faciles à saisir sur la planche[1]. Le troisième Saurien de l'époque primitive, connu d'ailleurs depuis longtemps, est le *Proterosaurus* que l'on trouve fréquemment dans les schistes cuivreux du comté de Mansfeld et de la Thuringe.

[1] Voir la monographie de l'auteur, *Les labyrinthodontes des houillères de Saarbrück*, avec 6 planches. Berlin, 1850. In-4°. — G.

C'était un Lézard voisin du *Monitor* actuel ; mais ses dents en forme
de crochet, étaient enclavées, c'est-à-dire fixées dans une alvéole,
particularité qui n'existe plus chez aucun Lézard actuel. Il avait huit
vertèbres cervicales, plus de dix-huit dorsales, et au moins quatre-
vingt caudales, toutes à surface articulaire concave. Les membres
postérieurs étaient très-longs, les pieds à cinq doigts armés de griffes recourbées. Ces caractères en faisaient un animal dont le
genre de vie devait consister plutôt à grimper qu'à marcher sur
le sol.

Les débris d'animaux, de même que les fossiles végétaux, nous
amènent à des conclusions semblables sur les conditions géographiques de cette époque. Rappelons-nous que les Lithophytes ou Coraux
actuels s'établissent de préférence sur les écueils et les crêtes de
rochers sous-marins élevés au-dessus des profondeurs de l'Océan ;
que les Crinoïdes vivants, les Brachiopodes et les Nautiles ne vivent
que dans le voisinage des îles, mais à une certaine distance des côtes,
les uns au fond de la mer, les autres portés à la surface des flots.
N'avons-nous pas dès lors les meilleures raisons de considérer cette
période comme formée d'archipels semblables à ceux de l'Océan
austral ? Quelques-unes de ces îles plus élevées que les autres, servaient de point central, autour duquel se groupaient les hauteurs
plus basses. Elles étaient toutes enveloppées dans de vastes lignes
de récifs sur lesquels les Coraux construisaient leur rempart. Dans
les profondeurs grouillaient les Crinoïdes, les Térébratules, les Orthocératites et les Nautiles. Les Poissons, pouvant résister à l'immense pression de l'eau avec leur cuirasse dure, nageaient dans ces
mers à la poursuite de leur proie. A côté des îles hautes ou basses,
ou bien à l'intérieur des récifs qui les entouraient, se formaient déjà,
comme aujourd'hui, des bas-fonds, au-dessus desquels l'eau était
moins agitée et se transformait en lagunes. C'est là que s'entassèrent tout d'abord les Trilobites[1], et plus tard les Cephalaspis plats.
C'est aussi que l'Archegosaurus et le Proterosaurus se glissaient
le long du rivage, ou, comme les Monitors actuels, entraient dans
l'eau pour faire leur proie des animaux qui venaient dans ces lagunes afin d'y trouver eux-mêmes leur nourriture.

---

[1] Les Phyllopodes actuels vivent dans les flaques et les lagunes, mais n'habitent jamais
les eaux profondes.

CHAPITRE XXV

Les couches de roches normales, depuis le grès bigarré jusqu'à la craie inclusivement, ont été considérées par beaucoup de géognostes comme formant un grand tout complet et auquel on a donné le nom de formation *secondaire*. Nous acceptons cette manière de voir ; car il est impossible de méconnaître un caractère général et commun à tous les organismes des couches secondaires. La nature organique, pendant cette seconde époque, ne dépasse jamais les limites de son développement moyen et n'arrive pas encore à compléter la série des types vertébrés à sang chaud, qui caractérisent les couches tertiaires et les fait ressembler à l'époque actuelle. La période secondaire conserve ce caractère sous toutes les zones et dans toutes les régions, autant que nous pouvons les connaître. Elle ressemble donc sur ce point à l'époque primaire. C'est aux travaux de d'Orbigny que nous devons la connaissance de ce fait que, la plus grande partie de l'Amérique du Sud centrale est composée de couches crétacées, dans lesquelles règne une organisation, qui, non-seulement correspond dans ses traits généraux avec la nôtre, mais encore présente souvent une identité spécifique entre les êtres crétacés des deux continents. D'autres travaux plus récents ont prouvé la même concordance entre les couches inférieures jurassiques ; mais on n'a pas encore retrouvé en Amérique les organismes propres au trias et au jurassique supérieur. Cette circonstance prouve péremptoirement qu'il existait là des conditions de développement locales et rend très-probable, que la surface de la Terre pendant la période secondaire fut soumise à des différences climatériques semblables à celles qui donnent au-

jourd'hui aux régions éloignées les unes des autres leur caractère
spécial. Elles durent cependant être moins importantes, car les couches du trias, si puissantes en Allemagne, reparaissent aussi en Amérique. Les résultats obtenus en Europe ont démontré que les couches
secondaires avec leurs organismes, et surtout l'étage *oolitique* sont les
plus importantes de toutes. C'est, en effet, dans ce terrain et dans
le *lias* que se trouvent les formes si bizarres et, pour ainsi dire,
paradoxales, appartenant à la classe des Reptiles. Elles n'y sont pas
réparties avec uniformité. On les rencontre déjà sous des types analogues ou différents dans le *trias*, et elles se reproduisent dans la
craie. On peut donc avec raison dire que l'époque secondaire est la
période des Reptiles. Nous comprendrons encore mieux ceci en étudiant dans toutes les couches secondaires chaque classe organique,
en les comparant avec leurs représentants plus anciens et plus
jeunes.

Les végétaux fossiles, dans toute cette période, ne sont jamais
aussi abondants que dans la précédente ou la suivante. Ils ne peuvent donc servir comme caractéristique des couches, et nous ne leur
accordons notre attention qu'autant qu'il est besoin pour déterminer le caractère de la végétation. Dans les grès bigarrés, où nous
rencontrons les premiers débris végétaux de cette époque, ils appartiennent aux mêmes groupes représentés dans la formation houillère.
En dehors de quelques Fucoïdes et de quelques Liliacées, on n'y
trouve que des Calamites, des Équisétacées, des Fougères, des Cycadées et des Conifères. Beaucoup de ces plantes, et notamment le
Calamites arenaceus, ne sont pas particuliers au grès bigarré ; mais
ils reparaissent dans le grès keuprique, dans le *schilfsandstein* (grès
à roseaux), et dans les couches houillères auxquelles nous avons
donné le nom de lettenkohle. Ces gisements de houille sont situés
dans les parties inférieures de la formation secondaire, et ce sont ces
couches qui contiennent le plus de végétaux. Leurs espèces sont
différentes de celles des houillères de la période précédente, mais
elles appartiennent aux mêmes groupes du règne végétal qui ont
formé ces dépôts de charbon. Ce qui les caractérise, c'est l'apparition d'une nouvelle famille végétale, les *Cycadées* [1], plantes analogues

---

[1] La famille des Cycadées a de nombreuses analogies avec les Fougères arborescentes,
aussi bien par sa distribution actuelle que par sa distribution primitive. Actuellement
elle habite l'hémisphère sud au nombre d'environ 40 espèces. Elle fut d'abord très riche,

aux Palmiers, et dont les représentants vivants habitent le littoral
des régions tropicales, telles que le cap de Bonne-Espérance, et y
remplacent les palmiers. Il en était de même à l'époque du trias.
On rencontre seulement quelques rares espèces de ces genres dans

Fig. 41. — Cycadées de l'époque secondaire.

1. *Cycas revoluta*, du Japon ; 2. *Zamites macrophyllus*; 3. *Zamites microphyllus*, provenant
tous deux du terrain wealdien de l'île de Portland ; 4. extrémité d'une feuille du *Pterophyllum
Jaegeri*, du keuper; 5. fragment de feuille du *Zamites Feneonis*, du jurassique de France;
6. rameau avec feuille du *Voltzia heterophylla*, du grès bigarré ; a. écaille d'une feuille avec
les fructifications de cette plante.

le grès bigarré ; elles deviennent plus nombreuses dans le keuper,
et servent, pour ainsi dire, avec leurs modifications sensibles, de
transition entre la végétation des houillères primitives et la flore
des houilles plus jeunes. L'organisation des végétaux subit une

mais elle atteignit le maximum de son développement plus tard que les Fougères arborescentes. Dans ces dernières années, on a retrouvé quelques Cycadées dans le terrain
houiller, mais leur nombre est insignifiant en face de la grande richesse de leurs types à
l'époque secondaire. On en connaît déjà 50 espèces dans le lias, 55 dans le jurassique
proprement dit et 5 dans le terrain wealdien, 2 seulement dans le grès bigarré, aucune
dans le muschelkalk, 9 dans le keuper, 6 dans le terrain crétacé, et 3 dans le tertiaire.
Les Cycadées fossiles se divisent en quatre groupes différents, d'après la forme de leurs
feuilles dont la structure coriacée leur a permis de se conserver. Bien que le type essen-

transformation partielle dans les pauses qui se succèdent après le
dépôt des couches, mais elle reste fidèle à sa première direction, et
reproduit les formes imparfaites dans de nouveaux représentants
aussi longtemps que la surface terrestre elle-même conserve son
caractère primitif et rudimentaire. Les îles sortent en nombre de
plus en plus grand du fond des mers, mais, jusqu'au dépôt des couches du keuper, le théâtre où s'épanouit la vie organique n'éprouve
aucun changement essentiel. Peut-être que l'apparition d'un Con-
vallaria annonce un progrès et prouve l'uniformité de direction dans
le développement de ces époques et des temps actuels.

Cette loi existe encore pour la période du lias et du terrain jurassique, puisque nous voyons apparaître dans leurs couches, à côté
des anciennes formes devenues plus rares, de nombreuses plantes dicotylédones et notamment les Conifères en partie polycotylé-
dones. Nous reconnaissons en même temps à la pauvreté de ces
périodes en plantes vasculaires acotylédones ou cryptogames, à la
présence raréfiée des *Calamites* avec la première apparition des
Équisétacées, et à la persistance des Cycadées, que cet espace de
temps a vu s'effectuer des changements extérieurs. Le type insulaire
dominant jusque-là dans le règne végétal disparaît, la végétation
prend un caractère tropical, et se développe en formes variées,
comme cela n'a lieu que sur les grandes étendues de terre. Cette
théorie s'appuie sur les familles contemporaines des Cycadées et des
Conifères, dont la première appartient aux climats chauds, la se-

tiel soit toujours la forme pinnée, cependant les folioles considérées isolément présentent
des types invariables. Chez les *Cycadites*, elles se terminent en pointe effilée, ont le bord
entier et une seule nervure médiane ; chez les *Zamites* elles sont également aiguës à,
plus larges, et parcourues par plusieurs nervures parallèles avec le bord ; le genre *Nilsonia*
a des nervures inégales, et le genre *Pterophyllum* fig. 41. — Il présente des feuilles linéaires avec l'extrémité tronquée ou arrondie et une base élargie. Les troncs courts, épais et
couverts de cicatrices de feuilles, dont Brongniart avait fait autrefois un genre *Mantellia*
particulier, sont très-curieux 2, 3. On les trouve assez fréquemment, bien qu'ils soient
rarement aussi beaux que ceux que nous avons figurés, et en somme ils se distinguent trop
peu des Zamia pour qu'il soit nécessaire de leur créer un genre particulier. Les fruits,
en forme de cône des Cycadées trouvés jusqu'ici semblent exiger la création d'un
nouveau genre *Zamiostrobus*. Il est curieux, du reste, que les Cycadées vivantes appartiennent à quatre genres différents, dont l'un *Zamia* n'existe que dans l'Amérique du
Sud, le second *Encephalartos* au Cap, le troisième *Macrozamia* dans ce dernier pays
et dans l'Asie australe, le quatrième *Cycas* dans le sud de l'Asie et à la Nouvelle-Hollande. Les Zamia manquent dans le monde primitif ; les autres genres sont représentés par
des espèces analogues, et le genre *Cycas* se retrouve dans les terrains les plus anciens et
les plus jeunes. Les genres *Pterophyllum* et *Nilsonia* manquent, au contraire, absolument
dans l'époque actuelle.

conde aux climats tempérés, et qui alors, comme aujourd'hui
encore entre les tropiques, ne croissait probablement que sur les
montagnes. Nous en pouvons donc conclure l'existence de hautes
montagnes couvertes de forêts épaisses et uniformes de Conifères, ou
de vastes plateaux élevés situés à l'intérieur des continents, tandis
que les Cycadées, conformément à leurs mœurs actuelles, mêlées
avec des Fougères, avec quelques rares et petites Lycopodiacées, et
même avec des Palmiers et des Liliacées, peuplaient le littoral de
ces vastes et hautes terres. La vie organique s'est surtout rassemblée
dans les golfes profonds de ces hauts continents forestiers, car nous
retrouvons ses débris accumulés surtout dans des bassins isolés.
C'était sans doute sur ces points que la végétation tropicale s'épanouissait dans toute son exubérance, abritée le long des rivages, et
que de nombreuses plantes aquatiques, qui ne peuvent vivre dans la
haute mer, trouvaient une station calme. Il est rare, en effet, qu'elles manquent dans ces lieux si richement partagés en fossiles. Les
Cycadées apparaissent dans toutes les couches secondaires, le plus
souvent sous une forme (Zamites) analogue au genre Zamia actuel,
tandis que dans le keuper et le terrain jurassique le genre *Pterophyllum* plus éloigné prédomine. Parmi les Conifères, à côté des
Pinus, Araucaria et *Thuya*, on rencontre encore d'autres formes
moins rapprochées de celles qui vivent aujourd'hui, et dont les plus
intéressantes sont les genres *Albertia* et *Voltzia* (fig. 11. — 0), provenant des grès bigarrés de Sulzbad.

Dans les couches jurassiques, la végétation ne revêt point un caractère essentiellement différent ; mais elle devient plus originale
dans la grande formation lacustre supérieure au terrain jurassique,
dont les couches présentent un caractère si nouveau dans tous leurs
fossiles. Elle offre le plus beau spécimen d'une flore intérieure différente de celle des régions forestières du littoral et démontre péremptoirement l'existence de vastes étendues de terres. La flore des
quadersandstein et du terrain crétacé, l'un et l'autre entièrement
marins, contient quelques espèces nouvelles différentes des plantes
du terrain jurassique, mais elle ne possède aucun caractère absolument nouveau. Les Algues marines y sont assez abondantes et en
partie ressemblent beaucoup aux formes encore vivantes, telles que
les *Sphærococcites*, les *Halymenites* et les *Chondrites*. Les végétaux
vasculaires acotylédones caulocarpes manquent, en dehors de quel-

ques Équisétacées, mais on a constaté la présence de Fougères ; le genre *Chiropteris* appartient à leur famille. Des Palmiers et des Monocotylédones ont été reconnus, ainsi que des Cycadées qui appartiennent au genre *Cycadites*, apparaissant ici pour la première fois. Les restes de Conifères sont communs ; les Sapins et les Araucarias se continuent depuis le grès bigarré jusqu'à la craie, et des Amentacées se montrent à côté d'eux comme les premiers représentants de Dicotylédones plus élevées. On attribue de nombreuses empreintes de feuilles à des Saules, et on considère une forme (*Credneria*), plus éloignée de la végétation actuelle et provenant du quadersandstein, comme un genre analogue aux Peupliers ou aux Noisetiers. D'autres feuilles appartiennent à des Platanes, à des Tilleuls et à des Tulipiers (*Liriodendron*). Les couches d'eau douce comprennent le terrain wealdien que nous avons déjà caractérisé (p. 475) comme tel. On y trouve des Conferves, des Équisétacées, quelques Fougères, mais différentes de celles de la craie, entre autres les espèces *Pecopteris* et *Sphenopteris* ; des troncs (*Mantellia* Brongn.), des feuilles et des fruits de plusieurs espèces de presque tous les genres de la famille des Cycadées, les derniers dans les couches inférieures (Purbeck), les premiers dans les couches moyennes (Hasting) ; ensuite le genre *Clathraria*, si curieux, définitivement rangé parmi les Conifères ; enfin la forme non moins bizarre des Endogènes. On a retrouvé aussi des troncs ligneux de grands Conifères.

La faune, qui partout se montre plus variée que le règne végétal dans les débris des périodes primitives parvenus jusqu'à nous, embrasse dans les couches secondaires tous les groupes de Polypes, et remonte jusqu'aux Reptiles ; elle nous a même laissé quelques traces de Mammifères. Mais elle est encore très-pauvre en animaux terrestres, au moins ceux dont l'organisation est destinée exclusivement à la vie terrestre. Les animaux d'eau douce aussi sont assez rares. On en rencontre seulement dans les couches de la formation wealdienne, tandis que les animaux marins prédominent encore au milieu des Reptiles. Ce renversement des rapports actuels est intéressant, en ce qu'il prouve la continuation du caractère insulaire de la surface de la Terre, et fait voir que les parties émergées ne s'accrurent que lentement et ne sortirent des eaux que peu à peu. Nous saisirons beaucoup mieux ce progrès simultané du sol et de ses habitants.

en suivant chaque groupe animal à travers toutes les couches.

Les *Polypes* sont complétement absent[1] dans les couches allemandes du trias, mais ils se montrent déjà assez nombreux dans le trias alpin, et deviennent très-communs dans le terrain jurassique, surtout dans les étages supérieurs, le calcaire corallien. Ainsi que nous l'avons dit antérieurement (p. 269), ils formaient des récifs madréporiques autour des parties terrestres déjà émergées et élevaient des digues dans la mer que l'on ne saurait mieux comparer qu'avec les récifs de l'Océan austral, sur les côtes orientales de la Nouvelle-Hollande. C'est ainsi que s'explique leur immense quantité. Ils appartiennent presque tous au groupe des Lithophytes, dont les espèces se classent dans les genres déjà riches *Millepora*, *Astræa*, *Meandrina*, *Caryophyllia* et *Fungia*, et se trouvent mêlés avec d'autres genres éteints. A côté d'eux se montrent les *Foraminifères* microscopiques et extrêmement variés, et les *Éponges* molles qui appartiennent bien décidément au règne animal et sont représentées par les formes *Scyphia*, *Cnemidium* et *Tragos* vivantes encore aujourd'hui[2]. Parmi les *Bryozoaires* on retrouve les *Eschara*, les *Intricaria*, les *Membranipora*, les *Diastopora*, les *Ceriopora*, et d'autres types entièrement analogues à nos groupes actuels. Dans la craie, on rencontre encore beaucoup de Polypes, mais ils n'existent plus en amas que dans quelques couches supérieures. Les Lithophytes aussi y sont en décroissance marquée, et les récifs madréporiques des terrains jurassiques sont disparus. En résumé, les Polypes sont très-rares dans les couches inférieures (néocomien), plus nombreux dans les couches moyennes (gault, p. 278), et d'une grande richesse de formes dans les couches les plus récentes. Ils appartiennent aux petites espèces des *Escharines*, des *Celleporines* et aux grands *Millepores*, *Astrées*, *Turbinolies*, *Cyclolythes*, en un mot, à toutes les familles importantes de la classe, et ont joué à cette époque un rôle très-important par le nombre des espèces et des individus. Beaucoup de genres encore vivants se trouvent à côté de genres éteints particuliers à la craie, et de plus anciens encore qu'elle pos-

---

[1] Les *stylolithes* du muschelkalk, d'abord pris pour des Polypes, ne sont que des produits accidentels.
[2] Plusieurs Éponges sont extrêmement abondantes et servent d'excellents fossiles caractéristiques, comme par exemple la *Spongia rhizocorallium*, pour la marne bigarrée inférieure au muschelkalk, d'autres dans le calcaire à Éponges du terrain jurassique et dans certaines couches crétacées.

sède en commun avec le terrain jurassique. Nous avons fait connaître
antérieurement (p. 279, 283) le grand rôle que les Éponges et
les Foraminifères ont aussi joué dans la craie. Les premières ont
surtout fixé la silice des mers crétacées et présidé à la naissance
du silex; les derniers ont fourni les matériaux de la craie
blanche.

Les *Rayonnés* du trias sont très-caractéristiques : on retrouve encore en grand nombre des *Crinoïdes* à tige élevée, ronde et sans
branche, appartenant au genre *Encrinus* dans l'unique espèce de
l'*Encrine en forme de lis* (Enc. liliiformis, fig. 42, — 1). Le calice
est composé de cinq pièces basales (2), sur lesquelles reposent en
alternance les cinq grandes parabases, dont chacune porte elle-
même deux radiales ; ensuite commencent les bras composés
d'articles divisés en deux lignes sur toute leur longueur. Chacun
de ces bras se subdivisait en deux séries de ramules pennatiformes
doublement dentelées à l'intérieur. L'animal pouvait étendre ces
bras en forme d'étoile et les replier en boule, lorsqu'il restait au
repos ; cette dernière position est celle dans laquelle on les retrouve
ordinairement à l'état fossile. Les articles ronds de la tige, ou *trochites*, sont assez abondants dans le muschelkalk pour former des
couches et se distinguent facilement de ceux des autres Crinoïdes
par leurs bords dentelés, ou par l'étoile dessinée en relief autour
du trou laissé par le canal interne. Le muschelkalk possède encore
un second genre assez semblable, les *Dadocrinus* ; mais leur calice est
turbiniforme et moins arrondi ; les bras se composent d'articles à
une seule ligne. A côté de ces Crinoïdes apparaissent les *Astéroïdes*,
représentés par les genres *Aspidura* et *Acroura*, très-rapprochés
du genre vivant *Ophiura* ; mais ils sont l'un et l'autre infiniment
rares. Des *Échinoïdes*, on ne connaît que des traces, quelques spicules[1]. Les trois groupes reparaissent dans le terrain jurassique, et
y offrent une grande variété de formes. Les Crinoïdes s'y classent
sous trois types : à tige, sans tige, avec ramules basales et sans tige,
ainsi que sans ramules. Les genres du premier groupe, dont la tige
est tantôt ronde et nue (*Apiocrinus, Eugeniacrinus*), tantôt pentagone

[1] Les nombreux spicules de Cidarite trouvés dans le muschelkalk de l'Allemagne appartiennent, d'après l'unique exemplaire avec carapace complète du musée de Halle, au genre
Hemicidaris, dont les espèces nombreuses s'étendent du muschelkalk jusqu'à la craie
blanche. — G.

et garnie de ramules (*Pentacrinus*), fournissent de nombreuses espèces dans toutes les couches. Le genre *Pentacrinus* apparaît d'abord
dans le muschelkalk alpin, ensuite et en plus grand nombre dans
le lias, le terrain jurassique et la craie, traverse l'époque tertiaire,
et existe encore aujourd'hui sur les côtes des petites Antilles, où il est
représenté par l'unique Encrine vivante (*P. caput Medusæ*). Son calice

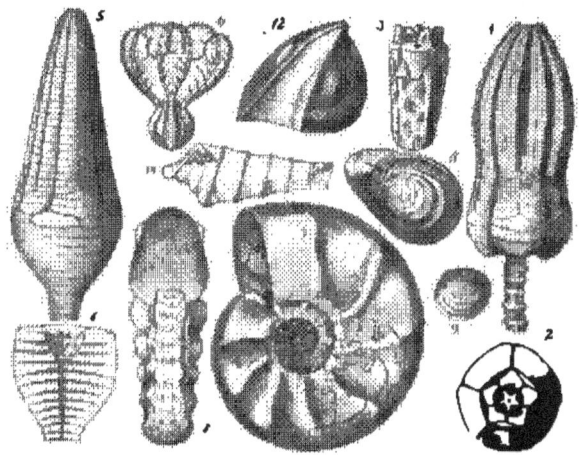

Fig. 42. — Crinoïdes et Mollusques de l'époque secondaire.

1. *Encrinus liliformis*, restauré ; 2. calice du même vu d'en bas ; 3. *Solocrinus serobiculatus*,
le calice avec la tête ; 4. *Saccocoma pectinata* ; 5. *Apiocrinus rotundus* ou *Parkinsonii*,
à l'état de repos les bras refermés ; 6. coupe longitudinale du calice et de l'extrémité supérieure de la tige, les trois plaques supérieures sont les premières radiales de trois bras ;
7. *Goniatites nodosus*, de côté ; 8. le même d'en bas ; 9. *Posidonomya Bronnii* ; 10. *Nerinea
supracretacea*, moule intérieure de la coquille et coupe d'un des tours de spire ; on voit deux
replis de la columelle et un sur la paroi externe dans le bas ; 11. *Gryphæa arcuata* ;
12. *Myophoria vulgaris*, moule pierreux vu de côté, on voit l'empreinte de la bordure du
manteau sur le contour et à son extrémité les deux empreintes musculaires.

est d'une très-petite dimension et très-plat, mais les grands bras se
ramifient plusieurs fois, et sont pourvus de longues ramules à double rang. La tige, d'abord ronde à sa partie inférieure (*P. suban-
gularis*), devient pentagone plus haut, et porte de nombreuses et
longues ramules verticillées. Le genre *Apiocrinus* (5 et 6) appartient au jurassique moyen et supérieur, et reparaît encore dans

34

le crétacé. Le calice volumineux, formé par l'épanouissement de son support, repose sur une tige ronde et forte à sa base, mais allant en s'amincissant beaucoup. Cinq larges pièces basales alternent avec autant de parabases, auxquelles se rattachent encore deux radiales, absolument comme dans le genre *Eucrinus*; et cependant quelle différence de forme ! Les bras sont divisés sur toute leur longueur, et garnis sur leurs bords de rangées de ramules ; rapprochés les uns contre les autres, ils forment un cône élancé (5) et s'ouvraient en formant une belle étoile régulière à dix rayons. Du genre *Eugenia-crinus*, on ne connaît que le calice composé de quatre ou cinq plaques basales ; il était porté sur une tige courte. Jusqu'ici on n'a pas encore pu savoir s'il existait des radiales et quel aspect avaient les bras. Les Crinoïdes *sans tige*, libres de leurs mouvements, et avec ramules sur le calice, se présentent ici groupés en deux genres très-différents : le genre *Solanocrinus* (5), et le genre *Comatula*, nommé aussi *Decacnemos* ou *Alecto*. Le premier genre peut être considéré comme renfermant des Eucrines articulées, dont le calice, au lieu d'avoir une tige, était porté par un support simple, basal, souvent assez long et sur lequel on remarque des fossettes dans lesquelles les ramules articulées étaient fixées. Sur ce support reposent les cinq petites pièces basales, avec lesquelles alternent cinq grandes parabases. Tel est le résumé de tout ce que nous savons des *Sola-nocrinus*. Leurs espèces connues appartiennent exclusivement à l'étage jurassique ; celle que nous avons figurée (5, *S. scrobi-culatus*) est remarquable par la longueur de son support. Le genre *Comatula* n'a pour support qu'un disque plat portant les ramules, et auquel les radiales se juxtaposent immédiatement, en sorte que le support tient lieu du bassin. Chaque bras se divise en deux branches et chaque branche porte deux séries de ramules pennatiformes. Plusieurs espèces vivantes de ce genre habitent les mers chaudes ; quant aux espèces fossiles, on les retrouve dans les terrains jurassique, crétacé et tertiaire. L'Eucrine sans tige et sans bras, formant le genre *Saccosoma* (1), existe exclusivement dans le jurassique supérieur, dans les schistes lithographiques. Un calice globuliforme, composé de cinq pièces concaves, porte sur chacune d'elles, à côté d'une surface supérieure formée probablement par une membrane molle, cinq bras ayant pour point de départ deux radiales, et se bifurquant ensuite. Les articles longs et minces de ces bras sont

garnis chacun à leur extrémité de deux ramules très-fines et fili-
formes. Chez une espèce (*S. tenella*), les ramules se continuaient
jusque sur les pièces du calice, chez d'autres (*S. pectinata*, 4)
elles y manquaient. Tels étaient les Crinoïdes si caractéristiques de
l'époque jurassique; ses Astéroïdes et ses Échinoïdes n'offrent pas
le même intérêt. Les *Étoiles de mer* sont rares dans le terrain jurassique, on connaît vingt espèces d'*Asteriæ* et d'*Ophiuræ* dans le lias
et le schiste lithographique. Les *Oursins*, au contraire, existent déjà
en grande abondance avec toutes les formes actuelles, soit entièrement réguliers (*Cidaris, Echinus*), soit avec anus excentrique (*Gale-
rites, Nucleolites*), soit, enfin, franchement symétriques (*Spatangus*).
Dans le terrain crétacé le groupe des *Crinoïdes*, dont la première
apparition à la surface de la Terre remonte jusqu'à l'époque dévonienne, atteint le plus grand développement parmi les Rayonnés
et y est représenté, non-seulement par la plupart des genres vivants,
mais encore par quelques autres qui n'existent plus (*Salenia, Gale-
rites*). Parmi les *Astéroïdes* on rencontre dans la craie les mêmes
genres déjà apparus dans l'étage jurassique; mais le nombre de
leurs espèces s'est accru et quelques genres nouveaux sont venus
s'y adjoindre. Au contraire, le nombre des Crinoïdes décroît sensiblement. Toutefois, les formes à tige de l'époque jurassique, *Apiocrinus* et *Pentacrinus*, survivent encore et un nouveau genre (*Gle-
notremites*) vient probablement s'y ajouter. On connaît son calice
seulement par quelques débris. Les Encrines sans tige sont représentées, et par le genre *Comatula* et par un autre genre, *Marsupites*,
entièrement anormal, et malheureusement encore insuffisamment
connu. Il est anormal, en ce que son calice est plaqué et composé
d'un bassin simple, de cinq parabases et de deux séries alternantes
de radiales, dont les supérieures portaient au milieu un bras qu'on
n'a pu retrouver jusqu'ici. Si cette conformation, reconstruite seulement à l'aide de fragments, est reconnue comme exacte, le genre
Marsupites constituerait un des types les plus bizarres parmi les
Crinoïdes. Le dernier groupe des Rayonnés, les *Scytodermes*, a
été constaté dans le terrain jurassique à l'aide de ses restes parfaitement reconnaissables, notamment à l'aide des corpuscules calcaires microscopiques de la peau, et à l'aide de corps entiers d'Holothuries dans le schiste lithographique. C'est à ces Holothuries qu'appartiennent les tubes vermiformes très-fréquents dans ces mêmes

couches, et qui, après avoir été longtemps considérés comme des
véritables tubes de Vers, furent ensuite attribués par Agassiz à des
intestins de poissons[1].

Embrasser dans un coup d'œil général l'armée immense des Mollusques, dans les trois divisions principales de la formation secondaire, est un problème difficile et même impossible. Nous nous
arrêterons donc uniquement sur les grands groupes et leurs représentants les plus importants. Dans le trias, le muschelkalk (calcaire
coquiller), qui leur doit son nom, est le gisement principal où on
les trouve. Beaucoup de genres vivants des *Acéphales* se retrouvent
à cette époque représentés par des espèces différentes, et on y rencontre aussi des formes éteintes telles que le genre *Myophoria*
(12), le précurseur du genre plus récent *Trigonia* (*Lyrsodon*).
Le genre *Neoschizodus*[2], particulier au muschelkalk et très-riche en
espèces, est d'une forme tout à fait semblable, mais diffère complétement par la charnière. Les *Brachiopodes* sont moins riches en
formes et beaucoup des anciens types, tels que les *Productus*, *Lep-
tæna*, *Strophomena*, sont complétement disparus; les *Spirifer*, au
contraire, ont encore de nombreuses espèces dans le muschelkalk
des Alpes; une d'entre elles reparaît dans le muschelkalk allemand
et la dernière dans le lias. Une des plus fréquentes et qui remplit
toutes les couches du muschelkalk est une Térébratule lisse, la *Terebratula vulgaris*; la *Lingula tenuissima*, beaucoup plus rare que la
précédente, existe cependant dans toutes les couches du lias. Les
Gastéropodes n'offrent rien de particulièrement intéressant. Les
Céphalopodes aussi sont représentés, et par des genres éteints et par
des genres encore vivants aujourd'hui, appartenant, soit au groupe
des Acétabulifères, desquels on ne connaît que les dents rostriformes
(*Rhyncolites* et *Conchorrhynchus*), soit à celui des Tentaculifères,
Nautiles (*Naut. bidorsatus*) et Ammonites dont les principaux représentants *Ceratites nodosus* (7, 8) et *semipartitus*, ainsi que
plusieurs autres, possèdent entre les cloisons des loges ondulées à
selles et à lobes avec de légères dentelures sur ces derniers. Nous
en avons donc fait un genre (*Ceratites*) à part. Des Ammonites sem-

[1] Gichel, *Les Holothuries du schiste lithographique. Zeitschrift f. ges. Naturwiss.*
1857, n. 585, tal. 5. — G.

[2] La faune du muschelkalk, extrêmement riche en Acéphales et en Gastéropodes, est décrite dans ma monographie, *Les fossiles du muschelkalk de Lieskau, près de Halle.*
Berlin, 1856. In-fol. — G.

blables existent dans le muschelkalk, et jusque dans la craie
(p. 510). Elles forment un anneau intermédiaire entre les Goniatites simplement infléchies des formations primaires, et les Ammonites proprement dites plus récentes, qui déjà apparaissent avec
l'*Ammonites dux* sur plusieurs points du muschelkalk allemand, et
avec une armée complète d'espèces dans le trias alpin. Dans le terrain jurassique, les espèces se modifient, mais le type général de
l'organisation reste le même. On y rencontre de nombreux Brachiopodes, qui d'ailleurs appartiennent en plus grand nombre aux
genres vivants, surtout des Térébratules et des *Rhynconelles*, dont
on retrouve presque dans chaque couche des coquilles caractéristiques. Les *Productus* manquent comme dans tous les autres étages
supérieurs, et nous rencontrons les derniers représentants des *Spirifer* au nombre de quatre espèces dans le lias. Parmi les *Acéphales*,
le genre *Gryphea* (11), très-voisin des Huîtres, est très-répandu
dans le lias inférieur avec la *Gryphæa arcuata*, et dans l'oxfordien
avec la *Gr. dilatata*. La première espèce est dans quelques localités
en si grande abondance que les couches qui la renferment en ont
pris le nom de *Calcaire à Gryphées*. Plus haut, dans le lias supérieur,
une autre forme reconnue récemment pour être un Crustacé bivalve,
l'*Posidonomya Bronnii* (9), offre la principale coquille caractéristique. Dans les parties moyennes de l'oolite inférieure la *Trigonia
costata* et la *Tr. clavellata* dans l'étage supérieur, ainsi que la *Tr.
navis* dans le lias le plus récent, sont très-fréquentes et caractéristiques. Ces trois genres sont assez significatifs dans le terrain jurassique ; le premier n'a plus qu'une espèce vivante, le second n'existe
plus au delà du lias, le troisième, au contraire, a encore plusieurs
espèces dans le crétacé et dans les couches tertiaires, mais n'a plus
qu'un seul représentant aujourd'hui. Le genre *Pholadomya* ressemble complétement aux Trigonies par le nombre de ses espèces, et par
leur répartition jusqu'à l'époque actuelle. Les *Gastéropodes* jouent
un rôle subordonné dans le terrain jurassique, et cependant ils ne
font qu'augmenter en nombre et en variétés. C'est à cette époque
qu'apparaissent les premiers *Zoophages* (p. 125), avec les genres
Pteroceras et *Nerinea* déjà cités comme fossiles caractéristiques pour
les couches du jurassique supérieur. La dénomination de *calcaire à
Nerinées* est fondée sur la fréquence du *N. suprajnrensis* (10),
dans cette couche. Le genre est facile à reconnaître à sa forme longue

et turriculée. Le genre *Diceras*, qui lui sert de compagnon, est un
Acéphale bivalve, dont le crochet est très-remarquable par sa longueur et par sa forme enroulée en spirale; il n'existe plus aujour-
d'hui, mais se trouve encore dans la craie. Les *Céphalopodes* sont
surtout représentés par les *Bélemnites*, aujourd'hui éteintes, de la
famille des Acétabulifères, et par les *Ammonites* de la famille des
Tentaculifères. Les soi-disant *Pierres de foudre* (*Belemnitæ*) sont
des fossiles très-curieux par leur forme conoïde allongée, quelquefois aussi en crosse avec une extrémité tronquée et creusée en entonnoir. On n'a jamais mis en doute leur origine animale, mais on ne
savait à quel groupe les attribuer et à quel organe elles appartenaient. Dans ces derniers temps on avait admis, en s'appuyant sur
les observations d'Owen, que les Bélemnites conoïdes allongées à
texture cristalline rayonnée qui portent dans l'espace vide de leur
extrémité ouverte, l'*alvéole*, une coquille polythalame, étaient une
longue pièce dorsale étroite et spatulée semblable au rostre des Sépias. L'animal était fixé sur l'espace vide ou alvéolite ainsi formé ,
et qui devait être à peu près libre à la partie inférieure. Il était
pourvu de dix bras, huit courts et deux longs, et d'un sac à encre.
Toute sa conformation rappelle celle de la *Sépia*, si ce n'est que ses
bras semblables à ceux des *Onychoteuthes* vivants étaient armés
d'ongles crochus. Un manteau charnu, qui s'élargissait pour former
deux ailes latérales, enveloppait le rostre. Celui-ci servait à l'animal
de base d'appui et un épiderme mou recouvrait le cône pierreux.
D'autres savants (Quenstedt) considèrent comme une erreur l'identification des animaux à griffes, avec les Bélemnites, et prétendent
que nous ne connaissons encore absolument rien des êtres auxquels
appartiennent ces cônes appelés Bélemnites. Quoi qu'il en soit, les
Bélemnites apparaissent d'abord dans le lias, principalement les
espèces sans sillons longitudinaux (*B. niger* et *trisulcatus*), tandis
que les espèces à sillons (*B. semisulcatus*, *B. canaliculatus*, *B. cla-
vatus*, *B. hastatus*), se montrent dans le jurassique moyen et supérieur. Elles existent dans toutes les couches crétacées, après quoi
elles disparaissent de la surface de la Terre. Les terrains tertiaires
n'en renferment jamais qui y soient dans leur gisement primitif.
Une seconde forme curieuse, avec ongles crochus dans les ventouses
des bras, est le genre *Acanthoteuthis* (Geleno) qui se trouve dans le
schiste lithographique. De minces plaques dorsales, auxquelles les

Loligines actuelles ressemblent complétement et qui existent dans le lias supérieur, ont servi à former les genres *Belopeltis* et *Teuthopsis*.

Les *Ammonites* du terrain jurassique ont les cloisons des loges non-seulement lobées, mais encore dentées sur les bords des lobes et se distinguent par ce caractère des Goniatites et des Cératites plus anciens. Dans cet étage, elles se divisent, d'après L. de Buch, en onze groupes qui, plus tard, ont été portés à vingt-quatre ; sept d'entre eux appartiennent exclusivement à l'époque jurassique et

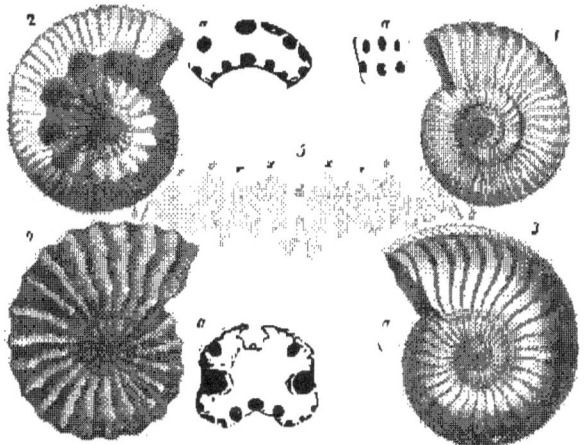

Fig. 45. — Ammonites.

1. *Ammonites Bucklandi*, a, cloison. — 2. *Amm. coronatus*, a, cloison. — 3. *A. amaltheus*. — 4. *A. Rhotomagensis* ; a, cloison. — 5. bord dentelé de la cloison de l'*A. Bueni*, espèce du groupe des *Capricornus* provenant du lias moyen ; d, lobe dorsal avec le chap du siphon ; b, ligne moyenne de la région ventrale, elle partage en deux le lobe étroit abdominal ; c, c, selle ventrale ; a, a, lobe de la suture avec les deux petites selles du même nom, elles marquent le commencement de la portion abdominale ; e, e et z, z, les deux selles latérales entre lesquelles se place le lobe latéral e, z ; il est divisé en deux branches par une troisième petite selle latérale. Toutes les Ammonites ont autant de selles et de lobes principaux ; les premières se présentent sous la forme d'élévations sur les cloisons (a, a, a), les seconds sous celles de dépressions.

sont répartis très-nettement dans des couches spéciales ; les autres passent du terrain jurassique dans le crétacé, et sept sont particuliers à ce terrain. Les trois groupes des *Arietes*, *Capricorni* et *Falciferi*, sont exclusivement du lias, les *Arietes* des couches inférieures, les *Capricorni* des moyennes, les *Falciferi* des supérieures. L'*Amm*

Bucklandi (fig. 45. — 1) et les *Amm. depressus* et *radians* y sont
d'excellents fossiles caractéristiques. Les *Coronarii* (2) appartiennent
au jurassique moyen; les *Ornati* s'étendent dans le supérieur, depuis l'argile d'Oxford. Les *Armati*, les *Heterophylli*, les *Amalthei*
(3) et les *Dentati* se retrouvent dans plusieurs des couches jurassiques. Chaque couche, depuis le lias le plus ancien jusqu'au jurassique le plus jeune, a ses espèces particulières d'Ammonites. Des
différences si caractéristiques dans les groupes d'une seule et même
formation laissent encore soupçonner des changements très-pro-
fonds et très-essentiels dans les conditions qui régnaient à la surface de la Terre et rendent très-vraisemblable qu'il dut s'écouler de
longues périodes de temps de plusieurs milliers d'années pendant
lesquelles s'effectua lentement la formation de chacun des dépôts.
A côté des Ammonites du terrain jurassique, il existe dans tous les
étages, tant anciens que plus jeunes, des lames testacées que l'on
trouve souvent placées sur un point constant à l'intérieur du test
des Ammonites et se composant de deux moitiés égales, complètement séparées, comme des coquilles bivalves; leur texture rappelle
les lames calcaires poreuses des Sépias. On les a déjà classées en
plusieurs espèces en les groupant sous les noms de *Trigonellites*
ou d'*Aptychus*. Je considère ces corps comme des pièces du squelette interne de l'animal des Ammonites, et je crois qu'ils étaient
placés dans les téguments de son corps au point où celui-ci sortait
hors du bord de la coquille et n'était plus protégé par elle. Dans le
terrain crétacé, l'organisation des Ammonites se présente avec un cachet encore plus original. Ce que nous avons dit des Acéphales et des
Gastéropodes dans la période jurassique s'applique encore à cette
formation. Leurs représentants vont toujours en se rapprochant de
plus en plus des conditions actuelles par le nombre et la forme des
genres et des espèces. Les Brachiopodes et les Céphalopodes, au
contraire, conservent encore leurs caractères particuliers. Parmi les
premiers, les Térébratules se présentent avec plusieurs groupes
propres à la craie. Les genres vivant, *Crania* et *Thecidea*, y sont aussi
représentés partout; le seul genre éteint est le genre *Magas*. Mais
les Mollusques les plus caractéristiques pour les étages de la craie,
et plus particulièrement pour les couches supérieures du néocomien
et les couches inférieures de la craie proprement dite, sont les *Rudistes* ou *Hipparites*, ou coquilles infundibuliformes ou tubulifor-

mes, dont un côté est pourvu de sinuosités intérieures ou de canaux
partant de la face interne. Elles sont un peu plus plates sur ce point
et deviennent ensuite plus elliptiques ou semi-lunaires. Sur cet entonnoir s'applique une seconde valve, plus courte et plus ou moins
conoïde, qui reste partout isolée de la surface interne de la première, et ne se trouve en aucun point en contact immédiat avec
elle. L'une et l'autre sont composées de petits tubes hexagonaux
placés horizontalement et étagés les uns au-dessus des autres. Les
opinions varient beaucoup sur ces êtres énigmatiques dont on connaît déjà les genres *Sphærulites*, *Hippurites*, *Radiolites*, *Caprina*,
Ichthyosarcolites ou *Rhabdites*. Quelques-uns en font des Mollusques, d'autres des Polypes; cependant l'opinion de Goldfuss et de
d'Orbigny, qui les regardent comme des Brachiopodes, paraît être
la plus vraisemblable. On ne les trouve que dans la craie, et les
couches, plus jeunes ou plus anciennes, n'en possèdent aucun exemplaire. Dans l'ordre des Céphalopodes, il règne un parallélisme
complet avec les types de l'époque jurassique, les étages de la craie
conservant cependant le premier rang pour la richesse des formes.
D'Orbigny, qui a fait des études toutes spéciales de ce sujet, distingue 92 espèces dans le néocomien, 60 espèces dans le gault et
52 dans la craie proprement dite. Les Bélemnites y sont, pour leur
part, au nombre de 18 dans le premier étage, et de 1 dans le second; elles n'ont plus aucun représentant dans le troisième, mais
elles y sont remplacées par un genre dérivé, *Belemnitella*, avec
2 espèces. Les Nautiles existent au nombre de 4 dans l'horizon inférieur, 2 dans le moyen, 10 dans le supérieur; les Ammonites,
75 dans le néocomien, 44 dans le gault, 27 dans la craie. Les autres espèces appartiennent aux genres particuliers des Ammonitides, qui se distinguent par les particularités de la spire de leur
coquille: tels sont les genres *Crioceras*, *Toxoceras*, *Hamites*, *Scu-*
phites, *Ancyloceras*, *Ptychoceras*, *Baculites* et *Turrilites*. La famille
des Ammonites, y compris ces genres, reproduit presque tout le
cycle remarquable de formes des Nautilides des époques siluriennes
et devoniennes. Le genre Crioceras (fig. 14. — 8) ressemble complètement, par la courbure de sa coquille au genre *Gyroceras* (p. 509.
— 8); le genre *Toxoceras* (5) au genre *Cyrtoceras* (p. 509, fig. 5), l'Ancyloceras (1) de la craie aux *Lituites* du silurien (p. 509, fig. 12),
Ptychoceras (6) aux Nautilides *Ascoceras*, *Turrilites* (1) aux *Trocho-*

eeras siluriens, et enfin le genre *Baculites*, droit comme un bâton, au genre *Orthoceras*, si riche en espèces dans les anciennes formations. Dans les deux séries de formes, la position du siphon avec les particularités offertes par les cloisons servent seules à établir les caractères distinctifs ; mais il est bien remarquable que la famille des

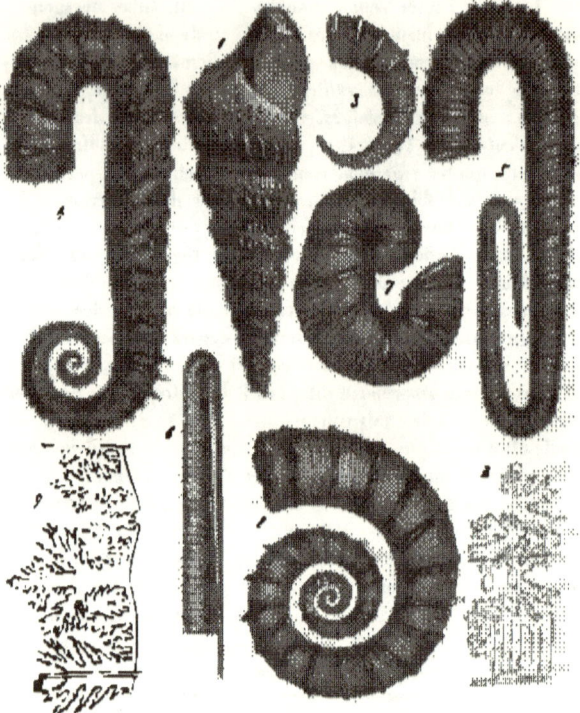

Fig. 44. — Ammonites du terrain crétacé.

1. *Turrilites costatus*; 2. bord de la cloison du même; 3. *Toxoceras bituberculatum*, 4. *Ancyloceras Matheronanum*; 5. *Hamites attenuatus*; 6. *Ptychoceras Emericanum*. 7. *Scaphites æqualis*; 8. *Crioceras Duvali*; 9. bord de la cloison du même.

Nautilides, qui a encore des représentants dans nos mers, se déploie avec la plus prodigieuse richesse de formes dans les périodes les

plus anciennes, tandis que la famille des Ammonitides, qui n'existe
que dans les périodes passées, atteignit à une richesse de développement semblable seulement pendant la dernière époque de son
existence, dans le terrain crétacé. Les Ammonites proprement dites
de la Craie, se divisent en 11 groupes différents, dont 4, les *Heterophylli*, *Macrocephali*, *Fimbriati* et *Planulati* existent avec les autres
espèces de l'époque jurassique; mais 7 sont exclusivement particulières à l'époque crétacée. Les *Rhotomagenses* (4) appartiennent
aux plus jeunes. Depuis cette époque, ces deux formes, les Bélemnites et les Ammonites, ont entièrement disparu de la Terre ; on ne
retrouve plus aucun de leurs représentants, ni dans les couches tertiaires, ni dans nos mers actuelles. Nous n'avons pas cru devoir
épargner à nos lecteurs tous ces détails de chiffres, parce qu'ils fournissent, en peu de mots, les notions les plus précises sur la riche
variété de formes d'une famille qui, pour n'avoir existé qu'un temps
assez court, n'en est pas moins extrêmement nombreuse et dont les
plus anciens représentants se rapprochent plus des types voisins
actuels que les plus jeunes.

Les *Animaux articulés* des formations secondaires ne sont pas,
à beaucoup près, aussi nombreux et aussi importants pour déterminer l'âge des couches , mais ils servent beaucoup à faire saisir le
caractère général de l'organisation. Les *Vers*, n'ayant que des parties molles, ont complétement disparu, et les genres des *Serpules*
qui sécrètent des tubes pierreux sont les seuls qui se soient conservés. On retrouve leurs traces jusque dans les terrains de transition et dans les formations postérieures. Mais la forme vague de ces
tubes ne permet point d'en tirer des conclusions positives sur l'organisation des animaux. Les *Crustacés* ont une plus grande importance. Les Trilobites, qui ont servi de représentants à cette classe,
dans les périodes antérieures, manquent complétement, pendant
l'époque secondaire. Les Crustacés, d'une organisation plus élevée,
à nombre constant y apparaissent. Les genres les plus fréquents
sont les *Thoracostraca* et les *Podophthalma*, à tête immobile, yeux
à facettes et mobiles, carapace ordinaire et abdomen à sept anneaux.
Les plus anciens, provenant du grès bigarré, appartiennent aux *Décapodes* (*Macrura*) à longue queue, mais sont connus seulement par
des restes imparfaits. Ceux qui viennent ensuite dans le muschelkalk
font partie d'un genre éteint, *Pemphix*, très-rapproché du genre

Palinurus. On ne connaît point de Crustacés dans le keuper. Dans le terrain jurassique ils deviennent plus fréquents et reproduisent de nouveau le type Macroure. Le genre *Glyphea* traverse cet étage de bas en haut avec 0 espèces; il se rapproche beaucoup du genre actuel, *Nephrops*. Parmi les plus fréquents se placent les genres *Eryon*, avec 18 espèces dans le schiste lithographique, et *Mecochirus*, avec 12 espèces, voisin du genre *Pterochirus*, avec 3 espèces. Les deux derniers appartiennent aux *Caroïdiens* ou Squilles; les autres aux *Astaciens* ou Crustacés proprement dits. Dans ce même étage apparaissent aussi les premiers *Stomapodes* avec le genre *Urda* et le genre *Limulus*, qui existe encore aujourd'hui dans des espèces tout à fait semblables, et représente une famille particulière. La craie renferme de ces groupes, seulement quelques espèces de Macroures, imparfaitement connus, et offre les premiers *Brachyures*. En outre, on y rencontre encore, ainsi que dans le trias et le jurassique, des *Cirripèdes*, des *Cythériens* et des *Esthériens*, Crustacés appartenant à la première division ou groupe des Ostracodermes, enveloppés dans une carapace calcaire et qui habitent encore nos mers en grand nombre. Les *Arachnides* sont partout de la plus grande rareté; ils sont représentés par le genre *Phalangium* dans le schiste lithographique de l'époque jurassique, mais ils manquent complétement dans le terrain crétacé. Il en est de même des *Insectes*. On n'en a retrouvé que deux espèces de l'époque du trias dans les couches du keuper, près de Vadutz; beaucoup, au contraire, dans le lias et le jurassique, et des traces presque insignifiantes dans le terrain crétacé. Ils appartiennent aux genres les plus différents de tous les grands groupes et proviennent d'espèces tombées accidentellement dans l'eau où se formait le dépôt qui les a conservé. Aucun d'eux n'habitait la mer, et probablement les Insectes marins étaient alors aussi rares qu'aujourd'hui. Les nombreuses espèces d'Insectes du lias nous sont parvenues dans un état de conservation admirable dans les marnes finement schistoïdes de Schamblele, canton d'Aargau. Les Lépidoptères, les Diptères, les Hyménoptères y sont complétement absents; parmi les *Orthoptères*, on cite quelques Blattes et Sauterelles, très-semblables à celles qui vivent encore, et un Perce-Oreille d'une forme particulière pour la tête et le thorax. Les *Neuroptères* sont représentés par six Termites, qui apparaissent déjà dans les couches houillères et par une Libellule dont la taille dépasse toutes les espèces vivantes. Les Hémiptères appartiennent aux familles des *Punaises* (*Coreodes*) et des *Cicadaires*. Les *Coléoptères* sont extrêmement fréquents; on en connaît 116 espèces appartenant à 16 familles différentes. Quelques-uns seulement présentent des caractères particuliers d'organisation, la plupart sont très-voisins des espèces actuelles. Les Carabes, les Hydrophiliens, les Buprestes, les Clairides, les Nitidulides et les Rhyncophores sont les types dominants. Les 56 espèces d'Insectes du lias anglais présentent les mêmes caractères essentiels. Parmi les couches supérieures du terrain jurassique, les seules qui aient fourni de nombreux restes d'Insectes sont les schistes de Stonesfield, célèbres par leurs Marsupiaux fossiles, les couches wealdiennes d'Angleterre et le schiste lithographique de Solenhofen. Les espèces y sont au nombre de plus de 200 et les types les plus fréquents appartiennent aux Coléoptères, Orthoptères et Nevroptères, aux Hyménoptères et aux Lépidoptères.

Les *Vertébrés* des formations secondaires n'offrent plus une analogie aussi marquée avec l'époque actuelle. Les Poissons conservent encore d'abord tous les caractères qu'ils avaient dans les couches du zechstein et sont par conséquent à *écailles anguleuses*; mais ils appartiennent à des genres et à des espèces différents. Les genres *Amblypterus*, *Saurichthys* et *Placodus*, trouvés tous trois dans le muschelkalk, se classent avec les Ganoïdes; trois autres genres, les *Psammodus*, *Acrodus* et *Hybodus*, déjà rencontrés antérieurement, se rangent parmi les Poissons cartilagineux et sont en partie semblables au genre actuel *Cestracion*, par la structure des dents. Dans le terrain jurassique, nous retrouvons toujours le même type d'organisation, et ce sont encore les espèces à écailles anguleuses qui dominent; mais elles sont accompagnées d'autres formes à queue homocerque (*Lepidotus*), égale dans ses deux parties, inférieure et supérieure, comme cela a lieu chez la plupart de nos Poissons actuels. Tous les genres appartiennent ici au groupe des Gastroptérygiens, bien que la distance entre les nageoires pectorales et abdominales soit beaucoup plus courte. Chez plusieurs genres, la pointe supérieure de la queue est encore un peu plus développée que l'inférieure; chez d'autres, la queue est arrondie, d'après le type le plus commun actuellement. Nous rencontrons ensuite les premières formes les plus voisines de nos Ganoïdes vivants, un *Esturgeon*

(*Trematosaurus*, *Mastodonsaurus*, *Metopias*, *Capitosaurus*), tantôt appartiennent au groupe des *Dragons marins* (Halidracones), et se distinguent par des membres en forme de nageoire, un seul condyle à l'occiput et un cou long. Ces deux familles, comme tous les Reptiles de l'époque secondaire, ont leurs vertèbres avec des surfaces d'articulation simplement plates ou concaves. Les Labyrinthodontes ne sont pas seulement les Reptiles les plus curieux, mais encore les plus anciens de tous ceux qui sont éteints ; c'est à leur famille qu'appartient l'*Archegosaurus* du district houiller de Saarbrück dont nous avons parlé plus haut (p. 518). Leur tête, la seule partie de leur corps bien connue, ressemble dans ses traits généraux à celle du Lézard commun (*Lacerta*) ; mais, examinée de près, elle s'écarte sur plusieurs points essentiels de la conformation des Lézards vivants. Dans la figure ci-contre, je me suis efforcé de reconstituer sa forme à l'aide d'exemplaires du genre *Trematosaurus* que j'ai pu étudier moi-même, et je vais en donner une explication aussi complète et aussi détaillée que possible. La figure 15. — 1 représente la surface aplatie du crâne terminée de chaque côté par un bord anguleux nettement tranché, et les parties latérales de la tête s'inclinent sous un angle obtus. En avant et près de l'extrémité du museau, on aperçoit les grandes ouvertures nasales de forme ovale, et entre elles le petit et unique os intermaxillaire (*e*). La partie entre l'ouverture des fosses nasales et l'œil est détruite dans la plupart des exemplaires, et n'a pu être restaurée qu'à grand'peine à l'aide de plusieurs fragments. Le *Trematosaurus*, comme tous les autres Labyrinthodontes, porte un sillon en S sur chaque côté entre l'ouverture nasale et l'œil, et leur réunion constitue ce qu'on appelle les *lunettes*. Les maxillaires supérieurs (*ee*) pénètrent très-peu intérieurement, ils s'étendent sous forme d'un rebord anguleux et étroit d'avant en arrière, et se terminent seulement à l'angle de la bouche. Entre eux se placent, également derrière les ouvertures nasales, les os du nez larges et assez longs auxquels se rattache un os unguis long et étroit, et qui vient aboutir à l'angle inférieur de l'orbite de l'œil. A côté de celui-ci et par dedans se place l'os frontal antérieur, et entre eux deux, séparé par la cavité orbitaire, les frontaux principaux, os pairs en pointe très-allongée, dont je n'ai pu tracer les contours avec autant d'exactitude que pour les autres os du crâne, des tempes et de l'occiput. Aux deux frontaux se soudent latéralement les frontaux

postérieurs, longs et étroits, formant une partie de la cavité orbitaire ;
puis viennent ensuite vers le milieu deux pariétaux dont la suture
est interrompue par un trou. Plus en arrière, à l'extrémité de la
tête, se trouve l'occipital supérieur. La partie écailleuse de l'os temporal (*os temporale squamosum*) confine avec le précédent, avec le
pariétal et le frontal postérieur ; à côté d'elle se présentent deux

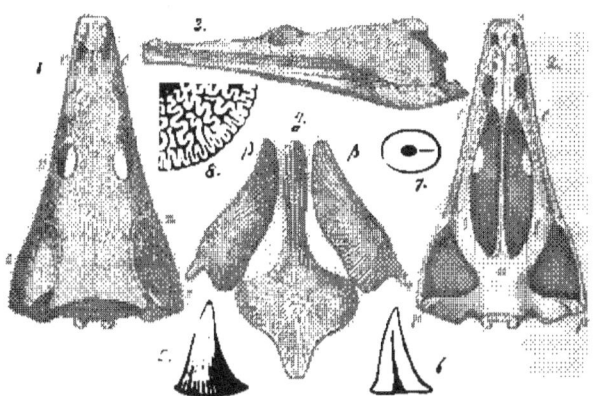

Fig. 45. — *Trematosaurus Braunii*, du grès bigarré de Bernbourg.

1. Crâne vu d'en haut ; 2. d'en bas ; 3. de côté ; 4. plaques de la gorge ; 5. transverse dent du
palais de grandeur naturelle ; 6. coupe longitudinale de la même ; 7. coupe transversale ;
8. un quart de la coupe transversale fortement grossi.

autres os, l'un antérieur qui s'étend jusqu'à la cavité orbitaire (os
sus-orbitaire), et l'autre postérieur situé au-dessus de l'angle de
l'occiput. On peut considérer le premier comme une partie de l'arcade zygomatique, et le second comme l'os mastoïdien, parce que
l'arcade zygomatique s'appuie sur ces os en avant par sa partie antérieure (n. os *zygomaticum*), en arrière par sa partie postérieure
(n. os *jugale*). Enfin vient l'os tympanique (p), recouvert par une
plaque spéciale. Tous ces os, à l'exception du dernier, portent à
leur surface de petites fossettes, et sont unis entre eux par des sutures droites, mais qui deviennent dentées dans l'épaisseur de l'os
et en modifient un peu les contours. Plusieurs des caractères que
nous venons de décrire offrent une grande analogie avec le crâne

des Crocodiles ; mais nous rencontrons ailleurs d'autres particularités, prouvant que cet animal n'appartenait point à cette famille. Aucun Crocodile n'a de trou pariétal ; on ne le retrouve actuellement que chez les Lézards, et encore chez une partie seulement d'entre eux, tels que les Monitors, les Lacertiens, les Scincoïdes, les Agames et les Caméléons. Ces Lézards ont un pariétal impair, tandis que le *Trematosaurus* en a deux comme les Tortues. Cependant le Trematosaurus possède un intermaxillaire impair comme les Lézards, et non deux comme les Crocodiles et la plupart des Tortues. Enfin il s'harmonise avec ces dernières par la conformation de la région temporale, et surtout par le développement surprenant de l'arcade zygomatique, toujours beaucoup plus étroite et plus faible chez tous les Lézards, et même chez les Crocodiles. Son arcade zygomatique dépasse encore celle des Tortues, puisqu'elle recouvre toute la fosse temporale, ce qui n'a lieu chez aucun Reptile vivant. Cette circonstance appartient exclusivement aux Labyrinthodontes. Mais si nous retournons le crâne, et le considérons par sa face inférieure (2), le mélange de caractères empruntés aux espèces des Reptiles les plus variées, constituant les éléments typiques de l'organisation des Labyrinthodontes, est poussé jusqu'à un degré extraordinaire. A ces caractères appartient le nombre énorme des petites dents fines et coniques (j'en ai compté soixante à soixante-dix sur chaque côté), fixées sur la face un peu élevée et extrêmement étroite du maxillaire (cc). Aucun Lézard n'a plus de vingt-cinq dents sur chaque côté du maxillaire, et le plus grand nombre d'entre eux en a moins. Mais lorsqu'on considère enfin les os palatins (bb), soudés immédiatement avec les maxillaires, on ne sait plus dire parmi toutes particularités laquelle est la plus bizarre. Chez tous les Lézards, ainsi que chez les Crocodiles, la voûte palatine se compose de plusieurs os, dont les antérieurs, ou *palatins*, et les postérieurs, *pterigoïdiens*, existent toujours. Cette division ne se trouve plus chez les *Trematosaurus*; leur voûte palatine n'a qu'un os de chaque côté. Ce grand os est armé de dents sur toute sa longueur. Ces dents vont en croissant du côté des trous du palais, et, au contraire, en diminuant rapidement dans le sens opposé, en sorte que les plus éloignées au fond de la bouche, sont inférieures à celles des maxillaires. Le tissu de ces grandes dents palatines des Labyrinthodontes offre une des particularités les plus caractéristiques de ces animaux. Ces dents n'ont pas

35

d'alvéoles ; elles reposent par leur base plate dans une légère dépression de l'os et y sont fixées si solidement qu'on ne peut presque jamais les arracher nettement sans emporter avec elles un fragment de l'os palatin, en laissant un trou à la place qu'elles occupaient. Lorsqu'on les étudie minutieusement, on remarque à leur surface des stries (5), presque jusqu'à la pointe, et que leur intérieur creux (6) est circonscrit par une paroi épaisse. Cette paroi est formée par des plissements ondulés et renferme encore des vides étroits séparés les uns des autres par les lames (8) sinueuses et compliquées de la substance dentaire (*dentina*). Cette substance se compose, comme d'ordinaire, de tubes calcaires placés verticalement les uns à côté des autres, et des vides situés à l'intérieur de chaque lame et communiquant avec la cavité centrale. Je n'ai pu figurer tous ces détails sur mon dessin : nous y voyons (8) les lames sinueuses de la dentine avec ses cavités intérieures, mais on n'a pas dessiné les canalicules qui en partent à angle droit et traversent les parois du tissu dentaire. Il était tout aussi impossible de figurer le cément qui pénètre de dehors entre les replis de la dentine. Aucun autre Reptile n'a des dents avec une structure semblable. Les Poissons seuls du groupe des *Cœlacanthiens* possèdent une dentition dont l'extérieur est identique, et l'intérieur très-rapproché de celui des Labyrinthodontes. Parmi les Reptiles, les Ichthyosaures sont ceux dont les dents ont le plus de ressemblance, mais elles s'en éloignent beaucoup par la longueur de leur racine qui n'existe pas chez les Labyrinthodontes. Ces derniers sont donc seuls à avoir des dents de cette nature, et leur nom de famille a été emprunté à ce caractère. Le *Trematosaurus* possède encore une troisième série de dents au nombre de cinq petites, située sur le palais (2) à côté des fosses nasales; il est le seul Reptile éteint connu ayant autant de rangs de dents, à moins qu'on ne veuille considérer la dentition en forme de brosse de la *Siren lacertina* comme quelque chose d'analogue. Ce caractère nous ramène encore du côté des Poissons, car on trouve seulement chez eux des types armés de plusieurs rangs de dents sur le palais. En arrière des os palatins, se place le basilaire (a), os très-grand et plat, d'où partent cinq apophyses. L'apophyse centrale impaire se prolonge la plus loin en avant, où elle se réunit au vomer séparant l'un de l'autre les grands trous palatins. Sur ses côtés s'étendent deux autres apophyses larges et plates, qui se sou-

dent par en haut à l'extrémité postérieure des palatins et y délimi-
tent les trous du palais. Ces trois parties correspondent à la moitié
antérieure de l'os basilaire des Lézards; cette moitié libre pendant
la jeunesse de ces animaux est l'os sphénoïde. L'autre moitié postérieure et plus large, pourvue de deux fortes apophyses latérales, constitue le corps de l'occipital, dont les ailes latérales supportent chez
tous les Reptiles le suspensorium de la mâchoire inférieure, lequel
est formé, ou bien uniquement de l'os tympanal (chez les Lézards),
ou en même temps de l'arcade zygomatique (chez les Crocodiles).
Cette dernière disposition était complètement réalisée chez les Labyrinthodontes. Entre les ailes, et au-dessous du grand trou occipital,
se montrent les deux condyles séparés et relativement petits. Leur
séparation est sans doute très-digne d'être remarquée, mais vouloir,
à l'aide de ce seul caractère, faire des Labyrinthodontes des animaux de la classe des Batraciens, me semble peu justifié, lorsqu'on
considère toute la conformation de leur tête. Il est vrai qu'ils ne sont
pas non plus de véritables Lézards, malgré la présence de l'os lacrymal. Il faut plutôt les regarder comme des Reptiles, représentant
un groupe absolument indépendant, et dont les particularités sont
aussi grandes que celles des Ichthyosaures, que personne n'oserait
classer dans un des groupes de la faune vivante. Le maxillaire inférieur confirme encore cette manière de voir. Il ressemble assez au
maxillaire inférieur d'un Lézard, mais sa forme beaucoup plus svelte
rappelle le type des Ichthyosaures, tandis que la présence d'une
paire de grandes défenses situées en avant, est absolument sans
exemple. Il est indubitable que ces grandes dents aiguës, beaucoup
plus minces que les dents du palais, devaient traverser le maxillaire
supérieur, comme l'exige leur hauteur, lorsque la bouche était fermée. Elles s'enfonçaient sans doute dans deux cavités situées à l'extrémité du palais. Peut-être ces trous étaient-ils ouverts par en haut
et laissaient passer la pointe des défenses. Quelque risquée que paraisse cette hypothèse, elle est cependant nécessaire, vu la longueur
des dents, et a été prouvée par un dessin de M. Plieninger, montrant
le maxillaire inférieur du *Mastodonsaurus* dans sa position naturelle.
On en peut dire autant de la tête des Labyrinthodontes. Je crain-
drais de fatiguer mes lecteurs, en leur décrivant les autres parties
du corps; je me contente donc de dire que leur tronc était recouvert de fines écailles cornées et imbriquées, et qu'ils avaient trois

grandes plaques osseuses sous la gorge (4), dont les surfaces
étaient burinées de sillons et de fossettes semblables à celles de la
tête[1]. L'allongement de la tête fait supposer un corps de même
type, et probablement pourvu d'une longue queue. Les membres
étaient courts, comme chez tous les Reptiles, mais robustes, et les
griffes n'étaient peut-être pas aussi longues que chez les Lézards,
mais plus courtes, plus trapues, semblables à celles des Tortues pa-
ludines. Cette conjecture s'appuie sur certaines traces de pieds,
observées sur les roches dans lesquelles on trouve les os des Labyrinthodontes. Pour le moment, nous ne nous y arrêterons pas plus
longtemps, nous réservant d'y revenir à la fin de ce chapitre. Il
suffit que nous ayons pu faire des Labyrinthodontes une famille de
Reptiles dont le classement dans les cadres des formes vivantes est
impossible, parce qu'ils réunissent des caractères constituant aujourd'hui des différences essentielles entre les Tortues, les Crocodiles,
les Lézards et les Batraciens ou Salamandres. L'aspect général de
leur forme était celui d'un Lézard, semblable aux Ichthyosaures,
mais avec des pieds plus robustes. Le vêtement d'écailles les apparente avec les Reptiles *écailleux*, et le double condyle de l'occiput
avec les Reptiles *nus*.

Nous nous sommes longtemps arrêtés avec les Labyrinthodontes,
parce que l'image complète de ces animaux n'a pu être reconstruite
qu'à l'aide de quelques fragments, et que nous voulions mettre sous
les yeux de nos lecteurs les difficultés qui accompagnent une restauration de cette nature en les faisant pénétrer eux-mêmes dans la
méthode qui guide le savant dans ce genre de travaux. Voulant faire
voir que ces difficultés ne sont pas insurmontables, nous avons choisi
de préférence les Labyrinthodontes, parce qu'ils sont les plus anciens Vertébrés *terrestres*, et que, en qualité de représentants d'une
famille animale absolument distincte, ils caractérisent les étages du
trias par leurs débris. Au-dessus du keuper on ne trouve plus de
Labyrinthodontes[1], ils disparurent lorsque les Bélemnites et les Ammonites, tout aussi curieuses, se montrèrent pour la première fois à

[1] La figure 45, numéro 1, représente les trois plaques osseuses dans leur position
naturelle, mais isolées l'une de l'autre : la médiane (a) était placée en arrière sur le
sternum et s'étendait avec sa pointe jusqu'entre les branches du maxillaire inférieur ; les
latérales (b) occupaient les côtés du cou.

[1] Le *Rhinosaurus* découvert dans le terrain jurassique du gouvernement de Simbirsk,
a, dans la conformation du crâne, des rapports si nombreux et si frappants avec les Laby-

la surface de notre Globe. Mais d'autres Reptiles curieux vivaient simultanément avec eux, tels que les *Dragons marins*, les précurseurs les plus anciens des *Lézards marins* ou Enaliosaures, dont ils ne se distinguent que par des caractères de genre. On ne connaît pas leurs restes aussi bien que le squelette des Ichthyosaures ; mais ils nous sont parvenus dans un état de conservation meilleur et plus complet que les Labyrinthodontes. Au fond, le type des Plésiosaures dominait chez eux, surtout par la longueur du cou et par l'élargissement de la région du museau armé de dents beaucoup plus grandes ; mais ces dents ont une texture différente, les alvéoles sont séparées, et le palais, sans être garni de dents, rappelle cependant le type des Labyrinthodontes. Le crâne est facile à reconnaître par sa face supérieure muni de trois grands trous pairs (ouverture nasale, cavité orbitaire et fosse temporale), placés les uns derrière les autres et croissant en dimension d'avant en arrière. Nous savons déjà qu'il n'existait qu'un seul condyle à l'occiput. On a distingué dans le muschelkalk plusieurs genres (*Nottosaurus*, *Dracosaurus*, *Conchiosaurus*), en se basant sur la forme des dents mieux conservées que les autres parties.

Ce développement en série double du type reptile, que nous offre le terrain de trias, reparaît avec plus d'intensité encore dans la formation jurassique où il atteint son maximum, mais y trouve aussi sa limite absolue. D'un côté, nous rencontrons encore les Lézards, les Crocodiles, auxquels des *Tortues* viennent s'adjoindre, et sur le champ nous reconnaissons l'évolution organique actuelle dans ses types principaux ; mais à côté d'eux apparaissent les bizarres Dragons marins avec d'anciens et de nouveaux représentants. Ces créatures, sans doute les plus curieuses que la Terre ait jamais produites, en exceptant seulement les Labyrinthodontes, appellent notre attention de plus près. Semblables aux Crocodiles par la conformation générale de la tête, ils en diffèrent essentiellement par la position des ouvertures nasales, situées tout en arrière du visage très-près des yeux, par les dents plantées dans un sillon commun, par le grand anneau osseux de l'œil et par la forme des os du palais. Mais ils s'écartent encore plus du type de tous les Reptiles vivants par les

rinthodontes, qu'on peut le considérer comme le dernier de leurs représentants. Voy. les remarques publiées par moi dans la *Zeitschr. für zoolog. Zool. paléont.* 1858, No. 20, p. 162. — G.

surfaces d'articulation concaves de leurs vertèbres courtes et analogues à celles des Poissons, par le nombre très-grand de ces vertèbres dont les apophyses sont simplement juxtaposées sans être soudées, par la ceinture des extrémités faiblement développée à la partie supérieure, et par les organes de locomotion en forme de nageoire, dont les doigts sont en nombre indéterminé, mais les supérieurs et médians très-courts. Ce qui nous surprend, c'est l'union de tous ces caractères sur une seule créature, et non l'existence de chacun d'eux pris à part ; nous avons, en effet, des correspondants vivants pour chacun d'eux. La position des ouvertures nasales rappelle les Oiseaux, et se montre à un degré très-élevé chez les Baleines ; l'anneau osseux de l'œil se trouve aussi chez les Oiseaux, et existe comme anneau simple chez les Baleines. Les faces d'articulation concaves des vertèbres constituent une particularité propre à tous les Reptiles nus à branchies persistantes ; le grand nombre de vertèbres rappelle les Serpents, et les extrémités faibles ainsi que la forme des membres sont absolument les mêmes que chez les Baleines. Enfin la conformation des dents offre une ressemblance surprenante avec celle des Dauphins. Ces animaux réunissent donc dans leur type, si bizarre à cause de cela, des caractères empruntés aux Salamandres, aux Serpents, aux Crocodiles, aux Oiseaux et aux Cétacés. Mais il est évident que c'est la forme des vertèbres qui a le plus de droits pour décider de la véritable affinité, et, dès lors, ces créatures énigmatiques se classent parmi les représentants des Reptiles nus, avec les formes vivantes desquels ils sont dans le même rapport que les Crocodiles avec les Lézards et les Serpents écailleux vivants. Je considère les Ichthyosauriens comme absolument différents, et je crois qu'ils sont les précurseurs du type des Cétacés de même que les Pterodactyles sont le prototype des Chauves-Souris. La Nature, qui tend toujours à varier le plus possible ses productions, fit apparaître alors parmi les Reptiles les mêmes modifications, qu'elle nous offre aujourd'hui chez les Mammifères dans leur accommodation à des milieux différents. Naturellement elle ne reproduisit plus ces modifications chez les Reptiles, lorsqu'elle eut formé les Mammifères et que ceux-ci se trouvèrent mieux appropriés pour réaliser ce mode d'organisation. Mais, lorsque les Mammifères manquaient encore en masse, que la classe entière était représentée seulement par quelques rares et chétives espèces, le riche **groupe** des Reptiles fut chassé pour porteur de ces modifications. Tel me semble être la véritable clef qui peut nous résoudre l'énigme de leur mode de constitution. Les Reptiles de l'étage jurassique se divisent en Reptiles nus à vertèbres concaves, etc., et en Reptiles écailleux avec vertèbres plates, etc. A ces derniers appartiennent les *Enaliosauriens* à nageoires, et les *Ptérodactyles* pourvus d'ailes. Les premiers se trouvent principalement dans le lias sous deux formes, à savoir, comme *Ichthyosaurus* à tête longue, cou peu développé, nageoires relativement courtes et larges ; et comme *Plesiosaurus* à petite tête, cou long, nageoires longues et étroites. On connaît déjà plusieurs espèces de ces deux genres, mais le dernier n'a encore été observé qu'en Angleterre.

L'*Ichthyosaurus*, qui est le plus généralement distribué, se trouve en Allemagne, particulièrement dans le terrain jurassique de la Franconie et de la Souabe à Banz et à Boll, cependant il y est moins abondant et moins complet qu'en Angleterre. Nous avons donc choisi de préférence un exemplaire anglais pour notre description. L'ensemble de la forme de l'animal, telle qu'elle nous apparaît d'après la position naturelle de son squelette, étendu immobile dans la mort devant nous, est facile à reconnaître. C'est celle d'un Dauphin de quinze à vingt pieds de long, à quatre nageoires. Le crâne occupe presque un cinquième de la longueur totale du corps, et mesure par conséquent trois à quatre pieds. Ce crâne plat se rétrécit en avant en un long museau, dont les os appartiennent presque exclusivement à l'intermaxillaire (*a*), et l'ouverture nasale se montre très-rapprochée de l'œil sous la forme d'une fente étroite. Les deux maxillaires sont creux sur leurs bords (fig. 16. — *l*), et portent des dents (*l*) nombreuses, coniques et striées, qui s'enfoncent dans l'alvéole commune avec des racines creuses, cylindriques et épaisses. De nouvelles dents (*r*) croissaient toujours entre les anciennes pour remplacer celles qui étaient usées. Au point où les dents finissent en arrière, on aperçoit sur le maxillaire supérieur la grande cavité orbitaire, de forme elliptique, dans laquelle on distingue la moitié antérieure du globe de l'œil de forme circulaire, ou autrement l'anneau osseux de l'œil composé de treize à dix-sept plaques. A partir de là, le crâne s'élargit et se voûte, le front s'élève doucement en se bombant, et le vertex s'étend ensuite entièrement plat, occupé à sa partie médiane par l'os pariétal, étroit, caréné et percé en avant d'un petit trou. A côté de lui sont béantes les deux grandes ouvertures ovales des fosses temporales ; espaces creux, dans lesquels se logeaient les muscles puissants, destinés à mouvoir le puissant maxillaire inférieur appesanti par sa longueur. Ces cavités sont fermées extérieurement par l'os temporal, et étant destinées aussi à recevoir l'organe de l'ouïe, logé au fond de leur partie postérieure. L'os épais et massif, qui porte le maxillaire inférieur, forme en même temps la boîte antérieure de l'oreille (de la cavité du tympan), d'où son nom d'os tympanal. Une tête aussi longue, bien que sa partie la plus lourde fut reportée en arrière, devait cependant à cause de ses dimensions tendre à tomber en avant, et avait besoin de puissants étais pour être soutenue ; un cou épais et court pouvait concourir à ce but. C'est à peine si on peut le distinguer comme partie isolée du corps, on peut même dire qu'il se confond immédiatement avec ce dernier. Le tronc robuste, plus haut que large, un peu aplati seulement à sa partie inférieure, et allongé en forme de fuseau, soutenait donc directement la tête. Le nombre de ses vertèbres est extraordinairement grand ; chacune d'elles est courte, comme nous le verrons sur la coupe (III), où il faut surtout remarquer les surfaces articulaires concaves. En somme, les Ichthyosaures avaient plus de cent dix vertèbres, mais jamais plus de cent quarante ; celui que nous avons figuré, l'*Ichthyosaurus intermedius*, l'espèce la plus commune en Angleterre, paraît en avoir eu de cent vingt-six à cent trente. Sur ce nombre quarante-cinq appartiennent à la partie viscérale du tronc, et quatre-vingt-une à quatre-vingt-cinq à la queue. On se sert pour déterminer la limite entre ces deux parties du corps de la position du bassin et des membres postérieurs ; les membres antérieurs indiquent le commencement du tronc, qui fait suite presque immédiatement à la tête. Les membres sont en forme de nageoires, et sont composés d'os très-nombreux, dans lesquels on trouve une analogie complète avec ceux des Vertébrés plus élevés, bien que pour les doigts les nombres des parties chez les formes vivantes correspondantes, par exemple les nageoires des Cétacés, soient dépassés de beaucoup. Par ce caractère, ainsi que par la présence de séries latérales accessoires, ils ont conservé une particularité propre aux Poissons. Chaque nageoire a un os massif pour point de départ ; il en est, pour ainsi dire, la tige et il correspond en avant à l'humérus, en arrière au fémur. Après lui viennent deux os qui, aux nageoires antérieures, représentent le cubitus et le radius, aux posté-

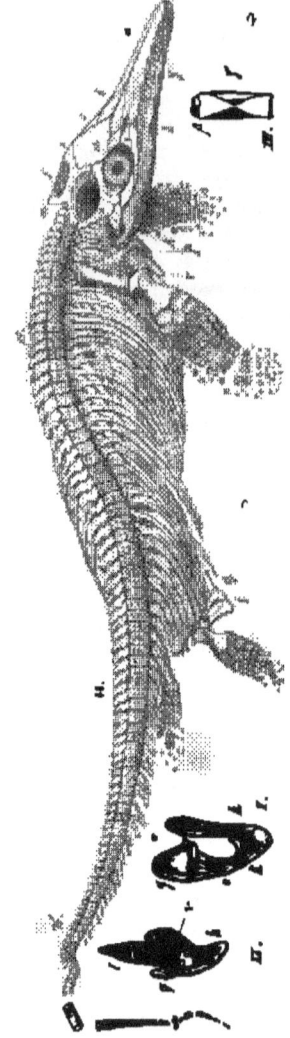

Fig. 94. — *Ichthyosaurus intermedius* du lias de Lyme Regis en Angleterre.

I. Coupe transversale et verticale du maxillaire inférieur dans la région de l'os L : commencement des villes dentées ou alvéoles. — II. Le même, dans la région de l'ouverture nasale. — III. Coupe d'une vertèbre ; *y*, la voûte supérieure recourbée ; *β*, recourbé pour l'articulation du l'arc neural. — Les autres lettres indiquent les parties suivantes : *a*, intermaxillaire ; *b*, os du nez ; *c*, os frontal antérieur ; *frontal* ; *e*, surorbitaire postérieur ; *f*, surorbitaire ou cavité temporale ; *h*, partie écailleuse des maxillaire inférieur ; *i*, partie occipitale du maxillaire inférieur ; *j*, partie occipitale du maxillaire supérieur ; *k*, os maxillaire inférieur ; *l*, dont l'alvéole dans le maxillaire inférieur avec les maxillaires supérieur et inférieur ; *m*, angulaire ; *o*, un surorbitaire ; *A*, partie recourbée des maxillaires inférieurs ; *P*, os maxillaire externe, se trouve la vertèbre à compléter le premier) ; *m*, sont l'articulaire et l'humci avec lomboïdien ; *q*, os pisiforme ; *r*, os naviculaire latéral des os cunéiforme se trouve aussi, supérieur et pied (complet) ; les relations entre les deux os l'articulaire pour l'articulation de l'humérus ; *s*, os rayonnant-postérieur et temporal ; devant les os phalan ; *u*, pygostylaire antérieur et, derrière, le grand trochanter qui porte le maxillaire ; *t*, os ischion, *x* devant dépassé se trouve l'os tibique, qui, avec l'os tibia et le pubis, forme la cavité conjuguée pour l'articulation du fémur. Les chiffres 10, 40, 70 indiquent les vertèbres correspondantes dans la longueur totale de l'animal est d'environ 150.

rieures, le tibia et le péroné. Les trois os venant immédiatement
après, réunis avec les trois (en arrière) ou quatre (en avant) de la
série suivante constituent le tarse et le carpe, auxquels se rattachent
cinq os plus petits formant la première phalange des orteils ou doigts.
Ces nombres ne changent plus, si l'on excepte qu'il arrive fréquemment qu'une sixième série vient s'ajouter aux nageoires antérieures.
Cette série se détache facilement, parce qu'elle était reliée moins
fortement avec les autres. Elle commence ordinairement avec la cinquième phalange. Le nombre total des phalanges dans les doigts
les plus longs s'élève jusqu'à dix-sept, les plus courts en ont treize,
et par conséquent le nombre moyen est de quinze. Les osselets de
tous les doigts réunis ensemble, y compris la série latérale accessoire, dépassent le chiffre de quatre-vingt-dix. Ce grand nombre de
phalanges n'existe que dans les nageoires antérieures ; les postérieures sont toujours un peu plus petites, et quelquefois n'atteignent
qu'à la moitié des antérieures. La ceinture qui les porte s'harmonise
avec cette conformation ; celle des membres postérieurs est beaucoup
plus petite et plus faible que celle des membres antérieurs, bien
qu'on y retrouve toujours les trois paires d'os d'un bassin complet.
L'épaule présente une forme plus déviée, en ce que ses éléments
binaires inférieurs sont très-développés, tandis que le sternum (p)
en forme de T est très-petit et presque atrophié. Les clavicules fortement recourbées s'articulent avec ses apophyses antérieures, tandis qu'un os pair large et plat (r) s'appuie sur son corps, dirigé dans
le sens antéro-postérieur. Cet os constitue en grande partie l'articulation de l'épaule, et peut être considéré comme l'os coracoïdien des
Mammifères, ou comme la clavicule des Oiseaux. Ensuite se présente
l'omoplate, os étroit, spatuliforme, dont l'extrémité inférieure
épaissie concourt pour la moitié à la formation de la cavité glénoïde.
Ainsi conformée, l'épaule embrasse la face inférieure de la cage
thoracique, et repose librement sur l'extrémité des côtes qui ne sont
fermées que plus en arrière au moyen d'arcs costaux particuliers
au sternum. Presque toutes les vertèbres portent des côtes ; les cinquante dernières vertèbres extrêmement petites de la queue en sont
seules dépourvues. Les quarante-cinq paires antérieures forment des
arcs, et leurs extrémités se recourbent les unes en face des autres.
Par leur extrémité supérieure, elles se renflent en forme de massue
et se terminent par une profonde échancrure, d'où résulte deux

condyles concourant à former l'articulation, au moyen de laquelle
chaque côte est attachée à une vertèbre. Les quinze premières côtes
ne s'articulent avec le corps de la vertèbre que par la face d'articulation inférieure et avec les arcs vertébraux par la supérieure ; les
trente-deux suivantes s'attachent uniquement au corps par les deux
surfaces articulaires. Cette circonstance permet de déterminer la
place dans le squelette d'une vertèbre isolée. Comme la partie de la
vertèbre où la côte vient s'attacher se renfle en une petite tubérosité pourvue d'une cavité articulaire, chacune des quinze premières
ne porte qu'une seule de ces tubérosités, tandis que les trente-deux
suivantes en ont deux, comme on peut s'en convaincre sur ma figure,
représentant les côtes comprimées et déplacées par le poids des
masses qui les ont écrasées. Il faut encore ajouter que ces tubérosités descendent de plus en plus vers le milieu de la partie latérale
des vertèbres, et se rapprochent plus près l'une de l'autre, à mesure
que les vertèbres sont plus éloignées en arrière dans la série des
trente-deux pourvues de deux tubérosités. On peut donc, à l'aide de
l'écartement respectif de ces deux renflements et de leur distance,
par rapport à la crête dorsale où se placent les arcs vertébraux,
déterminer la place que chaque vertèbre occupe dans la série totale.
A la quarante-septième vertèbre les deux tubérosités commencent à
se toucher ; à la quarante-huitième elles s'unissent pour décrire un
figure en forme de 8 ; à la quarante-neuvième, elles représentent
une ellipse avec les côtés légèrement échancrés ; environ vers la
trentième, la tubérosité inférieure occupe le milieu de la partie latérale de la vertèbre. Pour les seize vertèbres antérieures, pourvues
d'une seule tubérosité sur chaque côté, leur grandeur décroissante
dans le sens antéro-postérieur et la position de plus en plus déprimée de la tubérosité constituent les indications, à l'aide desquelles
on peut fixer leur rang dans la série totale. Mais la tubérosité latérale
occupe ici toujours la partie médiane, bien qu'on ne puisse pas méconnaître un abaissement lent et progressif dans le premier tiers de
ces vertèbres. A partir de la quarante-huitième vertèbre, celles qui
suivent n'ont plus qu'une tubérosité latérale qui occupe exactement
le milieu de la partie latérale en se rapprochant un peu du bord
antérieur. Depuis la soixante-dix-septième, les tubérosités latérales
disparaissent complétement. Ces trente et une vertèbres postérieures,
pourvues de tubérosités, ne portent point de véritables côtes arquées,

mais seulement des os recourbés ou droits et inclinés un peu obliquement en bas et en arrière. Ces os correspondent évidemment aux côtes antérieures arquées, et on les nomme *apophyses transverses*. Ils soutiennent les muscles de la queue, et décroissent peu à peu avec les vertèbres. Outre les côtes, chaque vertèbre porte comme second appendice une *apophyse épineuse* sur sa face dorsale un peu aplatie : son mode de liaison avec le corps de la vertèbre, à l'aide d'un cartilage, constitue une particularité très-intéressante et essentiellement caractéristique pour les Enaliosauriens. Une apophyse épineuse semblable existe à la partie inférieure; elle se divise en deux branches, entre lesquelles l'arc voûté en arête aiguë reste libre. Les deux branches s'articulent par leur extrémité inférieure avec le corps d'une autre vertèbre, auquel elles sont fixées au moyen d'une couche cartilagineuse. Au point où la suture était placée, le bord du corps de la vertèbre porte une petite saillie longitudinale sur les deux côtés près de sa partie médiane, pour donner une base plus solide aux arcs (fig. 5). Au-dessus s'élèvent les branches de l'arc un peu inclinées en arrière dans le haut et s'élargissant près de leur point de juxtaposition avec l'épine en avant comme en arrière en une surface articulaire oblique. Sur le bord antérieur de chaque branche de l'arc, cette surface articulaire penche par en bas, et sur le bord postérieur par en haut, en sorte que la face articulaire postérieure de chaque branche d'arc s'applique sur la face articulaire antérieure de la suivante et, en formant une véritable articulation avec elle, relie intimement tous les arcs vertébraux en un tout continu. Mais le point de suture n'étant qu'une articulation, celle-ci permettait à toute la charpente du squelette d'exécuter les sinuosités variées, dont l'animal avait besoin pour mettre en mouvement son corps massif. C'est encore pour ce motif que le corps des vertèbres est si court, et que leurs surfaces articulaires sont concaves. Les épines croissent en grandeur jusqu'à la seizième vertèbre et leurs branches arquées portent jusqu'à ce point sur leur bord inférieur le tubercule articulaire pour la moitié supérieure de la tête des côtes. Entre la dix-septième et la quatrième, on trouve les plus grandes apophyses épineuses; à partir de là elles se rapetissent et, au delà de la quatre-vingtième vertèbre, elles disparaissent complètement. Un peu en avant de la soixante-dix-septième vertèbre à la soixante-dix-neuvième, la colonne vertébrale est composée de trois à quatre vertèbres, qui

se raccourcissent brusquement et se caractérisent encore par une
forme plus haute et un peu comprimée de leur surface d'articulation ; on les rencontre presque toujours écornées, fendillées, ou
entièrement brisées. R. Owen, le savant anatomiste anglais qui,
par l'étude minutieuse et complète de l'animal énigmatique dont
nous nous occupons, a le plus contribué, parmi les savants modernes, à reconstituer son organisation, conclut, avec l'intuition infaillible du génie, à l'aide des particularités que nous venons de
décrire, en apparence si peu importantes, que l'ichthyosaurus était
pourvu, comme les Cétacés, d'une grande nageoire caudale. La couche tendineuse, sur laquelle cette nageoire prenait son point d'appui, commençait au point où se trouvent les trois à quatre vertèbres
comprimées et, comme ces vertèbres ne sont pas plus larges mais
plus hautes que les autres, il **en résulte** que la nageoire caudale
était verticale comme chez les Poissons, **et non horizontale comme
chez les Baleines**. En qualité de partie plus lourde, elle s'enfonça
après la mort de l'animal, lorsque le cadavre allégé par les gaz développés dans les cavités du tronc remonta à la surface de l'eau ; puis
ensuite elle se détacha, ou au moins fut brisée, lorsque l'abdomen
se creva et que toute la masse, venant à s'enfoncer, porta d'abord
sur le sol par la nageoire caudale qui se trouvait plus bas que les
autres parties du corps. Qui pourrait ne pas s'étonner et ne pas payer
un juste tribut d'admiration à la sagacité de ce grand naturaliste,
lorsqu'on voit comment, en s'aidant des circonstances les plus insignifiantes, il a su arriver à ce résultat si considérable de prouver
l'existence d'une extrémité caudale toujours détruite, organe dont
l'importance est si grande pour la restauration d'ensemble d'un
animal éteint. Mais nous avons encore plusieurs autres sources d'in-
formations plus singulières pour procéder à cette restauration. Nous
avons déjà parlé des excréments fossiles ou *Coprolithes* (p. 266),
trouvés en couches dans le lias, et qui, à cause de leur aspect bigarré, font employer la roche qui les renferme à des usages peu en
rapport avec leur origine. Nous donnons les dessins de quelques-uns
de ces excréments fossiles, afin de mieux faire saisir la disposition
enroulée en spirale de leur masse, et d'y rattacher des considérations
qui s'appuient sur leur structure en couches ; la disposition en spirale est apparente sur tous à leur partie supérieure, et encore mieux
sur les deux coupes longitudinale (fig. 47. — 4) et transversale (5).

Cette dernière présente plusieurs points noirs intérieurs et on en voit de semblables à la surface dans les numéros 1 et 2. Ces points proviennent des parties les plus dures des aliments et sont tantôt des fragments d'os, tantôt des écailles de Poissons. Ces os et ces

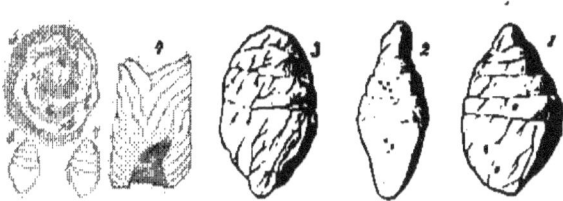

Fig. 47. — Coprolithes.

1-3 Coprolithes du lias de Lyme Regis; 4. Coupe verticale d'une coprolithe de la même espèce de Lyme; 5. Coupe transversale d'une coprolithe de Lyme Regis; 6 et 7. Petites coprolithes de la craie.

écailles, en se conservant parfaitement, nous permettent de connaître exactement la nature des substances alimentaires des Ichthyosaures. Ces recherches ont en outre prouvé que ces animaux ne se contentaient pas de dévorer les divers animaux qui les entouraient, et surtout les Poissons, mais qu'ils se mangeaient les uns les autres, naturellement les plus grands les plus petits. Mais ceci est moins intéressant pour nous que la forme des coprolithes qui dénote une disposition particulière du rectum, dont la connaissance est d'une grande valeur pour les zoologistes. A l'aide de cette conformation, on peut déduire celle de tout le canal intestinal de l'animal et se rendre compte de son organisation. Cet enroulement en spirale des excréments n'a pu être causé que par un tube intestinal disposé aussi en spirale. Un intestin, dont le contenu devient spiriforme, doit lui-même être ou bien un tube enroulé en spire, ou avoir sur sa paroi interne un replis saillant en spirale, qui y fait le même effet qu'un escalier tournant sur la muraille d'une tour ronde le long de laquelle il s'élève. La tour reste un cylindre vertical comme le tube intestinal ; mais la partie creuse au-dessus de l'escalier que nous suivons en montant a la forme d'un pas de vis. Le rectum de l'Ichthyosaure devait offrir le même aspect ; cylindrique par sa face externe, hélicoïde intérieurement. On ne rencontre aujourd'hui d'intestins de cette nature que chez les Poissons, particulièrement

chez les Squales et les Esturgeons. Ils ne sont jamais très-longs,
mais assez larges, et le replis spiriforme n'existe que pour suppléer
à leur faible longueur. Il suit de là que l'Ichthyosaurus avait un
intestin plus rapproché de celui des Poissons que de celui des Reptiles, et que son tube digestif ne devait pas être long. Mais si son
intestin était analogue à celui des Requins, sa nourriture et son
genre de vie devaient aussi être analogues ; c'était un animal vorace,
un véritable Monstre marin qui engloutissait tous les êtres vivants,
que sa voracité insatiable pouvait saisir. Telles sont les notions, ainsi
que plusieurs autres que je dois passer, que nous révèlent la conformation de ces excréments. Ils nous remettent sous les yeux l'appareil digestif presque entier de l'Ichthyosaurus, et, pour compléter
cette reconstruction, nous n'avons plus qu'à dire quelques mots de
son mode de reproduction. Nous avons pour ce sujet des renseignements aussi curieux que pour le canal intestinal. On a trouvé[1], entre
les os du bassin d'un individu âgé et de dix pieds de longueur, un
fœtus complètement développé de cinq pouces et demi de long,
étendu la tête en arrière. D'après cette position, on peut affirmer qu'il
a été écrasé subitement au moment de la naissance et peut-être
tué avec la mère. Celle-ci, au milieu des convulsions violentes de la
mort, voulut sans doute se débarrasser de son fardeau et donner la
vie à un autre individu. Il en résulte ce fait important pour les naturalistes, que les Ichthyosaures mettaient au monde des petits vivants et n'étaient point ovipares comme la majorité des Reptiles, et
se rapprochaient encore par ce caractère, comme par la conformation
de leur intestin, de certains Squales qui eux aussi sont vivipares. Je
termine par ce fait curieux la description, peut-être un peu longue,
mais non sans intérêt, de l'Ichthyosaurus. Si je voulais encore l'étendre, il ne me resterait plus assez d'espace pour les autres créatures
si pleines d'intérêt du monde primitif. Je répète seulement, en terminant, que l'Ichthyosaurus était revêtu extérieurement d'une peau
lisse sans écailles, ainsi que nous le prouve, non-seulement l'absence
de ces écailles, mais encore l'observation directe. La peau s'est conservée sur quelques points où elle s'attachait immédiatement aux os,
et nous avons pu en connaître exactement la nature. Elle se composait des mêmes couches qui entrent dans celle des Vertébrés actuels ;

[1] Vid. Froriep, Nouvelles notices, t. XXXVII, p. 185.

ne renfermait absolument aucun corps dur, mais était lisse et molle sans atteindre l'épaisseur de celle des Baleines et des Dauphins. C'est à ces animaux que les Ichthyosaures ressemblaient le plus par leur aspect extérieur, bien qu'ils s'en distinguassent encore par leurs nageoires abdominales postérieures paires et par la nageoire verticale de la queue.

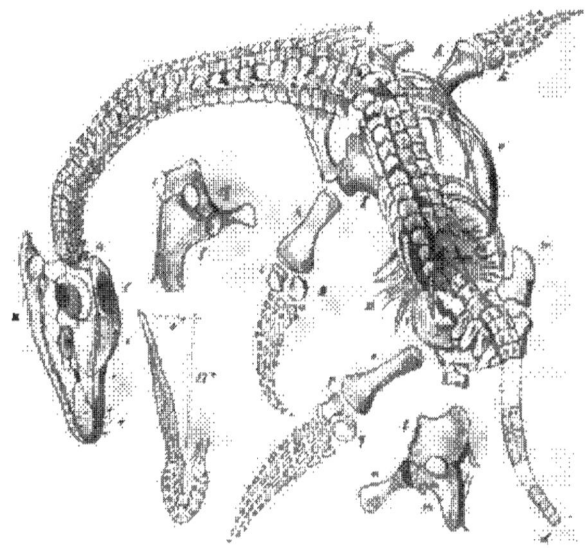

Fig. 48. — *Plesiosaurus macrocephalus* du lias de Lyme Regis.

a. L'atlas ou première vertèbre occipitale; b. première vertèbre dorsale; c. vertèbre sacrée; continuation de la queue; d. vertèbres caudales assez près de l'extrémité de la queue; e. sternum; f. os coracoïde; g. l'omoplate et la clavicule réunies; h. humérus; i. radius; k. cubitus; l. palms; m. ischion; n. iliaque; o. fémur; p. tibia; q. péroné; r. ouverture des fosses nasales; s. sommet du Freit; t. ouverture de la fosse temporale; u. côtes; v. différence du maxillaire inférieur débordant au-dessous de l'intermaxillaire; x. os transpied; y. arcs thoraciques des côtes en dessous. N. B. L'échelle de 6 pouces s'applique seulement à la figure principale; la inférieure inférieure, dessinée à côté de la tête, appartient à une autre espèce plus grande.

Le *Plesiosaurus* offre, par l'ensemble de sa conformation extérieure, une forme beaucoup plus originale et plus singulière que l'Ichthyosaurus; mais, étudié de près, il s'écarte beaucoup moins des types actuels dans la structure de son squelette. Sa tête, plus petite et plus ramassée, s'élargissait vers son extrémité et devenait plus arrondie et, à cause même de ses moindres dimensions, pouvait facilement être portée sur un cou très-long. Ce cou, énormément long, est absolument sans exemple chez les Reptiles. Nous sommes habitués à rencontrer des cous longs chez les Oiseaux. Le Cygne, le Héron et surtout le Flamant ont le cou d'une longueur double de celle du corps; mais un Lézard avec un cou de Cygne, considéré au point de vue de nos types, appartient aux formes fabuleuses. Cependant tel était le *Plesiosaurus*, non point, à la vérité, un Lézard terrestre, mais un Lézard marin nageant, et dont les grandes nageoires, en forme de rames, ressemblaient à celles des Tortues de mer; le tronc n'était pas large et plat, comme chez ces derniers animaux, mais cylindrique et un peu caréné et renflé latéralement, comme chez les Cygnes et les autres Oiseaux nageurs. Malgré cela, le *Plesiosaurus* offre beaucoup d'analogie avec les Tortues. Entre tous les Reptiles, ce sont ces dernières qui ont le cou relativement le plus long, le corps très-court et une queue qui, sans être longue, se compose d'un très-grand nombre de vertèbres. En outre, j'ajoute encore une ressemblance frappante dans la disposition de la ceinture de l'épaule et du bassin entièrement analogue, en sorte que, tout étant mis en ligne de compte, la forme du corps du Plesiosaurus peut se ramener beaucoup plus facilement à une Tortue vivante qu'à un Lézard vivant. *Chelonosaurus* eût donc été pour lui un nom très-approprié. Si nous passons maintenant à l'étude détaillée de sa conformation anatomique, nous voyons d'abord que la tête, par son aspect général, rappelle celle de l'*Ichthyosaurus*. En laissant de côté le museau plus court et plus large, les intermaxillaires (P) atteignent jusqu'aux ouvertures nasales (r), près de l'œil (s), et les deux os triangulaires du nez occupent le milieu. L'œil n'a qu'un anneau osseux; sa cavité est limitée en avant par un petit os lacrymal et par le frontal antérieur, en arrière par le frontal postérieur et par l'os malaire; au milieu et en haut se place le frontal principal et inférieurement le maxillaire supérieur. L'os pariétal, très-développé, ressemble complétement à celui de l'Ichthyosaurus; l'os mastoïdien est petit; le temporal, au contraire, très long, et tous deux se soudent inférieurement avec l'os tympanal (x), grand et épais, qui porte le maxillaire inférieur. Entre le temporal, le mastoïdien, le pariétal et le frontal postérieur se pla-

cent les fosses temporales, largement ouvertes en haut et se rapprochant d'une forme ronde. Le maxillaire inférieur est beaucoup plus
court que chez l'Ichthyosaurus et se distingue par un fort élargissement antérieur correspondant en dimension à l'intermaxillaire du
maxillaire supérieur. Cette partie élargie porte, sur chaque côté,
six défenses plus grandes et plus hautes qui, comme les autres
dents beaucoup plus petites, ont toutes chacune leur alvéole séparée. Cette particularité distingue profondément le Plesiosaurus de
l'Ichthyosaurus, et s'harmonise mieux avec les Halidragons du muschelkalk, qui ont en commun avec le Plesiosaurus, non-seulement
le facies général, mais encore l'élargissement de la région du museau. Le cou, suivant sa longueur chez les diverses espèces, se
compose de vingt à quarante vertèbres. Le Pl. macrocephalus, qui se
distingue à la fois et par sa tête, de dimension relativement grande,
et par son cou court, mais fort et robuste, a vingt-neuf vertèbres au
cou. Elles s'accroissent en force d'avant en arrière et portent latéralement de petites côtes en forme de hache, dont la pointe devient
peu à peu plus élancée. Plus elles se rapprochent des côtes ster-
nales, plus leur condyle supérieur occupe une place élevée sur le
corps de la vertèbre et, avec la première vertèbre dorsale, passe
sur l'arc où il s'attache à un *processus transversus* particulier et tu-
berculiforme. Ces tuberculosités rendent les branches de l'arc du
processus spinosus, indépendantes comme chez les Ichthyosaurus,
faciles à reconnaître, comme appartenant aux vertèbres dorsales.
Leur nombre n'est jamais aussi grand que celui des vertèbres cervicales; chez le Pl. macrocephalus il s'élève à vingt. Elles portent
toutes des côtes entièrement semblables à celles de l'Ichthyosaurus ;
les plus en arrière, reliées par un arc sternal composé de sept pièces,
se font remarquer par leur force. En avant et en bas, sur les premières, se place la grande ceinture de l'épaule, non liée avec elles.
Elle se compose de deux os coracoïdiens très-forts (*f*), très-prolon-
gés en arrière, d'un simple sternum transversal (*e*) et d'un os (*g*)
à deux branches, exactement formé comme la fourchette et l'omoplate réunies des Tortues. Cette robuste ceinture de l'épaule soutient des humérus (*h*) tout aussi robustes, dont le bord articulaire
inférieur, très-large et recourbé, se relie sur un même plan
avec les os courts, mais larges de l'avant-bras. Les os carpiens et
ceux des doigts ressemblent à ceux de l'Ichthyosaurus, à cela près

qu'ils sont plus élancés et en plus petit nombre. Les nageoires du *Plesiosaurus* sont donc plus longues, mais plus étroites que celles de l'*Ichthyosaurus*. Il leur fallait une plus grande force d'action pour mouvoir et soutenir le corps, celui du Plesiosaurus étant beaucoup plus court et dépourvu de nageoires à l'extrémité de la queue. Des membres postérieurs, il nous suffit de dire que la ceinture du bassin, aussi forte proportionnellement que celle des épaules, dépasse considérablement en grandeur le même appareil osseux de l'Ichthyosaurus, et qu'elle porte une nageoire de composition identique avec la nageoire antérieure, et tantôt plus courte, tantôt plus longue (par ex. chez le *P. macrocephalus*), tantôt enfin de dimension égale. La queue est remarquable seulement par le petit nombre de ses vertèbres et par leur rapide décroissance. On la trouve ordinairement en débris, mais jamais coupée aussi uniformément comme chez l'Ichthyosaurus ; on n'a donc pu en tirer aucune conclusion particulière sur sa forme. On ne sait rien avec certitude des parties molles du *Plesiosaurus*, bien que sa ressemblance générale avec l'Ichthyosaurus rende très-probable qu'elles avaient une conformation semblable. En somme, on peut croire que le Plesiosaurus nageait plus lentement que l'Ichthyosaurus et qu'il remplaçait cette perte, du côté de la rapidité des mouvements, par la grande mobilité de son long cou. Avec lui, il pouvait saisir sa proie jusque hors de l'eau, et peut-être même était-ce là sa destination principale, tandis que l'Ichthyosaurus ne chassait forcément que dans l'eau. Je ne veux pas dire que le Plesiosaurus nageait sur l'eau comme les Oiseaux aquatiques. Il se mouvait au-dessous et se servait de ses longues nageoires, étendues latéralement, pour se maintenir en équilibre, tandis que, avec le cou, il poursuivait sa proie et avançait lentement, à l'aide de sa queue peu allongée et qui peut-être était bordée d'une petite nageoire verticale.

Le *Pterodactylus*, ce Lézard volant dont nous avons déjà (p. 270) mentionné la singulière ressemblance avec la Chauve-souris, apparaît en Allemagne, pour la première fois, dans les couches supérieures du terrain jurassique, mais se rencontre en Angleterre jusque dans le lias, en se continuant dans la formation crétacée. Notre figure, qui représente une des espèces les mieux connues, met si bien en lumière cette ressemblance qu'il est inutile de l'appuyer de démonstrations plus amples ; nous étudierons donc d'autres pro-

priétés moins frappantes, et nous dirons pourquoi cet animal n'est
pas une véritable Chauve-souris, mais un Reptile saurien. Sa dentition en est déjà une preuve. Toutes les Chauves-Souris possèdent
des dents de diverses formes et entre autres de larges dents molaires, munies de plusieurs racines et d'une couronne à tubercules
(ordinairement quatre). Le *Pterodactylus*, au contraire, a des dents

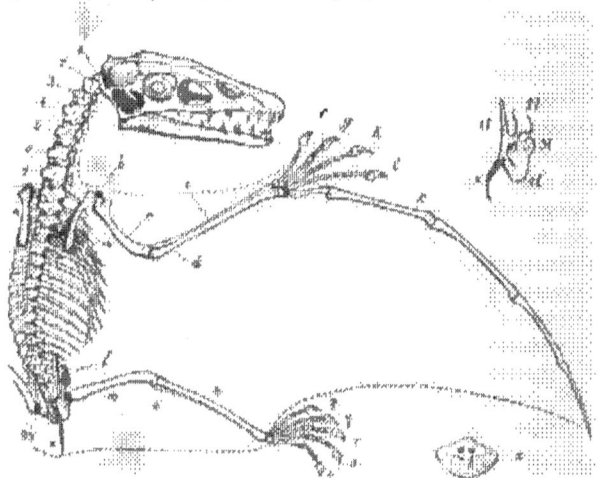

Fig. 49. — *Pterodactylus crassirostris* du schiste lithographique du Solenhofen.
Les nombres 1-7 indiquent les vertèbres cervicales, et 23 la vertèbre sacrée après laquelle viennent encore huit vertèbres caudales (cr); *a*, omoplate; *b*, clavicule; *c*, humérus; *d*, cubitus;
e, radius; *f*, *g*, *h*, *i*, *k*, les cinq doigts de la main; *l*, bassin; *m*, fémur; *n*, tibia; *o*, péroné;
p, *q*, *r*, *s*, *t*, les cinq doigts du pied; *u*, le large sternum en forme de bouclier par sa face
inférieure, avec deux grandes fossettes articulaires pour les clavicules et cinq plus petites pour
les os sterno-costaux. L'autre figure à côté représente le bassin de côté et on y distingue :
1, l'iliaque; 2, la large apophyse qui correspond aux os marsupiaux de certains Mammifères;
3, le petit os pubis; 4, le grand os ischion. La ligne ponctuée de la figure principale trace les
contours de la membrane de l'aile.

absolument simples et coniques, comme on en voit seulement chez
les Reptiles et en particulier chez les Sauriens. Son crâne s'harmonise avec ce premier caractère, les cavités orbitaires entièrement
entourées de plaques osseuses; l'anneau osseux de l'œil placé dans
ces cavités, l'os tympanal mobile soutenu par l'os temporal et l'os
mastoïdien, la large fosse temporale limitée par le mastoïdien et le
frontal postérieur, le grand trou placé devant l'œil entre celui-ci

et l'ouverture nasale située plus haut, le maxillaire inférieur dépourvu d'une apophyse montante; bref toute la conformation du
crâne est analogue au type des Lézards. Les sept vertèbres cervicales
sont, à la vérité, une particularité qui rappelle les Mammifères;
mais le Crocodile aussi nous offre le même nombre. Le Sternum (*n*),
avec sa forme plate en cœur et large, ne se retrouve que chez les
Sauriens, et l'omoplate (*a*), étroite, est tout aussi éloignée de celle
des Mammifères, surtout de l'omoplate large et triangulaire de la
Chauve-Souris. Le bassin, au contraire, est plus grand que chez
la Chauve-Souris et paraît avoir servi à l'animal pour prendre
une position assise, que les Chauves-Souris ne connaissent point.
Les côtes sont très-nombreuses, elles ne laissent libres que deux
des vertèbres lombaires et garnissent par conséquent les quinze
vertèbres dorsales sans exception; nous n'en dirons rien de plus,
bien qu'elles soient entièrement opposées avec l'organisation des
Chauves-Souris, et nous allons parler des membres, dont le prolongement aliforme rappelle si bien ces derniers animaux. Ce prolongement a un aspect particulier dès qu'on l'examine avec attention;
chez le Pterodactylus, en effet, il n'affecte que le petit doigt (*k*),
et non tous les os du bras, comme chez les Chauves-Souris, dont
le pouce seul reste court. Le Pterodactylus avait donc des ailes plus
petites que les Chauves-Souris et ne pouvait pas voler avec autant de
vigueur qu'elles. Laissons de côté le prolongement du petit doigt et
recherchons le nombre de ses phalanges et celui des autres doigts:
sur ce point encore, la Chauve-Souris disparaît devant le Lézard.
Toutes les Chauves-Souris, comme tous les autres Mammifères,
ont un nombre égal de phalanges aux quatre doigts externes; le
Pterodactylus, au contraire, porte une phalange de plus à chaque
doigt successivement, à l'exception du dernier, dont le nombre de
phalanges décroît d'une. Il en est absolument de même chez les
Lézards, et sa nature de Reptile est déjà suffisamment évidente
comme cela. Nous ne pensons donc point qu'il était couvert de poils,
comme certaines stries observées dans le voisinage de beaucoup
d'individus fossiles l'ont fait croire; ces empreintes, en forme de
poils, peuvent provenir, soit de replis de la peau, soit de moisissures
développées après la mort de l'animal sur le cadavre. Le Pterodactylus était certainement nu comme les Enaliosauriens; car, s'il avait
eu des écailles ou des plaques sur la peau, on en aurait trouvé des

restes sur les fragments bien conservés. Il avait aux doigts des griffes très-grandes, fortement recourbées et aiguës, absentes seulement aux deux doigts des ailes, ce qui prouve qu'il pouvait se suspendre avec. Les Ptérodactyles vivaient probablement dans les régions rocailleuses et s'accrochaient avec leurs griffes aux parois raboteuses. Leur tête longue, prolongée chez le *Pt. longirostris* dans la forme d'un bec de Bécasse, correspond toujours à un cou de longueur égale, mais est toujours composé de sept vertèbres, et sa grande mobilité, semblable à celle du Plesiosaurus, fait penser que les Ptérodactyles prenaient leur nourriture au vol. On a souvent rencontré, près d'eux, de grandes Libellules, du genre *Æschna*, qui pouvaient servir de proie à ces Lézards volants. Les Insectes sont, en effet, la source propre où les petits Reptiles puisent leur alimentation; les Serpents, seuls, qui alors n'existaient pas encore, et les Crocodiles dévorent de grands Vertébrés. Les Ptérodactyles étaient de petits animaux dont le corps ne dépassait guère ceux d'un Passereau ou d'une Corneille. On les rencontre surtout dans la région de Solenhofen, et on en trouve seulement quelques traces à Banz, Lyme Regis, Stonesfield et Tilgate en Angleterre. On en distingue actuellement seize espèces différentes, mais on n'en connaît que la moitié d'une manière suffisante ou complète. Une espèce (*Pt. Lavateri s. ornithopterus*) avait seulement deux phalanges au doigt de l'aile, à partir du plat de la main, tandis que les autres espèces en ont quatre, comme celle que nous avons figurée. La plupart avaient une queue très-courte et de grandes défenses jusqu'à la pointe du maxillaire. Quelques-uns (*Pt. macronix s. ramphorrhynchus*) étaient pourvus d'une queue plus longue, et leurs maxillaires se terminaient en pointe rostriforme sans dents. La force de cette queue fait supposer qu'elle jouait un rôle essentiel comme support de la membrane des ailes. Mais, en résumé, les espèces à longue queue sont d'une conformation plus frêle et plus petite. Elles ne semblent pas aussi avoir eu d'anneau osseux dans les yeux. En Angleterre, tous les individus trouvés appartiennent à ce groupe; tous les Ptérodactyles à queue courte viennent de Solenhofen où, du reste, on en a rencontré aussi à queue longue.

Les Reptiles écailleux de l'époque jurassique sont ou des *Sauriens* ou des *Chéloniens*. Parmi les Sauriens, on trouve surtout des *Gavials* (Teleosaurus), espèces de Crocodiles dont les formes sont

très-voisines du Lézard type. Mais leur description ostéologique
n'offre plus le même intérêt que celle des Énaliosauriens et des
Ptérodactyles, à cause de leur grande ressemblance avec les espèces
vivantes. Je ne dirai aussi rien de plus des Tortues très-voisines de
nos espèces actuelles de marais et d'eau douce, et je réserverai l'espace pour les Reptiles de la craie. Il suffirait peut-être de remarquer que les quelques rares débris parvenus jusqu'à nous ne permettent point d'en reconstituer une image complète, mais qu'en
somme la direction typique de l'époque jurassique semble s'être
conservée, bien que les différences avec l'époque actuelle ne soient
plus aussi tranchées et que les formes de l'étage crétacé se rapprochent plus de celles d'aujourd'hui. On trouve encore dans le terrain
crétacé des traces d'Énaliosauriens et de Ptérodactyles, mais en petit
nombre ; et on voit apparaître, à côté d'eux, de grands Lézards terrestres, desquels la célèbre tête de Maëstricht, appartenant à un
Mosasaurus, a été longtemps considérée comme le plus important
échantillon, jusqu'au moment où, dans ces derniers temps, on
trouva d'autres débris du même genre dans l'Amérique du Nord.
Nous donnons un dessin complet du crâne et nous laissons à nos
lecteurs le soin de l'étudier, à l'aide des signes explicatifs, nous
contentant de dire que sa longueur dépasse 2 pieds, et par conséquent l'animal entier pouvait avoir 20 pieds de long. Bien que, par
sa forme allongée, il se rapproche des Monitors, cependant les particularités de conformation du crâne n'offrent aucun rapport avec
ce groupe isolé des Lézards : je vois plutôt dans le *Mosasaurus* une
forme intermédiaire entre les *Iguanes* et les *Ameives*, forme qui,
outre le facies général, a encore retenu des Monitors l'os nasal impair et étroit. Aujourd'hui on ne trouve d'Iguanes et d'Ameive
qu'en Amérique, et les Monitors seulement sur l'hémisphère oriental. Le *Mosasaurus* vivait dans les deux hémisphères : ce qui n'a
lieu pour aucun genre de Lézard vivant. En résumé, ce fossile était
un animal d'un type fort curieux. Les Lézards, dont nous retrouvons les os dans les couches wealdiennes (p. 275) étaient encore
plus singuliers. Ils ressemblent, par l'aspect général, aux Lézards
typiques actuels, mais s'en écartent par leur taille gigantesque et
leurs pieds massifs et épais encore plus que le Mosasaurus. Le *Me-
galosaurus*, l'*Iguanodon*, l'*Hylæosaurus*, tous aussi complétement
terrestres que les Énaliosauriens, étaient marins, atteignaient des

dimensions de 20 à 25 pieds de long, et l'Iguanodon mesurait même
jusqu'à l'énorme longueur de 70 pieds. Lorsqu'il n'avait que la
taille des autres, il s'en distinguait facilement par ses dents larges,
grossièrement dentelées sur les bords, carénées plusieurs fois longitudinalement et destinées à broyer une nourriture végétale. Leur
forme rappelle un peu celle des Iguanes vivants, ce qui leur a valu
leur nom. Nos Iguanes ne se nourrissent point de végétaux, mais
d'animaux.

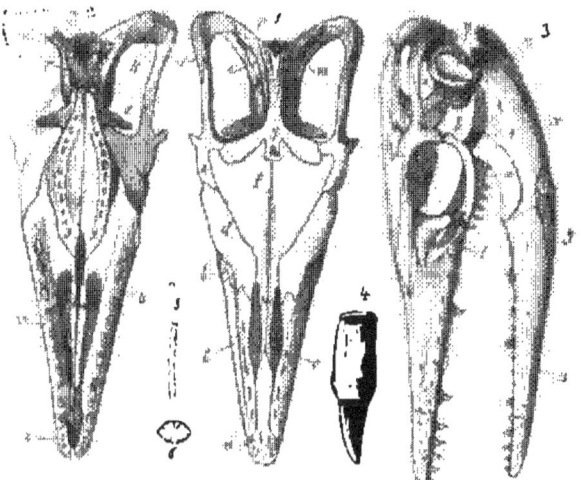

Fig. 50. — Crâne du *Mososaurus Maximiliani* de la craie de l'Amérique du Nord.

1, vu d'en haut ; 2, d'en bas ; 3, de côté ; 4, dent avec son socle semblable à une racine et qui
s'étend jusqu'au bord dans le maxillaire, à une plus grande échelle ; 5, le bord crénelé de la
dent de grandeur naturelle ; 6, coupe transverse de la dent ; *a*, intermaxillaire ; *b*, maxillaire
supérieur ; *c*, os du nez ; *d*, frontal antérieur ; *e*, frontal postérieur ; *f*, frontal ; *g*, pariétal ;
h, portion de l'arcade zygomatique dont le prolongement se voit dans le numéro 3 ; *i*, temporal ; *k*, os mastoïdien ; *l*, os lacrymal, incomplet et avec une surface de déchirure où tenait
probablement encore l'arcade zygomatique ; *m*, rocher ; *n*, os tympanal ; *o*, aile latérale de
l'occipital ; *p*, portion médiane de l'occipital avec le condyle ; *r*, corps de l'os sphénoïdal (os
basale) ; *s*, os palatins avec rangées de dents ; *t*, portion articulaire du maxillaire inférieur ;
u, portion coronoïdale ; *v*, vomer ; *w*, portion dentaire du maxillaire inférieur ; *x*, portion
angulaire ; *y*, portion operculaire ; *z*, portion terminale.

Les Vertébrés à sang chaud existaient pendant la période secondaire en nombre aussi petit que les véritables animaux à respiration
aérienne pendant la première période de la Création organique. On
ne rencontre leurs restes que très-rarement, et ils sont si détériorés

que nous ne pouvons point donner une image nette des Oiseaux et
des Mammifères les plus anciens. On connaît déjà depuis longtemps
des traces de pieds d'Oiseaux dans le grès rouge de la vallée du Connecticut (p. 265), et par conséquent de l'époque du trias, et il est
impossible de douter de leur origine. La plupart de ces traces paraissent provenir d'Oiseaux de marécages. Ce n'est que dans ces dernières
années que le schiste lithographique a fourni quelques empreintes
indubitables de plumes, et bientôt après une partie de squelette,
avec les plumes des ailes et de la queue. Cette découverte a causé
un si grand étonnement qu'on l'a, sur-le-champ et sans examen,
regardé comme un Oiseau saurien (Griphosaurus) et appelé *Archæopterix*, en le rapprochant des Ptérodactyles. La tête et le tronc
manquent malheureusement; les membres et la queue sont les
seules parties bien conservées. Cette dernière est très-longue et se
compose de vingt vertèbres, comme chez aucun Oiseau vivant ;
cette merveille parut, à une première appréciation hâtive et super-
ficielle n'être ni un Oiseau ni un Saurien. La description savante
et comparative d'Owen a cependant mis hors de doute sa nature
d'Oiseau [1]. Les points sur lesquels l'Archæopterix s'écarte de tous
les Oiseaux vivants, consistent exclusivement en ce que dans la région de la main de l'aile il existe deux doigts libres, mobiles et armés de fortes griffes, placés avant le grand doigt du milieu, tandis
que les Oiseaux actuels n'ont ici qu'un seul doigt sans griffe, et en
ce que la queue est très-longue et a beaucoup de vertèbres. Il suffit
de jeter un regard rapide sur la forme extrêmement variée des pieds
et de la queue chez les Mammifères et les Reptiles, pour se rendre
compte de l'organisation de l'Archæopterix, dont la singularité n'est
qu'apparente. Le nombre des vertèbres caudales paraît si grand,
uniquement parce que le nombre de celles qui sont soudées avec le
bassin est beaucoup moins grand que chez les Oiseaux vivants. Pendant la vie embryonnaire où la suture n'est pas encore effectuée,
l'Autruche, par exemple, a aussi de dix-huit à vingt vertèbres caudales, tandis que nous n'en comptons plus que neuf sur son squelette
complètement développé. Le plus ancien Oiseau que nous connaissions ne s'écarte donc pas autant des types actuels que les Labyrin-

---

[1] *Philos. Transact. roy. soc. London*, 1864, vol. CLIII, p. 33, 1–4. — Sur les appré-
ciations d'abord contradictoires, voyez mon article dans la *Zeitschrift für ges. Naturwiss.* 1867, XXXIX, mai. — G.

thodontes et les Énaliosauriens des Sauriens vivants, ou les Trilobites des Phyllopodes, qui vivent dans nos mers. On ne peut rien
dire de certain sur l'affinité et le mode d'existence de l'Archeopterix
tant que le crâne et le sternum nous seront inconnus. On a encore
trouvé dans le terrain crétacé quelques os d'Oiseaux du genre des
Bécasses.

Les os fossiles de *Mammifères* les plus anciens proviennent de la
couche limitrophe entre le keuper et le lias (étage du bonebed
(p. 265); mais ils y sont très-rares, et on n'a retrouvé que de très-
petites dents molaires, à Degerloch, non loin de Stuttgart, et à
Frome, dans le Somersetshire. Elles ressemblent à celle de Marsupiaux insectivores du genre *Myrmecobius*, vivant actuellement à la
Nouvelle-Hollande. Un maxillaire inférieur, trouvé dans la Caroline
du Nord, dans un dépôt de houille appartenant au trias ou au lias,
et muni de trois incisives, d'une canine et de dix molaires, présente
la même affinité. Les fragments de maxillaire inférieur, provenant du
Stonesfield jurassique (p. 268), connus depuis longtemps, mais mal
déterminés tout d'abord, correspondent aussi à ce groupe de Marsupiaux insectivores de la Nouvelle-Hollande. Un d'entre eux, décrit
comme *Amphitherium*, présente aussi la plus étroite parenté avec
le Myrmecobius; ceux que l'on a classés sous le nom de *Phascolotherium*, rappellent plutôt le *Thylacinus* actuel; enfin le troisième
genre, *Amphilestes*, n'a aucun analogue parmi les genres vivants. Le
même gisement dans lequel ont été trouvés ces débris incontestables
de Marsupiaux a fourni aussi le fragment d'un maxillaire inférieur
d'un Herbivore, probablement d'un Ongulograde qui n'atteignait
pas encore la taille d'un Caniche. Les couches de Purbeck (p. 275),
en Angleterre, ont été le lieu d'une troisième découverte de Mammifères fossiles de l'époque secondaire; elle consiste également en
maxillaires inférieurs avec leurs dents. L'un d'eux appelé *Trico-
nodon* par Owen, se rapproche beaucoup de l'ancien *Phascolotherium*, tandis que le second, *Plagiaulax*, ressemble à un Marsupial
bien connu de la période tertiaire en Australie; et le troisième,
Spalacotherium, rappelle, par la forme de ses dents, le *Chryso-
chlore du Cap*. Tous ces Mammifères de l'époque secondaire avaient
les dimensions d'une Taupe, et il est remarquable que presque tous
appartiennent aux Marsupiaux, distincts des autres Mammifères par
leur courte gestation.

Enfin, pour terminer, nous parlerons encore des traces de pas
dans le grès bigarré de Hildburghausen. Ce sont des empreintes
de pieds enfoncées dans une couche d'argile intercalée entre le grès,
ce qui nous les fait apparaître en saillie
sur cette roche. Il est parfaitement certain qu'elles appartiennent à des animaux
et même à un Quadrupède, mais on ne
saurait dire si c'était un Reptile ou un
Mammifère. Les deux extrémités, comme
on peut le voir sur la figure ci-contre, ont
la forme d'une main avec un pouce écarté
à angle droit et sans ongle, et quatre
doigts courts et trapus avec griffes. La
patte de devant n'a qu'un tiers de la dimension de la patte postérieure, égale en
grandeur à la main d'un homme robuste.
Ces traces ne se rapportent à aucun Mammifère vivant. Les Singes ont des doigts
beaucoup plus longs et moins de différences dans la grandeur des mains ; les Marsupiaux, pour lesquels la plupart des zoologistes se sont prononcés, n'ont point de
mains en avant, et celles de derrière ne
sont pas si grandes ; enfin les doigts des
Reptiles, lorsqu'ils portent des griffes,
sont de longueur inégale et écartés. Cependant, je pense que ces traces proviennent de Reptiles, et doivent être attribuées à un des Labyrinthodontes détruits, enfouis dans les couches du trias[1].

Fig. 51. — Empreintes de pieds de
Chirotherium Barthii du grès
bigarré de Hessberg, près de Hildburghausen[1].

Sans doute la différence des deux membres et le raccourci des doigts
présentent une anomalie étonnante, mais cette bizarrerie n'est pas

[1] Les empreintes de pas ont été dessinées avec soin par moi-même, d'après une plaque
de grès provenant du lieu indiqué et appartenant au musée minéralogique de l'université
de Halle. La longueur de l'empreinte du pied de derrière *b* est de 8 pouces et l'écartement
entre deux empreintes successives environ de 16 pouces. L'empreinte du pied de devant *a*
est toujours très-près en avant du pied postérieur. Sur les traces, on reconnaît un doigt
plus massif écarté presque à angle droit et quatre autres plus effilés, dont l'extrémité n'est
jamais tranchée, mais brisée de diverses manières ; il en faut conclure que ces quatre doigts

encore aussi grande que le cou long du *Plesiosaurus*, ou les doigts allongés des ailes du *Pterodactylus*. La largeur des doigts est à la vérité en contradiction avec le type des Reptiles, mais on peut la mettre sur le compte du desséchement qui la fait paraître plus grande qu'elle n'était sur l'animal lui-même.

portaient des griffes dont l'empreinte a été détruite en écartant les plaques de grès. Les traces de griffes sont encore plus intérieures aux pattes de devant. Si on admet que le doigt sans griffe était le pouce, le pied droit (1.3) s'écartait en marchant à gauche ; le pied gauche (1) à droite de la ligne centrale de la trace (m n). L'animal marchait donc en croisant les jambes. Prétendre que le soi-disant pouce est le petit doigt extérieur n'est pas possible ; car, outre sa grandeur et sa position, l'empreinte profondément marquée de ce côté de la trace indique que l'argile molle dans laquelle l'animal marchait a cédé du côté du pouce et s'est relevée, évidemment parce que dans la marche le poids le plus fort portait de ce côté. J'ai déjà dit dans le texte que les empreintes et les fentes transversales paraissent en saillie sur les plaques de grès et non en creux, parce que ces plaques ne portent que le moulage des véritables empreintes qui étaient imprimées sur une mince couche d'argile limoneuse intercalée dans le grès. Cette argile s'est détruite en enlevant les plaques de grès, à cause de sa structure sans consistance et de son peu d'épaisseur ; on en voit encore des restes sur plusieurs points. Elle était exposée au soleil pendant que l'animal marchait dessus, se desséchait et se fendilla irrégulièrement par le retrait de dessèchement ; ces fentes se sont reproduites sur les plaques de grès sous la forme de milliers languettes. Quelques savants ont voulu voir dans ces milliers les entrelacements de racines de végétaux et même jusqu'à des feuilles. Les échantillons de grès que j'ai sous les yeux ne me permettent point d'adopter cette opinion, et je pense que la position isolée de beaucoup de milliers, leur terminaison insensible par les deux extrémités et la disposition en crête et anguleuse de toutes constituent des objections péremptoires. Les petites traces des pattes de devant ne sont jamais aussi régulières que celles de derrière ; aussi elles s'écartent tantôt en dedans, tantôt en dehors, quelquefois un peu en avant par rapport aux pattes de derrière.

CHAPITRE XXVI

L'organisation durant les formations tertiaires et post-tertiaires.

Afin de mieux saisir le caractère de l'organisation de l'époque tertiaire, il est utile de se limiter autant que possible, de ne considérer que les êtres les plus parfaits qui y apparaissent, et de ne mentionner les groupes inférieurs du règne végétal et du règne animal que pour établir les différences existantes entre cette période et les précédentes.

En thèse générale, les végétaux de l'époque tertiaire ont beaucoup plus d'affinité que ceux qui ont précédé avec le caractère de la végétation actuelle des lieux où on les trouve. Ils dénotent une répartition analogue par zones et régions climatériques, comme nous la trouvons actuellement à la surface du Globe. Les formes tropicales, que nous avons trouvées dans les terrains houillers de nos régions tempérées, telles que les Prêles ou Calamites arborescentes, les Lycopodiacées (*Lepidodendron*), et les Fougères (*Psaronius*) arborescentes, sont disparues avec les Palmiers. A leur place apparaissent nos essences forestières actuelles, dont la différence spécifique prouve toujours un changement dans les conditions extérieures. En somme, la zone tempérée de cette époque paraît encore avoir été plus chaude qu'aujourd'hui; c'est là du moins ce qu'indiquent plusieurs de ses animaux qui, de nos jours, séjournent seulement dans la région des tropiques.

En étudiant les restes végétaux des couches tertiaires dans les divers modes de conservation où ils nous sont parvenus, nous pouvons employer, outre les dépôts de lignite dont nous avons déjà parlé (p. 208), une foule d'autres produits qui contiennent ou

des empreintes de plantes ou des fragments. Citons surtout les calcaires d'eau douce et les couches de marne, dans lesquels on rencontre souvent des empreintes de feuilles, de petits rameaux, ou de
petites plantes entières, des Mousses surtout, et qui par conséquent
constituent une flore de régions intérieures. On a encore observé
dans les dépôts marins, par exemple, dans le calcaire grossier, des
empreintes de plantes qui ne proviennent point de végétaux de mer,
tandis que d'autres couches, telles que les célèbres dépôts du Monte
Bolca, renferment mêlés ensemble des plantes marines, des Poissons
et des plantes terrestres. L'argile plastique aussi, tant les strates anciennes situées au-dessous des lignites que les récentes supérieures
au calcaire grossier, contient des feuilles de végétaux et des fragments
de tronc. Les grès, un peu plus durs de cette période, renferment
eux-mêmes des fossiles de cette nature. Il existe donc un grand
nombre de gisements de plantes fossiles dans les dépôts tertiaires,
et la flore de cette période est beaucoup plus riche que celle de la
période secondaire.

Il est à peine utile d'entrer dans des détails sur les familles des
plantes qu'on a trouvées jusqu'ici, car la plupart des restes de plantes fossiles ne peuvent être déterminés que dans leurs caractères
généraux de groupes ou de familles, et quelques localités seulement
permettent de reconnaître la série entière des caractères distinctifs.
Nous nous bornerons donc à une courte mention des familles dont
les restes caractérisent l'une ou l'autre des couches tertiaires, et cela
suffira pour que chaque lecteur se puisse facilement composer un
tableau de l'ensemble de la flore de cette période. Les plantes les
plus imparfaites de cette époque sont des *Algues*, et notamment des
Algues marines ou Fucoïdes dont on trouve de nombreuses traces
dans les couches du calcaire grossier de Monte Bolca. Les Mousses
du calcaire grossier du bassin de Paris en sont très-voisines.
Mais ce qui caractérise mieux que ces deux groupes la végétation de cette époque, c'est l'abondance des *gyrogonites*, ou fruits
de *Chara*, globuleux ou elliptiques, formés d'utricules enroulées en spirale. Ces fruits sont à peine de la grosseur d'une tête
d'épingle, mais ils existent en si grand nombre que toutes les couches du gypse de Paris et du calcaire grossier supérieur en sont,
pour ainsi dire, composées. Les plantes qui les produisent vivent
encore aujourd'hui en grand nombre dans les marécages, les bour-

biers et les étangs, même dans les petits bassins salifères, et jettent un grand jour sur la nature des lieux où on les trouve dans les époques antérieures. Les *Chara*, dans les classifications, se placent près des Prêles, et forment la seconde famille des plantes vasculaires acotylédones caulocarpes. On rencontre aussi des Équisétacées, mais avec des formes moins particulières qu'auparavant.. Leurs espèces ont déjà revêtu l'aspect moderne. Il en est de même des Lycopodiacées et des Fougères, dont on a observé les débris ; ces trois familles ont été reconnues dans les lignites, et elles vivaient alors probablement comme aujourd'hui dans les régions forestières, qui ont concouru à la formation des dépôts de charbon. Ces dépôts se composent surtout de Conifères, comme on l'a prouvé par l'étude microscopique du bois bitumineux ; on y trouve, d'ailleurs, des fruits et des rameaux avec leurs feuilles qui offrent complétement les caractères des Conifères. Cependant plusieurs (*Retinodendron*, *Megadendron*, *Taxodium*), paraissent différents des genres actuels. L'ambre jaune, dont nous avons déjà parlé (p. 290), provient d'arbres de cette famille. Il n'est pas encore parfaitement certain que des *Palmiers* existaient aussi dans ces forêts, et cependant le fait est assez probable, parce qu'on en a trouvé quelques traces, entre autres des fragments de tige, dans les lignites de la Bohème et dans d'autres lieux ; la plupart des restes de cette famille consistent en empreintes de feuilles, appartenant au calcaire grossier et aux couches tertiaires inférieures. Après les Conifères, les *Amentacées* sont les plus abondantes dans le lignite ; on connaît des fruits et des feuilles de Peupliers, de Saules, d'Aunes, de Noisetiers, de Hêtres et d'espèces voisines qui font bien voir la grande analogie des conditions extérieures de cette époque avec celles d'aujourd'hui dans nos régions. On a aussi trouvé des fleurs de plantes de la famille des Aunes, et on a même pu étudier la structure particulière de leur pollen. Le *Noyer* et l'*Érable* ont aussi pris part à la formation du charbon de cette époque, car on y trouve leurs restes : ils prouvent dans cette région un mélange des essences de l'Amérique du Nord avec celles d'Europe et indiquent pour cette époque une grande uniformité entre les hémisphères oriental et occidental. Le même fait est encore mieux corroboré par la découverte de feuilles de *Tulipier* dans les couches tertiaires de l'Europe, si toutefois la forme des feuilles de cet arbre n'appartenait pas à cette époque à quelque autre plante étrangère au genre actuel. Tous les autres restes de végétaux que l'on connaît, n'ont été retrouvés qu'en rares échantillons, et n'ont pas un grand intérêt ; cependant la présence de formes plus méridionales dans les couches d'argile à lignite de la montagne de Gergovie, à Ménat, en Auvergne, justifie encore notre conclusion, que la dernière période, avant les temps actuels, jouissait d'un climat plus chaud qu'aujourd'hui. Aucune Myrtacée et aucune Laurinée ne croît plus aujourd'hui à l'état sauvage dans les pays au Nord des Alpes, et le Cotonnier ne s'y trouve pas plus à l'état libre. Et cependant on y a trouvé leurs restes à côté du *Plaintain*, de la *Buglosse*, de *Ronces* et d'*Œillets*.

Parmi les flores spéciales de l'époque tertiaire, celle de la molasse miocène suisse est la plus complétement et la mieux connue. Ses débris ont été recueillis dans 80 lieux différents, et ont fourni à Œningen 105 espèces , dans la vallée haute du Rhône 142, à Locle 140, à Monod 195, dans les environs de Lausanne 96, en tout 920 espèces, que Osw. Heer a décrites dans un grand et beau travail [1]. D'après ce savant, la flore miocène de la Suisse était beaucoup plus riche que celle d'aujourd'hui. Elle comptait, d'après les débris connus jusqu'ici, 201 arbres, 242 arbrisseaux et 164 plantes phanérogames herbacées, tandis qu'aujourd'hui il n'existe que 500 espèces d'arbres et d'arbrisseaux. Alors, les plantes ligneuses s'élevaient à 70 pour 100 ; aujourd'hui seulement à 11 pour 100 de toute la flore, rapport dont nous ne retrouvons l'approchant que dans les bassins de l'Orénoque et du fleuve des Amazones. Le tapis de plantes herbacées ne faisait point défaut dans ces luxuriantes forêts ; il était seulement plus pauvre en individus, et ces plantes d'ailleurs se sont moins bien prêtées à la conservation fossile, à cause de leur fragilité et parce qu'elles ne donnent point lieu à des chutes de feuilles périodiques. Le plus grand nombre des plantes herbacées miocènes appartient à des végétaux de marécage et aquatiques, des Graminées lacustres, des Roseaux, des Nénuphars, du Plantain d'eau, etc., dont les feuilles ont pu plus aisément tomber dans la vase que celles des plantes terrestres. Ces dernières ont aussi existé en grand nombre, ainsi que le prouve avec certitude la présence d'insectes, dont beaucoup ont pu vivre seulement sur des prairies couvertes de gazon

[1] *La flore tertiaire de la Suisse.* 3 vol. in-f. Winterthur, 1855-1850. — G.

et de fleurs. D'après les espèces que nous connaissons, la prépondérance appartient encore, dans la flore de la molasse, aux Cryptogames vasculaires et aux Gymnospermes; ces dernières forment $\frac{1}{12}$,
les premières $\frac{1}{11}$ de toutes les espèces, et dans la Suisse actuelle les
premières ne constituent que $\frac{1}{7}$ et les secondes $\frac{1}{246}$ de la flore. Le
rapport des Gymnospermes aux Monocotylédones et aux Dicotylé-
dones était aussi, à l'époque miocène, tout différent de ce qu'il est
aujourd'hui. Alors il était comme 12 : 5 ½ : 20 ; aujourd'hui, au
contraire, il est comme 1 : 5 ½ : 6 ½. Parmi les Phanérogames les
plus riches en espèces de la flore miocène, on trouve les Papilloua-
cées (117 espèces), les Cupulifères (11), les Cypéracées (30), les
Protéacées (35), les Laurinées (25), les Graminées (25), les Rhamnées (25), les Salicinées (23), les Synanthérées (21) et les Acéri-
nées (22) : beaucoup d'autres familles sont représentées par de 10
à 20 espèces. La grande variété des Papilionacées rappelle la zone
torride, où cette famille occupe actuellement la première place;
mais la richesse des Amentacées, qui constituent 15 ½ pour 100 de
la flore miocène, lui appartient en propre : car dans l'Amérique du
Nord, où cette famille atteint actuellement à son plus grand développement, elle ne forme que les 4 ½ pour 100 de la végétation.
La présence des Lauriers est tout aussi remarquable; ces arbres,
prépondérants par leur nombre dans la molasse, ne jouent actuellement ce rôle que dans la Nouvelle-Hollande, où ils déploient leur
plus grande richesse en espèces.

Des 920 espèces miocènes, 114 appartiennent aux plantes cryptogames et 806 aux Phanérogames. Parmi les premières, 64 sont des
végétaux cellulaires, et pour la plupart des Champignons parasites, vivant sur les feuilles d'autres plantes, sur des Peupliers, des
Érables, des Chênes, dont les feuilles sont encore aujourd'hui pré-
férées par ces Champignons globuleux et punctiformes. Parmi les
Algues, les Chares occupent la première place avec 9 espèces et
leurs fruits remplissent la roche par milliers sur certains points.
On n'a pas encore reconnu de Lichens et seulement de rares débris
de Mousses. Les Cryptogames vasculaires, si prépondérantes dans les
époques précédentes, sont connues par 50 espèces de Fougères, de
Prêles et de Lycopodiacées. Les Prêles sont très-rapprochées de celles
qui vivent actuellement, tandis que les 57 espèces de Fougères diffèrent beaucoup et que presque la moitié sont tropicales, et 7 espèces

seulement correspondent aux espèces vivantes d'Europe. Parmi les Gymnospermes, les Conifères des genres Cyprès et Abies ont joué un grand rôle dans la flore forestière de l'époque miocène, sur toute l'Europe, et on en a retrouvé 21 espèces en Suisse. Le plus fréquent des premiers est le *Glyptostrobus europæus*, dont l'espèce la plus voisine, le *Gl. heterophyllus*, croît en Chine et au Japon; après vient le *Taxodium dubium*, dont on rencontre les restes partout, en Europe et en Amérique, et dont les représentants actuels sont très-communs dans le sud des Etats-Unis et au Mexique. Avec eux on trouve dans la molasse des Cyprès de Californie, du Chili et d'Australie, ainsi que des Sapins. Des 11 espèces de Pins, plusieurs s'assimilent parfaitement avec des espèces américaines actuelles et les deux espèces de Sequoias, observées dans presque tous les gisements miocènes de l'hémisphère nord jusqu'en Islande et au Groënland, ont leurs parents les plus rapprochés dans les géants du monde actuel, les *Sequoia gigantea*, qui élèvent dans les forêts de la Californie leurs troncs hauts de 250 à 320 pieds. Les Monocotylédones ne donnent point lieu à une comparaison aussi complète avec les formes actuelles. Leurs feuilles et tiges fossiles ont permis de distinguer 25 Graminées et 30 roseaux identiques avec des espèces vivantes du sud de l'Europe, ainsi qu'une espèce de la famille des Ananas et 15 Palmiers différents. Ces derniers appartiennent soit à la tribu des Borassinées, soit à celle des Coryphinées ; de celle-ci est le *Sabal major*, très-rapproché du *Sabal umbraculifera* des Antilles et qui se rencontre dans toutes les couches miocènes de l'Europe ; d'autres formes rappellent encore les espèces américaines, ainsi que l'unique Palmier européen, le Palmier nain. Parmi les Dicotylédones enfin, nous trouvons beaucoup de familles qui n'existent plus en Europe et d'autres avec une plus grande richesse d'espèces qu'aujourd'hui. Les arbres à ambre portent de nouveau un caractère américain, de même que le Platane, très-répandu alors en Europe, *Platanus aceroides*. Les espèces de Saules ne correspondent point à celles de nos halliers actuels ; ils se rapprochent plutôt des Saules arborescents de la zone torride. Les Peupliers, au contraire, offrent une parenté à la fois avec les types européens, asiatiques et américains. Parmi les 90 espèces d'Amentacées, les Cupulifères dominent, représentées, le Hêtre excepté, dans tous les genres actuels de l'Europe ; mais leurs espèces ont surtout au ca-

chel exotique; car sur 35 espèces de Chênes, 13 appartiennent aux
types américains et 5 seulement à ceux de la Méditerranée. Les premiers étaient les plus abondants et les plus répandus en Europe à
l'époque miocène. À côté d'eux croissaient quelques Aunes, des
Bouleaux, des Ormes, et dans les endroits marécageux de nombreuses Myricées formant des buissons toujours verts. Les 17 espèces
de Figuiers de l'époque miocène sont indiennes et américaines,
aucune ne ressemble aux types européens, et les nombreuses Laurinées présentent encore avec plus d'intensité ce caractère tropical.
Le Tulipier est très-répandu, ainsi que plusieurs Myrtes et des
Tilleuls ; ces derniers aussi avec un type exotique. La flore actuelle
de la Suisse et de l'Allemagne ne possède que 5 espèces d'Érables;
la flore miocène en avait 20, toutes différentes des premières et
avec prépondérance de formes américaines; à côté d'elles croissait
un Savonnier de Surinam (*Sapindus falcifolius*). Les halliers des
forêts et les bocages le long des fleuves étaient formés en grande
partie par des Célastrinées aux feuilles coriaces, par des Rhamnées
et des Ilicinées toujours avec prédominance de formes exotiques.
Les Noyers étaient plus abondants que dans les forêts actuelles de
l'Amérique du Nord; les Rosacées herbacées, si nombreuses dans
notre flore actuelle, manquaient complétement à l'époque miocène.
L'Aubépine, le Prunier et l'Amandier ressemblent aux espèces vivantes d'Europe. Les Légumineuses offrent aussi un mélange de
types indigènes et exotiques. La flore miocène de la Suisse nous
présente donc 103 espèces du sud des États-Unis, 85 du nord du
même pays, 40 de l'Amérique tropicale, 6 du Chili, 58 de l'Europe
centrale, 79 de la région méditerranéenne, 25 de la zone tempérée
asiatique, 45 de la zone chaude et 40 de la zone torride du même
continent, 25 des îles de l'Atlantique, 26 d'Afrique et 21 de la
Nouvelle-Hollande. Ce mélange remarquable de formes, dispersées
aujourd'hui à de grandes distances, doit être considéré comme le
caractère principal de la flore miocène, et il reparaît dans les autres localités tertiaires avec des nuances plus ou moins marquées.

Les animaux fossiles appartiennent à toutes les classes et donnent
une idée très-frappante de la grande concordance spécifique, dans les
degrés inférieurs, entre cette période écoulée durant la formation des
couches tertiaires et l'époque actuelle. Presque jamais, quelques
Mammifères exceptés, on ne trouve dans ces strates, tant anciennes

que jeunes, une seule famille et encore moins un seul groupe supérieur manquant absolument aujourd'hui. Les genres seuls peuvent manquer ou apparaître dans l'une ou dans l'autre période. L'âge actuel n'a pas toujours l'avantage du grand nombre, souvent même, comme pour les *Pachydermes* par exemple, il est pauvre auprès de l'époque antédiluvienne; et lorsqu'il l'emporte sur celle-ci par la richesse des formes, c'est seulement dans les types les plus parfaits et les plus élevés qu'il obtient cette supériorité. Il faut donc le considérer comme une époque de progrès et se consoler d'une pauvreté qui, à la rigueur, peut-être considérée comme un avantage. Il existe donc toujours une différence importante entre l'organisation tertiaire et celle d'aujourd'hui, différence qui ne devient réellement profonde que lorsqu'on compare entre elles les mêmes régions aux deux époques. Les différences de zones et de régions géographiques, si marquées aujourd'hui, existaient alors, mais à un moindre degré. Ainsi, pour ne citer qu'un fait, on trouve dans les couches tertiaires des Chevaux, des Rhinocéros, des Éléphants et des Mastodontes sur l'hémisphère oriental, comme sur l'occidental, tandis qu'aujourd'hui les derniers manquent sur les deux continents à la fois et que les trois premiers ne vivent que sur le continent oriental. Cet exemple n'est pas le seul, il en existe beaucoup d'autres semblables, qui prouvent la grande ressemblance de l'organisation sur les deux continents, du moins dans l'hémisphère boréal. Nous avons déjà eu occasion de formuler ce résultat en parlant des plantes tertiaires. Cependant, il ne paraît pas s'appliquer aussi bien à toutes les contrées de la Terre existantes alors, et notamment il devient très-incertain pour les régions méridionales. Dans cette direction, les espèces tertiaires se séparent nettement en formes orientales, et formes occidentales, surtout dans les familles qui, comme les Édentés et les Marsupiaux, vivent encore aujourd'hui sur leur territoire natal très-limité. Les Paresseux grimpeurs et fouisseurs de l'époque tertiaire, aujourd'hui éteints, n'ont été observés que dans les couches tertiaires de l'Amérique; les Marsupiaux herbivores habitaient alors, comme aujourd'hui, seulement la Nouvelle-Hollande et pas une autre contrée. L'époque tertiaire, quoique moins uniforme que la période secondaire, n'est pas cependant, au point de vue organique, aussi variée et aussi parfaite que l'âge post-diluvien actuel de notre Terre.

Passant maintenant à l'examen de chacune des classes en particulier, nous retrouvons les *Infusoires* avec les mêmes caractères que dans la période crétacée. Nous les y avons vus (p. 279) contribuer à la formation de couches entières et nous avons distingué les *Foraminifères* à carapace calcaire et les *Spongilles* producteurs de silice. Ces animaux reparaissent de nouveau dans les couches tertiaires. Les Foraminifères (p. 107) se présentent sous l'aspect de coquilles calcaires de grandeurs microscopiques, composées de chambres placées les unes à la suite des autres ; les cloisons des chambres sont pourvues tantôt d'une grande ouverture, tantôt de plusieurs petites ; et ces chambres vont tantôt en s'agrandissant à partir de la première, tantôt sont absolument égales. Elles se soudent les unes aux autres, d'après des modes différents ; mais elles sont ordinairement sur un seul plan, quelquefois enroulées en spirale, d'autres fois opposées les unes aux autres de gauche à droite, tantôt enfin sur une seule série, se succédant en ligne droite[1]. Les représentants actuels de ces êtres animés habitent les mers et se fixent sur les plantes marines, ou reposent par milliards dans le sable du littoral ; on les a retrouvés dans des conditions semblables mélangés aux dépôts marins de l'époque tertiaire. Plusieurs, tels que les *Nummulina*, *Lenticulina* et *Miliola*, sont d'une abondance extraordinaire et ont servi à dénommer des couches qui ont pris les noms de *calcaire à Nummulites et à Lenticulites* (p 289). Ce genre est très-facile à reconnaître par sa forme en disque, ayant une grandeur variable, depuis celle d'une lentille jusqu'à celle d'un thaler, mais plat et composé de nombreuses petites chambres. Ces coquilles gracieuses attiraient déjà l'attention des anciens, et Strabon (XVII, l. § 34) raconte, sans y ajouter foi, à l'occasion des Pyramides égyptiennes, construites de calcaire à Nummulites, que les ouvriers de ces constructions gigantesques avaient laissé tomber des Lentilles qui, après s'être transformées en pierres, leur avaient servi de matériaux de construction. Mes lecteurs savent maintenant que ce n'étaient pas les ouvriers égyptiens, mais les sédiments qui, en s'accroissant peu à peu à la surface du sol, enveloppèrent les tests lenticulaires dans la roche et furent employés des milliers d'années après pour édifier les monuments les plus gigantesques élevés par la main de l'homme.

Les *Polypes* de l'époque tertiaire ne sont pas nombreux, sans

---

[1] Dans le second et le troisième cas, les chambres sont toujours en croissant, ce qui est très-contradictoire avec l'opinion que ces animaux sont des Polypes rayonnés.

doute, parce que beaucoup des étages de cette période sont des dépôts d'eau douce et que les quelques Polypes qui y vivaient n'avaient
que des enveloppes peu résistantes. Parmi les Bryozoaires, on a
quelques espèces calcaires appartenant aux genres *Cellaria*, *Flustra*,
Eschara, *Retepora*, *Cellepora*. On a aussi trouvé des genres éteints,
tels que les *Lunulites*, *Cupularia*, *Dactylopora* et *Ceriopora*. On les
rencontre dans le calcaire grossier, dans le sable conchylien, dans
le calcaire de Leith, le crag et d'autres dépôts marins (p. 294). Les
Anthozoaires ne sont guère plus nombreux et appartiennent, soit à
des genres vivants, tels que les *Isis*, les *Millepora*, les *Madrepora*,
les *Caryophyllia*, les *Astrea*, les *Mœandrina*, les *Oculina*, les *Tur-
binolia* et les *Fungia*, soit à des genres éteints, parmi lesquels les
Cyclolithes, les *Montlivaltia*, les *Trochocyathus* et quelques autres,
possèdent les espèces les plus nombreuses et les plus curieuses.

Les *Rayonnés* de l'époque tertiaire se présentent avec le même
aspect que les Polypes, probablement pour la même cause. On ne
connaît avec certitude que quelques espèces de *Crinoïdes* tertiaires des
genres *Pentacrinus* et *Apiocrinus*. Les *Astéroïdes* sont tout aussi
rares ; les *Échinoïdes* sont, au contraire, très-nombreux et appartiennent tant aux groupes rigoureusement réguliers des Cidarites et
des Échinites qu'à ceux, encore très-rares ou manquants avant la
formation crétacée, des Clypéastrides, des Nucléolithes et des Spatangides, et proviennent, soit de genres vivants aujourd'hui dans nos
mers, comme les *Clypeaster*, les *Echinocyamus*, les *Brissus*, les
Schizaster, soit de genres particuliers à l'époque tertiaire, comme
les *Scutella*, les *Pygorhynchus*, les *Conoclypus*, ou déjà existants
dans le terrain crétacé, tels que les *Pygurus*, les *Hemiaster* et les
Micraster. Les Salenies, si fréquentes dans la craie, ont complètement disparu, et nous ne retrouvons plus les Galérites de la période
secondaire, ni les Échinomètres de l'époque actuelle. Les gisements
sont les mêmes terrains où se trouvent les Cornux.

Les nombreuses coquilles de *Mollusques* que les couches tertiaires
renferment sont beaucoup plus importantes pour reconnaître l'âge
des divers étages, mais ont une signification bien moins grande pour
déterminer le caractère particulier de l'organisation durant cette
époque. On en a déjà recueilli plus de 500 genres et environ
9,000 espèces ; 50 à peine des premiers manquent aujourd'hui.
Lorsqu'un genre est éteint, ce groupe appartient en général exclu-

sivement à l'époque tertiaire, car un huitième seulement existe en même temps dans la craie. Le rapport numérique de ces genres, au point de vue de leur distribution dans les quatre ordres dont nous avons toujours eu à nous occuper jusqu'ici, présente une analogie frappante avec l'époque actuelle ; en effet, 9 d'entre eux seulement sont des *Brachiopodes*, 12 des *Céphalopodes*, 170, au contraire, des *Gastéropodes*, et plus de 120 des *Cormopodes*. Les Gastéropodes dominent donc sans conteste, et parmi eux les *Zoophages*, rares jusque-là. Aucune époque antérieure n'a possédé une richesse approchante de Gastéropodes d'eau douce et terrestres. Nous avons déjà fait voir (p. 289) comment ces rapports se modifient dans le cours de l'époque tertiaire, suivant l'âge plus ou moins ancien des couches. Parmi les formes les plus remarquables des périodes antérieures, on ne retrouve plus le groupe *Delthyris*, que nous avons déjà perdu dans la craie, ainsi que les Rudistes ; les *Trébératules* proprement dites, sont peu nombreuses, environ 16 espèces, et la plupart lisses et chétives, telles qu'on les voit aujourd'hui, ainsi que dans la craie et même déjà dans le muschelkalk. Outre cela, on ne rencontre plus que des genres vivants encore, tels que les *Lingula*, les *Crania* et les *Orbicula*. Des trois époques que nous venons de nommer, la tertiaire est encore la plus défavorable pour les *Céphalopodes*. Les Bélemnites et les Ammonites de la craie sont disparues comme aujourd'hui ; les *Nautilus*, proprement dits à cloisons lobées, qui, de même que les Clyménies, existent encore, apparaissent au contraire. De même que ces dernières forment le passage aux Ammonites dans les temps primitifs, ainsi font les Nautili (*Aturia* ou *Aganides*) dans les époques récentes ; ils établissent la continuation d'une famille dans une autre pendant deux périodes, et prouvent très-clairement la tendance à effacer les oppositions entre les espèces par des formes intermédiaires. Les genres *Beloptera* et *Belosepia* jouent un même rôle d'intermédiaires entre les Sépias proprement dites et les Bélemnites ; en effet, leur os dorsal, long et étroit, qui représente le grand cône des Bélemnites, supportait un rostre calcaire, petit et à une seule courbure, dont la cavité conique interne était munie, chez les Beloptera, comme chez les Bélemnites, de cloisons et d'un siphon. Toutes les espèces de ces deux genres sont fossiles et particulières aux étages tertiaires inférieurs (calcaire grossier). Il faudrait donc reconnaître aux Céphalopodes de cette période une certaine autonomie, du moins par rapport aux époques plus anciennes [1]

Les *Articulés* jouent, à l'époque, tertiaire, comme dans toutes les précédentes, un rôle très-subordonné : ce qu'il faut plutôt attribuer à la nature molle, extrêmement fragile de leur corps très-petit, qu'à leur grande pauvreté dans les temps géologiques. On ne connaît assez exactement que les Crustacés revêtus de cuirasses pierreuses, et les Insectes conservés dans l'ambre jaune et diverses marnes d'eau douce. Les *Vers* manquent complètement, à l'exception de nombreux tubes de *Serpules*. Les *Crustacés*, au contraire, ont de nombreux représentants appartenant à toutes les divisions principales des formes actuelles. Nous avons rencontré dans la craie

[1] Les recherches poursuivies sur les coquilles tertiaires des divers pays apportent tous les jours de nouvelles espèces, mais elles ne modifient nullement les résultats généraux acquis. Les coquilles tertiaires les plus nouvelles sont, en général, très-rapprochées des espèces vivant actuellement dans les mêmes lieux, et un grand nombre même sont identiques pour les deux époques, en admettant qu'elles habitent le même élément. Lorsqu'on rencontre des coquilles fossiles marines dans des lieux qui aujourd'hui sont éloignés de la mer, il ne faut pas chercher au même endroit une espèce vivante analogue, mais seulement dans les mers les moins distantes. On a constaté ce fait intéressant, que ces coquilles marines se retrouvent aujourd'hui habitant des mers situées plutôt au sud qu'au nord. Les coquilles tertiaires du nord de l'Allemagne en sont un exemple frappant : très-peu d'entre elles vivent aujourd'hui dans les mers du Nord et Baltique, tandis qu'un beaucoup plus grand nombre existent dans la Méditerranée. Cette circonstance surprend moins lorsqu'on remarque que la ressemblance de ces coquilles avec celles du terrain tertiaire supérieur d'Italie (formation des Apennins) est beaucoup plus grande qu'avec celles qui vivent actuellement dans la Méditerranée, et, d'un autre côté, elles sont plus éloignées du tertiaire inférieur du bassin de Paris que de l'époque actuelle. Au contraire, les coquilles marines du tertiaire supérieur des diverses localités de l'Europe centrale offrent entre elles une très-grande concordance presque parfaite. Les coquilles terrestres et d'eau douce sont moins généralement répandues dans les couches tertiaires et ne se prêtent point aussi bien à des déductions générales. La vallée du Rhin possède dans le loess une formation d'eau douce puissante et très-rapprochée de l'époque du diluvium ; elle renferme de nombreux individus de coquilles terrestres et d'eau douce, mais très-peu d'espèces différentes. Ce sont, en général, des Mollusques qui vivaient dans les régions forestières humides et ombragées, dans des montagnes fraîches et qui prouvent clairement que le loess a été formé par les eaux des Alpes. La plus grande majorité existe encore, mais beaucoup seulement dans la Suisse : le nombre de celles qui manquent actuellement dans les deux localités est petit, il atteint à peine à l douzième du nombre total. Au-dessous du loess, suivent les couches marines tertiaires du bassin de Mayence (p. 301), qui renferment 270 espèces différentes de coquilles : 70 environ sont des Linaires terrestres et 28 d'eau douce ; 10 seulement des Linaires terrestres sont encore vivantes dans la même contrée et 41 ont complètement disparu d'Europe. Cet étage n'a que quatre espèces communes avec le loess. — Tous ces faits nous ramènent donc à cette conclusion déjà plusieurs fois formulée : la ressemblance du présent avec le passé est d'autant plus grande que le point comparé est plus rapproché, d'autant moindre qu'il est plus éloigné. En outre, la comparaison du monde organique le plus récent de l'époque tertiaire avec celui d'aujourd'hui permet encore qu'une température plus chaude a précédé immédiatement notre climat actuel très-tempéré.

les premières traces de la famille intéressante des *Cirripèdes* devenus fixes et immobiles avec leur développement complet ; nous les
retrouvons aussi ici, mais en plus grand nombre et plus variés, et
toutes les formes principales vivantes sont représentées. Après eux,
viennent les coquilles bivalves des genres *Cypris* et *Cythère*, qui
existent en grand nombre dans plusieurs calcaires d'eau douce.
Aujourd'hui encore, on retrouve ces créatures dans tous les lacs et
les étangs dont les eaux sont claires. Parmi les Crustacés molluscoïdes
(*Limulus*) dont nous avons constaté l'existence pour la première
fois dans les couches supérieures du muschelkalk, mais dont la présence n'est pas encore démontrée dans la craie, la première espèce
tertiaire a été découverte tout récemment dans le grès à lignite de
Weissensfels[1]. A côté des *Stomapodes* et des *Macroures*, que nous
avons déjà rencontrés dans le terrain jurassique et dans les couches
les plus inférieures du trias, on voit apparaître en grand nombre les
Brachyures, d'abord rares dans le jurassique et le crétacé : de même
aussi se montrent les premiers vrais *Crustacés annelés* (*Arthro-
straca*) à tête libre, mobile et yeux immobiles, les *Isopodes*. Leurs
cuirasses sont trop molles pour avoir pu résister à des pressions
considérables ; nous ne les retrouvons donc qu'en petit nombre dans
les couches tertiaires, et peut-être est-ce pour cela qu'on n'a pas
pu constater leur présence dans le crétacé. On a observé des Oni-
scides terrestres dans l'ambre jaune. On y retrouve aussi beaucoup de *Mites* et d'*Araignées* ; ces dernières ont laissé leurs traces
dans la marne d'eau douce d'Aix et d'Œningen, très-riche en *Insectes*
des groupes les plus divers. Ces formations lacustres, observées dans
les régions les plus éloignées et que l'on peut considérer comme
des dépôts de lacs intérieurs, renferment des quantités considérables de ces animaux et ont révélé une faune d'Insectes très-importante pour l'époque tertiaire. Oswald Heer a déjà décrit 844 espèces
d'Insectes provenant de la marne lacustre d'Œningen : ce sont en
majorité des Coléoptères, des Hémiptères et des Hyménoptères, quelques Diptères, Orthoptères et Névroptères et seulement 5 Lépidoptères. Cette marne, dont la flore est remarquable par l'abondance
des arbres, voit aussi prédominer dans la même proportion les In-

[1] Voi. mon mémoire sur le *Limulus Decheni*, dans la *Zeitschrift für gen. Naturwiss.*, 1863, xxi, 61. Cf. T. — G.

sectes lignivores. Dans la faune actuelle de la Suisse, les Coléoptères lignivores sont aux autres Coléoptères dans le rapport de 1
à 8 ; dans la faune d'Œningen, cette proportion s'élève de 1 à 5.
On remarque surtout le grand nombre de Buprestides (40 espèces),
auxquels se rattachent les nombreux Capricornes et Trogosites,
tandis que les plus terribles de nos destructeurs de forêts, les Scarabées disséqueurs, manquent complétement. Les voraces insectes
d'eau, tels que les Coléoptères et les larves de Libellules et de Cousins, les Nèpes et les Punaises d'eau, sont abondants. 41 genres
seulement et 140 espèces sont particuliers à la faune d'Œningen ;
les 180 autres genres existent actuellement en Europe et en Amérique. Ceux de ce dernier pays ne déterminent point le caractère
général qui se rapproche plutôt de la faune entomologique actuelle
de la Méditerranée par la parenté des espèces. Après la marne d'Œ-
ningen, l'Ambre jaune, si riche en corps d'Insectes, a le plus contribué à nous instruire sur ce groupe d'animaux pendant l'époque
tertiaire. Ici encore nous ne retrouvons point une complète identité spécifique de cette période avec le temps présent, bien que cependant il y ait de grands rapports avec la zone tempérée actuelle.
On y remarque aussi des formes exotiques, mais aucun type tropical extraordinaire que le climat, beaucoup plus chaud, et la végétation si luxuriante rendaient probable. Parmi les plus remarquables, on peut citer, à cause de leur abondance, les enveloppes de
larves de Phryganes, que l'on a rencontré en Auvergne dans des
marnes lacustres. Leur conformation ressemble complétement avec
les formes analogues actuelles ; leur taille est très-grande, puisque
quelques-unes ont plus de 2 pouces de long et $\frac{1}{2}$ pouce de large.
Ces tubes ont été déterminés sous le nom d'*Indusia tubulata*, et le
calcaire qui en renferme des bancs complets a pris le nom de *calcaire à Induses*.

Si nous passons maintenant aux *Vertébrés* tertiaires, nous rencontrons parmi les Poissons, en grande partie, des genres existant encore aujourd'hui. Les formes primitives à écailles anguleuses ont
complétement disparu, car les quelques dents que l'on rapportait
aux Pycnodontes de l'époque jurassique proviennent de Poissons
osseux et même de genres encore vivants. Parmi les Poissons osseux
à écailles pectinées et cycloïdes (Cténoïdes et Cycloïdes, p. 458), on a
retrouvé presque toutes les familles vivantes, et les plus abondantes

sont aussi celles qui aujourd'hui offrent la plus grande richesse en espèces et en individus. Leurs débris existent dans les divers dépôts marins et lacustres, depuis les plus anciens jusqu'aux plus récents de l'étage tertiaire. Un des gisements les plus anciens et les plus riches est la marne du Monte Bolca, près de Vérone, appartenant à la formation nummulitique : on en a décrit 80 genres, renfermant 150 espèces bien déterminées. Parmi les genres, 50 vivent encore actuellement, et les 30 autres ne sont représentés par aucune espèce dans nos eaux modernes. Le schiste noir du canton de Glarus (p. 201) a donné 55 espèces, qui presque toutes sont des Acanthoptérigiens et quelques-unes des Harengs et des Saumons ; toutes se rapprochent beaucoup des formes actuelles. Parmi les 15 genres que l'on a constaté dans les 32 espèces de la marne d'Œningen, 12 vivent encore dans les eaux de la Suisse ; mais aucune des 25 espèces qu'ils comprennent n'est identique avec les vivantes ; quelques-uns des autres nous offrent des formes américaines, comme chez les Insectes et les plantes. La plupart des formations tertiaires contiennent des dents de Squales et de Raies, qui se classent, en partie dans des genres éteints, en partie dans des genres vivants.

Les *Reptiles*, qui jusqu'ici ont formé la classe de Vertébrés la plus intéressante des époques antédiluviennes, ne conservent plus qu'une faible partie de leur originalité, leurs formes bizarres, ainsi que je l'ai déjà dit, passant dans la classe des Mammifères avec la période tertiaire. En somme, cette époque a été beaucoup plus pauvre en représentants de ce groupe que les âges précédents, et les rapports numériques de cette classe avec les autres présentent une grande concordance avec l'époque actuelle. Les grands monstres marins que les couches jurassiques et une partie des étages crétacés nous ont conservés, manquent ici ; au contraire, les Reptiles terrestres et d'eau douce, rares jusqu'ici, deviennent communs. Les derniers se rencontrent ordinairement dans des couches autres que celles des Poissons, et prouvent ainsi qu'ils vivaient dans un milieu différent. Sur 40 genres, avec près de 100 espèces que l'on connaît dans les formations tertiaires, beaucoup sont des Tortues, plusieurs des Lézards crocodiliens, quelques Serpents, beaucoup de Batraciens et d'autres Reptiles nus. Mais la plupart ne nous sont parvenus qu'en fragments trop incomplets pour qu'il soit possible d'établir ou de nier leur identité spécifique avec ceux qui vivent aujourd'hui. Nous ne nous arrêterons donc un peu que sur quelques formes particulièrement intéressantes. Sous ce rapport, nous devons donner notre attention avant tout au squelette d'une Salamandre gigantesque (*Cryptobranchus diluvianus seu primigenius*, *Proteocordylus diluvii*, *Andrias Scheuchzeri*) qui a longtemps été

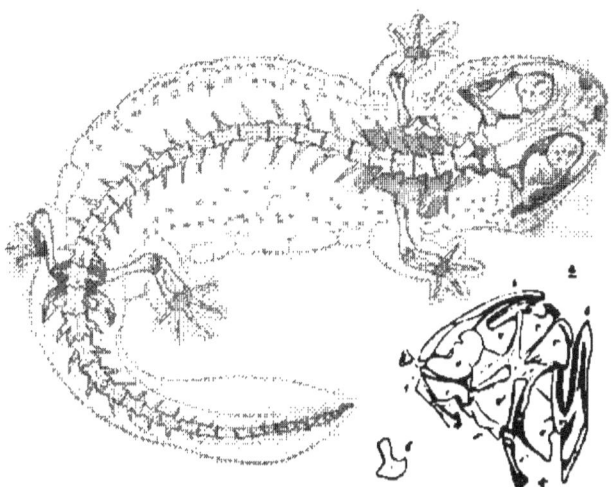

Fig. 58. — 1. *Cryptobranchus Japonicus* (*Salamandra maxima*, Schleg.), le squelette avec les contours de l'animal ; 2. crâne du *Cr. primigenius* d'en bas ; a. maxillaire supérieur ; b. maxillaire inférieur ; c. vomer ; d. os sphénoïdal ; e. os palatin ; f. occipital ; G. cornes de l'os hyoïde ; hh. os tympanal ; i. omoplate.

considéré comme un squelette humain, d'après l'ancienne description (1720) qu'en avait fait Scheuchzer et dont on déduisait la démonstration irréfutable de l'existence de l'homme antédiluvien. Cette erreur, si bizarre qu'elle puisse nous paraître, était cependant possible, parce que le squelette de la queue et les extrémités des membres manquaient, et que par conséquent il eût fallu une étude ostéologique minutieuse pour faire connaître la vraie organisation de l'animal à l'aide de ces os tronqués. Cuvier y reconnut du premier coup d'œil une Salamandre, lorsque déjà P. Camper avait démontré son caractère de Reptile, mais en croyant y voir un Lézard ;

Blumenbach et d'autres écrivains anciens attribuaient ces os à un Poisson siluroïde. Plus tard, la découverte d'une grande Salamandre, longue de 5 pieds, rapportée du Japon et dont nous donnons le dessin, prouva la justesse de l'opinion de Cuvier, et d'autres savants démontrèrent que cette Salamandre avec le fossile et une troisième espèce qui conserve au cou les fentes branchiales (*Menopoma alleghanensis*) et habite dans les lacs de l'Amérique du Nord, constituent un seul et même genre, et n'est point, par conséquent, un être aussi énigmatique, comme on aurait pu le croire, d'après la première divergence d'opinions[1]. On en connaît déjà 15 exemplaires trouvés dans la marne lacustre d'Œningen, qui a aussi fourni une Grenouille gigantesque analogue à la Grenouille à cornes (*Ceratophrys cornuta*) du Brésil, trois Crapauds et Orvets, autant de Serpents et deux Tortues.

Les *Oiseaux* fossiles sont des raretés partout, même dans les couches tertiaires; on y en rencontre cependant beaucoup plus que dans les formations antérieures. On connaît à peu près 50 genres différents à l'aide d'os isolés et de fragments, et on n'a retrouvé que peu de squelettes complets; aussi les renseignements sont-ils, pour la plupart, extrêmement douteux, et c'est à peine s'ils permettent d'atteindre à une certitude générique, pour ne pas dire spécifique. Ces fragments paraissent cependant avoir solidement établi que tous les principaux groupes actuels, tels que les Oiseaux carnassiers, les Grimpeurs, les Pigeons, les Gallinacés, les Échassiers, les Palmipèdes existaient alors. Leurs os se trouvent tantôt dans des couches lacustres, comme dans le gypse de Paris et d'Auvergne, tantôt dans des cavernes et des brèches à ossements où ils ont été charriés par des courants avec les os d'autres Vertébrés. La grande fragilité des os d'Oiseaux, causée, d'un côté, par leur faible dimension; de l'autre, par leur structure pneumatique creuse, a fait qu'ils n'ont pu se bien conserver dans les chocs qu'ils ont éprouvé de la

[1] La concordance générique de la Salamandre du Japon avec celle d'Œningen, établie par van der Hoeven (*Tydschrift*, etc. 1858), me paraît incontestable, et l'emploi d'un nouveau nom de genre pour le fossile, inutile. Le *Menopoma* ne diffère point ostéologiquement de ces deux grandes Salamandres et devrait être introduit dans le même genre. Notre figure de l'animal japonais est au même rapport de grandeur que le crâne du fossile placé à côté : en les comparant ensemble, on voit que le dernier est relativement un peu plus large que la tête du japonais, mais, pour le reste, il offre la même conformation. Le squelette, dans les deux espèces, est tout aussi ressemblant dans les parties que l'on a pu comparer, et on n'y peut reconnaître aucune différence spécifique.

part des grands et lourds os des Mammifères, au milieu de l'agitation violente qui dut nécessairement régner avec les inondations [1].

Les Fossiles les plus importants des formations tertiaires sont,
sans conteste, les nombreux restes de Mammifères qu'on y a trouvé.
Ils réclament tout particulièrement notre attention, non pas simplement parce qu'ils sont les plus nombreux, mais encore parce que
c'est dans cette période que les Mammifères apparaissent, pour la
première fois, en grand nombre, et qu'ils servent à déterminer
l'âge différent des couches successives par la distance qui les sépare
les uns des autres, aussi bien que des types actuels.

Commençons d'abord par les lieux où on les trouve. Les couches
neptuniennes qui composent la formation tertiaire ne sont plus les
gîtes uniques ; mais il faut en ajouter deux nouveaux, que nous
n'avons pas encore observés jusqu'ici, et qui, à cause de l'abondance
de leur contenu, ont donné lieu à l'emploi des dénominations de
cavernes à ossements et de *brèches à ossements*. Les cavernes à ossements sont des excavations naturelles qui existent dans les roches
des diverses formations et qui s'étendent irrégulièrement à travers
la roche, sans avoir de formes déterminées. Sur certains points
elles s'élargissent en de hautes et vastes voûtes, pour se rétrécir plus
loin et conduire à de nouvelles salles par d'étroits couloirs ; elles
peuvent se prolonger ainsi sous terre à de grandes distances, même
jusqu'à un quart de mille. Leurs entrées se trouvent sur les flancs des
vallées qui coupent les formations, et elles n'ont pu se former que
très-tard, avec le creusement des vallées, longtemps après la naissance des couches qui les circonscrivent. Les cavernes, en effet, ne
sont point d'origine primitive, mais le résultat de phénomènes locaux.
Celles, par exemple, qui existent dans les roches calcaires ont été
formées par des érosions d'eaux chargées d'acide carbonique qui s'é-
coulaient dans les vallées où se trouvent leurs ouvertures actuelles.
Quelques-unes, creusées dans des roches plutoniques, doivent peut-
être aussi leur existence à des actions plus complexes, par exemple,
à l'expansion de gaz confinés. Les courants d'eau pénétraient
dans ces cavernes avec leurs matériaux de transport, lorsqu'ils s'é-

[1] Tout récemment on a découvert à la Nouvelle-Zélande les os d'un Oiseau gigantesque,
du genre des Autruches, le *Dinornis*, *Palapteryx*, *Aptcrornis*, et on en a déterminé plusieurs espèces différentes. Des voyageurs affirment que quelques-uns d'entre eux ont encore vécu dans les temps historiques. Les os de Dinornis que j'ai sous les yeux, à Berlin,
ne sont pas fossiles.

coulaient par les vallées après des inondations générales, et les remplissaient, autant que le permettait le poids du niveau supérieur de l'eau et l'élasticité de l'air enfermé. Ces deux forces se mettaient dans un état d'équilibre réciproque, qui avait pour conséquence la précipitation au fond de l'eau des matières transportées. Il se déposait sur le sol des cavernes des couches de calcaire, de lehm, ou de sable que l'eau charriait avec elle, et les ossements d'animaux qu'elle roulait avec ces graviers s'y enfouissaient. Plus tard, lorsque l'eau venait à s'abaisser au-dessous du niveau de l'entrée, celle qui était à l'intérieur s'écoulait aussi, si la position de cette ouverture le permettait, ou bien s'évaporait lentement, si elle avait dû rester en grande quantité. Ces inondations ont pu se répéter de nouveau, à des époques différentes, et couvrir le sol des cavernes de formations très-diverses. Ces cavernes peuvent aussi avoir servi, longtemps avant leur remplissage, de repaires aux animaux les plus différents. Des Chauves-Souris, des Hiboux, d'autres oiseaux nocturnes et des animaux carnassiers de toutes espèces, peuvent y avoir habité à côté les uns des autres, comme ils le font encore aujourd'hui dans les excavations naturelles ou artificielles de cette nature, et n'y avoir été ensevelis ou détruits que lorsque les eaux les remplirent au milieu des bouleversements causés par le conflit des éléments. Ce dernier cas est le plus vraisemblable pour quelques cavernes qui ne contiennent en grande quantité des os que d'une seule espèce d'animaux, par exemple d'Hyènes ou d'Ours. Le fait même est complétement avéré, depuis qu'on a observé, à l'entrée ainsi qu'aux parois, des places usées par le frottement répété qu'y ont exercé ces animaux et depuis qu'on a remarqué, au milieu de leurs ossements, des os d'Herbivores rongés et broyés, ainsi que des couches entières de leurs excréments étendues sur le sol, au-dessous des sédiments postérieurs. D'autre part, il y a des cavernes qui contiennent seulement des os d'Herbivores, tels que Chevaux, Rhinocéros, Moutons et Cerfs; et comme ces animaux n'aiment guère à se retirer dans les cavernes, il faut croire que, poussés par la terreur causée par les bouleversements, ils y cherchaient un lieu de refuge, ou, ce qui est plus probable, qu'ils vivaient dans les lieux voisins, et que les courants d'eau ont charrié leurs restes où nous les trouvons aujourd'hui. On a des preuves évidentes de tous ces cas. Les cavernes de Muggendorf et de Gailenreuth, creusées dans la dolomie du terrain d'Ours, mais elle est moins riche que les précédentes. La caverne du Chokier, creusée dans le calcaire houiller, sur le Maas, à Lüttich, se distingue, au contraire, par sa grande richesse en os fossiles. On trouve encore d'autres cavernes intéressantes et riches en France, par exemple, à Montpellier, dans le calcaire grossier, à Bize (département de l'Aude), dans le calcaire jurassique; en Italie, dans l'Amérique du Nord, et surtout dans l'Amérique du Sud, à Velhas, desquelles tout récemment M. Lund a extrait une grande abondance de types de Mammifères fossiles, dont le nombre dépasse la faune actuelle du Brésil, déjà très-variée, et fournit des formes antédiluviennes correspondant à presque toutes celles qui vivent dans ce pays. — *Les brèches à ossements* sont moins importantes; ce sont des crevasses, ouvertes dans d'anciennes roches et béantes à la superficie; elles se sont remplies avec les décombres que les eaux y ont entraînées. Au milieu de ces remplissages se trouvent des os d'animaux fossiles qui en constituent souvent la masse principale. On les rencontre surtout le long des côtes de la Méditerranée, par exemple, au château de Nice, en Corse, à Cagliari, en Sardaigne, à Cette et à Gibraltar, à San Cino, près de Palerme, à Syracuse et en d'autres endroits. On a même déjà trouvé une de ces crevasses remplies d'animaux antédiluviens dans la Nouvelle-Hollande, sur le fleuve Bell, dans l'intérieur des terres, à 35 milles de Newcastle. L'Allemagne en possède aussi dans plusieurs endroits, par exemple, une à Quedlinbourg, qui a déjà fourni quatre dents de Rhinocéros, des dents de Mammouth et des os nombreux d'Hyènes, de Chevaux, de Cerfs, de Lièvres et de Marmottes. Elle se trouve dans le gypse et est remplie avec du loess qui empâte les ossements.

Les espèces trouvées dans ces divers gisements se présentent tantôt comme des formes particulières et étrangères que l'on rencontre plus particulièrement dans les couches tertiaires inférieures et moyennes contemporaines des lignites les plus anciennes, du calcaire grossier du bassin de Paris et de Londres, ou de la formation de la *tegel* (argile plastique, p. 505), tantôt offrent des types nombreux qui se rattachent de très-près aux espèces actuelles et que plusieurs savants ont même considéré comme de simples variétés. On a constaté qu'il ne manque aucune des familles de Mammifères vivants, et si on rencontre quelques formes qui n'entrent pas sur-le-champ dans ces familles, c'est que leur véritable affinité

n'est pas encore complétement déterminée. En général, nous ne
possédons que des fragments incomplets qui nous laissent en sus-
pens, à cause de l'absence de leurs organes caractéristiques. Quant
aux espèces parentes et très-rapprochées des nôtres, elles sont le
plus souvent plus grandes que celles qui vivent et, bien qu'il y ait
eu aussi alors des espèces petites, il est cependant rare que les
grandes n'aient pas existé simultanément. L'Ours antédiluvien des
cavernes dépasse de beaucoup, par la taille, l'Ours polaire et l'Hyène
de la même époque est, quant aux dimensions, avec l'Hyène actuelle, comme le Dogue au Barbet. Les Éléphants tertiaires ne semblent point avoir été beaucoup plus grands que ceux d'aujourd'hui ;
les Rhinocéros et les Hippopotames avaient des espèces plus grandes
et plus petites que celles qui vivent actuellement. Ces animaux possédaient alors un vêtement de poils longs et épais, comme les Porcs,
seuls parmi les Pachydermes, en portent aujourd'hui. On a voulu
en conclure l'existence d'un climat plus âpre auquel ces animaux
étaient exposés dans leur lieu d'origine, et on a admis qu'à l'époque tertiaire la plus récente, lorsque l'Éléphant habitait nos plaines,
les différences de zones étaient déjà aussi tranchées qu'aujourd'hui.
Mais ce vêtement épais de poils ne justifie nullement ces conclusions,
puisque nous voyons encore sous nos yeux des animaux à pelage
très-épais, comme les Paresseux, vivre dans la zone tropicale, et
que les animaux carnassiers polaires n'ont pas une fourrure plus
chaude que ceux des tropiques. Malgré ce vêtement épais de poils
des Pachydermes, le climat de l'Allemagne peut donc très-bien n'a-
voir pas été plus chaud à cette époque qu'il ne l'est maintenant, et
même, lorsqu'on prend en considération la flore et la faune entière,
ses variations semblent avoir eu à peu près le caractère du régime
climatologique que nous trouvons actuellement sur le littoral de la
Méditerranée. Là, en effet, vivent encore aujourd'hui, dans les endroits où l'influence modificatrice de l'homme a eu le moins d'action, toutes les formes organiques qui alors étaient répandues sur
le sol de l'Europe centrale. Ces Hyènes, ces Ours, ces Tigres, etc.,
de dimensions beaucoup plus grandes, nous apprennent aussi que
les animaux carnassiers prédominaient à cette époque et nous donnent lieu de présumer qu'il devait aussi exister un nombre considérable de grands Herbivores pour satisfaire aux besoins de Carnivores si grands et si nombreux. Le fait est d'ailleurs avéré pour le

genre Cervus; mais les Chevaux ni les Ruminants n'avaient une taille plus grande que de nos jours : il faut donc admettre que c'était uniquement par leur multiplicité énorme que les Herbivores pouvaient satisfaire aux besoins de ces Carnassiers.

Les *Cétacés* ou Mammifères à deux nageoires, par lesquels nous commençons le tableau systématique de la classe, ont été observés plusieurs fois dans les couches marines; cependant ils sont rares, à l'exception d'une seule espèce. Autant que nous les connaissons, ils ne s'écartent pas essentiellement dans leur conformation générale des formes vivantes, mais présentent des différences de détails qui tantôt sont génériques, tantôt affectent un degré plus élevé. On ne connaît de restes de Cétacés à fanons (*Balænodea*) que dans le diluvium; mais les Cétacés pourvus de dents (*Delphinodea*) apparaissent déjà dans le tertiaire inférieur. C'est à ce groupe qu'appartiennent les genres *Ziphius* et *Zeuglodon*. Le premier possédait la même conformation générale que le Dauphin sans dents, et d'après Blainville, ne doit pas être séparé du genre *Hyperodoon*. On a trouvé à Anvers, dans le lit de l'Escaut, un crâne de cet animal enfoui profondément au-dessous du lit actuel de la rivière; le crâne d'une seconde espèce a été découvert sur les côtes de la Méditerranée, et dans ces derniers temps, on a constaté son identité avec des exemplaires vivants. D'autres débris de Dauphins ont été trouvés dans les couches miocènes. Nous devons notre attention surtout au *Zeuglodon*, animal dont les noms sont aussi nombreux que les lieux dans lesquels il a été découvert (*Basilosaurus* Harlan, *Dorudon* Gibbes, *Squalodon* Grateloup, *Hydrarchos* Koch, et que chaque savant a déterminé d'une manière différente. Harlan le considérait comme un Saurien, et cette opinion a été reproduite depuis par Carus et Reichenbach; Owen, qui lui a donné le nom adopté par nous, reconnut le Mammifère à ses dents, le Cétacé à ses vertèbres, et nous arrivâmes au même résultat J. Müller et moi, en étudiant les ossements recueillis par Koch, durant leur exhibition à Berlin et à Leipsick. Le *Zeuglodon* avait le tronc d'un Cétacé, mais un peu plus élancé, et son crâne réunissait, d'une manière curieuse, des rapports ostéologiques communs aux Phoques et aux Cétacés. Depuis l'occiput jusqu'au front la tête était conformée comme chez le Phoque; mais la région frontale s'élargissait au-dessous des yeux, absolument comme chez les Cétacés, et séparait ainsi en partie la cavité orbitaire de la grande et large fosse temporale. Aux frontaux élargis se soudaient des maxillaires supérieurs également très-larges; mais la région du nez perdait le caractère des Cétacés pour prendre celui des Phoques. La dentition ressemblait dans ses traits essentiels au type dentaire des Phoques proprement dits, tandis que les

mâchoires, surtout, l'inférieure, offraient plus d'analogie avec celles des Dauphins. De grandes molaires du maxillaire inférieur et une canine, dont nous donnons le dessin (fig. 54. — 1 et 2), sont les restes que l'on retrouve le plus souvent, et c'est à elles que font allusion les divers noms imaginés par les naturalistes. Le terme *Zeuglodon* rappelle l'étroite commissure qui existe entre les deux alvéoles des dents molaires; *Dorudon* indique la forme en pertuisane de la couronne; *Squalodon* fait allusion à la ressemblance avec les dents de Squales. Les termes *Basilosaurus* et *Hydrarchos* n'expriment rien de caractéristique de l'animal, et sont les dénominations les moins appropriées; car il n'est ni un Lézard, ni plus grand qu'un Cétacé, bien qu'il ait pu être plus vorace et plus terrible pour son entourage. Il avait, dans son aspect, beaucoup de commun avec les Céta-

Fig. 54. — Dents
du *Zeuglodon cetoides.*

cés, mais le corps plus élancé et la tête beaucoup plus petite, ainsi que les nageoires plus petites aussi (on ne sait si elles étaient au nombre de deux ou de quatre), lui donnaient une physionomie de Dragon. Mais il ne faudrait pas pour cela aller chercher le fabuleux Serpent de mer dans le Zeuglodon, comme les journalistes l'ont si souvent affirmé pendant l'exhibition des ossements. Cet animal n'était nullement un monstre mythique, comme ces Dragons et Serpents de mer, mais il a existé réellement, bien qu'il soit éteint depuis des milliers d'années. On recueille ses ossements dans des couches marines appartenant à la période du tertiaire inférieur et on les a trouvés jusqu'ici surtout dans diverses localités du sud des États-Unis de l'Amérique du Nord et plusieurs fois dans le bassin de la Méditerranée. Cet animal habitait sans doute la région tropicale de tout l'Océan boréal.

Un peu plus jeunes que ce type bizarre sont les *Sirènes*, animaux du genre des Cétacés à nageoire caudale indivise, ouvertures nasales antérieures, dents molaires à tubercules émoussés et mamelles à la poitrine. Représentés aujourd'hui par deux genres vivants (*Manatus* et *Halicore*) et un éteint depuis les temps historiques (*Rhytine*), ils possédaient à l'époque tertiaire un grand nombre d'espèces dont quelques-unes correspondent aux genres actuels *Manatus* et *Halicore*. On en a trouvé des restes et même toutes les parties du squelette à Montpellier, Lüttich, sur le Rhin, en Italie et dans l'Amérique du Nord.

Le *Morse* (*Trichechus*) à longues défenses, forme, pour ainsi dire, le passage des Sirènes aux *Phoques* qui se distinguent par une dentition tranchante de Carnivore. Ils existaient les uns et les autres à l'époque tertiaire, mais seulement dans les couches les plus récentes.

Les *Pachydermes* ou Multongulés, qui se rattachent, par leur grande ressemblance dans la conformation des dents, immédiatement aux Pinnés, du moins aux Morses et aux Sirènes, sont les plus communs de tous les Mammifères fossiles. On les trouve dans tous les étages tertiaires, depuis les plus anciens jusqu'aux plus jeunes, en quantité égale, bien qu'avec des espèces différentes. Cette richesse de formes, au moins trois fois plus grande qu'aujourd'hui, ne doit pas être attribuée uniquement au grand nombre de variétés; mais il faut encore tenir compte de cette circonstance que les Multongulés appartenant aux Mammifères les plus grands, leurs os étaient plus solides, plus forts et plus durs que ceux des autres animaux contemporains. Ils ont donc pu résister mieux et plus longtemps à l'action violente des bouleversements et nous parvenir en plus grande abondance que les autres os. Actuellement les Pachydermes se subdivisent en deux groupes principaux dont l'un possède aux pieds des sabots de grandeur égale et placés les uns à côté des autres; l'autre, au contraire, en a deux grands en avant et deux petits en arrière. Ce dernier groupe est représenté par les *Porcs*; le premier renferme l'Éléphant, le Rhinocéros, le Tapir et l'Hippopotame qui représentent autant de formes particulières. Toutes ces sous-divisions existaient pendant l'époque tertiaire; et, tandis qu'aujourd'hui chacune d'elles ne possède plus qu'un seul genre, elles en avaient deux ou plusieurs aux temps géologiques.

Les genres différents reproduisaient le type extérieur des formes vivantes ; mais ils s'écartaient beaucoup les uns des autres, surtout dans la conformation des dents. Nous allons examiner, de plus près et avec quelques détails, ces circonstances.

Les *Éléphants* sont les plus remarquables. Leur haute stature, leur tête extraordinairement développée, leurs petits yeux, leurs oreilles longues et pendantes, leur peau calleuse et nue, à l'exception de quelques touffes de poils sur le sommet de la tête, au milieu du dos et à la pointe de la queue, mais surtout leur nez transformé en une longue trompe ; tels sont les caractères les plus importants de leur physionomie extérieure. Il faut encore ajouter une ou deux puissantes dents molaires composées de nombreuses lames d'émail sur chaque côté et à chaque mâchoire, et deux grandes défenses à la mâchoire supérieure. Deux espèces vivantes habitent l'ancien monde ; l'Éléphant d'*Afrique* (fig. 55. — 1), qui est le plus petit, a des oreilles relativement plus grandes, des défenses plus puissantes, des figures rhomboïdales dessinées par l'émail des dents molaires (1) et toujours quatre sabots avec cinq doigts : l'Éléphant d'*Asie*, qui atteint une hauteur de douze pieds avec un corps proportionné (2), a de petites oreilles, des défenses peu développées, l'émail des dents dessine des figures à côtés parallèles et à bords denticulés (3), et il est pourvu de cinq sabots par devant et quatre en arrière, quoique ici aussi il ait cinq doigts. Deux espèces tout à fait analogues à ce genre ont existé dans la période antédiluvienne, mais on les retrouve seulement dans les dépôts diluviens, au-dessus de l'étage pliocène le plus récent. La forme correspondante de l'espèce africaine est rare (*E. priscus*), et on ne la connaît jusqu'ici que par quelques dents molaires ; mais l'espèce qui se rapproche de l'Éléphant asiatique (*E. primigenius*, 5), a laissé de nombreux restes, non-seulement sur toute l'Europe et l'Asie, mais encore dans l'Amérique du Nord et l'Australie. On la désigne, à cause de sa vaste répartition, par le nom de *Mammouth* ; sa taille est assez uniforme et elle se distingue par ses formes massives, par sa tête allongée avec un front large, par ses oreilles extrêmement petites et très-velues, par ses défenses de dimensions énormes et recourbées, par les nombreuses et étroites lamelles des molaires (6), et par un long et épais vêtement de poils qui a la plus grande analogie avec celui du Porc sauvage, mais était double, les soies longues de neuf à dix pouces et disposées, tantôt en touffes, tantôt dispersées, recouvrant une laine moelleuse de quatre à six pouces de long, brune, crépue et un peu feutrée. Nous devons ces notions à quelques individus conservés dans le sol gelé de la Sibérie, et surtout à celui qui fut

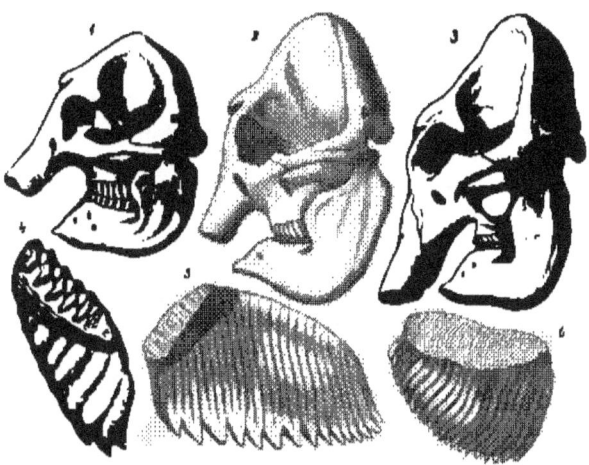

Fig. 55. — Crânes et dents d'Éléphant.

1. *Éléphant Africanus*; 2. *El. Indicus*; 3. *El. primigenius*; 4. molaire droite inférieure de l'espèce africaine, avec 3 plaques d'émail rhomboïdales usées et 2 intactes; 5. dernière dent en arrière du maxillaire supérieur gauche de l'Éléphant asiatique, avec 16 plaques d'émail, dont 8 sont usées. Cette dent n'a point servi longtemps; comme dans la précédente, le bord plus ombré, à côté de la surface de trituration, indique la partie de la dent supérieure à la gencive. 6. dernière dent en arrière du maxillaire inférieur gauche d'une Éléphant fossile. Cette dent se compose de 24 lames, dont 2 seulement ne sont pas encore usées; elle a donc servi longtemps [1].

découvert en 1799, à l'embouchure de la Lena, et qui malheureusement ne fut connu que sept ans plus tard des voyageurs européens, lorsque la plus grande partie de ses chairs, d'abord intactes, était déjà détruite. On fit venir cette rare relique à Saint-Péters-

---

[1] Les trois crânes sont à la même échelle (environ 1/10 de la grandeur naturelle) et on y voit très-clairement les différences spécifiques. Il faut surtout noter les grandes et longues alvéoles pour les défenses de l'Éléphant fossile, qui annoncent un développement énorme de cette dent. Elles dépassent, en effet, les plus grandes dents de l'espèce africaine de la moitié, et celles de l'espèce asiatique du double en longueur et en force. Leur courbure est aussi plus prononcée et elles décrivent environ les 3/4 d'un cercle, tandis que les dents africaines n'embrassent pas encore la moitié d'un cercle avec leur arc

bourg, et on plaça son squelette, encore en partie recouvert de sa peau, dans le cabinet impérial d'histoire naturelle [1]. Avant le diluvium, les Éléphants proprement dits vivaient déjà dans les Indes Orientales, où on a trouvé dans les couches pliocènes, au pied de l'Himalaya, leur crâne et d'autres parties du squelette appartenant à des espèces différentes.

À côté du genre Éléphant il en existait un second, dans les temps géologiques, qui se rapprochait des autres Pachydermes vivants, dans son aspect extérieur, par un tronc relativement court et par ses membres peu élevés ; mais qui possédait des molaires d'une conformation différente à tubercules transverses et mamelonnés et recouvertes d'émail seulement sur le plan de trituration. C'est de là qu'on lui a donné le nom de *Mastodonte* (*dents mamelonnées*). Il manquait de canines, mais il avait des défenses aux deux mâchoires ; celles du maxillaire inférieur étaient peu développées et tombaient avec l'âge ou restaient très-petites [2]. Ces bêtes puissantes, que l'on retrouve surtout dans l'état de l'Ohio, et dont la taille était un peu supérieure à celle des Éléphants vivants, appartiennent à deux espèces, l'une d'Europe, pourvue d'un long prolongement à l'extrémité antérieure du maxillaire inférieur (*M. longirostris*) ; et l'autre, de l'Amérique du Nord, à maxillaire inférieur tronqué (*M. giganteus*). L'une et l'autre avaient une taille assez égale ; l'espèce

et les dents asiatiques à peine ⅓. Les molaires et le maxillaire inférieur sont au contraire relativement plus petites chez l'espèce fossile que chez les vivantes. La distension moindre des dents est compensée par la finesse plus grande des lames d'émail et par sa dureté beaucoup plus considérable, en sorte que le Mammouth pouvait broyer des objets plus durs, malgré la petitesse de ses dents. On en a tiré de cette propriété des dents des conclusions sur la nature de l'alimentation et pense que le Mammouth se nourrissait de feuilles de Pin et de jeunes pousses de plantes ligneuses. On a trouvé des débris de cette nature entre les dents d'un exemplaire provenant d'Irkoutsk. Il s'en suivrait, ainsi que du pelage touffu, que le Mammouth était approprié pour un climat plus froid que les Éléphants vivants.

[1] Les journaux de Saint-Pétersbourg, du 28 avril 1865, annoncèrent la découverte d'un second exemplaire sur le rivage du Tas ; malheureusement il se trouvait déjà dans un complet état de décomposition à Tobolsk, lorsqu'on l'envoya à Moscou. Depuis, on a acquis quelques détails anatomiques sur la structure de ses parties molles ; mais, en somme, on n'en a pas de point de description détaillée. *Bulletin de la Société d'histoire naturelle de Moscou*, 1866, Nr. 1, 106 et suiv. — À la fin de 1865, il arriva de nouveau à Saint-Pétersbourg la nouvelle de la découverte d'un cadavre de Mammouth dans la même contrée. L'Académie impériale envoya, le 12 février 1866, le professeur Schmidt pour aller le chercher ou, si la décomposition était trop avancée, disséquer les parties internes sur place et rapporter le squelette et la peau.

[2] Les individus à quatre défenses forment le genre *Tetracaulodon*, qui n'est point différent du genre *Mastodon*, mais a été établi à l'aide de jeunes.

américaine se trouve dans le diluvium, et on l'y rencontre aussi fréquemment que le Mammouth en Europe ; et, de même que

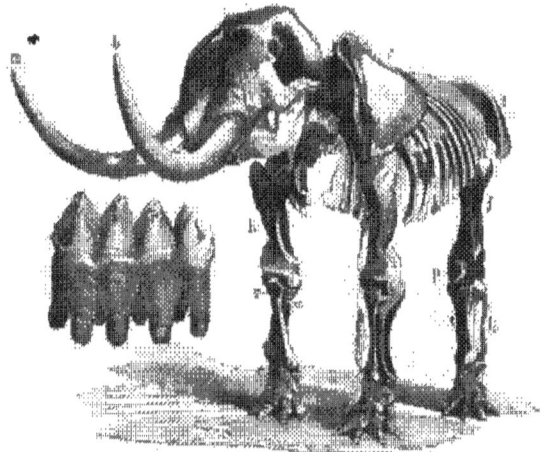

Fig. 36. — *Mastodon giganteus* [1].

celui-ci existe sur le continent occidental, de même le Mastodonte apparaît dans le vieux monde. Le *M. longirostris* est exclusivement

[1] Le dessin du *Mastodon giganteus* que nous reproduisons est une copie de l'excellente figure d'Owen, tirée de son *History of british mammalia* (Lond. 1846, 8°). Il représente l'exemplaire que Koch avait défiguré par plusieurs additions et déterminé comme *Missurium*. Aujourd'hui il est placé dans le British Museum, rétabli dans sa forme naturelle. Au milieu de la tête, on voit les ouvertures nasales, a et b sont les grandes défenses de la mâchoire supérieure, c l'omoplate, d le bassin, f le fémur, p la rotule, t le tibia, fp le péroné, h l'humérus, r le radius, u le cubitus, t le tarse, et au-dessous les cinq doigts. Le Mastodonte a, comme l'Éléphant, 7 vertèbres cervicales, 20 vertèbres dorsales, 3 vertèbres lombaires, et offre abondamment les mêmes rapports numériques. Les molaires, dont nous avons figuré la plus en arrière de la mâchoire supérieure, au-dessous du crâne et à une échelle plus grande, ont autant de racines que de tubercules à la couronne, et leur nombre s'accroît avec l'âge. La dernière molaire supérieure a 4 paires de tubercules, plus une cinquième extrêmement petite à l'extrémité ; la dernière de la mâchoire inférieure en a 5 paires et une sixième rudimentaire. Les trois dents placées avant la précédente, et qui n'existent jamais toutes à la fois, mais seulement deux ensemble, ont 3 paires de tubercules, et les deux premières, dont l'animal jeune en apportait peut-être une de chaque côté en naissant, ne présentent que 2 paires de tubercules. Les dents antérieures tombant les unes après les autres pendant que les postérieures se montrent à mesure que l'animal avance en âge, le Mastodonte qui, dans le cours entier de sa vie, porte 6 dents de chaque côté, n'en avait jamais plus de 3 à la fois, et ordinairement 2 seulement. L'É-

européen, mais plus ancien que l'espèce d'Amérique, puisqu'on n'a découvert ses ossements que dans les couches du tertiaire supérieur en Auvergne, à Eppelsheim et en Angleterre. En a-t-il existé une troisième espèce (*M. angustidens*)? Se confond-elle avec le *M. Humboldtii* de l'Amérique du Sud, comme quelques auteurs l'affirment, et a-t-elle vécu sur les deux moitiés du Globe, pendant l'époque tertiaire, sur l'hémisphère oriental et sur l'Occidental, pendant le diluvium, occupant un habitat aussi vaste? Ce sont des questions que nous ne voulons point décider. Mais il est bien avéré que le *M. Humboldtii*, répandu sur toute l'Amérique du Sud et que l'on a trouvé dans les vallées et sur les plateaux des Cordillères, aussi bien que dans les régions basses du bassin de la Plata, est un représentant du diluvium de ces régions ou des couches nommées aussi *lehm* des pampas. L'Éléphant et le Mastodonte ont donc jadis vécu sur les deux continents; mais l'*Elephas* était dans l'Orient, le *Mastodon* dans l'Occident, le type le plus fréquent. Le premier reparut sur le vieux monde après le Déluge, c'est-à-dire après la dernière catastrophe; le second disparut complétement sur les deux hémisphères.

D'après les recherches les plus récentes, le *Dinotherium*, que nous avions classé autrefois parmi les *Sirènes*, comme un Cétacé herbivore, appartient au même groupe avec les Éléphants et les Mastodontes. Deux crânes à peu près complets et quelques autres os, notamment un fémur trouvé avec eux, font voir que cet animal était probablement assez analogue au Mastodonte dans l'ensemble de sa forme, bien que sa tête fût beaucoup plus petite. Les mâchoires avaient de chaque côté, en haut comme en bas, cinq molaires pourvues de deux ou trois (la médiane) protubérances dentelées (fig. 57. — 5), caractère que l'on retrouve chez les Lamantins. Toutes les autres dents manquent à la mâchoire supérieure, mais l'inférieure est armée, à son extrémité recourbée en bas, de deux fortes dents verticales servant de crochets (2), et qui évidemment

l'Éléphant offre la même évolution dentaire, mais le nombre total de ses dents s'élève à 8 ou 9 de chaque côté, dont il ne lui reste plus, dans l'extrême vieillesse, qu'une molaire de chaque côté. Chez l'Éléphant d'Asie, la première molaire, qui tombe aussitôt après la naissance, montre 4 lames transverses d'émail, la suivante 8, et on monte ainsi jusqu'à 25, qui est ordinairement le nombre de lamelles de la molaire la plus en arrière. L'Éléphant d'Afrique arrivé à son complet développement n'a que 9 à 10 losanges d'émail sur les surfaces triturantes, et dans la jeunesse 2 ou 3, comme le Mastodonte; les dents qui viennent ensuite ont 5 losanges, les plus tardives 1 ou 2 losanges de plus.

faisaient saillie hors de la bouche au-dessous de la lèvre. La région antérieure du nez (1), forte et bombée, circonscrite par un bord élevé, indique l'existence d'un nez charnu très-développé, probablement prolongé par une trompe massive et de forme conique.

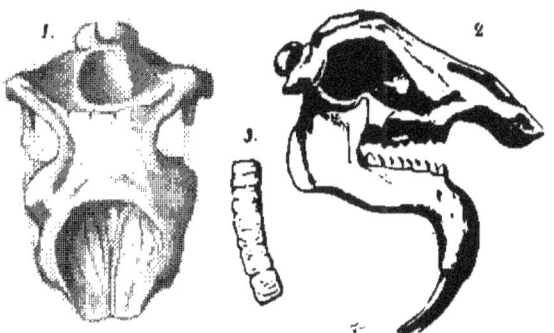

Fig. 57. — 1. Crâne de *Dinotherium giganteum* vu d'en haut; 2. le même de côté; 3. dents molaires du maxillaire supérieur vues par la surface de trituration.

Enfin, la forme et la position du trou occipital, avec la surface déclive et à arête tranchée en avant de l'occiput, ne permettent point de douter que la tête était avec le dos plus dans un même plan que chez l'Éléphant, et encore plus que chez le Mastodonte qui, sur ce point, est déjà inférieur à l'Éléphant. Le *Dinotherium* constituait donc un second Pachyderme pourvu d'une trompe. Par sa taille peu élevée et sa tête moins redressée il se rapprochait de nos Hippopotames, tandis que, par sa dentition, il se rattachait plus aux Sirènes qu'aux Mastodontes. Le Dinotherium vivait en même temps que le *Mastodon longirostris* dans toute l'Europe centrale, où ses restes se retrouvent dans les localités les plus éloignées appartenant au terrain miocène.

Si le Dinotherium offre un genre de Proboscidien tertiaire intéressant, le *Toxodon* diluvien de l'Amérique du Sud ne l'est pas moins. On trouve ses restes assez fréquemment dans le lehm des pampas de la province de Buénos-Ayres, ainsi que dans celle du Banda Oriental, où Darwin en a découvert lui-même un crâne endommagé. Depuis lors, les débris conservés dans le muséum de Buénos-Ayres, et que j'ai fait connaître [1], ont montré que cet animal était, sous beaucoup de rapports, voisin de l'Éléphant ou du Mastodonte, et avait probablement un pied d'une conformation semblable, tandis que la forme du crâne et la dentition se rattachaient plus au type des Pachydermes proprement dits, avec lesquels ce genre doit se classer. La forme du nez reste inconnue, bien qu'il eut une trompe. Quant aux dents, il est très-intéressant de remarquer que la couche extérieure, assez mince d'émail, laisse des lacunes naturelles aux angles de la couronne et surtout aux dents incisives, comme chez les Rongeurs, en ne recouvrant que la région externe des dents. Le *Toxodon* avait 4 incisives en haut, 6 en bas, de petites canines qui tombaient bientôt en haut, enfin 7 molaires en haut et 0 en bas, de chaque côté et à chaque mâchoire. On en a déjà parfaitement déterminé 5 espèces, toutes de la taille du Rhinocéros.

Les *Rhinocéros* se rattachent à première vue aux Éléphants; comme eux, ils ont une peau calleuse presque nue, de petits yeux, des oreilles assez grandes, mais droites et cochléariformes et trois doigts à chaque pied; mais la corne simple ou double qu'ils portent sur le nez, la dentition entièrement différente composée de 7 molaires assez carrées de chaque côté et la stature, séparent profondément ces deux groupes l'un de l'autre. Actuellement on distingue 7 espèces vivantes. 3 dans le sud de l'Afrique (*Rh. Africanus*, *Rh. simus*, *Rh. keitloa*) ont une double corne; point de callosités près des grands plis articulaires du corps, et ils perdent leur 4 incisives, qui certainement existent à la mâchoire inférieure de si bonne heure qu'il en reste à peine des traces visibles chez les individus développés. Les 4 autres espèces ont de grands replis de la peau protégés par des callosités aux articulations de la nuque, des épaules et des cuisses, d'où leur corps semble couvert de cuirasses. Parmi elles, l'espèce du nord de l'Afrique (*Rh. cucullatus* d'Abyssinie) est aussi à deux cornes, les autres sont asiatiques; l'une (*Rh. sumatrensis*) a de même deux cornes l'une derrière l'autre, mais est pourvue de poils longs et assez fourrés et de 2 incisives à chaque mâchoire : les 2 autres espèces ne possèdent qu'une seule corne, ont d'épaisses callosités près des plis articulaires du corps et 4 incisives à chaque mâchoire, dont en haut les intérieures, en bas les extérieures, sont beaucoup plus grandes que l'autre couple qui, à cause de cela, manque souvent complétement. L'espèce de Java (*Rh. Javanicus* est un peu plus petite et couverte de mamelons creusés en forme d'ombilic, l'espèce des Indes (*Rh. Indicus*) à 10 pieds de long et 5 à 6 de haut, elle ne possède pas de mamelons réguliers, mais elle surpasse toutes les autres par le développement des callosités articulaires et

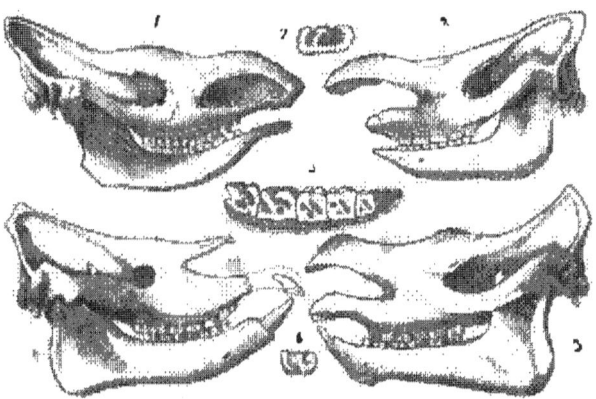

Fig. 58. — Crânes de Rhinocéros fossiles.

1. *Rhinoceros tichorrhinus*; 2. *Rh. leptorrhinus*; 3. *Rh. Schleiermacheri* ou *megarhinus*; 4. *Acerotherium incisivum*; 5. molaires mâchoire supérieures du *Rh. tichorrhinus*, les deux premières dents manquent, les autres sont d'autant mieux usées qu'elles sont plus en arrière; 6. dent médiane de la mâchoire inférieure du même côté, 7. quatrième dent molaire de la mâchoire inférieure de l'*Elasmotherium*. — Ajoutons, pour faciliter l'intelligence des figures des crânes, que les deux plochs inférieurement sont un peu moins rapprochés que les deux supérieurs. Les derniers paraissent donc plus petits que les deux autres, bien que la réalité soit tout l'inverse. Le *Rh. tichorrhinus* est un peu plus étendu que le *Rh. Schleiermacheri*; le *Rh. leptorrhinus* venait ensuite et l'*Ac. incisivum* était le plus petite des quatre espèces.

par l'épaisseur de sa peau. Les espèces géologiques de ce genre ne sont pas moins nombreuses, mais sont déterminées avec moins de certitude. On rencontre très-souvent dans le diluvium les restes d'une espèce semblable au Rhinocéros commun du sud de l'Afrique, pourvu de deux cornes et d'épaisses cloisons nasales osseuses et qu'on a appelé, à cause de cela, *Rhinoceros tichorrhinus* (fig. 58. — 1). Ses os sont répandus dans l'Europe centrale et dans le nord de l'Asie; dans ce dernier pays, on en a trouvé plusieurs fois des individus entiers recouverts d'une épaisse fourrure et enfouis debout dans le sol gelé, sur les rives du Willuji [1]. En même temps que ce Rhinocéros, vivait une autre espèce (*Rh. leptorrhinus*, 2), à museau étroit et cloison cartilagineuse, dont les restes se trouvent assez rarement dans le sud de l'Europe et en Angleterre. Elle paraît s'être beaucoup rapprochée du Rhinocéros de Sumatra. Les Rhinocéros de l'époque tertiaire appartiennent au moins à deux espèces différentes, sinon à des genres différents. Une d'elle (*Rh. Schleiermacheri s. megarhinus*, 3) avait 4 grandes incisives en haut et 2 en bas, et l'os qui les supporte à la mâchoire supérieure (l'intermaxillaire) est tout autant en saillie que les os larges et bombés du nez, tandis que, chez toutes les espèces actuelles, ces derniers sont beaucoup plus longs. Ses restes ont été trouvés surtout dans le bassin de Mayence, dans le sud de la France et en Grèce, mais sont très-rares. La seconde espèce tertiaire n'avait pas de corne et forme, à cause de cela, le genre *Aceratherium* dont la tête a, du reste, toute la conformation d'un Rhinocéros, et présente, en haut comme en bas, deux très-grandes incisives, mais a les os du nez si plats et si étroits, se terminant en pointe en avant, qu'on ne peut croire qu'ils aient pu porter une corne; les pieds antérieurs étaient à quatre doigts. A ces deux points de vue l'animal se rapprochait des Tapirs. Un autre genre, *Elasmotherium*, se montre à côté des Rhinocéros pendant la période diluvienne; mais il est d'une grande rareté, et on ne le connaît jusqu'ici que par sa mâchoire inférieure et par la moitié postérieure du crâne. Ses molaires (7) sont faciles à reconnaître à leur bordure d'émail plissée en zigzag : il en existait quatre, et une cinquième devait sans doute encore se montrer; mais les incisives manquaient complétement.

[1] L'académicien Brandt, de Saint-Pétersbourg, a reconnu, en comparant les anciens récits avec les nouvelles observations, que tous les individus bien conservés de Mammouth et de Rhinocéros ont été trouvés debout dans le sol gelé. En examinant soigneusement les parties charnues subsistantes, il a pu se convaincre que ces animaux ont dû périr très-rapidement ou brusquement et ont probablement été asphyxiés en s'enfonçant dans des marais bourbeux qui occupaient alors ces contrées. Le même observateur a trouvé, dans les creux des molaires d'un Rhinocéros, des restes de sa nourriture dans lesquels il a pu reconnaître le tissu ligneux de Pins et un fruit de Polygonées. Cette découverte vient encore corroborer l'opinion d'Owen, citée plus haut, que ces animaux étaient organisés pour vivre dans un climat plus froid que leurs représentants actuels. Cum. *Froriep's Neue Notizen*, etc., t. XI., p. 9; et Brandt, *Mittheilungen über die Naturgeschichte des Mammouth*. Saint-Pétersbourg, 1850. In-8°.

Le genre *Palæotherium*[1] forme le passage des Rhinocéros aux *Tapirs*. Ces Tapirs fossiles et le genre *Lophiodon* constituent un groupe naturel, assez bien circonscrit et que l'on place ordinairement entre les Porcs et les Rhinocéros. Ce groupe est représenté actuellement par le seul genre *Tapirus*, qui se distingue des précédents sur beaucoup de points. Un corps couvert de poils épais et courts, un nez allongé en forme de trompe, quatre doigts en avant, trois en arrière, et une dentition caractérisée par six incisives à chaque mâchoire, des canines courtes et persistantes et sept molaires composées de deux tubercules transversaux, tranchants et isolés, constituent les propriétés génériques les plus importantes. Parmi les trois espèces vivantes, deux sont de l'Amérique du Sud, la troisième des Indes ; les espèces fossiles habitaient dans ces mêmes contrées et en Europe. Dans ce dernier pays, on en a déjà reconnu trois espèces de l'époque tertiaire, mais les fragments, trop incomplets, ne permettent guère de les comparer avec les vivantes. On connaît mieux les deux autres genres *Lophiodon* et *Palæotherium*. Le premier avait une dentition entièrement analogue à celle du Tapir, à cela près que la molaire inférieure du fond de la bouche était pourvue de trois tubercules transversaux. Ses espèces appartiennent au tertiaire moyen. Le genre *Palæotherium* offre dans la dentition de grands rapprochements avec le Rhinocéros, mais la tête et l'aspect général se rattachent plus au Tapir. Les pieds seuls différaient, car, en avant comme en arrière, il y avait trois doigts inégaux, un grand au milieu et deux petits sur les côtés, et quelquefois il en existe un quatrième rudimentaire, beaucoup plus petit et placé en dehors. Cuvier avait déjà distingué dix espèces de ce genre, provenant presque toutes des carrières de gypse de Montmartre, et de nouveaux paléontologues en ont encore ajouté quelques-unes. Leur taille varie depuis celle du Lièvre jusqu'à celle du Cheval. Les Paléothériums ne paraissent point avoir existé hors d'Europe ; du moins on n'en connaît de traces dans aucune autre contrée. Ils étaient répandus principalement dans les régions occidentales de l'ancien continent, et ils ne dépassent guère en haut les couches du tertiaire moyen ; leur principal gisement est le terrain tertiaire inférieur de France.

L'*Hippopotame*, isolé au milieu des Pachydermes, se distingue

---

[1] Les petites Marmottes du Cap (*Hyrax*) représentent ce passage et correspondent comme formes analogues à certains genres éteints.

par ses formes massives et colossales, par son large mufle, par ses quatre incisives écartées à chaque mâchoire, par ses grandes canines, ses yeux et ses oreilles extrêmement petits, et enfin par quatre sabots de grandeur égale à chaque pied. Sa peau est presque absolument nue et lisse. L'unique espèce vivante habite les régions marécageuses des grandes rivières de l'Afrique, et rappelle par son corps massif le Rhinocéros, et par les os de la tête le porc d'Afrique (Phacochœrus) à large museau. Les dents aussi ont le type porciforme. L'époque tertiaire possédait plusieurs espèces bien déterminées de ce genre; l'une (H. major) est très-répandue dans les couches diluviennes de l'Europe et très-rapprochée de l'espèce vivante, tandis que l'Hippopotame d'Asie des couches tertiaires les plus récentes avait six incisives et n'a été trouvé jusqu'ici que dans les Indes, au pied de l'Himalaya.

Le groupe des *Porcs*, caractérisé par de grandes canines crochues qui sortent de la bouche, par des molaires à plusieurs tubercules et en nombres différents, par un nez tronqué avec bords relevés, par des doigts inégaux aux pieds et une fourrure épaisse de poils, se décompose aujourd'hui en quatre genres appartenant aux quatre grandes parties du Globe. Le continent oriental possède les *Porcs proprement dits* (*Sus*) pourvus de 7 molaires et semblables aux groupes précédents jusqu'au Rhinocéros. L'Amérique du Sud a les petits *Pécaris* (Dicotyle) à 3 doigts aux pieds de derrière et 6 molaires; l'Asie méridionale, le *Cochon-Cerf* (*Babirussa*), à 3 molaires et peau couverte de poils rares; l'Afrique, le lourd et sauvage *Cochon à verrues* (Phacochœrus), portant de grandes verrues calleuses sur les joues et pourvu d'une dentition non persistante. On trouve quelques os fossiles de Porcs dans les dépôts diluviens, mais ils sont assez rares ; au contraire, on rencontre dans diverses couches tertiaires plusieurs genres de Cochons qui étaient analogues aux formes vivantes, sans leur correspondre exactement. Tels sont les genres *Adapis*, *Hyotherium*, *Chœropotamus*, *Hyracotherium* et *Anthracotherium*. Ce dernier genre est allié au *Lophiodon* et sert de passage aux Tapirs. Les fragments, peu nombreux et très-imparfaits, ne nous permettent point de mieux donner la caractéristique des divers types; nous nous hâtons donc de passer au dernier membre des Pachydermes, les intéressants *Anoplotherium*, qui forment la transition aux *Ruminants*.

Cuvier désigna par le nom d'*Anoplotherium* un genre provenant du fond du bassin de Paris, des carrières de gypse de Montmartre, dont les espèces paraissent avoir été les plus anciens Mammifères terrestres de l'époque tertiaire et qui, peut-être pour ce motif, réunissent les caractères et les propriétés des Pachydermes, des Ruminants et des Chevaux. Par la conformation de la tête et par le type dentaire, ils sont alliés aux deux derniers genres, mais, par le nombre 7 des molaires (le Cheval et les Ruminants n'en ont que 6), ils se rapprochent des Pachydermes. Les incisives étaient au nombre de 6 aux deux mâchoires, comme chez le Cheval et le Tapir, et leurs canines, courtes et coniques, existaient aussi : mais ce qui rend la dentition de l'*Anoplotherium* si remarquable, c'est la série ininterrompue de dents placées les unes à côté des autres, dont aucun animal ongulé ne nous fournit plus d'exemple aujourd'hui [1]. L'ouverture nasale du crâne répond à un mufle de Cheval, et par conséquent les Anoplothériens ne possédaient point de trompe comme leurs contemporains les Paléothériens. La conformation du tronc varie avec les espèces ; quelques-uns (les Anoplothériens proprement dits) se rapprochent plus de la forme lourde des Pachydermes, mais leur queue, longue et forte, pendante jusqu'à terre, ne s'accorde plus avec ce type. Cuvier les considère, à cause de cela, comme des animaux de marécages qui nageaient et se servaient de leur queue comme de rame ou de gouvernail. Une autre espèce (*Xiphodon gracile*) avait la forme élancée et gracieuse des Cerfs avec leur queue courte, mais des membres encore plus élevés, afin de pouvoir se glisser facilement dans les fourrés et passer par-dessus les buissons. Enfin la majorité des espèces (*Dichobune*) ressemblaient pour la taille aux Lièvres, aux Chèvres et aux Chevreuils, et étaient peut-être les habitants des champs de cette époque. Avec cette variété de forme, la dentition, ainsi que la composition des pieds, présentent des modifications, mais plus grandes pour les derniers. Tous les Anoplothériens avaient deux doigts égaux, comme les Ruminants, et les os du métatarse séparés, comme les Pachydermes; chez les Ruminants ces os se soudent ensemble pour n'en faire qu'un. A côté des deux doigts, le tarse porte les traces de doigts plus petits qui manquent complétement seulement chez les *Xiphodon*, se trou-

---

[1] Le genre de Ruminants *Dorcatherium* de l'époque tertiaire moyenne, établi par Kaup et pourvu de 7 molaires, offre le même caractère.

vent chez les *Anoplotherium* en avant et du côté interne, et chez les *Dichobune* prennent la forme de doigts accessoires complets. À cet égard, le pied des Dichobunes se rapproche de celui des Cochons, celui des Anoplothériens typiques de celui des Chevaux, qui, eux aussi, possèdent, en avant comme en arrière, des os métatarsiens rudimentaires aux deux côtés du doigt principal. Malgré ces ressemblances, le pied de tous les Anoplothériens est un véritable pied de Pachyderme, à cause des grands os métatarsiens séparés, et nous devons d'autant plus le remarquer, que la jambe appartient complétement au type ruminant, puisqu'elle n'est composée que d'un seul os et non de deux (tibia et péroné), comme chez les Pachydermes. Le Cheval forme, à ce point de vue, l'anneau intermédiaire ; il a un tibia complet, mais un péroné tout à fait atrophié, qui ne survit qu'à l'état rudimentaire représenté par l'os styloïde. Toutes ces particularités établissent la grande affinité qui existe entre le Cheval et et les Anoplothériens, et peuvent servir aussi à relier le premier avec les Pachydermes, comme Cuvier le voulait faire.

La grande famille des Ruminants est d'origine récente, et ne se trouve fossile que dans le diluvium et le second étage principal de la formation tertiaire. Leurs ossements ressemblent, au fond, assez bien aux formes vivantes et indiquent des espèces, sinon identiques au moins correspondantes. Parmi ces débris les plus fréquents et enfouis les plus profondément, on trouve surtout des bois de Cerfs qui se rattachent tantôt à des espèces vivantes, tantôt n'existant plus. Ce dernier cas est celui d'une grande espèce (*Cervus megaceros* que l'on rencontre fréquemment dans les tourbières d'Irlande. Il tient le milieu entre le Daim et l'Élan, et se rapproche d'eux surtout par l'absence de canines. On trouve fréquemment aussi des os de Rennes ; ils ressemblent à ceux des espèces vivantes à un si haut degré que l'identité en est très-probable. Beaucoup de cavernes et de brèches sont remplies de leurs ossements. D'autres espèces de Cerfs qui, à cause de particularités insignifiantes dans les dents, ont été décrites comme des genres à part (*Palæomeryx*, *Dorcatherium*) et des espèces du genre *Moschus*, limité actuellement à l'Asie, se montrent dans les strates miocènes les plus diverses de l'Europe. Le Ruminant fossile le plus intéressant est d'ailleurs le *Sivatherium*, animal analogue à la Girafe, mais rappelant les Pachydermes par sa conformation trapue. Son crâne a été trouvé au pied de l'Himalaya, ce qui prouve l'existence primitive en Asie d'un type actuellement limité à l'Afrique. Tout récemment, on a découvert aux Indes et en France le maxillaire inférieur fossile d'une véritable Girafe, par conséquent indigène d'Europe à l'époque du diluvium.

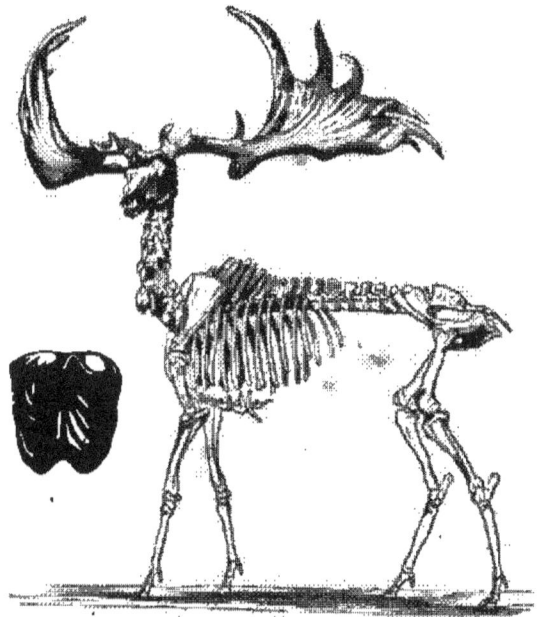

Fig. 29. — *Cervus megaceros seu euryceros*. Megaceros hibernicus. Ow.

Remarques. — Cette belle figure est empruntée de l'*History of British Museum mammalia* d'Owen. À côté est une dent molaire supérieure vue par sa surface de trituration et en outre à une plus grande échelle. On y remarque deux protubérances à trois arêtes interrompues par un sillon médian en demi-lune. La couronne entière et le sillon transversal sont enfermés dans une île dure d'émail. Tous les Ruminants ont le même type de dent avec de faibles modifications. Dans la ramure, la dague est rapprochée de la racine et l'andouiller est raméfié dans les grands exemplaires, mais simple chez les autres ; cette partie n'offre donc pas un caractère spécifique. Du sol à la pointe de la palme l'animal mesure dix pieds de haut.

Après les os de Cerfs, les plus abondants sont ceux de Bœufs. Les dépôts diluviens d'Europe en renferment trois espèces, dont l'une (*Bos priscus*) correspond à l'Auroch vivant, la seconde (*B. primi-*

genius) ressemble surtout au Bœuf domestique, et la troisième, la
plus rare (*B. Pallasii*), répandue jusqu'en Sibérie, est alliée au Bœuf
musqué (*B. moschatus*) d'Amérique. Une quatrième espèce fossile
(*B. bombifrons*) se rencontre dans l'Amérique du Nord et ressemble
au Bison (*B. americanus*), qui diffère des Bœufs européens seulement par des caractères de race.

Avec les os fossiles de Cerf, on trouve aussi très-fréquemment des
os de Cheval. Ils démontrent l'existence de ce noble animal aux époques géologiques, non-seulement sur l'hémisphère oriental, mais
aussi sur l'occidental. Les couches du tertiaire moyen de la vallée
du Rhin nous ont encore conservé un animal analogue au Cheval,
l'*Hippotherium*. Il avait, à côté d'un sabot principal, deux petits
sabots accessoires portés par l'os styloïde qui, dans ce cas-ci, était
grand et large à son extrémité. On a déjà exhumé deux espèces de
ce genre; l'une correspond au Cheval, l'autre à l'Âne pour la taille.

Le groupe intéressant des *Édentés*, par lequel on a l'habitude de
commencer la série des Onguiculés (p. 406), appartient actuellement
à l'hémisphère Austral et n'existe à l'état fossile, en Europe, que très-
rarement. L'Amérique, au contraire, présente une riche création de
ces types, et les découvertes les plus récentes y ont fait trouver un
grand nombre de formes complètement étrangères à l'époque actuelle. C'est avec le plus grand étonnement que l'on contemple les
massifs et gigantesques *Gravigrades* qui réunissent en eux les caractères des Paresseux et des Tatous, empruntant aux premiers leur
tête ronde et courte, et leurs dents peu nombreuses et cylindriques;
aux seconds tout le reste de leur structure, la solidité des os, les fé-
murs puissants dont le diamètre, chez quelques individus, atteint
1 pied. Chez le *Megatherium*, dont le squelette complet, de 18 pieds
de long et 8 pieds de hauteur, a été trouvé plusieurs fois déjà sur
divers points de la province de Buénos-Ayres, dans le lehm des
pampas, la dernière phalange unguéale des trois doigts internes,
des membres de devant pourvus de quatre doigts, et celle du doigt
interne des membres postérieurs à trois doigts, avait une grandeur
très-considérable, était pourvue d'un bord libre très-élevé en forme
de cornet enroulé autour de la base longue et recourbée de la griffe,
qui, appuyée sur ce bord, atteignait jusqu'à la dimension énorme d'un
pied de long. Une queue puissante et d'une longueur ordinaire servait à l'animal de point d'appui, lorsque, assis sur ses robustes et

lourds membres postérieurs, il redressait la partie antérieure du corps, plus dégagée et armée de membres longs, afin de recourber les branches suspendues au-dessus de lui et de s'en nourrir en les broyant lentement. C'était l'unique travail auquel il fût soumis, et il devait encore lui être assez pénible, vu la lenteur très-grande de ses mouvements. Le *Megalonix*, un peu plus petit et d'une conformation plus élancée, était armé de bras encore plus longs et de phalanges unguéales proportionnellement plus grandes, comprimées latéralement et crochues ; sur ce point, il ressemblait plus aux Paresseux actuels. Deux autres genres, les *Mylodon* et *Platyonyx*

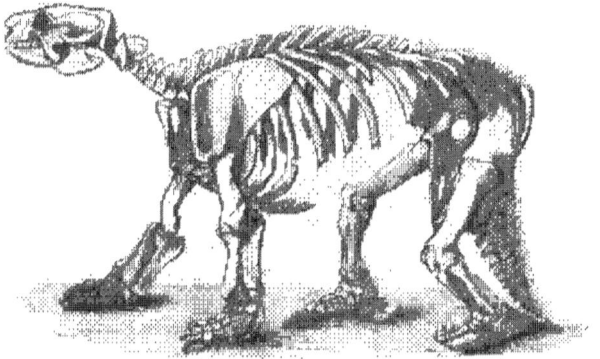

Fig. 60. — *Mylodon robustus*, 11 pieds de long de museau à la queue.

(*Scelidotherium*), sont voisins des précédents pour la taille, mais conservent l'aspect lourd des premiers. Tous quatre avaient en avant cinq doigts, avec de longues griffes aux trois internes, et quatre en arrière, deux avec griffes, le *Megalonyx* peut-être cinq et trois. On les trouve dans le diluvium de l'Amérique du Sud, et ils vivaient probablement des feuilles des arbres, qu'ils se procuraient au moyen de leurs puissantes griffes, en se dressant le long des arbres et courbant les branches. Le genre *Mylodon*, découvert seulement en 1841 et décrit admirablement par Owen, est on ne peut plus propre à montrer la puissance de leur structure anatomique. Ces animaux n'avaient point de pelage, de même que leurs représentants

actuels, les Paresseux, mais ils étaient couverts de mamelons osseux
engagés dans la peau et de minces lames cornées qui formaient une
cuirasse, ainsi que je l'ai mis hors de doute dans mon travail sur le
Mylodon gracilis [1]. Mais cette cuirasse était plus faible que celle des
Tatous (*Glyptodon seu Hoplophorus*) de la même époque, que Lund
a découvert dans le Brésil, en même temps que Darwin dans le
Banda Oriental, et dont les débris de cuirasses, connus déjà antérieurement, avaient été attribués à tort au *Megatherium*. Les Tatous
gigantesques des temps géologiques n'avaient point de ceinture
dans la cuirasse, comme les Armadillos actuels (*Dasypus*), mais la
cuirasse dorsale était continue, fortement bombée, avec une cuirasse
pectorale plate et séparée de la première, d'où je leur ai donné le
nom de *Biloricata* [2].

Les *Rongeurs*, ces Mammifères représentés aujourd'hui par des
espèces petites dont nous avons décrit les caractères plus haut (p. 467),
se trouvent rarement à l'état fossile, à cause de leur petitesse ; on a
cependant observé assez fréquemment des os de Lièvre et de Souris
des champs dans des cavernes ou des brèches. Les os de Porcs-Épics,
de Cochons d'Inde, de Castors, de Marmottes, de Zisels et d'Écureuils se montrent rarement et présentent tant de formes analogues
à celles d'aujourd'hui, qu'on peut en déduire l'existence de variétés
absolument semblables pendant l'époque tertiaire. La plupart de ces
os appartiennent aux couches les plus récentes du diluvium ; quelques-unes seulement ont été trouvés dans le tertiaire moyen et même
dans l'inférieur. On ne connaît encore que quelques formes étrangères manquant complètement aujourd'hui.

Les *Marsupiaux*, les plus singuliers de tous les Mammifères vivants,
dont nous avons vu apparaître les premières traces jusque dans le terrain jurassique (p. 570), n'habitent plus aujourd'hui que la Nouvelle-
Hollande, les îles voisines et l'Amérique. Dans cette dernière contrée, Lund en a déjà fait concorder un grand nombre d'espèces
fossiles avec celles qui vivent encore : et la Nouvelle-Hollande aussi
a ses espèces vivantes représentées par des formes géologiques assez
généralement douées d'une taille gigantesque. On a trouvé plusieurs
espèces de *Didelphiens* dans les couches éocènes de diverses loca-

[1] *Archives d'anatomie, de physiologie et de médecine.* Berlin, 1865, p. 334.
[2] Sur ces animaux de l'Amérique du Sud, consulter le mémoire de l'auteur, inséré
dans les *Anales del museo publico de Buenos Aires*, 1866, t. I, n° 3, tab. 5-8. — G.

lités de la France ; une autre dans les couches du même âge du
comté de Suffolk, et comme les mâchoires de Stonesfield, dont nous
avons déjà parlé, appartiennent aussi à ce groupe (*Thylacotherium*,
Phascolotherium), ce type est, non-seulement le plus ancien des
Mammifères, mais encore des Marsupiaux.

Après les Pachydermes, les Carnassiers sont, sans conteste, les
représentants les plus importants des Mammifères antédiluviens,
parce que leurs os sont les plus abondants et qu'ils sont mieux
conservés à cause de leur plus grande dureté. Presque tous appartiennent aux époques les plus rapprochées des temps actuels, fait
très-intéressant, en ce qu'il nous prouve que les Mammifères herbivores ont été d'abord plus nombreux que les carnivores, comme on
pouvait le prévoir d'avance en réfléchissant à la nature de leurs besoins. Actuellement on divise les Carnassiers en trois groupes principaux ; les *Ours* omnivores, à molaires munies de mamelons tronqués ; les *Carnivores* proprement dits, pourvus de 6 incisives, d'une
canine triangulaire et de molaires hérissées de pointes et les *Insectivores*, petits animaux à molaires hérissées de pointes, incisives
oscillantes et clavicules qui font défaut aux autres groupes. Ces trois
divisions nous sont représentées par des espèces diluviennes et tertiaires, surtout les Ours, par le genre typique *Ursus*. L'Europe possède actuellement deux espèces d'Ours, y compris l'Ours polaire qui
n'existe que sous les latitudes boréales les plus élevées : autrefois
notre continent avait le même nombre d'espèces. L'une d'elles qui,
à cause de la présence fréquente de ses ossements dans les cavernes
d'Europe, surtout dans celles de la Westphalie et de la Franconie
(p. 591), est connue sous le nom d'*Ours des cavernes* (*U. spelæus*),
est un des animaux fossiles les plus connus et les plus communs.
Nous donnons la figure de son crâne (fig. 61, — 1), en même temps que
celle du crâne de l'autre espèce fossile (*U. priscus*, 2) et de l'Ours
brun (*U. arctos*, 3), afin de bien faire voir les différences de conformation et la grandeur relative des animaux entiers. L'Ours des cavernes était presque d'un tiers (exactement dans le rapport de 9 à 7)
plus grand que l'Ours brun actuel et dépassait encore beaucoup
l'Ours polaire ; mais ses mœurs devaient être plus douces que celles
de ce dernier, et peut-être même ce grand animal était-il encore
moins sauvage que l'Ours brun. Cette assertion s'appuie sur le développement relativement moins grand de la dentition et surtout

des canines, sur le front fortement bombé et sur la faible hauteur des arêtes pariétales du crâne. Comparons à ces trois points de vue les crânes figurés : l'*Ursus priscus*, qui atteignait seulement la grandeur de l'Ours brun, avait des défenses relativement plus grandes,

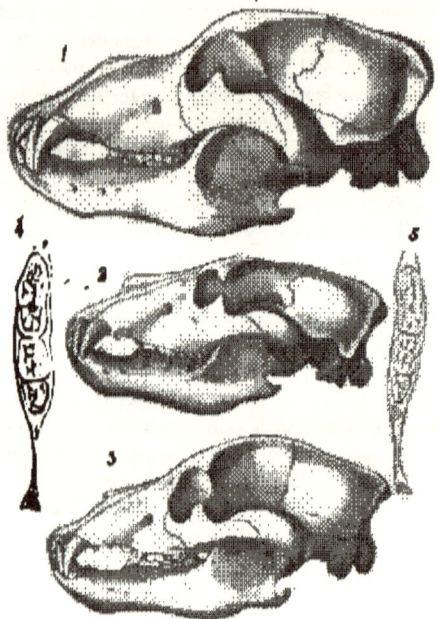

Fig. 61. — Crânes d'Ours.

des molaires plus courtes, un front beaucoup plus abaissé et des crêtes pariétales plus élevées que les deux autres espèces, mais sur tous ces points se rapprochait beaucoup plus de l'Ours polaire que de l'Ours brun. Cependant, il ne dépassait l'Ours polaire ni par la taille, ni en férocité, comme le prouvent son crâne, présentant la même courbure que l'Ours polaire, et sa mâchoire inférieure plus faible. Les analogies de l'*Ursus spelaeus* et de l'*Ursus arctos* sont dans un rapport inverse. Le premier, l'espèce la plus grande, appartient aux époques anciennes et paraît avoir été moins féroce que le dernier, qui, tout en étant plus petit, a cependant des parties comme l'arcade zygomatique, les appendices de la couronne plus développés au maxillaire inférieur et les crêtes pariétales fortement marquées, qui en font un carnassier achevé. Les deux espèces fossiles différaient donc des deux espèces vivantes d'Europe, non-seulement au point de vue spécifique, mais elles étaient encore des animaux moins dangereux, en ce sens que la plus grande avait les mêmes mœurs que la petite espèce vivante, et la petite, au contraire, le naturel féroce de l'Ours polaire vivant, doué d'une taille beaucoup plus grande. Il est encore intéressant de remarquer que l'Ours des cavernes n'avait que trois molaires postérieures à la mâchoire supérieure et qu'il perdait les fausses molaires entre elles et les canines. L'*Ursus priscus*, au contraire, semblable aux Ours vivants, avait quatre molaires au maxillaire supérieur et conservait longtemps ses fausses molaires. Comme conséquence de ceci, la dernière molaire supérieure du fond de la bouche de l'*Ursus spelæus* était proportionnellement plus longue que chez l'*Ursus priscus* et chez les espèces vivantes, ainsi qu'on peut s'en convaincre par les dessins de cette molaire chez l'*Ursus spelæus* (fig. 61. — 4) et chez l'*Ursus priscus* (5).

À côté des Ours proprement dits, on ne trouve à l'état fossile en Europe aucune autre espèce de Carnassier omnivore, et leur distribution géographique semble avoir été tout d'abord la même qu'aujourd'hui. Aux *Carnivores* proprement dits, appartiennent les Belettes, les Civettes, les Chiens, les Hyènes et les Chats qui constituent autant de groupes naturels et de types principaux. Tous ont existé aux époques préadamiques. Les *Belettes*, représentées actuellement en Europe par les Martes, les Putois, les Gloutons, les Blaireaux et les Loutres, se montrent avec tous ces genres à côté de l'Ours des cavernes, et plusieurs espèces ont été trouvées avec les os de ce dernier et dans le terrain tertiaire. Les *Civettes*, limitées aujourd'hui presque exclusivement à l'Asie et à l'Afrique, ne manquaient point alors dans nos contrées; elles y apparaissent avec plusieurs formes étrangères au monde actuel que la mauvaise conservation des fragments ne permet point de déterminer exactement. Parmi les *Chiens*, les Loups et les Renards existent en nombre suffisant pour établir l'existence de ce genre pendant les temps primitifs aussi évidemment que pour l'époque actuelle; le Chien domestique, facile à

reconnaître à son front bombé, vivait aussi alors. Tous trois sont
identiques avec les espèces actuelles. Mais les os de Chien sont en
résumé assez rares. A l'époque miocène, avant l'apparition des véritables espèces de Chiens, vivaient plusieurs Carnassiers dont les formes concordent dans leurs traits essentiels avec le type des Carnivores, mais qui, pourvus de trois grandes et fortes dents tubercu-
lifères au maxillaire supérieur, au lieu de deux, comme chez le Loup,
présentent plutôt un caractère omnivore, et cette affinité avec les
Ours est encore augmentée par la conformation lourde du squelette.
On en connaît plusieurs espèces, trouvées en France et en Allemagne, ayant une taille depuis celle du Renard jusqu'à celle de l'Ours ;
on les a réunies dans le genre *Amphicyon*. D'autres espèces, enfouies
dans des couches encore plus anciennes, dont on a fait le genre *Cy-
nodon*, relient très-bien les Chiens aux Civettes. Les ossements
d'*Hyènes*, dans les dépôts diluviens, sont plus abondants que ces Carnassiers tertiaires : on y trouve surtout une grande variété surpas-
sant considérablement en force les espèces vivantes et dont les débris existent dans plusieurs contrées en quantité bien supérieure à
celle de tous les autres ossements fossiles. Elle constituait une espèce
(*Hyæna spelæa*) analogue à l'*Hyène mouchetée* actuelle (*H. crocuta*),
et, comme l'Ours, elle paraît avoir vécu de préférence dans les cavernes. Sa crête pariétale, extraordinairement saillante, dénote une
grande puissance de la dentition et prouve, en y joignant la forme
arrondie des tubercules des dents, qu'elle était destinée à broyer les
os, que ces animaux voraces dévorent avec la même avidité que la
chair putréfiée des cadavres dont ils se nourrissent. Cinq molaires en
haut, quatre en bas derrière la canine, la rendent facile à reconnaître ; cependant la dernière molaire supérieure du fond de la
bouche, qui est très-petite, manque souvent complètement. Une
seconde espèce, plus rare, du diluvium, *H. prisca*, est analogue à
l'*Hyène rayée* vivante ; et une troisième, trouvée dans les étages
tertiaires les plus récents, occupe le milieu entre elles. La disparition d'une molaire et le développement plus marqué des angles et
des arêtes de toutes les dents distingue la dentition des *Chats* de
celle des Hyènes ; ce genre renferme les Carnassiers les plus pauvres
en dents (quatre molaires en haut, trois en bas), mais aussi les mieux
caractérisés. Répandu actuellement avec de nombreuses espèces sur
toute la surface du Globe, il n'existe cependant que sous deux formes

en Europe et dans la zone tempérée, le *Lynx* et le *Chat sauvage*. Mais
à l'époque où les Éléphants et les Rhinocéros vivaient sur le sol de
notre patrie, les Tigres de la zone tropicale ne lui manquaient pas
non plus. On retrouve, en effet, les ossements d'une grande espèce
(**Felis spelæa**), éloignée du Tigre actuel, en société avec les os des

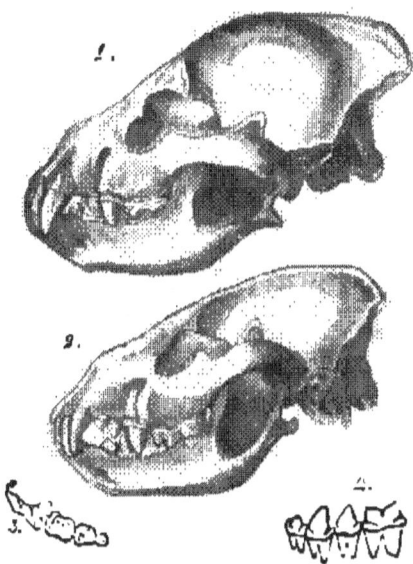

Fig. 62. — Crânes d'Hyènes.

1. Crâne de l'*Hyæna spelæa*; 2. crâne de l'*Hyæne crocuta*; tous deux sont à la même
échelle[1]. Le premier a exactement un pied de long, le second est presque un quart; 3. dents
de la mâchoire supérieure de l'espèce vivante vue par leur surface triturante; 4, molaires
de la mâchoire inférieure vues de côté.

Ours et des Hyènes, quoique moins nombreux que ceux-ci; on les
a longtemps considérés comme appartenant à un Lion. Les os fossiles des autres Félins sont aussi rares que ceux des Chiens. On peut

[1] Ces deux dessins, ainsi qu'une grande partie de ceux qui précèdent, ont été exécutés
par moi-même d'après des crânes existants dans les collections de Halle. Pour l'*H. spelæa*, j'ai eu cinq exemplaires du kœss de Sevekenberg, près de Quedlimbourg; mais aucun n'avait l'arcade zygomatique complète.

donc regarder comme un caractère de l'époque actuelle la riche
abondance des variétés de ces deux types de Carnassiers, tandis que
dans la période antérieure les Ours et les Hyènes étaient les Carnassiers les plus nombreux et les plus diversifiés. Ils étaient encore plus
rares à l'époque tertiaire, mais plusieurs genres particuliers et voisins les remplaçaient alors. Un des plus curieux est le *Machærodus*,
à cause de ses canines supérieures très-longues et à arêtes tranchées
et qui, chez quelques espèces, étaient entaillées sur les arêtes en
dents de scie, chez d'autres tranchantes. La dentition, le crâne et
toute la constitution ostéologique le rapprochent plus des Chats que
d'aucun autre Carnassier. Leurs espèces sont très-répandues dans
les couches tertiaires les plus jeunes, et on les a trouvées aussi dans
l'Himalaya et le diluvium de l'Amérique du Sud[1]. Les *Insectivores*
représentés actuellement par le Hérisson, la Musaraigne et la Taupe,
ne faisaient point défaut à l'époque préadamique. On a trouvé leurs
restes, mais en petite quantité, parce que ces petits animaux ont
une structure trop délicate pour reparaître en grand nombre dans
les dépôts fossilifères. Il en est de même des *Chauves-Souris*, dont
on retrouve les os jusque dans le gypse de Paris, et qui ne manquent
point complétement dans le tertiaire plus récent, mais y sont
rares. Longtemps on a cru que l'existence des *Singes* dans l'époque
présente était un caractère qui distinguait son organisation aussi
sûrement que la première apparition de l'espèce humaine, mais de
nouvelles découvertes ont renversé cette opinion erronée. Nous
sommes actuellement en possession d'os de Singes fossiles, et
nous devons donc aussi reconnaître ce curieux type animal comme
appartenant à la période préadamique. Les singes n'étaient point
limités, comme aujourd'hui, aux régions australes, mais s'étendaient,
comme les Éléphants, les Rhinocéros, les Girafes, les Tigres et les
Hyènes, sur toute l'Europe centrale. On a découvert les premiers
restes au pied de l'Himalaya dans la chaîne de Siwalik ; d'autres
ensuite, dans le département du Gers, au sud de la France ; plus
tard, un maxillaire inférieur en Angleterre[2]. Plus récemment, Lund
en a trouvé au Brésil ; et plus tard encore, de nombreux restes, pro-

[1] Consulter la notice de l'auteur sur un squelette de *Machærodus* du muséum de
Buénos-Ayres, dans les *Mémoires de la société des naturalistes de Halle*, 1807, t. X,
avec planche. — b.
[2] Vid. L. Martin, *A gener. introd. to the nat. hist. of mammif. anim.*, p. 336, Lund
1841. In-8°.

venant de la Grèce, au pied du Pentélique, ont été distribués dans
de nombreuses collections. Parmi toutes ces localités, celles d'Europe
ne possèdent plus aucun Singe, bien que leur présence sur
le rocher de Gibraltar démontre qu'ils pourraient très-bien habiter
nos contrées méridionales. Avant l'époque diluvienne, ils se sont
retirés au delà de la ligne des Alpes qui actuellement constitue,
sous plusieurs rapports, une limite tranchée entre le Sud et le Nord,
au point de vue de l'organisation. Bien que les Éléphants et les
Rhinocéros de ces hautes latitudes de l'Europe pussent vivre dans
des régions plus froides que leurs survivants actuels, la présence
des Singes dans les mêmes lieux prouve, à mon avis, que le climat
y était plus chaud sans être tropical. Les Singes tertiaires et diluviens n'offrent point de caractères particuliers dans leur organisation exigeant de nous une description plus complète de leurs débris.

CHAPITRE XXVII

Coup d'œil rétrospectif sur les époques géologiques de l'Allemagne
et sur l'organisation en général.

Dans les derniers chapitres nous avons fait connaître, autant qu'il était nécessaire pour notre but, les organismes des trois grandes périodes de formation de notre Globe; nous pouvons maintenant, en terminant, résumer les lois générales qui ressortent des faits particuliers et en tirer quelques conséquences qui nous donneront une idée plus précise de la configuration extérieure du Globe terrestre pendant ces époques.

Nous avons vu que la surface de la Terre, pendant toute la première période dans le cours de laquelle se formèrent les couches *primaires* depuis les schistes cristallins jusqu'au terrain houiller inclusivement, présentait un caractère insulaire dont l'atmosphère humide, chargée d'acide carbonique, rendait impossible l'existence des Vertébrés à respiration aérienne. Cet air insalubre et empesté, comme nous pouvons qualifier cette atmosphère, ne fut débarrassé de son acide carbonique que par le grand accroissement des végétaux, et devint alors plus pur et propre à la vie des hauts organismes.

Essayons maintenant d'appliquer ces résultats à la forme primitive du sol de notre patrie et d'en démontrer l'exactitude avec plus de précision. Or, il est très-facile de reconnaître qu'alors le centre de l'Allemagne existait sous la forme de trois îles entourées, à une grande distance, de quelques mamelons de rochers émergés au-dessus des eaux[1]. L'île occidentale se composait de la vaste formation

[1] Il sera bon de lire tout ce chapitre en suivant sur la carte intercalée ci-contre.

schisteuse qui occupe les deux côtés du Rhin, depuis Bingen jusqu'à
Bonn. Elle avait un contour à peu près réniforme, dont la partie
moyenne la plus étroite se trouvait entre ces deux villes. A l'ouest
de cet isthme, la région émergée était formée par les Ardennes, les
Vées, l'Eifel et le Hunsdrück ; à l'est, par le Taunus, le Westerwald
et les montagnes schisteuses de la Westphalie. Les vallées de la
Sambre et de la Meuse, jusqu'à Lüttich d'un côté, celle de Rhur
de l'autre, dessinaient les anciens rivages, au nord-ouest, dont le
littoral marécageux était recouvert de ces grandes forêts que nous
trouvons aujourd'hui enfouies à l'état de charbon de terre dans les
dépôts houillers de la Belgique et de la Westphalie. Les cités méridionales de cette île étaient aussi formées par une ceinture de forêts épaisses qui ont été l'origine du puissant bassin houiller de
Saarbrück (p. 217).

Une seconde île, beaucoup plus petite, était située au nord-est du
Hartz. Elle se présentait sous l'aspect d'un dos de montagne elliptique, dressé presque verticalement, qui s'étendait du nord au sud-
est et allait en s'inclinant doucement dans la même direction. Son
extrémité sud-ouest seulement avait une plage suffisamment étendue
pour qu'il pût s'y former des amas de végétaux, ce qui nous explique pourquoi elle ne possède de gisement houiller que dans cette
partie. Le district houiller de Wettin, près de Halle, doit être considéré comme un prolongement, comme une forêt disséminée sur de
petites îles très-plates.

La troisième grande île se composait des chaînes de montagnes
qui enveloppent la Bohème, le Riesengebirge, les Sudètes, les montagnes de la Moravie, le Bohmerwaldgebirge, le Fichtelgebirge, le
Frankenwald et l'Erzgebirge. Elle formait un grand et large anneau
qui était sans doute interrompu au nord-ouest et au nord-est, et au
milieu duquel la mer roulait encore ses flots. Cette mer intérieure
servit de récipient aux débris de vastes forêts voisines, dont l'antique
existence nous est démontrée aujourd'hui par le gisement houiller
de Pilsen. Au dehors, au nord de l'anneau, se trouvaient d'autres
plages marécageuses boisées, qui ont donné naissance aux dépôts
de houille de Waldenbourg en Silésie, et de Zwickau en Saxe.

A l'exception de ces trois îles, l'Allemagne était entièrement
couverte d'eau à cette époque, à moins que les masses granitiques
et métamorphiques des Vosges, de la Forêt-Noire, de l'Odenwald et

du Thüringerwald ne s'élevassent déjà au-dessus de l'eau, comme
cela est probable, sous la forme d'écueils arides et dénudés.

Ces îles, recouvertes de forêts, étaient peuplées seulement par
de rares animaux, et leurs seules bêtes terrestres étaient des Insectes
et des Arachnides. Les animaux d'eau douce ne s'y trouvent que
très-rarement, au milieu des débris fossiles qui nous sont parvenus ;
de sorte qu'il faut croire que les eaux intérieures n'y existaient
qu'en faible quantité. Peut-être la convexité des îles était-elle trop
régulière pour donner lieu à la formation de lacs et de fleuves par
l'accumulation des pluies ; ou bien l'écoulement de ces eaux était
peut-être trop rapide pour que la vie organique pût trouver dans
ces ruisseaux, d'un cours peu étendu, la tranquillité nécessaire à
son développement. Par la même cause, ces eaux n'ont point produit de dépôts particuliers ; leurs matières alluviales étaient entraînées avec trop de violence, ou bien existaient en si faible proportion
qu'elles n'ont pu donner lieu à la formation de sédiments distincts
aux embouchures, et se sont perdues dans les strates marines. Nous
ne rencontrons donc dans la plus ancienne période, ni animaux
d'eau douce en grand nombre, ni sédiments lacustres complètement distincts, sur toute la surface de la Terre ; mais nous voyons
partout dominer les productions maritimes sous la forme de dépôts
réguliers et simultanés, de matériaux uniformes désagrégés, empruntés à des roches granitiques ou à des schistes cristallins, interrompus quelquefois par des masses plutoniques contenant de l'amphibole. Mais lorsque les schistes argileux et les couches de la
grauwacke se furent formées par la décomposition de ces matières,
lorsque des quantités de plus en plus grandes de carbonate de
chaux eurent été fixées par les Coraux, les Mollusques et les Foraminifères, les sédiments qui s'entassèrent alors prirent un caractère
différent et local ; et l'aspect extérieur des couches perdit de son
uniformité dans la même mesure que la vie organique devenue plus
variée s'était développée sous des formes plus diverses, dans le sein
de la mer.

Le tableau de l'Allemagne, durant la période la plus ancienne de
son existence que nous venons d'esquisser, s'applique, du reste, autant que nos connaissances actuelles nous permettent d'en juger, à
toute la surface de la Terre. Nous n'apprendrions donc rien de nouveau en l'étendant à d'autres régions de l'Europe proches ou éloi-

gnées. Partout les étages de la grauwacke présentent, non-seulement
le même cachet organique, mais encore une même uniformité *spécifique* des types, qui ne se montre plus actuellement sur les points
de la surface du Globe éloignés les uns des autres. Nous ne sommes
pas trop surpris de rencontrer les mêmes espèces d'animaux dans
les mêmes couches sédimentaires sur toute l'étendue de l'Europe,
dont les organismes possèdent encore aujourd'hui un type d'organisation semblable; mais notre étonnement devient très-légitime,
lorsque nous voyons apparaître des créatures absolument semblables
dans la grauwacke de l'Amérique du Nord et même de l'Amérique
du Sud, du Cap et de la Nouvelle-Hollande. Cette identité n'existe
pas toujours pour toutes les espèces; un certain nombre seulement
ou la majorité reparaissent partout; mais elles suffisent pour démontrer qu'à cette époque toute la surface de la Terre, peuplée
d'organismes, possédait une organisation d'un caractère uniforme
et qu'elle n'était pas divisée en plusieurs districts organiques, comme
cela a lieu aujourd'hui pour les contrées distantes les unes des autres. Nous avons déjà formulé cette loi (p. 482) et décrit l'organisation de ces temps comme marquée d'un caractère éminemment
tropical (p. 493); il est donc inutile que nous rentrions de nouveau
dans les détails, et nous avons suffisamment démontré, en ce qui
concerne la physionomie extérieure de la surface de la Terre à cette
époque, jusqu'après le dépôt du terrain houiller, qu'elle avait un caractère insulaire. Cette démonstration n'est plus (p. 520) une simple
déduction théorique basée sur la nature des organismes, mais elle
repose sur l'observation directe de la constitution du sol allemand.

Poursuivons notre étude et voyons notre patrie sortir peu à peu
de l'abîme, en considérant d'après la même méthode les formations
secondaires. Tout d'abord, nous constatons que la scène s'est peu
modifiée immédiatement après le dépôt du terrain houiller. La formation du zechstein qui, d'après les nouvelles théories, embrasse
aussi le rothliegende, ne s'écarte pas beaucoup des anciens rivages
des îles décrites plus haut, elle leur forme seulement un littoral un
peu plus étendu (p. 251). Les porphyres apparurent probablement
au commencement de cette période, et ce fut peut-être leur soulèvement qui mit fin à la formation du terrain houiller, ou amena le
dépôt du rothliegende. Les grandes quantités de carbone fixées dans
les plantes et la grande richesse d'oxygène qui en résulta dans l'atmo-

sphère, rendirent possible l'existence d'animaux terrestres sur les
îles déjà formées. Le progrès fut très-grand, et le premier germe
de la naissance de l'espèce humaine se trouvait dès lors déposé sur
la Terre. Considérée à ce point de vue, la formation du zechstein
constitue la période de transition de l'histoire de notre planète, période dans laquelle expirent les temps anciens et s'ouvre le moyen
âge.

L'époque de la formation du Globe que nous pouvons désigner par
ce dernier nom, embrasse toutes les couches secondaires depuis le
trias jusqu'à la fin de la période crétacée. Pendant ce laps de temps,
le caractère de l'organisation de notre planète se modifie suivant
deux directions essentielles : il perd son uniformité spécifique pour
tous les lieux d'une même époque ; et, à la place des anciens Vertébrés, presque tous à respiration branchiale, on en voit apparaître
un grand nombre d'autres, non-seulement à respiration pulmonaire,
mais déjà se montrent les premiers animaux à sang chaud, c'est-à-
dire des Mammifères et des Oiseaux. En outre, à partir de ce moment, au lieu des rares productions d'eau douce éparpillées auparavant sans ensemble, on trouve sur la Terre des formations lacustres entières. Mais la planète conserve son climat tropical uniformément chaud, et elle présente dans nos zones tempérées des genres
et des espèces différents de ceux que nous y rencontrons aujour-
d'hui. Tous ces faits ont été prouvés surabondamment en décrivant
les organismes au vingt-cinquième chapitre. Nous ne nous y arrêterons pas plus longtemps, mais nous jetterons simplement un coup
d'œil sur les changements de formes que le sol de l'Allemagne a
éprouvé durant la période secondaire.

Le dépôt du trias et surtout de son étage inférieur, le grès bigarré (p. 257), est la plus grande modification qui affecta alors notre
patrie. Cette formation et les deux suivantes, le muschelkalk et le ken-
per (p. 259), relièrent les trois îles distinctes jusque-là avec leurs récifs dirigés au sud, les Vosges et la Forêt-Noire, et les réunirent
en une seule île. En effet, ces trois dépôts marins se formèrent
dans les vides placés entre elles, surtout dans la région méridionale ;
et dans le retrait des eaux, qui se produisit à la suite de vastes
soulèvements et d'affaissements consécutifs sur d'autres points,
leurs parties les plus élevées constituèrent de nouveaux rivages. À
ce moment, après le dépôt du keuper et son émergement, l'Alle-

magne formait un triangle obtus dirigé de l'ouest à l'est, dont le
sommet obtus se trouvait à l'angle nord-ouest du Hartz, tandis que
les limites des deux plus grandes îles primitives de l'est et de l'ouest

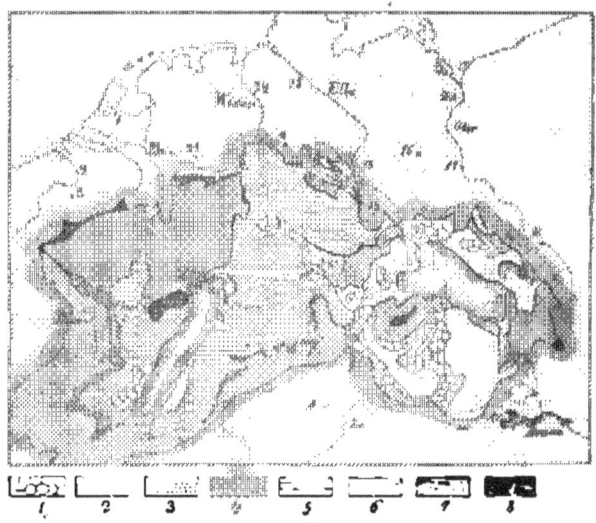

Fig. 63. — Carte d'Allemagne à l'époque de la mer crétacée[1].

Mémoire. — Les chiffres au-dessus de la carte se rapportent aux formations et indiquent :
1. granit; 2. gneiss et schistes cristallins; 3. porphyre et métaphyre; 4. terrain de grauwacke;
5. couches de trias; 6. lias; 7. terrain jurassique; 8. formation houillère. Dans la carte, les
chiffres placés à côté des villes sont les suivants : 1. Amsterdam; 2. Anvers; 3. Bruxelles; 4.
Cologne; 5. Mayence; 6. Francfort-sur-le-Menu; 7. Bâle; 8. Munich; 9. Recensbourg; 10. Nuremberg; 16. Hanovre; 12. Brunswick; 13. Magdebourg; 14. Leipsick; 15. Dresde; 16. Berlin;
17. Francfort-sur-l'Oder; 18. Breslau; 19. Prague; 20. Olmutz; 21. Vienne; 22. Stettin; 23.
Hambourg; 24. Brême; 25. Munster.

étaient restées les mêmes. Mais un vaste littoral montueux s'était
ajouté au sud de ces îles et avait rempli, non-seulement les portions
de mer qui existaient entre elles, mais encore avait englobé les

_____

[1] Afin de faciliter l'intelligence de la carte, j'ajoute ce qui suit. Tout le pays couvert
au-dessus du niveau de la mer à l'époque crétacée est limité par un contour en hachures,
comme pour les rivages, et se distingue facilement de la zone des mers ambiantes dans
lesquelles le terrain crétacé se dépose. Les lits des principaux fleuves de l'Allemagne sont
tracés en lignes ponctuées sur le sol de ce vaste contour dans leur position actuelle, et on
y voit aussi les villes et notre rivage actuel, depuis la Belgique jusqu'en Poméranie. À
l'intérieur du pays, on remarque deux grands bassins d'eau ; à l'ouest, le bassin rhénan

deux récifs, isolés comme des piliers angulaires au sud-ouest et qui
s'avançaient dans la mer sous la forme de deux langues de terre
étroites. Un éperon semblable dut se former au nord; il partait de
l'extrémité nord-ouest du Hartz et s'avançait, dans la même direction, au milieu de l'Océan, traçant d'avance leur voie aux deux lignes
de hauteurs qui, après le dépôt de la craie, se dressèrent à côté de
lui, en formant la chaîne du Weser et le Teutoburgerwald. Nous
avons déjà fait voir (p. 329) que ces deux chaînes sont plus jeunes
que la craie et qu'elles ne pouvaient pas encore exister à l'époque
de la formation du keuper. Nous avons vu (p. 328), au contraire,
que le soulèvement des Vosges et de la Forêt-Noire a eu lieu avant
le dépôt du trias, et qu'il suivit probablement la formation du
zechstein. En effet, seul, l'étage le plus élevé de ce terrain, le grès
des Vosges (p. 258), qui a été considéré d'abord comme la couche la
plus inférieure du grès bigarré, s'y trouve redressé.

Une fois les contours de l'île de l'ancienne Germanie ainsi dessi-
nés, la mer dut conserver longtemps une très-grande profondeur.
Ni les couches jurassiques, ni les étages de la Craie ne prennent
une part bien considérable à l'extension de son sol actuel autour de
l'île primitive à quatre branches. Sur les côtes septentrionales, ces
deux formations ne sont indiquées que par d'étroites bandes, et
leur mode de gisement prouve qu'elles ont été redressées par un
soulèvement postérieur et ne sont point, dans leur position actuelle,
le résultat d'un dépôt original. Nous l'avons déjà démontré (p. 322)
pour les couches situées au nord du Hartz, et le fait est tout aussi

fermé au sud par le terrain jurassique, au nord par la formation des grauwackes, et le bassin bohémien à l'est enveloppé en grande partie de roches granitiques et métamorphiques.
Les roches de la grauwacke, distinguées par la direction nord-est de leurs couches, se
rattachent en quatre groupes distincts avec ces soulèvements plutoniques primitifs de la
Bohême et forment avec eux la cuvette formée de ce royaume. Un de ces massifs de
grauwacke relie avec le Thuringerwald l'Erzgebirge et le Fichtelgebirge, qui forment la
Bohême de ce côté. Le zechstein l'enveloppe ainsi que le Hartz, situé au nord, formant
comme une étroite bordure noire autour des antiques soulèvements primitifs de l'Allemagne. Cette même roche se montre encore sur le rivage oriental du grand district occidental de la grauwacke, placé aux deux côtés du Rhin. La formation carbonifère entoure
sous la forme d'une bande étroite ses côtes nord-ouest et sud. Elle se montre seulement
dans le voisinage des mers les plus anciennes et apparaît sur les plages des points les plus
divers de la formation des grauwackes, à l'est ou à l'ouest. La houille s'est formée jusque
sur les rivages de la mer inférieure de Bohême. Après cette époque, la mer se retira de
l'espace compris entre la Bohême, le Hartz et les schistes du Rhin et y laissa les couches
du trias. Son rivage le plus ancien est marqué par le lias, auquel se rattache immédiatement la puissante formation jurassique. Ses limites extérieures sont celles de la mer crétacée.

évident dans les montagnes de la chaîne du Weser et du Teutoburgerwald. Entre ces deux arêtes montagneuses et au nord de la chaîne
du Weser, s'étend la plus ancienne grande formation lacustre que
nous rencontrions entre le terrain jurassique et la craie, citée plus
haut, sous la dénomination de formation wealdienne (p. 275). En
somme, le terrain crétacé est plus étendu dans la région septentrionale, dans la partie ancienne de l'Allemagne ; le terrain jurassique plus dans le sud. Ce dernier se montre depuis le Fichtelgebirge jusqu'à la vallée du Danube, dont il forme le flanc septentrional en se prolongeant jusqu'à la Forêt-Noire, qu'il contourne au
sud pour se relever le long des Vosges et aller aboutir aux Ardennes.
Nous avons décrit antérieurement (p. 271) tout ce parcours, nous
n'y reviendrons donc point ici ; mais nous nous arrêterons seulement pour faire remarquer que le long golfe resté ouvert entre les
Vosges et la Forêt-Noire, la vallée actuelle du Rhin de Bâle à
Mayence, fut fermé, au sud, par le terrain jurassique et transformé
en un lac, dont l'écoulement au nord ne put se faire que par une
brèche dans les couches de la Grauwacke, au point le plus resserré
de la digue des schistes. Nous n'osons pas décider quand cette brèche se forma ; mais en tous cas, elle ne doit point être très-ancienne,
puisque des dépôts tertiaires beaucoup plus récents se sont accumulés dans ce bassin. De même que le terrain jurassique forma ici
un lac, ainsi les dépôts crétacés comblèrent, au nord, la mer intérieure, restée jusque-là ouverte entre les Sudètes, les Riesengebirge
et la partie méridionale des schistes de la Bohême. C'est alors que
naquirent dans cette mer intérieure les couches de quadersandstein
et de plänerkalk dans lesquelles le cours supérieur de l'Elbe se
creusa plus tard un lit, et qu'il coupe actuellement d'une façon si
pittoresque sur la frontière de la Bohême. C'est alors que ce pays
disposé en gradins, qui jusque-là avait la forme d'une demi-lune,
fut transformé en une cuvette complétement fermée, entourée d'une
ceinture de hautes montagnes et complétement élevée au-dessus du
niveau de la mer. En même temps que ces deux formations prenaient naissance, des changements de niveau se produisirent dans
les montagnes voisines. Nous avons déjà vu, en effet (p. 520), que le
Böhmerwaldgebirge releva les couches du keuper et changea par
conséquent de niveau simultanément avec la formation du terrain
jurassique, tandis que l'Erzgebirge porte les couches jurassiques bou-

leversés et que le Riesengebirge a dû éprouver un changement de
niveau en même temps que se produisit la dislocation des couches
crétacées au nord du Hartz. Ainsi, plusieurs perturbations s'effectuèrent encore sur les rivages de l'ancienne Germanie, mais, dans
l'intérieur, aucune révolution essentielle ne se manifesta depuis la
formation du keuper jusque après le dépôt de la craie. Le monde
organique eut, pendant de longues suites de temps, un séjour très-
paisible, dont il ne semble cependant point avoir beaucoup profité.
La plupart des animaux de cette période sont, en effet, encore aquatiques et à respiration aérienne, c'est-à-dire des Reptiles.

Mais le calme dont les êtres organisés de cette époque jouirent
pendant un si long laps de temps, au moins dans cette région, fut
violemment détruit au commencement de la période tertiaire; et la
mer, agitée par des convulsions périodiques, abandonna et envahit
plusieurs fois des parties du continent qui jusqu'ici étaient restées
submergées, pendant qu'elle en inondait momentanément d'autres
plus anciennes. Les causes de ces bouleversements des eaux doivent
évidemment être recherchées dans les grands cataclysmes qui déchirèrent l'enveloppe solide, et tout nous porte à croire qu'il faut les
attribuer aux éruptions qui eurent lieu dans les Alpes occidentales,
les Pyrénées et les Apennins (p. 550). A cette époque, l'Allemagne
aussi subit de grandes révolutions par le soulèvement du Teutoburg-
gerwald et de la chaîne du Weser qui apparurent tous deux seulement
après la craie. C'est de cette même période que datent les dépôts de
lignite que l'on rencontre sur plusieurs points, à l'intérieur de l'ancien continent, comme dans la vallée de la Fulde à Cassel, dans la
vallée de la Saal jusqu'au-dessus d'Iéna, en Bohême dans la vallée de l'Eiger, et de là jusqu'à Teplitz, dans les vallées du Westerwald, dans celle du Rhin, encore à Bonn et au nord de Francfort,
jusqu'au Vogelsberg. Toutes ces formations locales sont les produits
d'inondations de longue durée qui dévastèrent les forêts et entassèrent leurs débris sur des points déclives ou dans des dépressions
où l'eau s'accumulait en les recouvrant ensuite de couches d'argile
et de sable. Les contours de l'Allemagne ne s'élargirent, pendant
ces grandes catastrophes, qu'assez peu vers le nord; la mer ne s'éloi-
gna guère des anciennes ceintures de côtes, et le territoire de Cologne, Dusseldorf, Munster, Hanovre, Magdebourg, Deuau, Leipsick,
Torgau, Görlitz, Liegnitz et toute la vallée de l'Oder, jusqu'au-des-

sus de Ratibor, resta un fond de mer. Au contraire, au sud des
anciens rivages, dont les contours sont assez exactement représentés
par le cours du Danube (ils partaient de Schaffhouse et passaient
par Ulm, Regensbourg, Passau, Linz et Vienne), une nouvelle étendue de terres se forma et cette émersion combla en grande partie,
ou même entièrement, le vide entre le Jura et les Alpes, de Genève
à Vienne. Cette grande mais étroite cuvette est, en effet, remplie par
les couches du tertiaire moyen dont la molasse de la Suisse (p. 506)
fait partie, ainsi que quelques-unes des couches de la vallée du Rhin
à Mayence, le muschelsand et le tegelgebilde (p. 505). Nous avons
fait connaître antérieurement (p. 585) les restes organiques les
plus intéressants de ces dépôts, et nous nous sommes convaincus
de la physionomie originale et particulière qui caractérisait encore
le sol de notre patrie dans ce temps-là. Nous ne reviendrons point
sur ces considérations, et nous chercherons plutôt à déterminer les
causes qui ont fait sortir cette contrée du fond des mers. Ce fut
probablement le changement de niveau qui s'effectua dans les Alpes,
depuis le Valais jusqu'en Autriche, et que nous avons déjà mentionné comme constituant le douzième système de soulèvement
(p. 554), qui releva cette partie de l'Allemagne et lui donna sa position actuelle. Cependant, l'extrémité occidentale de la vallée, entre
le lac de Genève et celui de Constance, resta encore sous les eaux
endiguées. Les sédiments des eaux qui descendaient des Alpes s'y
entassèrent ; et une autre partie, transportée sur les glaciers qui
servaient de véhicules aux blocs erratiques (p. 58), traversa ce lac
et alla se déposer jusque sur les hauteurs du Jura. Lorsque la
masse des eaux se fut considérablement accrue par les courants
descendus des montagnes, elles s'échappèrent par la vallée du Rhin
et y laissèrent le loess (p. 514). Aux environs de la même époque,
ou peut-être un peu plus tôt, eurent lieu les éruptions qui donnèrent naissance aux montagnes volcaniques de la Hesse et de la Bohême, le Vogelsberg, le Rhœn, le Mittelgebirge et les tufs basaltiques
de la Souabe, dirigés dans le même sens, et qui doivent peut-être
leur position redressée actuelle au soulèvement des Alpes. Dans
quelques points où ces roches sont en contact avec le lignite,
comme à Meissner, près de Cassel, elles le recouvrent et sont, par
conséquent, plus jeunes. Elles produisirent une grande révolution
dans l'intérieur de l'Allemagne émergée alors ; elles anéantirent

l'organisation des contrées voisines et amenèrent le dépôt d'une formation lacustre. Nous retrouvons, en effet, dans plusieurs localités voisines, comme en Bohême, par exemple, des sédiments d'eau douce plus jeunes que les lignites.

Après cette époque, l'Allemagne se trouva immédiatement reliée avec les Alpes, avec le plateau granitique du sud de la France et, comme le grand bassin parisien était déjà vidé aussi, avec les terrains primitifs de Bretagne et de Normandie. La masse continentale de l'Europe centrale était donc esquissée dans ses traits essentiels, et les grandes plaines allemandes, au nord des anciens rivages, étaient seules encore sous l'eau. Une grande mer intérieure remplissait ce bassin entre la chaîne des Kjölen, l'Oural, le Caucase, les Carpathes et le rivage septentrional de l'antique Germanie. Les glaciers qui descendaient des montagnes suédoises et finnoises y trouvaient un vaste champ ouvert pour le transport de leurs chargements de blocs de rochers. Cet état de choses dura sans trouble pendant des siècles, puisque les blocs erratiques disséminés sont en nombre immense. C'était alors que des Éléphants, des Hyènes, des Lions, des Singes et les autres grands Mammifères, habitaient en grand nombre l'Allemagne centrale actuelle, et que les Tulipiers et les Érables croissaient dans nos forêts, à côté des Tilleuls et des Châtaigniers. La catastrophe qui détruisit ces êtres organisés, et dont la cause fut probablement l'éruption du grand district volcanique de la chaîne des Cordillères, délivra la Russie et les plaines septentrionales de l'Allemagne des eaux qui les recouvraient, en donnant à nos campagnes leurs limites actuelles du côté de la mer. Le retrait de ces eaux peut être considéré comme le dernier grand changement de niveau qu'ait éprouvé la surface de la Terre; et on le désigne ordinairement par le nom de *Diluvium*. Les amas de sable, d'argile, de lehm et de graviers qui restèrent alors sur le sol débarrassé de l'eau, constituent les couches sur lesquelles nous marchons aujourd'hui. Elles se sont recouvertes d'une écorce d'humus produit des débris de nombreuses générations d'organismes et ont été creusées dans toutes les directions par des courants d'eau douce pour former les lits de nos rivières. Ce que ces dernières ont érodé et transporté ailleurs, ce que la mer a rejeté sur les plages, ce que de violentes pluies ont entraîné, ce qui a été arraché par la rupture de bassins d'eau formés, tout cela a donné naissance à des dépôts di-

vers suivant les localités et dans lesquels nous rencontrons les restes
des animaux qui vivent actuellement à côté de quelques espèces
éteintes. Ces phénomènes sont l'origine des dépôts que nous appelons *alluvions* (p. 515). Ils appartiennent aux temps historiques ou
proviennent du moins d'une époque où existaient, déjà dans nos
contrées, les différences de zone actuelles et toutes les particularités
qui en résultent pour le monde organique.

Cette organisation se distingue-t-elle, au fond, de celles qui l'ont
précédée? Est-elle complétement nouvelle et originale, ou bien se
confond-elle avec toutes les précédentes dans ses traits essentiels,
et n'en diffère-t-elle que par des circonstances accessoires? Notre
réponse à ces questions servira de conclusion à nos considérations
sur les temps géologiques.

Elle s'en distingue seulement par des traits relatifs, et non dans
son type ou dans sa constitution. C'est là un fait considérable qui
met au jour l'uniformité du plan dans la création depuis l'origine,
et qui nous prouve que, sous la grande diversité organique, il existe
cependant une loi fondamentale rigoureuse. Pour démontrer cette
assertion, contentons-nous de jeter un coup d'œil sur le règne animal, comme la partie la mieux étudiée des organismes détruits.
Nous ne pouvons pas méconnaître un progrès gradué parmi les animaux vertébrés; mais je suis très-porté à le mettre sur le compte
des changements arrivés dans les conditions extérieures et qui durent
nécessairement influer sur les animaux existants à la surface de la
Terre. Déjà dans les couches les plus anciennes ou paléozoïques,
parmi lesquelles Murchison place comme étage supérieur tout le sys-
.tème permien ou formation du zechstein, nous trouvons toutes les
formes animales jusqu'aux Reptiles. Ces derniers ne sont, à la vérité, connus que par deux échantillons, mais ils suffisent pour
prouver que le type des Reptiles était déjà réalisé, puisque ces rares
exemplaires n'auraient pas pu exister autrement. Eux, aussi bien
que tous les autres animaux, viennent se placer dans les grands
cadres actuels, et la seule anomalie que l'on aperçoit chez quelques-
uns d'entre eux, consiste dans la juxtaposition de certains caractères qui actuellement n'existent plus ensemble sur une même
forme, mais se présentent comme des différences essentielles réparties sur des espèces distinctes. Mais cette remarque s'applique seulement aux groupes qui alors représentaient toute une classe actuelle,

tels, par exemple, que les *Trilobites*, les uniques représentants des
Crustacés. Aussitôt que le nombre des espèces devient très-grand,
aucune des grandes divisions actuelles d'une même classe, ne reste
absolument vide; quelquefois même, les formes sont plus nombreuses que maintenant, comme, par exemple, chez les Crinoïdes.
La période secondaire ne fait qu'ouvrir un champ plus large à notre
théorie. La diversité des formes s'accroît dans les divisions supérieures, et le nombre des espèces devient plus grand; mais il décroît dans les groupes inférieurs composés exclusivement d'animaux
aquatiques, et notamment chez les Crinoïdes et les Céphalopodes.
Cette époque se relie donc d'autant plus au monde organique qui
domine aujourd'hui, que les conditions extérieures de la surface de
la Terre se rapprochent plus des conditions actuelles. Seuls, les
Reptiles de ce temps n'entrent point dans nos cadres actuels et les
Labyrinthodontes (p. 512) du trias, les *Enaliosauriens* et les *Ptérodactyles* (p. 550) de l'oolite et les *Megalosauriens* (p. 507) du
groupe wealdien n'ont guère d'affinité avec les genres vivants. Mais
j'ai déjà fait voir (p. 550) que ces formes étranges ne se retrouvent
plus actuellement parmi les Reptiles, mais parmi les Mammifères
sous la forme des Cétacés, des Pachydermes et des Chauves-Souris
et démontrent clairement la tendance de la nature à manifester,
dans les temps géologiques toutes les formes actuelles, dès que cela
fut possible. A l'époque tertiaire et au temps du diluvium, cette
possibilité existait, à peu de chose près, dans les mêmes conditions
qu'aujourd'hui. L'Homme seul manquait encore, pendant la première, pour des causes qu'il faut rechercher dans la nature du sol.
L'organisation nous offre donc un progrès, un développement croissant qui marche de concert avec l'évolution des événements géologiques et en dépend évidemment beaucoup plus que d'un plan prémédité. Ce plan, ou pour parler plus exactement, cette nécessité
fatale, que, dans notre vue bornée, nous admirons comme l'effet
de la sagesse suprême et de la plus haute réflexion, consistait à
faire apparaître les organismes sur la surface de la Terre, conformément aux lois immanentes de cette planète, lois qui déterminent encore aujourd'hui son caractère particulier, en tant que corps céleste.

La taille gigantesque des animaux primitifs ou modernes a été
aussi mal comprise. La Terre n'a jamais porté des organismes plus
grands que ceux qu'elle porte aujourd'hui; les groupes auxquels

ils appartenaient étaient seulement différents ; et là est la cause de
l'étonnement qu'ils nous donnent. Il est très-exact que les Prêles,
les Calamites sont des géants en face de notre espèce actuelle d'*Equisetum* ; mais elles n'étaient pas plus grandes que les Roseaux, que
les Bambous ou que les espèces de Saccharum de nos jours. Les
Palmiers, les Conifères, les Amentacées n'étaient point non plus
supérieurs par leurs dimensions à leurs congénères actuels. Tous
les Polypes, tous les Rayonnés sont voisins des formes vivantes pour
la taille, et, bien qu'il n'y ait plus de coquilles de Céphalopodes qui
atteignent la grandeur d'une roue, on trouve à la place des Acéphales ayant le même diamètre (*Tridacna*). Les temps géologiques
ne nous ont pas encore montrés d'individus de la même taille. Les
Crustacés, les Arachnoïdes et les Insectes primitifs se comportent
absolument comme aujourd'hui ; aucune espèce connue ne dépasse
beaucoup en grandeur ses congénères vivants. Les Poissons, eux aussi,
ne sortent point des dimensions actuelles et c'est à peine si quelques Squales de l'époque tertiaire seulement ont été plus grands
que les grands Anthropophages vivants (*Squalus, Carcharias, La-
mia*). Les Reptiles primitifs dépassent sans doute un peu les plus
grands Crocodiles vivants, mais l'*Iguanodon*, que l'on fait si gigantesque, n'était pas, comme nous le savons maintenant, à beaucoup
près aussi grand qu'un Cétacé, et les plus grands Énaliosauriens
restent bien en arrière du précédent. Il en est absolument de même
pour les Oiseaux et les Mammifères tertiaires, aucun animal aquatique ne dépasse la Baleine en grandeur, aucun animal terrestre
n'est supérieur à l'Autruche et aux vieux Éléphants complètement
développés. Le Mastodonte est un peu plus long que l'Éléphant d'Asie,
mais pas plus haut, bien que sa masse totale devait être plus grande
que celle des Éléphants vivants. La différence est cependant insigni-
fiante. On peut admettre, en thèse générale, que, quoique certains
animaux pris individuellement, comme les Cerfs, les Hyènes, les
Ours, et surtout les Édentés eussent alors de plus grandes dimensions que leurs espèces analogues vivantes, cependant la Création
organique, considérée dans son ensemble, ne possédait pas un caractère plus gigantesque et que la masse plus grande des individus
pendant les temps primitifs est compensée, dans les temps modernes,
par le nombre supérieur des espèces, parmi lesquelles la race humaine occupe une place importante. Nous voyons donc encore ici

que le plan de l'organisation a été le même pour tous les temps, et
qu'à quelque point de vue qu'on se place, la nature vivante de notre
planète n'a jamais dépassé les limites précises dans le cercle desquelles elle se meut encore aujourd'hui. Les corps célestes sont
soumis à des lois éternelles, non-seulement dans l'évolution qui les
entraîne le long de leur orbite au milieu de l'espace, mais il règne
encore une régularité immuable dans les plus petits phénomènes de
la matière à la surface de chaque planète, régularité qui se présente
au regard pénétrant du penseur libre de préjugés, comme la seule
nécessité possible, se déterminant soi-même. Des perturbations de
nature différente, issue de la tendance de chaque individu à dominer, autant que ses forces le lui permettent, modifient bien un peu
l'expression totale de la loi, mais elles ne l'annulent jamais. Elles
produisent seulement des exceptions et sont l'origine de cette grande
et, on peut le dire, illimitée diversité dont la nature est capable
dans ses productions. Pour arriver à ce but, elle emploie le moyen
le plus simple, qui consiste à ouvrir le champ libre à l'individualité
dans la mesure permise par sa force de résistance. Maintenu par
cette énergie, l'individu assure, non-seulement son existence dans le
domaine des êtres, mais il exerce avec elle sur l'ensemble une
influence qui nous apparaît comme une modification de la loi. Il
périt lorsque la force nécessaire lui fait défaut ; mais dès qu'il la
possède, son existence devient durable, nécessaire et au-dessus des
éventualités.

CHAPITRE XXVIII

L'Homme, le dernier venu des habitants de la Terre.

Les considérations qui précèdent nous ont amené à ce point de l'évolution organique où vient se placer la première apparition de l'Homme, et nous nous trouvons maintenant sur le seuil des temps modernes. Nous allons essayer de soulever le voile qui sépare deux périodes de création, en nous appuyant sur des observations scientifiques pour apprécier les faits et les traditions et les faire concourir à s'éclairer mutuellement.

Est-il bien certain qu'il n'a point existé d'Hommes avant la période d'organisation actuelle? Nous allons d'abord répondre à cette importante question[1].

On a cru longtemps que cette question devait se résoudre par une réponse négative, et nous l'avions fait ainsi dans les éditions antérieures de ce livre; mais, durant les dix dernières années, des faits nouveaux sont venus combattre avec tant de puissance cette ancienne manière de voir, défendue d'abord par les savants les plus considérables et les plus autorisés, que vouloir la soutenir encore aujourd'hui, n'est plus que de l'entêtement et de l'opiniâtreté à ne pas abandonner des idées devenues insoutenables. Nous admettons l'existence d'*ossements humains fossiles*, et nous reconnaissons, non-seulement la contemporanéité de l'Homme avec les grands Mammi-

---

[1] Il est peut-être beaucoup de mes lecteurs qui espéreront rencontrer ici un examen critique sur le comment de l'origine du premier Homme, une véritable histoire de sa naissance. Mais la science ne peut écrire cette histoire que dans ses traits généraux, comme nous l'avons déjà fait au chapitre 17; elle ne peut présenter aucun fait avéré sur ce sujet, et, comme je ne veux offrir que de tels à mes lecteurs, je les prie de se contenter des indications données plus haut.

feres éteints du diluvium, mais encore nous considérons comme
très-probable son existence pendant les derniers temps de l'époque
tertiaire, nous en remettant à l'avenir de donner une solution définitive sur cet important sujet de discussion.

Ce n'est point ici le lieu d'entrer dans les détails sur lesquels
s'appuie la nouvelle théorie; je renvoie le lecteur au beau travail
de Ch. Lyell[1], dont la traduction se trouve aujourd'hui entre les
mains de tout le monde. Nous mentionnerons ici seulement quelques-uns des faits les plus importants, principalement dans le but
de corriger l'exposition primitive des éditions antérieures de cet ouvrage et de mettre les faits qui y étaient cités dans leur véritable jour.

La plus ancienne mention d'ossements humains fossiles appartient
à Joh. Fr. Esper, qui les trouva dans la caverne de Gailenreuth et
fit connaître sa découverte en 1774[2]. Il est regrettable qu'on n'ait
fait depuis, autant que je sache, aucune nouvelle recherche pour
vérifier la valeur de cette trouvaille. Peut-être ces os avaient-ils été
apportés après coup par les courants d'eau à une époque beaucoup
plus récente, comme ceux qui ont été trouvés plus tard à Koestritz,
dans la principauté de Reuss, à côté de débris fossiles d'Éléphants
et de Rhinocéros. Ils firent beaucoup de bruit à l'époque de leur
découverte, bien qu'ils fussent sans intérêt, comme on l'a prouvé
récemment en examinant de nouveau le lieu de leur gisement[3]. On
a trouvé des ossements humains, dans les mêmes conditions, sur
plusieurs points; par exemple, à Sorau, dans la Basse-Lusace, dans
une excavation calcaire; à Nice, dans les brèches à ossements qui
existent près de cette ville et en d'autres lieux. Quant aux prétendus
Hommes fossiles découverts à la Guadeloupe, nous en avons déjà
parlé antérieurement (p. 45); leur gisement n'est qu'une sépulture
peu ancienne des populations caraïbes primitives. Il en est de même
du grand champ mortuaire, trouvé il y a peu d'années en Souabe,
et qui n'est qu'un cimetière des anciens Allemanns; la disposition
régulière des squelettes et la nature peu ancienne du sol ne laissent
subsister aucun doute sur ce point. L'Homo diluvii testis, de Scheuch-

[1] The geological evidence of the antiquity of man, etc., by sir Ch. Lyell. London,
1863, in-8°, 1re édit. — Trad. en français.
[2] Mémoire circonstancié sur les quadrupèdes inconnus trouvés récemment à l'état
fossile, etc. Nuremberg, 1774. In-fol. Traduit aussitôt en français par J. F. Isenflamm.
[3] Consulter, à ce sujet, la notice de Th. Liebe dans la Zeitschr. f. d. gesammt. Naturwiss., t. XXIII, p. 655. 1864.

ter, n'est plus à citer depuis que Cuvier a prouvé que c'était une Salamandre, comme nous l'avons dit plus haut (p. 588). Mais il existe d'autres faits observés, surtout dans ces dernières années, qui fournissent des témoignages certains de l'existence de l'Homme fossile et sur lesquels nous allons jeter maintenant un regard.

Nous rencontrons d'abord Buckland, comme partisan de l'Homme fossile. Dans ses *Reliquiæ diluvianæ* (1823), il se prononce affirmativement pour la contemporanéité des ossements humains trouvés par lui, dans la grotte de Kirkdale, avec ceux de l'Hyène des cavernes. Après lui, viennent (1829) de Christol et Marcel de Serres, qui, tous deux, déclarèrent que les ossements humains trouvés par eux dans des dépôts à ossements du sud de la France, étaient contemporains des os d'animaux de la période diluvienne. Schmerling (1855) arriva à des conclusions aussi nettes sur les os d'Homme provenant des cavernes près de Lüttich. Parmi eux se trouvait un crâne, qui excita beaucoup d'étonnement par les particularités de sa conformation; mais il ne convertit pas encore les sceptiques, quoique déjà alors (dans la réunion des naturalistes, à Bonn) plusieurs voix se prononcèrent pour l'âge antédiluvien de cette trouvaille. Le crâne de Schmerling avait une cavité cérébrale très-réduite, comparativement à celle des races humaines actuelles, et il s'appuyait surtout sur la circonstance de sa divergence du type actuel pour affirmer sa nature fossile.

Le fait a été complétement confirmé par les découvertes postérieures de crânes humains du même âge. L'espèce humaine antédiluvienne se rapprochait beaucoup plus du Singe que la race actuelle, par les dimensions plus faibles de la boîte crânienne, comparativement au développement exagéré de la face, surtout dans la région des mâchoires. L'Homme antédiluvien différait *spécifiquement*, sinon *génériquement*, de l'Homme actuel. Lund, qui a rencontré, dans les cavernes du Brésil, des ossements humains mêlés aux squelettes des grands animaux diluviens de l'Amérique du Sud, le *Megatherium*, le *Mylodon*, le *Machærodus* et le *Glyptodon*, dit nettement que le frontal trouvé par lui se rapproche du type simiesque par son faible développement; et les crânes humains fossiles, découverts en 1859 dans la caverne de Neanderthal, près de Dusseldorf, et décrits par le professeur Schaaffhausen, ont donné absolument le même résultat. Depuis lors, il est incontestable que

l'Homme vivait déjà dans nos contrées à l'époque du diluvium, à
côté du Mammouth, de l'Ours et de l'Hyène des cavernes, du Rhinocéros tichorrhinus et de tous les autres grands quadrupèdes de
cet âge, mais qu'il appartenait à une race différente, par sa conformation, des générations actuelles.

Cette haute et importante découverte écarta tous les sujets de
doute qui existaient encore. Les produits de l'industrie humaine,
découverts en grand nombre depuis 1846 par Boucher de Perthes,
entre Abbeville et Amiens, dans la Picardie, à la partie inférieure
d'un puissant dépôt de diluvium, et qui se composent en grande
partie d'instruments de silex taillés et aiguisés, acquièrent une
grande importance comme témoignage de l'existence de l'Homme
pendant l'âge du diluvium, caractère que la plupart des savants
leur avaient refusé jusque-là. L'attention générale se porta dès lors
sur ce gisement extrêmement riche, et la continuation des recherches
ne fit que confirmer l'authenticité diluvienne des objets trouvés.
Une commission, composée de savants français et anglais, se pro-
nonça, malgré les doutes de leurs adversaires, pour l'antiquité
diluvienne du gisement; et un maxillaire inférieur humain, qui y
avait été trouvé, fut reconnu comme incontestablement fossile.
Depuis lors la question est sortie du domaine de la controverse et
du doute ; et c'est un fait acquis et certain que l'Homme vivait déjà
sur la Terre avant l'époque actuelle, et que ses descendants actuels
diffèrent de leur prototype primitif, absolument comme les grands
animaux fossiles contemporains s'écartent spécifiquement de leurs
représentants actuels.

Afin de mieux convaincre les lecteurs qui pourraient encore conserver quelque doute, nous mentionnerons, comme le plus curieux
des produits de l'industrie humaine antédiluvienne, une plaque
d'ivoire, sur laquelle est gravée très-nettement la figure d'un Éléphant. On ne peut la rapporter à aucune autre espèce du genre *Éle-
phas*, qu'au Mammouth du diluvium. *l'Elephas primigenius*, éteint
aujourd'hui. Le dessin montre très-clairement les longues soies ri-
gides sur les joues, le cou et la région abdominale qui caractérisent
cette espèce, et la forte courbure des défenses sur la figure ne convient qu'aux Éléphants primitifs[1]. L'artiste avait évidemment le

[1] Consulter les *Annales des sciences naturelles* (zoologie), 5e série, t. IV, pl. 6, et
l'appréciation de Brandt, t. V, p. 280 et suiv.

Mammouth devant les yeux, lorsqu'il gravait sa représentation sur la plaque d'ivoire que nous possédons aujourd'hui. Nous osons même affirmer que ce même artiste était un habile chasseur de Mammouths, qui détacha d'une de ses victimes, comme trophée, un fragment d'ivoire des défenses, pour y graver l'image du monstre abattu et donner à ses compagnons un témoignage de sa grande et double habileté. Ce n'était, en effet, pas une mince opération à cette époque de tuer un Mammouth avec de misérables instruments, ou même seulement de tailler, après la mort de l'animal, une plaque d'ivoire sur une défense et de la bien polir, pour y graver la figure de l'animal en traits si nets, qu'après plusieurs milliers d'années, elle se dessine encore avec une grande clarté.

Après des témoignages de cette nature, l'observateur le plus difficile ne conserve plus aucun doute ; il reconnaît que l'Homme existait déjà avant la période actuelle ou période historique de son espèce, tout en faisant des réserves sur la valeur d'une partie des preuves invoquées pour démontrer ce fait. Ainsi les traces de pas d'Homme, que l'on a découvertes empreintes sur d'anciens sédiments de l'Amérique du Nord, sont l'œuvre des tribus d'Indiens errants ; et les ossements humains trouvés dans les alluvions de la vallée du Mississipi à Natchez, examinés soigneusement par Lyell, sur le lieu et l'emplacement, appartiennent aux races actuelles, bien que ce savant, s'appuyant sur cette épreuve, aille beaucoup trop loin en mettant en doute l'existence préadamique de l'Homme en Amérique. Le fait, observé par Lund et cité plus haut, répond trop bien aux découvertes les plus récentes faites en Europe, pour qu'il soit permis d'élever des doutes fondés sur son exactitude. L'espèce humaine existait simultanément, avant l'époque actuelle, sur les deux continents occidental et oriental, et on n'a aucun témoignage plausible pour la faire émigrer de l'un à l'autre. Le *nouveau monde*, sous ce rapport comme sous tous les autres, est mal dénommé ; car, au point de vue géologique, il n'est pas plus jeune que l'*ancien*.

Maintenant que nous avons résolu la question de la haute antiquité de l'Homme, nous allons aborder le problème encore plus difficile de l'unité de son espèce et de sa prétendue descendance d'un seul couple. Tout le monde sait que les Juifs, dans leurs mythes cosmogoniques, affirment cette descendance ; ils font d'Adam et d'Ève les antiques aïeux de la race humaine (Moïse, I, cap. I, v. 27),

et, d'après une tradition peut-être plus jeune (ibid, cap. n, v. 21),
Ève naît d'une côte d'Adam. Sans doute cette antique légende dans
sa forme n'a aucune prétention à une valeur scientifique ; et par cela
même il vaudrait peut-être mieux la passer sous silence dans les
ouvrages sérieux ; mais l'attention générale que ce mythe a trouvé
jusque chez les écrivains scientifiques nous oblige d'en parler ici.
Depuis longtemps on a, en effet, admis dans la science, comme un
fait positif, que les peuples de la Terre appartiennent, dans le sens
des sciences naturelles, à une *seule* et *même espèce*, et que, par
conséquent, ils doivent descendre d'un seul couple primitif. Mais
l'histoire naturelle enseigne et affirme en même temps l'immuta-
bilité de l'espèce une fois ses propriétés ou caractères distinctifs
fixés, et contredit donc l'unité spécifique de la race humaine. Elle
n'offre pas, en effet, dans tous ses représentants la même constitution physique ; mais on y constate des différences profondes dans
la conformation de la tête, la nature des cheveux, la couleur de la
peau, le port général et le rapport des parties isolées à l'ensemble.
Ce sont donc des objections directes que nous avons à examiner.
Les caractères de l'espèce doivent être constants et invariables ; et la
race humaine présente, malgré son unité spécifique, des différences
dans ses divers représentants complètement semblables à celles qui
existent entre les diverses espèces d'animaux.

On a tenté de lever cette difficulté au moyen de la théorie de la
variabilité de l'espèce déjà avancée par Lamark, et qui, dans ces derniers temps, a été renouvelée par Darwin. D'après ce naturaliste, l'espèce, soumise à des conditions extérieures différentes, peut se transformer peu à peu ; en sorte que, dans le cours de l'évolution géologique, des formes, qui primitivement ne se distinguaient nullement
l'une de l'autre, se sont divisées en de nombreuses espèces différentes et à caractères distincts. L'unité spécifique de la race humaine,
en suivant cette voie, s'est dissoute en une multiplicité de types
variés. On est même allé jusqu'à considérer la différence positive
qui existe entre l'Homme et le Singe dans l'anatomie du pied,
comme une modification d'un type primordial [1], et à regarder sérieu-
sement l'Homme comme un Singe modifié et perfectionné [2].

[1] Consulter, à ce sujet, mon mémoire sur le pied humain, dans les *Geol. Bildern*,
ch. I.

[2] On trouvera une réfutation du darwinisme dans mon livre intitulé : *Der Mensch*,
p. 438-455. Leipsich, 1868. — G.

Nous nous sentons peu portés à accorder notre assentiment à cette hypothèse, si ingénieuse qu'elle puisse paraître à un grand nombre de personnes. Comme naturaliste exact, nous affirmons que les problèmes de cette nature sont en dehors du domaine d'une saine expérimentation, et qu'il vaudrait beaucoup mieux s'occuper de ce que nous pouvons connaître scientifiquement et le soumettre à un examen positif, que de s'attacher à des conjectures qui échappent à l'observation. L'Homme et le Singe se distinguent aujourd'hui l'un de l'autre zoologiquement et psychologiquement[1]; et comme nous ne pouvons pas laisser renverser le principe de l'invariabilité des caractères spécifiques sans bouleverser en même temps toute la zoologie scientifique, nous avons toute raison de croire que leurs différences ont existé primitivement et de tout temps, et qu'elles subsisteront aussi dans l'avenir.

Pour démontrer la variabilité de l'espèce, on invoque surtout l'exemple de nos animaux domestiques et leurs diverses races créées et modifiées par l'éducation. Il est bien certain que l'art et un traitement prémédité ont contribué sûrement à la multiplication des races domestiques, et qu'un certain nombre d'influences locales produisent des effets non moins intenses; mais il est toujours très-contestable que cela suffise à démontrer la variabilité des caractères spécifiques. En effet, les races domestiques, qui appartiennent spécialement à un climat ou à un territoire déterminé, dégénèrent promptement, lorsqu'elles sont transportées dans un autre habitat. Le beau Taureau montagnard des Alpes ne conserve que là sa physionomie propre. Le Bœuf à grandes cornes, de Hongrie, se modifie lorsqu'il s'éloigne des gras pâturages de sa patrie. Les Moutons espagnols, à la laine si fine, retournent à l'espèce souche, lorsque leur pureté primitive n'est pas renouvelée de temps en temps par de nouveaux venus. Mais la race dégénérée elle-même conserve quelques traits particuliers sur le nouveau sol, et elle ne revêt pas complétement le caractère des races indigènes qui y habitent de tout temps. La véritable espèce et la race humaine se comportent autrement. Le type national ne dégénère point, lorsqu'il est transporté

[1] Consulter, sur les rapports de parenté entre l'Homme, le Gorille, le Chimpanzé et l'Orang-outang, mon article : Comparaison antédiluvienne du crâne humain avec le crâne de l'Orang, dans la *Zeitschrift f. gen. Naturwiss.*, 1860, t. XXVIII, p. 501 ; Th. Bischof, *die Schädel der menschenähnlichen Affen*, Munich, 1867 ; et J. C. G. Lucæ : La main et le pied, dans les *Abhandl. der senkenbergischen Gesellschaft*, 1865, t. V, 275-333.

de sa patrie originaire dans une autre contrée, mais il y conserve
ses propriétés avec d'autant plus de ténacité qu'elles sont plus saillantes chez les aïeux souche ; ceci a déjà été démontré pour les animaux. Si, dans le laps de temps qu'embrasse nos connaissances historiques, aucun Juif n'a encore pu prendre le type allemand bien
individualisé, en admettant qu'il est d'origine juive bien pure, si
parmi les Européens émigrés en Afrique et en Amérique, aucun
d'eux ne s'est transformé en Nègre ou en Caraïbe pendant le cours de
plusieurs siècles ; pourquoi les descendants d'Adam, qui évidemment
possédaient un certain type de famille, se seraient-ils changés en
Nègres, en Papous, en Caraïbes, en Malais ou en Mongols? On n'a
aucune raison à donner ; voilà pourquoi nous attaquons cette théorie. Mais qu'on admette qu'il y eut plusieurs autochthones sur divers
points de la Terre, tous modelés sur le même type idéal de l'Homme,
ce qui dut nécessairement avoir lieu, vu l'uniformité générale, et il
ne subsiste plus aucune difficulté pour expliquer les différences
frappantes. Nous avons déjà vu, en effet (ch. xxiii), qu'une grande
partie des différences extérieures doit être attribuée à des influences
agissant en dehors, auxquelles les créatures furent exposées à l'é-
poque de leur première naissance. Il est tout naturel que l'Homme
ait été soumis à la même loi, en ce qui concerne sa physionomie
externe. Mais sa constitution ne présente aucune différence déterminante, c'est-à-dire typique, puisque avec elle l'unité du genre
humain deviendrait insoutenable. Tous les Hommes ont le même
nombre d'organes, le même nombre de dents, de doigts, d'os, de
vertèbres; ces éléments se présentent toujours entre eux dans des
rapports identiques, au moins pour les parties essentielles ; mais ils
diffèrent par la couleur, par la taille, par la forme du visage et des
extrémités, et par les cheveux, à un degré tel, qu'on le retrouve
aussi marqué, seulement chez les races domestiques les plus diversifiées. On a comparé ensemble ces deux ordres de faits, qui offrent
beaucoup d'analogies ; et, comme on avait reconnu pour les animaux
domestiques que leurs variétés sont d'origine postérieure, on crut
pouvoir admettre la même conclusion pour l'espèce humaine, et on
considéra les différences de type national comme les modifications
d'une forme primordiale, développées dans le cours du temps. Mais
la persistance des différences nationales ne permet point cette solution. D'ailleurs, malgré l'apparente absence de lois dans les varia-

tions des animaux domestiques, elles obéissent cependant à des
règles positives, et, avec quelque habileté, on peut les déduire clairement des causes premières. Ce fait se manifeste surtout dans la
coloration, à propos de laquelle nous allons donc entrer dans quelques détails. Chez les animaux domestiques, où elle se montre sous
un aspect si bigarré, elle ne consiste cependant que dans l'isolement
d'un certain nombre de tons simples qui entrent, mélangés ensemble, dans la coloration de presque tous les animaux vivant à l'état
sauvage. Chez les Mammifères, sur lesquels je veux surtout appuyer,
chaque poil porte, en général, une couleur différente dans ses diverses parties et se montre clair et foncé; blanc et noir, si l'animal
est gris; brun et jaune, lorsqu'il a une couleur gris olivâtre; enfin
noir, blanc et jaune, ou encore plus multicolore. Ce mélange constitue, entre autres, le fond de la couleur de toutes les espèces de
Chats, et se montre encore chez les Chats domestiques à fond gris
jaunâtre avec des bandes noires et brunes; mais beaucoup d'individus sont devenus entièrement noirs, blancs ou jaunes; d'autres
sont tachetés tantôt de deux couleurs, tantôt de trois. On prétend
que cette dernière variété, qui est assez rare, ne convient qu'aux
Chattes et jamais aux mâles; mais c'est une erreur, comme l'ont
prouvé plusieurs exemples; cependant ce dicton n'est pas absolument dénué de fondement, car partout les femelles dégénèrent plus
vite et plus facilement que les mâles, et par conséquent les Chattes,
avec coloration la plus dégénérée, doivent être plus fréquentes que
les Chats mâles. Jamais un animal domestique ne présente une couleur différente de celles qui existent mélangées dans le pelage de ses
congénères sauvages; et plus l'une ou l'autre d'entre elles domine
dans le mélange, plus elle se montre de bonne heure comme couleur principale dans les variétés. Lorsqu'elle a pris la prépondérance
chez un individu quelconque, elle va toujours en empiétant de plus
en plus sur les autres; et c'est ainsi que certaines variétés prennent
exclusivement cette couleur, tandis que chez d'autres c'est une
autre des couleurs primordiales qui domine [1].

[1] Nous croyons devoir faire remarquer ici que les trois couleurs, noir, blanc et jaune,
avec leurs diverses nuances, constituent exclusivement la gamme des couleurs de tous
les Mammifères, et que, par leur mélange, elles donnent naissance à toutes les nuances
de ces animaux, en admettant toutefois que le jaune se présente, tantôt comme jaune
de soufre, tantôt comme jaune roussâtre ou orange. Les variétés de coloration de
l'Homme résident aussi dans ce mélange, et elles peuvent encore, par leur harmonie

Tous ces faits nous autorisent à rejeter la possibilité de la descendance de tous les Hommes d'un couple unique. La grande diversité des types nationaux nous conduit plutôt à admettre à l'origine plusieurs espèces d'Hommes. Cette théorie se justifie en ne prenant en considération que la couleur chez les divers peuples. Si toutes les nations descendaient d'un seul couple, toutes les nuances de coloration pourraient dériver d'un seul ton primordial; ce qui, à mon avis, n'est pas possible. Quand le noir du Nègre ne serait que le blanc rembruni de l'Européen, et que le jaune du Mongol se placerait au milieu, comme intermédiaire, la couleur rouge cuivrée de l'Américain ne trouverait point de place dans cette échelle. On pourrait demander pourquoi les Nouveaux-Hollandais et les Papous sont devenus noirs, tandis que les indigènes des îles de la Société et des Antis, beaucoup plus rapprochés de l'Équateur, sont restés bruns jaunâtres. Il faudrait pouvoir expliquer pourquoi, en Amérique, toutes les peuplades, de la baie de Baffin à la Terre-de-Feu, ont pris une couleur semblable brune rougeâtre, tandis que sur le continent Oriental, des races jaunes, brunes, noires, vivent souvent les unes à côté des autres[1]. On se heurterait donc toujours à de nouvelles incompatibilités, parce que le point de départ est faux. Toute cette théorie se présente sous un jour si défavorable au regard purement scientifique d'un naturaliste sans préjugés, qu'il peut affirmer, en toute confiance, qu'il ne serait jamais venu à la pensée d'un observateur calme de faire descendre tous les Hommes d'un seul couple, s'il n'eût point eu connaissance de l'histoire de la Création mosaïque[2]. Afin de ne point ébranler l'autorité des livres sacrés sur ce domaine, où cependant on ne peut les considérer comme for-

fondamentale avec le type des Mammifères, l'identité d'organisation existant entre lui et les animaux.

[1] Ce fait bien connu est d'autant plus important qu'il se reproduit de la même manière dans le règne animal et prouve que l'organisme de l'Homme a été soumis, dès son origine, aux mêmes lois que celui des animaux. Les animaux d'Amérique sont aussi généralement répandus sur toute l'étendue de ce continent que l'Homme américain. Sur le continent oriental, au contraire, la vie animale est plus variée et plus localisée. L'Homme s'y divise en un plus grand nombre de races primitives douées de nombreuses particularités nationales.

[2] J'ai examiné avec plus de détails la valeur du mythe dans une notice sur les écrits de cet ordre, publiée dans le *Allgem. Lit.-Zeit.*, jahrg. 1841, t. I, p. 1171 et 1180. — Ce que G. de Humboldt dit de l'état primitif de l'espèce humaine est très-digne d'attention : consultez A. de Humboldt, *Cosmos*, t. I. — Morton lui-même, qui évite de toucher à la véracité de la Bible, en arrive aussi à conclure que les races existaient dès la dispersion primitive de notre espèce. *Froriep's neue Notizen*, t. 21, p. 181.

suivant des règles, un certain nombre de savants, presque tous peu familiers avec les données des sciences naturelles, se sont cru obligés de défendre les mythes de l'Ancien Testament, et ils ont construit sur cette base une théorie scientifique, qui ne supporte point l'examen. Que de miracles, en effet, quelle étonnante suite d'événements il faudrait pour faire sortir, dans l'espace de quatre mille ans, d'un seul point et d'un seul couple, une population de 100 millions d'hommes [1]. Quels moyens avaient ces peuplades errantes pour passer sur des îles lointaines et pour atteindre à des points aussi distants que le grand continent américain? Pourquoi ne restaient-elles pas plutôt ensemble dans ces campagnes fécondes et bénies de la zone tropicale? Pourquoi ont-elles préféré s'en aller habiter les régions glaciales des contrées polaires? Sans tenir compte des différences morphologiques que présente le corps, à quelle cause se reporter pour expliquer ce développement si multiple des langues dont les éléments fondamentaux sont en partie hétérogènes? Pourquoi un peuple, qui d'abord parlait la même langue que ses aïeux, dut-il en adopter plus tard une absolument différente? L'histoire ne nous montre-t-elle point une profonde et intime parenté de langage entre des peuples très-éloignés les uns des autres aujourd'hui, qui à l'origine ont vécu ensemble; tandis que d'autres, qui aujourd'hui encore habitent les uns à côté des autres, parlent des langues absolument différentes? Cette différence intellectuelle a une importance aussi grande que les différences corporelles, et même elle est en général plus tranchée, comme le prouve une comparaison entre les Chinois et les Indous. Elle a d'ailleurs une valeur comme élément des sciences naturelles, puisque tous les Américains à coloration uniforme appartiennent aussi à une seule famille de langues, et que les grandes différences de civilisation qui existaient entre les diverses peuplades américaines à la découverte de leur pays, ne se reliaient pas, comme sur le continent oriental, à des différences nationales basées sur la diversité fondamentale du langage. Jamais la haute culture morale ne s'est développée d'une façon durable sur l'hémisphère oriental, ailleurs que chez les races indo-

---

[1] Les trois fils de Noé, qui renouvelèrent le genre humain après le déluge, n'ont rien à faire ici, puisqu'un déluge dans le sens de la Bible est géologiquement impossible. Si on identifie le déluge avec la période du diluvium, l'humanité antérieure au déluge offrait une autre organisation que celle qui vint après cette époque.

européennes ; ces nations y sont, depuis les temps les plus anciens,
les promoteurs de la civilisation, et elles le seront sans doute encore
longtemps, surtout maintenant qu'elles se sont assimilé l'unique élément supérieur des peuples sémitiques, la grande religiosité. L'absence des sentiments d'humanité, cette base du christianisme, fut la
perte de la Grèce et de Rome. Les fils de la Germanie étaient prédes-
tinés à réaliser cette admirable alliance du génie grec avec la charité
chrétienne, et à la répandre sur toute la Terre, comme le germe
fécond qui devait vivifier les temps nouveaux et toutes les générations de peuples qui suivront. La lumière qui rayonne de ce nouvel
astre est devenue un feu destructeur pour toutes les races qui voudraient croître à l'ombre et dans l'humidité des forêts, comme des
plantes infimes ; elle les desséchera et les anéantira complétement.

Lorsqu'on considère de plus près les variétés physiques de l'espèce humaine et qu'on examine les dimensions du corps entier dans
ses divers aspects, on reconnaît que les différences ne sont pas aussi
profondes que les anciennes légendes le racontaient, ou que la comparaison avec les races d'Animaux domestiques auraient pu le faire
présumer. Sans doute les populations boréales sont, en somme, plus
petites que celles des zones tempérées et chaudes : mais il n'y a point
de véritable peuple de nains, comme les Lilliputiens. Cinq pieds,
taille que ne dépassent point beaucoup d'individus des races européennes, est le minimum au-dessous duquel on ne voit guère tout
un peuple descendre ; tandis que, de l'autre côté, six pieds est la
hauteur maximum qu'aucune nation entière ne dépasse, bien qu'on
rencontre partout des individus plus grands. La taille normale du
corps humain oscille donc entre ces deux limites, et sa moyenne est
à peu près de cinq pieds trois pouces pour les femmes et de cinq pieds
six pouces pour les hommes. Cependant la majorité des femmes des
peuples civilisés n'atteignent plus cette moyenne, et beaucoup
d'hommes eux-mêmes restent au-dessous de la taille normale de
leur sexe[1].

Le degré d'embonpoint est en rapport très-intime avec la taille,
et semble même en dépendre partiellement. Les races petites sont,
en général, plus solides, et leur tissu graisseux est plus riche que celui

---

[1] Voyez une intéressante comparaison des mesures du corps de divers peuples, par
Schulz, dans *Froriep's neue Notizen*, t. XXXV, p. 161, et un travail analogue de Blot
sur la nation française, *ibid.*, t. XXX, p. 51.

des grandes races ; et lorsque ces dernières n'ont point un aspect de
maigreur prononcé, le tissu musculaire est toujours bien plus développé que le tissu graisseux. Cependant aucune partie du corps n'est
plus sensible aux différents genres de vie et aux effets du climat que
l'élément graisseux, circonstance dont on doit tenir compte chez les
sauvages eux-mêmes. Les zones froides favorisent le développement des
parties graisseuses par l'abondante alimentation qui y est nécessaire ;
les zones chaude et torride sont contraires à l'accumulation de la
graisse. Évidemment que l'évaporation, beaucoup accrue dans ces
climats, la nourriture moins abondante et plus légère et les vêtements moins épais, contribuent beaucoup au desséchement du corps
et ont pour conséquence, non-seulement une structure anatomique
plus grêle, mais encore plus délicate, ce qui est très-apparent chez
les insulaires de l'Océan austral. Les Nègres, solidement charpentés,
habitent sous la même zone, mais mènent un genre de vie tout différent. Dans les zones froides, la graisse est très-utile, parce qu'elle
est mauvais conducteur de la chaleur et protège contre l'action du
froid extérieur. C'est pour le même motif que tous les peuples du
Nord se frottent avec de la graisse et ne se baignent jamais, tandis
que les indigènes des régions tropicales considèrent le bain comme
un des premiers besoins. Il maintient la peau propre, et active l'évaporation cutanée. Mais ces différences ne peuvent guère être attribuées uniquement à la diversité des climats ; il faut encore y voir
l'effet de prédispositions primordiales de race. La robuste constitution du Nègre est un caractère typique et ne résulte pas simplement
du genre de vie et du milieu extérieur.

Les différences nationales les plus frappantes, d'ailleurs, ne résident point dans la taille et la stature, mais se manifestent tout particulièrement dans la couleur. Elle a son siège, partie dans les
noyaux inférieurs et très-serrés de cellules épithéliales, partie dans
une couche de cellules quadrangulaires remplies d'une substance
colorante granuleuse. De la quantité de ces deux agents colorants
et de l'abondance avec laquelle ils existent l'un à côté de l'autre, dépend l'intensité de la coloration ; mais le ton est produit par la diversité du pigment. Il peut varier individuellement dans son degré de
force, mais il modifie difficilement son type national. Chez les races
blanches, les cellules pigmentaires un *chromatophores* ne manquent
point complètement ; mais elles ne renferment un véritable pigment

que sur quelques points, comme sur les joues et quelques autres
parties du corps. Ce pigment apparaît chez les races jaunes, il devient foncé chez les races brunes, passe au rouge chez les Américains,
et enfin devient plus ou moins noir chez les Nègres et les Papous.
Il est complétement indépendant des zones, car les Nègres sont noirs
en quelque lieu qu'ils vivent. Mais son intensité, comme celle de
toutes les colorations organiques, obéit aux influences de la lumière
solaire; elle s'accroît en même temps que celle-ci et à mesure que
les rayons solaires tombent plus perpendiculairement.

On peut donc parler d'Africains qui ont blanchi un peu lorsqu'ils
se sont trouvés plusieurs générations successives sous des rayons
solaires plus obliques; mais ils ne deviendront jamais blancs comme
les Européens et conserveront sans modification le ton de leur coloration nationale au degré d'intensité que peut lui donner une lumière plus faible. D'autre part, les populations blanches brunissent
sous la lumière solaire tropicale; mais elles ne deviendront pas
noires en Afrique et rouges en Amérique. Leur coloration foncée
est un ton particulier, facile à distinguer, un simple accroissement
de la coloration nationale. Cette même cause nous explique encore
pourquoi dans une même nation, les riches et les personnes de condition ont le teint plus clair que les classes pauvres. Les premiers
s'exposent moins aux rayons du soleil et emploient des moyens
artificiels pour s'abriter contre eux, tandis que les pauvres les reçoivent partout, sans aucune protection, et sont exposés à toute leur
action. Chez les peuples où il n'existe point encore de différence
de classes, les conséquences qui en résultent pour la physionomie
extérieure disparaissent aussi, et tous les individus des Papous sont
également bruns, comme tous les individus des Botocudos également bruns rougeâtres. Mais, chez les Mexicains et les Péruviens, on
a constaté, tout d'abord, comme aujourd'hui encore, des nuances
de coloration semblables à celles que tout observateur attentif peut
remarquer tous les jours en Europe parmi nous. Elles résultent de
la filiation de familles conservées plus pures, ou du genre de vie;
différences qui s'ajoutent à un degré supérieur de culture intellectuelle, laquelle ne peut jamais être partout égale.

La couleur et la nature des poils sont dans une connexion très-
intime avec la coloration de la peau. L'Homme, de même que les
Mammifères, possède un vêtement général de poils, excepté à la

paume des mains, à la plante des pieds et sur quelques points du
visage, comme on peut s'en convaincre en regardant avec attention
toutes les autres parties du corps. Mais dans le plus grand nombre de
ces points les poils restent petits et sans développement, bien qu'ils
ne soient pas plus clair-semés que sur le crâne, sur le contour du
visage de l'Homme et sur les autres parties portant des poils longs
et bien développés. La couleur et la forme de ces poils n'est point
livrée au hasard ; mais elles obéissent à des lois de race très-accusées. Ces lois, comme celles qui président à la coloration de la peau,
mais peut-être plus aisément, ne peuvent être détruites que par des
changements dans le genre de vie et par des croisements de races
différentes. Les poils présentent deux types principaux dans leur
conformation : le poil frisé, laineux et mou du Nègre et le poil long,
lisse ou à grandes boucles de l'Européen, du Malais et des Américains. On ne sait pas encore bien d'où provient cette différence.
Sans doute qu'elle a sa cause dans la structure des poils eux-mêmes
et semble provenir d'une compression discontinue du fil pileux. Les
poils de la première forme sont toujours noirs ; ceux du second
groupe prennent, au contraire, plusieurs couleurs, depuis le noir
le plus intense jusqu'au jaune ou blond le plus clair. Chaque peuple
resté sans mélange a une conformation et une couleur particulière,
les mêmes pour tous les individus ; mais toutes se modifient de
bonne heure, non-seulement à la suite de croisements, mais encore
par suite de changements dans la manière de vivre. Le poil a, non
pas seulement chez l'Homme, mais aussi chez tous chez les Mammifères, une tendance à se modifier plus facilement qu'aucune autre
des parties du corps. Il est donc le premier à perdre son caractère
national ; et, entre toutes les parties du corps de l'Homme, c'est lui
qui offre le plus de variations et de nombreux et nouveaux degrés
intermédiaires. Aussi est-ce seulement chez les populations absolument sans mélange et conservées dans l'état de pureté primitive que
sa nature peut servir de caractère de race. Ce n'est pas à dire qu'il
n'existe point des individus, même parmi les nations civilisées, qui
aient conservé sans tache le type national primitif.

Les quatre points, que nous avons traités jusqu'ici, embrassent les
différences extérieures les plus apparentes, sinon les plus importantes
des races humaines, et elles nous donnent un moyen de classer mé-
thodiquement les peuples. Mais avant d'entamer cette opération dé-

licate, il faut encore que nous fassions connaître quelques différences
plus importantes du squelette et que nous nous arrêtions surtout à
l'étude du crâne. La diversité de ses formes, tout en conservant le
même plan d'exécution, est très-grande ; mais on peut les ramener
à trois types principaux, que nous allons caractériser exactement
comme les trois formes primordiales du crâne humain. La première
est la forme *elliptique*, comprimée latéralement de gauche à droite.
Les crânes de ce genre ont le visage étroit ; le plus grand diamètre
se place entre les os des joues, le front est bas et déprimé, la dentition en saillie, le menton fuyant, le sommet de la tête étroit, presque à arête anguleuse et l'occiput très-saillant en arrière. Le second

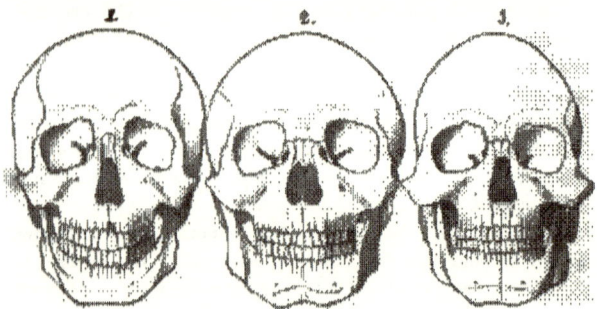

Fig. 64. — Types de crânes ovale, sphérique et elliptique[1].

type est la forme *sphérique* ou cubique : elle se distingue par un
ovale presque rond, un front bas, mais large, les os des joues fortement développés, une dentition large et verticale et un menton large
aussi et vertical ; le sommet de la tête est faiblement bombé, l'occi-

[1] Le n° 1 représente, comme prototype de la forme ovale, le crâne d'un homme de
vingt-huit ans, du pays de Halle, dont les proportions sont les suivantes : la hauteur totale du crâne placé horizontalement, depuis le menton jusqu'au vertex, est de 7 pouces
6 lignes ; la largeur, dans son plus grand diamètre au-dessus de la cavité orbitaire, 6 pouces 2 lignes ; largeur entre les arcades zygomatiques, 5 pouces 5 lignes ; écartement du
maxillaire inférieur à l'angle postérieur, 5 pouces 10 lignes. Le crâne n° 2 est celui d'un
Kalmouk ; sa hauteur est seulement de 6 pouces 10 lignes ; largeur à la hauteur des
yeux, 5 pouces 9 lignes ; entre les arcades zygomatiques 6 pouces 7 lignes ; du maxillaire
inférieur, 6 pouces 10 lignes. Enfin, le n° 3 représente le crâne d'un Cafre ; hauteur,
6 pouces 8 lignes ; largeur, 4 pouces 10 lignes ; entre les arcades zygomatiques, 5 pouces
6 lignes, et   pouces 9 lignes ; entre les branches du maxillaire inférieur.

pui écrasé, et le plus grand diamètre se trouve à la hauteur des pommettes des joues ou de l'oreille. Le troisième type, ou forme *ovale*,
se caractérise surtout par la grande largeur du crâne à la hauteur
du front, par le sommet de la tête globuliforme, par l'occiput, plus
bombé à sa partie supérieure ; par le front, élevé et vertical ; par les
pommettes des joues étroites ; par des dents, petites et verticales ;
et enfin par un menton étroit. Il faut encore ajouter les différences
de l'angle facial qui, dans le type ovale, est de 85 à 85°, dans le
sphérique, environ de 80°, et dans l'elliptique, ne dépasse guère
75°. L'angle facial est déterminé par deux lignes, dont l'une, décrite
sur la projection latérale du crâne, passe par le trou de l'oreille et
la base du nez ; l'autre est tangente à ce dernier point et au front.
Cet angle sert de pierre de touche pour les aptitudes intellectuelles
des races. Sur les statues grecques, que nous admirons comme l'idéal
des formes du corps humain, il s'élève jusqu'à 90°, comme si les
anciens artistes avaient voulu exprimer par là le degré suprême de
la perfection intellectuelle chez leurs héros et de leurs dieux. Au-
dessus de 90°, en effet, toute augmentation devient funeste et transforme le type sain dans la forme pathologique des hydrocéphales.
Chez ceux-ci des angles de 100° et plus ne sont pas rares, tandis que
beaucoup d'idiots et surtout de crétins n'atteignent pas le minimum
de l'angle facial humain de 75°. Avec 70° on passe au type Singe,
et on descend de là, par tous les degrés possibles, jusqu'à l'ouverture la plus infime chez les Cétacés.

À la place de cette ancienne manière de voir, qui tenait compte
surtout de la forme du visage et de l'inclinaison du front, dans ces
derniers temps, on a donné une valeur plus grande à la cavité du
crâne elle-même, surtout Retzius, qui a soumis les crânes des peuples du Nord à des mesures très-soigneuses[1]. Cet habile observateur
a montré que le développement d'un des trois grands lobes du cerveau est la cause qui produit les diversités dans l'aspect extérieur
du crâne. Son allongement en arrière et sa forme étroite, qui caractérisent les populations nègres, dépendent en partie de la dimension moindre du cerveau entier, et aussi de la petitesse extrême des
lobes moyens. Ceux-ci sont, au contraire, très-développés dans les
crânes cubiques, tandis que les lobes postérieurs, qui, chez les Nè-

[1] Voir son mémoire dans J. Müller, *Archiv für Anat. u. Physiol.*, Jahrg. 1845, p. 83
et suiv., et dans les *Annales des sciences naturelles*, 3e série, vi, 133.

gres, possèdent le plus grand volume, sont ici très-petits. Dans les
crânes ovales, les lobes antérieurs du cerveau dominent, bombent
le front plus fortement et sont accompagnés d'un développement
général du cerveau, qui donne aux lobes postérieurs plus de saillie
que dans les crânes cubiques. Retzius part de la grandeur de ces
lobes postérieurs pour diviser les races en peuples à *crâne oblong*
(*gentes dolichocephalæ*) et peuples à *crâne rond* (*brachycephalæ*).

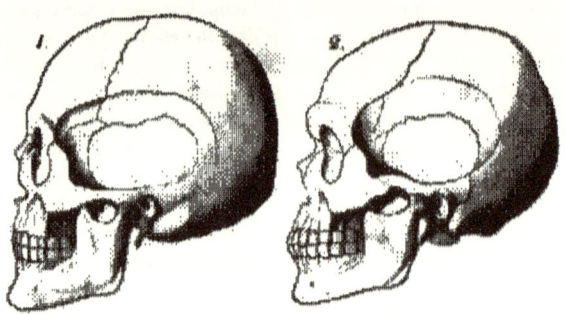

Fig. 65. — Crânes humains vus de profil.

1. Crâne de Schiller, type de dolichocéphale orthognathe; 2. crâne de Cafre, le même que celui que
nous avons vu de face dans la planche précédente ; type de dolichocéphale prognathe. Il faut remarquer que ce dernier est non-seulement plus court, mais encore plus bas que celui de Schiller; que son front est beaucoup plus déprimé, et qu'il a le os de la joue beaucoup plus
développés et la denture très-proéminente. La distance de l'oreille au trou pariétal est,
chez Schiller, de 5 pouces 8 lignes, chez le Cafre, 4 pouces 8 lignes, différence dont la cause
réside principalement dans le développement du cerveau, dont le lobe moyen était d'un volume
moindre chez le Cafre que chez Schiller.

Il détermine cette distinction suivant que les lobes postérieurs du
cerveau débordent beaucoup en arrière au delà du cervelet, ou bien
le recouvrent simplement, ou même pas entièrement. Dans la première classe, il range les crânes *elliptiques* et *ovales*; dans la seconde,
les crânes *cubiques*. Dans les deux premiers types, il distingue, d'a-
près la position des dents, avec laquelle la courbure du front est en
harmonie, les peuples à *dents verticales* (*orthognathæ*) et les peuples
à *dents obliques* (*prognathæ*). Cette distinction reparaît aussi dans
la classe des crânes ronds. Il obtient donc ainsi quatre types principaux de crânes. Aux Dolichocéphales orthognathes appartiennent
la grande famille des peuples celtiques, germaniques, romans et

indous ; comme Brachycéphales, avec le même type dentaire, on a les
Slaves, les Tschoudes, les Lapons, les Afghans, les Perses, les Turcs,
les Océaniens méridionaux et les Papous. Les Brachycéphales prognathes sont les Tartares, les Kalmoucks, les Mongols, les Malais et
plusieurs peuplades de l'Amérique occidentale ; quant aux Dolichocéphales prognathes, ils embrassent les Australiens, les Chinois, les
Japonais, les Nègres, les Groënlandais, les Océaniens septentrionaux
et la plupart des peuplades de l'est de l'Amérique.

Ces différences crâniologiques, sur lesquelles Blumenbach, l'illustre fondateur de l'Anthropologie scientifique, attira le premier
l'attention, semblent, à première vue, conduire à une classification
simple des diversités nationales. Elles ne reposent pas, en effet, sur
des caractères distinctifs simplement accidentels et ne résidant que
dans des relations extérieures ; mais elles appartiennent évidemment
à un plan déterminé et renferment un principe rationnel de différenciation.

Cependant, leur application à la classification naturelle des races
humaines conduit, comme toute caractéristique exclusive, à des
séparations et des groupements contre nature. La nouvelle classification de Retzius, d'après les crânes ronds et oblongs, et celle que
j'ai employée dans la première édition, basée sur les trois types principaux de crânes, ne peuvent se soutenir, lorsqu'on étudie les groupes qui en résultent, et doivent par conséquent être abandonnées.
Nous nous servirons donc ici du principe de la distribution géographique des races humaines, comme du seul naturel et comme le
plus solidement établi[1].

Blumenbach avait déjà ouvert cette route, et divisé les peuples en
cinq races, qu'il nomma *Caucasienne*, *Mongole*, *Américaine*, *Éthiopienne* et *Malaise*. Bien que les distinctions admises par lui ne soient
pas toujours à l'abri de toute critique et qu'entre autres les limites

[1] La classification des crânes, imaginée par Retzius, a été combattue et vivement cri-
tiquée par Aeby dans une publication récente et très-savante sur la forme des crânes humains. A sa place, il propose de les distinguer en crânes *sténocéphales* et crânes *eury-
céphales*, distinctions beaucoup plus profondes et plus naturelles. Le premier type domine
dans l'hémisphère austral, le second dans l'hémisphère boréal. Sur les limites des deux
derniers, dans les régions de la Méditerranée, en Asie et dans certaines îles, les deux
formes se présentent à côté l'une de l'autre et se mélangent. Cependant le système
d'Aeby ne suffit point encore pour classer tout le genre humain dans des races naturellement circonscrites. Consulter, outre les ouvrages d'Aeby, mon livre intitulé *l'Homme*.
Leipzick, 1868. In-8°. — 6.

des populations caucasienne, mongole et malaise se fondent très-doucement les unes dans les autres ; tandis qu'au contraire les peuples de race américaine et éthiopienne diffèrent souvent beaucoup les uns des autres dans quelques-unes de leurs caractères : cependant cette division est restée jusqu'à ce jour la meilleure, ou plutôt la plus commode pour l'usage, et toutes les tentatives pour en créer une nouvelle n'ont été en réalité que des modifications partielles de la classification de Blumenbach. Nous avons donc les plus fortes raisons pour la déclarer la meilleure, et sa valeur, en tant qu'expression de la nature, s'appuie sur ce qu'elle correspond dans ses cadres assez exactement aux régions géographiques, que nous avons reconnues dans le vingt-troisième chapitre, comme constituant les parties de la surface du Globe dont les productions nous offrent les différences les plus grandes et les plus profondes. Nous considérerons donc les races humaines dans cette série et nous essayerons de préciser encore mieux chaque mode de classification en les faisant tous concourir à ce but[1].

I. Les *nations américaines* présentent beaucoup plus d'affinité entre elles que les peuples des autres parties du monde distribués aussi sous toutes les zones, et viennent confirmer l'uniformité d'organisation que nous avons fait voir plus haut (p. 173), comme constituant le caractère dominant du nouveau monde et qui le distingue de l'ancien. « Il est devenu presque proverbial, dit un des observateurs les plus savants des races humaines d'Amérique[2], que celui qui a vu une tribu indienne, les a toutes vues, tant les individus de cette race se ressemblent, malgré la vaste étendue géographique et les climats extrêmement différents de son habitat. » Le prince Maximilien, qui a visité avec grand soin les deux Amériques, porte le même jugement : « Au premier coup d'œil, dit-il, jeté sur les Américains du Nord[3], je fus convaincu de leur profonde parenté avec les Brésiliens et je dus les considérer comme une même race d'Hommes. » D'après Morton, ils ont tous des cheveux noirs, longs, plats et pendants, la peau d'un brun de cannelle, le front court et dé-

[1] L'ouvrage capital existant actuellement sur l'histoire naturelle de l'Homme est l'*Histoire naturelle de la race humaine*, de J.-C. Prichard. Il a une grande valeur comme compilation de toutes les données historiques et linguistiques, mais sa partie physico-psychologique est, en général, moins complète.

[2] G. Morton. Com. *Froriep's n. Notizen*, t. XXXIV, p. 129. 1845.

[3] *Voyage dans l'intérieur de l'Amérique du Nord*, t. I, p. 255.

primé, le regard languissant et mou, les lèvres serrées et le nez
saillant et large en bas. A ces caractères, nous pouvons encore ajouter les os des joues très-saillants et arrondis, l'absence de barbe
chez les hommes, le prolongement des cheveux de la partie latérale
du front jusqu'aux sourcils[1], le corps assez développé, mais maigre
et sans grande vigueur, enfin les mains et les pieds relativement
petits. Il règne une grande diversité dans la conformation de leur
crâne, bien qu'elle soit peut-être moins naturelle que le résultat
d'opérations artificielles. C'est, en effet, un trait particulier du goût,
chez ces nations, d'aimer à défigurer la nature et à donner à leur
tête, ou au moins à leur physionomie, une forme qui ne fait qu'une
impression contraire sur les gens civilisés. Très-rapproché du type
sphéroïdo-quadrangulaire, le crâne américain n'a cependant jamais
l'aspect purement mongolique, mais se rapproche plutôt, par le
front déprimé, les larges cavités orbitaires, les mâchoires massives,
et l'aplatissement de l'occiput, des formes ovales et même elliptiques. Mais ces différences naturelles sont bien dépassées par les déformations artificielles que nous rencontrons chez les nations les
plus diverses de l'Amérique du Nord et de l'Amérique du Sud. Là
on trouve les tribus à tête plate du fleuve Colombia et les Natchez
à tête globuliforme du bas Mississipi ; ici les crânes comprimés latéralement chez les Péruviens des hauts plateaux de la tribu de
Huanka, ou écrasés dans le sens opposé et coupés verticalement dans
la région occipitale chez les habitants des côtes, les Chinchas, éveil-
lent à un même degré la curiosité des voyageurs. Toutes ces formes
particulières ont été obtenues artificiellement, en comprimant et
liant la tête aussitôt après la naissance ; et les parents de l'enfant
apportent d'autant plus de soin à cette opération que le nouveau-né
appartient à une famille plus considérable et plus riche. D'Orbigny,
qui a étudié les races humaines de l'Amérique du Sud avec autant
d'attention que la faune, assure qu'il a trouvé dans les tombeaux
des anciens Péruviens ouverts par lui, des types de plus en plus comprimés de ces formes de crânes. D'autres observateurs prétendent
même reconnaître chez les tout petits enfants des différences de

---

[1] Depuis dix ans maintenant que je suis en contact avec les peuplades primitives de
l'Amérique, j'ai remarqué ce prolongement particulier des cheveux de la région latérale
du front, de l'angle saillant au-dessus de la tempe jusqu'au sourcil, chez tous les individus de race pure, et je l'ai constaté comme un caractère propre aux Indiens, du moins à
ceux de l'Amérique méridionale. On peut encore le reconnaître sur beaucoup de métis.

conformation crânienne en harmonie avec ces déformations artificielles[1]. Si cette opinion est fondée, on peut présumer qu'une forme
artificielle est devenue peu à peu naturelle ; et cette première tendance est venue s'ajouter aux traitements que les générations antérieures ne subissaient qu'après leur naissance. Mais les peuplades
américaines ne se contentent pas de défigurer le crâne, elles défor-
ment aussi les parties molles du visage, et le font avec la même
absence de goût. Le Botocudos sont très-connus, à cause de leurs
oreilles et de leurs lèvres percées, dans lesquelles ils passent de
grands disques de bois qui leur donnent une figure horrible. On
peut encore citer l'usage commun à beaucoup de tribus de se pein-
dre le visage en rouge. L'aspect rougeâtre, commun aux Américains,
ne doit point être attribué à cette habitude, comme veulent nous le
faire croire quelques auteurs. La coloration rouge de leur peau est
naturelle ; l'art la rehausse seulement, sans la produire. Cette couleur rouge, que Morton a appelée, bien plus exactement, brun de
cannelle, n'est pas développée avec la même intensité chez toutes
les peuplades. Mais cela n'a rien d'étonnant, lorsqu'on connaît les
nuances variées des races orientales. Il est d'ailleurs bien constaté
que les variations de couleur des Américains sont beaucoup moins
grandes que celles des nations orientales. Les Américains ne sont
jamais noirs comme les Nègres, ou blancs comme les Européens.
Ils oscillent entre un brun cannelle foncé et clair, qui quelquefois
passe à la couleur cuivrée ou rouge de chair. Chez les individus à
teint très-clair des classes les plus élevées, on distingue toujours
facilement le fond jaunâtre du teint couleur de chair. Les couleurs
les plus foncées se montrent chez les tribus septentrionales et méridionales, surtout chez les Californiens et les Patagons, tandis que
celles qui sont intermédiaires et vivent presque sous l'Équateur,
comme les Dorrons, les Guaikas, les Ariques, ont le teint le plus
clair. Certaines variations dans les traits du visage paraissent obéir

---

[1] L'observation de d'Orbigny se rapporte aux crânes étroits, plats et fortement prolongés en arrière, des Aymaras, tribu qui s'étend de la Bolivie au Pérou. En examinant de
près ces crânes, il est impossible de douter que leur ovale régulier ne soit naturel, et non
d'origine artificielle. Mais les crânes des Huankas et des Chinchas portent tout aussi évidemment les traces de manipulations artificielles. Les crânes de la collection de Halle le
prouvent surabondamment. La conjecture exprimée ci-dessus, que des déformations artificielles peuvent devenir naturelles, s'évanouit donc, du moins en tant qu'elle s'appuie
sur la conformation des Aymaras. Leur crâne, en effet, n'a subi aucun traitement artificiel, mais a, dès la jeunesse, la même forme que dans la vieillesse.

à des règles plus fixes que ces diverses colorations. On sait assez
généralement que les anciens Mexicains se distinguaient par leur
nez long, fortement recourbé, assez analogue à celui des anciens
Romains, mais un peu plus charnu. Ce trait de leur physionomie
se reproduit encore aujourd'hui chez leurs descendants, et on le
reconnaît sur les monuments et les manuscrits hiéroglyphiques
composés de figures, qui se sont conservés depuis les anciennes époques de civilisation de ce peuple intéressant jusqu'à nos jours. Cette
forme de nez n'est point particulière aux Mexicains ; on la retrouve
chez les Péruviens et la plupart des tribus de l'Amérique du Nord,
surtout celles qui habitaient autrefois les contrées méridionales et
orientales des États-Unis. Au contraire, ce type de nez n'existe plus
chez les populations boréales, les Esquimaux, de même que chez
le plus grand nombre de celles de l'Amérique du Sud, la plupart
des indigènes du Brésil, les Patagons, les habitants de la Terre de
Feu et les Chiliens. Ces peuplades ont le nez assez droit, trapu, large
dans sa portion inférieure ; dans l'Amérique méridionale, très-charnu
et d'une grande dimension, tandis que chez les Esquimaux, il est
très-petit et en saillie sur le plan du visage seulement à sa partie
inférieure. Ce type de nez s'écarte tellement de tous les autres types
américains, que Morton a cru devoir exclure les Esquimaux des
races américaines et les rattacher à la famille mongole. Leur tête
développée, assez allongée dans le sens antéro-postérieur et déprimée dans la région frontale, la grande largeur et l'aplatissement
de leur face, leurs petits yeux noirs, leur bouche petite et ronde,
leur prédisposition à l'embonpoint qui manque absolument aux
Américains, et le teint plus blanc de leur peau, justifient sa manière
de voir, partagée par les peuplades américaines elles-mêmes. Ces
circonstances prouvent aussi que les races américaines ne sont pas
venues d'Asie, comme quelques écrivains l'ont admis. La profonde
différence qui, malgré quelques traits de ressemblance, existe entre
les Mongols et les Américains, suffit à renverser cette théorie,
même sans tirer un argument de l'absence de témoignages positifs.
Morton a démontré, avec tous les détails possibles, que cette im-
migration venue d'Asie ne se base sur aucun fait vraisemblable ;
qu'elle n'a de probabilités que pour les Esquimaux et que les analogies qui existent dans la structure des langues mongoles avec les
idiomes américains peuvent très-bien s'expliquer par des mélanges

postérieurs, résultats de relations continuées pendant de longues années. Il incline à croire que les trois grandes nations civilisées de l'Amérique centrale, les *Mexicains*, les *Muycas* (dans le Bogota actuel) et les *Péruviens* appartiennent à une famille particulière de la grande souche américaine; que cette famille est venue du bas Mississipi dans le Mexique, et y est restée jusqu'à ce que, vers 1050 de notre ère, opprimée par la race sauvage des *Aztèques*, elle fut chassée au sud vers le Bogota et Quito, et répandit sur ces régions jusqu'au Pérou une haute culture morale. Ces émigrants étaient les *Incas*, desquels les Péruviens reçurent leur civilisation et qui s'établirent en conquérants au milieu de ces nations. Leur gouvernement, bien que franchement despotique, était cependant plus doux que celui des Aztèques avec leurs sacrifices humains. Cette opinion s'appuie sur l'amour poussé jusqu'au sacrifice que le peuple avait voué à la race de ses maîtres et qu'il conserve encore aujourd'hui dans ses traditions, après trois cents ans d'esclavage. À l'exception de cette pâle culture, propagée il y a environ cinq cents ans par les Toltèques, la race américaine est restée complétement plongée dans la nuit de la barbarie et n'a même pu trouver en elle aucun ressort pour s'élever au contact prolongé de l'Europe civilisée. Sans doute une partie de la faute et même la plus grande doit retomber sur les Européens, pour qui il eût été plus noble de développer le germe caché, que de briser sans effort cette pauvre fleur fragile; mais jamais on ne pourra absoudre les races américaines de leur profonde et constante indifférence pour la vie civilisée, et on ne peut oublier que les races, qui portent en elles l'aptitude à la culture morale, ne se détournent point des manifestations ennemies de la civilisation qui s'avance vers elles, mais acceptent la lutte jusqu'à ce qu'elles en sortent plus élevées. Chez les Américains, la civilisation ambiante n'a éveillé aucun autre désir que celui des jouissances sensuelles. Adonnés à leurs plaisirs sans modération, ils ne peuvent jamais arriver à comprendre que le vrai bien-être repose dans le travail, et que celui-là seul qui ne le méprise point peut légitimement espérer des jouissances durables. Mais tous les Américains ont en horreur le travail. Ils rejettent les occupations de chaque jour sur les femmes comme sur leurs servantes, et fuient la société comme l'ennemie la plus acharnée de leur existence d'isolement. Ils disparaîtront donc tous peu à peu en tant que nationalités.

II. Par les Esquimaux, dont nous avons déjà parlé, la race *mongole* ou *touranienne*, comme la dénomme Prichard, se rattache de très-près aux peuplades américaines. Une forme de crâne franchement cubique, à ossature épaisse, mais d'une dureté médiocre, une face large et plate avec le front déprimé, des yeux petits, obliques et inclinés vers l'angle interne, un nez court, peu saillant à la base, et large à l'extrémité, les pommettes des joues fortement développées et anguleuses, une dentition puissante, large et un peu portée en avant, une barbe peu épaisse chez l'homme avec un menton court et des cheveux noirs, plats et pendants, constituent, avec le teint jaunâtre de la peau plus rapproché tantôt du brun tantôt du blanc, les caractères principaux de cette race d'une taille petite et souvent déprimée, mais vigoureuse et sujette à l'embonpoint. Elle embrasse les habitants de l'Asie centrale et orientale, et probablement aussi tous les peuples qui entourent le pôle boréal, à l'exception bien entendu de ceux dont on connaît le point de départ et les migrations dans cette région. Sur cette aire géographique, elle comprend plusieurs groupes différents, parmi lesquels les *Mongols* proprement dits, les *Kalmouks* et les *Psourates* au centre de la haute Asie, se présentent comme les types les plus purs de la race, tandis qu'à l'extrême sud les *Chinois*, le peuple le plus cultivé de la famille mongole, se rapproche des Malais par la conformation du corps. Aux Chinois se relient au nord les *Coréens*, à l'est les *Joponais*, par lesquels le type mongol se continue avec les indigènes des *Kouriles* et des îles *Aléoutiennes*, pour se prolonger de là jusqu'en Amérique avec les *Esquimaux*. Sur le continent asiatique, les *Kamtchatdoles*, les *Tongouses* et les *Samoïèdes*, forment une suite de populations mongoles continue jusqu'en Europe, où elles se rattachent aux *Tchoudes* et aux *Lopons*. Ces derniers ont été classés par quelques observateurs dans cette famille, bien qu'il soit peut-être plus exact de les placer avec les peuples tartaro-caucasiques. En tous cas, il existe une parenté d'usages entre eux et les tribus mongoles voisines.

III. La grande famille de peuples à laquelle Blumenbach a donné le nom de *Caucasique*, se distingue avant toutes les autres par le type le plus pur de l'espèce humaine, et est à cause de cette circonstance considérée comme la forme primitive de l'Homme par les naturalistes partisans de la descendance mythique d'un seul couple. Le crâne ovale, le front haut et bombé, le derrière de la tête arrondi, des yeux largement fendus, le nez droit avec les ailes fermées, des dents verticales, la barbe forte chez l'homme, le menton vertical, et des cheveux souples, lisses ou à grandes boucles, constituent, avec les belles proportions de toutes les autres parties du corps, les traits les plus saillants de son type. La couleur est moins tranchée. On voit chez des types très-purs de Caucasiens une peau blanche rougeâtre, mais seulement chez quelques peuplades. Chez les nations de la race caucasienne plus mélangées du Sud, surtout dans les points où elle se rapproche des tribus nègres, la couleur de la peau devient brune et même si foncée qu'elle ressemble tout à fait à celle de ces tribus. La couleur des cheveux et de la pupille de l'œil est en harmonie intime avec celle de la peau. Les Caucasiens blanc pur ont des cheveux blonds ou rouges avec des yeux bleus ; chez les peuples à nuance plus foncée, les cheveux deviennent bruns, puis noirs avec des yeux bruns, et enfin ceux-ci prennent la couleur noire aussi. Arrivé à ce degré, la ressemblance avec les insulaires de l'Océan austral ou certaines peuplades éthiopiennes est incontestable. Cette diversité ne doit cependant pas nous surprendre, si nous nous rappelons les lois formulées plus haut de la distribution géographique et l'influence qu'elles exercent sur les organismes; nous voyons, en effet, les peuples caucasiens se répandre sur l'hémisphère oriental, dans la direction où l'on y rencontre les différences d'organisation les plus profondes les unes à côté des autres. Ils habitent toute la région moyenne du continent oriental, des extrémités occidentales au fond du Sud-Est, et se continuent sur les grandes îles continentales de l'archipel de la Sonde, et même jusque dans les régions de l'Australie. La population de l'Europe entière, de l'Afrique sur le littoral de la Méditerranée et de toute l'Asie jusqu'au plateau oriental des Mongols, appartient donc aux Caucasiens. Sur cette vaste étendue géographique, les diversités de coloration se fondent graduellement les unes dans les autres, si bien que les nations blanches pures habitent l'extrémité occidentale, les populations brunes le Sud-Est et le Sud, tandis que la transition entre elles se place assez exactement au milieu, à peu près dans la région des sources du Gange et de l'Indus. Mais ces données n'ont de valeur que pour les populations primitives, et n'ont plus la même exacti-

tude pour les peuples actuels modifiés par des croisements multiples
et par les progrès de la civilisation. Ces deux causes produisent des
variations dans la physionomie extérieure d'un peuple, qui détruisent toujours les particularités délicates sur lesquelles reposaient
les propriétés distinctives les plus marquantes. Il peut donc arriver
que des peuples blonds, exposés tous les jours à ces influences, perdent leur uniformité extérieure, et que leurs cheveux passent de la
couleur jaune à la brune et même à la noire. En même temps les
yeux changent leur nuance bleue contre une teinte grisâtre, brunâtre ou brune, mais néanmoins varient avec moins de facilité que
les cheveux. La couleur de la peau se modifie encore plus lentement,
elle est plus stable que les deux précédentes, et nous donne un témoignage plus assuré sur la coloration typique et primordiale de
tout un peuple.

Dans ces conditions, il est impossible d'établir des groupes bien
déterminés parmi les Caucasiens, en prenant la couleur pour critérium ; on y a mieux réussi en se servant des diversités linguistiques.
Avec cette méthode, les Caucasiens se groupent d'abord en trois
grandes familles ; les *Indo-Européens*, les *Sémites* et les *Berbères*.
Aux Indo-Européens, que Prichard appelle beaucoup mieux la famille *iranienne*, appartiennent les peuples primitifs de l'Europe,
les *Celtes*, les *Pélasges*, les *Germains* et les *Slaves*, avec les tribus
asiatiques des *Mèdes*, des *Perses* et des *Indous*. Ces derniers parlent
le *sanscrit*, langue dont le type se reproduit dans celle de tous les
peuples nommés, et est considérée comme la langue mère ou souche
des Indo-Européens[1]. — La famille sémitique comprend toutes les
nations situées entre le golfe Persique et la mer Rouge, avec les habitants du bassin des fleuves qui s'y jettent; elle s'étend encore sur
une partie de l'Afrique par les colonies des Arabes et des Phéni-
ciens. Les *Arabes*, les *Hébreux*, les *Syriens*, actuellement ; les *Assy-
riens*, le *Babyloniens* et les *Chaldéens* dans l'antiquité, sont les peuples qui appartiennent à cette famille de langues, et qui ont laissé
une trace profonde dans l'histoire du monde par la profondeur de
leurs conceptions religieuses. Mais, d'un esprit étroit et altier, l'individualité sémitique a toujours obéi volontiers à un gouvernement

[1] Consulter l'article : Langue mère des Indo-Européens, de Pott, dans Ersch's und
Gruber's *Allgemeiner Encyclopädie*, sect. ii, t. XVIII.

despotique, sans connaître l'amour poussé jusqu'au sacrifice, et la tolérance qui, comme les vrais fondements de la religion universelle, sont sortis de son sein, mais n'ont trouvé un sol fécond que dans la nature libre des Germains. — Les *Berbères* formaient sur la Méditerranée la troisième famille caucasique, mais ils ont été dans le cours des temps presque entièrement anéantis par des peuples sémitiques ou iraniens, si bien qu'aujourd'hui ils n'existent plus que dans les deux misérables débris des *Coptes* et des *Kabyles*. La couleur de leur peau était un peu plus foncée que celle de la plupart des Sémites et des Iraniens, plus brunâtre, cuivrée même, et se rapprochait peut-être de la nuance des Hottentots. Leur chevelure noire n'était pas frisée, comme le prétendent Hérodote et quelques autres écrivains anciens ; les momies ont toujours des cheveux lisses. Primitivement ils étaient répandus sur tout le littoral septentrional de l'Afrique, et avaient peuplé les rivages orientaux et occidentaux de ce continent. Cette race atteignit, avec les anciens *Égyptiens*, l'apogée de sa prospérité. Elle tira tout d'elle-même, sans aucun emprunt étranger, sans colonies venues des Indes, bien que la grande ressemblance de plusieurs institutions de ces deux peuples ait pu faire croire longtemps qu'il y avait des rapports intimes entre eux. Il est bien plus rationnel de supposer que, des analogies nationales existant entre elles, ces deux tribus semblables dans leur nature physique, molles et malléables, suivirent la même direction dans leur développement, et arrivèrent par cette voie à cette société civilisée, despotique, appuyée sur une seule caste. Avec ces aptitudes et cette constitution, les Berbères, incapables de résister aux conquérants du monde, sont devenus leur jouet depuis deux mille ans, et ne nous ont guère laissé de leur antique existence que ces grandes ruines de la vallée du Nil, que la postérité admire, sans bien connaître le but auquel elles servaient à l'époque de la prospérité.

Deux peuples à crâne ovale se rattachent encore, comme membres orientaux de la famille caucasienne, aux trois groupes occidentaux que nous venons de considérer ; ce sont les *Malais* et les *Scythes*.

Les *Malais* ont le teint brunâtre, tantôt plus clair que les Berbères, tantôt plus foncé. Ils ont une stature élégante, mais en général peu élevée, le crâne rond, des cheveux longs, noirs, plats ou bouclés, des

yeux étroits, un nez large en bas et des lèvres d'une épaisseur
moyenne. Par ces caractères, ils ressemblent à plusieurs tribus mongoles, surtout aux Chinois, avec lesquels les populations malaises
sont depuis longtemps en relations multiples sans avoir jamais été
soumises à leur domination. Répandus depuis la péninsule de Malacca sur les îles de Sumatra, Java, Bornéo, les Philippines et les
Moluques, ils constituent sur ces îles le groupe secondaire des *Malais proprement dits*, auquel vient s'ajouter un second groupe des
Océaniens, composé des habitants de la Nouvelle-Zélande et des îles
australiennes. Les Océaniens qui, malgré cette vaste dispersion,
présentent dans la structure de leurs langues une aussi grande parenté que dans leur physionomie extérieure, sont mieux propor-
tionnés, plus élancés, plus vigoureux, plus musculeux et plus bruns
que les Malais. D'ailleurs, ils paraissent encore conserver cette supériorité corporelle dans les facultés de l'esprit. Très-ardents et
mobiles, les Malais, enfermés de toutes parts par les eaux de la mer
dans leur patrie, montrent de grandes aptitudes pour la haute culture et la civilisation ; mais la légèreté de leur caractère et l'avidité
des jouissances les a empêchés de s'élever jusqu'ici à la véritable vie
civilisée. Tandis que l'invasion du mahométisme avec son esprit
fanatique paralysait les Malais proprement dits dans leur développement, et les préparait à l'asservissement que leur firent subir plus
tard les peuples commerçants européens dans toutes les îles où ils
abordèrent ; la même circonstance a éveillé, au contraire, chez les
Océaniens le germe assoupi du progrès, et le christianisme, embrassé
de bonne heure, a mieux réglé leurs dispositions naturelles. Aujour-
d'hui encore placés sous la suzeraineté de l'Europe, ils pourront
peut-être bientôt être assez forts pour s'émanciper ; surtout s'ils
savent apprécier convenablement l'amitié des Européens, et distinguer l'égoïsme qui se cache derrière la bienveillance. Car, malheureusement, ce n'est point un sentiment pur de prosélytisme et de
moralisation qui a mis les Européens en relation avec ces insulaires ;
ils y ont plutôt été conduits par la position favorable des îles au
milieu des mers. Placé d'abord en contact avec les formes les plus
grossières de la civilisation, nous ne pouvons que déplorer amère-
ment, qu'un peuple, dont les qualités naturelles charmaient tous
ses visiteurs, n'ait trouvé parmi eux que des corrupteurs et n'ait
pas reçu d'eux, comme cela aurait dû être, des mœurs plus pures,

en même temps que des croyances plus élevées. — Le rameau *scy-thique* se montre tout autrement ; rejeton développé sur un sol sauvage et âpre, la rudesse des mœurs est devenue son lot naturel. Répandue depuis les steppes de l'Asie centrale sur la plus grande partie de la Sibérie et sur le nord de l'Europe, cette horde sauvage a porté la destruction et l'effroi partout où elle dirigeait ses pas. Cependant elle n'est pas aussi antipathique aux arts paisibles de la paix qu'avide de jouissance dans ses désirs. Le corps humain peut atteindre chez elle à un haut degré de perfectionnement typique, luttant avec l'idéal que les artistes grecs nous ont transmis. Mais cette beauté corporelle n'est l'apanage que de quelques tribus situées au centre, depuis le Caucase jusqu'au delà de la mer d'Aral, les *Tcherkesses* et les *Turques* ; celles du Nord ne la possèdent plus et ressemblent, soit au type mongol, soit à celui des Slaves. C'est à ce groupe qu'appartiennent les *Iakoutes* à l'est, les *Lapons* et les *Finnois*[1] à l'ouest, les *Tatares*, les *Kirghiz* et les *Ousbeks* au centre. Les *Madgyares*, qui ont pénétré à travers les tribus slaves jusqu'en Hongrie, de même que jadis Attila avec ses *Huns* mongols[2] au milieu des Tatares, appartiennent aussi à la famille scythique ou tchoudique.

IV. Les peuples *Éthiopiens* sont tout aussi étroitement alliés aux Berbères que les nations caucasiques à celles de la famille mongolique. Ils s'en rapprochent également, et par des ressemblances physiques, et par des affinités linguistiques. Les caractères distinctifs généraux de cette quatrième classe se manifestent le plus complétement chez les *Nègres*, dont la couleur noire, les cheveux crépus et laineux, le front étroit, le nez épaté, les dents saillantes, les lèvres épaisses, rabattues et non colorées en rouge, les bras longs avec des

---

[1] Prichard a prouvé récemment que les différences physiques des Finnois et des Lapons ne sont pas plus grandes que celles du langage, et que ces deux peuples peuvent très-bien appartenir aux races caucasiques. *Prichip's Neue Notizen*, t. XXXIV, p. 505. — Retzius corrobore cette opinion en établissant que les crânes de ces deux peuples se laissent ramener à un seul type, celui des *brachycephalos orthognathes*. Ils ressemblent donc à ceux des Slaves, des Tchoudes et des Iakoutes. Il considère les Lapons comme les habitants primitifs de la Scandinavie, les Finnois comme les descendants des anciens Scythes, qui habitaient d'abord le sud de la Russie et ne furent chassés au nord que plus tard par les Germains ou les Slaves. Avant eux, les Lapons avaient occupé la Finlande actuelle.

[2] Les Huns appartiennent au rameau finnois. Ces deux peuples, ainsi que les Lapons et les Samoïèdes, ne doivent point être rattachés au rameau scythique de la famille mongole.

mains étroites, les membres inférieurs courts, avec des mollets peu
développés et des pieds plats, leur donnent une physionomie toute
particulière qui, dans plusieurs de ses traits, rappelle le Singe [1]. A
cette race appartiennent toutes les populations africaines au sud du
Sahara. Elles se divisent en trois grandes familles, les *Nègres*, les
Cafres et les *Hottentots*. Il faut encore y joindre les *Papous*, ou habitants des rivages des îles au nord de la Nouvelle-Hollande. Les
Nègres proprement dits occupent l'Afrique centrale, de la Sénégambie
à la Nubie, et se subdivisent en nombreuses peuplades de couleur
tantôt plus brune, tantôt très-noire. Tous ont le front extrêmement
étroit, la face étroite également, le crâne elliptique comprimé latéralement, et le cerveau relativement petit avec peu de circonvolu-
tions, caractère que Sömmering, l'habile anatomiste du cerveau des
Nègres, avait remis en question à tort, comme l'a prouvé récemment
Huschke. Les cavités orbitaires sont grandes, mais peu profondes,
et par conséquent les yeux ressortent plus; la barbe est peu fournie,
comme chez tous les Africains. Cette famille nègre constitue un
groupe de peuples grossiers, encore complétement incultes et livrés
aux passions les plus effrénées; cependant, depuis qu'ils ont été
convertis à l'Islam par la voie de l'Égypte et de la Nubie, les mœurs
s'y sont un peu adoucies. Mais dans cet état lui-même les Nègres se
classent encore parmi les hommes les plus sauvages: chez eux, l'ancien culte religieux, le *fétichisme*, qui croit à la puissance funeste
et ennemie des objets les plus insignifiants, existe encore dans ses
effets, ou même subsiste complétement chez de nombreuses tribus.

[1] J'ai décrit avec détails la race nègre, d'après des observations recueillies au Brésil,
dans un article particulier intitulé : *Der schwarze Mensch*, inséré dans le tome II de
mes *Tableaux géologiques*. J'y ai pris surtout en considération la forme particulière des
cheveux, dont la frisure est le résultat de la compression latérale que subit le filet pileux,
et j'ai démontré, par des mesures comparées des membres supérieurs et inférieurs avec
les autres parties du corps, que le Nègre a le bras et la cuisse plus courts, l'avant-bras et
la jambe plus longs, ainsi que les mains et les pieds, que l'Européen, et se rapproche
plus du type Singe. A ce point de vue, le rapport du premier grand orteil du pied au second est très-caractéristique. Cet orteil dépasse de beaucoup le second chez les Européens,
mais il est plus court ou seulement de longueur égale avec le second chez le Nègre. On
peut encore pousser plus loin ce rapprochement en remarquant la grande mobilité de cet
orteil chez le Singe, qui permet de l'opposer aux autres doigts. Mais le Nègre ne sera
jamais pour cela un véritable Singe, et les arguments que les partisans de l'esclavage ont
prétendu tirer de ces faits pour lui refuser des droits égaux à l'humanité, ne sont qu'une
fausse application de déductions scientifiques tout à fait étrangères à ces tendances. C'est
avec tristesse que je reconnais avoir fourni sans le savoir, par mes conclusions, des armes
aux Américains du Nord, ces sectaires inhumains qui, heureusement, sont complétement
réduits au silence aujourd'hui.

Achetés depuis des siècles comme esclaves par les Européens, ce commerce inhumain n'a fait que contribuer à entretenir ce pauvre peuple dans un état d'abaissement moral. Le meurtre n'est pas un crime à leurs yeux, mais tout au contraire ils immolent des masses d'hommes à la fois comme victimes expiatoires dédiées à la divinité et aux fétiches. Leur religion les pousse donc aussi à la chasse de l'homme et leur férocité naturelle n'a fait que se développer par l'espoir du riche gain que leur promet leur butin. Non-seulement les rois, ainsi qu'ils s'intitulent, font commerce de leurs sujets, mais les parents eux-mêmes conduisent au marché leurs enfants, et les vendent aux marchands d'esclaves pour quelques morceaux d'étoffe. Cependant l'esprit des peuples européens, devenu peu à peu prépondérant, a enfin remporté la victoire sur ces atrocités et reconnu la honte qu'il y a pour les peuples libres à traiter comme une marchandise ces malheureuses races, au lieu d'éveiller chez elles le germe de la culture morale, qui existe également chez tous les hommes, et de le vivifier. — Les *Cafres* ou *Cafirs* habitent le centre de l'Afrique au-dessous de l'Équateur, et s'étendent sur la côte orientale vers le sud jusqu'à Port-Natal. Ils ne sont pas aussi sauvages que les Nègres, mais sont restés jusqu'ici dans un état complétement inculte. Ils se distinguent physiquement par leur taille élevée et musculeuse, par leur couleur, plutôt brune, bronzée ou noir pur, que couleur de bois de noyer, par leur nez très-développé et bombé au dos, enfin par leur front élevé. Leur langue offre quelque affinité avec le Copte, et se distingue par là des idiomes nègres. Elle est harmonieuse, et n'a aucun de ces claquements désagréables qui font reconnaître sur-le-champ le Hottentot. Leur physionomie a quelque chose de noble, d'européen, et leur tenue est grave. Ils se subdivisent comme les vrais Nègres en de nombreuses petites peuplades, dont les plus connues sont les *Anakosas*, sur les côtes méridionales, et les plus belles, les *Betschouans*, à l'intérieur. Il faut encore citer le tatouage comme trait particulier aux Cafres, tandis que cet usage n'existe point chez les Nègres occidentaux.

Les *Hottentots* occupaient jadis toute la pointe méridionale de l'Afrique et les régions voisines des côtes orientales, aujourd'hui ils sont refoulés dans ces dernières par la population européenne du Cap. Ils se distinguent facilement des autres rameaux nègres par leur teint plus clair, brun cuivré, leur organisation physique plus faible

et plus petite, leurs mains très-étroites, leurs yeux inclinés en
dedans, et leur crâne plus rond. Sur ce point ils rappellent les
Mongols. Très-éloignés pour la langue des Cafres et des Nègres
proprement dits, les Hottentots forment une race d'hommes très-
misérables, dont l'abaissement presque bestial les place sur les con-
fins extrêmes de l'humanité, surtout les *Buschismanns* que le
voyageur rencontre dans les déserts arides au nord des montagnes
limitrophes de la colonie du Cap jusqu'au fleuve Orange. Il est intéressant de noter que ce peuple est celui qui nous offre les particularités physiques les plus singulières. Les fesses chez les femmes sont
extrêmement développées, et prennent la forme d'un coussin, et les
petites lèvres de l'organe de la génération présentent un prolongement, connu sous le nom de tablier des Hottentotes, qui varie beaucoup en dimension suivant les individus, et sur lequel la plupart
des anciens écrivains ont débité beaucoup d'exagérations. C'est là
une coïncidence bien remarquable, que ce développement, dû à la
richesse en éléments graisseux du tissu cellulaire de ces parties, se
manifeste dans le même pays où les Moutons portent une énorme
masse de graisse à la queue; elle prouve que des conditions extérieures particulières ont le même effet sur l'Homme que sur les
animaux. — Enfin les *Papous*, ou *Nègres australiens*, ont un type
physique tout à fait semblable à celui des Nègres proprement dits.
Il en est de même des indigènes du littoral de la *Nouvelle-Guinée*,
circonstance qui lui a valu son nom, et de ceux des îles voisines
situées à l'est dans la direction de la *Nouvelle-Calédonie* et des *Nouvelles-Hébrides*. Ce type était peut-être encore mieux caractérisé sur
la *terre de Van-Diemen*, mais il s'efface tous les jours devant l'invasion des immigrants européens. Leur faciès ne se distingue des
Nègres africains que par des cheveux plus longs, plus touffus, mais
toujours crépus et laineux; ils leur donnent par des moyens artificiels la forme d'une perruque en les redressant en haut. Leur nez
est très-large, plat et ordinairement, chez les hommes du moins,
percé à sa partie inférieure, pour y attacher des objets de parure.
Les lèvres sont épaisses, mais non rabattues. La voûte du front est
plus élevée que chez les véritables Nègres, et ressemble au type des
Cafres; le crâne n'est plus elliptique, mais rond, bien que les Papous aient les dents très-proéminentes des Nègres. On n'a rien de bien
avantageux à dire sur l'intelligence de ces hommes; tous les voya-

geurs les dépeignent comme très-sauvages et sanguinaires. Ils égorgent tous les étrangers qui ne savent pas les effrayer et les mangent. C'est au milieu de ces bêtes féroces que tomba le malheureux Lapeyrouse, lorsqu'il vint échouer avec son équipage d'élite à Vanicoro, une des îles de l'archipel Santa-Cruz, et subit le sort de tous les naufragés qui tombent entre les mains des Papous ; à moins pourtant, comme il est probable, que les flots ne les aient tous arrachés aux cannibales et leur aient donné une mort plus douce.

V. Après avoir passé en revue, dans les quatre races de l'espèce humaine qui précèdent, presque toutes les nations de la Terre, il ne nous reste plus qu'un type particulier, les indigènes de la *Nouvelle-Hollande*, dont les caractères distinctifs sont aussi curieux que les particularités organiques de leur pays natal. Leur peau a la couleur bistre des peuples nègres, le crâne est étroit et elliptique, les dents très-proéminentes, avec des lèvres épaisses et non rabattues, et le nez large ; mais ils se distinguent d'eux par leur chevelure rude et plate ou légèrement frisée, assez peu longue et jamais laineuse, par l'abdomen très-développé, le tronc fortement poilu et les membres très-grêles, comme chez les Singes[1]. Ce dernier caractère est d'autant plus choquant, que cette ressemblance est encore augmentée par le nez large et épaté que les Nouveaux-Hollandais, comme les Papous, ont l'habitude de percer pour y fixer des objets de parure, par la forme des lèvres ainsi que par la grande quantité des poils, et devient même si frappante que ces peuples, sans perdre les caractères essentiels de la nature humaine, font songer à des Hommes caricaturés en Singes. Les voyageurs nous font une peinture non moins triste de leur dégradation intellectuelle. Sans résidence fixe, ils errent au hasard, dispersés sur les territoires de chasse limités de chaque tribu et dans les forêts hautes de leur continent, cherchant çà et là sur les rivages leur nourriture misérable empruntée presque exclusivement au règne animal. L'absence de fruits comestibles est à peu près complète partout en Australie. Contraints par cette circonstance à s'adonner à la chasse, ils savent se servir avec habileté de la lance et de la massue, leurs seules armes, contre l'Homme et les

[1] Voir, pour une description détaillée, H. Koler dans le *Monatsbericht der Berliner geogr. Gesellsch.*, III, p. 15, et les *Nouvelles suites*, I, 51.

grands animaux, particulièrement contre les Kangouroos, mais ne
dédaignent aucun animal vivant, lorsque ce dernier leur fait défaut.
Leurs vêtements consistent uniquement en peaux de Kangouroos,
dont les femmes en emploient de grandes pour s'envelopper le
corps entier, tandis que les Hommes et les enfants n'en portent que
de petites par devant, en forme de tablier. Pour orner leur corps,
ils se font des incisions en bandes symétriques ou en cercles dans
la peau, dont les cicatrices colorées sont bien éloignées du tatouage
artistique des Océaniens et montrent clairement l'infériorité des
Australiens. Jusqu'ici, on n'a encore trouvé chez eux aucune trace
d'idées et d'usages religieux, et leur langue est des plus imparfaites.
Les verbes, par exemple, n'ont que l'infinitif, et leur numération
ne dépasse pas 7 ; elle a pour éléments générateurs uniquement les
nombre 1 et 2, desquels les nombres supérieurs sont formés par
addition. Ce qui est au-dessus de 7 est *immensément grand* et toujours désigné par un seul et même mot.

Une population tout à fait semblable à la race australienne occupe
l'intérieur de la Nouvelle-Guinée et se distingue facilement des Papous à cheveux crépus du littoral, avec lesquels ils vivent continuellement en guerre. Les voyageurs désignent ces peuplades par les
noms d'*Endamans* ou *Mairassis*; mais jusqu'ici ils n'en ont fait
connaître que des traits incomplets, ce qui nous oblige de renoncer
à donner exactement leur caractéristique. Il est cependant constant
que la population de l'intérieur des grandes îles de la Sonde, que
l'on distingue sous le nom d'*Alfourous* et de *Horafores* de la race
malaise du littoral, n'appartient pas à ce groupe, mais se rapproche
très-près des Malais proprement dits et doit être classée avec eux
dans une même famille[1].

En terminant par ces formes les plus laides et les plus éloignées
de l'idéal de la perfection artistique la revue des diversités organiques et nationales les plus importantes du genre humain, nous
sommes arrivé aussi à la fin de nos études. Partis de l'origine à l'état
de nébuleuse de l'univers, nous l'avons vu se former et se développer d'après des lois générales inhérentes à la matière. Nous avons
vu ces forces entrer en lutte entre elles, et les violents bouleverse-

[1] Je me réfère surtout à l'ouvrage de mon ami F. Junghuhn *sur le pays des Battas à
Sumatra*, Berlin, 1860. In-8°, 1 vol., dans lequel toutes les populations des îles de la
Sonde sont passées en revue.

ments qui en résultaient contribuer essentiellement à l'évolution progressive de l'ensemble et de chaque planète en particulier. Lorsque, par suite de cette lutte, l'eau et la terre ferme existèrent l'un à côté de l'autre à la surface de notre planète, la série des phénomènes organiques commença son évolution. Mais des changements dans le rapport des deux éléments superficiels entre eux produisirent des révolutions répétées qui anéantirent à chaque fois le monde organique et en amenèrent le développement d'un autre partiellement modifié dans la nouvelle époque géologique. Lorsque enfin ces cataclysmes furent à peu près terminés et que la surface terrestre fut esquissée dans ses grands contours actuels, l'Homme apparut sur la Terre, comme le couronnement de la Création et pour en être le maître par son intelligence, par la conscience de son être et par la liberté morale, qui constituent son lot distinct. Capable avec ces facultés d'un progrès constant et d'un développement intellectuel de plus en plus élevé, il s'est montré digne ou indigne de ce privilège, suivant les contrées où il trouva son berceau et suivant les diverses impulsions qui naquirent de lui-même dans la vie commune des individus. Il est resté tantôt au degré le plus bas, près de la bestialité animale, ou bien s'est élevé à la culture intellectuelle, morale et religieuse dont jouissent aujourd'hui les nations *romanes*, *germaniques* et *slaves*, comme d'un héritage péniblement accumulé par trois milliers d'années d'efforts. Bien que d'une constitution physique plus délicate que plusieurs des autres races, celles-ci se distinguent par une rare énergie morale et sont appelées pour cela à prendre la domination du monde et à conduire le reste du genre humain. La rivalité, dans laquelle les a placées leur destinée d'occuper les avant-postes de l'humanité, est devenue pour elles un stimulant perpétuel, qui les incite à porter plus loin les conquêtes déjà péniblement acquises ; mais elle est devenue, souvent aussi, la source de violences dévastatrices qui les épuisent pour un temps, et les épuiseront chaque fois qu'elles perdront de vue la modération et la domination sur soi-même, auxquelles les appelle leur degré de culture comme aux bases naturelles de la vraie vie policée. Telles sont les doctrines du christianisme sur lesquelles se fonde l'avenir de cette croyance comme religion universelle ; avenir qui se réalisera aussitôt qu'elle sera débarrassée des chaînes de la hiérarchie et de la superstition. Lorsque l'amour, qui exige de nous la tolérance pour toutes les manières de penser, tant qu'elles n'ont point la prétention d'aller au delà du domaine de la pensée pure, aura pénétré uniformément toutes les classes de la société comme l'essence de la vraie culture morale, l'humanité se rapprochera du but de sa destinée, fuyant l'erreur à la lumière de la science qu'elle a allumée et tirée de la conscience de la liberté conquise par elle. Conserver cette liberté comme le bien suprême, l'enraciner d'une façon indestructible dans l'esprit des peuples et la propager partout et dans toutes les directions, sera la tâche ultérieure de ceux qui en jouiront déjà eux-mêmes.

FIN.

TABLE DES CHAPITRES

TABLE

PAR ORDRE ALPHABÉTIQUE

www.ingramcontent.com/pod-product-compliance
Lightning Source LLC
Chambersburg PA
CBHW021928110726
47901CB00003B/753